Odium, das
Anrüchigkeit, übler Beigeschmack

~ 100 Horrorgeschichten ~

Bibliografische Information der Deutschen Nationalbibliothek:
Die Deutsche Nationalbibliothek verzeichnet diese Publikation in
der Deutschen Nationalbibliografie; detaillierte bibliografische
Daten sind im Internet über dnb.dnb.de abrufbar.

1. Auflage

Illustration: Kjartan A.

Herstellung und Verlag: BoD – Books on Demand, Norderstedt

ISBN: 9783748182429

Inhaltsverzeichnis

Vorwort

:

„Ein Blick in die Welt beweist,
dass Horror nichts anderes ist als Realität. "

- Alfred Hitchcock

:

Odium bedeutet so viel wie *übler Beigeschmack*. Ein unangenehmes Kribbeln im Bauch, das Gesicht zu einer angeekelten Fratze verzogen, eine gewisse Bitterkeit im Mund. Im Kopf rasen die Gedanken: Ist das wirklich richtig? Ist es in Ordnung, so etwas zu schmecken, zu fühlen, zu sehen? Soll es so sein? Das Odium soll genau dieses Gefühl auslösen. Man soll durch das Lesen dieser Geschichten keine Albträume bekommen, oder sich vor etwas so sehr fürchten, dass es einen nicht mehr loslässt. Aber es soll auch nicht angenehm sein, sich durch die hundert Geschichten zu wühlen. Der Horror in diesem Sammelband besteht aus einer Priese Ekel, Furcht und nüchterner Wahrheit. Wie bei einer unreifen Frucht, ein bitterer, pelziger Geschmack auf der Zunge, der Wunsch, dieses Gefühl irgendwie los zu werden. Ein übler Beigeschmack.

Wie du merken wirst, haben viele Charaktere in den Geschichten genau das gleiche Gefühl. Es sind Menschen, wie du und ich. Sie haben Träume, Wünsche, Ziele, Gefühle, Freunde, Familie und einen Alltag.

Manchmal gibt es alltägliche Situationen in denen man sich einfach nicht wohlfühlt. Manchmal gibt es alltägliche Gefühle, bei denen man denkt, dass sie einem den Kopf zerbrechen würden. Und manchmal wird der Alltag an sich, so plump und langweilig er auch gelegentlich sein kann, unaushaltbar.

Kombiniert man dieses allgemeine, alltägliche Unwohlsein mit etwas Unbekanntem, etwas Unerwartetem, etwas Unfassbarem, dann hat man das Odium. Man kann sich darauf einstellen, dass man den Alltag, wie man ihn kennt, nie mehr so sehen wird, wie früher.

Man wird ins kalte Wasser geworfen und taucht ab. Taucht ab in hundert verschiedene Köpfe, in hundert verschiedene Welten, in hundert verschiedene Situationen.

Einige dieser Gewässer sind bizarr und undurchschaubar, andere liegen klar und unmissverständlich vor einem. Einige Personen handeln, wie man selbst handeln würde, andere hingegen reagieren vollkommen unverständlich. Einige Orte kommen einem bekannt vor, andere hat man noch nie in seinem Leben gesehen.

:

Die Ideen für die Geschichten habe ich aus *meinem* Alltag nehmen können. Sei es die verblassende Erinnerung an die Schule, die Eindrücke aus der abgebrochenen Ausbildung, das Beobachten von Menschen, das Hinterfragen ihrer Taten und Gedanken, das Auf-sich alleine-gestellt-Sein, oder gar alltägliche Gegenstände, wie Rasierer oder Waschmaschinen und oft aus der Frage: *Was wäre wenn?*

Viele Geschichten sind dem Bizarro Fiction Genre zuzuordnen. Merkwürdig, undurchschaubar, und durch ihre Fremdartigkeit angsteinflößend.

Zwei Jahre schreibe ich jetzt regelmäßig und es hat sich mit der Zeit herauskristallisiert, dass ich es mag, wenn Geschichten unangenehm sind. Viele der Geschichten entstanden aus unschönen Erlebnissen oder Vorstellungen, bei denen ich mich fragte: Wie könnte man das noch schlimmer machen?

Vor dir liegt das Ergebnis. Das Ergebnis aus unzähligen Stunden in einem kargen Raum mit weißen Wänden, grauen Vorhängen und Tastatur. Das Ergebnis aus halbgarem Allgemeinwissen und alltäglichem Alltag. Das Ergebnis von einem jungen Schriftsteller, der sich wünscht, keine der hundert Geschichten selbst durchmachen zu müssen.

Ein übler Beigeschmack.

Odium, das.

Das ewige Büro

Der graue Opel Corsa von Matthias Reinersmann biegt um 8:45 Uhr auf die gigantische, geteerte Fläche ein. Er braucht einige Minuten, um einen freien Parkplatz zu finden. Offenbar fangen die meisten seiner Kollegen recht früh mit der Arbeit an. Er parkt, steigt aus und geht in die Richtung des großen, aus Backstein gebauten Gebäudes. Es hat gut zehn Stockwerke und scheint nach den Wolken greifen zu wollen.

In der Eingangshalle angekommen nickt er der Empfangsdame zu und stellt sich mit einigen anderen Kollegen, die er mit einem freundlichen »Guten Morgen« begrüßt, in den Fahrstuhl.

Im vierten Stock angekommen, steigt er aus und geht in sein Büro. Er hat sogar ein eigenes Zimmer, einen eigenen Schreibtisch und ein eigenes Fenster.

Er richtet sich gemütlich ein, setzt sich und beginnt mit seiner Arbeit. Gestern wurde er bereits von der blonden, noch recht jungen Chefin, Frau Dörth, herumgeführt und eingearbeitet. Er weiß, wo alles ist. Die Toiletten, die Kaffeemaschine, die Kantine. Alles, was man in dem Bürokomplex zum Überleben braucht.

Der Arbeitstag verläuft gut. Er hat immer etwas zu tun, arbeitet die Papiere auf seinem Schreibtisch systematisch ab. Manchmal kommt ein Kollege vorbei, bringt wichtigere Aufgaben und führt mit ihm ein wenig Smalltalk. Sogar die Klimaanlage in seinem Büro kann er nach Belieben regulieren und das Mittagessen in der Kantine schmeckt auch ziemlich gut. Matthias hätte es auf jeden Fall schlechter erwischen können und ist froh bei einem Unternehmen gelandet zu sein, dass sich wirklich um die Angestellten sorgt.

Das ist für ihn absolut wichtig, denn Matthias hat vor Karriere zu machen. Vor einigen Monaten hat sich seine langjährige Freundin von ihm getrennt, mit der er eigentlich geplant hatte eine Familie zu gründen und Kinder zu zeugen. Doch das alles ist ins Wasser gefallen und da es ewig brauchen würde, bis er einer Person wieder so sehr vertrauen kann, hat er sich ein anderes Ziel gesucht.

Gegen 17 Uhr packt er seinen Kram zusammen und geht für ein kurzes Gespräch in den Raum von Steffen Koltz, einem Kollegen, der sein Zimmer neben Matthias Büro hat. Steffen redet sehr wenig und hat eine fahle, käsige Hautfarbe, sieht ziemlich kränklich aus.

»Ich mach dann mal Feierabend, Steffen.«

»Hm, ja, viel Glück dabei«, grummelt er zurück.

Matthias findet diese Art ziemlich unfreundlich, aber was soll's. Bestimmt hat sein Kollege nur viel zu tun oder einfach einen schlechten Tag. Aber auch, wenn er immer so drauf sein sollte, dann ist es in Ordnung. Irgendwo müssen sozial inkompetente Leute ja auch arbeiten und solange er seine Arbeit gut macht, kann Matthias über die mangelnde Höflichkeit hinwegsehen.

Matthias steigt in den Fahrstuhl und fährt in das Erdgeschoss. Normalerweise ist dort der Eingangsbereich gewesen, doch nun findet er nur einen weiteren Flur mit unzähligen Büroräumen. Er muss kurz über sich selbst lachen. Anscheinend hat er nur irgendwelche Stockwerke miteinander vertauscht oder es wurde ihm einfach nicht gesagt, dass sich der Ausgang auf einem anderen Stockwerk befindet.

Er geht zurück in den Fahrstuhl und fährt in das Untergeschoss. Es kommt ja oft vor, dass, durch einen Hügel oder sonstige Hindernisse, die Gebäude auf der einen Seite Keller sind, auf der anderen allerdings ganz normal zur Straße führen. Doch in diesem Gebäude ist es nicht der Fall.

Matthias findet sich plötzlich in den Räumen des Archivs wieder, schüttelt verwirrt den Kopf und fährt in das erste Stockwerk. Auch hier gibt es nur einen Flur mit Büroräumen. Ein Blick aus dem Fenster verrät ihm, dass er sich auch tatsächlich im ersten Stock befindet.

Also wieder zurück ins Erdgeschoss, irgendwo wird schon eine Tür nach draußen sein. Ein paar Kollegen blicken ihn verwundert an, als Matthias scheinbar ohne Ziel wieder und wieder durch die gleichen Flure geht und bei jedem Mal ein wenig verwirrter aussieht. Irgendetwas wird er hier vertauscht oder falsch verstanden haben.

Also fährt er wieder zurück in den vierten Stock und trottet zurück in sein Büro. Die Hoffnung, dass er Steffen fragen kann zerbricht, als er die Tür zum Büro seines Kollegen aufmacht. Offenbar ist er bereits nach Hause gegangen.

Dafür wartet allerdings Frau Dörth in seinem Zimmer.

»Einen schönen guten Abend, Herr Reinersmann. Na, wie haben Sie sich den ersten Tag gemacht? Ist alles so verlaufen, wie Sie es sich vorgestellt haben?«

Matthias, der seine Chefin ein Stück weit attraktiv findet und sich dementsprechend nicht blamieren will, entschließt sich nicht nach dem Ausgang zu fragen.

»Ja, soweit alles in Ordnung. Es ist wirklich angenehm ein eigenes Büro zu haben.«

»Das glaube ich Ihnen.« Eine kurze Stille breitet sich in dem Zimmer aus und Frau Dörth starrt auf den Boden, als würde sie über etwas nachdenken oder sich schämen, nicht zu wissen worüber sie reden soll. Dann blickt sie Matthias wieder an. »Haben Sie Hunger? Das Essen in der Kantine ist wirklich angenehm.«

»Ich war dort heute Mittag schon, war wirklich gut.«

»Ach, den Fraß können Sie vergessen. Abends werden die richtigen Geschütze ausgefahren. Kommen Sie mit, ich lade Sie ein.«

Von der Freundlichkeit und Offenheit seiner Chefin verwundert, geht er ihr hinterher. Zu Hause würde er sich eine Tiefkühlpizza in den Ofen schieben, da kommt es ihm ganz gelegen auf der Arbeit das Abendessen zu sich zu nehmen. In seiner Wohnung wartet niemand auf ihn und ein gutes Verhältnis mit der Chefin aufzubauen kann für die Karriere auch recht nützlich sein. Und dann auch noch kostenlos. Den Ausgang suchen kann er später immer noch, oder er fragt Frau Dörth beiläufig einfach.

Trotzdem wundert ihn es, dass seine Chefin ihn so ohne weiteres einlädt. Ihm fällt es schwer in diesem Unternehmen, auf diesem Wirtschaftsast an normale Menschenfreundlichkeit zu glauben. Irgendetwas wird es ihr auch bringen, er weiß nur noch nicht, was genau. Das letzte, dass er als neuer Angestellter in einem so vielversprechenden Unternehmen will, ist, als Werkzeug für irgendeine karrieregeile Tusse zu enden.

Das Essen schmeckt tatsächlich viel besser, als das vom Mittag. Nachdem die beiden ein wenig über die Arbeit geredet haben, schweigen sie sich eine Zeit lang an.

»Vielleicht wirkt es ein wenig komisch, Frau Dörth, aber ich hätte eine Frage.«

»Elisabeth, bitte. Was willst du wissen?«

Matthias kommt das plötzliche per du ein wenig komisch vor. Noch komischer, als die Situation sowieso schon ist. Dass man die Chefin in einem so renommierten Unternehmen direkt am ersten Tag duzen kann, fühlt sich nicht richtig an. Aber er spielt mit.

»Ich habe vergessen wo es raus geht. Im Erdgeschoss habe ich jedenfalls keinen Ausgang gefunden. Vielleicht kannst du mir – «

»Oh, der Ausgang. Es gibt schon einen Ausgang, allerdings nicht mehr für heute.«

»W-wie meinen Sie das?«

»Na ja, ich bin zwar deine Chefin, aber mir gehört das Unternehmen nicht. Ich habe auch einen Chef. Herrn Lindenruth. Und er hat gesagt, dass du erst gehen darfst, wenn du den Papierstapel auf deinem Tisch abgearbeitet hast.«

Matthias fällt jeglicher Ausdruck aus dem Gesicht, als er das hört. Sein Chef hält ihn also gegen seinen Willen in dem Gebäude fest, damit er noch mehr arbeitet? Das kann nicht ernst gemeint sein.

»Darf er das denn? Ich habe heute mehr als acht Stunden gearbeitet und habe ein Anrecht auf – «

»Es ist vielleicht streitbar, ja«, meint Elisabeth und nippt an ihrem Tee. »Aber ob das seinen Zweck erfüllt – ich weiß nicht. Auf jeden Fall wird er dich rausschmeißen, wenn du ablehnen würdest. Mach einfach, was er dir sagt. Das macht einen guten Eindruck.«

Deshalb hat Elisabeth ihn auch zum Essen eingeladen. Damit er gestärkt und zufrieden ist, nur damit er einige Überstunden machen kann. Ein ganz perfides Spiel.

Vielleicht hat er sich doch das falsche Unternehmen ausgesucht, wenn er bereits von Tag eins an derartig ausgebeutet wird.

»Danke für das Essen«, grummelt Matthias vor sich hin, während er seinen Stuhl mit einem lauten Knarzen zurückschiebt und sich auf den Weg in sein Büro machen will.

»Ach, Matthias. Was ich vergessen habe zu sagen.«

Matthias dreht sich wieder um und guckt seine Chefin mit ausdruckslosen Augen an. Er zuckt genervt mit den Schultern, was so etwas wie ›Was ist denn noch?‹ bedeutet.

»Dein Büro darfst du nicht mehr zum Arbeiten benutzen. Ich habe dir einen Schreibtisch im Großraumbüro eingerichtet.«

»Für was soll ich es denn sonst nutzen?«

Seine Chefin blickt ihn für einige Sekunden abschätzend an. Matthias merkt, wie in ihrem Kopf die verschiedenen Antworten hin und her rasen.

»Du solltest anfangen zu arbeiten. Je früher dahin, je früher davon«, weicht sie aus.

Eine unbefriedigende Antwort, aber Matthias hat in diesem Unternehmen von diesen Menschen sowieso nichts anderes erwartet.

Sein neuer Arbeitsplatz ist ein Witz. Statt zwei modernen Flachbildschirmen steht auf dem Schreibtisch ein einziger, alter Röhrenmonitor und der Computer braucht gut zehn Minuten, bis er einsatzbereit ist. Der Schreibtischstuhl ist einer der billigsten Variante. Ein paar Plastikteile, die mit Stoff überzogen und mit Watte gestopft worden sind. Eine Springfeder bohrt sich ihm in den Hintern und macht ein ruhiges Sitzen unmöglich. Er will sich einen anderen Stuhl nehmen, doch der Großteil von ihnen sieht noch viel schlimmer aus.

Er fängt um 19 Uhr an den Papierstapel auf seinem neuen Schreibtisch zu bearbeiten und ist um zwei Uhr fertig. Erleichtert nimmt er die Akten mit in das Büro der Chefin, die merkwürdigerweise immer noch da ist und ebenfalls arbeitet. Als er das Zimmer betritt blickt sie freudestrahlend auf, als hätte sie den letzten Menschen vor zehn Jahren gesehen.

»Hier, bitteschön«, murmelt er, während er die Akten nicht ganz behutsam auf den Schreibtisch seiner Chefin knallt. Diese guckt ihn wieder mit diesem merkwürdigen Blick an. Dieser Blick, in dem sich nur die Frage *Ernsthaft?* widerspiegelt.

»Oh, nein. Ich bin dafür nicht zuständig. Du musst es Herrn Lindenruth persönlich vorlegen.«

»Wo ist sein Zimmer?«

»Neuntes Stockwerk, Zimmer 22. Aber das wird dir nicht sehr viel bringen.«

»Warum?«

»Weil Herr Lindenruth vermutlich schon seit einigen Stunden zu Hause ist. Er kommt jeden Tag um zehn Uhr ins Büro und macht pünktlich Feierabend. Dann kannst du wieder mit ihm sprechen.«

»Und was mache ich jetzt?«

»Nun, du solltest dich erholen. Morgen wird wieder gearbeitet.«

»Also wenn ich es zusammenfasse, mache ich hier Überstunden, habe aber nicht die Erlaubnis das Gebäude zu verlassen und muss hier übernachten?«

»Ja.«

»Ich—« Matthias winkt kopfschüttelnd ab und trottet erschöpft in sein Büro. Tatsächlich hat es sich verändert. Der Schreibtisch wurde raus geräumt. Es ist jetzt nur noch ein mit Teppichboden überzogener Raum.

Matthias ist jetzt gute zwanzig Stunden wach und mindestens fünfzehn davon hat er gearbeitet. Erschöpft legt er sich auf den Boden, formt aus einem Pullover ein Kopfkissen und deckt sich mit seiner Regenjacke zu. Er schläft sofort ein.

Um fünf Uhr wird er wieder wach. Es lohnt sich nicht mehr nach Hause zu gehen, da kann man genauso gut anfangen zu arbeiten. Er macht sich einen Kaffee, geht in das Großraumbüro und schaltet seinen Computer ein. Sein Kopf dröhnt, er fühlt sich, als wäre er in einer anderen Welt. Alles um ihn herum kommt ihm so dumpf und verschwommen vor, als wäre sein Hirn furchtbar weit entfernt.

Fünf Uhr. Acht Stunden Arbeit, also kann er um 13 Uhr Feierabend machen.

Das Großraumbüro füllt sich nach und nach. Nicht erst um sieben Uhr, viele sind schon um halb sechs da. Keiner redet miteinander. Es sehen irgendwie alle so aus, als wären sie in dieser fernen Welt gefangen. Einfach arbeiten und dann nach Hause gehen. So schwer ist es nicht.

Um zehn Uhr steht Matthias auf und geht in das Stockwerk, das Elisabeth ihm genannt hat. Doch er kommt nicht zum Raum 22. In dem Flur steht eine Menschenschlange, die fast bis zum Fahrstuhl reicht. Sie alle wollen offenbar ihre Akten abgeben, damit sie nach Hause können. Sie alle haben anscheinend das gleiche Schicksal wie Matthias.

Auch der fahle Steffen Koltz steht an. Matthias fragt ihn, wie gut die Chancen stehen heute mit dem Chef zu reden. Steffen nuschelt unfassbar stark, als er antwortet.

»Nicht sehr gut. Der ist immer nur eine Stunde im Büro. Dann kümmert er sich um anderes Zeug. Man muss echt Glück haben.«

»Und wenn man die Erlaubnis nicht bekommt, darf man gar nicht raus?«

»Wie denn? Wenn du mir den Ausgang zeigst, um aus dieser Hölle zu entkommen, dann gebe ich dir alles was ich habe. Aber es gibt keinen. Ich hab alles abgesucht.«

»Aber es muss doch irgendwo einen Ausgang geben.«

Darauf antwortet Steffen nicht. Er zuckt mit den Schultern und wendet sich dem Rücken seines Vordermannes zu. Auch Matthias stellt sich an. Er wartet mit den Akten unter den Armen für eine Stunde, blickt ständig auf seine Uhr. Doch als es elf Uhr wird, ist er vielleicht gerade mal ein bis zwei Meter vorangekommen und die Kollegen vor ihm drehen fast gleichzeitig um und schlurfen zum Fahrstuhl. Matthias hat keine Erlaubnis bekommen. Anhand der wenigen Meter, die er vorwärts gehen konnte, rechnet er damit, dass gerade mal drei oder vier Kollegen die Erlaubnis bekommen haben. Also schlurft Matthias zurück in das Großraumbüro. Das Klima hat sich erschreckend ins Negative gewandelt. Die Luft ist unfassbar stickig geworden und die Wärme, bestimmt über dreißig Grad, ist schweißtreibend. Eine Klimaanlage gibt es nicht und anscheinend kann man keines der Fenster öffnen. Matthias wechselt sich mit den Getränken ab. Mal trinkt er ein Glas Wasser, das immerhin kalt und erfrischend ist, dann wieder eine Tasse Kaffee, um wach zu bleiben und weiter arbeiten zu können, der nach jeder Tasse wässriger und langweiliger schmeckt.

Um 13 Uhr macht er Feierabend, packt seine Sachen erneut zusammen und versucht den Ausgang zu finden. Er fragt so gut wie jeden Kollegen auf seiner Etage, doch entweder ignorieren sie die Frage, oder sie wissen ebenfalls nicht wo sich der Ausgang befindet.

Irgendwann wird es Abend. Elisabeth kommt in das Großraumbüro und legt Matthias, der seinen Kopf verzweifelt auf seinen Schreibtisch gelegt hat, einen weiteren, großen Stapel Papier auf den Arbeitsplatz. Und wieder lädt sie ihn zum Essen ein.

Dieses Mal betrachtet er in der Kantine die Gesichter der anderen. Sie sitzen zwar gemeinsam am Tisch, doch starren nur vor sich hin und reden nicht miteinander. Nur die blonde Chefin scheint anders zu sein. Sie lacht über alles was er sagt, auch wenn er verbitterte Kommentare über die Arbeitsbedingungen ablässt.

Das geht mehrere Tage so. Die Arbeitszeit ist unerträglich, der Kaffee schmeckt mies, die Müdigkeit nimmt immer mehr zu und er bekommt Rückenschmerzen durch das Schlafen auf dem Boden.

Irgendwann, es ist wieder ein Abend, an dem Elisabeth ihn zum Essen einlädt, beugt sie sich zu ihm und flüstert in sein Ohr.

»Sei um ein Uhr in meinem Büro. Ich habe da eine Überraschung für dich.«

Matthias blickt sie freudestrahlend an. »Darf ich raus?«, platzt es aus ihm heraus.

Elisabeth legt ihren Finger an die Lippen und zischt. Es soll ein Geheimnis zwischen den beiden sein. Matthias freut sich riesig auf die heutige Nacht. Dass die anderen nichts davon mitbekommen sollen, spricht dafür, dass er heute endlich wieder nach Hause gehen darf.

Er arbeitet seinen Papierstapel ab, legt ihn zur Seite und geht pünktlich um ein Uhr zum Büro seiner Chefin. Seine Tasche hat er dabei und die Jacke angezogen.

Er öffnet die Tür, tritt ein und erstarrt. Vor ihm sitzt seine Chefin auf dem Schreibtisch. Um sich herum hat sie Kerzen angezündet, die das Zimmer in ein warmes, angenehmes Licht tauchen. Ihre blonden Haare, die sie sonst immer zu einem Pferdeschwanz gebunden hat, fallen ihr jetzt wild auf die Schultern. Alles was sie trägt ist eine dunkelrote Reizunterwäsche. Mehr nicht.

»Nimm mich«, raunt sie.

Matthias, der völlig überfordert von der Situation ist, geht einen Schritt zurück. »W-Wie bitte?«

»Nimm mich und verpass mir ein Baby!«

»Was? Nein! W-Warum sollte ich das tun?«

Elisabeth rutscht von dem Schreibtisch herunter und kommt lasziv auf Matthias zu.

»Ich möchte mir einen Traum erfüllen«, haucht sie. In ihrer Stimme liegt etwas Irres, etwas nicht Berechenbares.

»Ja, aber nicht von mir«, protestiert Matthias, dreht sich um und greift nach der Türklinke.

»Wir sind hier gefangen, Matthias. Wir sind für immer und ewig in diesem Bürokomplex gefangen. Ich hatte draußen ein Leben. Einen Mann. Wir wollten eine Familie gründen. Und jetzt bin ich hier. Ich kann die Fenster nicht öffnen, ich kann niemanden anrufen, ich kann niemandem von draußen Bescheid sagen, dass ich hier gefangen bin. Die Schlange vor dem Büro meines Chefs ist unfassbar lang. Wenn es hochkommt, lässt er zwei Leute in der Woche raus. Bei einem Gebäude in dem 5000 Menschen arbeiten und jeden Tag neue Angestellte dazu kommen. Es gibt keinen Ausweg.«

Matthias seufzt und dreht sich um. »Das habe ich auch bemerkt, aber es ist kein Grund sich vor mir zu entblößen. Wir sind immer noch Kollegen und ich kenne dich doch erst seit einer Woche.«

Elisabeth nickt und die Tränen, die sich langsam in ihren Augen anbahnen, funkeln im Kerzenschein.

»Ich will trotzdem ein Kind großziehen, auch wenn es hier im Büro aufwächst. Hier sind Stifte und Papier zum Malen und man kann Spielzeuge basteln und es gibt Essen und Internet. Es hätte hier alles, was es zum Aufwachsen braucht. Und du bist einfach die beste Wahl. Du bist nicht so hoffnungslos und depressiv wie die anderen. Du wirkst noch menschlich.«

In Matthias Kopf arbeitet es. Er kann sich einfach nicht vorstellen für den Rest seines Lebens in diesem Büro eingesperrt zu sein. Es muss einen Weg hier heraus geben. Es muss einfach.

»Du hast ernsthaft vor in diesem Büro mehrere Jahre zu verbringen? Das ist ein schlechter Witz, oder? Wo sind die Kameras? Wieso verarscht ihr mich?«

»Ich bin seit drei Jahren hier«, antwortet Elisabeth mit einer zugeschnürten Kehle. »Es gibt keinen Ausweg.«

»Auch wenn du hier schon drei Jahre wärst und mich gerade nicht verarscht, dann bist du feige. Ich werde nicht aufgeben. Ich werde einen Weg aus diesem Gebäude finden. Ich will nicht werden wie diese bleichen Roboterkollegen, die sich nicht einmal mehr unterhalten. Und ich will nicht so werden wie du, die sich, wie eine Nutte, vor ihren Kollegen entblößt. Ich habe noch Hoffnung hier herauszukommen.«

Mit diesen Worten dreht Matthias sich um, reißt die Tür auf und stürzt auf den Flur.

»Und deshalb liebe ich dich.«

Er weiß nicht ob er es sich eingebildet hat, oder Elisabeth tatsächlich ihm ihre Liebe gestanden hat. Wütend rennt er den Flur entlang zu Fahrstühlen. Gibt es in diesem verdammten Gebäude denn nur Verrückte? Eine Woche seines Lebens hat er nun verschwendet, irgendwann ist auch Schluss.

Dann verliert er halt seinen Job, na und? Mit seinen Zeugnissen kann er sich auch überall sonst bewerben.

Wie ein Irrer rennt Matthias durch die Etage, reißt jede Tür auf um zu kontrollieren ob sich dahinter der Ausgang verbirgt. Das wiederholt er auf jeder anderen Etage auch. Doch überall findet er nur die selben Büroräume, die gleichen Teppiche, Tische, Stühle und später, als es wieder Morgen wird, auch die gleichen Menschen. Verwahrloste, hoffnungslose Kreaturen, die sich ohne mit der Wimper zu zucken damit abgefunden haben ihr Leben hier zu verbringen. Er wird niemals so werden. Niemals! Am frühen Morgen fährt er zurück in das Erdgeschoss. Er hat eine Idee. Wenn es keine Tür gibt, die ihn raus lässt, dann muss er einfach durch eines der Fenster fliehen. Keines der Fenster lässt sich öffnen, aber vielleicht kann man sie einschlagen. Wer soll ihn schon hindern? Die Büropolizei?

Er nimmt sich einen Blumentopf mit irgendeiner Pflanze und schmettert sie mit voller Wucht gegen das Fenster. Draußen kann er auf die Straße blicken. Wie die Passanten umher gehen, die Autos, die an dem Gebäude vorbei fahren. Doch niemand scheint ihn zu bemerken.

Er versucht es noch einmal. Greift nach dem Blumentopf und schmettert ihn mit voller Kraft gegen das Fenster. Doch alles, was zerbricht ist der Ton. Am Fenster bleibt nur eine hellrote Staubschicht zurück. Der Abdruck des letzten Versuchs.

Matthias bemerkt, dass es nicht funktioniert. Er sinkt vor dem Fenster auf die Knie und bricht in Tränen aus. Irgendwie muss es doch einen Weg hier raus geben. Irgendwie muss er doch einen Ausweg finden.

Plötzlich spürt er eine warme Umarmung von hinten.

Zwei Jahre später sitzen Matthias und Elisabeth an ihrem Tisch in der Kantine. Um sie herum stochern immer noch die krank wirkenden Kollegen in ihrem Essen herum. Eine handvoll der fünftausend Gesichter haben sich verändert, es sind die Neuen, die allerdings auch schon nach kurzer Zeit die Hoffnung auf ein freies Leben verloren haben. Aber für Matthias und Elisabeth gibt es auch in Gefangenschaft Träume und Wünsche, die man sich erfüllen kann. Sie unterhalten sich gerade über das neue Computersystem, mit dem beide ein paar Schwierigkeiten haben, doch das Gespräch wird durch ein Weinen unterbrochen.

Elisabeth steht auf, geht einmal um den Tisch herum und nimmt das drei Wochen alte Baby auf den Arm. Matthias erhebt sich ebenfalls, stellt sich vor seine Chefin und gibt seinem Sohn zur Beruhigung einen dicken Kuss auf die Stirn.

Wasser und Schlamm

Leon nahm sich das eingepackte Brot, den Apfel und eine Flasche Eistee und verstaute alles in seinem Rucksack. Die dünne Jacke band er sich um seinen Bauch. Er würde sie bei den Temperaturen erst einmal nicht brauchen. Dann ging er zu dem Gastwirt, der hinter seinem Tresen stand.

»Guten Morgen. Ich reise ab und möchte gerne zahlen.«

»Aber selbst verständlich. Das wäre die Übernachtung plus Abendessen, Frühstück und Proviant. Das macht insgesamt–«

»Stimmt's so?«

Leon hielt dem Wirt einen 100 Euro Schein hin. Der ältere Mann griff danach und verstaute ihn in seiner Kasse.

»Das ist ein gutes Stück zu viel. Vielen Dank! Wohin geht's denn weiter?«

»Heute möchte ich durch den Bockholtner Wald. In der Jugendherberge in Grieselspring habe ich mir bereits ein Zimmer gemietet. Das wird mein Ziel sein.«

»Das ist eine ganz schön lange Strecke, die Sie da vor sich haben. Und überhaupt sollten Sie im Bockholtner Wald aufpassen. Ein Teil des Waldes ist vor ein paar Jahren zu einem Moor mutiert. Niemand weiß warum oder kann es sich erklären. Jedenfalls ist es nicht so schlimm, wie man aus Märchen kennt, das ganze Menschen im Schlamm versinken, aber es haben sich schon viele Wanderer ihre Knochen gebrochen oder sind in die Teiche gefallen, weil sie den Weg nicht kannten.«

Leon runzelte die Stirn.

»Wie kann ich ihn umgehen?«

»Einfach auf dem Hauptweg bleiben. Dann passiert Ihnen nichts.«

»Na, das werde ich wohl schaffen. Vielen Dank, ich mach mich dann mal auf den Weg.«

»Viel Erfolg und gute Reise!«

Leon nickte dem Wirt zum Abschied zu und schulterte seinen Rucksack. Dann verließ er das Gasthaus.

Er war bereits seit einigen Tagen unterwegs. Wanderurlaub. Weit weg von richtigen Großstädten. Er nächtigte immer nur in kleineren Gasthäusern. Dort wurden die Kunden seiner Meinung nach noch wertgeschätzt und es musste sich Mühe gegeben werden, damit sie nicht von großen Hotelketten verschlungen wurden.

Als Leon auf den kleinen Parkplatz trat, schien ihm die Morgensonne direkt ins Gesicht. Es war angenehm warm. Sehr gemäßigt. Perfekt zum Wandern.

Er ging an den drei parkenden Autos vorbei, die einzigen Urlauber im Gasthaus und das obwohl Ferienhochzeit war. Nach einigen Metern bog er in den Wanderweg ein, an dem eine Karte auf einem Holzpflock angebracht war. 24 Kilometer lagen vor ihm. Neben dem Hauptweg gab es unzählige kleinere Wanderwege, doch er wollte dem Rat des Wirtes folgen und einfach auf dem Hauptweg entlang wandern.

Der Kieselweg vom Parkplatz wandelte sich nach einigen Metern zu einem platt getretenen Waldweg. Er war sehr eben und neben einigen Hügeln gab es in dem Wald fast keine Steigung. Durch die Baumkronen fiel kaum Sonnenlicht, sodass der schattige Wald nur selten von den Strahlen durchbrochen wurde. Leon genoss die Ruhe. Kein einziger Wanderer kam ihm entgegen.

Nach wenigen Stunden änderte sich der Wald. Um Leon herum lagen umgeknickte Bäume, teilweise auch auf dem Gehweg und abgebrochene Äste waren überall verteilt. Hier musste es vor wenigen Tagen einen Sturm gegeben haben. Es hatte auch einen sehr dicken Baum erwischt, der horizontal auf den Pfad gekippt war. Leon sprang leichtfüßig rüber, doch achtete nicht auf den stabilen Ast auf der anderen Seite. Als er aufkam knickte er mit seinem rechten Fuß um. Ein stechender Schmerz zog durch sein Bein und Leon unterband ein Schreien.

Keuchend ließ er sich auf den Stamm nieder und wartete einige Minuten. Doch der Schmerz in seinem Fuß nahm nicht ab. Er konnte unmöglich noch länger warten, sonst würde er erst tief in der Nacht an der Jugendherberge ankommen. Daher ging er weiter. Er humpelte. Jedes Mal, wenn er mit dem verletzten Fuß auftrat, durchzog ihn ein lähmender Schmerz. Auch beim Bewegen wurden die Schmerzen nicht weniger.

Er quälte sich zu einer Weggabelung, an der wieder ein Schild mit einer Wanderkarte stand und suchte seinen Standort. Er hatte ungefähr die Hälfte des Weges geschafft. Zwölf Kilometer noch. Mit kaum aushaltbaren Schmerzen. Leon fluchte innerlich. Der andere Weg war allerdings kürzer, bestimmt drei oder vier Kilometer müsste er weniger gehen.

Er holte sein Handy hervor und blickte auf die Uhrzeit. Es war Mittag. Extrem viel Zeit blieb ihm nicht mehr und in dem Tempo würde er die normale Wanderroute nicht schaffen. Der Hauptweg war sicher, allerdings würde er durch die Abkürzung im Moor viel Weg und Zeit sparen. Und so gefährlich konnte es nicht sein. Schließlich war es Sommer. Die Wege müssten getrocknet sein und die Teiche daher gut erkennbar. Letztendlich entschied er sich den Weg zum Moor zu nehmen und humpelte weiter. Irgendwann wechselte der Wald zu einer wunderschönen Teichlandschaft. Überall waren kleinere Wassertümpel, an denen die Frösche quakten und Libellen ihre Runden zogen. Die wenigen Bäume und Büsche spendeten allerdings noch genug Schatten, sodass Leon nicht zu heiß wurde. Er versuchte die Schmerzen im Fuß zu ignorieren, doch sie brannten durchgehend und pochten in seinem Kopf. Es musste etwas Schlimmeres sein, als einfach nur ein umgeknickter Fuß.

Neben dem Weg, der, wie Leon vermutet hatte, aus getrocknetem Lehm bestand, fand er irgendwann eine Sitzbank, direkt neben einem kleinen See. Leon guckte kurz auf die Uhr und entschied sich dann, dass es eine gute Idee wäre, zu rasten. Also setzte er sich, aß und trank etwas und ließ die Sonne auf seinen Körper scheinen. Sogar die Schmerzen von seinem Fuß ließen ein wenig nach.

Dann kam ihm eine Idee. Er stand auf, setzte sich an das Ufer vom See, zog seine Schuhe und Socken aus und ließ seine Füße ins Wasser fallen. Eine angenehme Kälte breitete sich aus. Die Schmerzen verschwanden. Leon stützte sich mit seinen Händen ab und ließ seinen Blick auf den See schweifen.

Plötzlich fühlte er etwas Kaltes an seinen Händen und Beinen. Er schreckte auf und sah, wie sich eine Matschpfütze um ihn gebildet hatte. Dazu kam noch, dass es auf einmal unangenehm zu riechen angefangen hatte. Irgendwie süßlich und penetrant.

Als er aufstand, ertönte ein schmatzendes Geräusch zwischen ihm und dem Matsch. Dann bemerkte er es. Direkt neben sich, durch den flüssigen Matsch ans Ufer gespült, lag eine menschliche Hand. Verwirrt und angeekelt starrte Leon sie einige Momente lang an. Dann riss er sich aus seinen Gedanken, kletterte das Ufer wieder hoch, bis er am Weg ankam, zog sich Socken und Schuhe wieder an, packte seinen Rucksack und eilte den Weg weiter. Das Moor war ein Trugbild. Von wegen keine Tote. Der Wirt hatte doch keine Ahnung.

Nach wenigen Schritten fingen die Schmerzen in seinem Fuß wieder an. Obwohl Adrenalin durch seinen Körper gepumpt wurde, verschwand der Schmerz nicht gänzlich. Nach einigen Minuten endete der Gehweg in einen Bach, gute fünf Meter breit. Das Wasser war nicht tief, das konnte Leon sehen, allerdings wusste er nicht, ob er einsinken würde und was das für ihn bedeuten würde. Auf der anderen Seite konnte er den Wanderweg erkennen. Also folgte er dem Bach, in der Hoffnung, dass er irgendwo dünner werden würde. Er wollte es mit seinem verletzten Fuß nicht wagen weit zu springen. Zu Leons Verwunderung wurde der Bach allerdings immer breiter und breiter und machte einige Male einen Knick nach links, sodass Leon irgendwann wieder an der Sitzbank ankam.

Leon verstand es nicht. Der Fluss war doch auf dem Hinweg noch nicht dagewesen. Er eilte von der Bank weiter in die Richtung der Jugendherberge, doch stoppte schon nach einer Minute. Der Bach war einem Teich gewichen, ungefähr 30 Meter breit. Leon konnte nicht einmal mehr den Boden sehen. Sofort drehte er sich wieder um, wollte zurück ins Gasthaus, einen Arzt und die Polizei rufen, doch die Sitzbank vor ihm stand bereits bis zur Sitzfläche unter Wasser.

Wie konnte das sein? Es regnete nicht. Und trotzdem stieg das Wasser Zentimeter um Zentimeter und ließ Leon immer weniger Platz auf seiner Insel. Er war dort gefangen. Auf der Oberfläche erkannte er die starken Strömungen, die ihn unter Wasser reißen würden, wenn er versuchen würde, von der Insel hinunter zu schwimmen.

Die Fläche, auf der er stehen konnte wurde immer kleiner und matschiger. Sogar die Erde sog sich mit Wasser voll. Er ignorierte die Schmerzen in seinem Fuß und kletterte auf einen Baum. Dort setzte er sich auf einen Ast und holte sein Handy heraus. Kein Empfang. Wieso konnte die Technik nicht einmal funktionieren?

Der Fuß des Baumes war bereits von dem Wasser umspült. Nun gab es keine Insel mehr. Und das Wasser stieg und stieg. Egal wohin Leon guckte, überall war Wasser. Als wäre es einem Meer gewichen, nur das Bäume und Sträucher herausragten. Irgendwann konnte er nicht einmal mehr die Sträucher erkennen. Panisch kletterte er weiter nach oben, riss sich an der Rinde die Haut auf. Sein Fuß pochte ohne Pause. Die Wassermassen unter ihm waren ständig in

Bewegung. An manchen Stellen sah er Wirbel, die Laub und Dreck in die Tiefe sogen.

Das Wasser stieg und stieg und Leon kletterte weiter nach oben, bald war er an der Spitze. Er griff nach einem Ast, um nicht das Gleichgewicht zu verlieren. Doch dieser brach mit einem lauten Knacken ab. Leon versuchte sich zu halten, krallte mich mit den Fingern und Füßen an das Holz, doch verlor letztendlich das Gleichgewicht und stürzte in die tosende Flut.

Das Wasser riss ihn mit sich und wirbelte ihn umher. Es war warm, wärmer als es eigentlich sein konnte. Leon zappelte, er versuchte an die Wasseroberfläche zu schwimmen, doch er wusste nicht einmal wo sie war. Vor seinen Augen zog nur die trübe Flüssigkeit umher.

Gegen die Kraft der Wassermassen hatte er keine Chance. Der Druck in seinen Ohren stieg, die Luft in seiner Lunge wurde immer weniger. Könnte er doch nur sehen, wo er war.

Langsam wurde er nach unten gezogen. Unablässig rissen die Gezeiten an ihm. Das aufgeschäumte Wasser wandelte sich irgendwann in eine braune Mischung aus Dreck und abgestandener Flüssigkeit. Leon presste seine Augen zusammen. Der Druck wurde immer stärker. Er brauchte Luft! Luft! Luft!

Er atmete tief ein und spürte, wie das Wasser in seine Lungen drang. Es schmerzte, seine Lungen fühlten sich so an, als würden sie zerbersten. Er musste husten. Stark. Dann sog er wieder das Wasser ein. Dieses Mal war sogar Schlamm mit dabei. Er spürte, wie sich der Dreck in seiner Lunge absetzte und riss ein letztes Mal seine Augen auf. Auch durch sie floss der Schlamm, genauso wie durch die Nase und Ohren und füllten seinen Körper, seine Organe mit modrigem Sumpfwasser und Dreck. Schlamm und Wasser. Schlamm und Wasser. Druck auf den Ohren. Schlamm und Wasser. Leon wurde ruhig. Er sah nichts mehr. Er spürte nichts mehr. Er sank nur noch auf den Boden. Das Moor hatte ihn verschlungen. Hatte ihn in sich aufgenommen. Einverleibt.

Leon liegt am Ufer. Sonne fällt ihm ins Gesicht. Der Rest des Körpers ist von Schlamm bedeckt. Heute ist ein guter Tag. Er hofft, dass jemand seine Hand bemerkt und für einen Moment stehen bleibt, damit das Moor wieder etwas zu Fressen bekommt.

Die perfekte Rasur

Von seinem Esstisch konnte Heinz den Mann beobachten. Der Fremde trug ein Paket unter einem Arm, öffnete mit der anderen die Gartenpforte, ging zielstrebig durch den Garten und klingelte. Heinz blieb sitzen. Wieder so ein Vertreter. Versicherungen. Staubsauger. Was auch immer. So etwas brauchte Heinz nicht. Er biss von seinem Brötchen ab und kaute langsam drauf herum, hielt den Garten die ganze Zeit im Blick. Der Fremde klingelte noch einmal.

Nach einigen Sekunden verließ er wieder das Grundstück und verschwand aus dem Blickfeld von Heinz, allerdings hatte er das Paket nicht mehr dabei. Vielleicht war es doch nur ein Zusteller.

Heinz stand auf, ging zur Haustür, öffnete sie und betrachtete das Paket. Es war viereckig, nicht in der Größe eines Staubsaugers, aber auch nicht so klein, wie irgendeine Zahnpastaprobe. Ein Zettel war unter das Paket geklemmt worden. Er hob das Paket und den Zettel auf, legte es auf dem Küchentisch ab und setzte sich wieder vor sein Brötchen.

Zuerst las er den Zettel.

Sehr geehrter Heinz Olberding.

Sie wurden von unserem Unternehmen als einer der wenigen Tester für unser neues Gerät ausgesucht. Selbstverständlich müssen Sie an dem Test nicht teilnehmen, in dem Fall kommt einer der Mitarbeiter in einer Woche wieder und holt das Gerät wieder ab. Sollten Sie sich erfreulicherweise dazu entscheiden an dem Test teilzunehmen, dann werden Sie natürlich eine Entlohnung erhalten. Dafür müssen Sie dem Angestellten, der das Paket wieder abholt nur ein Zeichen geben und schon wird er sich Zeit für Sie nehmen. Wir freuen uns auf Ihre Rückmeldung.

Unterschrieben war es von dem Geschäftsführer des Unternehmens. Eine echte Unterschrift, keine schlichte Kopie.

Heinz griff nach seinem Messer, mit dem er wenige Minuten vorher sein Brötchen geschmiert hatte und durchtrennte das Klebeband, damit er die Pappe aufklappen konnte. In dem Kasten lag ein Rasierer. Schlichtes Design, nichts besonderes.

Heinz verstand nicht, weshalb man sich wegen so einem Ding soviel Mühe machte. Schließlich könnte er sich dazu entscheiden nicht an dem Test teilzunehmen, aber den Rasierer trotzdem zu behalten. Ein Verlustgeschäft.

Er holte den Rasierer heraus und legte ihn ins Badezimmer. Er hatte eigentlich ein Gerät, das ohne Probleme funktionierte, aber vielleicht bekam er in der Woche einfach mal Lust auf etwas Neues. Nachdem er die Pappschachtel weggestellt und den Frühstückstisch aufgeräumt hatte, ging Heinz zur Arbeit, wie jeden Tag. Abends kam er nach Hause, guckte noch ein wenig Fernsehen und ging dann schlafen.

Am nächsten Morgen war der Bart von Heinz so lang, dass er ihn sich wieder rasieren wollte. Er mochte es mit einem glattrasierten Gesicht vor das Haus zu treten. Im Badezimmer steckte er den Apparat in die Steckdose ein, doch es passierte nichts, als er den *An*-Knopf drückte. Heinz zog den Stecker raus und wieder hinein und versuchte es erneut. Wieder nichts.

Er probierte noch einige andere Möglichkeiten aus, doch der Rasierer blieb tot. Es war nicht verwunderlich, er hatte ihn bereits seit einigen Jahren und rasierte schon lange nicht mehr so gut, wie am ersten Tag. Trotzdem wollte er nicht unrasiert zur Arbeit fahren. Da kam das Testprodukt, das am gestrigen Abend abgegeben wurde, gerade recht.

Der Rasierer funktionierte genauso, wie der Alte. Heinz steckte ihn ein und schaltete ihn an. Er funktionierte, natürlich tat er das. Er stellte die kürzeste Länge ein und fing an sich behutsam zu rasieren. Das neue Modell war nicht halb so laut, wie das Vorherige und irgendwie fühlte es sich auch besser an.

Vielleicht war er einfach zu altmodisch und zu stur, um sich neue Dinge zu kaufen, aber bei diesem Gerät würde es sich wirklich lohnen. Als er sich nach dem Rasieren das Gesicht wusch und zum ersten Mal die Haut berührte durchzog ihn ein gewisses Gefühl der Befriedigung. Sie fühlte sich sanft und glatt an, wie schon seit Jahren nicht mehr.

Heinz war schon etwas älter, doch die Falten schienen wie weg gewaschen. Er blickte auf und betrachtete sich im Spiegel. Tatsächlich sah er irgendwie jünger aus, auch die Haut, die sonst immer durch gräuliche Flecken, kaum zu sehen, aber Heinz hatte es sehr gestört, befleckt war, hatte nun die gesunde Hautfarbe eines Kindes.

Motiviert und mit einem guten Gefühl ging er zur Arbeit. Dort machten ihm seine Kollegen viele Komplimente, sie waren wie verändert zu ihm, obwohl er einfach nur einen anderen Rasierer genutzt hatte. Er würde auf jeden Fall eine Rezension schreiben und sie würde so unfassbar gut ausfallen, dass man denken würde, man hätte Heinz bestochen, damit er das sagt. Gut gelaunt ging er schlafen. Sogar das Kissen fühlte sich viel besser an, irgendwie alles fühlte sich gut an.

Am nächsten Morgen wurde er jedoch von einem Kratzen geweckt. Sein gesamtes Gesicht juckte, Heinz wusste zuerst gar nicht, was los war. Dann stand er auf, ging ins Bad und wusch sein Gesicht mit kaltem Wasser ab. Dieses Mal fühlte sich das Gesicht nicht so gut an. Auch das Jucken verschwand nicht. Er fuhr sich mit der Hand über das Kinn und spürte, wie die Bartstoppeln an der Hand entlangglitten. Sie waren hart und rau.

Sonst immer hatte er sich alle paar Tage rasiert, aber so konnte er ja nicht raus gehen. Nicht seit gestern und den ganzen Komplimenten. Heinz schaltete den Rasierer an und fing an sich erneut zu rasieren, doch irgendwie kam das wohlige Gefühl vom vorherigen Tag nicht auf. Er fühlte sich sogar unwohler als sonst.

Das Jucken, von dem Heinz dachte, dass es von den wachsenden Haaren kommt, verschwand nicht und auch das Gefühl, dass dort irgendetwas war, als er mit der Hand über sein Gesicht fuhr wurde nicht weniger, egal wie oft er sich rasierte.

Heinz versuchte mit allen Mitteln dieses Gefühl loszuwerden. Er rasierte sich, fühlte, rasierte sich wieder, fühlte, rasierte sich und ganz plötzlich, nachdem er eine Stunde im Bad gestanden hatte, hatte er wieder das Gefühl. Das Gefühl von sanfter Haut, von einem glatten Gesicht, von einer perfekten Rasur.

Heinz zog sich um und verließ das Haus. Auf zur Arbeit. Im Vorgarten blieb er abrupt stehen. Irgendetwas stimmte nicht. Plötzlich kippte er einfach nach vorne. Ohne sich abzustützen knallte er auf den Kiesweg und eine Blutlache bildete sich um seinen Kopf. Die Fetzen, die früher einmal sein Gesicht waren, hingen in Strähnen von dem Kopf hinunter. Blutige Fleischklumpen, man konnte sogar die Zähne, Zahnfleisch und die Sehnen des Kiefers erkennen. Die Fetzen, die ganz und gar fehlten, lagen im Waschbecken des Badezimmers. Doch Heinz fühlte sich gut. Heinz hatte eine sanfte Haut. Eine perfekte Rasur.

Im Land der Gesetze

Mein Wecker klingelt um sechs Uhr achtundvierzig. Ich lasse ihn klingeln. Einmal. Zweimal. Nach dem dritten Mal schalte ich ihn aus. Wenn er öfter als drei Mal klingeln würde, dann würde er gegen das Weckgesetz verstoßen. Wecker dürfen nicht vier Mal klingeln. Wenn der Wecker ein oder zweimal klingelt, ist das noch vertretbar, wird allerdings auf privaten Grundstücken nicht gerne gesehen. Ich stehe auf, trage ein schwarzes Shirt und eine kurze, schwarze Hose. Es sind die nach dem Kleidungsgesetz festgelegten Schlafkleidungen. Nach sieben Uhr darf sie niemand mehr tragen, daher ziehe ich mir eine schwarze Jeans und ein weißes Hemd an. So sind die Kleiderordnungen nach dem Kleidungsgesetz nun mal. Man hat sich daran zu halten.

Ich gehe in meine Küche, suche mir eine der blauen Schüssel heraus und stelle sie auf den Tisch. Eigentlich muss ich sie gar nicht suchen. Ich habe nur blaue Schüsseln. Mein Nachbar hat mir letztens seine Schüsselsammlung gezeigt. Er hat rote Schüsseln, aber die gleiche Küche. Ich finde meine Schüsseln besser. Ich fülle Haferflocken in die Schüssel. Genau einhundertfünfundzwanzig Gramm. Soviel darf ich morgens essen. Das Ministerium für Nahrung und Ernährung misst jeden Monat die Größe und das Gewicht der Bürger nach, um die Rationen fair verteilen zu können.

Ich greife nach einer Milchtüte und messe den Inhalt in einem Becher. Es sind genau zweihundert Milliliter. Nicht mehr und nicht weniger. Ich habe noch nie Milch weggelassen, geschweige denn mehr getrunken, als ich durfte. Das würde schließlich gegen das Ernährungsgesetz verstoßen. Und das würde nun wirklich zu weit gehen.

Ich setze mich auf den Stuhl an meinem Frühstückstisch in meinem Frühstückszimmer. Hinter mir befindet sich das Bücherregal mit den alten Gesetzbüchern. Es reicht einmal um den gesamten Raum herum und geht bis an die Decke. Und das sind gerade mal die Bücher aus dem letzten Jahr. Aber für was soll man seinen Lohn sonst ausgeben, außer für Sexspielzeug aus Bobbys Begattungs- und Bestattungsshop und für Gesetzbücher. Ich esse meine Haferflocken. Mal mache ich meinen Löffel sehr voll, mal sehr wenig. Mal kaue ich langsam, mal schlinge ich den

Hafermatsch einfach hinunter. Es ist ein Genuss so essen zu dürfen, wie man will. Dafür gibt es nämlich noch kein Gesetz. Wichtig ist nur, dass man etwas isst. Ich esse meine Schüssel leer und wasche sie sofort ab. Nach dem Reinigungsgesetz darf schmutziges Geschirr nicht länger als zehn Minuten an der freien Luft liegen. In der Gastronomie dürfen es fünfzehn Minuten sein. Dafür muss das Geschirr auch einen höheren Sauberkeitsstatus erreichen, als in einem privaten Haushalt. Ich ziehe mir mein schwarzes Sakko über und verlasse mein Haus. Meine Nachbarn gehen ebenfalls an die frische Luft. Erst begrüße ich den Rechten, Herrn Mueller, dann den Linken, Herrn Mühler. Das gehört sich so.

In einer Reihe gehen wir in die Richtung der Bahnstation. Wir reden nicht, denn das würde uns von unseren Gedanken an die Arbeit ablenken. Für Smalltalk gibt es jeden Tag um dreizehn Uhr die Smalltalk Pause. Dort sind allerdings nur oberflächliche Fragen gestattet. Vor einigen Jahren wurde das Kommunikationsgesetz eingeführt, weil es viel zu viele Menschen gab, die Hass verbreitet haben oder uns mit tiefsinnigen Fragen verwirrt haben. So etwas hat der Wirtschaft drastisch geschadet und wenn der Wirtschaft geschadet wird, ist das nicht gut.

Hass und Neid. So etwas gibt es in unserer Gesellschaft nicht mehr.

Am Bahnsteig entdecke ich ein Kaugummi auf dem Boden. Ich betaste es. Mir fällt auf, dass es erst seit einigen Minuten dort liegen muss. Für so etwas habe ich einen Kurs gemacht. Einen vom Bahnhofsleiter gesponserten Kurs, um erkennen zu können, wie lange etwas auf dem Boden liegt. Der Umwelt zuliebe. Und für einen schönen Bahnhof. Niemand mag hässliche Bahnhöfe.

Ich löse mich von der Reihe, die weiter in Richtung der Gleise geht und stelle mich vor einen Anzeigeroboter.

»Hallo. Bitte stecken Sie Ihre Identifikationskarte in den Schlitz über dem rot blickenden Licht.«

Ich hole meine Geldbörse aus meiner Tasche. Neben 37 Euro und 25 Cent habe ich auch meine Identifikationskarte mitgenommen. Ich hole sie heraus und schiebe sie in den Schlitz.

»Hallo, Bürger Nummer 018AG74-834HBT. Bitte wählen Sie das Verbrechen aus, das Sie melden wollen.«

Der Anzeigeroboter ist glücklicherweise auf den Bahnhof eingestellt, sodass auf dem großen Bildschirm von Anfang an die Option *Verschmutzung von Bahnhofseigentum durch Kaugummis* vorhanden ist. Ich bestätige meine Auswahl und gebe an, dass es ein unbekannter Täter war, der den Boden verschmutzt hatte.

Dann gehe ich zu meinem Bahngleis. Meine Nachbarn und Freunde stehen in Zweierreihen vor den Gleisen und warten auf die Einfahrt des Zuges. Sie dürfen nicht alleine dort stehen. Geschweige denn in Dreier- oder Viererreihen. Es gibt zwar kein Gesetz vom Staat aus, jedoch ist die Bahnhofsordnung auf Bahnhöfen schon sehr wichtig.

Ich stelle mich neben einen nervösen Burschen. Er seufzt erleichtert, denn wenn er weiterhin alleine gewesen wäre, hätten ihn die Sicherheitsleute mitgenommen.

Der Zug fährt ein. Man hört das Quietschen der Reifen. Normalerweise bleibt der Zug mit den Türen direkt vor den Reihen stehen, doch als sich die Türen öffnen und die ersten beiden einsteigen wollen, stößt sich einer die Schulter. Er schreit laut auf und bricht zusammen.

Sofort kommt ein Sicherheitsmann angelaufen und zerrt den jungen Schaffner aus seiner Kabine. Er hat zu spät gebremst und somit das Leben von vielen Menschen gefährdet.

Der Schaffner versucht sich loszureißen. In seiner Ausbildung muss man ihm erzählt haben, was mit Menschen passiert, die Fehler machen. Was mit Versagern passiert. Unter der Treppe öffnet sich eine Tür und ein neuer Schaffner kommt heraus. Der Verkehr wird schnell wieder fortgesetzt.

In dem Zug bekommt jeder einen Sitzplatz. Früher war das nicht so. Früher, als man sich noch entscheiden konnte, wohin man fährt. Es war eine schlimme Zeit.

An der Endstation steige ich aus und schließe mich der Reihe an, die in die Richtung des Bürogebäudes geht, in das ich auch muss.

Jeder trägt eine schwarze Hose, ein weißes Hemd und ein schwarzes Sakko. Es sieht toll aus. Niemand fühlt sich besser als der andere. Niemand ist besser als der andere. Es ist alles gut.

Morgen ist Freitag. Es ist der einzige Tag in der Woche an dem man frei hat. Dort kann man sich zu einem großen Teil entscheiden, was man macht. Geht man ins Schwimmbad? Geht man ins Kino? Oder geht man doch lieber auf den Rummelplatz?

Diese drei Möglichkeiten gibt es. Nicht mehr und nicht weniger. Und für jede Möglichkeit gibt es ein eigenes Gesetzbuch. Ich habe jedes doppelt, weil mir die Einbände so gut gefallen.

An der Eingangshalle stecke ich meine Identifikationskarte in den Zeitautomaten. In elf Stunden werde ich sie wieder abholen können. Bis dahin werde ich arbeiten.

Ich steige die Treppen nach oben. Jede Stufe ist genau einunddreißig Zentimeter hoch, wie es im Architektengesetz steht. Jede Stufe in dieser Stadt ist einunddreißig Zentimeter hoch. Letztens musste ein ganzes Hochhaus abgerissen werden, da die Stufen nur einundzwanzig Zentimeter hoch waren. Der Besitzer meinte, dass es für die Alten so besser wäre. Was für ein Trottel.

Ich setze mich an meinen Schreibtisch. Dann nehme ich meinen Stempel in die Hand und fange an wichtige Dokumente abzustempeln. Mein Chef sagt, dass ich die letzte Prüfung mache, bevor die Dokumente rausgehen. Das macht mich glücklich, denn ich fühle mich wichtig.

Ich stemple weiter. Schnell. Konzentriert. Pflichtbewusst. Ich stemple und stemple. Ich produziere wichtige Dinge. Wichtige, wichtige Dinge. Ich weiß zwar nicht wofür die Dokumente gut sind, aber sie sind wichtig. Also stemple ich sie.

Laut dem Arbeitnehmergesetz beginnt um dreizehn Uhr die Smalltalk Pause. Ich gehe zu meinem Kollegen neben mir. Das Wetter ist schön, er kommt gut mit der Arbeit voran, seinem Bücherregal geht es gut. Ich finde das Wetter auch schön. Ich komme auch gut mit der Arbeit voran. Meinem Bücherregal geht es auch gut.

Dann arbeite ich weiter.

Ich finde es schön in diesem sicheren System zu leben. Mir kann nichts passieren. Jedenfalls denke ich mir das immer.

Ich beende meine Arbeit nach elf Stunden und einer Minute (Überstunden wirken sich immer gut aus) und will mich gerade auf den Weg nach Hause machen, da ruft mich mein Chef in sein Büro.

Herr Müller lehnt sich dekadent in seinem pinken Plüschsessel zurück und blickt mich traurig durch seine bunte Hornbrille an.

Er sagt:»Nach dem Chancengleichheitsgesetz, werde ich in einigen Abteilungen einige Arbeitnehmer entlassen müssen. Der Staat will das so. Es tut mir wirklich leid, aber ich muss Sie auch entlassen.«

Ich will es nüchtern nehmen.

»Das ist schon in Ordnu–«

»Raus aus meinem Büro! Der Nächste!«, schreit mein ehemaliger Chef.

Ich gehe aus dem Bürogebäude heraus. Ich bin verwirrt. Ich kenne die Gesetzestexte nicht, wenn man keinen Beruf mehr hat. Mein ganzes Leben habe ich gearbeitet. Auf meinem Weg nach Hause komme ich an einer Bar vorbei. Ich war noch nie in einer Bar. Ich gehe hinein und bestelle mir etwas zu trinken. Laut dem Gastronomiegesetz muss der Barkeeper mir einen Wodka in ein dreieckiges Glas bis zum Rand füllen. Doch der Barkeeper stellt mir nur die Flasche auf den Tisch.

»Hier gelten die Gesetze von draußen nicht, Kumpel. Trink aus der Flasche.«

Ich nehme die Flasche und laufe aus der Bar hinaus. Mit so einem Gesetzlosen möchte ich nicht gesehen werden. Zu Hause blättere ich das Arbeitslosengesetz durch. Ich studiere jeden einzelnen Paragrafen. Irgendwann falle ich betrunken und gebildet ins Bett und schlafe ein.

Am nächsten Morgen klingelt mein Wecker dreimal. Dann stehe ich um sechs Uhr achtundvierzig auf und ziehe mich um. Ich gehe in die Küche und fülle einhundertfünfundzwanzig Gramm Haferflocken in meine blaue Schüssel. Dann nehme ich die Milchtüte. Mein Kopf brummt. Ich habe gestern zu viel Alkohol getrunken. Nach dem Gesundheitsgesetz habe ich mich strafbar gemacht. Doch anscheinend hat es niemand bemerkt.

Ich schütte die Milch in meine Haferflocken. Fünfzig Milliliter. Hundert Milliliter. Hundertfünfzig Milliliter. Zweihundert Milliliter. Zweihundertundein Milliliter. Einer zu viel.

Plötzlich dröhnt eine laute Sirene in dem Gebäude. Meine Tür wird aufgetreten und schwer bewaffnete Staatsmänner rennen in meine Wohnung, schlagen mir ins Gesicht und nehmen mich mit.

Die Waschmaschine

Ich starrte in das runde Fenster und befand mich durch das gleichmäßige Rotieren in einer Art Trance. Das Wasser vermischte sich
mit der Seife, ich sah meine blauen Jeanshosen, weiße Shirts und
hin und wieder auch eine schwarze Socke. In dem gesamten Raum
war nur das gleichmäßige Schleudern der Waschmaschine zu hören.

Neben mir stand meine Frau Melissa und vor ihr mein dreijähriger
Sohn Dustin, die beide mit einem ähnlichen Gesichtsausdruck auf
das Bullauge blickten. Ich war erstaunt, dass das Ding einwandfrei
funktionierte. Unsere alte Maschine war kurz nach Ablauf der
Garantie irreparabel kaputt gegangen. Obwohl wir in einem kleinen
Einfamilienhaus wohnten, das zum Großteil auch schon abbezahlt
wurde, fehlte es an Geld, um ein neues, qualitativ hochwertiges
Gerät kaufen zu können.

Daher hatte ich im Internet nach gebrauchten Waschmaschinen
gesucht und war beeindruckt, als ich eine für gerade mal dreißig
Euro fand. Sie war in einem guten Zustand und der Verkäufer hatte
mir zugesichert sie sogar wieder zurückzunehmen, sollte sie nicht
ohne Probleme funktionieren.

Er hatte in einem Nachbarort gewohnt, sodass es keine Schwierigkeiten dargestellt hatte, mit meinem Auto dort hinzufahren und die
Maschine abzuholen. Es hatte trotzdem einige Stunden gedauert sie
zu entladen und korrekt anzuschließen.

In mir stieg ein kleiner Funken Stolz auf, während ich sah, wie
zufrieden meine Frau war und wie fehlerlos die Maschine lief.
Irgendwann wurde es Dustin allerdings zu langweilig und er zog
Melissa mit seinen kleinen Händchen aus dem Keller nach oben,
damit sie mit ihm spielte.

Ich blieb alleine im Keller zurück und verlor mich durch das
beruhigende Rotieren so lange in meinen Gedanken, bis der Waschgang beendet war.

Ich öffnete die Waschmaschinentür, legte die Wäsche in einen
Korb und ging in den Heizungsraum, in dem sowohl die Haupt-
heizung und Wasserboiler standen, als auch einige Wäscheleinen
gespannt waren. Nach und nach hängte ich die Kleidung auf. Hosen,
Pullover, Socken, Unterwäsche, bis ich etwas Merkwürdiges in den
Händen hielt.

Es war sonst eigentlich ein ganz normales weißes Shirt gewesen, doch durch den Waschgang hatte es sich in ein hässliches Eitergelb verfärbt. Vielleicht war mit der Maschine doch nicht alles in Ordnung. Es fühlte sich auch gar nicht mehr nach feuchtem Stoff an, sondern hatte etwas glattes, glitschiges an sich, fast eine fischartige Konsistenz. Ich schnupperte dran und musste mir Mühe geben mich nicht zu übergeben. Der bestialische Gestank von Schwefel und vergammelten Eiern schoss mir ins Gehirn. Ich legte das Shirt erst einmal zur Seite.

Eigentlich hätte ich die Waschmaschine sofort umgetauscht, allerdings war nur dieses eine Kleidungsstück verändert gewesen. Der Rest der Wäsche war so rein, sauber und gut riechend, wie ich es erwartet hatte. Ich nahm mir vor es Melissa zu verschweigen.

Vielleicht hatte sich der Staub und Schmutz, der sich in den Monaten, in der die Maschine nicht genutzt wurde, einfach nur auf dem Shirt verteilt und auf keinem der anderen Kleidungsstücke. Die nächste Fuhre würde perfekt werden und wenn nicht, dann hätte ich die Waschmaschine immer noch umtauschen können.

Ich warf mein Shirt einfach in den Mülleimer, kippte noch ein wenig anderen Müll darüber, damit meine Frau es auch auf gar keinen Fall finden konnte und zeigte ihr die Wäsche auf der Leine. Sie freute sich darüber und versprach mir am nächsten Tag mein Lieblingsessen zu kochen, als Dank für die neue Maschine und weil sie mich liebte.

Als ich am Abend darauf von der Arbeit nach Hause kam, war die Küche leer. Kein Abendessen, keine Frau. Im gesamten Erdgeschoss konnte ich sie nicht finden und Dustin, der in seinem Zimmer mit Bauklötzen spielte, konnte mir auch keine Antwort geben.

Ich entschloss mich dazu in den Keller zu gehen, vielleicht war sie gerade dabei die Wäsche abzunehmen, die sie am Morgen waschen wollte. Und tatsächlich fand ich sie dort, nur nicht im Heizungs-raum, sondern in dem Zimmer, in dem die Waschmaschine stand.

Sie saß im Schneidersitz vor der Maschine und starrte in das Bullauge. Sie schien mich nicht bemerkt zu haben, denn sie zuckte vor Schreck ein wenig zusammen, als ich fragte, was sie dort denn machen würde. Dann antwortete sie mit etwas, dass mich verunsicherte und ich fast schon gruselig fand. Sie meinte, dass es schön wäre die Waschmaschine anzugucken, die Rotation, die vermischten Farben und die Gleichmäßigkeit. Ich ging näher an sie heran, um mich zu vergewissern und tatsächlich war der Waschgang bereits fertig.

Ich konfrontierte sie damit, dass sie doch schon am Morgen, sogar noch, als ich zu Hause war und mich für die Arbeit fertig machte, die Wäsche in die Maschine gepackt hätte. Doch sie starrte weiterhin auf oder in das Bullauge und faselte irgendetwas Unverständliches. Ich schüttelte genervt den Kopf, griff nach dem Wäschekorb und holte die Kleidung aus der Waschmaschine heraus. Sie war noch feucht, aber bei weitem nicht so feucht wie sonst immer. Hatte Melissa wirklich den ganzen Tag der Waschmaschine beim Waschen zugeschaut? Und nicht nur das, sie hatte ihr zugeschaut, während der Waschgang schon längst beendet war.

Es war mir im Prinzip egal, was sie mit ihrer Zeit machte, solange sie Dustin genug umsorgte. Trotzdem war ich etwas säuerlich, als ich in den Heizungsraum ging, um dort wiedermal die Kleidung aufzuhängen. Meinen Feierabend hatte ich mir anders vorgestellt.

Ich war enttäuscht, als ich wieder ein Kleidungsstück fand, dieses Mal eine hautenge Jeans von meiner Frau, dass die gleichen Merkmale, wie das Shirt aufwies. Merkwürdige, schleimige Konsistenz, stinkend, aber dieses Mal in einem dunkelroten, fast schon ins schwarz gehenden Farbton.

Und dieses Mal zeigte ich es meiner Frau, die mittlerweile aufgestanden war und wieder normal wirkte. Doch sie fand das gar nicht so schlimm, eigentlich total gut. Sie meinte, dass die neue Farbe die Hose aufwerten würde und durch den Geruch könnte sie immer eine eigene Sitzbank in der Bahn bekommen.

Ich hielt es für einen Witz und meinte, dass ich die Waschmaschine wieder zurückbringen würde. Daraufhin explodierte meine Frau förmlich. Sie hatte schon immer sehr starke, unberechenbare Stimmungsschwankungen gehabt, doch dieses Mal hatte es vorher nicht die leisesten Anzeichen gegeben.

Sie schrie mich an, was mir denn einfiele, dass die Waschmaschine perfekt für uns sei. Dass wir uns nicht leisten könnten eine andere zu kaufen, was nicht unbedingt stimmte. Ich sagte ihr, dass sie sowieso nur 30 Euro gekostet hätte und ich bereit war 70 für eine Bessere zu zahlen. Dann fing sie an mich zu beleidigen. Es fielen keine Argumente mehr, nur noch plumpe Schimpfwörter, die mich auch wirklich verletzt hatten. Was für ein egoistischer Penner ich doch war und eigentlich schon immer gewesen war, dass ich keine Ahnung hätte, wie schlimm es für sie wäre wieder für einige Tage keine Waschmaschine zu haben und dass ich ein empathieloses Arschloch sei. Und dass ich es bereuen würde, die Waschmaschine umtauschen zu wollen und sie mir das auch zeigen würde.

Dann rannte sie aus dem Keller raus und als ich auch wieder ins Erdgeschoss kam, hörte ich sie im Schlafzimmer weinen. Ich ließ sie in Ruhe. Immer wenn sie einen Wutanfall hatte, brauchte sie einige Zeit für sich und nach einigen Stunden hatte sie sich sonst immer beruhigt, doch an diesem Tag nicht.

Sie ging früh ins Bett und schlief bereits, als ich mich zu ihr legte. Trotzdem war etwas anders. Eine gewisse Kälte lag zwischen uns. Wir waren nie wirklich wütend auf uns eingeschlafen und die Stille machte mir ein wenig Angst, obwohl ich wusste, dass Melissa schlief und mich nicht absichtlich anschwieg.

Mitten in der Nacht wurde ich wach. Ich schlug meine Augen auf und bemerkte durch das fahle Licht einer Straßenlaterne, die in unser Schlafzimmer leuchtete, dass meine Frau nicht mehr da war. Mein Wecker projizierte in roten Zahlen die Uhrzeit an die Wand. 3:48 Uhr, mitten in der Woche.

Ich drehte mich auf den Rücken und lauschte, vielleicht war sie ja nur auf der Toilette, doch ich hörte ein rhythmisches, dumpfes Klopfen. Was tat sie gerade? Es hörte sich fast so an, als würde sie irgendetwas zusammennageln. Brett an Brett, Hammer auf Nagel, nur nicht so schnell, zwischen dem Klopfen waren gut drei Sekunden Abstand.

Ich seufzte, stand auf und verließ das Schlafzimmer. Ich trug nur mein Nachtshirt und eine kurze Stoffhose, meine Füße waren nackt und ich hörte meine Schritte unter mir. Wieder war im Erdgeschoss meine Frau nicht auffindbar, wieder ging ich in den Keller. Ich vermutete, dass meine Frau sich noch nicht beruhigt hatte und jetzt irgendetwas mit der Waschmaschine machte, irgendetwas Verrücktes.

Doch als ich in den Waschraum trat überstieg das was ich sah meine Vorstellungen um Längen. Mein Sohn stand neben der Waschmaschine und blickte mich mit seinen katzenartigen, orangenen Augen wütend an. Seine violette Haut hing faltig an seinen dünnen Kinderarmen hinunter und bei seinem gestellten, viel zu weit aufgerissenen Lächeln entblößte er eine Reihe verfaulter Zahnstummel.

Doch das war nicht das einzige, was mich in Panik versetzte. Das andere, dass mich meinen Verstand verlieren ließ, kam von dem regelmäßigen Klopfen. Dustin hatte in einer Hand die Tür der Waschmaschine fest umklammert und schlug sie wieder und wieder zu. Jedenfalls versuchte er es, denn etwas hielt die Tür davon ab zuzuknallen. Aus dem aufgeplatzten, deformierten Kopf meiner Frau flossen Unmengen an Blut hinaus und ihr pinkfarbenes Hirn wurde bei jedem Schlag weiter nach draußen gepresst. Schlag für Schlag für Schlag.

Ja, ich sollte die Waschmaschine wirklich umtauschen. Solche Veränderungen konnte ich in meinem Haus nicht gebrauchen.

Staubbedeckt

Die Autobahn war bis auf ein paar wenige Fahrzeuge absolut leer. Johannes hörte keine Musik beim Fahren, er genoss das gleichmäßige Rauschen und Dröhnen von den Reifen auf dem Boden und den Wind der um die Karosserie zog. Bis auf ein paar rote Rücklichter, das leuchtende Display im Armaturenbrett und den Asphalt, den sein Scheinwerfer beleuchtete sah er nichts. Er hatte sich für sein Vorhaben extra eine dunkle, bewölkte Nacht ausgesucht.

Nach einigen Kilometern, die er wie in Trance über die Autobahn gerauscht war, sah er das Raststättenschild. Seine Vorfreude stieg sofort noch viel höher, als sie ohnehin schon war. Als die Schilder ihm sagten: Nur noch 500 Meter, nur noch 200 Meter, nur noch 100 Meter, schaltete er seinen rechten Blinker ein und fuhr von der Autobahn ab.

Die Raststätte wirkte einsam. Bis auf ein kleines Klohaus umgeben von dutzenden, freien Parkplätzen, einigen Picknickbänken und Mülltonnen, gab es nichts, was darauf hinwies, dass hier überhaupt eine Raststätte war. Johannes parkte seinen Opel Corsa trotzdem pflichtbewusst in eine der Parklücken. Jetzt in irgendeiner Art und Weise Aufmerksamkeit zu erregen wäre doch sehr unangenehm für sein Vorhaben.

Er stieg aus dem Wagen, öffnete seinen Kofferraum und holte einen Rucksack raus, in dem er alles mögliche hineingepackt hatte. Eine Flasche Wasser, ein Sandwich, Regenschirm, Taschenlampe, notdürftiges Erste-Hilfe-Zeug und ein Ersatzakku für sein Handy, falls doch etwas schief gehen sollte.

Im Hintergrund hörte er hin und wieder ein Auto vorbeirauschen. Menschen, die bis spät in die Nacht arbeiten mussten. Doch dort wollte Johannes nicht hin. Johannes ging in die entgegengesetzte Richtung, weg von der Autobahn, weg von der Raststätte – hinein in einen dicht bewucherten Laubwald.

In der einen Hand hielt er seine Taschenlampe, mit der er die Wurzeln und Äste vor ihm erkennen konnte und in der anderen sein Smartphone, auf das er sich eine Karte der Umgebung geladen hatte.

Je tiefer Johannes in den Wald hinein ging, desto angespannter und auch gespannter wurde er. Einmal knickte er mit dem Fuß um und riss sich an einem Busch den linken Knöchel auf, doch solche

Schmerzen waren für ihn mittlerweile normal geworden. Er spürte diese Anspannung, diese Vorfreude, vielleicht auch ein wenig Angst, doch weit aus weniger, als beim ersten Mal.

Johannes fand, dass er ein komplizierter Mensch war. Er hatte sich in einer Kleinstadt eine Wohnung angemietet und hatte einen Job als Bankkaufmann, den er auch souverän bewältigte.

Doch alle paar Wochen wurde ihm das einfach alles zu viel. Er musste weg. Weg in die Natur, alleine sein, seine innere Ruhe finden. Und da er ja Pflichten zu erfüllen hatte, blieb ihm nichts anderes übrig, als diese Ruhe in den Nächten zu finden. Dann war er immer durch die Wälder gewandert und war erst am Morgengrauen glücklich und ausgeglichen wieder nach Hause zurückgekehrt.

Irgendwann, er wusste nicht ob es Zufall oder Schicksal war, fand er auf einer seiner Wandertouren ein verlassenes, altes Haus. Eine intakte Ruine, vergessen von allen, die einst davon wussten. Dieses Haus zu erkunden gab ihm mehr als eine innere Ruhe. Es gab ihm einen Kick, einen Adrenalinstoß. Ein Gefühl, von dem er mehr haben wollte. Und so kam es, dass er anfing auf Google Maps nach alten Häusern in versteckten Wäldern zu suchen. Und diese Methode funktionierte gut. Alle zwei bis drei Wochen war Johannes unterwegs. Wie heute.

Und auch heute entdeckte er nach etwa einer Stunde, die er alleine durch den Wald gegangen war, eine alte Häuserruine. Es war ein relativ großes Haus, nicht ganz eine Villa, aber auf jeden Fall ein größeres Anwesen. Er umkreiste das Haus langsam und versuchte alle Stellen mit seiner Taschenlampe anzuleuchten, um sich ein vollständiges Bild von dem Gebäude machen zu können.

Die Fenster waren tatsächlich noch intakt und spiegelten durch das vergilbte Glas das Licht der Taschenlampe in einem ungesunden, matten Schein wieder. Überall hing Moos und andere Vegetationen. Johannes dachte unabsichtlich an ein Zitat von Gerhart Hauptmann, dass er vor unzähligen Jahren mal in der Schule gehört hatte: *Man darf das Gras nicht wachsen hören, sonst wird man taub.*

Als Johannes sich die Außenfassade lange genug angeguckt hatte, ging er zur Haustür. Auch sie war noch intakt und er hoffte, dass nicht abgeschlossen war, sonst müsste er sich mühsam durch eines der Fenster Zutritt verschaffen und das wollte er nicht. Dafür war das Haus einfach zu unberührt und unversehrt. Zu seinem Glück ließ sich die Tür ohne Probleme öffnen. Er trat ein und schloss die Tür hinter sich.

Das Erste, was Johannes auffiel, war der Geruch. Oft stank es in solchen Ruinen nach Unrat, weil sich irgendwelche Junkies oder Besoffenen dorthin zurückgezogen hatten, doch in diesem Haus roch es eher nach einer modrigen Höhle. Nach feuchter Erde und ein wenig, so wenig, dass es Johannes nicht einmal störte, nach Schwefel.

Dann sah er sich um. Die Möbel waren alle mit einer dicken Schicht Staub überzogen. Klar, wenn niemand hier ist, um sauber zu machen. Sogar seine Schritte auf dem Holzboden hinterließen Fußspuren, wie bei einem Spaziergang im Winter nach Neuschnee. Er schritt durch den Flur und öffnete eine Tür, die sich quietschend öffnete.

Vor ihm erstreckte sich ein großer Raum mit Sesseln, einem Tisch und sogar Gemälden an den Wänden. Johannes hatte sich nie wirklich für Geschichte interessiert, doch da er regelmäßig in alten Gebäuden unterwegs war, hatte er sich irgendwann mal die Grundlagen für Möbeldesign angeeignet, damit er etwa einschätzen konnte, wie alt das Gebäude war.

Die Möbel in diesem Zimmer konnte er dem frühen 20. Jahrhundert zuordnen. Das dunkle Holz war sehr verschnörkelt und mit, trotz der dicken Staubschicht darüber, sehr weich wirkendem Fließ überzogen.

Er wollte gerade einen der Sessel mit seiner Hand abfegen und darauf Platz nehmen, um sein Sandwich zu essen und eine Pause zu machen, als er über sich ein Knarzen hörte. Er suchte die Decke mit seiner Taschenlampe ab, doch konnte nichts Ungewöhnliches erkennen. Nur ein Kronleuchter hing einsam von der Decke. Einst war es bestimmt sehr prunkvoll hier gewesen, doch durch die Dunkelheit und die ewige Staubschicht, die sich in all den Jahrzehnten angesammelt hatte, wirkte alles in dem Gemäuer eingefallen und farblos.

Wieder ein Knarzen, gefolgt von einem schnellen Tippeln. Ein Schauer lief über Johannes' Rücken. Jemand oder etwas musste im Stockwerk über ihm sein. Einen Menschen schloss er aus, sonst hätte er die Fußspuren im Staub entdeckt und an der Außenfassade gab es nirgends die Möglichkeit einfach so ins erste Stockwerk zu klettern.

Er verließ das Wohnzimmer und ging weiter den Flur entlang. Je weiter er ihn entlang schritt, desto stärker wurde der Geruch von Schwefel. Außerdem vermischte sich dort eine Art süßer Duft. Kein angenehmer Geruch und irgendwo hatte er ihn schon einmal wahrgenommen. Johannes fiel es aber einfach nicht ein, woher er diesen Gestank kannte.

Er betrat ein anderes Zimmer, offensichtlich der Arbeitsraum. Ein klobiger Schreibtisch stand in der Mitte, auf dem einige vergilbte Papiere lagen. Links und rechts waren Bücherregale bis zur Decke aufgetürmt, die wohl geordnet und noch gut in Schuss waren. Für einen Antiquitätensammler wäre das hier ein Paradies, dachte Johannes sich.

Dann hörte er ein weiteres Rumpeln und zuckte zusammen. Im ersten Stockwerk wohnte etwas. Eine Ratte? Eine Katze? Johannes überlegte eine Zeit lang, ob er weglaufen sollte. Weg von dem Haus mit dem komischen Geruch und dem gespenstischen Gepolter. Doch eine andere Seite in ihm war neugierig und wollte wissen, was da oben war, wollte mehr Adrenalin spüren, wollte Action, wollte den Kick. Und diesem Gefühl gab die Angst und der klare Verstand nach.

Johannes verließ auch das Bürozimmer wieder und suchte nach der Treppe. Nach einigen Zimmern fand er sie. Das Geländer war ebenfalls sehr verziert und aus dem dunklen Holz geschnitzt. Die Stufen hingegen waren grau durch den Staub. Auch hier gab es nicht die geringsten Anzeichen, dass ein Mensch oder überhaupt irgendein Lebewesen irgendwann hier lang gegangen war.

Als Johannes auf die erste Stufe trat, spürte er, wie sich das Holz unter ihm dehnte und ein lautes Knarzen zog durch das Haus. Er hielt sich fast schon verkrampft an dem stabil wirkenden Geländer fest und ging Stufe für Stufe nach oben.

Der beißende, süßliche Gestank wurde stärker, je weiter er nach oben ging und mit einem Mal erinnerte sich Johannes wieder daran.

Es war vor gut zwei Monaten gewesen, als er wieder durch einen Wald gegangen war und ein Haus besichtigen wollte. Dort waren die Wände mit Graffiti entstellt worden und Johannes hatte Dosen und Flaschen gefunden.

Doch das war nicht das Schlimmste gewesen. Das Schlimmste war die halb verweste tote Katze, die sich offenbar in dem Haus verlaufen hatte und elendig verhungert war. Fliegen und andere

Insekten hatten ihren Körper befallen gehabt. Damals musste Johannes ein Würgen unterdrücken und war schnell wieder nach draußen gestürmt.

Er rechnete mit einem gleichen Bild im ersten Stockwerk. Dann würde der Rest der Erkundung des Hauses zwar ins Wasser fallen, aber ein Haus zu durchsuchen wo eventuell die Leiche einer Katze rumliegt, fand Johannes doch etwas unangenehm. Das Tippeln und das Knarzen schob er auf irgendwelche Ratten, die die Leiche nach und nach auffraßen.

Johannes stieg mit pochendem Herzen weiter nach oben, in der Hoffnung, dass es doch anderes wäre, als erwartet. Doch in Wirklichkeit war es noch viel schlimmer.

Als er im ersten Stockwerk ankam und das Zimmer betrat, von dem er meinte, dass dort der Geruch am Stärksten wäre, sah Johannes etwas, dass ihn für den Rest seines Lebens begleiten würde. Er schwenkte mit der Taschenlampe über den Boden, auf der Suche nach einer Leiche und erstarrte, als er eine fand. Allerdings blickte er nicht auf eine zerfressene Katze, sondern auf den Körper eines toten Menschen.

Seine Haut war genauso grau und staubbedeckt, wie alles in dem Haus. An seinem Gesicht hingen einige Hautfetzen hinunter und es schien, als wären die Lippen abgefressen worden. Doch das Zahnfleisch war noch intakt, sodass die Zähne, die teilweise vergilbt, teilweise zu schwarzen Stummeln gewichen, aus dem Schädel ragten, noch am Mund befestigt waren. Es machte den Eindruck, als wäre der Mann, jedenfalls war die Statur und die Kleidung eher die von einem Mann, fand Johannes, teilweise mumifiziert.

Das Shirt, das die Leiche noch trug war früher wohl rot gewesen, doch Johannes konnte nur noch einen bleichen dunkelroten Ton erkennen, sowie einige gelbliche Flecken, vermutlich irgendwelche getrockneten Leichensäfte.

Das Fleisch, dass man an einigen Stellen erkennen konnte, hatte weder einen rötlichen, noch einen gelblich-braunen Faulheitston, sondern war schlicht mit Staub überdeckt. Johannes dachte an die Toten von Pompeji, graue Menschenfiguren, aber trotzdem intakt, bevor er sich umdrehte und sich in eine Ecke des Zimmers übergab.

Dann betrachtete er die Leiche genauer. Fragte sich, wie lange sie wohl schon hier lag, wer der Mann war, ob er vermisst wurde. Beim genaueren Hinsehen sah Johannes eine alte Kamera, vermutlich eine

Polaroid, in der Hand des Toten. Offenbar war er ebenfalls jemand, der leerstehende, alte Häuser besuchte. Vielleicht wollte er von diesem Gebäude ein paar Fotos schießen, vielleicht hatte er eine Herzattacke bekommen, hatte kein Handy dabei gehabt und war hier nun elendig verendet. Vielleicht war es so passiert.

Johannes überlegte sich, ob er die Polizei rufen sollte, entschied sich aber dagegen. Er müsste der Polizei sicherlich viel erklären. Warum er hier war, was das alles soll, ob er etwas mit dem Toten zu tun habe.

Darauf hatte er keine Lust und fing an sich einzureden, dass dieser Mann sowieso nicht vermisst werden würde, sonst hätte man ihn bestimmt schon gefunden. Außerdem war der Staub überall verdammt dick, die Leiche musste hier schon seit Ewigkeiten liegen.

Trotzdem wollte Johannes das Haus nicht weiter durchsuchen. Der Schock saß ihm tief in den Knochen und das Unwohlsein in der Magengegend machte es ihm unmöglich irgendetwas von dem, was er hier erlebte, irgendwie angenehm finden zu können. Also verließ er das Haus, ließ die mysteriöse Leiche hinter sich und nahm sich vor nie wieder ein einsames Haus zu betreten. Nächtliche Waldspaziergänge waren doch besser, als dieser Ekel eine Leiche zu sehen und riechen zu müssen.

Die Rückfahrt dauerte länger als gedacht. Johannes fing immer wieder unkontrolliert zu zittern an. Erst als er aus dem Wald draußen war, wurde ihm bewusst, was er eigentlich dort gesehen hatte. Wie grauenvoll das Erlebnis war. Er hoffte, dass er in der restlichen Nacht genug Schlaf finden würde.

Seinen Corsa parkte er unter einer Laterne, dort parkte er immer, weil das Licht die Chance verringerte, dass ein Einbrecher sich traute den Wagen aufzubrechen. Dann schloss er die Eingangstür auf und stieg die vier Stockwerke nach oben in seine Wohnung. Seinen Rucksack stellte er direkt ab, ging ins Bad und zog sich um. Er hatte keinen Hunger oder Durst. Er wollte jetzt einfach nur schlafen und das Geschehene verdrängen.

Doch als er das Schlafzimmer betrat und das Licht anschaltete, fiel ihm etwas Merkwürdiges auf seiner Bettdecke auf. Johannes ging näher heran und hob es auf. Es waren Bilder, vielleicht eine handvoll. Fotografien auf gutem Papier, hohe Qualität. Verwundert sah Johannes sich das erste Bild an. Es war unfassbar grell, nur ein kleiner Teil des Bildes war nicht von dem extremen Weiß überzogen. Er kniff die Augen zusammen, um besser sehen zu können und erstarrte. Auf dem Bild war er abgebildet. Sein Gesicht war zu einer angewiderten Fratze verzerrt und in der Hand hielt er eine Taschenlampe, die er offenbar auf das Objektiv gerichtet hatte. Sein Hals schnürte sich zu und er schluckte ungewollt, als er das zweite Bild anschaute. Es war einfach nur ein Bild von seinem Wohnkomplex, doch es jagte ihm unfassbare Angst ein. Er spürte, wie sich innerhalb von wenigen Sekunden eine kalte Schweißschicht über seine Haut zog.

Doch das dritte Bild ließ ihn endgültig den Verstand verlieren. Es war ein Bild von seinem Opel Corsa, wie er einsam und verlassen unter einer Laterne geparkt war. Doch das war nicht einmal das Schlimmste, nicht einmal das Grauenvollste an dem Bild. Das Grauenvollste war der Winkel des Fotos. Es wurde von dem Schlafzimmer aus, von dem Zimmer in dem er sich jetzt gerade befand, geschossen.

Das Ding im Keller

Als ich dem Klingeln folgte, um die Tür zu öffnen, war ich erfreut darüber Sir Collywog endlich wieder zu sehen. Er hat mich immer mit Respekt behandelt und meine Arbeit wertgeschätzt. Er nickte mir mit einem Grinsen zu und reichte mir seinen Mantel und Gehstock. Ich brachte beides in den Gästeraum und führte Collywog in das Atelier.

»Nehmen Sie bitte Platz, Sir Collywog. Lord Crackerjack wird gleich bei Ihnen sein«, informierte ich ihn.

»Vielen Dank, James.«

Sir Collywog ließ sich auf den Sessel fallen und schlug seine Beine übereinander. Ich hingegen ging in die Küche, um zu prüfen, wie weit das Mahl war. Der Koch sicherte mir zu, dass es sich nur noch um wenige Minuten handeln würde. Also stieg ich die Treppen hinauf, um meinem Herren, Lord Crackerjack, Bescheid zu geben, dass sein Gast eingetroffen sei.

»Danke, James. Biete ihm bitte einen Scotch und eine Zigarette an.«

Nickend zog ich mich zurück, holte aus der Küche zwei Gläser und eine Flasche Scotch aus dem Schrank. Dann ging ich in das Atelier, in dem Sir Collywog immer noch saß.

»Scotch? Zigarette?«, bot ich ihm an.

»Sehr gerne.«

Ich schraubte die Flasche auf, füllte ein Glas Scotch ein und reichte ihm eine Zigarette mit dem besten Tabak aus dem Hause. Dann stellte ich mich mit dem Rücken an die Wand. So musste ich das immer machen. Nicht im Weg stehen, nicht auffallen, aber sofort zur Stelle sein, wenn meine Dienste benötigt werden. Nach einigen Minuten kam auch Lord Crackerjack in den Raum.

»Guten Abend, Sir Collywog. Schön, dass Sie es geschafft haben. War der Anreiseweg angenehm?«, begrüßte mein Herr seinen alten Freund.

»Guten Abend, Lord Crackerjack. Vielen Dank, Ihr Kutscher hat für den höchstmöglichen Komfort gesorgt.«

»Das freut mich. Wie ich sehe hat James Sie bereits bedient.«

»Ja, es war ein sehr freundlicher Empfang. Trinken Sie doch ein Glas mit mir!«

»Aber nur eins. Mein Doktor rät mir davon ab mehr zu trinken. Mein Magen.«

Mein Herr blickte mich kurz an und ich verstand sofort. Ich schritt auf den Tisch zu, griff nach der Flasche und füllte in das andere Glas ebenfalls Scotch. Dann stellte ich mich wieder an die Wand.

Lord Crackerjack und Sir Collywog kannten sich bereits eine ganze Weile. Als mein Herr aus Australien zurückkam, waren sie schon befreundet. Beiden wollten auf dem wilden Kontinent nach dem Krieg herum pilgern und ihren inneren Frieden bei einem Guru finden. Doch was sie gefunden hatten, war eine Goldmine mit massig Gold. Dadurch wurden sie reich und mein Meister konnte sich die Villa leisten, in der ich meine Dienste antreten darf.

»Wo ist denn Ihre Frau Gemahlin? Will Sie sich nicht zu uns gesellen?«, fragte Sir Collywog.

»Meine verehrte Frau ist heute Abend in der Oper. Es ist der letzte Tag, an dem Madame Jaqueline Avié auftritt. Das wollte sie nicht verpassen.«

»Wie schade. Ich hätte gerne mit ihr ein wenig geplaudert.«

Ich hört einen leisen Pfiff aus der Küche und sah den Koch, der mir zunickte.

Ich ging einen Schritt nach vorne. »Meine Lordschaften? Das Essen wäre soweit. Der Speisesaal wartet auf Sie.«

»Danke, James. Wollen wir dann, Sir Collywog?«

»Nichts lieber als das, Lord Crackerjack.«

Ich ging in die Küche um dem Koch beim Servieren zu helfen, während Sir Collywog und Lord Crackerjack in den Speisesaal gingen. Ich hatte am Mittag wie wild an den silbernen Kerzenständern herum geschrubbt, um die Färbungsflecken zu entfernen und hoffte, dass die Reinlichkeit meinem Meister gefiel.

Als ich das Gericht meinem Herren servierte, bat er mich eine Flasche Rotwein aus dem Keller zu holen. Ich hätte mir in den Hintern beißen können, dass ich nicht vorher daran gedacht hatte.

Also ging ich in den Weinkeller, suchte eine noble Sorte aus und war gerade dabei wieder nach oben zu gehen, als ich es hörte.

Es war ein Schaben. Ein unregelmäßiges Kratzen. Als würde ein Junge versuchen aus einem Stock mit seinem Messer einen Speer zu schnitzen. Mir war unwohl bei der Sache, doch wenn es ein wildes Tier im Keller geben sollte, dann musste ich es wissen.

Ich drehte um und schritt das Kellergewölbe ab. Es gab viele Räume im Keller, die meisten wurden dazu genutzt alte Andenken an Australien aufzubewahren. Je weiter ich in den Keller schritt, desto lauter wurde das Kratzen. Irgendwann kam ich an der Tür an, an der das Schaben am Lautesten war. Ein Eisenstab hatte die Tür verriegelt. Ich schob ihn zurück und drückte mit einem Ruck die Tür auf. Das Ding, das hinter der Tür war, wurde zurück geworfen und kreischte. Ich konnte erst nicht erkennen was es war. Doch langsam robbte es in meine Richtung und damit auch näher an das Licht. Es war die Frau Gemahlin von meinem Herren. Lady Crackerjack. Sie war nackt. Ihre bleiche Haut war zerfurcht und dreckig. An einigen Stellen klafften Schnitt- und Platzwunden. Sie sagte nichts, sondern guckte mich nur flehend an.

Sie kam näher an die Tür heran und dann sah ich es. Sie ging auf ihren Händen und zog ihre vereiterten Beinstümpfe hinter sich her. Beide Beine waren ihr abgetrennt worden. Sie atmete schwer. Sie wollte sich an mir vorbei drängen.

»Es tut mir Leid, Frau Crackerjack. Mein Herr hat mir nur befohlen diese Flasche Rotwein zu holen. Von Ihnen war nicht die Rede.«

Ich trat die Frau von meinem Herren zurück in den feuchten Kellerraum, schlug die Tür zu und verriegelte sie wieder mit der Eisenstange. Ein Krächzen hallte aus dem Raum und das Schaben fing wieder an. Dann brachte ich die Flasche Rotwein nach oben.

Mir kam es nicht so vor, als wäre ich lange weg gewesen, doch als ich wieder im Speisesaal ankam, hatte mein Herr schon fast das Dinner beendet. Sir Collywog hing wie ein Sack Kartoffeln auf seinem Stuhl. Auf dem Boden neben ihm lag eine leere Whiskey- flasche. Er musste ordentlich gebechert haben.

Er schluchzte leise und rieb sich mit einer Hand immer wieder über seine tränenden Augen.

»Und Ihre Frau Gemahlin ist wirklich tot?«

»Ja. Sie ist gar nicht bei der Oper. Das war nur ein Vorwand. Aber ich habe mich spontan dazu entschlossen es Ihnen zu sagen. Sie und meine Gemahlin standen sich ja recht nahe. Sehr nahe.«

»Oh nein. Wie traurig«, schluchzte Sir Collywog.

»Ja. Ich kann es immer noch nicht fassen«, sagte mein Herr und biss grinsend in das saftige Stück Fleisch.

Gedankenlesen

Ich kann Gedankenlesen. Man kann es mir vielleicht nicht ansehen, doch ich habe diese Begabung schon seit meiner Geburt an. In meiner Kindheit und Jugend wusste ich damit noch nichts anzufangen – es war damals auch nicht immer da. Anders als heutzutage.

Ich kann es nicht mehr abstellen. Ich lese jeden Gedanken von jedem Menschen in meiner Umgebung sofort und automatisch mit. Das macht einen ganz schön verrückt. Als ich Bus gefahren bin, habe ich von jedem Passagier die Gedanken lesen müssen. Britta ist Tante geworden, Klaus musste noch zum Urologen und Tanja musste ihrer Mutter die schlechte Mathenote beichten.

Auf der einen Seite ist es wirklich interessant die tiefsten Geheimnisse der Menschen zu erfahren. Und diese wissen nicht einmal, dass ich es weiß. Vor allem bei Frauen habe ich mir das zu Nutze gemacht. Ich musste mich nur in eine Bar setzen und warten bis eine Frau von mir dachte: Mann, der Typ ist aber ganz schön heiß. Als ich die Damen dann darauf angesprochen habe, haben die es meistens geleugnet. Wäre ja auch zu einfach gewesen.

Es kam aber irgendwann der Zeitpunkt, an dem ich die Schnauze von dem Gedankenlesen voll hatte. Es überforderte mich einfach. Es waren zu viele Eindrücke, die ich mit bekam und viel zu oft waren es Gedanken, die ich abstoßend fand.

Auch auf der Arbeit konnte ich mich nicht mehr konzentrieren. Daher kündigte ich und zog in das Haus meiner Eltern. Es stand leer, da meine Eltern leider verstorben waren. Dort entwickelte ich mich immer mehr zum Einsiedler. Raus gehen wollte ich nicht. Überall waren Menschen und damit deren Gedanken.

Die einzigen Gedanken, die ich in der Abgeschiedenheit notwendigerweise lesen musste, waren die von dem Lieferanten und dem Postboten. Doch die wenigen Sekunden, die ich davon mitbekam, konnte ich ertragen.

Ich ernährte mich hauptsächlich von Dosenfutter und verbrachte meine Zeit damit Kreuzworträtsel zu lösen, Sudoku zu spielen und zu lesen. Der Lieferant brachte mir jeden Monat Zeitschriften und neue Bücher vorbei.

Eines Tages, ich hatte mir gerade eine Erbsensuppe warm gemacht, klingelte es an der Tür. Ich blickte kurz auf den Kalender. Eigentlich wollte heute weder der Postbote noch der Lieferant kommen. Durch das Küchenfenster sah ich, wie vor meinem Grundstück ein Polizeiwagen geparkt hatte. Ich seufzte. Das würde übel werden.

Ich sträubte mich, so lange es ging, davor, die Haustür zu öffnen, doch als die Polizisten ein weiteres Mal klopften, dieses Mal etwas stärker, schloss ich auf und öffnete. Vor mir standen zwei Polizeibeamte in blauer Uniform. Die kleine, etwas dickliche Frau, hatte einen Notizblock in der Hand und schrieb gerade etwas auf, während der andere mich freundlich begrüßte.

»Schönen guten Tag. Ich bin Kommissar Blott und dies ist meine Kollegin Frau Lindtner.«

»Guten Tag«, murrte ich. Die beiden sollten möglichst schnell merken, dass sie hier nicht erwünscht waren.

»Sie sind der Besitzer von diesem Haus?«

Ich nickte.

»Ja, das bin ich. Wie kann ich Ihnen helfen?«

»Es geht um den Tod ihrer Eltern vor wenigen Wochen. Tut uns sehr Leid, Sie damit belästigen zu müssen, jedoch gibt es noch einige ungeklärte Fragen. Wir würden uns gerne mit Ihnen darüber unterhalten«, meinte nun die Frau.

»Natürlich, natürlich. Kommen Sie doch rein.«

Ich wollte nicht, dass sie noch einmal herkommen mussten oder ich sogar in das Polizeipräsidium kommen musste. Deshalb hielt ich den beiden Beamten die Haustür auf, während sie sich die Schuhe abtraten und in meinen Flur gingen. Während des Gesprächs konnte ich bereits einiges über die beiden herausfinden. Kommissar Blott war seit einigen Jahren verheiratet, Frau Lindtner war Single. Die Chemie zwischen den beiden, sagte mir sofort, dass sie eine Affäre hatten.

Außerdem hatte Kommissar Blott sich erst vor Kurzem einen neuen Dienstwagen geklaut.

Ich führte die beiden Polizisten in mein Wohnzimmer und bot ihnen einen Platz auf dem Sofa an. Frau Lindtner hätte lieber auf dem Sessel Platz genommen, doch so konnte ich die beiden besser im Auge behalten.

»Es tut mir Leid, wenn das jetzt unhöflich erscheinen sollte, aber ich habe noch Erbsensuppe auf dem Herd. Ich stelle das kurz ab, ja?«, entschuldigte ich mich.

Kommissar Blott zuckte nur mit den Achseln. »Nur zu.«

Ich ging in die Küche und stellte den kleinen Topf auf einen Teller, nahm mir einen Löffel und ging zurück ins Wohnzimmer.

»Wollen Sie auch etwas?«

Wieder meldete sich Kommissar Blott.

»Nein, danke.«

Frau Lindtner schaute von ihrem Notizblock auf. Sie war eine eifrige Polizistin. In ihren Gedanken las ich, dass sie sich beim Chef hochschlafen wollte. Abartig.

Sie blickte neidisch auf meine Erbsensuppe, überlegte was sie selbst zum Mittag essen würde. Von meiner Erbsensuppe würde dieses Miststück nichts abbekommen.

Der andere Polizist war allerdings von meiner Erbsensuppe angeekelt. Er dachte an die Kochkünste seiner Frau. Gestern gab es Bratkartoffeln mit Speck.

»Also, was gibt's?«, fragte ich schmatzend.

Ich hatte mir gerade einen Löffel Erbsensuppe in den Mund geschoben. Nur weil Polizisten da waren, wollte ich nicht auf meine warme Mahlzeit verzichten müssen. Die Frage war natürlich rhetorisch gewesen – ich hatte schon längst in ihren Gedanken gelesen, was sie von mir wollten. Dennoch wollte ich den Trumpf erst später ausspielen und ließ die Polizisten erzählen.

»Wie Sie wissen, sind ihre Eltern vor ungefähr einem Monat verschwunden«, fing Frau Lindtner an. »Die Kriminalpolizei hat ermittelt und dabei leider nichts gefunden. Da Sie die Person waren, die die beiden als letztes gesehen hatten, haben wir, anders als Sie es in dem Bericht erwähnt hatten, etwas nachgeforscht.«

»Wie bitte? Ich verstehe nicht ganz, was Sie mir sagen wollen.«

Kommissar Blott übernahm.

»Meine Kollegin und ich sind uns sicher, dass Ihre Eltern an dem Abend des Verschwindens nicht im Kino waren. Ein Nachbar hatte als Zeuge ausgesagt, dass Ihre Eltern den ganzen Abend hier mit Ihnen verbracht haben. Was haben Sie dazu zu sagen?«

Die beiden Polizisten starrten mich misstrauisch an. Sie verdächtigten mich. Sie dachten, dass ich etwas mit dem Verschwinden meiner Eltern zu tun hätte. Die Kollegen von Kommissar Blott hatten im Präsidium bereits eine Zelle für mich reserviert. Wie krank war das denn?

Ich war doch nur ein unbescholtener Bürger. Zugegeben, als Einsiedler wirkte ich etwas merkwürdig, aber welcher Gedankenleser würde das nicht? Oft hatte ich diese Gabe verflucht, doch in diesem Fall war ich wirklich froh sie zu haben.

Ich wollte das Spiel der Polizisten nicht mitspielen. Ich war unschuldig! Die hatten kein Recht in mein Haus einzubrechen und mir so etwas vorzuwerfen!

»Können Sie bitte auf meine Frage antworten?«

Der ältere Polizist sah mich an. Noch war er nicht gewalttätig geworden. Doch er hatte es vor. Ich las in seinen Gedanken, dass er dafür ausgebildet wurde, Leute wie mich anzugreifen. Nur angreifen? Oder wollte er mich sogar töten? Ich entschied mich, meinen Trumpf auszuspielen.

»Warum ficken Sie Ihren Kollegen nicht einfach auf dem Sofa? Hier direkt vor mir, genauso wie Sie es gern haben«, konfrontierte ich die Polizistin.

»Bitte was?«

Frau Lindtner stand die Wut ins Gesicht geschrieben. Volltreffer.

»Wie können Sie sich erlauben, so etwas zu sagen?«

»Leugnen Sie es gar nicht, Sie Miststück!«

»Entschuldigen Sie sich sofort bei meiner Kollegin und bei mir, oder ich muss Sie wegen Beamtenbeleidigung verhaften!«

Ich drehte mich zu dem Kommissar. Er saß nicht mehr entspannt auf dem Sofa.

»Was sagt Ihre Frau dazu, dass Sie es mit diesem Flittchen treiben?«, fragte ich dieses Mal den Mann. Der Kommissar zog die Augenbrauen hoch und fummelte an seinem Gürtel herum.

»Meine Frau ist seit drei Jahren tot. Und Sie kommen jetzt mit aufs Revier. Dort werden Sie sich einen Drogentest unterziehen müssen.«

Ruckartig griff ich nach dem Topf und schüttete die heiße Erbsensuppe dem Kommissar ins Gesicht. Dieser schrie auf, versuchte sich die Suppe aus dem Gesicht zu wischen. Im gleichen Moment schmetterte ich den leeren Topf der anderen Polizistin an den Kopf. Diese brach sofort zusammen. Sie war bewusstlos, ich konnte keine Gedankenströme mehr von ihr wahrnehmen. Ich sprintete in die Küche und griff nach einem Küchenmesser. Der Kommissar stürmte hinter mir her.

»Oh Gott! Rufen Sie einen Krankenwagen!«

Er wollte sich an mir vorbei drängen und sein Gesicht unter den Wasserhahn halten, doch ich hielt ihn fest. Bei Mördern kannte ich keine Gnade. Ich stach auf ihn ein. Mehrmals. Er brach mit glucksenden Geräuschen zusammen und der Gedankenstrom ebbte ab. Das hatte er davon. Niemand durfte ungestraft davon kommen, wenn man mich angreifen sollte. Und den Kommissar zu ermorden, das war Notwehr und Vergeltung. Beide waren Mörder. Beide wollten mich töten. Ich hatte es schon von Anfang an in ihren Gedanken gelesen.

Ich schnürte der bewusstlosen Polizistin eine Plastiktüte über den Kopf. Auch sie sollte für dieses versuchte Attentat bestraft werden. Nach einigen Minuten hörte auch sie auf zu atmen.

Ich zog die beiden Leichen in den Keller. Dort hatten sie es gut, denn dort lagen sie neben ihren Mörderkollegen. Sie lagen neben dem Postboten, dem Lieferanten und meinen Eltern. Jedes Attentat konnte ich glücklicherweise mit meiner Gabe verhindern.

Hilflos

Er umarmt seine Freundin. Sie küssen sich lange auf den Mund. Obwohl sie müde ist, strahlen ihre Augen eine gewisse Lebhaftigkeit aus. Ein weiterer, kurzer Kuss zum Abschied, dann schwingt er sich auf sein Fahrrad und fährt davon.

Es ist eine tolle Party gewesen. Er hat kaum etwas getrunken, hat die meiste Zeit auf dem Sofa gesessen und sich mit vielen verschiedenen Leuten über viele verschiedene Themen unterhalten. Die paar Leute, die noch da gewesen sind, haben die Zeit total vergessen gehabt.

Die Sonne ist seit einer guten halben Stunde aufgegangen und taucht die Vorstadtsiedlung in ein oranges Licht. Es ist Samstag und um fünf Uhr schlafen hier noch alle.

Er fährt mitten auf der Straße, schließlich gibt es hier keine Autos denen er Platz machen muss und genießt die frische Morgenluft, die an ihm vorbei zieht.

Er kommt an einer Kreuzung vorbei, sieht das Vorfahrtsschild und fährt ohne sich umzugucken weiter. Das Auto rammt ihn mit voller Geschwindigkeit. Er spürt, wie er sein Fahrrad loslässt und einige Sekunden durch die Luft fliegt, bevor er auf den Boden aufprallt. Ein kurzer Schmerz zieht durch seinen Körper und ein lautes Knacken ist zu hören. Dann fühlt er kaum noch etwas, außer Kopfschmerzen.

Er kommt relativ schnell zu sich und bemerkt, dass er seine Beine nicht mehr bewegen kann. Seine Arme und seinen Rücken ebenso wenig. Irgendetwas muss mit ihm passiert sein.

Der junge Mann liegt wehrlos auf der Straße und spürt, wie Blut aus seinen Wunden tritt. Er weiß nicht wie viele er hat oder wie tief sie sind, bemerkt nur die immer größer werdende, rote Pfütze um ihn herum.

Das Auto hat gebremst und steht mit laufendem Motor einige Meter von ihm entfernt. Es tut sich nichts. Der Fahrer steigt nicht aus, der Krankenwagen kommt nicht, niemand ruft nach Hilfe. Es ist, als würde der Fahrer überlegen, was er tun soll.

Letztendlich entscheidet er sich dafür wegzufahren.

Er hört noch die Motorengeräusche, die in der Ferne verhallen. Dann ist es still. Die frische, recht kühle Luft streift durch sein Haar. So endet es also.

Dann hört er, wie die Türen aufgehen. Die Menschen verlassen ihre Häuser, gucken nach, was passiert ist und gehen auf den Verletzten zu. Eine Menschentraube versammelt sich um ihn herum. Sie gucken, starren, reden, aber holen keine Hilfe. Warum holen sie verdammt nochmal keine Hilfe? Er ist kein Zootier, das man einfach so begaffen kann. Er ist ein lebender Mensch, der einen Arzt braucht. Alles was diese verdammten Gaffer können ist dämlich glotzen, um sich später daran aufzugeilen etwas erlebt zu haben. Vermutlich keulen sie sich auf dieses Erlebnis auch noch einen. Kranke Wichser.

Irgendwann hört er die Sirenen eines Krankenwagens. Doch die Masse macht keinen Platz, der Wagen kommt nicht durch. Schlimmer noch, sie bewerfen ihn mit Steinen und Stöcken.

Verdammte Primaten! Lasst die Helfer durch, der Verletzte will Leben. Er braucht Hilfe!

Der Fahrer des Wagens bemerkt, dass es hier kein Durchkommen gibt, ohne sich selbst in Gefahr zu bringen, oder jemanden aus der Gaffergruppe zu verletzen und dreht wieder um.

Irgendwer von diesen Widerlingen beugt sich zu ihm nach unten und streichelt seine Hand, redet mit ihm. Er weiß nicht, was die Frau sagt, doch es kann nichts Nettes sein. Von diesen Menschen wird niemals etwas Nettes kommen.

Sie kommen näher, fassen ihn an und heben ihn sogar hoch. Sie wollen ihn von der Straße tragen.

Endlich kommt die Polizei mit einem halben Dutzend Einsatzwagen. Die Beamten steigen aus, treiben die Menge mit Wasserstrahlern und Schlagstöcken zurück. Der Verletzte wird nicht im Stich gelassen.

Die Menschenmenge löst sich auf, verstreut sich in alle mögliche Richtungen. Wie die Feiglinge rennen sie, um nicht angezeigt zu werden. Wie wenig Selbstachtung können Menschen eigentlich haben?

Die Sanitäter kommen angesprintet und wuchten den regungslosen Körper in den Krankenwagen. Dort wird der Verletzte erst einmal versorgt und beruhigt sich ein wenig. Jetzt ist er in guten Händen.

Im Krankenhaus angekommen wird er durch unzählige Flure geschoben, bis er in einem gut beleuchteten Operationssaal ankommt. Ein Doktor stellt sich in den Blick des Verletzten.

»Mein Name ist Doktor Schubert und das ist Anna Reh, meine sich noch in der Ausbildung befindende Assistentin. Aber sie ist genauso fähig, wie alle anderen auch. Wir müssen Sie leider operieren, es hat Sie schwer erwischt.«

Der Verletzte versucht die Krankenschwester anzulächeln, will etwas Motivierendes sagen, damit sie keine Angst vor Fehlern haben braucht. Doch er kann weder reden, noch sich bewegen. Gleich würde er in einen Schlaf versetzt werden. Und wenn er aufwacht, würde es ihm besser gehen, da ist er sich ganz sicher.

»Ist der hier frisch, Anna?«, fragt der Doktor.

»Jo, wurde gerade von der Straße abgekratzt.«

»Gut. Kannst du mir auch sagen, warum wir ihn nicht betäuben?«

Die Assistentin scheint kurz überlegen zu müssen, während der Verletzte daliegt und überlegt, was damit gemeint sein kann.

»Die Spender müssen lebendig und wach sein, damit die Spenderorgane eine höhere Chance haben ihre Funktion beizubehalten.«

Der Doktor nickt.

Auch wenn der Verletzte so gut wie nichts von dem Unfall gespürt hat, bei der ersten Berührung mit dem kalten Skalpell, durchfährt ihn ein schmerzhaftes Zucken.

Donut?

Ich stellte mein Auto auf dem Parkplatz ab. *Nur für Angestellte* stand auf einem Schild. Ich grinste, packte meine Aktentasche und stieg aus. Endlich hatte ich wieder einen Job. Neben mir hatten sich fünf oder sechs andere beworben. Beim Bewerbungsgespräch hatte ich überzeugen können und als ich wenige Tage später eine Zusage zugeschickt bekommen hatte, konnte ich mein Glück kaum fassen.

Die Eingangshalle war modern eingerichtet. Durch die Fenster schien Licht und einige Zierpflanzen erzeugten eine angenehme Atmosphäre. In der Mitte befand sich ein Empfangstresen, hinter dem eine junge Frau saß. Ich schritt direkt darauf zu. Die Sekretärin lächelte mich an. Ich stellte mich vor.

»Guten Tag. Röhm ist mein Name. Heute ist mein erster Arbeitstag und ich wollte fragen, ob Sie wissen wo ich hin muss.«

»Da sind Sie bei mir an der richtigen Adresse.« Die Sekretärin blätterte durch ihre Unterlagen. »Sie müssen in den dritten Stock. Frau Sommer, Ihre Chefin, erwartet Sie bereits. Hier ist Ihr Chip. Damit können Sie den Fahrstuhl benutzen und Ihre Arbeitszeiten ein- und austragen.«

Mit diesen Worten drückte sie mir einen kleinen Plastikchip in die Hand.

»Okay, vielen Dank«, verabschiedete ich mich. Ich nickte ihr freundlich zu und fuhr mit dem Fahrstuhl in die dritte Etage.

Die Chefin hatte mich im wahrsten Sinne der Worte bereits erwartet, denn sie stand vor der Fahrstuhltür und blickte mich an. »Guten Morgen, Herr Röhm. Freut mich, Sie wiederzusehen.«

Sie hielt mir zur Begrüßung die Hand hin. Jetzt wo ich sie wiedersah, fiel mir auf, dass sie bereits bei meinem Bewerbungsgespräch dabei gewesen war.

»Ja, guten Morgen. Freut mich ebenfalls. Ein sehr schönes Gebäude ist das hier.«

»Und noch schöner ist das Büro in dem Sie arbeiten werden«, antwortete sie stolz. »Kommen Sie mit, ich zeige es Ihnen.«

Wir gingen einige Schritte durch den Flur, auf dem sie mir die Küche und die Toiletten zeigte, bis wir in ein großes Büro einbogen. Dort stand ein gutes Dutzend Schreibtische, mit Halbwänden

voneinander getrennt. Sie stoppte vor einem leeren Schreibtisch; lediglich ein Monitor und eine Tastatur standen darauf.
»Das ist Ihr Arbeitsplatz. Papier, Stifte und weitere Büroartikel können Sie sich jederzeit bei der Sekretärin abholen. Ansonsten können Sie den Tisch einrichten wie Sie wollen.«
»Alles klar. Gibt es sonst etwas, was ich wissen sollte?«
Frau Sommer schaute wenige Augenblicke nach oben und tat so, als würde sie nachdenken. »Nein, eigentlich nicht. Bei Fragen wenden Sie sich einfach an Ihre Kollegen oder kommen zu mir.«
Sie verabschiedete sich und verließ den Büroraum. Ich ließ meinen Blick über den neuen Arbeitsplatz schweifen. Meine Kollegen saßen alle bereits vor ihren Schreibtischen und arbeiteten konzentriert. Ich wollte mir meinen Tisch erst einmal einrichten; zum Vorstellen hätte ich später noch genug Zeit.

In meinem Auto lagen einige Utensilien. Daher ging ich zum Fahrstuhl zurück und fuhr hinab in die Eingangshalle. Als ich das Gebäude verlassen wollte, kam mir ein Mann entgegen, der einen Karton unter dem Arm hielt. Ich grüßte ihn knapp und wollte mich nach draußen schieben, doch er verwickelte mich in ein Gespräch.
»Hallöchen. Ich bin Joe. Donut?« Ich war ein wenig verwirrt, mit einer solch lockeren Vertrautheit angesprochen zu werden. Ich schüttelte mit dem Kopf.
»Nein, danke. Ich habe noch zu tun.«
»Ahh, Sie sind der Neue, oder? Ja, Frau Sommer hatte Sie angekündigt. Ich hatte Sie mir größer vorgestellt.«
»Ich–«
»Ich muss dann auch weiter, die anderen Donuts verteilen. Morgen essen Sie einen mit.«
Bevor ich ihm antworten konnte, war er bereits beim Empfangstresen und hielt der Sekretärin die Packung Donuts unter die Nase. Ich verließ das Gebäude, dachte dabei an den merkwürdigen Joe und schleppte die Kiste mit meinen Dekorationen zum Fahrstuhl.

Am nächsten Morgen fuhr ich motiviert zum Büro. Ich sprach mit einigen Kollegen, trank mit ihnen zu Beginn meiner Arbeitszeit einen Kaffee, nahm irgendwann meine Tasse mit zum Schreibtisch und fing an zu arbeiten. Meinen Tisch hatte ich mit einem Bild meiner Katzen und mit einer Vase mit Plastikblumen dekoriert. Am

Vormittag kam Joe ins Büro. Ich fragte mich, ob er nur halbtags arbeitete, da er sonst wohl kaum so spät zur Arbeit kommen konnte. Er hatte wieder einen Karton unter dem Arm und ging damit zu jedem Tisch und drückte jedem einen Donut in die Hand. Bei mir kam er als letztes vorbei. Es war nur noch ein Donut in dem Karton.

»Donut?«, fragte er, während er mir die Packung hinhielt. Ich dachte kurz nach, doch war noch vom Frühstück gesättigt. Daher lehnte ich freundlich ab. Joe guckte daraufhin gespielt traurig.

»Komm schon, ist doch nur einer«, drängte er.

Doch ich schüttelte nur mit dem Kopf.

»Ich möchte keinen Donut, danke.«

Plötzlich fuchtelte er mit seinem Arm herum und traf meinen Kaffeebecher. Der Inhalt verteilte sich auf dem gesamten Tisch.

»Was sollte das jetzt?«, fragte ich wütend.

Doch Joe trottete nur kopfschüttelnd zu seinem Schreibtisch.

Klar war es nett, Donuts mitzubringen. Den Kaffee umzukippen, nur weil man ablehnte, ging aber zu weit. Manche Leute können sich echt anstellen, dachte ich.

Der Rest des Tages verlief etwas merkwürdig. Immer, wenn ich von meiner Arbeit aufblickte und mich im Büro umschaute, bemerkte ich, wie Joe mich verbittert anstarrte. Ich schnaufte spöttisch. Es war lächerlich, sich derartig darüber aufzuregen.

Wirklich wütend auf Joe wurde ich am nächsten Tag, als ich durch die Eingangshalle zum Fahrstuhl gehen wollte. Die Sekretärin hielt mich auf.

»Warum sind Sie eigentlich so unhöflich zu Joe? Er ist so nett und will Ihnen Donuts spendieren und Sie belästigen ihn. Was soll so was?«

Ich war von den Fragen und Vorwürfen überwältigt. Hatte Joe mich wirklich bei der Sekretärin schlechtgeredet, nur weil ich seine Donuts nicht essen wollte? Ich wollte mich rechtfertigen, doch sie unterbrach mich sofort.

»Glauben Sie nicht, dass Sie sich hier alles erlauben können, nur weil Sie neu sind. Und jetzt verziehen Sie sich und entschuldigen sich bei Joe!«

Ich glotzte in das Gesicht der wütenden Frau. Ich wollte etwas sagen. Ich wollte mich rechtfertigen. Doch ich ging einfach weg und fuhr in die dritte Etage. Ich überlegte, ob ich das respektlose Verhalten der Sekretärin melden sollte, ließ es dann aber bleiben. Ich wollte keinen Ärger machen. Ich musste einfach darauf achten nicht aufzufallen.

Bei der morgendlichen Kaffeerunde sprach ich mit niemandem. Ich war froh, endlich mit der Arbeit anzufangen. Über die ersten Tage hatte ich mich im Büro sehr wohl gefühlt, doch das hatte sich in kürzester Zeit in ein tiefes Unwohlsein gewandelt. Mir lief ein Schauer über den Rücken, als Joe das Großraumbüro betrat. Sollte ich ihn konfrontieren? Wie sollte ich anfangen? Ich hoffte, dass ich noch ein wenig Zeit zum Überlegen hatte, doch anders als am vorherigen Tag kam er sofort zu mir.

»Donut?«

Ein schiefes Grinsen lag auf seinem Gesicht. Bloß nicht auffallen; nicht die Aufmerksamkeit auf sich ziehen, hämmerte es in meinem Kopf. Ich versuchte ruhig zu bleiben.

»Hör mal, Joe. Ich weiß nicht was für ein Problem du mit mir hast, aber das gibt dir nicht das Recht–«

Er unterbrach mich.

»Ich möchte nur, dass du einen Donut isst«, sagte er in einer ruhigen Tonlage.

Ich seufzte.

»Ich möchte aber keinen Donut von dir.«

Das sagte ich ähnlich ruhig, wie er. Doch trotzdem sah ich, wie Joes Augenbrauen zu zucken begannen. Er wirkte wie ein Teekessel, der kurz vor dem Explodieren war. Sein Mund ging immer wieder auf und zu und erinnert mich an ein klaffendes Haimaul. Ich bemerkte, wie die Adern an seinem Kopf sich verkrampften.

»Hör mal, wenn das so ein Problem für dich ist, dann kauf doch einfach einen Donut weniger«, versuchte ich ihn zu beruhigen. Er hingegen beugte sich zu mir nach unten, bis sein Mund fast mein Ohr berührte.

»Friss gefälligst meinen Donut«, flüsterte er.

Ich glaubte, mich verhört zu haben.

»Bitte?«

Joe erhob sich und fing an, lauter zu werden.

»Friss endlich den Donut, verdammte Scheiße!«

Ich spürte, wie mir das Blut in den Kopf schoss, meine Adern pochten. Alle Kollegen drehten sich zu uns um und starrten uns an.

»Was ist denn los?«, fragte einer.

»Dieser Mistkerl will meinen Donut nicht fressen!«

Joes Stimme zitterte. Er musste eine unfassbare Wut in sich haben.

»Wieso nicht? Die sind doch immer richtig klasse.«

Ich sprang hoch und rannte in den Flur. Mir wurde das Büro einfach zu viel; ich brauchte eine Pause. Es waren doch alle durchgeknallt, machten so einen Aufstand, nur wegen einem Donut. Ich überlegte, ob ich in das Büro meiner Chefin gehen sollte. Doch bevor ich mich entschieden hatte, ging die Tür schon auf und Frau Sommer blickte auf den Flur.

»Alles in Ordnung bei Ihnen?« Sie sah mich verwundert an. Anscheinend konnte man mir ansehen, dass ich gestresst war. Und das war gut so.

»Ich würde gerne mit Ihnen persönlich reden. Am besten in Ihrem Büro.«

Sie nickte und hielt mir die Tür auf.

Das Büro war genauso modern eingerichtet, wie der Rest des Gebäudes. Frau Sommer bot mir einen Stuhl und einen Kaffee an und setzte sich mir gegenüber.

»Also«, fing sie an. »Wobei kann ich Ihnen helfen?«

In ihrem Blick lag ehrliche Hilfsbereitschaft. Ich hoffte, dass ich die richtige Entscheidung getroffen hatte. Nach wenigen Tagen bereits so verzweifelt zu sein, einen Kollegen bei der Chefin anzuschwärzen, sprach nicht sonderlich für mich.

»Ich möchte eine Beschwerde einreichen.«

Meine Chefin zog eine Augenbraue hoch.

»So früh schon?«

Ich nickte langsam. Es war eine doofe Idee gewesen ins Büro zu kommen.

»Um was geht es?« Interessiert legte sie den Kopf schief.

»Es geht um einen Kollegen, der mich beleidigt und vor meinen Kollegen bloßstellt. Er verbreitet Gerüchte über mich und lässt mich schlecht dastehen. Ich habe natürlich bereits versucht das mit ihm zu klären, doch da ist er einfach total ausgerastet.«

Frau Sommer blickte mich lange an. Sie schien zu überlegen, was sie tun sollte. Es gab zwei Optionen. Entweder sie bestrafte Joe, gab mir damit Recht und würde ihn sanktionieren oder ihr war es egal und ich müsste das selbst klären.

»Um wen geht es?« Ihre Stimme war ruhig, irgendwie mütterlich. Als hätte sie ein derartiges Streitgespräch schon öfter geführt.

»Joe«, antwortete ich. »Seinen Nachnamen kenne ich nicht.« Sofort schob sie ihren Stuhl nach hinten und verließ, ohne ein Wort zu sagen, das Büro.

Nach einigen Minuten, die ich nur still auf dem Stuhl saß und nach draußen blickte, ging die Tür wieder auf. Hinter der Chefin stand Joe, der sich grinsend ins Büro schob. Meine Chefin bot ihm den Stuhl neben mir an und setzte sich danach wieder hinter ihren Schreibtisch.

»Also«, begann sie. »Ich möchte in meiner Abteilung ein angenehmes Arbeitsklima haben. Dadurch ist es stressfrei, gemütlich und die Angestellten arbeiten dadurch produktiver. Das ist wichtig für Vieles, aber das Ganze zu erklären wäre zu hoch für Sie.«

Meine Chefin klang plötzlich sehr kalt.

»Ich habe Sie beide nun zusammengesetzt, damit wir Ihren Disput klären können.«

Innerlich seufzte ich. Das war die alte Streitschlichtungsmethode, bei der man seinem Feind am Ende lächelnd die Hand geben musste. Joe wippte auf seinem Stuhl vor und zurück. Er schien das alles absolut nicht ernst zu nehmen, oder war sich sicher, dass die Chefin auf seiner Seite war. Und auch mir kam das nach und nach immer lächerlicher vor.

Frau Sommer beugte sich plötzlich merkwürdig weit über ihren Schreibtisch und starrte Joe an.

»Joe, magst du uns deine Sicht der Dinge erklären?«

Joe richtete sich auf und räusperte sich.

»Sehr gerne, Frau Sommer. Wie Sie wissen, verteile ich jeden Morgen an jeden Angestellten einen Donut. Das verbessert die Produktivität und macht die Leute glücklich. Sieht man ja an dem hier.« Mit einer abfälligen Handbewegung verwies er auf mich. »Der ist schlecht drauf und redet nicht einmal mit seinen Kollegen.«

»Weil du mich schlecht geredet hast und niemand mehr etwas mit mir zu tun haben will!«, platzte es aus mir heraus. Er sollte seine Sicht schildern und keine verdammten Lügen verbreiten.

»Ist das wahr?«, fragte die Chefin.

Joe schüttelte nur mit dem Kopf. »Nein, nichts dergleichen. Ich habe ihm lediglich jeden Tag einen Donut angeboten, den er ruppig und genervt abgelehnt hat. Dabei wollte ich nur höflich sein, wirklich.«

Frau Sommer blickte mich mit hochgezogenen Augenbrauen an. Sie erwartete eine Erklärung. Doch gerade als ich meine Sicht der Dinge erzählen wollte, fing Joe wieder an.

»Und jetzt will sich dieser Wurm bestimmt mit irgendeiner Ausrede aus der Verantwortung ziehen. Sie kennen mich, Frau Sommer. Ich habe jahrelang gut für das Unternehmen gearbeitet.«

Sie zuckte mit den Schultern.

»Da haben Sie Recht. Und, wenn ich es mir so Recht überlege, dann geht es hier um einen Streit, weil der Neue keinen Donut essen will?« Ihr Blick verfinsterte sich. »Man könnte diesen Streit also einfach beilegen, indem Herr Röhm einen Donut isst.«

Joe nickte, ich starrte sie nur perplex an, wollte mich wieder rechtfertigen, doch konnte mich nicht überwinden etwas zu sagen.

»Dann machen Sie sich wieder an die Arbeit. Herr Röhm, Sie essen gefälligst Ihren Donut und lassen Joe in Ruhe.«

Erst als ich auf dem Weg nach Hause war, realisierte ich, was in dem Büro passiert war. Die Chefin stand offensichtlich auf der Seite von Joe. Beide wollten mich dazu zwingen einen Donut zu essen. Was war daran so besonders? Weshalb konnte es keiner in diesem Büro akzeptieren, dass ich keinen essen wollte?

Ein Schauer lief mir über den Rücken, als mir zahlreiche Theorien durch den Kopf schossen. Man hätte mich einfach in Ruhe lassen können. Ich hätte ganz normal meine acht Stunden abgearbeitet und wäre nach Hause gefahren. Stattdessen sollte ich Donuts essen. Um jeden Preis.

Die Theorie, die mir am plausibelsten erschien, brannte sich in meinen Kopf ein. Ich redete mir ein, dass die Donuts vergiftet wären. Würde ich nur einen davon essen, dann wäre es aus mit mir. Warum die Chefin das nicht unterband und alle anderen von dem Gift verschont blieben, dass wusste ich nicht. Doch für mich stand fest, dass ich niemals und unter keinen Umständen diesen Donut essen dürfte.

Dementsprechend ängstlich fuhr ich am nächsten Tag zur Arbeit. Die Sekretärin würdigte mich keines Blickes als ich sie grüßte, und als ich im Fahrstuhl einige Kollegen traf, hörten diese sofort auf sich zu unterhalten. Ich setzte mich sofort an die Arbeit, ohne mir einen Kaffee zu holen, aus Angst von einem der Mitarbeiter angesprochen zu werden. Ein lautes Lachen drang vom Flur her; meine Kollegen amüsierten sich anscheinend sehr gut. Vermutlich auf meine Kosten. Als am Vormittag wieder Joe in das Büro trat, wurde alles totenstill. Er ließ den Blick durch das Büro kreisen und blieb an mir hängen. Wie erwartet, schritt er direkt auf mich zu und machte seinen Karton auf.

»Donut?«

Er hörte sich genauso an wie immer. Kein Funke von Ärger oder Hass in seiner Stimme. Ich tat so als würde ich ihn nicht bemerken.

»Leute, hier gibt es Donuts!«, rief Joe plötzlich.

Meine Kollegen erhoben sich und gingen zu Joe, um sich einen Donut abzuholen. Kauend standen sie nun um meinem Schreibtisch herum, redeten und lachten. Aus den Augenwinkeln sah ich sie tuscheln, auch mit Joe, vermutlich um neue Mordpläne zu schmieden.

Nach ein paar Augenblicken, die mir wie Stunden vorkamen, beugte sich Joe zu mir und hielt mir den letzten Donut hin.

»Greif zu, Kumpel. Du weißt schon, was die Chefin gesagt hat.« Sein Schmatzen schallte in meinen Ohren. »Außerdem sind deine Kollegen sehr böse auf dich, wenn du keinen isst.«

»Echt, ey!«, sagte einer. »Greif schon zu. Die sind voll gut!«

Herzhaft biss er in seinen Donut.

Doch ich saß nur vor meinem Monitor und glotzte den Donut an. Den vergifteten Donut. Der Donut, der mich umbringen sollte. Ich fragte mich, was passieren würde, wenn ich Joe damit konfrontieren würde.

»Joe«, versuchte ich ihn anzusprechen, doch er hörte mich durch das Gerede der anderen zuerst gar nicht. Ich versuchte es lauter. »Joe!«

Die Menge verstummte. Joe nickte und blickte mich fragend an.

»Joe, ich weiß, dass du mich töten willst und dieser Donut vergiftet ist.«

Sofort bemerkte ich, wie dumm das sich angehört haben musste. Als die Kollegen und Joe anfingen zu lachen, stieg mir das Blut in den Kopf. Ich hatte noch die Chance gehabt auf ein normales Büroleben. Auf einen Job, in dem mich meine Kollegen respektiert hätten. Doch das hatte ich nun verloren.

Jetzt kam sogar die Chefin.

»Na, Herr Röhm. Haben Sie heute schon den Donut probiert? Er ist ausgezeichnet.«

Und auch die Sekretärin kam vorbei.

»Joe ist der Beste! Seine Donuts versüßen mir immer den Tag.«

Ich blickte auf den Donut vor mir. Rund, Loch in der Mitte, fettig. Wenn so viele Leute richtig liegen, dann kann ich doch wohl kaum der einzige sein, der falsch liegt, oder?

In meinem Kopf hämmerte es. Waren alle Donuts vergiftet oder nur der eine?

»Herr Röhm, wenn Sie diesen Donut nicht essen, sind Sie gefeuert.« Frau Sommer redete auf mich ein und nickte mir motivierend zu.

»Wenn Sie diesen Donut essen, dann machen Sie mich unglaublich glücklich!« Die junge Sekretärin redete auf mich ein und knöpfte ihre Bluse ein kleines Stück weit auf.

»Wenn Sie den Donut essen, dann wirst du hier endlich akzeptiert.« Einer meiner Kollegen redete auf mich ein und legte mir die Hand auf meine Schulter.

»Willst du nicht zu uns gehören? Iss den Donut, es hat nur Vorteile.«

Joe grinste mich an.

Ich schluckte. Ich bin doch paranoid. Der Donut ist nicht vergiftet. Ein ganzes Büro, sogar ein ganzes Unternehmen soll sich so etwas ausdenken, nur um mich zu vergiften? Ich musste jetzt sogar selbst über mich schmunzeln.

»Na, komm. Gib schon her.«, sagte ich schließlich und griff nach dem Donut.

Das Büro jubelte, rief Joes Namen. Die Euphorie riss mich mit.

Ich biss in den Donut hinein.

Er war mit Marmelade gefüllt. Erdbeere oder Kirsche. Ich war mir nicht sicher.

Ein bitterer Geschmack ließ mich nicht genau erkennen, was es war.

Ich schluckte den Donut runter. Nahm noch einen Bissen.

Dann spürte ich es.

Mir wurde mit einem Mal unfassbar warm. Ich begann zu schwitzen. Mein Körper fing an zu schmerzen. Ich sah Joe und die anderen lachen. Über mir. Ich war zu Boden gefallen. Ihre Gesichter verschmolzen zu einer undefinierbaren Masse. Das Atmen fiel mir schwer. Aus meinem Mund flossen Speichelfäden heraus. Alles tat mir weh. Ich spürte wie mein Magen zersetzt wurde und sich das Gift in dem gesamten Körper ausbreitete. Meine Kollegen, meine Chefin und die Sekretärin fingen an zu tanzen und sich dabei auszuziehen. Joe klatschte dabei in die Hände und sprang bei jedem Klatschen über meinen sterbenden Körper. Alles war geplant. Schon von vornherein. Alle hatten sich abgesprochen. Ich wurde hier eingestellt, nur um getötet zu werden. Das war meine Aufgabe. Und ich hatte es gewusst. Joe hatte es gewusst. Das Klatschen wurde leiser. Die Menschen um mich herum verschwanden. Das Letzte was ich sah, war, wie Joe den Rest von meinem Donut aß und dann mit seiner Faust der Sekretärin ins Gesicht schlug.

Donut!

Als ich auf die Straße trat, traf mich ein Tropfen im Gesicht. Über der Stadt lag eine gigantische, graue Regenwolke. Ich klappte meinen Regenschirm auf und spazierte los. Der Regen wurde stärker, doch das war mir egal. Ich lauschte dem Prasseln der Tropfen auf dem Stoff des Regenschirms. Es war beruhigend – irgendwie anmutig. Einer meiner Lieblingsdüfte stieg in meine Nase. Es war der Geruch, der entsteht, wenn es nach einer langen Trockenperiode das erste Mal geregnet hat. In mir stieg ein wohliges Gefühl auf. Heute würde ein guter Tag werden.

An der Hauptstraße angekommen, blickte ich mich um. Noch war kein einziger Mensch aufgestanden. Sie schliefen alle in ihren warmen Betten, machten sich vielleicht gerade einen Kaffee oder schmusten mit ihren Liebsten. Ich konnte mich auf die Mitte der Hauptstraße stellen, ohne das ich irgendein Auto aufhalten würde. Sie war komplett leer.

Um mich herum ragten die Hochhäuser in den Himmel. Sie reihten sich stumm und starr aneinander. Einige Spitzen vermischten sich mit den grauen Wolken. Ich genoss die Stille, die durch die Stadt zog. In dieser Zeit konnte ich meinem Plan ungehindert nachgehen.

Ich ging die Hauptstraße weiter entlang, bis ich zu dem großen Marktplatz kam. Er war mit zahlreichen Verkaufsständen bestückt und in der Mitte sprudelte ein altertümlicher Springbrunnen. Ich zählte die Reihen der Verkaufsstände ab. Eins. Zwei. Drei. Vier. Fünf.

Hinter der fünften Bude war eine Plane gespannt. Ich schob sie vorsichtig zur Seite, damit sie keine Falten bekam. Unter dem wasserdichten Stoff hatte ich vor einigen Wochen ein Loch gegraben. In dieser Grube befand sich ein kleiner Metallkoffer und eine Leiter. Die Leiter klemmte ich unter meinen rechten Arm, während ich den Griff des Metallkoffers mit meiner linken Faust umklammert hielt.

Es hatte aufgehört zu regnen. Das traf sich ziemlich gut, denn so musste ich nicht mehr den Regenschirm mit mir herum tragen. Ich warf ihn, immer noch gespannt, auf den Boden. Langsam wurde er von dem Wind davon getragen.

Es war anstrengend die Leiter und den Werkzeugkoffer über den ganzen Marktplatz zu tragen. Doch es musste sein. Ich wollte noch ein letztes Mal meine Vorkehrungen überprüfen. An einer Hauswand angekommen, stellte ich die Leiter auf. Sie war etwas wackelig, doch ich hatte trotzdem keine Angst mit meinem Koffer bis zu der obersten Sprosse zu steigen. Ich stützte mich ein wenig an der Betonwand ab. Ein paar Krümel lösten sich dabei und blieben an meiner Hand kleben. Ein kleines Rohr ragte aus der Wand heraus.

Ich steckte meinen Arm bis zum Anschlag durch und griff nach der Kugel, die sich am Ende des Rohrs befand. Es war also noch niemandem aufgefallen. Zufrieden stieg ich die Leiter wieder herunter und klappte sie zusammen.

Ich schleppte mich zu einer anderen Hauswand, baute die Leiter wieder auf und stieg die Sprossen nach oben. Dieses Mal war dort oben kein Rohr, sondern eine Kamera. Ich kramte aus dem Werkzeugkasten einen Schraubenzieher hervor. Dann setzte ich den Schraubenzieher an den Schrauben an, die die Kamera an der Wand befestigten und drehte sie noch etwas fester. Die Kamera durfte später nicht herunter fallen. Daher griff ich nach einer Rolle Panzertape und verstärkte dieses Gebilde noch weiter.

Als ich wieder auf festem Boden stand betrachtete ich das Rohr und die Kamera noch einmal. Wenn man sich nicht wirklich stark darauf konzentrierte, etwas zu finden, dann fiel einem die Kamera und das Rohr nicht auf. Zufrieden nickte ich der Kamera zu und freute mich auf den heutigen Tag, wenn die vielen Menschen wieder einkaufen gingen.

Die Leiter brachte ich zu dem fünften Stand zurück, den Werkzeugkoffer behielt ich. Nun war noch der Brunnen dran. Das Wasser, dass in einem Strahl aus dem Mund eines tanzenden Marmorengels gepumpt wurde, war klar und kalt. Meine Schuhe sogen sich mit dem Wasser voll, als ich über den Rand in den Brunnen trat. Opfer waren nun mal notwendig.

Ich stellte mich auf die Zehenspitzen um den Mund des Engels zu erreichen und stach einige Male mit dem Schraubenzieher in die Öffnung. Ein wenig Wasser floss meinen Arm hinab und benässte meinen Pullover. Ich zog den Schraubenzieher wieder heraus. Es floss jetzt mehr Wasser in den Brunnen. So sollte es eigentlich sein.

Ich ging zurück zu der Grube und legte dort auch den Werkzeugkoffer ab. Dann spannte ich die Plane wieder darüber. Es würde niemand vermuten, dass sich darunter meine Leiter und mein Werkzeugkoffer verbarg. Und auch wenn es irgendjemand finden würde, würden sie den Zusammenhang nicht erkennen können.

Ich blickte auf meine Armbanduhr. Es war kurz vor sieben. Höchste Zeit von dem Marktplatz zu verschwinden.

Ich ging die Hauptstraße hinab und bog nach einem kleinen Stück in eine enge Gasse ein. Es roch dort nach Urin und überall lagen alte Tüten und Flaschen herum. Es war ein oft genutzter Ort für Obdachlose, da sie dort vor Wind geschützt waren. Doch heute hatte sich niemand Schutz in der Gasse gesucht.

Ich ging an das Ende und überquerte die dort liegende Straße. Ein stabiler Eisenzaun trennte den Stadtpark von den Betonklötzen ab. Die Tore standen allerdings immer offen.

Der Stadtpark war wie immer sehr gut gepflegt. Der Gehweg knirschte ein wenig unter meinen Schuhen. Der Sand war von dem kleinen Regenschauer ein wenig aufgeweicht. Ich setzte mich auf eine Bank, verschränkte die Arme hinter meinem Kopf und streckte meine Beine aus.

Am Himmel war keine einzige Wolke mehr zu sehen. Stattdessen schien die Sonne auf die langsam aufwachende Stadt.

Ich ging noch einmal alles in meinem Kopf durch, was ich geplant hatte. Das Rohr mit der Kugel, die Kamera und der Brunnen. Ich hatte an alles gedacht.

Im Hintergrund hörte ich die Kirche läuten. Es war acht Uhr.

Wie auf Kommando wurden die Türen der Hochhäuser aufgestoßen und Menschen füllten die Straßen. Sie stiegen in ihre Autos, setzten sich auf ihre Fahrräder oder gingen zu Fuß. Ihr Ziel war ihre Arbeit.

Ich konnte sie immer von dem Park aus beobachten. Jeden Tag saß ich an der gleichen Stelle und war noch niemandem aufgefallen. Und das obwohl auch im Stadtpark ein reger Betrieb herrschte. Einige joggten an mir vorbei, andere gingen mit ihren Hunden Gassi.

So saß ich einige Stunden dort, genoss die Sonne und beobachtete die Menschen, die zur Arbeit gingen.

Wie jeden Tag bog um halb elf ein Wagen in den Stadtpark ein. Der dicke Mann, der diesen Wagen in die Mitte des Parks zog, verkaufte Donuts und war ein guter Freund von mir. Ich stand auf und schlenderte zu ihm.

»Hallöchen, Peter. Schöner Tag, nicht wahr?«

»Guten Morgen! Nun, ich habe hier noch nie einen Morgen erlebt der nicht sonnig war. Was haben wir für ein Glück mit dieser Stadt.« Peter blickte sich ehrfürchtig um.

»Ja, da muss ich dir recht geben. Findest du es nicht komisch, dass das Wetter immer gleich bleibt?«

»Was darf es heute sein?«

»Wie immer.«

Peter zog einen Pappkarton hervor und legte einige Donuts hinein. Ich kramte währenddessen meine Brieftasche hervor.

»Was macht das?«

Peter lachte.

»Ach, weißt du – das geht aufs Haus. Weil du einfach so ein toller Mensch bist.«

»Oh – vielen Dank. Vergiss bitte nicht die restlichen Donuts zu den Stadtwerken zu bringen. Ich muss dann wieder.«

»Klar, kein Problem. Bis morgen.«

Ich lächelte Peter zum Abschied noch einmal zu. Wie jeden Morgen hatte er mir eine Packung Donuts geschenkt. Ihm fiel es nicht auf, dass ich nie etwas bezahlen musste.

Ich verließ den Stadtpark wieder und steuerte auf ein großes Gebäude zu. Ich betrat die Eingangshalle und wurde sofort von einer gut gekleideten Dame abgefangen.

»Guten Morgen, Joe! Herrliches Wetter, nicht wahr?«

»Da haben Sie Recht, Frau Sommer. Wir haben schon sehr viel Glück in dieser Stadt.«

»Und vor allem die vielen Arbeitsplätze die es hier gibt. Großartig.«

»Ja. Donut?«

»Sehr gerne.«

Frau Sommer nahm sich einen Donut aus dem Pappkarton. Die Sekretärin schien immer noch im Krankenhaus zu sein. Ihr wurde letztens ins Gesicht geschlagen. Berechtigterweise, aber versorgen sollte man sie trotzdem. Daher ging ich an den Tresen in der Mitte der Eingangshalle vorbei und stieg in den Fahrstuhl. Ich fuhr in das dritte Stockwerk.

Im Büro angekommen stellte ich die Donuts auf einen Tisch.

»Die Donuts für euch stehen dann hier auf dem Tisch. Vergesst das Treffen auf dem Marktplatz heute nicht, verstanden?«

Von meinen Kollegen kam nur zustimmendes Gemurmel. Nickend zog ich mich in mein Büro zurück. Ich wurde erst vor Kurzem befördert für ehrenwerte, großartige Leistungen und daher konnte ich das Zimmer luxuriös einrichten. Ich hatte einen gemütlichen Ledersessel und drei Monitore.

Ein Blick auf die Uhr. Es war bereits später Nachmittag geworden. Ich musste eingeschlafen sein. Nach der Arbeit wollten sich meine Kollegen auf den Marktplatz treffen und einkaufen gehen. Aber ich wollte nicht mitkommen.

Ich stellte meinen Computer an und öffnete das Überwachungsprogramm. Auf zwei Bildschirmen wurde der Marktplatz gezeigt. Die Kameras schienen zu funktionieren – das war gut.

Auf dem mittleren Bildschirm startete ich ein weiteres Programm, auf dem ich mehrere Knöpfe drücken konnte.

Auf dem Marktplatz war ein reges Treiben. Alle wollten nach Feierabend noch frische Lebensmittel einkaufen, die am Morgen dort eingelagert wurden. Aber sie mussten arbeiten. So frisch war das also gar nicht, aber trotzdem frischer, als Lebensmittel die man im Supermarkt kaufen würde.

Ich lehnte mich in meinem Deluxe-Sessel zurück und beobachtete die kleinen Wesen, die wie Ameisen auf mich wirkten. Sie wuselten von Stand zu Stand, mal mehr bepackt, mal weniger. Die meisten Menschen standen in der Mitte um dem Brunnen herum.

Alle waren auf dem Marktplatz. Jeder einzelne Mensch aus der Stadt wollte zu diesem Zeitpunkt einkaufen. Ich entdeckte auch meine Arbeitskollegen, die mitten in der Menge, überall verteilt herumstanden.

Ich fand, dass es Zeit war. Es war Zeit, dass ich meinen Plan in die Tat umsetzte. Ich drückte eine Taste.

In dem Moment flog aus dem Rohr eine große, silbrige Kugel heraus. Sie traf einen Mann am Kopf, der zusammenbrach. Er blutete aus einer Platzwunde. Die Menschen versammelten sich um diesen Mann. Sie machten Fotos, redeten darüber, was denn passiert war. Genau da, wo ich sie haben wollte. Ich drückte einen weiteren Knopf.

Die Kugel explodierte in einer gigantischen Stichflamme. Die Menschen drum herum wurden in Stücke gerissen. Die anderen bewegten sich nicht. Sie waren zu geschockt.

Auf dem Marktplatz war die Hölle ausgebrochen. Die Explosion der silbernen Kugel hatte Napalm freigesetzt und fast alle Menschen überschüttet. Einige brannten nur an einem Arm oder Bein, andere standen lichterloh in Flammen. Sie kämpften sich bis zum Brunnen vor. Es war ihre einzige Rettung. Sie brauchten Wasser. Wasser um sich zu löschen. Wasser hieß Leben.

Doch ich drückte eine weitere Taste. Alle Menschen, die sich im Brunnen wälzten oder im Wasserstrahl des Engels standen, brannten noch stärker. Statt Wasser floss nun Benzin aus dem kleinen Engel.

Ich sah wie die wenigen, die unverletzt geblieben waren, fliehen wollten. Weg von dem Marktplatz. Lieber in dem Supermarkt einkaufen. Doch ich hatte etwas dagegen.

Daher stellte ich mich vor das Mikrofon.

»Donut! Bildet einen Donut!«

In der Masse bildete sich ein Kreis. Hunderte Menschen hielten sich an den Händen, egal ob sie unverletzt waren oder brannten. Im Inneren des Kreises war der Rest der Menschen gefangen. Alle die fliehen wollten, wurden von dem Donut in die Mitte gedrückt.

Meine Kollegen machten einen guten Job. Sie gehorchten mir. Und die Menschen von den Stadtwerken, hatten meine Befehle umgesetzt auch. Nun standen sie Hand in Hand auf dem Marktplatz. Bei einigen war die gesamte Haut weggebrannt. Doch ihr Wille meinen Willen auszuführen hielt sie am Leben.

Der Kreis wurde kleiner. Die Menschen in der Mitte starben und starben. Und der Kreis starb auch, als alle Menschen in ihm drin gestorben waren. Alles was von der Stadt übrig blieb, war ein riesiger verkohlter Leichenhaufen und graue Betonklötze. Ich genoss die Ruhe, die sich in der Stadt breit machte. In meiner Stadt.

Mein Name ist Joe und meine Donuts sind die besten.

Das Wasserglas

Immer wenn ich aufwache steht neben mir ein Glas Wasser mit Strohhalm. Ich kann das Wasser trinken, damit ich nicht verdurste. Ich weiß nicht wer das Glas Wasser dort immer hinstellt, denn ich habe einen festen Schlaf. Ich glaube aber, dass es meine Mutter ist. Seit dem Unfall kümmert sie sich sehr gut um mich. Sie macht mir Essen, deckt mich Abends zu und stellt mir anscheinend jeden Morgen ein Glas Wasser auf den Nachttisch.

Ich wohne mit meiner Mutter alleine in der großen Wohnung. Mein Vater hat sich nach meinem Unfall von meiner Mutter getrennt. Meine Mutter sagt aber, dass es nicht an mir liegt.

Meine Mutter ist fast den ganzen den Tag an meiner Seite und hilft mir bei allem, was ich tue. Und wenn sie nicht an meiner Seite ist, dann ruht sie sich vermutlich aus.

So lebe ich viele Jahre Seite an Seite mit meiner Mutter. Die Zeit vergeht und ich werde älter.

Meine Mutter wird auch älter.

Als ich eines Tages aufwache ist neben mir kein Glas Wasser. Ich warte und warte. Doch niemand kommt. Wer soll mich denn jetzt in meinen Rollstuhl hieven? Wer soll mich denn jetzt füttern? Und nach Hilfe rufen kann ich auch nicht.

Gaffer

Es ist fünf Uhr morgens. Ich umarme meine Freundin zum Abschied und schwinge mich auf mein Fahrrad. Während ich die Straße hinunterfahre, winke ich ihr noch einmal zu.

Viel getrunken habe ich auf der Party nicht. Ich habe eine Menge neue Leute kennengelernt, viel mit ihnen geredet. Es ist eine sehr entspannte Grillparty gewesen, die letztendlich erst um fünf Uhr aufgehört hat.

Ich fahre die Straße entlang. An den Seiten liegen die Vorgärten der Einfamilienhäuser. Um diese Uhrzeit ist niemand unterwegs. Alle schlafen noch. Vor mir geht gerade die Sonne auf und taucht die Umgebung in ein oranges Licht. Die Vögel fangen an zu zwitschern.

Ich komme an einer Kreuzung vorbei. Die Ampel wurde noch nicht angeschaltet. Wozu auch? Ich sehe ein Schild, auf dem steht, dass ich Vorfahrt habe. Also fahre ich rüber.

Ein Herzschlag. Stille.

Der Autofahrer reißt das Steuer herum. Dennoch erfasst mich das Fahrzeug und schleudert mich von meinem Fahrrad und mehrere Meter weit weg. Ich schlage hart auf den Boden auf. Ich sehe, wie sich das Auto überschlägt und gegen die Ampel knallt.

Langsam breitet sich ein dumpfer Schmerz in meinem Körper aus. Ich versuche mich aufzurichten. Meine Beine sind merkwürdig verdreht und ein Oberschenkel ragt aus dem Fleisch heraus. Adrenalin strömt durch meinen Körper und verhindert, dass ich wirklich starke Schmerzen habe. Ich versuche mich aufzurichten, doch mein Rücken ist nicht stark genug. Es fühlt sich an, als wäre dort irgendetwas herausgerissen worden. Ich falle zurück auf den Boden und kann mich nicht mehr bewegen.

Aus den Augenwinkeln sehe ich den Fahrer aus dem Auto aussteigen. Er presst sich ein Taschentuch auf eine Wunde an seinem Kopf. Sonst geht es ihm aber gut.

Der Mann geht zu mir und guckt mich an.

»Ganz toll gemacht, Mann! Das Auto bezahlst du mir!«

Er tritt mir gegen meinen gebrochenen Rücken. Ich versuche etwas zu sagen. Ich versuche meine Arme zu heben. Ich brauche Hilfe. Doch es funktioniert nichts mehr.

Dann holt er sein Smartphone aus der Tasche. Ich hoffe, dass er einen Krankenwagen ruft, damit ich verarztet werden kann. Doch er fängt an mich zu filmen.

»Hey, Leute! Hier seht ihr den Trottel, der mir gerade vors Auto gefahren ist. Anscheinend kann der Idiot sich nicht an die Verkehrsregeln halten.«

Er schwenkt das Handy zu seinem Auto und ein geht paar Schritte von mir weg.

»Und hier seht ihr mein Auto. Echt klasse. Spendet bitte auf mein PayPal-Konto, damit ich mir ein neues Auto kaufen kann und lasst ein Like da, falls ihr mehr sehen wollt.«

Ich vermute, dass er das Video jetzt hochlädt, denn er setzt sich stumm auf eine Bank neben dem Bürgersteig und glotzt auf den Bildschirm.

Die Türen von den Einfamilienhäusern werden geöffnet. Die Menschen gehen raus und kommen langsam näher. Sie gucken mich an. Sie tuscheln, filmen und lachen. Sie kreisen mich ein und gucken mich an. In ihren Blicken kann ich kein Mitleid erkennen, sondern nur Begeisterung und Spannung.

Zuerst fotografieren sie mich nur. Dann fangen sie an sich auf den Boden zu legen und machen Selfies. Die Blutlache, die sich ausgebreitet hat, scheint sie nicht zu stören. Ein Mädchen nimmt mich in den Arm und küsst meine Wange, während ihre Mutter ein Foto macht.

Andere tun es ihr nach. Sie positionieren meine gebrochenen Beine und Arme um, damit sie noch bessere Bilder machen können. Ich spüre davon nichts. Ich sehe es nur.

Dann bemerke ich das blaue Licht und die Sirenen. Endlich. Die Rettung. Ein Krankenwagen kommt näher. Die Gaffer drehen sich um. Sie bewerfen das Fahrzeug mit Steinen und Stöcken. Doch irgendwann machen sie Platz. Die Sanitäter springen heraus. Sie sehen pflichtbewusst aus. Sehr gestresst. Ängstlich. Die Gaffer können sie jederzeit tot prügeln. Niemand hier mag helfende Menschen. Solche Leute sind langweilig.

Die Ärzte kommen näher. Sie haben einen großen Koffer dabei. Ich bin gerettet. Endlich werde ich verarztet. Sie öffnen den Koffer und holen ein Gerät heraus, das ich nicht identifizieren kann.

»Alter! Was für ein Fleischhaufen. Das glaubt mir zu Hause niemand. Mach mal ein Foto, Dieter!«

Das Blitzlicht der großen Kamera blendet mich für einige Sekunden. Als ich wieder klar sehen kann, haben sich die Gaffer bereits von mir abgewendet. Die Sanitäter steigen wieder in den Krankenwagen und fahren weg. Auch der Mann mit dem kaputten Auto ist nirgends mehr zu sehen. Vermutlich teilt er das Video gerade auf sämtlichen, unsozialen Netzwerken.

Ich bleibe zum Sterben auf der Straße liegen. Immerhin bin ich ein Internetstar geworden.

Fünf Minuten

Ich lege das Telefon zur Seite und blicke auf meine Armbanduhr. Eine Sekunde vergeht und noch eine. Nicht nur in diesem Raum, auch draußen, im ganzen Land, auf der ganzen Welt, im ganzen Universum. Zeit ist ein merkwürdiges System. Gibt es sie wirklich oder wurde sie nur von Menschen erfunden, um sich irgendwie kategorisieren zu können? Man ist mächtig, wenn man das Mysterium der Zeit kontrollieren kann.

Ich bin mächtig.

Ich lege die goldene Taschenuhr zurück auf den Tresen, als ich das Klingeln der Eingangstür höre. Ein Mann betritt mein Geschäft. Ein kleiner Uhrenladen in der Innenstadt von Binford, oder was man eben Innenstadt nennen kann. Der Laden wurde vor etlichen Jahrzehnten von meinem Urgroßvater eröffnet und gilt als einer der ersten Geschäfte, die sich voll und ganz auf Uhren spezialisiert haben. Als mein Vater vor einigen Jahren verstorben ist, bin ich in die Nähe von Binford gezogen und habe den Laden übernommen. Ich bin mächtig, ja. Das heißt aber nicht, dass ich kein normales Leben führen will.

Mit einem gesunden Misstrauen beobachte ich den Kunden, der einige Uhren in den Regalen begutachtet. Schließlich weiß ich warum er hier ist. Nach einigen Minuten kommt er auf den Tresen zu und starrt mich an.

»Kann ich Ihnen helfen?«, frage ich höflich. Nur nicht vom Plan abweichen, dröhnt es in meinem Schädel. Der Mann durchsticht mich weiterhin mit seinem Blick, bis er blitzschnell eine Pistole aus seiner Hosentasche zieht und sie mir direkt ins Gesicht hält.

Er will nicht das Geld in meiner Kasse, sondern eine ganz besondere Uhr, ein ganz besonderes Meisterwerk, das ich gerade erst gestern erworben habe. So läuft das hier halt. Man kauft etwas Günstiges, will es eigentlich für viel Geld verkaufen, doch dann wird es einfach geklaut.

»Gib mir die Uhr«, knurrt der Mann und nickt mit seinem Kopf zu dem …

Intervall.

Intervall.

Intervall.

Ich greife nach dem Telefon und wähle die 911. Das gleichmäßige Surren beunruhigt mich, bis endlich einer der Polizisten abhebt. »Guten Tag. Mein Name ist Karl Dompton. Ich betreibe das Uhrengeschäft Dompton Clockwerk in Binford. Ich brauche Hilfe. Ein Mann mit einer geladenen Waffe bedroht mich.« *Sie schicken sofort Hilfe*, sagt der Polizist. *Ich solle mir keine Sorgen machen.* Ich mache mir keine Sorgen, lege das Telefon zur Seite und blicke auf meine Armbanduhr. Eine Sekunde vergeht und noch eine. »Gib mir die Uhr«, knurrt der Mann und ein Schuss hallt durch die Luft. Die Polizisten stürmen den Laden und haben einen Warnschuss abgefeuert. Der Mann dreht sich erschrocken um und schießt, vermutlich eher aus einem Reflex heraus, einen der Polizisten direkt in den ...

Intervall.

Intervall.

Intervall.

»Hilfe, ich werde ausgeraubt. Im Geschäft Dompton Clockwerk. Bitte kommen Sie schnell, oh Gott!«

»Gib mir die Uhr«, knurrt der Mann. Ein Schuss hallt durch die Luft und der Einbrecher bricht mit einem schmerzerfüllten Gesicht zusammen. Einer der Polizisten stürmt auf ihn zu und tritt seine Pistole weiter in den Raum hinein. Sie schreien den Täter zusammen und legen ihm Handschellen an, fragen nach meiner Befindlichkeit. Mir geht es gut und jedem der Polizisten auch.

Ich drehe mich zu der Uhr um, die der Dieb haben wollte. Eine goldene Taschenuhr. Das besondere an ihr sind die kleinen Dämonenköpfe, die völlig wüst an den Rändern der Uhr angebracht wurden. Mich erinnern sie an Gargoyles. Sie werden jedoch nicht zum Leben erwachen. In den nächsten fünf Minuten jedenfalls noch nicht.

Ich gebe eine kurze Aussage zu dem Überfall ab und verabschiede mich dann von den Polizisten. Irgendwann die Tage soll ich ins Präsidium gehen und eine längere Aussage tätigen. Nun soll ich mich aber erst einmal von dem Schock erholen. Vermutlich ist das das Klügste nach einem Überfall. Oder eher nach drei Überfällen.

Ich gehe ins Hinterzimmer und packe meine Tasche zusammen. Feierabend für heute. Die Kunden würden das verstehen. Trotzdem klingelt noch einmal die Glocke an der Eingangstür und signalisiert mir, dass ein weiterer Kunde da sein muss. Ich …

Intervall.

Intervall.

Intervall.

Ich gehe zu der Eingangstür und schließe sie ab. Dann packe ich meine Tasche zusammen und verlasse das Geschäft. Es ist gerade mal Mittag. Sonne strahlt mir ins Gesicht. Die Wärme tut meinem Körper gut. Obwohl ich mächtig bin, laugt es mich immer wieder aus, in die Zukunft zu blicken. Ich sehe jede Bewegung, höre jedes Wort und nehme jeden Gedanken aus der Zukunft wahr. Aber nur aus den nächsten fünf Minuten. Weiter kann ich nicht blicken. Doch diese fünf Minuten haben mir schon einige Male geholfen.

Entdeckt habe ich diese Fähigkeit als ich noch ein kleiner Junge war und den Kindergarten besucht habe. Ich wusste damit natürlich nicht umzugehen und dachte, dass es eigentlich zu jedem Menschen dazu gehört.

Meine Familie hatte mit mir darüber noch nie gesprochen, doch irgendwann sah ich mich ein Klettergerüst herunterstürzen. Ich lag mit einem gebrochenen Arm im Dreck und schrie nach meiner Mutter. Ich hatte unfassbar starke Schmerzen und es machte mir Angst.

Ich war vorsichtiger, als ich im richtigen Leben auf das Klettergerüst stieg. Und als ich letztendlich doch wieder herunterfiel, drehte ich mich so, dass ich nur unsanft landete, anstatt mit dem Arm zu brechen. Den gleichen Abend habe ich meiner Mutter davon erzählt. Sie nahm mich in den Arm und flüsterte mir zu, dass ich das niemandem, aber wirklich niemandem, erzählen darf. Die anderen würden es nicht verstehen, hatte sie gemeint. Obwohl sie eine sehr kluge Frau war, hatte sie damit falsch gelegen.

Vor einigen Monaten habe ich mich meiner Freundin Sarah anvertraut. Zuerst war sie noch relativ misstrauisch, doch als ich es ihr bewiesen hatte, hat sie mir geglaubt.

Mit der Zeit lernte ich mit dieser Fähigkeit umzugehen. Außerdem verstand ich, dass andere Menschen es nicht konnten. Nur mein Vater, mein Großvater und alle anderen männlichen Vorfahren vor mir.

Ich machte mir diese Kraft zunutze. Nicht in dem Sinn, dass ich viel Geld heran schaffte oder berühmt wurde, sondern auf einer sozialeren Ebene. Ich konnte voraussehen, ob und wann ich meinen ersten Kuss hatte. Ich konnte Menschen davor schützen von einem Auto überfahren zu werden. Ich konnte mir zweimal überlegen, wie ich ein Gespräch beginnen sollte. Ich konnte es beeinflussen. Ich konnte die Menschen quasi manipulieren, aber nur in dem fünf Minuten Zeitraum, der mir immer gegeben wurde.

Weshalb es genau fünf Minuten sind, weiß ich nicht. Weder mein Vater noch mein Großvater hatten andere Zeitspannen gehabt. Man konnte es sich nicht beibringen weiter in die Zukunft zu gucken. Vermutlich war das Hirn dafür einfach zu klein.

Nur langsam schlendere ich in die Richtung des Bahnhofs. Obwohl ich den Laden Binford übernommen habe, wohne ich nicht hier. Jeden Tag fahre ich etwa eine halbe Stunde in meine Heimatstadt, in der ich eine kleine Wohnung gemietet habe.

Ich könnte mir meine Gabe zunutze machen und irgendwie damit eine Menge Geld verdienen. Durch Wettspiele, oder so, aber ich mag nicht. Kein großes Aufsehen, hat meine Mutter immer gesagt. Am Bahnhof angekommen, setzte ich mich auf eine Bank und warte auf den Zug.

Ein ungutes Gefühl steigt in mir auf. Ein Gefühl, das ich schon öfter gespürt habe. Immer dann, wenn sich etwas Schlimmes angebahnt hat. Sei es der Tod von meinem Vater gewesen oder, wie früher am Tag, das Auftauchen eines Verbrechers. Ich spüre, wie ich unterbewusst wieder in die Zukunft blicke. Blut rinnt mir aus der Nase, tropft auf meine Hose. Ich darf meine Kräfte nicht überstrapazieren. Ich schließe meine Augen und lasse es trotzdem geschehen. Das letzte Mal an diesem Tag, nehme ich mir vor.

Hinter mir bewegt sich etwas. Ein Ruck geht durch meinen Körper. Die Gleise, ein Zug, mein Körper wird brutal entstellt. Ich werde überrollt, verliere Gliedmaßen und mein Leben. Dann öffne ich meine Augen wieder und blicke mich ängstlich um. Irgendjemand wird mich auf die Gleise schubsen, gerade an dem Zeitpunkt, an dem der Zug einfährt.

Ich stehe auf und stelle mich woandershin, hole dort ein Taschentuch aus meiner Jacke und drücke es mir unter die Nase, um das Blut aufzufangen. In meinem Kopf sehe ich immer noch das gleiche Szenario.

In der Ferne höre ich das Rattern des Zuges. An mir geht ein Mann vorbei. Anzugträger, Aktenkoffer. Er ist nicht derjenige, der mich tot sehen will. Hinter mir stehen zwei Kinder und halten sich an den Händen. Die werden es auch nicht sein.

Der Zug kommt immer näher und kurz bevor er in den Bahnhof einfährt, erringt die Panik in meinem Kopf die Oberhand. Ich laufe so schnell ich kann den Bahnsteig entlang und verlasse das Gebäude. Der Platz vor dem Bahnhof ist leer, außer einem –

Ein Schlag auf meine Schläfe. Das habe ich nicht kommen sehen, denke ich mir, während ich bewusstlos zusammenbreche. Immerhin bin ich dem Zugunglück entkommen.

Ich schlage meine Augen auf. Dunkelheit umgibt mich. Ich weiß nicht wie spät es ist, oder wo ich bin. Raum und Zeit ist außer Kraft gesetzt. Mein Kopf ist ein einziger, pochender Schmerz. Die übermäßige Nutzung meiner Macht und der Schlag an die Schläfe vertragen sich nicht gut. Es dauert einige Zeit, bis ich realisiere, was passiert ist. Ich bin weggelaufen und wurde niedergeschlagen und nun liege ich hier *in diesem schwarzen* ...

Ich versuche mich aufzurichten, doch stoße mir den Kopf. Langsam taste ich mit den Fingern über die Holzplatte, die jemand über mir angebracht hat. Auch an den Seiten und unter mir befindet sich nur das massive Holz. Irgendwie schaffe ich es mein Handy aus der Hosentasche zu ziehen und anzumachen.

... *in diesem schwarzen* Sarg, beende ich meinen Gedankengang, als ich mit dem schwammigen Licht die Kiste ausleuchte. Ich versuche Sarah anzurufen. Kein Empfang. Die Polizei. Kein Empfang. Scheiße.

Irgendjemand muss von meinen Kräften erfahren haben. Vielleicht hat es ihm Angst gemacht, vielleicht hat er mich deshalb seit einigen Tagen beobachtet. Ich stutze.

Vielleicht ist der Täter kein er, sondern eine sie, schießt es mir durch den Kopf. Würde Sarah so etwas machen?

Ich verwerfe die Fragen in meinem Kopf so gut es geht. Die Energie brauche ich für etwas anderes. Ich muss aus diesem Kasten heraus kommen. Ist er unter der Erde oder steht er noch an der Oberfläche?

Ich versuche mich zu entspannen und beginne flach zu atmen. Wenn ich bereits begraben bin, dann würde die Luft schnell knapp werden. Dann blicke ich wieder in die Zukunft, hoffe, dass der zukünftige Karl eine Lösung gefunden hat. Doch ich wünsche mir direkt, dass ich es nicht getan hätte. Ich liege im Sarg. Mein Handy liegt zertrümmert und leer neben mir. Meine Fingernägel sind abgebrochen, teilweise tief eingerissen. Meine Finger bluten. Ich hyperventiliere, schlage mit der Faust immer weiter auf das gleiche Stück Holz, doch es will nicht zerbrechen. Wird es auch nicht. Die Luft ist stickig und verbraucht. Mein Mund ist trocken, meine Kehle schmerzt vom minutenlangen Hilfe-Geschrei.

Intervall.

Intervall.

Intervall.

Ich komme hier nicht raus. Ich werde hier sterben, langsam zugrunde gehen. Ich liege im Sarg. Still, bewegungslos. Eine einzelne Träne rinnt über meine Wange und bleibt in meinen Haaren hängen. Die fünf Minuten Regel ist falsch. Ich kann weiter als fünf Minuten in die Zukunft blicken, aber nur dann, wenn ich todgeweiht bin. Panik steigt in mir auf.

Guten Flug, Schatz

Josh stellte den Topf mit den Kartoffeln auf den Herd und schob den Hackbraten in den Ofen. Dann drehte er sich zu seinem Sohn. Vincent lag in der Tragetasche auf dem Küchentisch und guckte seinem Vater interessiert dabei zu, während er an seinen Fingern herum nuckelte. Sanft streichelte er ihm über den Kopf, verließ dann die Küche und das Haus und trat auf die Straße.

Hier konnte er in Ruhe rauchen. Kein Baby, das passiv mitrauchen musste und der ältere Sohn Peter war auch noch nicht aus der Schule zurück. Er zündete sich eine Zigarette an, nahm einen Zug und atmete wieder aus, während er auf die Straße blickte. Eine normale Nachbarschaft, nichts besonderes.

Die Autos fuhren nur in Schrittgeschwindigkeit, in den Gärten standen Blumen und Sträucher und das Gras wurde jede Woche gemäht. Ein Nachbar ging am Grundstück vorbei und begrüßte Josh freundlich.

Als Becca mit Peter schwanger war, hatte er sich eigentlich abgewöhnt zu rauchen, doch als Vincent geboren wurde und sich Becca letztendlich von ihm trennte, fing er wieder an. *Was soll's?*, dachte er sich.

Er schnippte den Zigarettenstummel, nachdem er aufgeraucht hatte, in den Aschenbecher auf der Veranda und ging wieder in die Küche. Vincent lächelte ihn an und strampelte in seinem Korb als er seinen Vater sah.

Auf einmal zog ein Ruck durch das Haus. Der Boden bebte und die Wände wackelten. Das Lächeln auf dem Gesicht des Babys verschwand. Vincent guckte zuerst verdutzt und erschrocken, dann fing er an zu weinen. Doch dafür hatte Josh keine Zeit. Ein Erdbeben, schoss ihm sofort durch den Kopf. Es war nicht unüblich, dass hin und wieder mal der Boden wackelte, doch so stark war es noch nie gewesen.

Er griff nach dem Korb und stellte ihn zusammen mit dem Baby unter einen Türrahmen. Dort war Vincent wenigstens halbwegs sicher. Er wollte sich gerade umdrehen, um den Topf vom Herd zu nehmen, da brach der Schrank, in dem das Geschirr gelagert war, aus der Wand und knallte auf den Boden. Ein dumpfes Donnern hallte durch die Küche und Porzellan und Glasscherben schlitterten über den Boden. *Scheiße*, fluchte Josh und rannte zu Vincent, nahm ihn auf den Arm und kauerte sich im Flur unter einem anderen Türrahmen zusammen.

Behutsam streichelte er den Kopf seines Sohnes, der immer noch weinte. *Abwarten*, dachte er sich. *Nur abwarten. Es ist gleich wieder vorbei.*

Und tatsächlich hörte das Erdbeben nach wenigen Minuten auf. Josh blieb mit Vincent noch einige Zeit länger auf dem Boden sitzen, bevor er aufstand und seinen Sohn zurück ins Körbchen legte. Dann ging er durch das Haus, in Peters und Vincents Zimmer, ins Schlafzimmer und auf den Dachboden. Doch bis auf den unstabilen Schrank in der Küche, hatte es keine Schäden gegeben.

Beruhigt nahm er sich einen Besen, fegte gründlich die Scherben in der Küche zusammen und warf sie in den Mülleimer. Vincent hatte sich wieder beruhigt und schlief einen tiefen Babyschlaf mit einem Daumen im Mund. Josh wandte sich wieder dem Kochen zu, doch musste feststellen, dass sowohl der Ofen als auch der Herd ausgegangen waren.

Vielleicht war das Erdbeben doch zerstörerischer gewesen, als er angenommen hatte. Er drehte den Herd ab und wieder auf, erneuerte die Sicherung im Haus, doch die Küche blieb tot.

Sein Sohn kam doch gleich von der Schule und eigentlich aßen sie immer gemeinsam. Dann musste er heute eben etwas bestellen, doch vorher wollte er das Haus von außen betrachten, ob es dort vielleicht Anzeichen zu finden gab, warum der Herd nicht mehr funktionierte.

Er öffnete die Haustür, trat auf die Terrasse und erstarrte. Vor der Terrasse lag nicht mehr, wie üblich, der Garten mit dem frisch gemähten Rasen und den Tulpen am Zaun. Auch der Zaun fehlte. Und die Straße auch.

Mit zitternden Beinen ging Josh an die Veranda und blickte nach unten. Er sah die Stadt, die roten Dächer, die im gesamten Umfeld üblich waren, die grünen Rasenflächen, einen Teich, das war der Stadtpark. Er sah seine Straße, seinen Garten, der friedlich am richtigen Ort geblieben war und das große Loch im Grundstück, wo vor wenigen Minuten noch das Haus gestanden hatte.

Was war das für ein Spuk? Unfreiwillig dachte Josh zuerst an einen Disneyfilm und schaute nach oben, doch verwarf den komischen Gedanken sofort, als er keine Ballons sah. Dann schlug er sich ins Gesicht, nicht stark, doch trotzdem tat es weh. Er war bestimmt eingeschlafen und das war alles ein Traum. Er musste aufwachen. Er hatte doch das Essen auf dem Herd.

Noch ein Schlag, doch Josh wachte nicht auf und das Haus schwebte weiter und weiter von der Stadt weg. Panisch rannte er wieder in die Küche und sah dort Vincent liegen, der immer noch seelenruhig schlief. Das war gut.

Ihm schoss ein anderer Gedanke durch den Kopf. Ein Gedanke, der eigentlich völlig absurd war. Peter kam doch gleich nach Hause. Er würde Hunger haben und sich wundern, dass das Haus plötzlich weg war.

Ein Zettel! Josh musste ihm einen Zettel schreiben. Nein, kein Zettel. Der würde nicht auf dem Grundstück landen. Nicht bei der Höhe und Geschwindigkeit. Josh blickte aus dem Fenster.

Mittlerweile war die Stadt gar nicht mehr zu sehen. Unter ihm befand sich nur noch der Wald und der einzelne schmale Strich musste die Autobahn sein.

Er griff nach dem Telefon und wählte die Nummer der Schule. Kein Empfang. Natürlich gab es keinen Empfang. Er wollte das Telefon gerade wieder zurücklegen, als es klingelte. Vincent wurde von dem lauten Klingeln geweckt und öffnete verschlafen die Augen. Josh nahm den Anruf verwirrt an.

»J-Ja?«

»Hier ist Becca. Alles in Ordnung mit Vincent und Peter? Ich werde sie heute Abend eine Stunde später abholen. Geht wegen der Arbeit nicht anders. Ist das okay?«

»I-Ich—«

Er wusste nicht was er sagen sollte. Nein, Becca, das ist nicht okay. Ich fliege gerade mit seinem Sohn und dem Haus über das gesamte Land und weiß nicht ob ich jemals wieder auf den Boden komme. Josh formte mit seinen Lippen ein gezwungenes Lächeln.

»In Ordnung. Wir sehen uns dann«, sagte Josh knapp. Irgendwie hielt er immer noch daran fest, dass das alles nicht real war. Es konnte gar nicht real sein und wenn es real war, dann würde Becca es frühestens heute Abend merken.

»Nein, tun wir nicht. Guten Flug, Schatz.«

Ihre Stimme war auf einmal so kalt gewesen. Über Joshs Körper zog sich eine Gänsehaut.

»Wie meinst du das, Becca? Was für ein Flug?« Doch aus dem Hörer dröhnte nur ein rhythmisches Piepen. Kein Empfang.

Er beendete den Anruf und wählte direkt die Nummer seiner Ex-Frau. Kein Empfang. Natürlich gab es keinen Empfang. Wütend schmetterte er das Telefon auf den Boden.

Was für ein krankes Spiel wurde hier gespielt? Vincent blickte seinen Vater mit großen Augen an und fing an zu weinen. Das Haus flog weiter über die Erde, überquerte Binford und Crookston und flog noch weiter. Immer in eine Richtung. Immer auf das eine Ziel zu.

Die Menschen unten auf dem Boden sahen das Haus und wunderten sich. Doch keiner konnte etwas tun und eigentlich wollten sie auch nichts tun. Sie filmten das fliegende Haus, machten Fotos. Was hätten sie auch sonst machen sollen?

Es wurde dunkel. Josh suchte im Wohnzimmer nach Kerzen und Streichhölzern, da die Lampen nicht funktionierten, doch fand keine. Hatte er in seinem Leben auf dem Boden nie gebraucht.

So bezeichnete er es nun. Das Leben auf dem Boden und das Leben in der Luft. Es fing an zu dämmern. Immerhin hatte er noch ein halb aufgebrauchtes Feuerzeug bei sich.

Er brachte Vincent ins Bett, nachdem er ihn mit Babybrei gefüttert hatte und schmierte sich selber noch ein Brot. Die Margarine war schon etwas warm geworden. Der Kühlschrank funktionierte auch nicht mehr. Er hatte sich hingesetzt und ausgerechnet, wie lange die Vorräte halten würden. Essen hatte er eigentlich genug, doch an Trinken zu kommen war schwer. Aus dem Wasserhahn kam kein Wasser und neben wenigen Flaschen Saft und Milch hatte er nichts da.

Zwei oder drei Tage, dann würde er kein Trinken mehr haben. Josh setzte sich auf die Terrasse und blickte nach unten. Das Bild das sich unter ihm erstreckte wirkte romantisch. Kleine Lichter bewegten sich hin und her. Einige Lichter waren starr. Auf einem See sah er ein Boot von dem ein Lichtkegel ausging und sich irgendwann im Himmel verlor.

Wie weit er wohl vom Boden entfernt war? Stieg er noch oder schwebte er nur über die Gegend? Er sah neben der Terrasse den Stromkasten. Die abgerissenen Stromkabel hingen wie schwarze Strähnen vom Haus herunter und bewegten sich sanft im Wind. Die Luft war frisch. Es war ruhig. Keine Autos, keine Stimmen. Nur er und das Haus.

Er wurde müde, ging ins Schlafzimmer und schlief ein, nachdem er einige Minuten lang geweint hatte.

Der Strom im Haus funktionierte nicht. Es konnte kein Licht geben und trotzdem wurde Josh aus einem schlaflosen Traum geweckt. Als er die Augen aufschlug, züngelten sich an der Wand grelle Flammen entlang und kamen immer näher.

Sofort sprang er auf und rannte in das Zimmer von Vincent. Er war nicht da. Wo war er? Weshalb brannte es? Panisch rannte Josh in die Küche. Wenn das Haus abbrennen würde, dann würde er hinunter fallen. Hunderte Meter weit.

In der Küche fand sich der Auslöser des Feuers. Sie war schon zu einem Großteil abgebrannt und ein gigantisches Loch klaffte in der Wand. Josh hörte ein lautes Brummen, wie das von einer Turbine. Flugzeuge. Um das Haus mussten Flugzeuge fliegen und ihn beschossen haben.

Vermutlich wussten sie nicht, dass in diesem unbekannten Flugobjekt noch jemand lebte. Adrenalin pumpte durch Joshs Körper, als er die geschmolzene Tragetasche auf dem Küchentisch sah.

Brennende Trümmer fielen immer wieder von der Wand ab und setzten noch mehr in Brand

Er hörte Vincent schreien und rannte dem Laut hinterher. Sein Sohn krabbelte auf die Haustür zu. In Sicherheit, dachte sich Josh. Doch mit einer ohrenbetäubenden Explosion wurde die Tür aufgesprengt und Holzsplitter wirbelten durch das Haus.

Es wurde langsam von den Piloten abgerissen. Stück für Stück, damit niemand von den Trümmern erschlagen werden konnte. Durch den Luftdruck wurde Vincent wie eine Puppe aus dem Haus heraus gezogen.

Der Schrei entfernte sich und Josh dachte nicht lange darüber nach was er tat. In diesem Haus würde er sterben.

Also sprang er seinem Sohn hinterher. Vielleicht würde er ihn fangen. Vielleicht würde er den Sturz durch ein Wunder überleben. Unter sich sah er den blauen Ozean. Er fiel, nahm immer mehr Geschwindigkeit auf. Der Wind pustete in seinen Ohren und hörte sich wie das entfernte Schreien von Vincent an.

Er fiel, wie die brennenden Trümmer neben ihm, wie sein Sohn, der das Bewusstsein bereits verloren hatte, stetig und unabdingbar in die Tiefe. Er fiel und fiel, tiefer und tiefer. Irgendwann hörten die Trümmer auf zu brennen.

Sie verpufften zu winzigen Aschepartikeln. Doch Josh fiel und fiel immer weiter, immer schneller, immer tiefer. Irgendwann schloss er die Augen. Er wollte seinen Tod nicht mit ansehen.

Doch der Ozean blieb wo er war.

Morgenstund hat Gold im Mund

Als Mark die Flasche absetzte und den letzten Schluck Bier in seinen Magen hineinlaufen fühlte, hatte er direkt wieder das Verlangen nach einer weiteren Flasche. Er hob seine Füße an, die er auf den Wohnzimmertisch gelegt hatte, warf dabei drei leere Flaschen um, von denen eine ein Gemisch von warmen Bierresten und Speichel auf den Boden tropfen ließ und stand auf.

Er bemerkte, dass der Alkohol langsam anschlug, denn er musste sich auf dem Weg zu seinem Kühlschrank einige Male abstützen, um nicht umzufallen.

Ein paar Monate wollte er es noch machen. In seiner Wohnung sitzen, vor sich hin vegetieren und darauf warten, dass ihm irgendein glückliches Ereignis den Lebenswillen wieder gab. Ansonsten würde er es so schnell beenden, wie möglich.

Seine Wohnung lag im vierzehnten Stock und er wusste, obwohl er nie gut in Physik oder Biologie oder in sonst irgendwas gewesen war, dass ein Sturz aus dieser Höhe, tödlich sein würde.

Mark öffnete den Kühlschrank und griff in die Leere. Er hatte kein Bier mehr. Scheiße. Er torkelte zurück in sein Wohnzimmer, dass nur von wenigen Sonnenstrahlen beleuchtet wurde, die durch einen ranzigen Vorhang fielen. Draußen war es noch hell, also hatten die Läden auch noch geöffnet.

Neben dem Aschenbecher stand eine kleine Dose, in die er seine Volksrente immer bar hineinlegte. Er vertraute den Banken nicht, ob sie ihm sein Geld wirklich überweisen würden oder es irgendwie verlieren würden. Seine Hände zitterten ein wenig, als er versuchte einen zwanzig Euro Schein aus der Dose herauszuziehen. Irgendwann schaffte er es, nahm sich dann seinen Plastikbeutel mit, den er schon so lange benutzte, dass die Farbe teilweise abblätterte, verließ die Wohnung und ging die vierzehn Stockwerke nach unten auf die Straße.

Ein kleiner Einkaufsladen hatte vor einigen Monaten in der Nähe geöffnet. Den Weg dorthin und wieder zurück zu seiner Wohnung war das einzige, was er über die Zeit draußen sah. Keine überfüllten Straßenbahnen mehr, keine überteuerte Markenscheiße. Nur ein kleiner Laden mit Bier, Zigaretten und Fast-Food.

Mark kaufte sich zwei Sixpacks Bier, eine Packung E&B Zigaretten und eine Tiefkühlpizza und brachte alles zurück zu seinem Wohnblock. In der Einganghalle hingen ständig irgendwelche Kästen mit Flyern an den Wänden, die sich jeder mitnehmen konnte. Oft waren es Jobangebote oder irgendwelche öffentlichen Veranstaltungen, die die Arbeitslosen unterhalten sollten. Der Wohnblock war nämlich ausschließlich für Arbeitslose gebaut worden. Dadurch waren die Flyer mit den Jobangeboten hinfällig, weil sich viel zu viele auf die Stellen bewarben.

Sonst ging er immer an ihnen vorbei, ohne den matten Kästen überhaupt nur einen Blick zu würdigen, doch dieses Mal fiel ihm ein Kasten ganz besonders auf. Die goldene Farbe funkelte in dem kalten Licht der Eingangshalle. Mark trat auf den Kasten zu und nahm einen der Flyer heraus. Es war nur eine einzige Seite, etwa in DINA-5 Größe, die ebenso golden war, wie der Kasten selbst. In großen, roten Buchstaben stand auf der Vorderseite nur *Morgenstund hat Gold im Mund* drauf. Mark faltete ihn zusammen und steckte ihn sich in die Hosentasche. Dann ging er die vierzehn Stockwerke nach oben.

In seiner Wohnung schob er seine Pizza in den Ofen und machte das erste Bier auf. Dann setzte er sich auf sein Sofa und guckte sich den Flyer genauer an. Die goldene Farbe faszinierte ihn. Sie wertete seine gesamte Wohnung auf, fand er. Er las noch einmal die Redewendung auf der Vorderseite, dann drehte er ihn um. Die Rückseite war ebenfalls golden und der Text, irgendeine Schriftart mit Serifen, hatte den gleichen roten Ton. *Verliere nie die Hoffnung auf ein besseres Leben. Motiviere dich und steh früh auf.*

Mark verzog das Gesicht. Wie sollte früh aufstehen bitte irgendwen zu irgendwas motivieren? Man ist müde und mies gelaunt, damit würde man noch viel weniger schaffen. *Früh aufstehen motiviert. Versuchen Sie es einfach mal und stehen Sie morgens um acht Uhr, statt um zwölf auf. Sie werden sehen, dass das frühe Aufstehen schon ein Erfolg für sich ist und Sie viel produktiver sein werden. Denn, wie ein altes Sprichwort sagt: Morgenstund hat Gold im Mund.*

Mark legte den Flyer weg. Normalerweise hätte er ihn sofort in den Mülleimer geworfen, doch vielleicht war ja an der Sache etwas dran. Außerdem war die Uhrzeit erschreckend präzise. Er stand oft erst um zwölf Uhr auf. Vielleicht war er wirklich so ein Versager, weil er immer so lange schlief. Er holte sich die Pizza aus dem Ofen, trank noch vier, fünf Bier, eine normale Menge für Mark, und

92

legte sich danach ins Bett, doch nicht ohne seinen Wecker auf acht Uhr zu stellen.

Als das kratzige Dröhnen ihn aus dem Schlaf riss, wollte er die Uhr aus dem Fenster schmeißen und weiter schlafen. Dann erinnerte er sich wieder an den Flyer. Ein kleiner Restwiderstand bahnte sich noch an. *Es bringt doch nichts, Kumpel. Was soll morgens schon anders sein?* Doch nach zwei Minuten, die er wie bekifft an die Decke starrte, stand er auf und zog seine Vorhänge zur Seite. Warmes Morgenlicht fiel auf seinen nackten Oberkörper. Er fühlte sie schon, diese Kraft von der im Flyer die Rede gewesen war. Er hatte das Bedürfnis zum Bäcker zu gehen, sich ein belegtes Brötchen und eine Flasche Orangensaft zu kaufen und dann erst einmal ausreichend zu frühstücken. Und danach würde er sich um einen Job kümmern. Er ging ins Bad, mit geradem Rücken, ohne sich abstützten zu müssen, ein ganz merkwürdiges, freies Gefühl.

Doch als er sich seinen Mund ausspülte, schmeckte er irgendeinen metallischen Geschmack. Wie Blut, nur noch viel intensiver. Hatte er eine Wunde in seinem Mund? Er riss vor dem Spiegel seinen Mund zu einem unschönen Grinsen auf. Tatsächlich hatte sich etwas an seinen Zähnen verändert. Es war kein Blut, sondern eher eine goldene Farbe. Seine Zähne hatten schon immer einen leichten Gelbstich gehabt, kein Wunder, da er sie nur sehr unregelmäßig putzte. Doch das war kein gewöhnlicher Plaque. Er berührte sie mit einem Finger. Sie waren eiskalt. Dann fuhr er langsam über jeden einzelnen Zahn entlang. Scharf wie immer, aber als er über seinen rechten Eckzahn fuhr, zog ein unerträglicher Schmerz durch seinen gesamten Mund. Und dieser Schmerz wollte nicht mehr verschwinden.

Mark nahm sich seine Zahnbürste und fing an den merkwürdigen Belag abzuschrubben, doch es brachte nichts. Der Plaque blieb und der Schmerz nahm mehr und mehr zu.

Mark wusste nicht, was er tun sollte. Für einen Zahnarzt hatte er zu wenig Geld und war das letzte Mal kurz vor der Privatisierung des Ärzteverbandes da gewesen.

Er holte sich kein Frühstück und trank keinen Orangensaft, sondern Bier. Er ließ die Flüssigkeit aber nicht an seine Zähne kommen, sondern kippte es sich direkt in den Rachen. Immer, wenn auch nur ein Tropfen auf den Eckzahn spritzte, zuckte er zusammen. Auch im Laufe des Tages nahm der Schmerz nicht ab. Viel schlimmer noch – er wurde von Minute zu Minute stärker. Er konnte nichts mehr beißen, irgendwann tat sogar das Atmen weh. Der Schmerz war nicht mehr nur im Zahn, sondern zog über sein gesamtes Gesicht und setzte sich im Hirn ab.

Irgendwann konnte Mark es nicht mehr aushalten. Er wusste nicht, wie er den Zahn ohne Schmerzen herausbekommen konnte, daher stellte er sich vor eine Tür und schlug und schlug und schlug immer wieder das feste Holz gegen den Zahn. Einige Male wurde seine Lippe zwischen Tür und Zahn eingeklemmt, sodass sie aufplatzte. Irgendwann fühlte er, wie sich der Zahn löste. Mark riss ihn aus den letzten Fleischresten und ging ins Badezimmer. Sein Mund schmerzte. Seine Lippe blutete, sein Zahnfleisch blutete.

Doch es war nichts im Gegensatz zu den Schmerzen vorher. Er spülte sich den Mund mehrere Male aus und blieb noch im Badezimmer stehen, um in regelmäßigen Abständen Blut in das Waschbecken zu spucken. Irgendwann ließen die Blutungen nach. Erschöpft ging er ins Bett und schlief ein.

Am nächsten Morgen fühlte er sich erstaunlicherweise ziemlich gut. Der Schmerz in der Lippe und dem Zahnfleisch waren einem leichten Druck gewichen. Ihm kam die Idee, dass das Sprichwort auf dem Flyer Realität sein könnte. Er wusste nicht, warum seine Zähne so verfärbt waren oder wer dafür verantwortlich war.

Er putzte von dem herausgeschlagenen Zahn das getrocknete Blut ab, wickelte ihn behutsam in ein Taschentuch und verließ seine Wohnung. Er ging zu einem noblen Geschäft in einem reicheren Viertel der Stadt. Einige der Passanten starrten ihn mit einem abwertenden Blick an, da er ein dreckiges Shirt und eine Jogginghose trug, etwas, was hier nicht gerne gesehen wurde. Auch der Goldhändler blickte ihn im ersten Augenblick abwertend an, doch setzte danach das typische Verkäuferlächeln auf.

»Guten Tag! Willkommen beim Dompton Goldhandel. Wie kann ich Ihnen helfen?«

Mark holte das Taschentuch heraus und legte es aufgefaltet auf den Tresen.

»Ich möchte wissen, wie viel dieser Zahn wert ist und ihn verkaufen, wenn ich gutes Geld dafür bekomme.«

Der Goldkäufer nahm den Zahn in eine Hand und begutachtete ihn. Für einen kurzen Moment zog er vor Erstaunen die Augenbrauen hoch, doch ließ sich weiterhin nichts anmerken.

»Das ist ein sehr guter Goldzahn, dafür bekommen Sie einiges. Das ist pures Gold – wirklich erstaunlich!«

Mark verhandelte noch kurz, dann verschwand der Käufer mit dem Zahn und kam mit einer großen Summe Bares wieder, die er ihm in die Hand drückte. Mark bedankte sich und verließ den Laden. In den letzten zehn Jahren Volksrente hatte er weniger bekommen, als durch diesen einen Zahn. Er fragte sich, wie viel Geld er haben könnte, wenn alle seine Zähne echte Goldzähne wären. Er könnte sie sich auch rausschlagen und verkaufen und mit dem Gewinn ein Gebiss kaufen und hätte sogar noch genug übrig für ein paar angenehme Monate.

Mark kaufte sich Betäubungsmittel und eine Spritze bei einem hiesigen Medikamentenhändler und ging nach Hause. Dort betäubte er seinen Mund und rammte mit der Tür jeden einzelnen Zahn raus. Es blutete stark, doch Mark hielt es aus, säuberte die Zähne und brachte sie zum Goldankäufer zurück.

Als er sie auf den Tisch legte, blickte der Käufer ihn nur erschrocken an. Marks Lippe war brutal entstellt und durch die Betäubung tropfte durchgehend ein schmaler Faden aus Spucke und Blut auf den Boden. Auf seinem Shirt hatte sich ein großer Blutfleck abgesetzt, der sogar noch im Licht funkelte, er musste noch feucht sein.

»Was ist denn mit Ihnen passiert?«, fragte der Händler geschockt

»Nichts. Verkaufen.« Mark deutete mit seinem Finger auf die goldenen Zähne. Er wollte nicht viel sprechen, damit die Wunden in seinem Mund nicht wieder aufrissen. Er bekam Kopfschmerzen, merkte mittlerweile, dass der Blutverlust ihm zu schaffen machte. Der Käufer betrachtete ihn für eine kurze Zeit mit einem Misstrauen und schätzte ab, ob Mark ein Wahnsinniger war, oder einfach nur sehr, sehr arm. Letztendlich hob er doch einen Zahn hoch und betrachtete ihn mit einer Lupe. Dieses Mal blieb das kurze Augenbrauen-Heben aus. Er nahm sich noch einen Zahn und noch einen. Dann beugte er sich über den Tresen.

»Sie wollen mich verarschen, oder? Der Zahn vorhin war ja noch in Ordnung, aber die hier-«

»Was is' mit denen?«

»Das sind einfach nur mit Goldfarbe angemalte Aluminiumnachbildungen. Dafür bekommen Sie vielleicht ein paar Cent.«

Mark starrte den Käufer fassungslos an. Er merkte, wie die Wunden in seinem Mund aufgingen. Blut lief aus seinem Mund. Er hatte kein Geld mehr. Alles was er hatte, ging für das Betäubungsmittel drauf. Verzweifelt griff Mark nach den Zähnen auf dem Tresen und versuchte sie sich wieder in das Zahnfleisch zu rammen, doch verlor dadurch nur noch mehr Blut. Mark schmeckte das metallische Gemisch des Blutes und der angemalten Aluminiumzähne und klappte zusammen.

Joggingrunde

Michael joggte, wie jeden Abend nach der Arbeit. Er zog sich in seinem Büro um, packte seine Arbeitskleidung in eine Tasche und lief los. Das Unternehmen war nicht weit von seinem Zuhause entfernt, sodass es kein Problem war, die Joggingrunde bei seinem Arbeitsplatz abzuschließen, die Tasche mitzunehmen und die wenigen Meter zu seinem Haus zu gehen.

Direkt an der Straße grenzte ein Laubwald, der zu großen Teilen noch der Natur überlassen worden war. Nur ein paar schmale Trampelpfade wiesen darauf hin, dass ab und zu Menschen zwischen den Bäumen umherstreiften.

Michael hörte bei jedem Schritt das Gemisch aus Laub, Nadeln und Erde unter seinen Füßen und sprang galant über eine Wurzel, die sich irgendwann einen Teil des Trampelpfades einverleibt haben musste. Es war ein warmer Sommerabend, sodass er nur seine Schuhe mit Socken, eine kurze Hose und ein Shirt trug. Unter sich hörte er einen Ast knacken.

Das war allerdings das einzige, das er hörte. Die Bäume bewegten sich nicht, es zog kein Wind durch den Wald und auch die Vögel, die zu dieser Zeit am Aktivsten waren, gaben keinen Laut von sich. Es schien, als hätte sie irgendetwas aufgeschreckt. Vielleicht war es sogar er selbst.

Nachdem er eine gute viertel Stunde unterwegs gewesen war, kam er an einen Bach an. Er war nicht breiter als eine Armlänge. Hier stoppte Michael für einen Moment. Schweiß rann über seinen Körper. Die stickige Luft und die Hitze waren zwar nicht angenehm, aber er fühlte sich trotzdem gut. Er tat immer hin etwas für seine Gesundheit.

Er beugte sich über den Bach und schöpfte mit seinen Händen das kalte Wasser heraus und spritzte es sich ins Gesicht. Dann benässte er die Arme. Michael genoss die Kälte und spürte, wie schnell das Wasser tatsächlich verdunstete.

Plötzlich stieß ihn jemand von hinten an. Michael riss reflexartig seine Arme nach vorne und konnte seinen Oberkörper davor bewahren in den Bach zu fallen. Jedoch verlor er das Gleichgewicht und sprang mit seinen Füßen in das Wasser. Verwirrt rappelte er sich auf und drehte sich um, wollte sich schon beschweren, was der Person denn einfiele, doch anstatt einen Menschen anzugucken, blickte er in die weit aufgerissenen Augen eines Rehs. Es starrte ihm für einen kurzen Moment ins Gesicht, dann fuhr ein Ruck durch den Körper des Tieres und es lief weg. Wenige Sekunden später konnte Michael es nicht mehr sehen.

Er blickte auf den Bach, in dem ein Großteil seiner Waden verschwunden waren. Wasser in den Schuhen fand er nicht sehr angenehm und gerade als er aus dem Bach heraussteigen wollte, kitzelte etwas an seinem Bein. Ein dutzend Fische kam angeschwommen, öffneten und schlossen rhythmisch ihre Münder und knabberten an Michaels Haut. Er lächelte und beobachtete sie. Kleine Fische, die versuchten einen ganzen Mann aufzuessen.

Irgendwann hatte Michael genug und stieg wieder auf den Waldboden. Seine Socken gaben ein platschendes Geräusch von sich, sie hatten sich mit dem Bachwasser vollgesogen.

Er machte sich auf den Rückweg, mit nassen Schuhen läuft es sich nicht sehr angenehm, und fragte sich, warum ihn das Reh umgestoßen hatte. Vielleicht wollte es spielen, vielleicht wollte es auch nur den Nachwuchs verteidigen und sah Michael als Gefahr an.

Irgendwann fing der Boden an zu beben. Michael blieb stehen und blickte sich verwirrt um, gerade rechtzeitig, denn er sah, wie eine Herde Wildschweine auf ihn zugerannt kam. Blitzschnell klammerte Michael sich an einen der Bäume und sah, wie die Wildschweine wenige Meter später umdrehten und wieder versuchen ihn umzurammen. Sie umkreisten den Baum, schnaubten und versuchten ihn mit ihren Hauern zu verletzen. Michael brach einen der Äste ab und hieb damit auf die Wildschweine ein. Vor einem Reh hatte er keine Angst, mit einer ganzen Herde Wildschweine war allerdings nicht zu spaßen. Er traf mehrere Schnauzen der Schweine.

Tatsächlich brachte es etwas. Die Wildschweine zogen sich zurück und Michael konnte weiterlaufen. Weiter in Richtung der Stadt. Er verstand nicht, weshalb die Tiere plötzlich so aggressiv waren. Die Fische, die er für niedlich befunden hatte, hatten schließlich auch versucht ihn zu essen. Ihn, einen lebenden Menschen, viel zu groß für so kleine Tierchen.

Als er an der Straße ankam, wusste er nicht wo genau er war. Er war eigentlich immer die selbe Route gelaufen, deshalb brauchte er ein wenig, um sich zu orientieren und als er eine Frau fragen wollte, die gerade mit ihrem Pudel Gassi ging, wo es denn lang ginge, riss dieser sich los und rannte kläffend und Zähne fletschend auf Michael zu.

Er verlor keine Sekunde und rannte in die andere Richtung, in der Hoffnung, dass er sich bald orientieren können würde. Hinter sich hörte er die verzweifelten Schreie der Frau, die versuchte ihren Hund zurück zu rufen. Doch dieser ließ sich von nichts beirren und rannte Michael hinterher.

Es kamen auch noch Vögel dazu, die sich im Flug auf ihn hinab stürzten und anfingen seine Haare auszurupfen. Dabei stießen sie wütende Geräusche aus, die er von Vögeln noch nie vorher gehört hatte. Michael versuchte sie weg zu scheuchen, doch sie ließen nicht locker.

Er rannte weiter und weiter und fand sich irgendwann in der Straße wieder, in der er auch vor wenigen Jahren sein Haus gebaut hatte. Er rannte zu der Eingangstür, immer noch von dem Pudel und den Vögeln verfolgt. Dort sprang die Katze eines Nachbars ihm in den Rücken.

Er schaffte es sie abzuwerfen, die Tür aufzuschließen und ohne ein Tier an seinem Körper in das Haus zu stürzen. Erschöpft rammte er die Tür zu und ließ sich auf das Sofa fallen. Sein gesamter Körper schmerzte und er spürte, wie an manchen Stellen Blut herunterfloss. Seine Lunge fühlte sich so an, als würde sie jeden Moment zerbersten. Erst vor den Wildschweinen und dann vor einem Hund wegzulaufen, konnte sehr anstrengend sein. Er wusste nicht, wo er überall Wunden hatte. Vermutlich am Kopf und am Rücken, vielleicht hatte der Pudel ihn auch an der Wade erwischt. Er verstand nicht, weshalb es plötzlich alle Tiere auf ihn abgesehen hatten.

Nur ein paar Minuten ausruhen, dachte er sich, dann würde er die Wunden versorgen und hoffen, dass morgen früh wieder alles anders wäre. Er legte seinen Kopf auf ein Kissen auf dem Sofa ab. Nur ein paar Minuten ausruhen. Dann hörte er das tiefe Knurren von Butcher, seinem Dobermann.

Vogelfrei

Hans Reinholdt saß auf seinem Liegestuhl auf dem Bootssteg, hatte seinen Strohhut tief ins Gesicht gezogen und döste vor sich hin. Die winzigen Wellen, die an seiner Bucht brachen hatten ein hypnotisches Rauschen an sich, dem sich fast niemand widersetzen konnte, wenn man am Bockholtner See war.

Hans hatte sich nach einem Leben voller Arbeit und Stress abgekapselt und war aus seiner vertrauten Stadt weggezogen, um sich irgendwo an einem See niederzulassen. Und diese ruhige Stelle, diesen Ort, an dem er vor hatte den Rest seines Lebens zu bleiben, hatte er hier gefunden.

Ein Geräusch weckte ihn langsam auf. Erst war es kaum zu hören, dann kam es immer näher. Hans öffnete seine Augen, setzte sich auf und ließ seinen Blick über den See kreuzen. Ein Motorboot brauste über das Wasser. Etwa fünf Männer waren an Bord. Sie hatten Gewehre geschultert und trugen dunkelgrüne Anzüge. Er winkte ihnen zu und sie winkten mit ihren Mützen in den Händen zurück und jubelten. Hans kannte diese Leute.

Es waren seine Jägerkumpanen, mit denen er oft ins angrenzende Jagdgebiet fuhr und dort Hasen und Rehe schoss. Oft blieb die Jagd leer aus, Hans und seine Freunde hatten sich zwar in Deckung gelegt, doch redeten nur miteinander und tranken ein oder zwei Bier zusammen. Und nach einem erfolgreichen Tag gingen alle in die Bar, die einzige in der Umgebung, und feierten sich.

Es war ein gutes Leben und Hans fand, dass er es sich auf jeden Fall verdient hatte. Der Wald, der See, die Ruhe. Er war frei von jeglichen Pflichten. Hier würde er sterben und er würde glücklich einschlafen, das wusste er. Er hörte, wie eine leichte Brise durch die Baumwipfel zog und beobachtete einen Schwarm Vögel, der direkt über ihn hinweg flog.

Plötzlich fühlte Hans ein Stechen in seinem Rücken. Nicht dieses Stechen, dass er hin und wieder gehabt hatte, wenn er sich streckte, oder irgendetwas Schweres aufhob. Irgendwie penetranter. Er stand auf, wankte kurz und streckte sich dann. Doch das Stechen verschwand nicht, es wurde sogar noch stärker. Hans wollte zu seinem Haus eilen, irgendein Schmerzmittel aus dem Arzneischrank heraus kramen und dann wäre wieder alles gut gewesen, doch dazu kam er nicht. Der Schmerz wurde unerträglich, breitete sich auch auf den Rest seines Rückens und seinen Schultern aus. Letztendlich brach er zusammen, fiel auf das weiche Gras vor seinem Haus und blieb bäuchlings und zitternd liegen. Ein Schock durchfuhr seinen Körper, Adrenalin wurde in das Blut gepumpt. Die Schmerzen nahmen ein wenig ab, doch Hans blieb bei Bewusstsein. Dann hörte er es. Ein schmatzendes Geräusch. Ein fleischiges Reißen. Er spürte, wie sein Rücken aufplatzte, der Schmerz wurde unerträglich und letztendlich fiel er in Ohnmacht.

Hans stand nur mit einer Unterhose bekleidet vor der Spiegelung im Fenster und begutachtete sich. Das Stechen war fort. Die Schmerzen hatten sich zu seinem angenehmen Gefühl der Freude entwickelt, als wäre alles normal, als wäre alles so wie es schon immer war.

Mit einem Ruck ließ Hans seine Flügel schlagen. Es fühlte sich intuitiv an, als wären diese Dinger seit jeher mit ihm verbunden gewesen. Sie hatten Ähnlichkeiten mit den Flügeln einer Fledermaus. Hauchdünne, ledrige Haut, durchzogen von Millionen winziger Äderchen, die das neue Körperteil durchbluteten. Und Hans fühlte sich gut, noch besser als auf seinem Liegestuhl am See. Er wusste nicht woher diese Flügel kamen, ihm war es auch egal. Er freute sich nur, dass es sie gab. Und er hatte den Drang sie auszuprobieren.

So ganz hatte er sein Menschsein noch nicht abgelegt, auch wenn das plötzliche Herauswachsen von Flügeln sicherlich sehr verwirrend gewirkt hatte. Es stellte jegliche Biologie und Physik in Frage, alles was man über die Menschen oder Tiere wusste. Schon immer gab es irgendwelche Beulen, oder Verstümmelungen, die erst nach und nach herangewachsen waren, aber voll funktionstüchtige Flügel, die innerhalb von wenigen Minuten erscheinen konnten, waren neu. Doch das war Hans egal. Sein Oberkörper war frei, jetzt da er diese gigantischen Flügel auf dem Rücken hatte. Er holte eine Leiter aus dem Schuppen und stellte sie gegen das Haus. Schon oft war er dort hinauf geklettert, eigentlich um seine Dachrinne sauber zu halten, doch dieses Mal kletterte er über die Rinne hinweg und stellte sich auf das Dach.

Er wusste wie die Flügel funktionierten, er wusste wie man sie bewegen kann. Er breitete sie aus, spürte jeden Luftzug um sich herum. Dann schwang er sich in die Luft.

Anfangs war es noch merkwürdig durch die Luft zu schweben. Er schlug noch gar nicht den Flügeln, sondern sprang vom Dach und sank gleitend auf die Erde hinab, um ein Gefühl dafür zu bekommen. Doch irgendwann sprang er ab und schlug mit den Flügeln. Er gewann sofort an Höhe. Noch ein Schlag, er flog nun über dem Dach. Noch ein Schlag und noch einer. Gleich war er auf der gleichen Höhe, wie die Baumkronen. Mehr Schläge, mehr Höhe. Mehr, mehr.

Stolz ließ Hans sich gleiten. Unter ihm sah er die Bäume, den See, ein Boot, das wir ein winziger Punkt aussah. Hans hatte ausprobieren wollen, wie hoch er fliegen konnte und nach einer Zeit merkte er von sich aus, dass die Flügel nicht höher wollten. Und das war okay.

Die einzige Sorge, die er hatte, waren andere Flugwesen, Vögel, die sich bedroht fühlten. Gegen einen ganzen Schwarm hätte er hier oben keine Chance. Oder auch Flugzeuge. Für die ganz Großen flog er wohl zu niedrig, aber die kleinen Hobbymaschinen, von denen hin und wieder welche über den See flogen, musste er sich in Acht nehmen.

Außerdem hatte Hans das Gefühl, dass er frei war. Freier, als sonst. Klar, er konnte ohne Flügel rumliegen, entscheiden was er aß, ob er schwimmen gehen oder nicht doch lieber spazieren gehen sollte, doch durch die Flügel kam nun noch eine weitere Option zu – Fliegen.

Er stellte sich vor, dass er beim Einkaufen Milch vergessen hatte. Also würde er sich ein paar Münzen schnappen, sich in die Lüfte schwingen und einfach zum Laden zurück fliegen.

Nach einigen Stunden kehrte Hans wieder zum Haus zurück. Er hätte noch weiter fliegen können, doch er wollte sich nicht unnötig in die Gefahr begeben, plötzlich keine Kraft mehr in den Flügeln zu haben.

Also glitt er auf die Wiese, lief wegen der Geschwindigkeit noch ein paar Meter weiter und kam irgendwann zum Stehen. Seine Beine zitterten, nicht vor Angst, sondern weil das Gefühl festen Boden unter den Füßen zu haben, in den letzten Stunden so sonderbar geworden war.

Gerade als Hans die Tür aufschließen wollte, kam von seiner Auffahrt ein Licht her. Ein großer Jeep fuhr auf ihn zu und hielt direkt neben ihm. Ein Mann in weißem Kittel stieg aus, der von Hans misstrauisch beobachtet wurde. Er kam mit einem breitem Lächeln auf dem Gesicht auf Hans zu.

»Guten Abend! Freut mich, Sie kennenzulernen.«

Der Unbekannte streckte Hans eine Hand hin, doch Hans wich zurück, dachte daran, wie ungewöhnlich seine Flügel wirken mussten.

»Was wollen Sie? Wer sind Sie?«, fragte Hans ruppig.

»Oh, natürlich. Wie unhöflich von mir.« Der Mann zog aus seiner Kitteltasche eine Karte hervor und reichte sie Hans. Doktor Joseph Bräumel, Spezialist für Mutationen. Hans blickte auf und starrte den Doktor verbittert an.

»Sind Sie für die Flügel verantwortlich?«

»Wollen wir nicht rein gehen?«

»Nein, ich will wissen, was Sie von mir wollen.«

»Also gut. Ja, Ihre Flügel sind ein Experiment, wissen Sie. Die Menschen sind die fortgeschrittenste Rasse auf der Erde, sie beherrschen den Boden und Teile vom Wasser. Aber in der Luft haben die Menschen, bis auf Flugzeuge und Hubschrauber, so gut wie gar keinen Fuß gefasst.«

Hans blieb starr vor seiner Tür stehen und starrte Bräumel an.

»Was hab ich damit zu tun?«

»Sie wurden ausgewählt, Herr Reinholdt.«

»Ohne mich vorher zu fragen? Für was überhaupt?«

»Wie Sie schon bemerkt haben, sind Ihnen Flügel gewachsen. Ich bin hier um Sie mitzunehmen, damit wir diese Flügel untersuchen können.«

»Das will ich nicht. Sie können mich doch nicht einfach mit irgendetwas infizieren, zu mir hinfahren und mich aus meinem Leben rausreißen!«

»Es ist für einen guten Zweck. Ihnen wird nichts Schlimmes passieren.«

»Ich bleibe hier. Das ist meine Entscheidung.«

Der Doktor zog die Augenbrauen hoch.»Und wie wollen Sie das ohne Hilfe schaffen? Sie kommen doch nicht einmal durch die Tür, noch haben Sie Kleidungsstücke, die Ihnen passen. In unserem Labor haben wir alles für Sie eingerichtet, Sie bekommen alles was

Sie wollen. Und alle paar Tage untersuchen wir Sie. Und nach einem Monat können Sie wieder gehen. Sie können sich entscheiden, ob Sie die Flügel behalten wollen oder nicht. Außerdem wird es gut entlohnt.«

»Nein, ich komme nicht mit.«

In Hans brodelte es. Was fiel diesem Doktor ein, ihm Flügel zu geben, ihn Schmerzen durchleiden zu lassen und ihn dann abholen zu wollen. Als hätte er kein Leben oder Freunde um die er sich kümmern müsste. Außerdem ging es ihm finanziell gut, er war auf ein paar Euro nicht angewiesen.

»Ich bitte Sie. Einen Monat, wir wollen Sie nur untersuchen. Außerdem sind Sie sicher. Was wenn Sie eine unbekannte Krankheit in den Flügeln bekommen?«

Aus dem Wagen stiegen zwei andere Männer aus. Sie waren muskulös und kamen langsam auf ihn zu. Obwohl Hans schon etwas älter war, kapierte er sofort, was los war. Wenn er nicht freiwillig mitkommen würde, dann würde er dazu gezwungen werden.

»Sie blöder Wichser«, blaffte er Bräumel an und stieß ihn zurück. Verwundert blickte er Hans an.

»Überlegen Sie es sich, Hans. Nur einen Monat, wirklich. Es wird auch nicht wehtun.«

»Niemals!«, schrie Hans, während er sich in die Lüfte schwang. Unter sich sah er die beiden Männer, die angelaufen kamen und versuchten ihn zu packen und runter zu ziehen. Doch Hans hatte bereits genug Höhe gewonnen. Er musste flüchten. Wohin, wusste er nicht. Aber er war sich sicher, dass der Doktor ihn nicht nur untersuchen würde. Er würde ihn quälen, Mittel verabreichen und gucken, wie sie wirken würden. Irgendeine abgefuckte Scheiße müsste er durch machen müssen. Und am Ende würde er bestimmt getötet werden, damit seine Leiche weiter untersucht werden konnte.

Ein neues Zuhause. Irgendwo. Vielleicht im Osten, wo man ihn als Gottheit ansah. Irgendwo musste er doch sicher sein, oder würde er überall als missgestaltete Kreatur durchgehen? Alles was Hans wollte, war in Ruhe an dem See zu leben, wieso musste es ihn treffen?

Plötzlich zog ein unfassbarer Schmerz durch seinen Flügel. Hans warf seinen Kopf zur Seite und starrte geschockt auf das blutige Loch in der Hautmembran. Der Doktor hatte auf ihn geschossen, so ein Irrer. Von wegen *Sicherheit* und *nur untersuchen*. Dieser Mann war wahnsinnig.

Langsam verlor Hans an Höhe. Der demolierte Flügel verlor an Kraft, er spürte ihn kaum noch. Ein paar Sekunden später schlug Hans auf dem Boden auf.

Als er langsam wieder zu sich kam, hörte er dumpf ein paar Stimmen und sah verschwommene Menschen, die um ihn herum standen. Jetzt hatte der Doktor ihn, schoss es durch seinen Kopf. Jetzt gab es kein Zurück mehr. Hans Sicht wurde klarer und klarer und die Menschen vor ihm wurden schärfer.

Jemand hatte sich zu ihm hinunter gebeugt

»Alles gut, Hans, alter Junge. Es ist für einen guten Zweck.«

Das hatte der Doktor auch gesagt, doch es war nicht der Doktor, der zu ihm sprach.

»Es wird nicht wehtun, Mann.«

»Oh, Junge. Der wird ausgestopft ein Vermögen wert sein«, sagte ein anderer.

Dann erkannte Hans die Menschen, die sich um ihn versammelt hatten. Hans war in eine Richtung geflohen. In eine ganz bestimmte Richtung. Er sah in die Gesichter seiner Freunde mit ihren grünen Jagdanzügen.

»Hätte nicht gedacht, dass die Jagd heute so erfolgreich wird.«

Hans versuchte zu reden, versuchte ihnen zu erklären, dass ein irrer Doktor ihn angeschossen hatte. Erst, als der Griff eines Gewehrs auf ihn zugerast kam, wurde ihm bewusst, dass er eine falsche Entscheidung getroffen hatte.

Bestseller

Was sind die beiden größten Ziele eines Autoren?
Erfolg, also Geld und viele zufriedene Leser
und
Andenken, nicht vergessen werden, auch nach dem Ableben.

»Und? Was steht drin?«
Thorben Wessler nahm die Stimme seiner Freundin kaum wahr.
Seine Augen überflogen angespannt den Brief, der gerade erst von
dem Postboten abgegeben wurde. Seit Tagen hatte Thorben nicht
richtig schlafen können, war viel zu früh aufgestanden und hatte
sich ans Fenster gesetzt, um hinaus auf die Straße zu blicken, um ja
nicht die Post zu verpassen.

Als er das Manuskript seines vierten Romans an einen der größten
Verlage geschickt hatte, hätte er damit gerechnet, dass es einige
Monate dauern würde, eine Antwort zu bekommen. Doch dieses
Mal ging es viel schneller als sonst. Und dieses Mal war es keine
Absage.

»S-Sie nehmen mein Buch an«, antwortete er schließlich. Er
starrte immer noch auf den Brief. *Bitte Gott, lass diese Antwort kein
Fake sein*, dachte er sich. *Lass das Buch ein Erfolg werden.*

»Schatz, das ist ja wunderbar! Haben die so schnell schon alles
durchgelesen?«, fragte seine Freundin erfreut.

»Offensichtlich«, murmelte er.

Thorben war einem Schockzustand nahe. Kein schlechter Schock,
sondern eher eine Mischung aus extremer Euphorie und Fassungslo-
sigkeit. Die Mitglieder des Verlags haben nicht nur das Manuskript
durchgelesen, nein, im Brief stand auch, dass das Buch so gut wie
perfekt sei.

Keine Rechtschreibfehler, keine merkwürdige Grammatik und bei
der Formulierung schien auch alles zu stimmen. Es sei eine mit-
reißende Story, die den Leser in den ersten Sätzen bereits packen
würde. Ein großartiger Twist, tolle Charaktere. Ein Lektorat würde
nicht notwendig sein. All das ganze Lob von Menschen zu
bekommen, die sich wirklich damit auskannten, war ein wunder-
bares Gefühl und es erfüllte Thorben mit einer tief sitzenden
Euphorie.

Er schob seinen Stuhl zurück, stand auf und umarmte seine Freundin, die hinter ihm gestanden und eine Hand auf seine Schulter gelegt hatte. Nach zwei Minuten lösten sich die beiden und lächelten sich an.

»Jetzt geht es endlich bergauf, Schatz. Das verspreche ich dir«, flüsterte er, ohne seinen Blick von ihr zu nehmen.

Seine Freundin nickte. »Endlich«, seufzte sie. »Steht da noch mehr drauf?«

»Ja, es gibt noch eine zweite Seite. Ich vermute der Vertrag und wie viel Anteil ich bekomme und so weiter.«

Thorben griff nach dem anderen Blatt, las es sich durch und die Erwartungen, die jetzt wo er angenommen wurde, durch einen spontanen Höhenflug sowieso sehr übertrieben wirken mussten, wurden übertroffen. Er hatte gedacht, dass es nicht besser werden könnte, doch das was auf dieser Seite stand, verschlug ihm vollends die Sprache.

Er wurde zu einer Veranstaltung eingeladen. Diesen Freitag sollte sie stattfinden. Andere Bestsellerautoren würden auch da sein.

Andere? Er stoppte kurz und überlegte. Bestimmt nur irgendeine komische Formulierung. Ein Schreiben für jeden Autoren angepasst. Er las weiter. Ort, genaue Zeit, Ablauf, und so weiter. Aber kein Vertrag. Weshalb war kein Vertrag dabei? Er schüttelte die Frage ab und beantwortete sie sich selbst.

»Weil ich bei der Veranstaltung den Vertrag erhalte«, beruhigte er sich in Gedanken.

Thorben vermutete, dass er bei dieser Veranstaltung einigen Autoren vorgestellt werden würde. Also lernte er einige Antworten auf die üblichsten Fragen auswendig, damit er auch eine gute Figur machen würde. Er schrieb sogar eine Rede, sollte es etwas ganz Großes werden.

Die nächsten Tage vergingen wie im Flug. Thorbens Vorfreude stieg und als er am Freitag seinen einzigen Anzug den er hatte, anzog, von seiner Freundin zum Treffpunkt gefahren wurde und sich von ihr mit einem langen Kuss verabschiedete, konnte er es kaum erwarten die ganzen berühmten Autoren kennenzulernen. Als er in die Eingangshalle von dem pompösen Gebäude trat, die für das Treffen ausgewählt wurde, reichte ein Kellner ihm sofort ein Glas mit Sekt, das er dankend annahm.

Etwas ängstlich schritt er die breiten Stufen nach oben und folgte der Beschilderung bis er in einem Saal ankam, der so aussah, als wäre er hier richtig. An den Wänden hingen Plakate von Büchern berühmter Autoren. Thorben sah zum Beispiel das Cover von Restmensch oder Blaue Tulpen, zwei international bekannte Romane. Und sogar, Thorben hielt den Atem an, ein Plakat auf dem sein Buchcover aufgedruckt war. Sein Roman musste die Verleger wirklich sehr beeindruckt haben, wenn sogar er sein eigenes Bild bekam.

Ein Kronleuchter hing an der Decke und hüllte das gesamte Zimmer mit den vielen Menschen in ein warmes Licht. Viele der Menschen, die sich eingefunden hatten, kannte er. Autoren aus der Krimiszene, Horror und Fantasyautoren, eine Kinderbuchautorin war ebenfalls da.

Doch die Stimmung war nicht so locker, wie Thorben es sich vorgestellt hatte. Alle standen starr nebeneinander, redeten kaum. Sie blickten auf die Tribüne am hinteren Teil des Raumes und nippten hin und wieder an ihrem Getränk. Ein ihm unbekannter Mann musterte ihn misstrauisch, fast schon feindselig.

Thorben fing an zu schwitzen. Er hatte keine Ahnung, wie man sich in so einer Situation verhielt. Vielleicht durfte man nicht so laut sein, oder die Veranstaltung war noch nicht eröffnet und seine bloße Existenz störte die Wartenden bei irgendwas.

Wundern tat er sich dennoch und stellte sich neben eine Frau, die ihn nicht feindselig anblickte, sondern ihn schlicht und einfach nicht beachtete.

Thorben fing mit niemandem ein Gespräch an, wartete darauf, das irgendetwas passierte. Und tatsächlich betrat nach etwa zehn Minuten ein kleiner, bärtiger Mann die Bühne. Er stellte sich vor ein Mikrofon, dass viel zu hoch für ihn eingestellt war und brauchte eine ganze Weile, bis er es verstellen konnte. Dann räusperte er sich und fing an.

Zuerst begrüßte er alle, die da waren, beteuerte, wie sehr er sich freute, dass soviele Leute erschienen waren. Dann erzählte er etwas über die Umsätze des Verlages, über die glorreiche Zukunft, über Zeiten, die schlechter waren, aber weit hinter ihnen lagen. Dann kam er zum Ablauf. Neben einem kalten Buffet sollte ein Buch vorgestellt werden. Thorbens Buch. Sein Name wurde genannt, sein

Cover wurde gezeigt, alle Autoren, die sich in dem Saal versammelt hatten, musterten das Bild. *Sein* Bild.

Thorben spürte, wie sie ihn und sein Werk prüften und wurde noch nervöser. Heute war die Chance auf den Durchbruch. Er stellte sich vor, wie man sein Buch in jedem Buchladen finden konnte, wie seine Mutter stolz ihren Freundinnen erzählen würde, dass ihr Sohn einen Bestseller geschrieben hätte. Thorben wusste, dass das alles nur seine Fantasie war, dass er niemals so berühmt werden würde.

Der Typ auf der Bühne erzählte allerdings darüber, dass es ein Bestseller werden würde. Thorbens Herzschlag verschnellerte sich. Wie meinte der Mann das? Ein Buch wird nicht einfach so ein Bestseller, nur weil man es sagt. Oder hatte die Marketingabteilung mit ihm etwas Großes vor? Sollte er gleich auf die Bühne gehen und ein paar Sätze über sein Buch verlieren?

Thorben fing an zu zittern und trank den Rest von dem Sekt in einem Zug aus.

Der Mann auf der Bühne beendete schließlich die Begrüßung, wünschte allen viel Spaß und kam von der Bühne hinunter. Thorben atmete auf. Er musste sein Buch nicht vor all den ganzen Berühmtheiten präsentieren. Er wusste nicht, ob er es ohne eine Panikattacke geschafft hätte.

Er sah, wie der Mann ein paar Hände schüttelte, doch sich auf seinem Weg nicht aufhalten ließ. Er bahnte sich einen Gang durch die Menschenmassen direkt auf Thorben zu. Bei ihm angekommen streckte er ihm seine Hand entgegen.

»Freut mich, dass Sie kommen konnten, Herr Wessler. Mein Name ist Timo Hemke, ich bin Gründer von diesem wunderbaren Verlag.« Thorben schüttelte die Hand von dem Unbekannten.

»Freut mich, dass ich Sie mich eingeladen haben.«

»Ja.«

Thorben blickte Hemke für einige Sekunden an, erwartete, dass noch irgendetwas gesagt werden würde. Doch der bärtige Mann stand einfach nur da, als würde er über etwas nachdenken.

»Ein wirklich schöner Saal für das-«, versuchte Thorben ein Gespräch anzufangen, doch wurde abrupt unterbrochen.

»Kommen Sie mit ins Büro.«

»Bitte?«

»Sie wollen doch einen Vertrag haben, oder nicht?«

»I-ich-«

Hemke stieß die Tür zum Flur auf und winkte Thorben zu sich. Aber es stimmte. Thorben hatte keinen Vertrag bekommen und das alles sah sehr vielversprechend aus. Bestseller werden, pochte es in seinem Kopf. Dann ein kaltes Buffet, sich beruhigen. Dann mit den anderen Autoren reden, sich vorstellen. Dann nach Hause fahren und mit seiner Freundin feiern, vermutlich mit der besten Nacht seines Lebens.

Neben dem Veranstaltungsraum lag das Büro von Hemke. Die beiden gingen hinein. Hemke bot Thorben einen Stuhl an und fing sofort an zu reden.

»Ich komme schnell zu Sache. Ihr Buch ist großartig. Es ist nicht nur Unterhaltung, sondern richtig großartige, wertvolle Kunst. Es wird in die Geschichtsbücher eingehen und noch in dreihundert Jahren gelesen werden. Glauben Sie mir, damit kenne ich mich aus.«

»D-das ist wirklich-«, fing Thorben an.

»Die Werke von lebenden Künstlern zu vermarkten ist so verdammt schwer, wissen Sie. Es liest kaum einer die Bücher von Neulingen. Es ist hart Fuß in der Szene zu fassen. Aber bei einem Skandal, hui, da sieht die Sache schon anders aus. Wir werden mit Ihrem Roman eine Menge Geld machen, Herr Wessler. Und als Dank wird man sich in 300 Jahren noch an Sie erinnern.«

Thorben verzog verwundert die Miene und setzte zu einem Widerspruch an, doch er wurde von einem Knall unterbrochen. In Thorbens Gesicht klaffte ein großes, fleischiges Loch. Für einen Moment huschte ein verwunderter Ausdruck über den Rest seines Gesichts. Dann kippte er vom Stuhl und blieb reglos auf dem Boden liegen. Eine Blutlache bildete sich um seinen Kopf. Thorben war tot.

Maskenhaft

Ich schlage meine Augen auf. Heute ist ein wunderschöner Tag. Unzählige Dinge, die ich heute unternehmen könnte, gehen mir durch den Kopf. Ich blicke mich im Spiegel an. Ich lächle, ich bin glücklich. Mein Leben kann kaum schöner sein.

Ich fühle, dass ich doch noch ein wenig müde bin und gehe in die Küche. Ich fülle Wasser in meine Kaffeemaschine und öffne den Schrank in dem ich mein Kaffeepulver abgestellt habe. Doch er ist leer.

Ich zucke mit den Achseln und mache den Schrank wieder zu. Dann gibt es heute eben keinen Kaffee. Es ist trotzdem ein schöner Tag. Ich könnte Kaffee einkaufen und dabei einen Spaziergang durch die Stadt machen.

Doch vorher muss ich meine Morgentoilette hinter mich bringen. Ich gehe ins Badezimmer und fange an mir die Zähne zu putzen. Ich habe nicht mehr viele, die meisten sind ausgefallen und die Verbliebenen tun weh, aber das macht nichts. Dadurch esse ich immerhin nicht mehr soviel wie früher und bleibe schlank. Manchmal wird der Schmerz zwar so stark, dass ich zusammenbreche, aber ein Nickerchen zu halten hat noch niemanden geschadet.

Dann ziehe ich mich aus und gehe duschen. Das Wasser läuft meinen Körper hinunter. Ich spüre wie sich meine Muskeln verkrampfen, wie mein Atem unbeabsichtigt schneller wird. Nach zwei Minuten schalte ich das eiskalte Wasser ab. Warmes Wasser gibt es hier nicht, wäre sowieso Geldverschwendung. Ich trockne mich mit einem kratzigen Handtuch ab – wurde aber per Hand in Deutschland genäht, um die Kinder aus dem Osten nicht zu belasten.

Dann gehe ich raus. Vor meinem Wohngebäude steht ein Baum, auf dessen Ast ein Vogel sitzt und schöne Lieder trällert. Ich lasse die Sonne auf meinen Körper scheinen und erwärme ihn, da er wegen der Dusche doch sehr abgekühlt ist und lausche dem Gesang.

Ich sehe im Hintergrund eine Katze, die über einen Zaun klettert und geduckt langsam an den Baum heranschleicht. Sie krallt sich in die Rinde und klettert unfassbar flink den Baum hinauf. Ich warne den Vogel nicht, die Katze gibt sich so viel Mühe. Mit einem Sprung hat die Katze den Piepmatz in ihren Klauen und beißt in das fedrige

Genick. Mich freut es, dass die Katze ein leckeres Frühstück hat. Doch sie isst ihre Beute nicht sofort. Stolz klettert sie wieder vom Baum hinunter und geht mit einem federnden Gang auf ihr Grundstück zu. Doch als sie auf die Straße tritt kommt ein Auto und fährt sie an. Ich sehe, wie der Vogel und die Katze durch die Luft fliegen. Sie sehen merkwürdig verdreht aus, vermutlich beide tot. Aber der Autofahrer ist unverletzt und lacht und das ist das Wichtigste. Immerhin kein Unfallopfer. Es fängt an zu regnen. Ich hab keinen Regenschirm dabei, aber immerhin bekommen die Pflanzen etwas Wasser. Es beginnt zu donnern und zu blitzen und ich werde total durchnässt. Das Wasser ist wärmer als zu Hause in der Dusche, also kann ich mich nicht beschweren.

In der Nähe schlägt ein Blitz in einem Gebäude ein, es fängt sofort Feuer. Menschen flüchten, vielleicht sind auch einige verbrannt. Es ist Sommer, da ist das nicht so schlimm keine Wohnung mehr zu haben. Es gibt hier genug trockene Plätze, also muss schon mal niemand erfrieren.

Ich gehe weiter an einem Juweliergeschäft vorbei. Zwei Polizisten mit Sturmgewehren unterhalten sich. Offenbar wurde der Juwelier ausgeraubt und dabei getötet. Ich freue mich darüber. Der Juwelier hat bestimmt ein schönes Leben gehabt und musste nicht leiden und der Schmuck wird endlich unter den Bürgern verteilt und verrottet nicht in so einem Laden. Außerdem wird die Familie des Verstorbenen nicht viel leiden müssen. Er ist sicherlich reich gewesen.

Ich gehe weiter in Richtung des Rathausplatzes. Trotz des Regens haben sich hier viele Menschen eingefunden. Sie sitzen vor der Tür, wollen rein und ihre Wählerstimmen abgeben, aber niemand macht die Tür auf. Plötzlich kommen Polizisten und schlagen sie zusammen. Ich finde das gut, aber halte mich aus der Politik raus. Die Reichen und Mächtigen wären nicht reich und mächtig, wenn sie ihren Job nicht richtig machen würden.

Ich gehe in den Einkaufsladen und irre durch die leeren Gänge. Es gibt kaum Dinge, die man kaufen kann. Wenig Gemüse, Brot ist ausverkauft, das Obst ist meistens verfault, aber Fleisch für 1,50 das Kilo. Das ist günstig und schön. Kaffee gibt es auch. Es kostet mich zwar ein halbes Monatsgehalt, aber man muss sich auch mal was gönnen.

Ich gehe nach Hause und freue mich auf meine Wohnung. Sie ist klein und ranzig, aber ich habe alles was ich brauche. Ich gehe ins Badezimmer und gucke in den Spiegel. Ich bin glücklich. Das Leben ist schön. Mein Besitzer zieht mich vom Kopf. Es ist illegal ohne mich das Haus zu verlassen. Das graue, eingefallene Gesicht von meinem Besitzer glänzt vor Schweiß. Er bekommt immer so schwer Luft wenn er mich trägt. Er legt mich behutsam in mein Kästchen, ich starre an die Decke, aber kann trotzdem hören wie er weint.

Lebensfroh

Der Mann liegt nackt in einer dreckigen Gasse, neben seit Monaten nicht geleerten Mülltonnen, Ratten und Pfützen aus modrigem Wasser. Er hört noch, wie sich Schritte von ihm entfernen, dann das Geräusch von zwei Autotüren, das Starten des Motors und die Reifen, die auf dem Pflasterstein nur schwerlich ins Rollen kommen.

Er nimmt die Geräusche wahr, aber er verarbeitet sie nicht. Seine gesamte Konzentration ist auf seinen Körper gerichtet. Er bebt und zittert, bewegt sich unaufhörlich und er kann nichts dagegen tun. Die Adern sind überall auf seiner Haut sichtbar hervorgetreten, einige hängen schlaff zwischen Haut und Fleisch. Sie sind geplatzt oder gerissen und pumpen den Rest des schwarzen, sauerstoffarmen Blutes in seine Körperteile. Auf dem Rücken klafft ein etwa daumennagelgroßes Loch, aus dem in regelmäßigen Abständen ein wenig Blut fließt, nicht viel, aber er fühlt die schmierige Flüssigkeit trotzdem.

Seine Beinmuskulatur ist derartig verkrampft, dass es so aussieht, als wären seine Beine ein hautfarbenes Meer. Wellenartig ziehen die Schmerzen durch sie hindurch und das schon seit Stunden.

Der Mann keucht, er will aufstehen, er will nach Hilfe schreien, irgendetwas tun um seine Lage zu verbessern. Doch er ist schwach. Er kann nur da liegen und muss versuchen die Schmerzen zu ertragen. Seine Beine werden nie wieder richtig funktionieren, das weiß er. Er hat gesehen, wie sich die Sehnen an seinem Knie verschoben haben. Sie haben sich verdreht, fast schon verknotet. Kein Arzt auf dieser Welt wird ihm helfen können.

Der Mann ist sogar zu schwach, um seinen Kopf zu heben. Sein linkes Auge hat er zugekniffen, damit der feuchte Matsch, der den Boden der Gasse bedeckt, nicht in es gelangen kann. Mit seinem Rechten kann er sich umsehen. Er blickt auf eine Laterne. Sie steht auf der Hauptstraße und beleuchtet die Gasse in der er liegt, nur sehr spärlich. Keine Öllampe. Eine richtige Glühlampe. Es ist schwer, das Auge offen zu halten. Alles sieht so verschwommen aus. Er will schlafen. Einfach nur schlafen und den Mist vergessen, der ihm widerfahren ist. Schlafen.

Der letzte Gedanke vor seiner Ohnmacht gilt dem Licht der Lampe. So etwas hat er schon lange nicht mehr gesehen. Diese Helligkeit.

Der Name des Mannes war Dorian Feege. Er war ein Vertreter des europäischen Stromverbandes und war dafür zuständig, jegliche Einrichtungen, die für die europäischen Staaten Strom produzierten, zu kontrollieren. Die Stromversorgung in Demopolis, einer der größten Städte in den vereinigen europäischen Staaten war schon seit einigen Monaten kritisch, bis ein neuer Konzern auf den Markt getreten war. Die Einrichtung trug den Namen *Lebensfroh* und stellte mit einem Mal 80% des Stroms auf den Markt und hatten damit fast eine monopolistische Stellung.

Feege wurde hingeschickt, sollte sich das alles ansehen, den Vorgang, die Steuerverwaltung, das Personal und so weiter, einen Bericht darüber schreiben und dem Wirtschaftsminister vorlegen. Doch dazu kam es nicht.

Als er in das Büro von dem Chef trat, war das Zimmer leer. Die Sekretärin hatte ihm gesagt, dass der Leiter des Unternehmens da wäre und auf ihn wartete. Es standen keine Gläser mit Wasser auf dem Tisch, wie es bei solchen Besuchen eigentlich üblich war.

Dorian blickte sich um, betrachtete die gut drei Meter hohen Aktenschränke, die bis zur Decke reichten. Es war unüblich in dieser Zeit noch Akten zu nutzen. Es lief eigentlich alles über Datenclouds, die von überall abgerufen werden konnten. Richtige Akten aus Papier benutzten nur irgendwelche schizophren Irren, aus Angst vor der Technologie, oder Unternehmen, die etwas zu verbergen hatten.

Feege machte sich vorerst nichts aus der Unannehmlichkeit, dass der Chef noch nicht da war. Vielleicht gab es spontan Wichtigeres zu tun. Doch als er einige Minuten gewartet hatte, wurde es ihm zu viel. Er klopfte ungeduldig mit den Fingern auf seiner Hose herum.

Feege ging weiter in den Raum hinein, stellte sich an einen der Schränke und holte eine Akte heraus. Er durfte das sogar. Er durfte alles in diesem Unternehmen umdrehen, berühren, begutachten. Und er durfte jedes kleine, noch so negative Detail in seinem Bericht erwähnen.

Er klappte die Akte auf und blätterte sich durch einige dutzend Seiten voll mit Tabellen mit Zahlen und Buchstaben, die er nicht verstand. Trotzdem las er sich jede Seite genau durch. Wenn es hier irgendetwas zum Aufklären gab, dann würde er es finden, auch wenn er einige Monate dafür brauchen würde und von der Betriebsleitung von *Lebensfroh* keine Mithilfe erwarten konnte. *Lebensfroh*, wiederholte er noch einmal in seinem Kopf. Was für ein bescheuerter Name. Nachdem er die Akte durchgelesen hatte, legte er sie wieder zurück und holte die nächste heraus.

So verbrachte Feege die nächsten zwei Stunden, richtete hin und wieder seine dicke Hornbrille und wühlte sich wie ein Maulwurf durch unzählige Akten und Notizen und Anmerkungen. Irgendwann öffnete sich die Tür des Büros. Dorian Feege wollte schon zur Begrüßung zu einem zynischen Kommentar ansetzen, doch als er sich umdrehte, traf ihn ein harter Schlag an der Schläfe. Vor seinen Augen explodierten Sterne und er verlor das Bewusstsein.

Das Erste, was er wahrnahm, als er wach wurde, war ein Geräusch, dass ihn an seine Kindheit erinnerte. Früher war er immer mit dem Fahrrad zur Schule gefahren und später in die Bibliothek, wo er sich in die Welt der Bücher zurückgezogen hatte.

Manchmal hatte er die Zeit vergessen und war erst spät Abends von seinem knurrenden Magen in die echte Welt zurückgeholt worden. Dann hatte er sich auf sein Fahrrad gesetzt und hatte das Licht angeknipst, damit er von Autofahrern gesehen wurde. Beim Fahren war dann vom Dynamo am Hinterrad ein elektronisches Brummen ertönt. Und genau dieses Geräusch hörte er auch, als er die Augen aufschlug. Doch das Brummen vermischte sich mit Stöhnen, Keuchen und manchmal auch einem markerschütterndem Schrei.

Wo war er? Sein Kopf tat weh und er konnte sich daran erinnern, wie er im Büroraum gesessen und die Akten durchgeblättert hatte. Bevor er sich noch mehr Gedanken darüber machen konnte, spürte er ein Kribbeln an seinem Rücken, direkt an der Wirbelsäule.

Feege versuchte seine Hände zu heben, um sich am Rücken zu kratzen, doch es funktionierte nicht. Seine Hände waren an einer Stange festgebunden. Er saß auf einer ungemütlichen Stahlplatte und auch seine Füße waren irgendwo befestigt. Dann bemerkte er die Menschen um ihn herum. Auch sie waren festgebunden, aber bewegten ihre Beine auf und ab. Feege wurde bewusst, dass er an einem Fahrrad festgebunden war, oder jedenfalls einem fahrrad-ähnlichem Objekt. Er sah sich um, so gut er sich mit den Fesseln eben umsehen konnte, und erblickte bestimmt fünfzig von solchen Geräten und auf jedem saß ein Mensch. Sie schwitzten und keuchten, waren ebenfalls angebunden.

Dann zog ein stechender Schmerz durch seinen Rücken und er schrie auf. Es war so schmerzvoll und überraschend, dass er fast wieder das Bewusstsein verlor. Eine Stimme dröhnte durch die Halle.

»Treten. Tretet weiter!« Sie hallte noch einige Sekunden von den Wänden wider. Dann war da nur noch das elektrische Dröhnen und das Keuchen der anderen.

Jetzt fing auch Dorian an zu treten. Seine Füße waren an pedalenartigen Platten befestigt und die dünnen Plastikseile, mit denen er festgebunden war, schnitten sich bei jeder Bewegung in sein Fleisch. Trotzdem musste er es aushalten, wenn er nicht noch einmal das Stechen im Rücken spüren wollte.

Er versuchte mit seinen Nachbarn zu reden, die trostlos nach vorne blickten und denen der Schweiß in Strömen über die Körper rann. Feege fragte sie, was das hier sei, wie sie hier hin gekommen waren, doch als er diese Fragen ausgesprochen hatte, zog erneut ein unfassbarer Schmerz durch seinen Körper, wieder von der Wirbelsäule ausgehend. Es schien, als hätte er auf dem Rücken ein Implatat eingepflanzt bekommen, das bei jeder falschen Bewegung oder Ungehorsamkeit aktiviert wurde.

Also blieb Feege leise und strampelte in die Pedalen. Manchmal wurde er langsamer, um seinen Muskeln eine Pause zu gönnen, dann zog wieder ein Stechen durch seinen Körper. Es kam ihm wie Stunden vor, die er geradeaus auf den Rücken seines Vordermannes starrte und einfach nur strampelte.

Er wusste nicht, wie viel Zeit vergangen war, als der erste Krampf anfing. Es betraf die linke Wade und am Anfang war es noch auszuhalten. Doch er hatte keine Chance den Muskel zu entspannen oder sein Bein zu strecken, um irgendwie den Druck davon zu nehmen. Also blieb der Krampf, wurde von Minute zu Minute stärker. Und Feege durfte nicht aufhören zu treten. Der Schmerz im Bein war schlimm, doch der Schmerz vom Implantat war schlimmer.

Es blieb nicht nur bei dem einen Krampf. Bald spielten beide Beine verrückt und nicht nur die Waden, sondern auch seine Füße und seine Oberschenkel und sein Gesäß taten höllisch weh. Auch sein Rücken schmerzte. Er konnte sich nicht anders hinsetzen, ohne einen schmerzhaften Stoß zu riskieren und wusste nicht mal, ob es überhaupt eine gemütlichere Position gab.

So verbrachte er Minuten, Stunden, Tage, mit ständigem Schmerz in den Beinen und dem Willen, es auszuhalten. Mit dem Wissen, dass ein viel schlimmerer Schmerz auf ihn wartete. Irgendwann kamen Männer in die Halle, nahmen die Menschen mit, die bewegungslos über ihrem Lenker gebeugt lagen oder die so langsam traten, dass sie wohl nicht mehr gebraucht wurden.

Dorian hatte schnell gemerkt, was das hier war. Die Dynamos, das dauerhafte Treten und die Aufwendung von Energie. Hier wurden Menschen missbraucht, um Strom zu erzeugen. Es war keine neue Solarmethode, kein neu entdecktes Kohlevorkommen. Doch er konnte nichts dagegen tun und irgendwann wurde es ihm auch egal.

Irgendwann wurde ihm der Schmerz egal. Manchmal weinte er, manchmal schrie er. Mittlerweile hing er nur noch gleichgültig an dem Gerät und trat. Irgendwann trat er langsamer. Der Schmerz zuckte durch seinen Körper, also trat er wieder schneller und wurde nach kurzer Zeit erneut langsamer. Und seine Beine taten weh. Sie fühlten sich so an, als hätten sie sich verformt, als hätten sich die Muskeln verdreht und wären gerissen.

Er wurde wieder langsamer, der Schmerz zog durch seinen Körper. Doch er konnte nicht mehr. Er konnte einfach nicht mehr. Die Menschen hier durften keine Pause haben. Sie sollten sich nicht erholen. Wenn sie wie eine Batterie ausbrannten, dann wurden sie aus der Halle hinausgeschleppt. Das hatte Feege oft genug gesehen.

Und das passierte ihm auch. Irgendwann kamen zwei Männer, banden ihn los. In seinem Kopf pochte der Gedanke, dass er fliehen sollte. Endlich in die Freiheit. Doch er war viel zu schwach. Er wollte schlafen.

Irgendetwas wurde aus seinem Rücken gerissen. Er wusste nicht, ob es schmerzhaft war, oder ein ganz normales Gefühl – so sehr war er schon an das Leid gewöhnt. Dann wurde er in einen Wagen geworfen und irgendwo in einer Seitengasse abgeladen. In seinem Kopf pochte es, dass er aufstehen sollte. Er sollte das Unternehmen anzeigen und aufhalten. Wie hieß es noch gleich?

Lebensfroh. Was für ein bescheuerter Name für ein Unternehmen.

Der Geigenspieler

Patrick Brander setzte sich auf den alten, etwas eingestaubten Plüschsessel und blickte sich in dem Wohnzimmer seines Großonkels um. Er erinnerte sich daran, dass er hier einige Male als kleiner Knirps mit seinen Eltern war. Irgendein Geburtstag oder eine Familienfeier. So etwas hatte ihn immer gelangweilt. Als Kind vier bis fünf Stunden mit Erwachsenen an einem Tisch sitzen zu müssen und weder Blödsinn machen zu dürfen noch die Gespräche verstehen zu können, war eine Tortur. Trotzdem huschte über Patricks Gesicht ein Lächeln, als er sich zurückerinnerte.

Sein Großonkel war tot. Vor zwei Wochen war er mit einem Herzinfarkt ins Krankenhaus eingeliefert worden. Das war für den 83 Jährigen zu viel gewesen. Patrick hatte mit ihm in den letzten Jahren sehr wenig zu tun gehabt. Zu seinem 20. Geburtstag hatte er eine Karte von ihm bekommen und das war es eigentlich auch seit der Kindheit. Eine große Familie kann mit einem großen Freundeskreis vergleichen werden. Mit den wenigsten hat man wirklich guten Kontakt, die meisten kennt man nur flüchtig und es ist okay, wenn man mit ihnen rumhängt, aber es muss nicht unbedingt sein.

Gerade deshalb hatte es Patrick verwundert, dass sein Großonkel ihn in seinem Testament mit am meisten berücksichtigt hatte. Patrick sollte das gesamte Mobiliar und alle Gegenstände in diesem Haus bekommen. Und das Haus war groß und vollgestopft mit alten Möbeln, an denen Antiquitätenhändler sicherlich Freude gehabt hätten.

In dem Testament stand aber nicht nur das Formelle, sondern auch ein kurzer Abschiedsgruß von seinem Großonkel.

Lieber Patrick, ich wünsche dir im Laufe deines Lebens das ganze Glück der Welt und viel Erfolg bei deiner musikalischen Karriere. Auf dem Dachboden ist ein ganz besonderes Geschenk für dich. Vergiss mich nicht.

Auch wenn Patrick sonst seine Trauer gut verstecken konnte, hatte er bei dem kurzen Text weinen müssen. Er hatte sich sogar noch an Patricks Hobby erinnert, das Geigenspielen. Patrick hatte ständig davon erzählt, dass er eines Tages ein großer Musiker werden will. Im Laufe des Älterwerdens hatte sich dieser Traum aber immer weiter aufgelöst. Jetzt war das Musizieren nur noch ein ganz normales Hobby. *Vergiss mich nicht.* Der letzte Wunsch von seinem Großonkel. Patrick versuchte die melancholischen Gedanken aus seinem Kopf zu bekommen und erhob sich von dem Sessel. Jetzt war nicht die Zeit um Trübsal zu blasen, sondern sich an dieser neuen Gelegenheit zu erfreuen: die Bestandsaufnahme von den Möbeln und die besondere Hinterlassenschaft auf dem Dachboden.

Nachdem Patrick mit einer Tabelle und einem Klemmbrett durch das Haus gewandert war und alles mögliche notiert hatte, stieg er die steile Treppe auf den Dachboden hoch.

Es roch etwas modrig und das Licht fiel fahl durch das verdreckte Fenster, dass bestimmt seit zehn Jahren nicht mehr geputzt worden war. Spinnweben hingen zwischen den Stützbalken hinab und Patrick fühlte sich, als würde sein Großonkel schon seit mehreren Jahren tot sein, so ungenutzt und unbewohnt sah es dort aus.

Neben zahlreichen Kartons und einer alten, japanischen Vase, fand Patrick einen dunkelbraunen Geigenkasten in der hintersten Ecke des Dachbodens.

Er hätte niemals gedacht, dass sein Großonkel ein Geigenspieler gewesen war. Behutsam schleppte er den Kasten nach unten ins Erdgeschoss und entstaubte ihn, bevor er ihn aufklappte. Der Geigenkasten war mit weinrotem Stoff ausgekleidet, damit die Geige keine Kratzer oder Schrammen bekam.

Die Geige war hingegen ein Meisterwerk. Alle Saiten waren noch gespannt und im dunklen Holz waren wunderschöne Verzierungen eingeritzt worden. Patrick holte sie heraus und wollte direkt anfangen zu spielen, als er unter der Geige einen vergilbten Zettel fand. Er war an einigen Stellen eingerissen und wieder geklebt worden und als Patrick versuchte ihn zu lesen, verstand er nicht, was dort geschrieben war. Es war nicht das Deutsch, das er kannte, sondern irgendwie eine andere Art von Deutsch. Eine ältere, Mittelhochdeutsch, oder so, dachte Patrick sich. Doch er kannte jemanden, der bei der Entzifferung des Zettels helfen könnte.

Behutsam packte er die Geige wieder zurück in den Kasten. Falls auf dem Zettel irgendwelche besonderen Anweisungen drauf standen, dann sollte er sie auch beachten.

Ein paar Tage später klingelte Felix, ein Germanistikstudent, bei Patrick an der Tür. Patrick hatte ihn gebeten den Zettel zu übersetzen. Internetrecherchen hatten ergeben, dass es sich bei der Sprache auf dem Stück Papier um Mittelhochdeutsch handelte, das zufälligerweise gerade in der Universität, die Felix besuchte, gelehrt wurde.

Sie begrüßten sich und gingen in das Wohnzimmer, wo Patrick den Geigenkasten hingestellt hatte und bot Felix etwas zu trinken an. Dann holte er die Geige aus dem Kasten und drückte Felix das Schriftstück in die Hand. Er fing an es zu entziffern.

»Steht da irgendetwas drauf, ob man die Geige anders behandeln soll, als andere Geigen oder kann ich sofort damit loslegen?«, fragte Patrick. Er hatte schon seit der Minute an, seit der er die Geige in der Hand gehalten hatte, den Drang verspürt, endlich etwas drauf zu spielen. Er wollte unbedingt den Klang hören, die Schwingungen spüren.

Felix blickte auf. Er hatte in einer Hand einen Kugelschreiber und war dabei nach und nach die fast schon hieroglyphenähnliche Schrift zu entziffern. »Hab es bis lang nur überflogen, aber von einem besonderen Umgang wurde nichts gesagt. Aber es ist trotzdem total komisch. Ganz oben steht etwas von *Vorsicht! Die Geige nicht spielen.* Merkwürdig. Ich will wissen was dahinter steckt.«

»Aber ich denke nicht, dass ich jetzt etwas kaputt machen würde, wenn ich sie spiele, oder?«

»Ne, das nicht, aber du kannst ja trotzdem erst mal warten, bis ich mit dem Übersetzen fertig bin.«

Doch Patrick fand, dass er lang genug gewartet hatte. Er legte sich die Geige zurecht, wedelte kurz mit dem Geigenbogen umher, setzte ihn an und fing an zu spielen.

»Ich hatte dir doch gesagt, dass du warten sollst«, meckerte Felix.

Allerdings war es Patrick egal. Er ignorierte den Einwand seines Freundes und schloss die Augen. Einige Musikstücke konnte er sogar ohne Noten spielen, einfach aus dem Kopf heraus.

Eine angenehme, aber trotzdem melancholische Melodie zog durch den Raum. Patrick spürte den Schmerz und das Leid in der Musik. Die Geige war sein Lieblingsinstrument. Soviel Gefühl gab es in einer Gitarre oder einer Trompete zum Beispiel nicht. Er schwebte förmlich auf einer Wolke der Harmonie, während er wie von selbst die Geige spielte.

»Hier steht, dass auf der Geige ein Fluch liegt«, meinte Felix.

Patrick spielte weiter, öffnete seine Augen und blickte Felix an. Es lag keine Ernsthaftigkeit in seinen Augen, eher eine Art des Spottes, weil Felix es so ausgesprochen hatte, als wäre an dem Fluch was dran. »Was denn für ein Fluch?«, fragte er daher mit einem süffisanten Unterton.

»Warte ... Hier steht, dass der Klang der Geige zu schön für die Lebenden sei.«

»Also können nur die Toten die Geige hören? Merkste selber, oder? Ich weiß nicht wie es bei dir ist, aber ich kann die Melodie perfekt wahrnehmen und lebe sogar noch.«

»Ja, ich auch, aber das ist nun mal das was hier steht.«

Patrick schloss seine Augen wieder. Eigentlich war sein Plan gewesen die Geige einmal auszuprobieren und dann zu verkaufen. Aber vielleicht steckte hinter dem Instrument eine großartige Geschichte. Ein Fluch hörte sich zwar etwas bescheuert an, aber wenn auf dem Zettel auch noch drauf stand, woher der Fluch kam, dann wäre die Geige ein Vermögen wert. Antiquitäten mit Hintergrund ließen sich sehr gut verkaufen.

»Der Erste, der den Klang der Geige hört, wird sterben«, übersetzte Felix weiter.

Patrick fühlte sich großartig. In seinen Gedanken flog er durch eine idyllische Welt und hörte im Hintergrund nur das Geigenspiel direkt neben seinem Ohr.

»Hörst du mir zu, Patrick?«

»Hm, was?«

»Na, wegen dem Fluch. Der Erste, der den Klang der Geige hört, wird sterben.«

»Darüber mach ich mir wenig Sorgen. Schließlich sitzt du hier im Zimmer und hörst mir zu. Jetzt kommt der böse, alte Fluch und tötet dich, wenn ich aufhöre zu spielen. Steht da noch mehr?«

»Nein, das war alles.«

»Wie enttäuschend.«

Patrick wandte sich wieder seinem Geigenspiel zu. Jeden Ton, den er spielte hallte in seinem Kopf wieder und ließ ihm eine wohlige Gänsehaus über den Körper rasen.

»Danke, dass du dir Zeit genommen hast, Felix. Toll, dass du es übersetzt hast, Felix. Du bist ein echt guter Kumpel, Felix.«

»Nicht so frech, sonst hör ich auf zu spielen und du stirbst.«

»Ja, mach mal«, spottete Felix. »Ich bin gespannt, was passiert.«

Patrick zog seine Augenbrauen hoch. Felix ging ihm schon seit er angefangen hatte zu spielen auf die Nerven. Immer musste er ihn unterbrechen, ihn aus dem Takt bringen, ihn aus der wundervollen Welt, die er mit dieser Musik verband heraus reißen. Vielleicht sollte er wirklich aufhören zu spielen, dann hätte er seine Ruhe. Auch wenn Felix dann nicht sterben würde, würde er ihn bitten zu gehen. Patrick fing an langsamer zu spielen und beobachtete Felix. Dieser saß weiterhin entspannt auf der Couch und blickte Patrick an.

»Alles gut, Kumpel? Du siehst ein wenig käsig aus«, fragte Felix.

»Mir geht es gut, ja. Und dir? Ich meine, ich höre gerade auf zu spielen und dein Leben ist gleich vorbei. Vielleicht hast du ja noch was zu sagen«, murmelte Patrick mit einer bedrohlich klingenden Stimme.

Patrick fing an zu grinsen. Es war aber weder ein schönes Grinsen, noch ein gestellt, fieses Grinsen. In seinem Gesichtsausdruck lag tiefer, brennender Hass und Felix lief bei dem Anblick ein Schauer über den Rücken.

Das Geigenspiel wurde noch langsamer. Patrick zog die Töne einigen Sekunden in die Länge, indem er den Bogen langsam über die Saiten zog. Es hörte sich alles andere als gut in Felix' Ohren an, aber Patrick genoss das Geräusch.

Mit einem Mal warf sich Felix nach vorne auf den Boden und fing an zu schreien. Er hielt sich den Bauch, wälzte sich auf dem Boden und strampelte mit den Füßen. »Oh Gott, Patrick! Mach, dass es aufhört!«

Doch Patrick stand breitbeinig im Raum, quälte widerliche, gepresste Töne aus der Geige heraus und blickte mit einem genüsslichen Gesichtsausdruck auf den leidenden Felix hinab. Er hörte langsam auf zu spielen und als Patrick die Geige sinken ließ, um Felix Leben dadurch ein Ende zu bereiten, fing dieser an zu lachen.

»Du glaubst doch nicht ernsthaft an den Scheiß, Patrick.«

Felix rappelte sich auf und setzte sich wieder auf das Sofa. Er hatte gar keine Schmerzen gehabt, er wollte Patrick nur eins auswischen. Felix fand zwar, dass sein Freund sich etwas komischer benahm, als sonst, doch den Wahnsinn, der in Patricks Kopf vor sich ging, konnte er nicht erfassen. Wütend starrte Patrick ihn an.

»Warum stirbst du denn ni-?«

Als Patrick diese Frage ausgesprochen hatte, hörte sein Herz auf zu schlagen. Die Geige glitt ihm aus der Hand, sein gesamter Körper fühlte sich schwer an, dann klappte er zusammen, schlug sich seinen Kopf an der Ecke von dem Tisch auf und blieb regungslos und verdreht liegen. Von der Platzwunde, aus der in unregelmäßigen Abständen Blut floss, spürte er allerdings nichts mehr. Felix geriet in Panik und rief einen Krankenwagen, doch die Ärzte konnten nur noch Patricks Tod feststellen. Er stand noch einige Tage lang unter einem Schock, irgendwann erholte er sich von dem Vorfall, ging zu einem Therapeuten und verdrängte den Tod von Patrick. Doch er wusste, dass der Fluch recht gehabt hatte. Die Person, die zuerst das Geigenspiel hörte, war nicht das Publikum, sondern der Spieler.

Ebbe und Flut

»Gibt es oft Touristen in Farnwell?«

»Nö, tatsächlich nicht. Wir haben in unserer Stadt allerdings auch kein Hotel, nicht einmal eine Jugendherberge.«

»Aber wo soll ich dann schlafen? Ich dachte das wäre alles geregelt.«

»Darüber brauchen Sie sich keine Sorgen zu machen. Es gibt direkt am Hafen eine Kneipe in der es drei Gästezimmer gibt. Reicht halt nicht um riesige Touristenmassen versorgen zu können, aber für ein paar einsame Reisende geht das klar.«

Dann schwiegen wir wieder, wie eigentlich die meiste Zeit auf der Fahrt. Ich hatte Mister Phelps in London kennengelernt, als ich auf der Suche nach günstigen Reiseangeboten war. Er hatte mir angeboten direkt am nächsten Tag die Sachen in seinen Truck werfen zu können und in ein kleines Fischerdorf an der Westküste zu fahren.

Er war mir von Anfang an sympathisch gewesen, etwas ruppig, aber im Großen und Ganzen ein guter Mensch. Ich hatte sein Angebot angenommen, ihn im Voraus bezahlt, etwas riskant natürlich, aber er hatte wirklich nicht viel verlangt und war dann am frühen Morgen in seinen Truck gestiegen.

Von London bis nach Farnwell sollten es etwa vier Stunden sein, doch mit dem alten Truck, der gerade mal achtzig Stundenkilometer pro Stunde fahren konnte, dauerte es ein wenig länger, sodass wir erst am frühen Abend Farnwell erreichen.

Phelps hatte nicht zu wenig versprochen. Es war ein sehr idyllisches, kleines Fischerdorf. Die einzige geteerte Straße schien die Hauptstraße zu sein, alle anderen waren aus groben Pflastersteinen zusammengesetzt worden. Die Häuser standen dicht an dicht, sodass Phelps mit seinem Truck vorsichtig sein musste, um nicht die Seitenspiegel abzufahren. Irgendwann bog Phelps auf einen Hinterhof ein und parkte seinen Truck.

»So, da wären wir. Willkommen in Farnwell.«

»Vielen Dank, hat ja mit dem Verkehr alles prima geklappt.«

Ich stieg aus dem Wagen aus und atmete die raue Meerluft ein. Es roch nach Fisch und nach Wasser und ich fühlte mich wohl. Phelps half mir dabei meine Koffer in das erste Stockwerk von der Kneipe zu tragen. Es erinnerte mich sehr an einen Pub in London. Sehr klassisch, Holzbänke, wenig Licht, die Flaschen und Gläser durcheinander hinter dem Tresen in den Regalen einsortiert. Es wirkte sehr charmant, sehr echt, sehr lebendig.

»Wo ist denn der Besitzer von der Taverne? Ich muss mich ja irgendwo ankündigen.«

Phelps lachte. »Ich hatte Ihnen gesagt, dass Sie sich keine Sorgen machen müssen. Das Gasthaus gehört mir. Sie bekommen ein Zimmer mit einem Einzelbett und können so lange bleiben wie Sie wollen. Frühstück gibt's von acht bis neun, um Abendessen müssen Sie sich selbst kümmern, aber hier gibt es Abends auch immer Kleinigkeiten zum Futtern und nicht nur Alkohol.«

»Ist es am Abend hier laut? Wenn die Fischer wieder kommen und Feierabend haben, meine ich.«

»Naja, es kann schon mal lauter werden. Aber um zehn, elf Uhr löst sich das auf. Die müssen ja früh wieder aus den Federn. An Schlaf sollte es Ihnen hier nicht mangeln.«

»Gibt es sonst noch etwas, das ich wissen sollte?«

»Hmm, die Menschen hier könnten unter Umständen ein wenig merkwürdig wirken. Es ist einfach etwas besonderes hier Touristen zu sehen, aber ich finde, dass es eine gute Sache ist, wenn das Dorf auch mal Einflüsse von außerhalb mitbekommt.«

»Alles klar, vielen Dank nochmal für das Angebot.«

»Ja, sehr gerne.«

Ich war gerade dabei nach draußen zu gehen um mir das Städtchen genauer anzugucken, als mich Phelps noch einmal aufhielt. »Es gibt etwas, dass hier anders ist, als in anderen Städten.«

Ich stoppte und drehte mich um. »Und das wäre?«

Phelps wirkte einige Zeit lang so, als würde er überlegen, dann schüttelte er mit dem Kopf. »Nicht so wichtig, Sie würden es früher oder später sowieso merken.«

Ich machte mir nichts daraus, vielleicht hörte der Supermarkt hier schon um 16 Uhr auf zu arbeiten, oder so was und ging durch die idyllische Stadt. Insgesamt fasste Farnwell vielleicht dreißig Häuser, also wirklich nicht viel. Doch deswegen war ich hier. Ruhe, Entspannung, weg von dem Londoner Stadtstress.

Ich ging am Pier entlang und hörte die Wellen rhythmisch an die Kaimauer schlagen. Es gab gerade mal zwei Bootstege an denen einige Schiffe angebunden waren. Auf einem war eine Bank.

Ich ging zu ihr hin und setzte mich, genoss die angenehme Wärme, die Luft, die Geräusche und blickte mich um. Ich beobachtete das Wasser, ob ich vielleicht irgendwo Fische entdecken könnte und dann wurde ich müde, breitete meine Arme auf der Lehne der Bank aus und legte meinen Kopf in den Nacken.

Irgendwann wachte ich wieder auf und blickte auf die Uhr. Zwei Stunden waren vergangen ohne dass ich es mitbekommen hatte. Ich musste von der Fahrt echt erschöpft gewesen sein, auch wenn ich sonst immer einen nicht so tiefen Schlaf hatte. Ich bemerkte, dass es nun mehr Boote waren, die angelegt hatten. Offenbar waren die Fischer von ihrer Tour wiedergekommen.

Ich rappelte mich auf und blickte auf das funkelnde Wasser, das die untergehende Sonne reflektierte. Ich kam mir vor, als wäre ich in einem Gemälde und ich war glücklich, dass die Natur so etwas zustande bringen konnte. Dann fiel mir auf, dass das Wasser immer noch den gleichen Pegel hatte, wie schon vor zwei Stunden. Es ist nicht gesunken und auch nicht gestiegen, wie es durch die Ebbe oder Flut ja eigentlich passieren sollte.

Ich wartete noch den gesamten Untergang ab, bis wirklich der letzte Strahl hinter dem Horizont verschwunden war und ging dann zurück in die Taverne. Jetzt war sie voller geworden. Die Fischer und auch alle anderen Bewohner von Farnwell hatten sich dort eingefunden und es wurde still, als ich den Raum betrat. Nur für maximal eine Sekunde, doch ich spürte, dass etwas nicht stimmte.

Vielleicht mochten die Eingeborenen keine Touristen, vielleicht fanden sie es komisch, dass ich, auch als sie mit ihren Booten zurückgekommen waren, immer noch auf der Bank schlafend sitzen geblieben bin. Es war mir aber auch egal. Ich wollte mir meine gute Urlaubsstimmung nicht durch ein paar unmoderne Trantüten verderben lassen.

Ich setzte mich an einen freien Tisch und wartete einige Minuten, bis Phelps sich zu mir stellte.

»Hast du Hunger oder nur Durst?«, fragte er mich.

»Beides. Hab hier noch gar nichts gegessen, seit wir hier sind.«

»Was darf es denn sein?«

»Etwas Klassisches. Fish and Chips.«

»Kommt sofort.«

Phelps war zwar auch auf der Fahrt nicht so gesprächig gewesen, aber jetzt wirkte er total verändert. Seine gesamte Herzlichkeit war verflogen und er wirkte auf mich nur noch wie ein grimmiger Barbesitzer, der genauso wie alle anderen auch keine Lust auf Touristen hatte. Vielleicht war es ihm wichtig sich zu verstellen, damit die anderen nicht dachten, dass er Fremde eigentlich mag.

Nach wenigen Minuten brachte er mir einen Teller mit Pommes und frittiertem Fisch, sowie ein Pint Bier.

»Guten Hunger«, knurrte er und wollte sich direkt wieder umdrehen. Doch ich hielt ihn auf.

»Wie ist das hier eigentlich mit der Ebbe und der Flut? Ich war vorhin einige Zeit lang am Pier und mir ist aufgefallen, dass das Wasser hier weder gestiegen noch gesunken ist.«

»Ach, das ... « Er winkte ab und zuckte mit den Schultern. »Liegt wohl an der Bucht, ist normal hier.«

Dann ging er schnellen Schrittes hinter seinen Tresen und brach damit das Gespräch mit mir ab. Das Essen schmeckte gut, doch ich merkte, wie mich ständig einer von den anderen Gästen anblickte. Obwohl es nicht nur ein Blicken war, sondern sogar ein Starren.

Plötzlich ließ sich jemand neben mir auf einen der freien Stühle fallen. Es war ein alter Mann. Seine wenigen, grauen Haare hatte er sich in einem Scheitel über den Kopf gekämmt und ich erkannte an seinen Händen einige dunkle Narben, wie sie alte Fischer oft haben.

»Kann ich Ihnen helfen?«, fragte ich den Alten etwas verdutzt.

»Sie haben vorhin mit Phelps über die Ebbe und Flut gesprochen, stimmt's?«, fragte er mich mit einer rauen, fast schon kratzigen Stimme.

»J-ja, er meinte, dass es in der Bucht so etwas nicht gibt.«

»Das ist Unsinn. Flut und Ebbe gibt es schon. Zur Zeit ist Ebbe. Und die Flut, die gibt's nur alle paar Wochen mal. Aber dann auch so richtig.« Ich verzog verwirrt mein Gesicht. Was redete der Mann da?

»Aber es kann doch nicht sein, dass das physikalische Gesetz hier in diesem Ort anders ist, als auf der gesamten restlichen Welt.«

»Doch.«

»Charlie?«, hörte ich Phelps hinter mir fragen. Es schwang ein aggressiver Klang mit. »Ich habe dir sehr oft gesagt, dass du dich hier nicht mehr blicken lassen darfst.«

»H-hör mal Phelps, i-ich-«, stotterte der Alte.

»Raus jetzt, oder muss ich erst handgreiflich werden?«
Phelps blickte den alten Mann, der offenbar Charlie hieß, mit
einem finsteren Blick an. Irgendwann seufzte der Alte, erhob sich
und schlurfte zum Ausgang. Kurz bevor er hinaustrat, drehte er sich
noch einmal um.
»Wer sich zum Honig macht, den benaschen die Fliegen.« Dann
trat er aus der Taverne nach draußen.
Phelps griff mir an die Schulter und blickte mich ernst an. »Mach
dir nichts draus, Kumpel. Der alte Säufer macht Touristen gerne mal
Angst.«
Er griff nach meinem leeren Teller und verschwand wieder.

Als ich in der Nacht in dem Bett lag, konnte ich nur schwer
einschlafen. Ich hatte mein Fenster geöffnet, weil ich dachte, dass
die Geräusche der Wellen, quasi direkt vor dem Gasthaus, mich in
den Schlaf wiegen würden, doch offenbar lag ich falsch. Irgendwann
fiel ich trotzdem in einen unruhigen, von Albträumen geplagten
Schlaf.
Als ich wieder aufwachte war es draußen noch dunkel. Ich hörte
die Wellen, die mir viel lauter als vorher erschienen und stand auf.
Weil es sowieso noch kein Frühstück gab, stellte ich mich an das
Fenster und erstarrte.
Das Wasser war gestiegen, aber nicht nur ein paar Zentimeter,
sondern direkt einige Meter. Die Wellen schlugen ein Stück unter
meinem Fenster an die Wand, das Erdgeschoss von dem Gasthaus
musste bereits überflutet worden sein. Ich riss die Tür auf und rannte
in Schlafkleidung den Flur entlang, doch konnte Phelps nirgends
finden. Ich rannte zur Treppe und wollte soweit es geht nach unten
gehen, doch konnte schon erkennen, dass sich auch auf den Stufen
bereits Wasser angesammelt hatte. Trotzdem ging ich eine Stufe
nach unten, weil ich nicht richtig erkennen konnte, ob dort schon
Wasser war, oder nicht.
Ich hörte ein Platschen, dann ein leises Zischen, wie von Öl, wenn
man Zwiebeln anbrät. Dann zog ein höllischer Schmerz durch
meinen Fuß und ich torkelte zurück, humpelte panisch in mein
Zimmer. Dort betrachtete ich die Sohle.
Das Wasser hatte große Teile von der Haut weggeätzt. An einigen
Stellen gab es noch ein wenig dünne Haut, an anderen war hingegen
das nackte Fleisch zu sehen, dass direkt zu wässern anfing. Ich zog

mein Kopfkissen ab und wickelte meinen vor Schmerz pochenden Fuß mit dem Bezug ein.

Dann setzte ich mich auf das Bett und starrte nach draußen. Was war hier los? Was sollte ich tun? Wie ließ sich das alles mit dem normalen Menschenverstand erklären?

Irgendwann stellte ich mich wieder ans Fenster, der Schmerz in meinem Fuß war auszuhalten, aber trotzdem hatte ich eine unfassbare Angst vor dem Meerwasser. Der Pegel stieg unaufhaltsam weiter und nach drei Stunden, die ich fast bewegungslos auf eine Änderung gewartet hatte, passierte es. Das Wasser schwappte über den Fenstersims in den Raum hinein. Ich versuchte das Fenster zuzuschlagen, doch als das Glas und der Fensterrahmen mit dem Wasser in Berührung kamen, fingen auch sie an wegzuätzen. Ich stellte mich auf das Bett, denn auch von der Tür zum Flur hin kam mittlerweile Wasser hindurch. Ich wusste nicht was ich tun sollte, war in Panik.

Dann hörte ich ein Motorboot, das langsam aber sicher lauter wurde. Irgendwann konnte ich es sehen und es hielt sogar vor dem Fenster. Mittlerweile war der gesamte Boden mit dem Wasser bedeckt. Ich hätte vor Freude fast angefangen zu weinen, als ich auf dem Motorboot Phelps wieder erkannte.

»Sorg' endlich dafür, dass es aufhört, Kumpel!«, rief er zu mir hinüber. Ich verstand zuerst nicht, was er damit meinte. »Sonst wird das Wasser nicht verschwinden. Es brauch ein außenstehendes Opfer, sonst wird die gesamte Stadt verschlungen. Sie wollen doch nicht Schuld sein, wenn hunderte Bewohner ihre Häuser und ihre Leben verlieren, oder, Kumpel?«

Ich wollte etwas sagen. Ich wollte ihn anflehen zu helfen. Doch ich fing an zu verstehen, was hier vor sich ging und blickte betrübt und geschockt in mein eigenes Spiegelbild, dass ich auf dem wasserüberdeckten Boden sehen konnte. Der alte Mann, dieser Charlie, hatte mich warnen wollen, aber durfte vermutlich nicht zu direkt sein. Vielleicht waren die anderen Stadtbewohner brutal. Vielleicht gab es mal andere, die Leute wie mich warnen wollten, die jetzt bei den Fischen schwammen. Ich wurde aus meinen absurden Gedanken herausgerissen.

»Spring einfach, wenn das Wasser tief genug ist und tauch mit dem Kopf ein. So geht es am Schnellsten. Glaub mir, ich habe schon einige Opfer auf diesem Weg begleitet.«

Bombenanschlag

Ich wohne alleine in einer Haushälfte. Sie ist groß genug für mich und ich habe mir sogar ein Arbeitszimmer einrichten können. Früher war die Wohnung größer, aber in der kleinen lebt es sich auch ganz gut. Ich habe das Glück von Zuhause aus arbeiten zu können. Bilanzen, Inventur, so ein Kram halt. Jeden Tag bestelle ich mir im Internet frische Lebensmittel, koche manchmal sogar selbst. Das beste ist, dass ich nie mein Haus verlassen muss. Ich habe schließlich alles was ich brauche, und kann es mir direkt vor meine Haustür liefern lassen. Mein Telefon klingelt.

»Hallo?«

»Herr Kowalke?«

»Am Apperat.«

»Guten Tag, hier ist Fabian Röhrs. Ich möchte sie herzlich zur Jahresbesprechung einladen. Bitte finden Sie sich morgen im Sitzungssaal ein.«

Ich schlucke schwer, merke wie meine Hände kalt werden. »Es tut mir Leid, aber ich hab nicht soviel Zeit, hab hier und da noch viel zu tun und-«

»Es ist Pflicht. Kommen Sie pünktlich oder sie sind gefeuert.«

»Ich-«

Mein Chef legt auf ohne eine Antwort abzuwarten. Ich fange an zu zittern, lege den Hörer weg und torkel benommen ins Badezimmer. *Kommen Sie pünktlich oder Sie sind gefeuert*, wiederhole ich in meinen Gedanken. Eine brutale Art einen Mitarbeiter einzuladen, aber so ist das halt.

Früher war das irgendwie alles besser. Man hatte noch eine Gewerkschaft hinter sich, flexible Arbeitszeiten, angenehme Urlaubstage. Aber irgendwie musste man in dieser Zeit überleben. Es bilden sich nun auch auf meiner Stirn Schweißperlen. Ich bin nervös, mein Herz pocht schneller als sonst in meiner Brust und ich habe ein flaues Gefühl im Magen.

Ich habe Angst das Haus zu verlassen, doch wenn ich es jetzt nicht täte, dann würde ich meinen Job verlieren und damit auch meine Wohnung, meinen Lebensunterhalt, einfach alles. Mein Haus ist der einzige Ort auf der Welt, der wirklich sicher ist. Draußen lauern Gefahren. Es fängt schon beim Wetter an. Regen führt zu Kälte, Kälte zu Krankheit und Krankheit zu Tod. Oder die ganzen gierigen

Menschen, die einen in die Seitengassen zerren und ausrauben. Ich kannte mal jemanden der zu wenig Geld dabei hatte und einfach abgestochen wurde. Dazu kommen noch die ganzen Attentäter und Terroristen. Sie sind überall auf der Welt. Überall gibt es Bombenanschläge. Überall auf der Welt und absolut willkürlich. Es kann auch hier passieren, da bin ich mir sicher. Nur nicht in meinem Haus, nicht in meiner Wohnung. Ich blicke auf die Uhr. Es ist spät. Morgen scheint ein wichtiger Tag zu sein für den ich meine ganze Kraft brauchen werde.

Die Nacht verbringe ich damit an die Decke zu starten und mich im Bett herum zu wälzen. Ich komme einfach nicht zur Ruhe. Die Angst morgen die Wohnung zu verlassen ist zu stark. Mehrmals stehe ich auf mache das Fenster auf, um frische Luft zu schnappen. Es fühlt sich so an als würde mich irgendetwas zerdrücken. Die Freiheit, das Haus nicht verlassen zu müssen wird mir mit einem mal genommen.

Irgendwann klingelt der Wecker und ich beginne zu realisieren, dass es für mich keinen Ausweg gibt. Ich dusche grob, ziehe mir neue Sachen an und versuche möglichst viel zu frühstücken.

Das flaue Gefühl im Magen ist noch nicht verschwunden. Irgendwie habe ich im Blut, dass ich den Tag nicht überleben werde. Es wird einen Bombenanschlag geben, da bin ich mir sicher und ich werde eines der Opfer sein.

Ich schließe die Haustür auf und trete auf die Straße. Grelles Sonnenlicht fällt in meine Augen. Die Straße ist voll. Überall stehen Menschen, viele sitzen an den Wänden in Wolldecken eingewickelt. Ich gehe an der Bushaltestelle vorbei. Es fahren seit einigen Tagen sowieso keine Busse mehr und ein wenig frische Luft tut mir bestimmt ganz gut.

Ich werde das Gefühl nicht los, dass die Leute auf der Straße mich beobachten. Sei es vor Gier oder vor Neid, ich spüre ihre Blicke. Nach einigen Minuten komme ich am Eingang vom Bahnhof an. Wenige Züge fahren glücklicherweise noch. Der Menschenstrom hat sich vergrößert. Ich versuche ständig alle Menschen im Blick zu behalten. Für Außenstehende sehe ich bestimmt wie irgendein Wahnsinniger aus, doch sie werden schon sehen was sie von ihrer Unaufmerksamkeit haben.

Ich schleiche über den Bahnhof. Mein Ziel ist der Automat, an dem ich mir meine Fahrkarte kaufen kann. Immer wenn mich jemand anrempelt zucke ich zusammen. Ich atme schwer, fühle mich immer noch eingeengt. Die Masse der Menschen macht mir Angst. Jeder von ihnen könnte etwas Böses geplant haben, jeder könnte ohne Probleme wild um sich schießen, ohne fehlschlagen zu können. Irgendwen würde es auf jeden Fall treffen.

Ich komme am Automaten an. Verschwitzt und aufgeregt. Zum Glück kann ich mein Ticket sofort kaufen und muss mich nicht in einer Menschenreihe anstellen. Das erinnert mich zu sehr an die Hinrichtungsmethoden im zweiten Weltkrieg. Eine Kugel, fünf Tote. Ich stecke das Ticket in meine Tasche.

So weit, so gut. Jetzt nur noch zum Bahnsteig und in den Zug. Zum Glück ist das Gleis nicht weit entfernt. Ich habe klugerweise meine Zeit so angepasst, dass ich gerade bei Einfahrt des Zuges am Bahnsteig ankomme.

Eine weitere Hürde die ich überwinden muss. Hunderte verlassen den Zug, hunderte wollen in den Zug einsteigen. Niemand würde es bemerken, wenn jemand durch den Spalt zwischen Zug und Bahnsteig fällt. Ich stehe etwas außerhalb, damit niemand auf die Idee kommt mich zu schubsen. Außerdem habe ich alles im Blick und kann bemerken, falls jemand eine Bombe platzieren sollte. Erst als die Menschenmasse eingestiegen ist, steige auch ich ein, bekomme sogar noch einen Sitzplatz. Der Zug fährt los.

Ich atme mehrere Male tief ein und aus. Langsam fange ich an mich zu beruhigen. Der schwerste Teil ist überstanden. Der Bahnhof mit all den Menschen liegt hinter mir. Die Menschen mit ihren Waffen, ihren Bomben, ihrer Bösartigkeit. Dieses Mal bin ich ihnen entkommen.

Ich sehe durch das Fenster die Welt vorbei ziehen. Felder auf denen Getreide gedeiht, Bäume die sich im Wind wiegen und kleine Städte mit romantischen Gebäuden. Einmal kommt die Schaffnerin vorbei. Sie ist nicht bewaffnet und will einfach nur meine Fahrkarte sehen. Ich krame sie aus der Tasche heraus. Sie nickt und geht weiter.

Einige Male hält der Zug. Pendler steigen aus, steigen ein. Zu meinem Erstaunen passiert nichts. Es wartet keine Gefahr in diesem Zug und auch im Bahnhof hatte es niemand auf mich abgesehen.

Die Menschen hier sind friedlich. Sie lesen in Zeitungen oder Büchern, telefonieren oder blicken einfach nur aus dem Fenster. Das gleichmäßige Klappern des Zuges auf den Schienen beruhigt mich. Die vorbeiziehende Natur, die jeden Augenblick wie weggewischt wirkt, macht meine Augen träge. Ich bemerke meine Müdigkeit und den fehlenden Schlaf von letzter Nacht. Langsam schlafe ich ein.

Jemand packt mir an die Schulter redet irgendetwas auf mich ein und ich schrecke hoch. Die Schaffnerin steht vor mir, sagt dass der Endbahnhof erreicht wurde und ich bitte den Zug verlassen soll. Fragend blicke ich sie an. Sie möchte dass ich den Zug verlasse. Sie fordert mich dazu auf, zwingt mich sogar.

Hat die Schaffnerin mir draußen eine Falle gestellt? Hat sie einen Bombenanschlag geplant? Einen anderen Grund gibt es für mich nicht, weshalb ich den Zug verlassen sollte. Sie wiederholt sich noch einmal.

»Steigen Sie bitte aus.«

Ich blicke mich um. Auf dem Bahnsteig vor meinem Fenster tummeln sich Menschen, hechten durch die Gegend.

»Haben sie mich gehört? Bitte, steigen sie aus!«

Mein Herzschlag erhöht sich wieder, ich fange an zu schwitzen. Mir ist es nicht möglich der Schaffnerin zu sagen, was in mir vorgeht. Mein Blick ist nur ängstlich auf die Menschenmassen gerichtet. Ich schrecke zusammen, starrt mich einer aus der Masse gerade an? Hat dieser Mann es auf mich abgesehen? Ich bin mir unsicher, kneife die Augen zusammen.

»Zum letzten Mal: Ich muss sie bitten den Zug zu verlassen. Er fährt gleich wieder zurück.«

Es ist eine Kurzschlussreaktion von mir. Auf einmal ist mir das Treffen absolut egal. Soll sich der Wichser doch einen anderen suchen, der sich zu so etwas zwingen lässt. Sein Leben auf das Spiel setzt, nur um seinen Job zu behalten. Das habe ich nicht nötig.

»Ich möchte wieder zurückfahren«, sage ich daher.

Die Schaffnerin guckt mich verwundert an, holt dann aber eine Fahrkarte aus ihrer Tasche und drückt sie mir, nachdem ich bezahlt habe, in die Hand.

»Eine gute Fahrt wünsche ich Ihnen«, murmelt sie vor sich hin, während sie den Wagen verlässt. Mein Blick wandert wieder auf den Bahnsteig. Er ist leerer geworden. Auch der Mann, der mich angestarrt hat, ist verschwunden. Anscheinend habe ich seinen Plan durchkreuzt.

Ich bin glücklich nicht aufsteigen zu müssen. Außerdem hätte ich mich sowieso bereits verspätet und wäre daher gefeuert worden. Daher gehe ich lieber kein Risiko ein.

Die Fahrt zurück dauert länger als ich in Erinnerung hatte. Ich finde keinen Schlaf, dafür bin ich zu aufgeregt. Ich denke daran, wie ich am Schnellsten wieder nach Hause kommen könnte, ohne mich lange auf dem Bahnhof aufzuhalten.

Die Natur zieht wieder vorbei, doch ist sie nicht halb so schön, wie auf der Hinfahrt. Die Sonne wird durch klobige Wolken verdeckt und taucht die Welt unter sich in ein langweiliges Grau.

Die Schaffnerin kommt einmal vorbei, geht ohne meine Fahrkarte zu überprüfen weiter. Sie möchte bestimmt nicht mit einem so merkwürdigen Typen wie mir etwas zu tun haben. Außerdem weiß sie ja, dass ich gerade zu Beginn eine Fahrkarte gekauft hatte.

Nachdem der Zug einige Stunden weiter gefahren ist, ertönt eine Lautsprecherdurchsage. *Der Ziel- und Endbahnhof wird in wenigen Minuten erreicht*, heißt es. Ich stehe auf und stelle mich an die Tür um der Erste zu sein, der den Zug verlässt. Bei der Einfahrt rauschen die Gesichter der Wartenden an mir vorbei. Der Zug hält, die Türen schwingen auf.

Ich springe heraus, blicke mich nicht einmal um und renne los. Den Weg aus dem Bahnhof heraus bin ich in meinen Gedanken bestimmt ein dutzend Mal durchgegangen. Die Treppe hoch, dann rechts an dem Bäcker vorbei und dann in die kleine Seitengasse, um letztendlich auf der Hauptstraße zu landen. Die Schaffnerin hatten mir noch zugerufen, dass ich meine Tasche vergessen hätte, doch das war mir egal. Ich bin einfach weggelaufen.

Niemand der mich aufgehalten hat. Niemand der mich mit einem Messer bedroht hat und auch niemand der eine Bombe gezündet hat.

Außer Atem stürze ich mich vor dem Bahnhof auf meine Knie und hole tief Luft. Einige Passanten blicken mich verdutzt an.

Ich fühle wie sich mein Herzschlag beruhigt und ich weniger schwitze und das trotz der körperlichen Anstrengung.

Beruhigt gehe ich nach Hause klettere über ein paar Betonbrocken, die auf der Straße liegen. Zuhause angekommen nehme ich mir ein Bier aus dem Kühlschrank und lege mich auf das Sofa. Ich will eigentlich in Ruhe fernsehen, doch unten auf der Straße, lärmen irgendwelche Bauarbeiter herum. Und das zu dieser Uhrzeit. Ich lehne mich aus der Haushälfte heraus und schreie ihnen zu, dass sie den Schutt gefälligst leise wegräumen sollen.

Altersschwäche

Ich schreckte hoch. Auf dem alten Röhrenfernseher flimmerte irgendeine Serie im Ersten. Der Griff nach der Fernbedienung fiel mir schwer, da mir wie so oft mein Rücken Probleme machte und ich stieß bei der Bewegung aus Versehen ein Bild von meiner Tochter Maya um. Ich hätte mir nie vorstellen können, dass ich irgendwann einer von den Alten und Gebrechlichen werde.

Ich schaltete die Flimmerkiste aus, die sich mit einem unangenehmen Knistern verabschiedete. Schwerlich erhob ich mich von dem klobigen Sessel und streckte mich so gut es ging. Meine Knie knackten laut und ich zuckte vor Schmerzen kurz zusammen.

Mir fiel ein, dass ich irgendetwas machen wollte. Irgendwas, das ich durch eine Fernsehpause und ein ungewolltes Nickerchen unterbrochen hatte. Ich blickte mich im Wohnzimmer um. Meine Lesebrille lag unberührt auf der zusammengefalteten Zeitung. Lesen konnte es also nicht sein.

Ich ging ins Badezimmer, um zu kontrollieren, ob ich etwas putzen wollte, jedoch hörte ich auf einmal ein Weinen aus einem meiner Zimmer. Hörte ich das wirklich, oder bildete ich mir das nur ein? Und dann traf mich die Erkenntnis.

Ich knallte die Badezimmertür hinter mir zu und hechtete zur Treppe. Die Schmerzen und die Altersschwäche waren vollkommen vergessen. Ich rannte die Treppe nach oben, nahm zwei, sogar drei Stufen auf einmal und riss die Tür zum Schlafzimmer auf. Dort war das Weinen am Lautesten.

Völlig außer Atem und kurz vor einem Hustenanfall schaltete ich das Licht ein. Erleichterung erfüllte mich. Mein Enkel lag unbeschadet in seinem Kinderbett und weinte kläglich. Maya hätte mir niemals verziehen, wenn ihrem Sohn irgendetwas passiert wäre.

Als mich der Kleine sah, hörte er langsam mit dem Weinen auf. Er brabbelte ein bisschen vor sich hin, als ich ihn auf den Arm nahm. »Na, hast du Hunger?«, fragte ich, als ich ihm sanft über seinen Rücken streichelte. Der Zweijährige, der mich wohl verstand, aber noch nicht richtig sprechen konnte, brabbelte einfach weiter. Vorsichtig stieg ich die Treppe wieder herunter und ging in die Küche. Dort setzte ich den Knirps auf einen Kinderstuhl, band ihm ein Lätzchen um und holte ein Glas Babybrei aus dem Schrank. Es war das letzte Glas. Ich nahm mir vor gleich nach der Fütterungszeit neue Gläser zu kaufen, so ein Baby verschlingt wirklich Massen.

»Hier kommt das Flugzeug – Brumm … «
Mit einem Schmatzen verschwand der Plastiklöffel im Mund des Kleinkindes. »Tja, das war die letzte Portion, Kleiner.«
Mein Enkel blickte mich fragend an. »Alles alle. Opi muss einkaufen gehen. Halt die Stellung, ich bin gleich wieder zurück«
Mit diesen Worten drückte ich meinem Enkel eine Barbiepuppe in die Hand und ging in den Flur. Dort packte ich meine Geldbörse ein und hing die Schürze auf einen Haken.
Draußen war es kalt, jedoch tat die frische Luft gut. Tief sog ich sie ein und bereute es direkt danach wieder. Meine Lunge meldete sich zu Wort, die nach einem lebenslangen Rauchen nicht mehr so tüchtig war, wie sie hätte sein können.
Nachdem sich der Hustenanfall gelegt hatte, spürte ich ein leichtes Stechen in der Herzgegend. Ich sollte mal wieder zum Arzt gehen.

Am Supermarkt angekommen, stopfte ich den Babybrei in meine Tasche, bezahlte den jungen Kassierer mit Münzgeld und war wenig später wieder auf dem Weg nach Hause. Die Altersschwäche meldete sich und wollte mir zeigen, dass ich zu alt wäre, eine Tasche zu tragen. Eine Gruppe Jugendliche blickten tuschelnd zu mir und lachten. Ich baute mich auf, ignorierte die Schmerzen und marschierte einfach weiter, so wie ich es bereits seit Jahren handhabte. Ich wurde ein wenig melancholisch.
Weshalb wurde mein Körper immer schwächer? Wer hat etwas davon? Warum vergesse ich ständig Dinge? Die Vergänglichkeit ist ein Thema, über das ich mir schon oft Gedanken gemacht hatte. Eine Antwort hatte ich noch nie bekommen.

Mein Magen knurrte. Ich hatte Hunger. Ich sollte mir etwas zu Essen kochen. Meine Tasche prallte auf den Boden. Gläser zerbarsten, Brei floss auf den gefrorenen Gehweg. Ich nahm die Umgebung nur noch verschwommen war. Angst stieg in mir hoch. Menschen starrten mich an. Ich rannte. Rannte den ganzen Weg nach Hause. Meine Lungen wollten explodieren, meine Gelenke zersplittern. Ich konnte keine klaren Gedanken mehr fassen. Vor der Wohnung brach ich atemlos zusammen.

Rhythmisches blaues Licht strahlte in meine Augen. Beißender Gestank zog in meine Nase. Menschen in roten Anzügen spritzten das abgebrannte Haus ab. Ich wusste nun was ich machen wollte. Ich wusste nun warum ich mich auf den Sessel gesetzt hatte. Ich wusste nun, warum ich eine Pause gebraucht hatte. Ich hätte den Herd ausstellen sollen.

Niederlage

Phil nahm sich eine Dose Bier aus dem Kühlschrank, stellte sie auf den Tisch im Wohnzimmer und griff nach der Schüssel mit Chips. Heute war Fußballabend. Seine Mannschaft spielte gegen einen mittelklassigen Verein aus der ersten Liga. Die Gewinnchancen standen gut und das war für Phil das Wichtigste. Er blickte zu der Wand, an der alle Fanartikel von ihm hingen. Seine Sammlung umfasste eine Flagge mit dem Logo und ein etwas ausgeleierter Schal von Sebastian Bunk. Das Herzstück seiner Sammlung bestand aus einem eingerahmten Trikot, auf dem jeder Spieler unterschrieben hatte. Nachdem er sie, wie vor jedem Spiel, stolz betrachtet hatte, setzte er sich erst einmal an seinen Schreibtisch und klappte den dort angeschlossenen Laptop auf. Dieser fuhr mit einem lauten Dröhnen hoch. Er war bereits ziemlich alt und Phil hatte keine Ahnung, wie man so ein Gerät denn nun vernünftig pflegt.

Normalerweise würde er jetzt in einer Bar sitzen und zusammen mit seinen Kumpels das Spiel angucken, doch seit er auf der Arbeit ausgerastet war und dadurch seinen Job verloren hatte, musste er auf sein Geld achten.

Er wurde nicht nur gefeuert, nein, er durfte auch den neuen Ferrari von seinem Chef bezahlen, den er gegen eine Wand gefahren hatte. Die Schlüssel zu dem Fahrzeug waren wie durch ein Wunder in seine Tasche geraten. Dazu kam noch, dass er unglücklicherweise sein Auto mit dem Auto seines Chefs verwechselt hatte.

Phil schaltete den Flachbildfernseher an und wählte das Sport-Paket aus. Für nur vierzig Euro im Monat konnte er jedes Fußball-spiel sehen, das er wollte. Und dazu hatte er nun auch genug Zeit. Die Taktikbesprechung lief, in der jeder Spieler noch einmal vor-gestellt wurde und die beiden Moderatoren ihre Tipps abgaben.

Als der Laptop hochgefahren war, öffnete er den Internetbrowser und loggte sich auf einer Fußballfanseite ein. Er las sich im Forum die Tipps durch und wer von den Teams denn die höheren Chancen zu gewinnen hätte. Außerdem wurde dort über den Gesundheits-zustand des besten Spielers diskutiert. Er hatte wohl schwere Pro-bleme mit seinen Organen und hat dazu auch noch eine seltene Blutgruppe. Sehr kritischer Fall.

Einige Idioten hatten mehrere hundert Euro auf das gegnerische Team gesetzt. Phil schrieb seine Meinung ebenfalls darunter. Es gehörte für ihn schon dazu vor dem Spiel die anderen Fans zu provozieren. Geistreiche Beiträge wie: *Eure Mannschaft frisst Scheiße.* oder *Alle gegnerischen Fans stinken nach Kotze.* waren keine Seltenheit.

Er öffnete seine Profilseite. Auf dem Profilbild sah man, wie er mit seinen Kumpels zusammen die Flagge des Lieblingsvereins wild schwenkte. Das Trikot war Phil damals viel zu klein gewesen, sodass ein beachtlicher Bierbauch über seine Hose hing. Weiter unten waren alle möglichen Daten eingetragen, von seinem Lieblingsgetränk (Bier) als auch von seiner Lieblingsspeise (Bratwurst).

In dem Kommentarfeld hatte ein neuer Besucher seinen Kommentar hinterlassen. *Yo, Fettsack. Überfress dich mal nicht, du schwabbelige Halbglatze.*

Phil wurde wütend, hackte in seine Tasten, dass Fußballfan84 doch seine Mutter ficken könne und klappte den Laptop mit voller Wucht zu. Für ein derartig niedriges Niveau, dass die Leute im Internet benutzten, hatte er heute keine Nerven.

Daher nahm er auf seinem Sofa Platz und glotzte auf den Bildschirm. Die Spieler liefen auf das Spielfeld und gaben sich die Hände, während durch das Stadion tosender Applaus und Jubel schallte. Phil lief eine Gänsehaut über den Rücken. Für ihn war es ein wichtiger Tag, ein wichtiges Spiel.

Sein Team musste heute einfach gewinnen. Dazu kam noch, dass dem besten Spieler eine seltene Krankheit getroffen hatte. Er nahm zur Beruhigung einen großen Schluck Bier aus der Dose und drückte sich tiefer in sein Sofa hinein.

Anpfiff. Der Ball geriet ins Rollen, wurde hin und her geschossen, beide Fanmassen jubelten und feuerten ihr Team an. Die ersten paar Minuten liefen ab, wie eigentlich jedes Fußballspiel. Hin und wieder unternahmen die Stürmer einen halbherzigen Angriff, der aber von den Verteidigern leicht abgewehrt werden konnte.

Phil stopfte förmlich die Chips in sich hinein. Auch schon diese Phase des Spiels war für ihn unglaublich spannend. Er blickte auf die Uhr. Es waren gerade mal fünfzehn Minuten vergangen. Für ihn kam es so vor, als wären es mehrere Stunden gewesen. Er war nervös, schwitzte und starrte unentwegt auf den Bildschirm. Neunzig Minuten musste er aushalten. In neunzig Minuten wäre das Spiel vorbei. In neunzig Minuten würde das Ergebnis feststehen und es konnten nur zwei Möglichkeiten sein. Sieg oder Niederlage. Phil griff erneut in die Schüssel, in der sich nur noch Krümel befanden. Er hatte in kürzester Zeit eine Unmenge an Chips verdrückt. Auch die Krümel leckte er aus der Schüssel, darauf bedacht, durchgehend den Fernseher im Blick zu behalten. Denn dort spielte sich sein Alptraum ab. Er sah, wie ein feindlicher Spieler den Ball eroberte und ungebremst auf das Tor zu rannte. Die gegnerischen Fans wurden lauter, während die anderen die Luft anhielten.

Auch Phil krallte sich angespannt in den Sofabezug und rieb die Zähne aufeinander. Der letzte Verteidiger vor dem Torwart wurde umspielt. Phils Herzschlag erhöhte sich. Er fing gerade an lautstark den Verteidiger zu beleidigen, da war das Tor schon gefallen. Voller Wut schmetterte Phil die Schüssel gegen die Wand. Diese zersplitterte und tausende Scherben flogen durch den Raum.

Phil schrie, sprang auf und donnerte seine Faust auf den Tisch. Es konnte nicht sein, dass er am Verlieren war. Die Leute im Internet lachten bestimmt gerade über ihn. Um seiner Wut freien Lauf zu machen, packte er eine der Scherben und drückte zu. Es tat weh, Phil hätte am Liebsten geheult, doch anders konnte er sich nicht abreagieren. Früher im Stadion konnte er wenigstens noch die anderen Fans verprügeln, oder wenigstens die eigenen Spieler mit Bierkrügen bewerfen.

Blut tropfte von seiner Hand auf den Teppich. Was machte das überhaupt für einen Unterschied? Was ist ein Fleck auf einem Teppichboden oder auch nur sein Schmerz gegen das Versagen seiner Mannschaft? Er wollte sich die Konsequenzen nicht ausmalen. Daher trank er das restliche Bier in einem Zug aus und warf die blutverschmierte Dose achtlos auf den Boden. Dann stapfte er zum Kühlschrank, holte sich noch eins und setzte sich wieder auf die Couch.

Seine Augenbrauen verzogen sich immer weiter zu einem verbitterten Blick. Seine Mannschaft schaffte es einfach nicht, durch die gegnerische Verteidigung zu brechen und einen Ausgleich zu erzielen. Auch als er den Pfiff hörte, der die Halbzeitpause ankündigte, war seine Stimmung noch nicht gestiegen. Er torkelte ins Badezimmer und betrachtete seine Hand. Ein tiefer Schnitt durchzog den Handteller, doch immerhin war das Blut bereits getrocknet. Dennoch griff er nach einer Rolle Klopapier und umwickelte damit seine Hand. Nachdem er mit pinkeln fertig war, betrachtete er sich noch eine Zeit lang im Spiegel.

Sein Drei-Tage-Bart war schon längst kein Drei-Tage-Bart mehr und die blutunterlaufenen Augen verrieten, dass er in den letzten Tagen zu wenig Schlaf bekommen hatte. Das Gesicht bestand, so fand er, aus einem einzigen Lappen bleicher, ungewaschener Haut. Vermutlich lag es an dem dumpfen Licht, der Neonröhre über dem Waschbecken.

Und doch erinnerte er sich mit einem nicht ganz so hässlichen Lächeln an seine Kindheit zurück. Damals hatte ihn bereits sein Vater immer mit zu Fußballspielen genommen. Genauso wie Phil, widmete auch sein Vater seinem Fußballverein das Leben. Phil spielte oft bei seinen Freunden mit, die, egal bei welchem Wetter, auf der Wiese anzutreffen waren. Dort standen zwei Tore aus einfachen Holzbalken zusammenzimmert und es kamen nicht oft Autos vorbei, die man versehentlich hätte kaputt schießen können.

Das Dröhnen von seinem Fernseher wurde wieder lauter. Die Werbung war vorüber und die zweite Halbzeit hatte begonnen. Schnell setzte Phil sich wieder auf sein Sofa. Nervös spielte er mit seinen Händen, steckte hin und wieder einen Finger in seinen Mund und knabberte an seinen Fingernägeln.

Dann geschah, womit er eigentlich bereits abgeschlossen hatte. Wenige Minuten nach Beginn der Halbzeit stürmte ein Spieler mit dem Ball nach vorne, dribbelte einen Feind aus und wurde im Strafraum gefoult. Ein gegnerischer Verteidiger, hatte ihn brutal mit einem Fuß angestupst. Der Stürmer rollte vor Schmerzen auf dem Spielfeld, hielt sich das zerstörte Bein und konnte sich erst wieder bewegen als ein Elfmeter gegeben wurde.

Phil, der den Schiedsrichter bereits mit allen möglichen Tiernamen beleidigt hatte, wurde auf einmal ganz still. Der gerade noch angeschlagene Spieler sollte den Elfmeter schießen. Wieder erhöhte sich der Herzschlag von Phil. Wenn der Stürmer den Elfmeter treffen würde, so wäre wieder alles offen.

Der Ball wurde von dem Schiedsrichter auf den Elf-Meter-Punkt gelegt und Phils Lieblingsspieler stand mit einem konzentrierten Blick davor. Ein Pfiff und er schoss auf das Tor. Phil atmete scharf die Luft ein, konnte sein Glück kaum fassen, als er den Ball im Tor des Gegner sah. Vor Freude griff er nach der Dose Bier und schüttete sie über sich aus. Das hatte er sich nun redlich verdient. Alles war wieder offen. Alles auf Anfang, sozusagen. Phil setzte sich nach der feierlichen Dusche wieder auf das Sofa. Es klebte und roch nicht gut, aber das machte ihm nichts. Er war so aufgeregt, dass er langsam auf und ab hüpfte, hatte eine Freude in sich, die er kaum bändigen konnte.

Doch das Spiel ging weiter. Eine Dürreperiode begann, denn die nächsten dreißig Minuten passierte quasi nichts. Die eine Mannschaft wollte ihren gerade errungenen Ausgleich nicht gefährden und die andere wollte nicht das Risiko eingehen, dass das Spiel sich zur falschen Seite drehte. Die neunzig Minuten liefen langsam ab. Die Nachspielzeit begann.

Phil feierte schon insgeheim. Es hatte zwar niemand gewonnen oder verloren, doch es war eine Befreiung für ihn. Die gegnerische Mannschaft machte ebenfalls keine Anstalten noch einen weiteren Angriff zu unternehmen. Sie waren bestimmt froh darüber, gegen Phils Mannschaft ein unentschieden spielen zu können. Phil trank den letzten Schluck Bier aus, erhob sich von seinem Sofa und klappte den Laptop wieder auf.

Er war bereit den Leute im Internet ordentlich einzuheizen und unter die Nase zu reiben, dass sie nicht gewonnen haben. Eine kurze Unaufmerksamkeit. Ein kurzer Moment, in dem er den Fernseher und das Spiel nicht beobachtete.

Lauter Jubel schallte durch das Stadion. Eine Mannschaft jubelte und tausende Fans mit ihr. Es war ein Tor gefallen. Schwitzen, hohe Herzfrequenz, weit aufgerissene Augen. Phil starrte auf den Bildschirm. Er starrte auf den Bildschirm und war einer Ohnmacht nahe.

Der Torwart.

Der Torwart *seiner* Mannschaft hatte ein Eigentor geschossen. Anstatt den Ball abzuspielen, hatte er ihn aufgehoben und ins eigene Tor gerollt. Mit voller Absicht. In der Wiederholung musste Phil es sich wieder und wieder in Zeitlupe ansehen. Schlusspfiff. Das Spiel war vorbei.

Es klopfte an der Tür. Phil saß perplex auf dem Sofa, starrte nur noch ins Leere. Er hatte verloren. Die Tür brach auf, ein bulliger Mann mit einem Brecheisen trat ein, direkt dahinter eine fein gekleidete Frau.

»Caroline Grasenabb, Chefärztin Ihres Vereins. Freut mich Sie kennen zu lernen. Phil, richtig?«

Durch die schwarze Hornbrille, sahen ihre kalten Augen viel größer aus. Sie roch nach Medizin und auch nach Büro. Aber vor allem nach Geld. Phil saß immer noch regungslos auf dem Sofa.

»Kommen Sie freiwillig mit, oder müssen wir Sie hinaus tragen?«, fragte sie scharf.

Da Phil keine Anstalten machte, seine Wohnung zu verlassen, schnippte die Frau mit der Hand. Der bullige Mann, der auch die Tür aufgebrochen hatte, stapfte auf Phil zu, packte ihn am Arm und zerrte ihn nach draußen. Phil leistete keinen Widerstand. Er war gebrochen. Er hatte verloren.

Aber er hatte nicht nur das Spiel verloren. Er hatte auch eine Wette verloren.

Phil besaß eine seltene Blutgruppe und als sein Lieblingsspieler ihn besucht hatte, konnte er nicht *nein* sagen. Es war doch für einen guten Zweck. Bei Sieg würde der Verein seine Schulden übernehmen, so hieß es. Phil hätte sein Leben ganz normal weiter führen können. Bei einer Niederlage aber, musste er sich zu etwas verpflichten.

Er unterschrieb, denn er war sich sicher, dass sein Verein gewinnen würde. Doch er gewann nicht. Er hatte nie die Chance gehabt zu gewinnen. Alle Spieler waren vorher informiert worden. Alle Spieler wussten, dass sich bei einer Niederlage jemand findet, der ihrem besten Spieler die notwendigen Organe spenden würde.

Ein Brief an einen Sohn

Mein liebster Sohn,

wenn du das hier liest, bin ich bereits tot. Der Bote der dir den Brief überbracht hat, ist mir immer ein treuer Freund gewesen. Entlohne ihn bitte gut. Es gibt Dinge im Leben, die kann man nicht beeinflussen. Man kann sie weder durch Geld, noch durch Aufmerksamkeit verhindern. Während ich diesen Brief hier schreibe, blicke ich ins Antlitz des Todes, doch sorge dich nicht – ich kann mit erhobenem Haupt diese Welt verlassen.

Wie ich dir vielleicht damals an einem unserer gemeinsamen Abende erzählt habe, war mein Vater ein reicher Geschäftsmann. Wir bewohnten ein prachtvolles Haus hier in London und ich hatte sogar mein eigenes Zimmermädchen und musste mich um nichts sorgen. Für mich und meine drei Brüder organisierte mein Vater einen äußerst belesenen Privatlehrer, der uns Lesen, Schreiben und Rechnen beibrachte.

Oft saß ich versteckt in einer Ecke von dem Geschäft meines Vaters, während er mit seinen Kollegen verhandelte. Ich lernte schon früh diverse Tricks und Kniffe über das Verhandeln und Feilschen kennen. Schließlich sollte ich, als ältester Sohn, das Geschäft irgendwann übernehmen.

Im Vergleich zu meiner sorglosen Kindheit war meine Jugend überaus beschwerlich. Es hatte seine Gründe, warum ich dich immer geprügelt habe, wenn du mich nach dem Krieg gefragt hast.

Ich wollte nicht daran erinnert werden. 1870 wurde ich in das britische Kavallerieregiment eingezogen, musste meine Eltern und den jüngsten Bruder daheim lassen. Die beiden Mittleren fuhren noch zusammen mit mir in den Osten, bis wir aufgeteilt, und über das gesamte Land verstreut wurden.

Neben Tod und Verletzungen siechten viele meiner Kameraden an schrecklichen Krankheiten dahin, deren Horror du dir nicht vorstellen kannst. Ihre Körper verfaulten bei lebendigem Leib und es fielen ihnen die Körperteile nach und nach ab. Mir war es vergönnt, dieser Hölle zu entgehen.

Ich kämpfte wacker und ehrenvoll und stets mit dem Gedanken, den Feind zu vernichten und meinem Vaterland zu dienen. Ich sah viele Freunde fallen, viele mit zerschossenen Gesichtern und aufgeschnittenen Bäuchen im Dreck liegen. Auch ich blieb vom Schmerz nicht verschont. Eine Kugel schlug in mein linkes Bein ein und zerschmetterte meinen Oberschenkel. Die Äthiopier hatten uns umstellt und belagerten uns mit allem, was sie hatten. Wochenlang lag ich fern der Heimat in einer provisorischen Heilungsanstalt. Tagtäglich das Geschrei verletzter Soldaten zu hören, setzte mir mehr zu, als ich bereit war, mir einzugestehen. Da mir nichts anderes übrig blieb, versuchte ich, so gut ich konnte die Kranken zu versorgen.

Ich beobachtete einige Handgriffe, wie man mit Kräutern seine Patienten ruhigstellen und manche auch erlösen konnte. Die Kräuter hatten einen ganz einzigartigen Geruch und riefen einen rauschartigen Zustand hervor, vergleichbar mit Opium. Bei zu hoher Dosierung schlief man ein und wachte nie wieder auf.

Meine Kameraden ließen sich durch nichts erschüttern und konnten einen Weg bis zum nächstgelegenen Hafen erobern. Ich wurde auf ein Schiff geladen, wo ich deine Mutter kennenlernte. Sie pflegte dort die Kranken.

Ich fühlte mich eigentlich nicht so schlimm, dass ich die Hilfe gebraucht hätte, doch ich tat so, damit ich länger bei ihr sein konnte. Wir verliebten uns und als wir in England ankamen waren wir bereits verlobt.

Deine Großmutter war überglücklich, als ich wieder zu Hause war. Meine beiden mittleren Brüder waren im Krieg gefallen, direkt einige Tage nach Beginn des Krieges

Meinem Vater konnte ich leider nicht von der Vermählung erzählen. Er war an einer unheilbaren Krankheit verstorben. Du kennst das Grab, mein Sohn. Der mit Moos überwucherte Grabstein, an der St. Louis Kapelle. Dort möchte ich auch beerdigt werden.

Es stimmte mich misslaunig, dass mein jüngerer Bruder das Geschäft meines Vater übernommen hatte. All die Zeit war es mir versprochen worden und mein jüngster Bruder sah sich mit seiner Verantwortung überfordert. Deshalb wollte er das Geschäft verkaufen. Er wollte das Erbe meines Vaters, das er sich selbst hart erarbeitet hatte, einfach verkaufen. Das konnte ich unter keinen Umständen zulassen.

Ich hatte einige der Kräuter aus dem Krieg mitgenommen, pflanzte einige in den kleinen Garten hinter unserem Haus und mischte einen Rest unter den Tee meines Bruders. Er sank friedlich in seinem Sessel zusammen und hörte auf zu atmen. Ein schmerzloser Tod. Der Arzt stellte als Todesursache ein einfaches Herzversagen fest. Damit gehörte das Geschäft mir.

Eine Zeit des Glückes begann für mich und deine Mutter. Wir feierten unsere Hochzeit, kauften uns ein gemütliches Landhaus an der Westküste und wenige Monate später gebar meine Frau dich.

Wir waren überglücklich, ich hoffe, du wirst dieses Gefühl irgendwann auch spüren, deinen Sohn im Arme zu halten. Drei Jahre später wurde mein zweiter Sohn geboren – dein Bruder.

Meine Angestellten führten das Geschäft in meiner Abwesenheit exzellent, sodass wir hohe Gewinne verzeichneten. Unser Reichtum wuchs rasch, daher konnte ich es mir leisten, die besten Lehrer zu deiner Ausbildung anzustellen.

Die Ausbildung beschränkte sich darauf, dass du mein Geschäft irgendwann übernehmen könntest. Doch dann wurdest du schrecklich krank und wir mussten dich ins Krankenhaus bringen. Jahrelang konntest du dich weder bewegen, noch richtig sprechen. Es tat mir sehr weh, dich so hilflos zu sehen, daher kamen wir dich immer seltener besuchen.

Deinen Bruder haben deine Mutter und ich persönlich großgezogen. Er sollte Ratsmann werden, doch als meine Kriegsverletzung mich immer mehr lähmte, übergab ich ihm mein Geschäft.

Zu diesem Zeitpunkt warst du immer noch krank. Entgegen der ärztlichen Prognose, bist du anschließend jedoch genesen und konntest auf unseren Landsitz zurückkehren. Ich konnte deine Wut nachvollziehen, dass du das Geschäft nun doch nicht übernehmen solltest. Und als dein Bruder letzte Woche an einem angeblichen Herzversagen starb, kam mir etwas daran sehr merkwürdig vor. Deine Mutter verstarb direkt danach an einem Schock. Ihr Herz hielt es nicht aus, einen Sohn auf solch tragische Weise zu verlieren.

Nun hast du mein Geschäft. Du hast was du wolltest. Deine Gier hat dich soweit gebracht, dass du den Tod deines Bruders und deiner

Mutter in Kauf genommen hast. Ich kann das nachvollziehen, mein Sohn. Ich mache dir keinen Vorwurf. Wir hätten dich anders erziehen sollen.

Und jetzt sitze ich hier vor dem Kaminfeuer und schreibe meinen Abschiedsbrief. Mein Tee riecht sonderbar. Ich werde ihn dennoch trinken.

Du hast mir alles genommen, was mir in meinem Leben wichtig war und ich will nicht ständig in der Angst vor Vergiftungen leben müssen. Und das alles hast du getan nur für eine Hand voll Münzen.

Ich bin stolz auf dich.
Du bist ein richtiger Geschäftsmann!

Bitte kümmere dich gut um mein Erbe.

In ewiger Liebe,

dein Vater

Instagram

Ich legte wütend das Telefon zur Seite. Meine Ex-Frau hatte mich angerufen und mal wieder Stress gemacht. Wir waren erst seit einigen Wochen geschieden und sie versuchte immer noch die Familie zusammenzuhalten. Meiner Meinung nach war das sinnlos. Ich ging in die Küche zurück und rührte den Babybrei für meinen Sohn Vincent an. Dann füllte ich alles in eine Schüssel und wollte es auf den Tisch stellen, als ich merkte, dass mein Sohn gar nicht mehr auf seinem Stuhl saß. Mein Herzschlag erhöhte sich direkt. Eltern haben den Instinkt immer unruhig zu werden, wenn das Kind außer Sichtweite ist.

Ich suchte die Küche ab, ob Vincent irgendwo hin gekrabbelt war. Doch ich fand ihn weder dort, noch im Wohnzimmer oder im Bad. Ich öffnete die Haustür und trat in den Vorgarten. Auch wenn Vincent noch jung war, mochte er es im Garten zu spielen. Doch hier fand ich ihn auch nicht.

Ich drehte gerade um und wollte bei der Polizei anrufen, als das dumpfe Weinen von meinem Sohn an mein Ohr drang.

»Vincent?«, fragte ich laut. »Vincent, wo bist du?«

Vincent war noch ein Baby, er konnte noch nicht sprechen, doch er schien mich zu verstehen. Das Weinen wurde lauter. Es kam offensichtlich von draußen. Ich lief wie wahnsinnig durch meinen Garten und rief nach meinem Sohn. Und mein Sohn rief nach mir.

Ich kam an den Mülltonnen vorbei. Hier war das Weinen am Lautesten. Ein ungutes Gefühl stieg in mir auf, als ich den Deckel der Tonne aufklappte.

Mein Sohn saß verschmutzt und völlig entkräftet auf einem Müllberg und blickte sich verwirrt um. Ich hob ihn heraus, tätschelte seinen Rücken und flüsterte beruhigende Dinge in sein Ohr.

Die Mülltonne stand direkt neben einigen Kisten vor dem Küchenfenster. Eigentlich hätte ich es sehen müssen, wie Vincent dort hinauf geklettert war. Dann bemerkte ich das Papier auf dem Boden. Ich beugte mich hinunter und griff mit der freien Hand danach. Es waren Geldscheine. Ein abgepacktes Paket mit 500 Euro Geldscheinen.

Wo kamen die her? Weshalb lagen sie auf meinem Grundstück?

Langsam dämmerte mir es. Vincent war nicht freiwillig in die Mülltonne geklettert. Jemand hatte ihn dort hineingelegt. Und dieser jemand hat auch das Bündel Geld dort liegen gelassen. Ich ging wieder ins Haus und machte Vincent sauber. Er klebte überall und roch nicht gut. Außerdem hatte er sich einige Schürf- und Kratzwunden zugezogen. Es waren unrealistisch viele und die Schnitte zu tief, dafür, dass er nur im Mülleimer gelegen hatte. Hatte die Person, die ihn dort hinein gelegt hatte auch noch etwas Schlimmeres angetan? Ich verarztete Vincent behutsam. Er zitterte am ganzen Körper, aber weinte nicht mehr. Ob das ein gutes oder ein schlechtes Anzeichen war, wusste ich nicht. Dann setzte ich ihn auf seinen Stuhl und fütterte ihn mit Babybrei. Er schien sich wieder einigermaßen beruhigt zu haben. Im Gegensatz zu mir. Ich war wütend. Ich wollte den Wichser finden, der so etwas getan hatte.. Und ich wollte wissen, was es mit dem Geld auf sich hatte.

Nachdem mein Sohn den Brei aufgegessen hatte, griff ich nach dem Telefon und wählte die Nummer der Polizei.

»Kommissar Seefeld. Was kann ich für Sie tun?«, meldete sich ein Beamter.

Als der Polizeiwagen in die Straße einbog, stand ich bereits in meinem Vorgarten. Vincent hatte ich ins Bett gebracht, nachdem ich seine Wunden mit einer Salbe eingerieben hatte. Der Polizist stellte sich als Seefeld vor.

»Dann zeigen Sie mir mal die Mülltonne.«

»Ja – kommen Sie mit.«

Ich führte den Kommissar zu der Tonne und klappte den Deckel auf. Der typische, unangenehme Geruch von alten Essensresten stieg mir in die Nase.

»Und da war Ihr Junge drin?«

»Ja. Einige Minuten lang. Von selbst hätte er da kaum reinklettern können, deshalb vermute ich–«

»Hm … «

Der Kommissar beugte sich über die Tonne und suchte den Müll mit seiner Taschenlampe ab. Es war mittlerweile dunkel geworden. Irgendwann fuhr er mit einem Finger über die Innenseite der Tonne. Plötzlich zuckte er zurück.

»Argh, verdammt!«

»Was ist los?«

Er drückte seine Hand an seine Uniform.

»Hab mich geschnitten.«

Ich ging schnell ins Haus zurück und holte Desinfektionsspray, Taschentücher und ein Pflaster.

»Danke«, knurrte der Polizist und begann damit, seine Wunde zu verarzten.

Ich ging zur Mülltonne und untersuchte sie erneut. Erst jetzt fiel es mir auf. An den Rändern der Tonne wurden Rasierklingen angeklebt, an denen Haut und Blutreste hingen. Teilweise waren sie auch durch den Müll verschmutzt. Mir lief ein Schauer über den Rücken. Sie mussten schon vor einigen Tagen dort angebracht worden sein.

Ich drehte mich zum Kommissar zurück und nahm ihm die Arznei ab.

»Wollen Sie meinen Sohn sehen, damit Sie wissen, was ihm angetan wurde?«

»Ja, ich denke das wäre ganz gut.«

Ich führte Seefeld ins Haus und in das Kinderzimmer meines Sohnes. Er schlief seelenruhig in seinem Bett, doch ich sah schon von Weitem, dass seine Stirn glänzte. Ich legte eine Hand auf seinen Kopf. Er war wärmer als sonst. Vincent hatte Fieber bekommen.

Der Polizist beugte sich über ihn und betrachtete ihn. Als er meinen Sohn sanft anfasste, um die Wunden besser betrachten zu können, stoppte ich ihn nicht. Der Kommissar richtete sich auf und nickte ernst.

»Danke. Ich denke, dass ich erst einmal ein paar mehr Kollegen hole. Ganz offensichtlich wollte hier jemand Ihrem Jungen sehr weh tun. Und das jetzt auch noch ein Polizist verletzt wurde, macht das Verbrechen nur noch schwerwiegender. Sie haben wirklich gar nichts bemerkt?«

»Wirklich nicht. Ich habe meinen Sohn in der Tonne gefunden und hab keine Ahnung wer dafür verantwortlich ist.«

»Schade. Falls es sonst noch etwas gibt, dann sagen Sie Bescheid. Wir werden morgen um sieben Uhr wieder kommen und uns das alles hier bei Tageslicht angucken. Und den Jungen sollten Sie lieber ins Krankenhaus bringen. Ich denke nicht, dass es notwendig ist, aber dort wird aufgezeichnet, welche Wunden er alles erlitten hat.«

Er reichte mir zum Abschied seine unverletzte Hand. Ich schlug ein und bedankte mich. Kommissar Seefeld verstand mich und machte den Eindruck mir wirklich helfen zu wollen. Er stieg in seinen Dienstwagen.

»Warten Sie!«

Der Polizist blickte auf. Ich eilte zu ihm und wühlte in meiner Jackentasche.

»Hier – das lag neben der Mülltonne. Ich hab es leider ohne Handschuhe angefasst, von daher sind meine Fingerabdrücke drauf. Aber vielleicht hilft es Ihnen ja weiter.«

Er nahm es mir aus der Hand und betrachtete es.

»Ein Geldbündel? Das ist sehr merkwürdig.«

Seefeld blätterte durch die Scheine.

»Haben aber alle 'ne andere Seriennummer. Sind echt. Vielleicht hat der Täter das Verlangen gehabt, Sie für sein Vergehen zu bezahlen. Nun, darum kümmern wir uns morgen.«

Seefeld schloss seine Tür und fuhr davon. Da die Polizei auf meiner Seite war, fühlte ich mich sicherer. Ich beschloss den Rat von dem Kommissar zu befolgen, setzte den schlafenden Vincent ins Auto und fuhr mit ihm ins Krankenhaus.

Zuerst musste ich mich mit meinem Sohn in das normale Wartezimmer setzen, doch als ich erwähnte, dass ein Verbrechen vorläge, ging es ganz schnell. Mein Sohn wurde von einer älteren Doktorin untersucht. Ich konnte es kaum ertragen, als sie die Wunden von Vincent mit Jodsalbe einschmierte. Niemand konnte sich an das Weinen und Kreischen seines eigenen Kindes gewöhnen. Doch ich wusste, dass es für ihn das Beste war.

Es dauerte nicht lange. Die Doktorin stellte schnell ihre Diagnose.

»Nun, das Fieber von Ihrem Sohn ist nicht sonderlich bedrohlich. Das wird schnell wieder weggehen. Allerdings würde ich ihn trotzdem gerne für ein paar Tage hier behalten. Einige Schnitte sind wirklich sehr tief, die müssen genäht werden. Außerdem ist die Entzündungsgefahr sehr groß. Gerade durch den Müll sind einige Bakterien an Ihren Sohn gelangt, die eventuell gefährlich sein könnten. Deshalb würde ich ihn gerne ein bisschen beobachten.«

»Ja, ich verstehe. Ich denke das ist die beste Möglichkeit.«

Eigentlich fand ich es wirklich sehr gut, dass Vincent ein paar Tage nicht zu Hause schlief. Das gab mir Zeit mein Haus etwas abzusichern, damit so etwas nicht nochmal vorkommen würde. Ich war kein paranoider Mensch, aber man musste an die Sache vorsichtig ran gehen. Ich bedankte mich bei der Ärztin und umarmte meinen Sohn zum Abschied. Vincent schlief schon wieder.

Ich trat auf den Bürgersteig vor dem Krankenhaus und atmete tief die nächtliche Luft ein. Sie war klar und kühl. Es beruhigte mein erhitztes Gemüt. Zu wissen, dass jemand einfach in meine Küche gehen, meinen Sohn wegnehmen und in eine Mülltonne stopfen konnte, ließ eine nie dagewesene Angst in mir erwachen.

Ich blickte mich um. Auf der anderen Straßenseite befand sich ein kleiner Wald. Die Straße war leer. Es fuhr kein einziges Auto. Ich holte mein Handy heraus und öffnete eine Notizenapp. Ich schrieb auf, was es alles am morgigen Tag zu tun gab. Polizei um sieben, Vincent besuchen, bei der Arbeit krank melden. Ein Schauer lief mir über den Rücken, wenn ich daran dachte, wie ich es meiner Ex erklären müsste. Doch ein heller Blitz auf der anderen Straßenseite riss mich aus meinen Gedanken.

War in dem Wald jemand? Habe ich gerade einen Blitz gesehen, oder bildete ich mir das alles ein? Das Licht war nur kurz aufgeflackert, wie bei einem Fotoapparat. Ich ging über die Straße und suchte den Waldrand ab. Es war niemand dort. Kein Mensch, keine Kamera.

Verwirrt ging ich zum Parkplatz zurück und stieg in mein Auto. Verstohlen blickte ich mich noch einmal zum Waldrand um. Da war es wieder. Wieder dieses Blitzen. Es war nur kurz dagewesen, aber es war sehr hell. So etwas bildete man sich nicht ein.

Ich startete meinen Motor und fuhr so schnell ich konnte zu der Stelle, an dem ich den Blitz gesehen hatte. Die Büsche drückte ich zur Seite, riss mir die Hände an den Dornen auf und blieb mit meiner Hose immer wieder hängen. Doch es war kein Mensch zu sehen.

Enttäuscht ließ ich meinen Kopf hängen, da bemerkte ich es. Fußspuren im Dreck. Jetzt wo die Scheinwerfer von meinem Auto in den Wald leuchteten, konnte ich sie sehen. Sie führten zu einem Baum und dann tief in den Wald hinein.

Ich weiß nicht warum, doch ich betrachtete den Baum. Mir stockte der Atem, als ich in einem Astloch ein weiteres Bündel Geld bemerkte. Ich holte es heraus. Wenn ich mich richtig erinnert hatte, dann waren es genauso viele Scheine, wie in dem anderen Bündel auch. Dieses Mal hob ich es nicht mit den Händen auf, sondern wickelte meine Jacke herum, damit es keine Fingerabdrücke von mir gab.

Ich ging zurück zum Auto und beobachtete noch einige Minuten den Wald, doch ein weiteres Foto wurde nicht geschossen. Ich fuhr zurück und legte mich schlafen.

Das Dröhnen der Klingel riss mich aus dem leichten Schlaf. Ein Blick auf den Wecker verriet mir, dass es bereits kurz vor sieben Uhr war. Scheiße. Das musste Seefeld mit seinen Kollegen sein. Nach dem vorherigen Abend hatte ich anscheinend eine Menge Schlaf nachzuholen. Es klingelte nochmal. Schnell zog ich mir eine Jeans und ein T-Shirt an und öffnete die Tür.

»Da sind Sie ja. Ich dachte es hat Sie auch schon erwischt.«

Der Mann vor mir hatte seine Alltagskleidung an, deshalb brauchte ich eine ganze Weile, bis ich ihn erkannte. Es war Seefeld. Der Fall schien ihn mitgenommen zu haben, denn sein Gesicht wirkte eingefallen. Dicke Ringe umzogen seine Augen. Entgegen meiner Erwartungen war allerdings kein weiterer Polizist hinter ihm.

»Wollten Sie es sich nicht mit mehr Polizisten angu–«

»Hier nehmen Sie!«, unterbrach er mich an und warf mir seine Dienstwaffe zu. Reflexartig fing ich sie auf.

»W-Was?«

»Keine Zeit zum Erklären. Wir sind da in etwas rein geraten. Sie sollten weglaufen, Kumpel. Und mit dem Ding beschützen Sie sich.«

»Vor was beschützen?«

»Keine Zeit, keine Zeit! Ich muss weiter–«

Seefeld stoppte abrupt. Er stand da und blickte mich an. Seine gerade noch dagewesene Panikattacke war wie verflogen.

»Was meinen Sie?«, fragte ich.

Doch der Kommissar starrte mich nur weiter an und fing an verwirrt zu grinsen. Dann kippte er zur Seite und knallte gegen die Mülltonnen. Ich versuchte noch seinen Fall abzufangen, doch war zu langsam. Geschockt blieb ich in der Eingangstür stehen und starrte auf das fingernagelgroße Loch im Hinterkopf des Polizisten. Eine Schusswunde. Unmengen an Blut quollen hervor und verteilten sich auf seine Kleidung und auf den Boden.

Langsam realisierte ich was passiert war. Jemand musste den Kommissar erschossen haben. Und diese Person hatte auch mich im

Visier. Panisch blickte ich mich auf der Straße um und hechtete hinter einen Baum vor meinem Grundstück. Deckung suchen. Doch die Straße war leer. Ich holte mit einer Hand mein Handy aus der Tasche. In der anderen hatte ich immer noch die Waffe von Seefeld. *Mit dem Ding beschützen Sie sich*, hatte er gemeint. Wie sollte man sich vor einem unbekannten Attentäter beschützen?

Nervös tippte ich die Nummer der Polizei ein, doch stoppte, als ich Schritte auf der Straße hörte. Langsam steckte ich das Handy wieder weg, drehte mich mit der Waffe im Anschlag um den Baum herum und richtete sie auf die Person auf der Straße.

Frau Clausen, eine ältere Nachbarin schrie auf und ließ vor Schreck die Leine von ihrem Hund fallen. Ich guckte verdutzt und fing an zu zittern. Beinahe hatte ich auf sie geschossen. Was für ein Spiel wurde hier gespielt?

Frau Clausen rannte so schnell davon, wie sie konnte. Die Polizei. Sie wollte die Polizei rufen. Das war richtig. Trotzdem stieg in mir ein ungutes Gefühl auf. Seefeld hatte sehr ausgelaugt gewirkt. Außerdem wurde er auf offener Straße erschossen, ohne das es nur einen Hinweis auf den Täter gab. Wie sollte dann der Rest der Polizei irgendetwas auswirken können?

Es war ein spontaner Entschluss, doch ich hielt ihn für richtig. Ich ging zurück zum Haus, suchte mir Geld, Ausweis und ein paar Klamotten zusammen, warf alles in mein Auto und fuhr los. Es war mir egal wohin. Hauptsache weg. Die Pistole hatte ich an meinen Hosenbund geklemmt. Über meinen Sohn machte ich mir keine Sorgen, der war im Krankenhaus für die nächsten Tage. Ich hoffte, dass sich das alles bis dahin geklärt hatte.

Ich war lange unterwegs, immer auf der Landstraße. Auf der Autobahn wäre ich zu gefährdet gewesen. Irgendwann als es dämmerte, entdeckte ich ein Hotel am Straßenrand. Ich war müde geworden, fuhr daher auf den Parkplatz und ging zu der Rezeption. Der Angestellte war freundlich. Trotzdem misstraute ich ihm. Jeder konnte der Verantwortliche sein. Jeder konnte den Kommissar erschossen haben. Jeder war dazu in der Lage mein Kind mit Rasierklingen in eine Mülltonne zu legen.

Ich mietete mir das günstigste Zimmer und sagte, dass ich erst einmal für eine Woche hier wohnen würde. Der Rezeptionist stellte keine Fragen.

Im Zimmer angekommen legte ich mich auf das Bett und schaltete den Fernseher an. Was sollte ich auch sonst tun? Die Polizei würde sich schon um alles kümmern und wenn sie es nicht schaffen sollte, war ich immerhin in Sicherheit.

Im Fernseher liefen gerade die Nachrichten. Ein Verbrecher wurde gesucht. Die Medien wurden über den Vorfall also schon informiert. Bestimmt durch Frau Clausen.

Ich lachte kurz auf, als ein Bild von mir, meinem Sohn und Kommissar Seefeld eingeblendet wurde. Jedoch stockte mir der Atem, als ich die Überschrift las. Massaker von Familienvater. Sofort erhöhte ich die Lautstärke.

»Gesucht wird ein gewisser Marius Glockner. Ein freischaffender Journalist, der aus Sicherheitsgründen nicht genannt werden will, hat alle seine Taten fotografiert und auf die Bilderplattform Instagram gestellt. Wenn Sie zart besaitet sind, sollten Sie jetzt wegschalten.«

Es wurde ein weiteres Bild eingeblendet. Darauf war zu sehen, wie ich meinen Sohn aus der Mülltonne ziehe und ihn erschrocken angucke.

»Anfangs hat er seinen eigenen Sohn in eine Mülltonne gelegt und diese mit Rasierklingen ausgestattet, sodass sich das Baby beim Herausklettern einige, tiefe Schnittwunden zugezogen hatte.«

Ein weiteres Bild.

»Auf diesem Bild sehen Sie, wie Glockner einem Kommissar Geld überreicht. Es wird vermutet, dass es eine Art Bestechungsgeld ist, damit die Polizei nicht eingeschaltet wird.«

Noch ein Bild. Dieses Mal stehe ich vor dem Krankenhaus. Ich lächle. Ein Schauer lief mir über den Rücken. Das war an dem Abend gewesen, an dem ich auf der anderen Straßenseite das Blitzen gesehen hatte. Außerdem hatte ich nicht gelächelt. Das Bild wurde bearbeitet.

»Zwar hat Glockner seinen Sohn ins Krankenhaus gebracht, jedoch sieht man an seinem Gesichtsausdruck, dass er glücklich darüber ist, für einige Tage seine Ruhe zu haben.«

Ein weiteres Bild wurde eingeblendet. Ich sehe mich mit einer Pistole in der Hand vor meiner Haustür stehen. Neben mir liegt die Leiche von Seefeld – sie wurde verpixelt.

»Der Kommissar hatte es sich mit der Korruption wohl noch einmal überlegt. Glockner war allerdings zu keinem weiteren Kompromiss bereit und hat daher in einer Kurzschlussreaktion den Polizisten erschossen. Beinahe hätte er auch seine langjährige Nachbarin ermordet, doch hat sich dann umentschieden und ist mit dem Auto geflohen.«

Ich sah weitere Bilder, wie ich meine Sachen ins Auto werfe und flüchte. Das war alles nicht wahr. Die Nachrichten erzählten Lügen über mich.

»Glockner ist ein sehr gefährlicher Mensch. Tragischer oder glücklicherweise haben wir die Information erhalten, dass er sich in einem Hotelzimmer, einige hundert Kilometer von seiner Heimat entfernt, das Leben genommen hat. Die Plattform Instagram hat die Bilder von dem Vorfall entfernen lassen und distanziert sich von derartigen Taten.«

Doch ich war nicht tot. Ich fühlte mich noch lebendig und ich würde mich auch nicht erschießen. Meine Unschuld konnte ich doch ganz einfach beweisen. Es klopfte an der Tür.

»Sie haben einen Fototermin, Herr Glockner«, hörte ich den Unbekannten dumpf sagen.

Wespennest

Die Wespe riecht von Weitem, dass es etwas zu Essen gibt. Sie fliegt auf die Terrasse zu und landet auf dem Teller. Krabbelt von dort immer weiter Richtung süßem Duft, bis sie an einen Kuchen kommt und knabbert dran und fliegt herum.

Der Mann, dem der Teller gehört, guckt grimmig und sieht zu wie das ekelhafte Biest sich an seinem Kuchen ergötzt. Wenn er wedeln würde, würde sie stechen, also wie kann man die Wespe dazu bringen von dem Kuchen abzulassen, damit der Mann den Kuchen essen kann, ohne die Sorge zu haben Gift schmerzhaft injiziert zu bekommen?

Er hat einen Hass auf Wespen, denn sie haben ihn mal in seinen Hals gepieckst. Er schwoll an und dann bekam er keine Luft mehr, kam ins Krankenhaus und verpasste den Geburtstag von seinem Bruder. Seit diesem Tag hat er eine Insektenphobie, doch geheilt wurde sie nie und hält daher bis zum jetzigen Tage an. Die Wespen kommen immer, egal ob beim Kuchen essen, als auch beim Grillen und es gibt nur eine Möglichkeit sie loszuwerden.

Der Mann findet die Lösung, nimmt die Gabel und zerteilt, gerade als die Wespe wieder auf dem Teller neben einem Krümel landet, eben diese, sodass sie außer Gefecht um Hilfe bettelt. Sie zuckt noch ein wenig, ihre Flügel schlagen, aber nicht richtig und mit den verbleibenden Beinen versucht sie sich zu befreien von dem Todeskampf, doch endet in der schwülen Mittagshitze an dem Sonntag.

Der Mann hingegen grunzt zufrieden und wischt die Gabel an einem Stückchen Papier ab, um nicht nun doch noch etwas von der Wespe in sich aufzunehmen und isst den Kuchen weiter auf, nimmt noch einen Schluck Kaffee und liest dann seine Zeitung weiter und zu ende.

Später am Abend legt er sich schlafen in sein kuschelweiches Schlafgemach. Die Matratze saugt ihn förmlich ein, den Tag hat er gut genutzt, er hat vor der Kuchenpause den Garten umgegraben und auch sonst viel geschafft. Nun liest er noch einige Seiten in einem Buch, es ist ein Krimi auf einem Kreuzfahrtschiff, nichts Besonderes, so etwas gab es schon tausend Mal, aber immerhin liest er, das muss hervorgehoben werden.

Dann schaltet er die Nachttischlampe aus und zieht die Decke nicht ganz über seinen Kopf, nur unter sein Kinn, sodass er es warm hat, aber nicht zu warm, denn es ist immerhin Sommer und da fängt man abends an, ganz fürchterlich zu schwitzen, während man versucht ins Land der Träume zu fallen. Außer natürlich man macht es wie er, denn er deckt sich nicht ganz zu.

Doch gerade als er fast eingeschlafen ist, schreckt er hoch und guckt sich mit einem rennenden Herzen ein wenig um. Er sieht nichts, denn die Rollläden hat er, bevor er schlafen gegangen ist, heruntergekurbelt, denn im Sommer ist es sehr hell, jedenfalls sehr lange hell und in der Nacht nicht ganz dunkel, jedenfalls wenn man da wohnt, wo er wohnt. Er sieht in seinem Zimmer nichts, denn er ist nicht durch etwas Helles wach geworden, sondern durch ein Geräusch.

Es ist dumpf und laut und hört nicht auf, weshalb es für einige Zeit unmöglich für ihn ist überhaupt wieder einzuschlafen. Außerdem kann er es nicht ganz zuordnen, dafür ist es zu merkwürdig. Irgendwann hört es auf und er schläft ein.

Später in der Nacht, schreckt er erneut hoch, das Geräusch dröhnt durch sein Zimmer. Es ist gewöhnungsbedürftig, jedoch gewöhnt er sich nicht dran, schwingt sich dann aus dem Bett und knipst das Licht wieder an, doch er sieht nichts besonderes. In seinem Zimmer hat sich nichts verändert, seitdem er ins Bett gegangen ist. Wie auch? Es ist ja keiner drin gewesen.

Nein, er ist alleine. Das Licht ist an und es surrt. Surrt und summt. Es summt. Das Geräusch wird klarer und klarer und er erinnert sich an die Wespe, die seinen Kuchen klauen wollte. Der Geist einer Wespe verfolgt ihn.

Sie schwirrt in seinem Kopf herum, nur dumpfer, als wäre sie nicht in seinem Kopf sondern eher in der Wand. Und es hört und hört nicht auf. Das Surren. Die Phobie. Angst breitet sich aus. Er wird nervöser, legt sich wieder ins Bett, hofft das es aufhört, doch es ändert sich nichts. Das Summen bleibt weiterhin bestehen. Und es ist laut.

Letztendlich nimmt er sich das Kissen und die Decke und legt sich auf das Sofa im Wohnzimmer.

Am nächsten Tage ist das Summen noch viel lauter als zuvor und es dröhnt auch aus den Wänden im Wohnzimmer. Er nimmt die

Ohrenstöpsel aus den Ohren und wird sofort wieder sehr aufgebracht, denn er hat nicht gedacht, dass sich die Wespen, die offensichtlich in seiner Wand hausen, so schnell verbreiten.

Ein Experte muss her, denkt er sich und ruft daher den Insektenmann an, er geht ans Telefon ran und sagt dem Termin natürlich zu, denn auch Menschen, die ihr Geld damit verdienen Insekten zu besiegen und beseitigen, müssen irgendwie ihr Geld verdienen. Wenige Minuten später kommt er an, denn es war eine Insektenschnellhilfehotline. Dieser Mann kommt und wundert sich. Von außen entdeckt er nur ein kleines Nest am Dach, das er wegmacht mit einer chemischen Flüssigkeit, die er versprüht und dann mit einem langen Stock die Reste der Wespen entfernt.

Er denkt, der Job sei erledigt und will daher Geld haben, doch wird darauf aufmerksam gemacht, dass es noch mehr Nester gibt, sogar in der Wand und merkt, dass der Bewohner wirklich sehr verzweifelt und ängstlich ist, aber das mit der Insektenphobie weiß er nicht, weil das wäre ja peinlich.

Doch merkwürdigerweise bemerkt der Insektenmann, auch als er in jedem Raum herumgeführt wurde, kein Summen aus den Wänden und auch als der Bewohner nochmal nachfragt, hört er nichts, also fährt der Insektenmann wieder weg und lässt den langsam wahnsinnig werdenden Bewohner in seinem eigentlich stillen Haus zurück.

Doch für ihn ist es nicht still. Für ihn sind überall laute Geräusche, es beginnt nun auch zu kratzen und zu schaben, als würden die Wespen sich an der Wand mit ihren Klauen graben, um sich zu befreien. Er fragt sich ob er weglaufen soll. Weg von den Wespen, die ihn stechen würden, wenn sie die Wand aufbrächen, was aufgrund der Menge der Wespen nicht mehr lange dauern würde, so vermutet er jedenfalls.

Letztendlich besiegt er jedoch seine Angst und holt aus dem Schuppen im Garten eine Axt hervor. Sie ist mächtig und wurde kaum gebraucht, denn sein Garten besteht eigentlich nur aus einer grünen Rasenfläche und nicht aus Bäumen oder für was auch immer man Äxte braucht. Er benutzt die Axt jedenfalls dazu die Wände aufzubrechen.

Es ist ihm egal, wenn die Wespen hinauskämen und ihn stechen würden, er will einfach nur das das Geräusch aufhört. Dieses penetrante Summen.

Er schlägt auf die Wand im Wohnzimmer ein. Einmal, zweimal, dreimal und das Holz wird hinaus gerissen und in die hinterste Ecke geworfen. Doch der Schaden ist angerichtet und nur weil sich hinter dieser Wand kein Wespennest befindet, sagt es für ihn noch gar nichts aus.

Daher schlägt er weiter auf die Wände ein. Auch im Schlafzimmer, Küche und Bad, obwohl es im Bad etwas schwieriger wird, da die Wand nicht tapeziert ist, sondern mit Kacheln bestückt, weshalb es etwas länger dauert und die Axt einen gewissen Grad abstumpft. Doch irgendwann hat er jede Wand aufgerissen, doch das Summen und Surren ist immer noch da.

Er stellt sich verwirrt und perplex in die Mitte des Wohnzimmers und presst seine Hände an seinen Kopf. Er rauft sich die Haare, verteufelt die letzten Tage, doch hat mit einem Male unglaubliche Schmerzen. Nicht nur in Kopf und Hirn, sondern am ganzen Körper und er verändert sich.

Seine Sicht verschwimmt zu tausend Sichtweisen, seine Haut trocknet aus und wird brüchig, wird sogar härter, als würde er sich mit einem dünnen Film aus Caramelglasur überziehen.

Er spürt wie sein Rücken sich dehnt, er schreit, doch keiner kann ihm helfen und während das Surren in seinem Kopf noch lauter wird als zuvor, bricht sein Rücken auf, wie bei einem Kokon und die Flügel, die aus seiner Wirbelsäule wachsen, fangen an zu schlagen. Das Surren ist immer noch da, aber es ist tiefer, dumpfer, nicht mehr so unangenehm und spricht gut zu ihm und gibt ihm Befehle. Er muss zu seiner Königin, so heißt es.

Also trampelt er mit seinen dünnen Insektenbeinchen aus dem Haus hinaus, schafft es gerade so sich durch die schmale Eingangstür zu zwängen und schwingt sich in die Lüfte. Über ihm, unter ihm und um ihn herum fliegen seine Artgenossen. Hunderte Riesenwespen steigen weiter empor und legen sich wie ein Schatten über die Stadt.

Und sie fliegen zu der Königin, dort wo sie hingehören. Dort wo der Kuchen aus Bächen getrunken werden kann.

25 Cent

Sebastian beobachtet den alten Mann jetzt schon seit einigen Wochen. Er nennt ihn den Pfandflaschenmann, denn er schleppt immer einen großen Beutel mit sich, in dem er die Pfandflaschen, die er findet, verstaut.

Der Pfandflaschenmann hat Sebastian, während er auf der Bank am Bahngleis gesessen hat und auf den Zug gewartet hat und sogar im Zug, schon einige Male nach einer Flasche oder einer kleinen Spende gefragt. Einmal hat er ihm etwas gegeben, doch da der Mann jedes Mal fragt, ignoriert Sebastian ihn einfach immer, wenn er von ihm angesprochen wird.

Der Pfandflaschenmann steigt immer in den gleichen Zug wie Sebastian ein, ganz egal ob Sebastian Früh- oder Spätschicht hat. Es ist, als würde der Mann auf ihn warten und nur für ihn persönlich die Show eines armen, alten Mannes abziehen. Natürlich weiß Sebastian, dass es alles nur ein großer Zufall ist, doch irgendwie stört es ihn.

Vor allem wenn der Pfandflaschenmann wie jeden Tag zuerst die Mülleimer auf der anderen Gleisseite durchsucht, sich sogar ganz durch den Müll wühlt, um dann den Bahnsteig zu wechseln und an Sebastians Gleis weiterzusuchen und die Leute dort anzubetteln. Dieses Mal hat er nicht nach einer Spende gefragt.

Sebastian ist aufgefallen, dass der Pfandflaschenmann immer die gleiche Kleidung trägt. Sie ist dreckig, was nicht verwunderlich bei einem Obdachlosen ist, doch sie wird nie dreckiger. Sie ist an jedem Tag gleich dreckig und wenn der Mann an Sebastian vorbeigeht, stinkt er immer gleich viel. Niemals stärker oder anders. Immer der gleiche Geruch. Immer die gleiche Stärke.

Der Zug fährt ein. Sebastian steht auf und reiht sich hinter den anderen Passagieren ein. Er ist relativ voll, trotzdem findet er einen Sitzplatz. Die Frau neben ihm starrt auf ihr Mobiltelefon und guckt Sebastian kurz böse an, als sie merkt, dass Sebastian auf ihren Bildschirm guckt.

Sebastian stellt seinen Rucksack auf den Boden und holt eine Wasserflasche heraus. Er öffnet sie und trinkt. Ein Schluck. Zwei Schlücke. Drei Schlücke, bis plötzlich ein Schwall Wasser sich über sein Gesicht gießt. Er spürt, wie das kalte Wasser seine Schultern und teilweise seinen Oberkörper herunterläuft.

Im gleichen Moment greift Sebastian stärker an die Flasche, denn jemand rüttelt an ihr und versucht sie ihm abzunehmen. Er wischt sich mit seinem Jackenärmel das Gesicht ab und sieht den alten Pfandflaschsammler, wie er versucht die Flasche aus Sebastians Hand zu reißen. Das Eindrücken von Plastik dröhnt durch den Zug. Die Frau neben Sebastian dreht sich genervt weg.

»Gib mir die Flasche!«, krächzt der Flaschensammler, während Sebastian sie zu sich hin zieht und dabei noch mehr Wasser umher spritzt. Sebastian sagt kein einziges Wort, sondern stößt den Mann mit seinen Beinen von sich weg. Dabei zerreißt das Etikett der Flasche.

»Das wären 25 Cent gewesen. Du Monster!«, keucht der Mann außer Atmen und rennt den Gang im Zug entlang. Sebastian springt auf und geht schnell in die andere Richtung.

Er versucht sich so gut es geht im Zugklo abzutrocknen und sucht dann das Zugpersonal. Bis auf den Schaffner, findet er allerdings niemanden, sodass er kurze Zeit später an seiner Haltestelle aussteigt.

Der Pfandflaschensammler ist wahnsinnig und wirkt gefährlich. Zwar hat er Sebastian nicht weh getan, allerdings ist es nur eine Frage der Zeit, bis so ein Typ ausflippt und den Reisenden mehr antut.

Am nächsten Tag schläft Sebastian aus. Es ist Samstag. Mitten in der Nacht ist er durch ein merkwürdiges Geräusch geweckt worden, doch ist dadurch nur kurz hochgeschreckt und dann wieder eingeschlafen.

Kein Stress, keine Arbeit, kein Pfandflaschensammler. Sebastian frühstückt, duscht und packt dann sein Portmonee in seinen Rucksack, um einkaufen zu gehen. Er öffnet die Tür und prallt zurück. Ein Schmerz durchzuckt seine Nase und er fühlt, wie etwas Warmes sein Gesicht hinunterläuft. Verwirrt torkelt er ins Badezimmer und betrachtet sich im Spiegel. Seine Nase blutet. Er tupft sie mit einem Taschentuch ab. Zu seinem Glück tut es nicht sehr weh. Sie ist nicht gebrochen.

Nachdem das Nasenbluten aufgehört hat und er sich sein Gesicht sauber gemacht hat, geht er zurück zur Haustür, um zu gucken, was das war. Die Tür ist wieder ins Schloss gefallen.

Er öffnet sie und blickt verwundert die große Wand vor seiner Wohnung an. Es ist keine normale Wand, sondern ein riesiger Stapel an Pfandflaschen, alle sehr präzise gestapelt. Die Deckel sind in seine Wohnung gewandt. Sebastian lacht kurz auf, er ist verwirrt und weiß nicht so ganz was er tun soll. Jemand muss ihm einen schlechten Streich gespielt haben. Vielleicht jemand, der ihn und den Pfandflaschenmann beobachtet hat, vielleicht der Pfandflaschenmann selbst. Als Rache sozusagen. Für Sebastian ergibt es allerdings keinen Sinn.

Der Mann hat sich über 25 Cent aufgeregt, die ihm nicht einmal gehört haben und die Flaschen vor seiner Haustür sind unverwechselbar Pfandflaschen, bestimmt hundert Stück, wenn nicht sogar mehr. Ein Obdachloser würde sie doch nicht einfach wegwerfen.

Letztendlich hat Sebastian den Streich genug bestaunt und fängt an eine Flasche aus der Wand herauszuziehen. Es geht einfacher als gedacht. Er hat vermutet, dass sie aneinandergeklebt worden sind, doch sie sind tatsächlich ganz normal gestapelt.

Er wirft die Flasche achtlos in seine Wohnung. Darum würde er sich später kümmern. Er würde alle Flaschen in einem Beutel sammeln und zum nächsten Supermarkt bringen.

Sebastian zieht eine weitere Flasche aus der Wand und noch eine. Das wiederholt er unzählige Male, doch irgendwie schrumpft die Wand nicht.

Sie bricht nicht zusammen, sie wird nicht kleiner. Ihm kommt es so vor, als würde hinter der Wand eine weitere Wand aufgestellt worden sein, denn immer wenn er eine Flasche entfernt, rückt eine weitere nach und füllt die entstandene Lücke perfekt aus.

Der Berg an Flaschen wird in seiner Wohnung immer größer und als er irgendwann nicht mehr richtig auf dem Boden stehen kann, wird es ihm zu viel. Er nimmt die Flaschen in seiner Wohnung und stopft sie alle in sein Badezimmer. Dann geht er zur Haustür zurück.

Es ist merkwürdig, das noch keiner seiner Nachbarn die Wand bemerkt hat. Es ist zwar Samstag, aber es gehen auch an Samstagen einige Leute arbeiten, einkaufen oder spazieren.

Da er die Wand nicht Stück für Stück abtragen kann, stellt er sich auf seinen Flur und fixiert die Flaschen. Dann rennt er so schnell er kann auf sie zu und wirft sich mit aller Kraft dagegen. Die Flaschen biegen sich, er hört, wie sich eingedrückt werden, doch sie geben nicht nach.

Er versucht es noch einmal. Die Wand biegt sich wieder und bricht tatsächlich auf. Sebastian fällt hin, kann sich gerade noch abfangen um Schlimmeres zu vermeiden und rappelt sich wieder auf. Hinter der ersten Flaschenwand, im Halbkreis um die nun entstandene Lücke herum, steht eine weitere Wand mit durchsichtigen Flaschen. Und dahinter noch eine. Er kann bis zu den Treppen gucken, an denen er immer noch Flaschen und Deckel erkennt. Das ganze Treppenhaus ist anscheinend mit den Pfandflaschen vollgestopft worden. Plötzlich hört er ein Donnern aus dem Badezimmer. Etwas muss umgekippt sein. Mit großen Schritten steigt er über die Flaschen rüber, die nun auch in seine Wohnung gerollt sind und überall verstreut herumliegen. Ein eigenartiger Geruch zieht ihm in die Nase, je näher er dem Badezimmer kommt. Sein Herzschlag erhöht sich, als er seine Hand an den Griff der Badezimmertür legt.

Und er wartet. Eine Sekunde, Zwei Sekunden, Drei Sekunden – bis er die Tür aufreißt und von einem hellen Licht geblendet wird.

Er wirft seinen Arm vor das Gesicht, um seine Augen zu schützen und hört im gleichen Moment das dreckige, kratzige Lachen von dem Pfandflaschensammler. Ein Knirschen, als würde wieder etwas zusammengedrückt werden. Langsam erholt sich Sebastian wieder.

Vor ihm steht der alte Mann, der ihn mit seinen vergilbten Zähnen anlächelt. Er sitzt auf einem großen Haufen Flaschen. Er hat sie sich zu einer Art Thron geformt, mit Armlehnen und Krone und blickt Sebastian an.

»Du bist nicht mehr als 25 Cent wert.«, krächzt er.

Sebastian ist so überrascht, geradezu geschockt, dass er nichts sagen kann und sich auch nicht mehr bewegt. Der Sammler steht auf und geht auf ihn zu. Der penetrante Geruch wird immer stärker und stärker. Er brennt in der Nase, Sebastians Augen fangen an zu tränen. Dann ist es vorbei und Sebastian klappt zusammen.

Als er aufwacht liegt er auf dem Boden. Um ihn herum ist nichts, keine Flaschen, kein Badezimmer. Er braucht seine Zeit um sich an das merkwürdige Licht zu gewöhnen. Außerdem stimmt etwas mit seinen Augen nicht. Alles um ihn herum sieht irgendwie verschwommen aus. Als hätte sich ein nebliger Schleier über seine

Augen gelegt. Er steht auf und geht einige Schritte vorwärts, dort ist eine Wand. Er dreht sich um und geht in die andere Richtung. Auch dort ist eine Wand. Aufgrund seiner beschränkten Sicht, legt er eine Hand an die Wand und geht an ihr entlang. Kreisförmig. In seiner Wohnung hat er jedenfalls kein kreisförmiges Zimmer. Er muss also woanders sein.

Verwirrt betrachtet er seine Hände. Sie sind klar erkennbar. Jedes Detail. Nichts ist verschwommen. Auch den Rest von ihm kann er unverschwommen erkennen, doch wenn er an die Wand blickt, dann verschwimmt alles. Erst jetzt bemerkt er, dass die Wand unsichtbar ist, er kann sie erkennen, sie ist dreckig und unklar, doch er kann trotzdem hinter die Wand blicken.

Ein eiskalter Schauer läuft ihm den Rücken herunter, als er nach oben guckt. Das Zimmer, in dem er sich befindet ist sehr hoch, bestimmt fünf mal so groß, wie er. Und ganz oben an der Decke läuft der Raum spitz zu und wird mit einem roten Deckel verschlossen. Er befindet sich in einer riesigen Flasche.

Wie ist das möglich? Gerade war er noch eingeschlossen von den Flaschen, dann war da der Pfandflaschensammler und dann- Dann war er hier.

Er drückt sich an die Wand um genauer zu erkennen, wo dieser Flaschenraum steht. Denn eine Tür gibt es nicht. Nur den Deckel oben an der Decke.

Um ihn herum stehen weitere Flaschen. Auch dort liegen Menschen drin. Sie schlafen. Sie teilen anscheinend das gleiche, wirre Schicksal, wie Sebastian. Er fängt an gegen die Wand zu schlagen. Er schreit. Vielleicht wacht ja einer von den anderen auf. Doch egal wie sehr er hämmert, egal wie sehr er schreit, nichts rührt sich.

Er dreht sich um. An einer Seite des Raumes, sind keine Flaschen, sondern nur eine helle, leere Ebene. Die Helligkeit. Sie kommt nicht von einer Sonne. Das Licht kommt von einer gigantischen Lampe, die außerhalb von dem Flaschenraum hängt. Und unter ihm ist Holz. Sebastian kommt ein Gedanke.

Die Flasche in der er gefangen ist, steht in einem größeren Raum. In einem Regal? Sind unter und über ihm weitere Flaschen mit Menschen drin? Leben die Menschen oder sind sie tot? Ist er eine Ausnahme? Sollte er überhaupt aufwachen?

All das schießt ihm durch den Kopf. Doch er findet keine Antwort. Nachdem er noch einige Male versucht, die anderen in den Flaschen zu wecken, versucht er etwas anderes. Mit voller Wucht wirft er sich gegen die Flasche, an der Stelle, von der das Licht kommt. Die Flasche kippt leicht. Er versucht es nochmal. Die Flasche kippt über die Kante und fällt. Viele Stockwerke hinab. Sebastian sieht im Fallen, wie der ganze Raum, voll mit Regalen ist, in denen Flaschen stehen. Unzählbar viele. Als hätte sie jemand gesammelt.

Die Flasche kommt auf dem Boden auf und zu Sebastians Verwundern, stirbt er nicht, sondern fällt auf den Boden, zieht sich vermutlich ein paar Prellungen zu, aber rappelt sich auf und lebt. Ein paar Schmerzen an seiner Schulter, mehr nicht. Er muss hier weg. Er muss hier raus. Er versteht nicht was vor sich geht, aber muss es versuchen.

Sebastian geht ein Stück weiter in die Flasche hinein, bis er etwa in der Mitte ist und fängt dann an geradeaus zu gehen. Die Flasche fängt an zu rollen. Wie in einem Hamsterrad. Die Flasche rollt mit Sebastian den Boden entlang, an den Regalen vorbei. Es muss eine ganze Lagerhalle sein.

Plötzlich hört er Schritte. Dumpf, laut, riesig. Jemand kommt näher. Jemand großes. Und er stellt sich ins Licht und wirft einen Schatten auf Sebastian. Der Flaschensammler beugt sich hinunter und hebt die Flasche auf. Sebastian versucht in eine Ecke zu kriechen, was schwer ist, in einem runden Gebilde.

»25 Cent«, knurrt der Flaschensammler und trägt Sebastian zu einem Automaten. Dort schiebt er ihn hinein. Sebastian rennt zu dem Deckel, versucht ihn aufzutreten, doch es hilft nichts. Der Pfandflaschenautomat erkennt das Etikett, lässt die Flasche mit Sebastian in den großen Behälter fallen. Knirschen von Plastik dringt nach draußen und ein kurzer, aber spitzer Schrei. Der Pfandflaschensammler drückt auf einen Knopf und freut sich über 25 Cent.

Knieschmerzen

Ich trotte meinen Kommilitonen hinterher. Wir gehen über den Campus, vorbei an der Mensa und der Bibliothek und in den großen, grauen Klotz, in denen sich die Hörsäle befinden. Ein junger Student hält allen die Tür auf. Ich bedanke mich und gehe in den Saal. Von den zweihundert Plätzen sind die meisten belegt. Trotzdem entdecke ich irgendwo am Rand einen freien Platz. Dort setze ich mich. Es ist wichtig für mich am Rand zu sitzen, denn ich habe ein Knieproblem.

Ein Kommilitone kommt. Ich stehe auf, damit er durchrücken kann, doch er drängt mich dazu weiter in die Mitte zu gehen. Der Stuhl knarzt, als ich mich auf ihn setze. Ich spüre das harte Holz an meinem Rücken. Hier ist nichts anders, als am Rand der Sitzbank, nur, dass ich mein Bein nicht ausstrecken kann. Wegen meiner Größe sitze ich immer etwas gekrümmt. Es ist nicht gut für meinen Rücken, aber die Kommilitonen können dann wenigstens über mich rüber gucken.

Ich hole einen Schreibblock und einen Stift aus meiner Tasche und nehme noch einen Schluck Wasser. Im Saal wird es ruhiger. Die Vorlesung beginnt.

Mein Dozent redet über verschiedene Wissenschaftstheorien. Ich schreibe einiges davon mit, blicke ein paar Mal aus dem Fenster und erwische mich dabei, wie ich in Gedanken versinke. Manchmal frage ich mich, weshalb ich überhaupt zu der Vorlesung gehe. Man kann es sich die Zusammenfassung immer digital herunterladen. Der Dozent redet.

10 Minuten sind um. In meinem Knie taucht das übliche Zwicken auf. Ich bleibe starr sitzen und versuche es so gut es geht nicht zu bewegen. Bewegung macht es nämlich immer schlimmer.

20 Minuten. Ich rutsche auf meinem Stuhl hin und her und drehe mein Bein in sämtliche Richtungen. Doch das Zwicken hört nicht auf. Deshalb rutsche ich auf dem Stuhl hinunter, bis mein Knie den Stuhl vor mir berührt. Es bringt nichts.

30 Minuten. Dem Dozenten höre ich schon lange nicht mehr zu. Ich bin viel zu sehr damit beschäftigt, mein Bein so zu bewegen, dass das Blut anders zirkuliert. In meinem Knie pocht es jetzt zum Rhythmus meines Herzschlags. Ich hebe mein Bein hoch, doch mache es dadurch nur noch schlimmer.

40 Minuten. Mein Knie tut weh. Ich habe alle Möglichkeiten ausprobiert. Wenn ich das Bein streckte, dann stoße ich an die Stuhlkante vor mir. Die Kommilitonin hat sich aufgrund der Unruhe, die ich verursache, schon einige Male umgedreht. Ich weiß nicht mehr was ich machen soll. Ich sitze still da und halte es aus. 50 Minuten. Ich kann mich kein bisschen mehr auf Vorlesung konzentrieren. Mein Knie schmerzt und es pocht wie verrückt. Irgendetwas muss mit der Kniescheibe echt nicht in Ordnung sein. Morgen will ich zum Arzt gehen. Nur noch zehn Minuten. Sie kommen mir wie Stunden vor. 60 Minuten. Der Dozent spricht seinen letzten Satz. Die Stunde ist beendet. Um mich herum packen meine Kommilitonen ihre Sachen ein und erheben sich von ihren Sitzen. Endlich. Ich springe auf, der Schmerz in meinem Knie verschwindet abrupt.

Doch ich kippe.

Ich kippe ohne Halt zur Seite und knalle auf den harten Plastikboden. Ich versuche aufzustehen. Jemand reicht mir seine Hand. Ich ziehe mich an ihm hoch. Der freundliche Student nickt mir zu und drückt mir die Gehstützen in die Hand. Ich blicke an mir herab und sehe meinen Oberschenkelstumpf.

Ballon

Holger versucht seinen viel zu vollen Löffel in den Mund zu schieben, während Marion ihn kritisch beobachtet. Einige Haferflocken fallen von Holgers Löffel in die Müslischüssel, sodass Milch auf sein Handy spritzt.

Marion schüttelt ungläubig den Kopf. Sie kann nicht verstehen, wie ihr Mann in jeder freien Minute auf dieses Ding gucken kann. Die Lage zwischen den beiden ist schon eine ganze Weile angespannt gewesen, aber seit er sich ein Mobiltelefon gekauft hat, ist er nicht mehr der selbe.

Die Anfang fünfzigjährige Frau hat das Gefühl, dass er sie betrügt und mit dem Flittchen per Handy in Kontakt steht. Aber einen Beweis hat sie noch nie gefunden. So ein Misstrauen sollte es in einer Beziehung nicht geben, aber manchmal fährt Holger am Abend weg und erzählt von einem neuen Hobby, für das er sich früher nie interessiert hat. Tischlern, Basketball, Politik. Doch Marion glaubt ihm nicht. Sie vermutet, dass er sich in dieser Zeit mit einer Affäre trifft.

Gestern Abend haben sie darüber gestritten. Marion wollte das Handy von Holger haben, um zu überprüfen, mit wem er so schreibt. Sie hätte nicht jede einzelne Nachricht überprüft, sondern hätte nur nach einem auffälligen Kontakt gesucht. Und Holger hat es nicht zulassen wollen. Natürlich, eine gewisse Privatsphäre steht jedem zu, auch in einer zwanzig jährigen Beziehung, aber das hat Marion schon sehr kritisch gemacht und verunsichert.

Nachdem Holger ohne auch nur ein Wort zu sagen sein Müsli aufgegessen hat, steht er auf und macht sich für die Arbeit fertig. Sie hasst es, wenn er so mit ihr umgeht. Klar, ist er wütend, aber ihr Verdacht ist nun einmal da und es wäre ein Leichtes diesen Konflikt aus der Welt zu schaffen. Er muss einfach nur seiner Frau das Handy zeigen.

Marion bleibt noch länger am Tisch sitzen und denkt über alles nach, bis sie die Haustür zuknallen hört und sieht, wie Holger in sein Auto aussteigt. Dann fällt ihr auf, dass er sein ein und alles, sein Lebenselixier, einfach auf dem Tisch hat liegen lassen.

Marion braucht gar nicht lange darüber nachzudenken. Sie schnappt sich das Handy, reißt die Haustür auf und stoppt ihren Mann, der gerade aus der Ausfahrt fahren will. Sie hätte das Handy behalten können. Sie hätte einfach alle Kontakte kontrollieren können. Doch sie will auch, dass Holger ihr es von sich aus zeigen würde. Außerdem hat sie nach dem Wutanfall von gestern Abend noch etwas gut zu machen.

Marion öffnet die Fahrertür und hält ihrem Mann das Handy hin. Er greift danach und nickt ihr zu. Doch in diesem Nicken steckt soviel mehr. So viele unausgesprochene Worte, die gesund für die Beziehung sind.

Du bist eine gute Frau. Du bringst mir mein Handy, weil du weißt, dass es mir viel bedeutet, obwohl du es auch einfach behalten hättest können, um mich zu kontrollieren. Ich danke dir für dein Vertrauen, Marion. Ich liebe dich.

»Fahr vorsichtig«, murmelt sie. »Und steck' das doofe Ding während der Fahrt weg.«

»Danke, mein Schatz. Mach ich.«

Mit einem Lächeln im Gesicht fährt Holger aus der Ausfahrt heraus und verschwindet hinter den Nachbarhäusern. Marion sieht ihm noch einige Zeit lang nach, obwohl er schon längst nicht mehr zu sehen ist. Dann blickt sie nach oben und sieht den großen Heißluftballon oben am Himmel. Er fliegt dort jeden Tag entlang, macht Werbung für irgendetwas. So genau hat sie da noch nie hingeguckt.

Dann dreht sie sich um und geht zurück ins Haus. Tief im Inneren weiß sie, dass es die richtige Entscheidung gewesen ist, ihrem Mann das Handy zu bringen. Doch trotzdem zerreißt dieses Unwissen ihre Nerven.

Sie hat heute frei, der Mittagsdienst in dem Kindergarten, in dem sie arbeitet, fällt heute aus.

Später am Tag klingelt es an der Tür. Marion öffnet und vor ihr stehen zwei Polizisten, die sie mit ernster Miene angucken. Sie kennt diese Situation. Sie hat es zwar noch nie in echt erlebt, aber in Filmen ist es oft so, dass zwei Polizisten zu jemanden nach Hause kommen, wenn ein Familienmitglied verstorben ist.

»Sind Sie Marion Hildebrandt?«, fragt einer der Polizisten.

Marion starrt für einen Moment an den Beamten vorbei. Sie muss es wissen. Sofort.

»Ist er tot?«, fragt sie mit bebender Stimme.

Die beiden Polizisten blicken sich für einen Moment an.

– Sollen wir es ihr sagen, Manni?

– Keine Ahnung, wir haben ihre Identität noch gar nicht geprüft.

– Aber wenn sie so direkt fragt, dann wird sie es sicher schon ahnen. Das macht doch keine außenstehende Person.

Dieses Gespräch kann Marion aus dem kurzen, verunsicherten Blick ablesen.

»Ja«, sagt schließlich der andere Polizist. »Es tut uns sehr Leid Ihnen mitteilen zu müssen, dass Ihr Mann, Holger Hildebrandt, bei einem Verkehrsunfall verstorben ist. Es ist ein gewaltiger Aufprall gewesen und die Mediziner sind sich sicher, dass er nicht lange-«

»Wie ist er gestorben?«, unterbricht Marion den Beamten mit einer kalten Stimme. In ihrem Kopf herrscht einfach nur Leere. Keine Trauer, kein Schock, einfach nur ein großes, schwarzes Nichts.

»Er ist mit seinem Wagen kurzzeitig in die Gegenfahrbahn geraten und frontal gegen ein anderes Fahrzeug gestoßen.«

Marion nickt. Natürlich ist es Holgers Schuld gewesen. Bestimmt hat er mitten während der Fahrt auf sein Handy geguckt und nicht bemerkt, dass er immer weiter auf die andere Seite abgedriftet ist. Es ist ein unnötiger, verhinderbarer Tod. Hat sie vielleicht sogar Schuld? Wäre sie heute eine nicht so rücksichtsvolle Frau gewesen und hätte das Handy einfach liegen gelassen, dann würde er bestimmt noch leben.

»Ist die Person in dem anderen Fahrzeug auch tot?«, fragt sie weiter. Ihre Stimme ist nicht mehr so kalt wie vor wenigen Sekunden. Ein Beben schwingt bei jedem Wort mit.

»Nein, die andere Person konnte mit einigen Knochenbrüchen geborgen werden, ist aber außer Lebensgefahr.«

»Gut, danke«, murmelt Marion, die bemerkt, dass ihr langsam die Tränen in die Augen steigen. Sie versucht die Tür zu schließen, doch einer der Polizisten hält sie auf.

»Wir haben noch ein paar Flyer mitgebracht. Telefonnummern an wen Sie sich wenden können. Bestatter, jemanden zum Reden und so weiter.«

Dieses Mal antwortet Marion nicht mehr, sondern nickt nur noch. Sie hat Angst, dass sie bei dem nächsten Wort die Trauer in ihrer Stimme hört und dadurch automatisch zu weinen anfangen würde.

Die Polizisten verabschieden sich wieder und nicken ihr aufmunternd zu. Diese Geste erinnert an den heutigen Morgen, als

Holger ihr noch zugenickt hat. Als es kein größeres Problem gegeben hat, als eine eventuelle andere Beziehung. Jetzt wünscht sie sich, dass sie sich mit diesem Kleinkram herumschlagen könnte. Marion weiß nicht warum, aber anstatt sich umzudrehen bleibt sie im Türrahmen stehen und blickt in der Nachbarschaft umher. Die Sonne geht gerade unter und vor ihr schwebt der Heißluftballon. Dieses Mal liest sie, was darauf steht. Bringen Sie Ihre Liebsten zurück in Ihr Leben. Vita Helium.

Es vergehen einige Tage, in denen Marion hauptsächlich damit beschäftigt ist, die Bestattung zu organisieren und die Familie und Bekannten zu informieren. Für richtige Trauer ist noch keine Zeit gewesen. Abends hat sie zwar sehr wenig Schlaf finden können, aber geweint hat sie nie.

Außerdem hat sie sich über Vita Helium im Internet erkundigt. Es hört sich zwar alles sehr abstrus an, aber trotzdem will sie es ausprobieren. Das Unternehmen wirbt damit, das Gesicht und den Geist eines Verstorbenen in einen Ballon zu transferieren. Dafür braucht es nur die DNA von dem Verstorbenen. Es kostet nicht einmal was, da es sich noch in der Testphase befindet und die DNA-Proben Bezahlung genug seien.

Auch wenn sie den Körper von Holger nach jenen Morgen nie wieder gesehen hat, fällt ihr trotzdem eine Idee ein, wie sie an seine DNA kommt. Sie geht ins Schlafzimmer und sucht das Kopfkissen akribisch nach jedem einzelnen Haar ab. Die meisten sind von ihr, aber die paar, die ihr Mann verloren hat, legt sie in eine kleine Schachtel.

Am nächsten Tag fährt Marion mit der Schachtel unter dem Arm zu dem Labor von Vita Helium. Sie wird freundlich begrüßt und ein junger, sehr energischer Mann im weißem Kittel führt sie herum.

Jegliche Räume sind derartig beleuchtet, dass es an den weißen Wänden, Decken und Fluren keinen Schatten gibt. Marion kommt sich wie in einem Raumschiff vor. Der Doktor erklärt ihr die Prozedur und die Geräte, doch Marion hört kaum zu. Für sie ist das Ziel wichtig, nicht der Weg. Sie interessiert es nicht, wie dieser Transfer ablaufen wird. Außerdem glaubt sie sowieso nicht daran, dass es klappt, aber versuchen will sie es.

Irgendwann führt der Doktor sie in ein Wartezimmer und verspricht ihr, dass die Umwandlung maximal zwei Stunden in Anspruch nimmt. Bald würde sie mit Holger wieder reden können.

Marion hat sich eigentlich vorgenommen gehabt, sich keine Hoffnungen zu machen, doch je länger sie in dem Wartezimmer sitzt, desto höher steigt die Vorfreude, wieder mit ihrem Mann sprechen zu können.

Ihr Herzschlag wird nach und nach schneller und sie beginnt zu frieren. All das sind Anzeichen, wie aufgeregt sie tief im Inneren ist. Äußerlich wirkt sie allerdings entspannt, sitzt mit gefalteten Händen und geradem Rücken auf einem der Sessel und summt vor sich hin.

Nach zwei Stunden ist es endlich so weit. Der Doktor betritt wieder den Raum und bittet Marion mit ihm zu kommen. Sie wird in ein kleines, fensterloses Zimmer geführt, in dem nur ein Tisch und zwei Stühle stehen.

Sie soll sich setzen, den Stift, der auf dem Tisch liegt in die Hand nehmen und die Papiere unterschreiben. Es sind Verzichtserklärungen, die das Unternehmen bei jeglichen Fehlschlägen oder Nebenwirkungen juristisch unangreifbar machen. Da Marion nicht vor hat eine Firma zu verklagen, die mit dem absolut unrealistischem Projekt wirbt, tote Menschen in Ballons zu transferieren, unterschreibt sie die Papiere. Der Doktor nickt zufrieden und verschwindet für einige Minuten.

Marion fühlt sich so an, als würde sie zerreißen. Sie ist unfassbar angespannt, kalter Schweiß bildet sich an ihren Händen und sie reibt sich alle paar Sekunden die Nase, ein kleiner Tick, den sie schon als kleines Mädchen gehabt hat, als sie vor der Klasse Referate halten musste.

Nach einigen Minuten, die Marion wie Stunden vorkommen, betritt der junge Doktor das Zimmer. Neben ihm schwebt ein hautfarbener Ballon an einer Schnur. Marion steht auf und schlägt ihre Hände über ihrem Mund zusammen, als sie das Gesicht von Holger erkennt. Ihre Augen füllen sich mit Tränen und die Freude, die sie verspürt ist nicht zu beschreiben.

Der Doktor bindet den Ballon an dem anderen Stuhl fest.

»Ich lass Sie beide für einige Zeit alleine«, sagt er, während er den Raum verlässt.

Für eine weitere Minute ist es still im Raum. Dann bricht Marion ihr Schweigen.

»Bist du es wirklich?«, fragt sie mit bebender Stimme. Das Gesicht auf dem Ballon fängt an zu grinsen. »Ja, mein Schatz. Ich bin es wirklich.« Marion geht um den Tisch herum und stellt sich direkt vor den Ballon. »Und wie geht es dir? Wie fühlst dich?« »Es ist ein merkwürdiges Gefühl. Unerklärlich, denke ich. Ich meine, sieh mich an, ich bin ein verdammter Ballon.« »Du bist der wunderschönste Ballon, den ich kenne«, flüstert Marion. Es ist etwas so eigenartiges, etwas so besonderes ihren Mann wieder sehen und hören zu können. Sie hat damit schon abgeschlossen gehabt. Hat sich Bilder und Videos angeguckt. In einem Menschen verändert sich etwas, wenn ein naher Vertrauter stirbt. Es muss sich damit abgefunden werden, dass man diese Person nie wieder sehen und hören und fühlen kann. Doch hier und jetzt ist es nicht so. Hier hat Marion die Chance immerhin das Gesicht von ihrem Mann zu sehen, seine Stimme zu hören und ihn sogar anzufassen.

Seine Haut fühlt sich merkwürdig gummiartig an, doch das ist ihr egal. Hauptsache ihr Mann ist wieder da.

»Die Nachbarn werden ganz schön doof gucken, wenn du mit einem Holgerballon nach Hause kommst«, scherzt er.

Marion schnieft und wischt sich die Tränen aus den Augen. »Ja, wahrscheinlich.«

Nach einer halben Stunde betritt der Doktor wieder den Raum. Er drückt Marion noch ein paar Zettel in die Hand, die sie in den nächsten Tagen ausfüllen soll. Forschungsdokumente über den Ablauf. Außerdem gibt er ihr ein paar Informationen mit. Keine spitzen Gegenstände in der Nähe des Ballons, bei Kindern und Tieren unfassbar aufpassen. Und der Holgerballon muss immer gut festgehalten werden, sonst steigt er durch das Helium in die Lüfte und wäre für immer verloren.

Auf die Frage, was denn mit dem Ballon passieren würde, wenn Marion stirbt, kann der Doktor nur eine vage Antwort geben. Vermutlich wird Holger eingeschmolzen. Beide sind damit einverstanden.

Die nächsten Wochen verbringen Marion und Holger so gut wie jede freie Sekunde miteinander. Sie nimmt den Ballon überall mit hin. Zum Frühstücken wird Holger an einen Stuhl gebunden und sie lachen und reden miteinander, während Marion ihre Brote isst. Manchmal nimmt sie ihren Mann sogar in den Kindergarten. Natürlich hat sie allen Kindern gesagt, dass sie sehr vorsichtig sein müssen und sie Holger nicht anfassen dürfen.

Zusammen mit ihrem Mann erzählt sie den Kindern spannende und romantische Geschichten aus ihrer Beziehung, während die Kinder im Halbkreis um sie herum sitzen und konzentriert lauschen.

So gerne Marion den Ballon auch beim Schlafen im Bett haben wollen würde, so finden beide es zu gefährlich. Was, wenn Marion ihren Mann zu sehr umarmt oder sich im Schlaf aus Versehen auf ihn rauf rollt. Doch bei einigen Dingen im Bett kann Holger trotzdem noch aushelfen. Beim Lecken fühlt sich seine Zunge wie ein warmer, feuchter Gummihandschuh an. Ein wunderschönes Gefühl, wie Marion findet.

Obwohl sie soviel Macht über ihren Mann hat, kommt es zu keinem Streit und Holger fühlt sich nicht wie ein Haustier. Wenn er sagt, dass er bei manchen Dingen ungern mitkommt, dann lässt Marion ihn auch ohne Diskussion zu Hause. Das ist wichtig für die beiden. Holger soll sich nicht so fühlen, als wäre sein einziger Lebenszweck, Marion zu bespaßen.

Doch irgendwann klingelt es an der Tür. Marion ist gerade dabei gewesen die Wäsche zu waschen, für Holger hat sie eine Auswahl an verschiedenen Mützen gekauft, die sie dem Ballon aufsetzen kann. Sie lässt von der Arbeit ab und öffnet.

Vor ihr stehen zwei bekannte Gesichter. Es sind die beiden Polizisten, die auch schon bei ihr waren, als sie Marion über Holgers Tod in Kenntnis gesetzt haben. Einer der Polizisten trägt einen Plastikbeutel in der Hand.

»Guten Tag, die Herren«, begrüßt Marion sie. »Wie kann ich Ihnen helfen?«

»Guten Tag. Wir haben ein paar Sachen von Ihrem Mann. Sie mussten bei uns im Labor noch untersucht werden, aber werden nun nicht weiter gebraucht. Vielleicht können Sie etwas damit anfangen.«

Der Polizist reicht Marion den Beutel.

»Und das war es eigentlich auch schon. Kommen Sie klar mit Ihrem Verlust?«

Marion, die einen kurzen Blick in die Tüte gewagt hat, blickt erschrocken auf. Ihre Neugier lässt sie alles um sich herum vergessen. »Ja, ja. Natürlich. Danke für das Herbringen.«

»Kein Problem, das ist unser J-«

Marion schließt die Tür den beiden Polizisten direkt vor der Nase und geht in die Küche. Holger ist gerade im Schlafzimmer am Bett festgebunden und guckt Fernsehen. Bestimmt hat er nicht einmal bemerkt, dass jemand geklingelt hat.

Sie öffnet den Beutel und holt den Inhalt heraus. Hauptsächlich sind es Kleidungsstücke. Ein paar Dinge, die ihr Mann bei seinem Tod getragen hat. Außerdem sein Handy.

Durch den Fund werden ihr die Erinnerungen vor dem Unfall ins Leben gerufen. Der Streit, das Misstrauen, das ungeklärte Problem. Sie kann es jetzt lösen. Aber sollte sie es auch? Sie könnte das Handy einfach zertrümmern und niemals erfahren, ob Holger eine Affäre gehabt hat, oder nicht. Das Leben wie es jetzt ist würde ganz normal weiter gehen. Sie wäre glücklich.

Doch sie muss es wissen. Sie muss einfach in Erfahrung bringen, ob ihr Mann etwas am Laufen gehabt hat. Sie würde es nicht ertragen können mit einem widerlichen Lügner unter einem Dach zu leben, auch wenn diese Person nur noch ein Gesicht auf einem Ballon ist.

Sie schaltet das Handy an und scrollt durch die Kontakte. Arbeitskollegen, alte Schulfreude, Familie und plötzlich der Name Sophia. Auf dem Profilbild erkennt sie eine Blondine, die vielleicht zwanzig Jahre alt ist. Gut dreißig Jahre zu alt für ihren Mann. Sie kennt niemanden der so heißt, obwohl sie jeden kennt, der mit ihrem Mann zu tun gehabt hat.

In ihr steigt ein ungutes Gefühl auf und sie klickt nur zögernd auf den Button, der das Chatfenster öffnet. Seit dem Tag von Holgers Tod nur zwei Nachrichten.

»Alles okay?« und »Hey, melde dich doch.«

Marion muss schlucken und beginnt zu zittern, als sie weiter scrollt.

Eine Nachricht von ihrem Mann an Sophia.

»Mhh, du geiles Biest. Warte nur auf heute Abend, dann werde ich dir die Kleidung vom Leib reißen.«

Und die Antwort von Sophia.

»Ich kann es kaum abwarten, du Hengst.«

Als wäre es nicht schon offensichtlich genug, scrollt Marion weiter, liest die Nachrichten von Holger , seine Sexphantasien mit dem Flittchen und die nicht weniger erotischen Antworten von Sophia. Dann öffnet sie den Bilderordner und erstarrt vollständig.

Es sind dutzende Fotos. Bilder von Holger, wie er nackt vor dem Spiegel sein bestes Stück präsentiert. Bilder von Sophia, von ihrem glatten, makellosen Körper. Und sogar Bilder zusammen, wie sie sich küssen und begrapschen.

In Marion steigt ein nie gekannter Zorn auf. Sie hat Recht gehabt, sie hat die ganze Zeit Recht gehabt und trotzdem weiter dieses Arschloch geliebt. Wütend stürzt sie in das Schlafzimmer und packt die Schnur, an der Holger hängt.

Ohne überhaupt zu begreifen was passiert, wird Holger nach draußen gezogen. An die frische Luft. An den freien Himmel.

»Du verficktes Arschloch! Wie kannst du es wagen mir fremd zu gehen?«, schreit sie ihn an.

Holger sieht verblüfft aus. Ein Funken von Ungläubigkeit glänzt in seinen gummiartigen Augen.

»Wie hast du-. I-ich wollte mit dir darüber reden, ehrlich. Es ist kompli-«, stottert er, wird aber ruppig von Marion unterbrochen.

»Ich kann nicht mit jemanden unter einem Dach leben, der mich so betrogen hat.«

Ihre Stimme ist viel ruhiger geworden. In den Worten schwingt etwas Todernstes mit, etwas Endgültiges. Sie lockert den Griff um die Schnur.

»Marion, nein, bitte. I-ich … «

Holgers Stimme bricht, als Marion ihn los lässt. Panik strahlt aus seinen Augen und er beginnt zu schreien, als er mehr und mehr an Höhe gewinnt.

Marion bleibt unten stehen und beobachtet ihn. Er hat es nicht anders verdient. Holger wird kleiner und kleiner, bis er nur noch ein kleiner Punkt am Himmel ist. Irgendwann kann Marion nicht einmal mehr seine Schreie hören. Dann ist er verschwunden.

Marion atmet auf. Jetzt geht es ihr besser. Fremdgehen ist das Schlimmste, was man einer Person antun kann. Wenn man merkt, dass man Fremdgehen will, dann stimmt etwas mit der Beziehung nicht. Er hätte mit Marion reden können. Er hätte sich von ihr trennen können, bevor er seine Wurst in eine andere gesteckt hätte.

Doch er hat es vorgezogen sie zu hintergehen, ihr Vertrauen zu missbrauchen und sich mehrere Optionen offen zu halten. Was für ein Feigling.

Einige Wochen später ist Marion mit ein paar Kindern auf dem Jahrmarkt in der Stadt. Sie essen Zuckerwatte und fahren Karussell und als einer der Kinder fragt, ob es sich bei dem Verkäufer einen Ballon kaufen darf, sagt sie nicht nein.

Doch als das Kind wieder kommt und den Ballon mit der Clownsfratze vor Marions Gesicht hält, erinnert sie sich an Holger. Wie er Ewigkeiten durch die Luft geflogen sein muss. Vielleicht hat er sich irgendwann, als das Helium nicht mehr richtig gewirkt hat, in einen Baum verfangen. Vielleicht wurde er von einem Flugzeug oder Vogel erwischt.

Sie starrt in die leblosen Augen des aufgedruckten Clowns. Sie scheinen sich zu bewegen. Genauso wie der Mund.

»Fick dich, Marion. So ein Schicksal verdiene ich nicht. So ein Schicksal verdient niemand.«

Die Worte schwirren in Marions Kopf umher. Schlagen auf ihr Gewissen ein. Es ist nicht einfach nur ein Ballon, den sie losgelassen hat. Es ist ein Mensch gewesen, mit Gefühlen, mit Gedanken, mit Bedürfnissen. Sie weiß nicht wo Holger jetzt ist, wie es ihm geht.

Dann schnellt ein Gedanke durch ihr Hirn. Wie soll Holger in der freien Natur sterben und erlöst werden? Sie blinzelt einige Male, bis sie es erkannt hat.

Gar nicht. Gummi hält einige Millionen Jahre, bis es sich zersetzt.

Sie greift wie in Trance nach dem Ballon, der nun geifernde Laute von sich sich gibt, und drückt ihre Fingernägel tief in das Gummi. Mit einem lauten Knallen zerplatzt der Ballon.

Für ein paar Sekunden ist es ruhig, dann rennt das Kind weinend zu einem anderen Kindergärtner. Marion betrachtet den zerstörten Ballon auf dem Boden. Er ist zerknittert und es riecht für einen Augenblick merkwürdig.

Das ist auch Holgers Schicksal. Zerstört irgendwo herumliegen und auf den Untergang der Welt warten. Allein gelassen mit seinen

Gedanken. Ohne die Chance gehabt zu haben sich zu entschuldigen oder zu rechtfertigen. Das hat Marion nicht gewollt.

Sie spaltet sich von der Kindergartengruppe ab und macht sich auf den Weg. Sie geht irgendwo hin, denn irgendwo wird sie anfangen nach Holger zu suchen. Sie kann nur hoffen, dass sie ihn in den zwanzig bis dreißig Jahren, die sie vermutlich noch lebt, findet und ihren Fehler wieder gutmachen kann.

Regenwurm

Der Regenwurm liegt auf dem harten Lehmboden und windet sich in seinen Schmerzen. Die Regenwolken sind an ihm vorbeigezogen und so liegt er nun ohne Schutz und ganz alleine auf der Erdoberfläche, während sich die unerträglichen Sonnenstrahlen immer tiefer in sein Fleisch brennen. Er merkt, wie seine Haut nach und nach austrocknet und er sich zu pellen beginnt. Gerade eben hat er sich noch durch die weiche Erde gewühlt, sein Leben ist in Ordnung gewesen. Doch irgendetwas hat ihn gezwungen, ja fast schon befohlen, an die Oberfläche zu gehen. Es ist anstrengend gewesen die getrocknete, mexikanische Erde zu durchbrechen. Hier oben ist es staubig und trocken und der Regenwurm weiß, dass er hier verenden wird.

Plötzlich hört er ein Rumpeln, ein Donnern, die Erde unter ihm fängt an zu Beben und sich zu bewegen. Es wird immer stärker und stärker. Das Letzte, was der Regenwurm bemerkt, ist, wie sein Körper von irgendetwas Hartem zerdrückt wird. Es tut nicht weh und geht ganz schnell. Es ist eine Erlösung für den Regenwurm.

Das Harte, dass den Regenwurm getötet hat, ist der Huf von Santiago, dem Pferd von Juan. Wie ein Wahnsinniger gibt er seinem Reittier die Sporen, treibt sich damit immer weiter voran. Die Schrotflinte, die er sich mit einem Ledergurt um die Schulter gelegt hat, klappert bei jedem Schritt. Für ihn es aber kein Vorankommen, sondern eher ein Weglaufen. Weg von dem Regen, weg von den grauenhaften Geschehnissen. Das gesamte Fort, in dem Juan stationiert gewesen ist, ist von dem Regen vernichtet worden. Alle sind tot. José, Miguel, Alejandro. Sogar General Pecado, einer der größten mexikanischen Kriegshelden hat es nicht kommen sehen. Er hat die letzten Minuten seines Lebens auf dem Boden gelegen, geweint und nach seiner Madre gerufen.

Es trifft sich gut, dass der Boden hier trocken ist, dadurch kann Santiago ohne Probleme galoppieren. Nur die unerträgliche Hitze gibt Juan zu Bedenken. Er weiß, dass etwa drei Meilen westlich von ihm eine größere Stadt liegt.

Doch diese wird er nicht besuchen, nicht solange er die Regenwolken am Horizont sehen kann. Es ist viel zu gefährlich sich noch einmal dieser Gefahr auszusetzen.

Also reitet er auf seinem Pferd weiter Richtung Süden. Um ihn herum sieht er nur die immer gleiche Steppe. Grau-gelber, staubiger Lehmboden, hin und wieder ein paar Gesteinsbrocken und Büsche. Und das alles für mehrere Stunden.

Nach und nach bemerkt er, wie Santiago langsamer wird. Ihm hängt die Zunge aus dem Maul und in seinen Augen fangen an sich tiefrote Adern zu bilden. Die Pupille wird immer kleiner und der nun riesig wirkende, weiße Augapfel verstört Juan. Er will sich gar nicht ausmalen, wie viel Kraft es seinem Pferd kostet, nicht zusammenzubrechen.

Glücklicherweise ist Juan weit genug gekommen. Am Himmel kann er nur die raue Spätmittagssonne erkennen. Ansonsten weit und breit nur das hellblaue Nichts. Keine Wolke, keine Gefahr.

Am Abend kommt er in einer Stadt an. Sie hat vielleicht zwanzig Häuser. Aber auf jeden Fall eine Bar. Juan bindet Santiago an einen der Pfosten an und fragt den Barkeeper nach ein wenig Verpflegung für ihn und sein Pferd.

Doch als der hilfsbereite Mann mit Juan nach draußen geht, liegt Santiago auf dem harten Boden. Seine Augen sind verdreht und die Zunge, die sich in ein ungesundes violett verfärbt hat, hängt ihm zentimeterweit aus dem Maul.

Der Barkeeper und einige andere helfen Juan dabei die Leiche des Pferdes zu dem Außenbezirk des Dorfes zu tragen. Im Morgengrauen soll eine Grube ausgehoben werden, in der Santiago begraben werden soll, damit er keine Ratten und Geier anlockt.

Betrübt kehrt Juan in das Gasthaus ein, trinkt ein paar Gläser Bier und kauft bei dem Pferdehändler, der zufälligerweise ebenfalls in der Bar sitzt, ein neues Pferd. Er muss es unbedingt zum nächsten Militärstützpunkt schaffen, um die anderen zu warnen und um zu erzählen, dass eine gesamte Kompanie, ein ganzes Fort in wenigen Minuten leergefegt worden ist.

Am nächsten Morgen steht Juan vor dem Gasthaus und wartet auf den Pferdeverkäufer. Ein Kind läuft an ihm vorbei, hockt sich auf den Boden und begutachtet etwas.

Juan beobachtet den Jungen, wie er freudestrahlend zu seiner Mutter läuft und sagt: ›Guck mal, Madre, ein Regenwurm.‹ Ein eiskalter Schauer läuft ihm über den Rücken.

So hat es gestern auch angefangen. Zuerst kamen die Regenwürmer an die Oberfläche.

Juan blickt nach oben, kontrolliert jede Himmelsrichtung und erstarrt. Vom Norden her rollt eine graue Wolkenwand auf die Stadt zu. Man kann nur bis zu den Wolken blicken, dahinter fallen offenbar dicke Regentropfen und verschleiern die Steppe, die langsam von dem Unwetter gefressen wird. Dieses Mal gibt es kein Entkommen vor der Säure. Im Fort hat sie sich durch alles durch geätzt. Durch die Stoffe der Zelte, durch Holz, sogar durch Stein. Juan wird die Gesichter seiner Kompadres niemals vergessen. Das Fleisch ist ihnen bis zu den Knochen weggeätzt worden. Sie haben geschrien, die ätzende Flüssigkeit dabei geschluckt, in ihre Organe vordringen lassen. Juan weiß nicht, wie er es geschafft hat zu entkommen. Es muss alles ein glücklicher Zufall gewesen sein, dass gerade er die Pferde beaufsichtigen sollte und daher sofort fliehen konnte.

Die Pfützen auf dem Boden, die sich mit dem Blut und den auflösenden Körperteilen vermischt haben, haben wie Schwefel gerochen. Wie die Hölle. Es muss ein Teufelswerk sein.

Während die Kinder in der Stadt sich bis auf die Unterwäsche ausziehen und sich darauf freuen im Regen tanzen zu können, geht Juan zurück in das Gasthaus. Er weiß, dass das Dach kein sicherer Schutz sein wird.

Er geht zurück in sein angemietetes Zimmer, in denen er noch seine Sachen liegen hat und greift nach der Schrotflinte. Ein kurzer Blick aus dem Fenster. Die Wolkenwand ist jetzt direkt über der Stadt.

Er steckt sich den Lauf der Flinte in den Mund, zählt von drei herunter und sagt in Gedanken noch ein letztes Gebet auf. Dann drückt er ab.

Doch er stirbt nicht. Ein merkwürdiges Gefühl breitet sich in seinem Mund aus. Er nimmt die Schrotflinte aus dem Mund und spuckt auf den Boden. Vor ihm windet sich ein halbes Dutzend Regenwürmer auf dem Holzboden. Sie müssen wohl in die Waffe gekrochen sein, um vor dem Regen zu fliehen. Draußen hört Juan die ersten Kinder schreien.

Autorität

»Sei endlich still!«, schrie Markus Daniel an. Er mochte es nicht seinen Sohn anzuschreien. Aber als Vater muss man in bestimmten Situationen einfach Autorität zeigen. Als seine ehemalige Freundin schwanger wurde, hätte er sich nie vorstellen können, dass sein Sohn irgendwann so aufmüpfig wird. Schon seit zwei Stunden schrie und kreischte Daniel ununterbrochen. Markus schob dieses gestörte Verhalten auf die Erziehung seiner Ex. Er durfte Daniel nur zwei Mal im Monat sehen. Und anstatt ein paar schöne Stunden zu verbringen, legte Daniel sich auf sein Bett und lärmte herum. Markus blickte Daniel grimmig an. »Autorität zeigen. Das ist das Wichtigste in der Erziehung«, murmelte Markus vor sich hin und schnitt dem zappelnden Säugling den letzten Finger ab.

Die Großmütter

Der Bahnhof in Hamburg war voll, aber auf seinem Bahnsteig war zum Glück nicht viel los. Ein einziger, halb aufgegessener Burger auf dem Boden leistete ihm Gesellschaft. Man hörte, wie die Sauce sich mit dem Staub vermischte und die Fliegen mit ihren Reißzähnen Fleischstücke aus der grauen Boulette herausrissen. Er stieg in den Zug. Die Fahrt nach Wien dauerte einige Stunden und als er am Wiener Hauptbahnhof ankam, musste er umsteigen, denn der Zug fuhr nicht weiter in die Berge.

Seinen Urlaub damit zu verbringen in die Berge zu fahren und wandern zu gehen, war immer die beste Beschäftigung gewesen. Dieses Mal wollte er durch verschiedene Höhlen wandern und auch klettern.

In einem kleinen Dorf mitten in den Bergen hatte er sich ein Ferienzimmer gemietet. Als er ankam, begrüßte ihn eine ältere Frau mit ihrem Mann. Die Schlüssel wurden nach einigen Freundlichkeiten übergeben und das Ehepaar fuhr weg.

Er stellte seinen Koffer in den Flur, bezog sein Bett und packte aus. Er hatte Sicht auf das gesamte Tal, das unter ihm lag. Von der Reise erschöpft kochte er sich schnell Nudeln und Hummer und ging danach schlafen. Am nächsten Tag wollte er seine erste Höhlenwanderung machen.

Am folgenden Morgen fuhr er mit einem Taxi in die Innenstadt des kleinen Dörfchens. Glücklicherweise hielt das Taxi genau vor seiner Ferienwohnung. Dort ging er in das Kulturhaus und suchte sich eine Führung aus.

Wenige Minuten später saß er in einem kleinen Reisebus, mit zwanzig-dreißig anderen, und fuhr zu einer Höhle. Das Wetter war gut. Der Führer ging voran und die anderen hinterher.

In der Höhle liefen wegen der Feuchtigkeit vereinzelnd Tropfen von den Wänden und bildeten sich auf dem Boden zu einem Rinnsal. Außerdem hatte jeder einen Helm mit einer Lampe bekommen. Es bestand zwar, laut dem Führer, keine akute Einsturzgefahr, aber es könnte immer mal sein, dass die Höhle einstürzte.

Die Gruppe kam in einer großen Spalte an. Dort riefen alle hinein und waren von dem Echo begeistert. Dann ging die Gruppe weiter. Plötzlich fiel er hin und schrammte sich sein Knie auf. Er rappelte sich auf, putzte sich ab und bemerkte dabei, dass ein Schuh geöffnet war. Deshalb kniete er sich hin und schnürte ihn wieder zu.

Die Gruppe war währenddessen schon weiter gelaufen und hatte sein Fehlen nicht bemerkt. Deshalb versuchte er möglichst schnell hinterher zu kommen, doch die Schmerzen in seinem Knie verlangsamten ihn.

Irgendwann kam er an einer Sackgasse an. Er hatte keine weitere Abzweigung bemerkt, war daher ziemlich verwirrt. Doch als er sich hinsetzen wollte, um sich auszuruhen, da entdecke er eine kleine Öffnung in der Wand. Bestimmt hat sich die Gruppe dort durchgezwängt.

Er legte sich auf den Bauch und robbte nach und nach durch den engen Gang. Die Lampe erhellte genug, sodass er auch immer sah, wo er hin griff. Manchmal streifte ein scharfer Stein seinen Rücken. Er fluchte und fragte sich, wie es andere Besucher hier durch geschafft haben.

Zu seinem Glück vergrößerte sich das kleine Loch wieder. Er konnte wieder aufrecht stehen. Er tastete sich ab. Überall hatte er leichte Schürfwunden. Das hatte er davon, dass er unbedingt wandern gehen musste.

Ein kleiner Bach führte tiefer in den Berg hinein. Es war beeindruckend, dass er eine Wasserquelle gefunden hatte. In dem Reiseführer stand davon nichts. Er folgte dem Rinnsal, bis er in eine riesige Höhle kam. An den Wänden hingen Fackeln und es roch nicht gut. Irgendjemand hatte hier anscheinend seine Toilette aufgebaut.

Er suchte die große Höhle ab. Hinter einer Biegung fand er auch wieder Menschen. Das erfreute ihn.

Es waren alles alte Frauen. Sie wiegten sich in ihren Schaukelstühlen hin und her und blickten ihn mit müden Augen an. Als er sie begrüßte und fragte ob sie den Ausgang kennen würden, antworteten sie nicht, sondern starrten ihn unentwegt an.

Er wollte schon weiter gehen, doch die alten Frauen boten ihm Kekse an. Sie schmeckten frisch gebacken. Irgendwo war bestimmt eine Küche.

Einige der alten Damen, die ihn an seine Großmutter erinnerten, hatten Katzen auf dem Schoß. Sie deuteten ihm an, dass er die Katzen streicheln soll und da er ein tierlieber Mensch war, streichelte er die Katzen. Diese schnurrten und die Großmütter lächelten.

Die Großmütter zeigten irgendwann auf einen Kühlschrank, der in der Höhle stand. Er hatte ihn noch gar nicht bemerkt. Deshalb ging er hin und öffnete ihn. Dort war ein großer Krug mit Vanilleeis drin. Er nahm ihn raus und ging zu den Großmüttern zurück. Diese hatten Schokosauce in einer Flasche und einen Löffel mitgebracht. Das Eis schmeckte gut. Die Großmütter waren nett.

Plötzlich dröhnte eine Sirene durch die Höhle und hallte überall wieder. Er hatte so was mal in einer Dokumentation gehört. Das war Bombenalarm. Und das wussten die Großmütter.

Wie mechanisch standen sie auf und bewegten sich zu einem schmalen Gang. Sie schlurften. Sehr träge, sehr erschöpft. Die Katzen versteckten sich hinter dem Kühlschrank.

Der schmale Gang war ebenfalls mit Fackeln ausgeleuchtet. Eine Frau fiel irgendwann hin. Die anderen liefen über sie rüber und auch er half ihr nicht, denn er wollte nicht nochmal den Anschluss verpassen.

Der Gang endete vor einer Grube, die endlos in das Schwarz überging. Er konnte gerade noch so den Boden entdecken. Er war voll mit Knochen.

Die Großmütter stellten sich im Halbkreis um die Grube und hielten sich an den Händen. Sie schlossen die Augen und meditierten. Er hätte gerne gefragt, ob er noch etwas Eis haben dürfte, aber er wollte nicht stören.

Nach einigen Minuten waren die Großmütter mit dem Meditieren fertig und lösten sich voneinander. Dann blickten sie ihn an und zeigten in die Grube. Er war erschrocken, er wollte da nicht rein, aber Großmutter wollte das so. Die Großmütter verzogen ihre Münder und guckten ihn böse an.

Schließlich ging er an den Rand von der Grube. Dort rutschte er ab und fiel nach unten. Er schlug auf dem harten Skelettboden auf. Überall waren Schädel und andere menschliche Knochen.

Die Großmütter warfen noch eine Schüssel Eis hinterher. Dann drehten sie sich um und gingen weg. Die Fackeln erloschen. Von den Wänden liefen einige Tropfen hinunter. Aber immerhin hatte er eine Schüssel Vanilleeis. Er vermisste seinen Löffel.

Dating App

Fabian Gröhnwitz sitzt in einem der vielen Befragungsräume der Polizeistation. Irgendwann öffnet sich die Tür und ein Kommissar kommt herein. In einer Hand hält er ein paar Zettel, sowie einen Stift, in der anderen eine Tasse dampfenden Kaffee.

Kommissar Beck
    Kaffee?
Angeklagter Gröhnwitz
    Nein, danke.
Kommissar Beck
    Gut, dann nicht.
Kommissar Beck beugt sich über die Zettel und notiert sich ein paar Dinge
Kommissar Beck
    Sie wissen warum Sie hier sind?
Angeklagter Gröhnwitz
    Ich werde beschuldigt einen Mord begangen zu haben.
Kommissar Beck
    Ganz richtig. Wir haben Sie mit einem Messer in der Hand in Ihrer Wohnung gefunden. Sie haben vor einer Blutlache gekniet – laut Bericht waren das um die drei bis vier Liter Blut. Nur haben wir keine Leiche gefunden.
Angeklagter Gröhnwitz
    Es gibt auch keine Leiche.
Kommissar Beck
    Nein, in der Wohnung gibt es keine. Sie müssen Ihr Opfer irgendwo versteckt haben.
Angeklagter Gröhnwitz
    Nein, habe ich nicht. Es gibt keine Leiche. Nicht mehr.
Kommissar Beck
    Aber woher kommen dann diese Unmengen Blut am Tatort? Es gibt keine andere Möglichkeit. Sie haben jemanden getötet, die Leiche versteckt und sind dann zum Tatort zurückgekehrt um aufzuräumen. Oder haben Sie den Körper zerstückelt? In so kurzer Zeit eher unrealistisch.
Angeklagter Gröhnwitz
    Nein, das ist nicht wahr.

Kommissar Beck
Dann erzählen Sie mir doch bitte, wie es abgelaufen ist.
Angeklagter Gröhnwitz
Dazu muss ich ausholen.
Der Kommissar nimmt einen großen Schluck aus der Tasse und schlürft dabei unüberhörbar.
Kommissar Beck
Dann legen Sie mal los. Ich kann die ganze Nacht zuhören.
Angeklagter Gröhnwitz
Also, das hört sich jetzt vielleicht ein wenig komisch an, aber man kommt manchmal auf so Ideen. Auf sehr komische Ideen. Mir war langweilig – ich habe gerade Urlaub, wissen Sie – und ich wollte ein paar Leute ärgern. Ich habe überlegt, was man da machen kann und bin auf die Idee gekommen mich bei einer Dating App anzumelden. Aber nicht nur so, sondern ich habe mich als Frau auszugeben um ... na ja ... den anderen Männern Körbe zu geben oder sie zu versetzen. Auf deutsch gesagt: Ich wollte sie verarschen.
Kommissar Beck
Das klingt wirklich nach einer sehr komischen Idee. Aber wenn Sie dazu Zeit haben. Verboten ist es ja leider nicht.
Angeklagter Gröhnwitz
Nun ja. Ich habe dann mit einigen geschrieben und ein Treffen ausgemacht und bin dann einfach nicht hingegangen. Die waren wütend, das kann ich Ihnen sagen.
Kommissar Beck
Kommen Sie auf den Punkt.
Angeklagter Gröhnwitz
Ja, doch! Ich war jedenfalls gerade auf der Suche nach neuen ... Opfern und kam irgendwann bei einem Profil an, das mir das Blut in den Adern gefrieren ließ. Auf dem Profilbild war *ich* zu sehen. Das war keine Verwechselung oder eine Ähnlichkeit. Das war ein Bild von mir. Und dieser Mensch hinter dem Profil hatte sich auch noch meinen Namen gegeben. Es war also offensichtlich, dass es ein Fake war. Aber mit mir konnte man so was nicht machen. Also habe ich ihn angeschrieben.

Fabian Gröhnwitz 1 – Handy
Hey, wie geht's?
Fabian Gröhnwitz 2 – Handy
Na du, gut soweit und dir?
Fabian Gröhnwitz 1 – Handy
Ja, auch! Was suchst du hier auf der App?
Fabian Gröhnwitz 2 – Handy
Ach, mir war langweilig und ich suche ein paar Kontakte, vielleicht auch Dates.
Fabian Gröhnwitz 1 – Handy
Oh, wie cool! Genauso wie ich. Hast du Lust dich mal mit mir zu treffen?
Fabian Gröhnwitz 2 – Handy
Klar, warum nicht?

Angeklagter Gröhnwitz
Ja, so in etwa lief das Gespräch ab.
Kommissar Beck
Weshalb wollten Sie sich mit jemanden treffen, der ausgab Sie zu sein? Sie konnten doch davon ausgehen, dass es ein Fremder ist.
Angeklagter Gröhnwitz
Ich wollte ihn konfrontieren. Klar, ich hatte auch ein Fake-Profil aber eine ganze Identität zu nutzen und zu klauen, das fand ich zu heftig. Er hatte ein Mädchen erwartet und ich wollte ihm zeigen, wen er da eigentlich verarscht und wie ich dazu stehe.
Kommissar Beck
Haben Sie darüber nachgedacht Gewalt anzuwenden?
Angeklagter Gröhnwitz
Nein, das nicht. Ich wollte ihn nur konfrontieren.
Kommissar Beck
Und – haben Sie ihn getroffen?
Angeklagter Gröhnwitz
Ja, in der Tat. Wir hatten uns auf ein Eiscafé in der Innenstadt geeinigt. Als ich dort ankam, sah ich nur eine Person alleine an den Tischen sitzen. Ich vermutete, dass er der Faker war.

Fabian Gröhnwitz 2 – Handy
Wo bist du, ich warte schon auf dich?
Fabian Gröhnwitz 1 – Handy
Ich bin gleich da, keine Sorge.
Fabian steckt sein Handy weg und schreitet mit großen Schritten auf den Faker zu.
Fabian Gröhnwitz 1
Hör mal zu, du Arsch …

Angeklagter Gröhnwitz
Als ich ihm an die Schulter packte und ihn ansprechen wollte, verschlug es mir im ersten Moment die Sprache.
Kommissar Beck
Weshalb?
Angeklagter Gröhnwitz
Dieser Mann, der auf mich gewartet hatte, sah tatsächlich aus wie ich. Er hatte die gleichen Augen, die gleiche Nase und sogar die gleiche Frisur. Er sah eins zu eins wie ich aus.
Kommissar Beck
Nun, Zufälle gibt's. Was haben Sie dann gemacht?
Angeklagter Gröhnwitz
Ich war erschrocken – natürlich. Wer wäre das nicht, oder? Ich musste mich erst einmal setzen.

Fabian Gröhnwitz 2
Der Platz ist besetzt – gehen Sie doch an einen anderen Tisch.
Fabian Gröhnwitz 1
D–du siehst aus wie ich.
Fabian Gröhnwitz 2
Was?
Fabian Gröhnwitz 1
Ja, du siehst so aus wie ich. Wie auf dem Profilbild.
Fabian Gröhnwitz 2
Ehm … Bist du Kathrienchen96?
Fabian Gröhnwitz 1
Ja, allerdings. Aber schau mich doch mal an …

Fabian Gröhnwitz 2
Wow. Du dreckiger Faker. Du weißt schon, dass es bei der App auch eine Abteilung für Schwuchteln gibt, oder?

Fabian Gröhnwitz 1
Faker? Das musst du gerade sagen! Du hast doch ein Profil mit meinem Bild und Namen erstellt.

Fabian Gröhnwitz 2
Was laberst du mich voll, Mann? Das ist kein Fakeprofil. Ich heiße wirklich so und sehe, wie du bereits bemerkt hast, auch so aus wie auf dem Bild.

Fabian Gröhnwitz 1
Das ist merkwürdig.

Fabian Gröhnwitz 2
Merkwürdig ist es, sich auf einer Dating App als Mädchen auszugeben, wenn man 'nen Schwanz hat. Was denkst du dir dabei?

Fabian Gröhnwitz 1
I-Ich dachte halt wirklich ... Wer rechnet denn damit, dass du genauso aussiehst wie ich und auch noch genauso heißt. K-Kann ja sein, dass das mit dem Fake von mir nicht richtig war, aber das ist ein so großer Zufall ...

Fabian Gröhnwitz 2
Ja, das ist in der Tat merkwürdig. Nun, Zufälle existieren, nicht wahr? Es wäre bestimmt sehr lustig gewesen, wenn man sich mal zufällig getroffen hätte. Aber unter diesen Umständen, bist du ein Witz.

Fabian Gröhnwitz 1
I-Ich ...

Fabian Gröhnwitz 2
Ich werde jetzt gehen. Du hast schon genug von meiner Zeit verschwendet.

Kommissar Beck
Was ist dann passiert?

Angeklagter Gröhnwitz
Nun, mein ... Ebenbild ist aufgestanden und gegangen. Ich bin vor Scham in den Boden versunken, müssen Sie sich vorstellen. So ein Zufall ... das war echt unglaublich.

Irgendwann kam die Bedienung und ich hab mir was
bestellt, obwohl ich gar keinen Appetit hatte.
Kommissar Beck
Das ist ja alles schön und gut, aber es hat nichts mit der
riesigen Blutlache in Ihrer Wohnung zu tun.
Angeklagter Gröhnwitz
Dazu komme ich jetzt. Also ich bin nach dem Treffen noch
in die Unibibliothek gegangen. Und komischerweise war da
der Typ auch.

Fabian Gröhnwitz 2
Ach, super. Jetzt stalkst du mich auch noch?
Fabian Gröhnwitz 1
Was, nein? Ich schreibe in ein paar Tagen 'ne wichtige
Klausur und brauch noch Literatur dafür.
Fabian Gröhnwitz 2
Physik?
Fabian Gröhnwitz 1
Ja. U-Und du?
Fabian Gröhnwitz 2
Ich auch. Das kann doch nicht sein. Sind wir tatsächlich
im selben Studiengang, ohne dass wir uns gesehen haben?
Fabian Gröhnwitz 1
Aber dann hätte doch jemand anderes uns drauf angespro-
chen.
Fabian Gröhnwitz 2
Hm. Komisch. Na gut, ich geh nach Hause. Viel Spaß bei
der Suche nach den Büchern, du Freak.

Angeklagter Gröhnwitz
Dann ist er mit den Büchern weggegangen. Ich habe
wirklich lange in der Bibliothek nach den Büchern gesucht,
die gebraucht habe, doch sie waren nicht mehr da. Dieser
Typ hatte wirklich das gleiche studiert und die Bücher
mitgenommen, die ich gebracht hatte. Das hat mich
natürlich echt abgefuckt, weil ich gar nicht mehr richtig
lernen konnte.

Kommissar Beck
Ich muss Sie wirklich bitten mir langsam zu erklären, was das alles mit dem Blut in Ihrer Wohnung zu tun hat.

Angeklagter Gröhnwitz
Ja, dazu komme ich jetzt. Ich war auf dem Weg nach Hause und wollte in meiner Wohnung einfach nur entspannen und den Tag ruhig ausklingen lassen.

Kommissar Beck
Aber?

Fabian schließt die Tür zu seinem Apartment auf. Eine bekannte Stimme kommt ihm entgegen, als er den Flur entlang geht.

Fabian Gröhnwitz 2
Hallo? Ist da jemand?

Fabian Gröhnwitz 1
Was zur Hölle?

Angeklagter Gröhnwitz
Jemand war in meiner Wohnung.

Kommissar Beck
Wie das denn? An Ihrer Tür haben wir keine Gewalteinwirkungen gesehen.

Angeklagter Gröhnwitz
Der musste wohl auch einen Schlüssel gehabt haben.

Kommissar Beck
Wie haben Sie reagiert?

Angeklagter Gröhnwitz
Wie würden Sie reagieren, wenn ein Fremder in Ihrer Wohnung steht und wie selbstverständlich sich Abendessen kocht?

Fabian Gröhnwitz 2
Was machst du in meiner Wohnung?

Fabian Gröhnwitz 1
In deiner Wohnung? Das ist meine Wohnung! Ich hab einen Schlüssel!

Fabian Gröhnwitz 2
Ich werde doch wohl wissen in welcher Wohnung ich lebe. Du kannst mir doch nicht hinterher laufen und in meine

Wohnung einbrechen!

Fabian Gröhnwitz 1
Du bist in meine Wohnung eingebrochen!

Fabian Gröhnwitz 2
Und koche mir gemütlich mein Abendessen? Du hast sie doch nicht mehr alle! Hau ab!

Fabian Gröhnwitz 1
Hau du ab, oder ich ruf die Polizei!

Fabian Gröhnwitz 2
Na, warte!

Ein Kampf bricht aus.

Kommissar Beck
Was haben Sie gemacht?

Angeklagter Gröhnwitz
Es war Notwehr. Er hatte mich nämlich angegriffen. In *meiner* Wohnung hat er mich einfach angegriffen. Und ich hab mich halt gewehrt. Haben uns dann in der Küche geprügelt, da wo auch das Blut ist, und haben auf uns eingeschlagen. Ich hatte so eine fürchterliche Wut in mir drin. D–der hatte mich voll verarscht und war in meiner Wohnung und meine Bücher-

Kommissar Beck
Ganz ruhig. Erzählen Sie mir bitte, was Sie gemacht haben.

Angeklagter Gröhnwitz
Irgendwann hatte ich die Oberhand und habe nach einem Messer gegriffen, das auf einem Tresen gelegen hatte. Und dann habe ich in seine Brust gestochen und ihn sterben lassen.

Kommissar Beck
Hmh. Sie haben also jemanden getötet, nur weil er so aussah wie Sie und den gleichen Namen hatte?

Angeklagter Gröhnwitz
N-Nein. Nicht nur deswegen. D-Der war auch in meiner Wohnung und hat mich angegriffen.

Kommissar Beck
Das sieht nicht gut für Sie aus, wissen Sie das? Sie haben gerade gestanden einen Mord begangen zu haben, oder wenigstens einen Totschlag. Das sind mindestens 15 Jahre.

Angeklagter Gröhnwitz
A-Aber ich.

Kommissar Beck
Weil Sie die Leiche versteckt haben, wird es aber vermutlich mehr. Aber wir können bestimmt einen kleinen Deal machen.

Angeklagter Gröhnwitz
W-Was für einen Deal?

Kommissar Beck
Wenn Sie mir sagen, wo Sie die Leiche versteckt haben, dann lege ich beim Richter ein gutes Wort für Sie ein.

Angeklagter Gröhnwitz
Ich habe es Ihnen doch schon gesagt – es gibt keine Leiche.

Kommissar Beck
Sie haben gerade gesagt, dass Sie jemanden umgebracht haben. Und das Blut spricht auch dafür. Also kommen Sie: Raus mit der Sprache.

Angeklagter Gröhnwitz
I-Ich ... Als ich ihn getötet hatte, dann ist etwas Merkwürdiges passiert. Seine Leiche fing plötzlich an zu verschrumpeln. Er wurde faltiger und seine Augen trockneten aus. I-ich war unter Schock und konnte nichts machen.

Kommissar Beck
Er wurde faltiger und schrumpelte? – Klar.

Angeklagter Gröhnwitz
Ja, wirklich! Und irgendwann hat er angefangen sich stückchenweise aufzulösen. Zuerst die Finger und Füße und dann auch die Beine und Arme und dann der Rest. Und zurück blieben nur die Massen an Blut auf dem Fußboden und ich war unter Schock und saß nur vor dem Blut und konnte nichts machen außer starren. Und dann kam die Nachbarin und hat die Polizei gerufen.

Kommissar Beck
Den ersten Teil Ihrer Erzählung konnte ich noch glauben. Aber was Sie nun erzählen klingt völlig abstrus. Sie machen es gerade nur noch schlimmer, wenn Sie mich belügen.

Angeklagter Gröhnwitz

Ich lüge nicht! I-ich habe eine Theorie! Ich bin sicher, dass das ein Klon war. Ja! Wirklich! Ich wurde irgendwann geklont und der Klon hat das gleiche gedacht und gemacht wie ich. Und irgendwas muss ihn zurückgeholt haben, als er gestorben ist. Irgendwas Übernatürliches.

Kommissar Beck

Nun, der Bluttest wird gleich fertig sein. Dann werden wir ja sehen, ob es Ihr Blut oder das von Ihrem Opfer ist, nicht wahr?

Angeklagter Gröhnwitz

Ja, Sie werden schon sehen! Ich habe Recht! Hier sind klonende Wesen auf der Erde ... oder der Staat macht komische Experimente. D-Die klonen jetzt Menschen wie sie es auch mit Schafen getan haben. Bestimmt waren die bei mir während ich geschlafen habe. Ich bin kein Mörder!

Die Tür öffnet sich erneut und eine Frau im weißen Kittel betritt den Raum. Sie beugt sich zu dem Kommissar herunter. Beide unterhalten sich flüsternd.

Kommissar Beck

Wie sieht's aus?

Chemikerin

Der Bluttest ist sehr komisch.

Kommissar Beck

Wieso?

Chemikerin

Na ja. Die DNA ist mit der des Täters identisch. Der Mörder kann niemals soviel Blut verloren haben und immer noch leben.

Kommissar Beck blickt entrüstet und mit großen Augen den Angeklagten an.

Das Brüllen der Spinne

»Ich bin Moriss und der Typ neben mir heißt John. Und du bist?«
Moriss blickte mich misstrauisch an.

»David. Ich heiße David.«
John blies sich den schwarzen Pony aus dem Gesicht. Das tat er
alle paar Sekunden, da seine langen Haare immer wieder vor seine
Augen rutschten.

»Nun, David, du bist nicht der einzige der sich auf das Zimmer
beworben hat.«

»Ich weiß.«

»In deiner E-Mail hast du geschrieben, dass du Student bist, eine
WG suchst, keinen festen Job hast, sowie keine Haustiere besitzt.
Was studierst du eigentlich?«

»Ich studiere Informatik und Physik. Hab' letztes Jahr damit
angefangen, aber wurde leider aus meiner Wohnung rausge-
schmissen. Die Vermieterin wollte die Wohnung doch lieber ihrer
Tochter überlassen.«

»Ärgerlich«, meinte Moriss, der seine Arme verschränkt hatte.

»Das kann man wohl sagen. Ich—«

»Und wie hast du die Wohnung finanziert? Bekommst du noch
Geld von Mutti?«

»Ja, ich bekomme mein Studium von meinen Eltern finanziert. Ich
würde ja arbeiten gehen, aber Physik und Informatik sind sehr
zeitintensive Fächer. Und ein wenig Freizeit möchte ich auch
haben.«

Moriss und John blickten mich teils mit einem verständnislosen,
teils mit einem neidischen Blick an. Wir saßen in der Küche an
einem langen Tisch. Ich auf der einen Seite, Moriss und John auf der
anderen. Man kam sich vor wie bei einem Geständnis.

Dabei wollte ich einfach nur ein Zimmer in der WG haben. Ein
Platz zum Wohnen. Wenige Quadratmeter, nicht zu weit außerhalb,
mit Küche und Waschmaschine.

»Verständlich«, meinte Johm.

»Du hast keine Haustiere, hattest du geschrieben. Bist du denn
gegen irgendetwas allergisch, oder kommst du mit Haustieren gut
klar?«

Ich war verwundert über diese Frage. Eigentlich war es ein Vorteil
keine Haustiere zu haben. Weniger Schmutz, weniger Lärm, mehr

Zeit zum Lernen.

»Ich will einer Katze oder einem Hund nicht den Stress antun mit dem dauerhaften Umziehen und so«, log ich. Eigentlich hatte ich keine Lust irgendeine Verantwortung für ein Tier zu übernehmen.

Moriss nickte.

»Verständlich und sehr nett von dir. Weißt du was? – Du wirkst recht cool drauf. Warst bis jetzt der vernünftigste Bewerber. Die anderen kamen hier angekrebst und haben sich nicht einmal ein Hemd oder so angezogen.«

»Öhm – Danke.«

»Da du in der weiteren Auswahl bist möchte ich dir einen weiteren Bewohner vorstellen. Komm mit.«

Moriss und John standen auf und gingen in einen anderen Raum.

Johns Haare fielen bis auf seine Schultern und die rundum schwarze Kleidung verriet, dass er wohl recht viel mit Gothic zu tun hatte.

Moriss hingegen trug normale Alltagskleidung und machte auf mich einen sehr offenen Eindruck. Ich folgte ihnen.

Das Wohnzimmer war gemütlich eingerichtet. Es gab einige Sitzgelegenheiten, sogar mehr als benötigt. Vermutlich für Studentenpartys, oder so. An der Wand hing ein großer Flachbildfernseher, der mit einer PlayStation verkabelt war.

Wirklich auffällig war der große Glaskasten, der auf einer Kommode in der Ecke stand.

»Ich möchte dir Lucy vorstellen«, meinte Moriss.

Ich schritt näher an das Terrarium heran. Zuerst sah ich nur einige Pflanzen, Äste und Steine die in dem Kasten verteilt wurden. Doch dann fiel mein Blick auf die riesige, schwarze Spinne. An ihren Beinen hatte sie kleine Härchen und ich bemerkte, wie sie mich mit ihren roten Augen beobachtete. Moriss schien wohl zu bemerken, dass ich einen gewissen Respekt vor einer solchen Kreatur hatte.

»Keine Sorge, Mann. Die lebt hier in ihrem Glaskasten. Nicht mal ich trau mich sie auf den Arm zu nehmen. Sie ist zwar hoch giftig, aber solange man sie nicht reizt und aufpasst, tut sie niemanden etwas. Wie bei einer Biene.«

»Nur, das man bei einer Biene nicht sofort stirbt«, murmelte John.

»Bitte?«, fragte ich erschrocken, dabei überschlug sich meine Stimme ein wenig.

»John übertreibt ein bisschen. Man hat noch genug Zeit um ins Krankenhaus zu fahren, aber es ist schon sehr gefährlich.«

»Moriss lügt. Zuerst schwellen deine Hände an, dann bekommst du nicht mehr richtig Luft und irgendwann platzen deine Augen aus deinem Kopf heraus«, scherzte John.

»Witzig«, gab Moriss knurrend zurück.

Danach zeigten die beiden mir noch mein Zimmer. Es war nichts Großes, aber für einen Single-Studenten war es mehr als genug. Ich unterschrieb noch am selben Abend den Mietvertrag und erhielt von beiden das Angebot mir beim Umzug zu helfen.

Am Abend ging mir immer wieder die Spinne durch den Kopf. Ich lag auf meiner Matratze, mein Bett sollte noch angeliefert werden. Was, wenn sie ausbrechen und in mein Zimmer krabbeln würde? Ich wusste, dass die Sorge unberechtigt war, doch eine tief verankerte Angst, von der ich nicht einmal wusste, dass sie existierte, ließ mich nicht mehr logisch denken. Dennoch fiel ich irgendwann in einen unruhigen Schlaf.

Als ich am nächsten Morgen schlaftrunken in die Küche ging, war Moriss dabei Kaffee zu kochen.

»John ist auf der Arbeit. Der macht irgendwas im öffentlichen Dienst, oder so. Fängt immer mega früh an«, begrüßte er mich. Dann reichte er mir eine Tasse Kaffee. Er war heiß und stark, genauso, wie ich ihn mochte.

»Das ist das einzige Zeug, das ich wirklich kochen kann. John macht Abends meistens das Essen. Am besten, du legst ihm direkt 'nen Zwanni auf den Tisch. Dann kocht er für dich bestimmt den Monat mit.«

»Oh, okey ... danke.«

»Nicht so gut geschlafen, was? Du siehst echt fertig aus.«

Man sah mir anscheinend an, dass ich eine schwere Nacht gehabt hatte.

»Nein, irgendwie ... Die Matratze ist doch recht ungemütlich.«

»Hmh, ist ja nur für ein paar Tage.«

Wir gingen mit den Kaffeetassen in der Hand in das Wohnzimmer. Moriss setzte sich auf das Sofa und schaltete den Fernseher an. Es lief irgendeine Frühstücksshow. Er bot mir einen Sitzplatz neben sich an. Mir war ziemlich unwohl dabei, denn das Sofa stand direkt neben dem Terrarium in der Ecke. Lucy saß auf einem Ast. Auch wenn ich wusste, dass es eine Einbildung war, fand ich, dass ihre tiefschwarzen Augen mich beobachteten.

»Die bewegt sich ja gar nicht«, sagte ich daher, um nicht zu ängstlich auszusehen.

»Joah, das ist aber normal. Spinnen legen sich zwar nicht hin oder so, aber schlafen tun die auch.«

»Hmh.«

»Willst du sie mal anfassen?«

»W-Was?«

Die Frage jagte mir einen Schrecken ein. Allein schon die Vorstellung die dicken, pelzigen Beine auf meiner Haut zu spüren, ließ mir das Blut in den Adern gefrieren.

»Ob du sie anfassen willst? Streicheln? Auf den Arm nehmen?«

»I-Ich dachte sie beißt und ist hoch giftig?«

»Ja, John hat etwas übertrieben mit den Ausführungen. Lucy hat mich oder jemand anderen noch nie gebissen. Das würde sie auch nur tun, wenn sie sich wirklich bedroht fühlt. Sie braucht genug Platz und einen sicheren Rückzugsort. Dann ist alles in Ordnung.«

»Ich weiß nicht so ganz … «

»Ach komm schon. Da wird nichts passieren. Oder traust du dich nicht?«

Moriss hatte einen wunden Punkt bei mir erwischt. Wenn es etwas gab, was ich nicht mochte, dann war es mich herauszufordern. Also nickte ich und schritt an das Terrarium heran. Angst hin und her, so schlimm wird es schon nicht sein.

Moriss hob den Deckel ab und legte ihn zur Seite. Das Innenleben des Terrariums war größer, als es von außen gewirkt hatte. Hier sah Lucy gar nicht so groß aus.

»Bereit?«, fragte Moriss, während er mich ernst anblickte.

Ich nickte nur stumm. Dann griff Moriss in das Terrarium hinein und hob den Ast heraus, auf dem Lucy saß. Er hielt den Stock neben meinem Arm und stupste die Spinne leicht an. Ich bekam es langsam mit der Panik zu tun.

»Meinst du nicht, dass die Spinne aggressiv wird, wenn du sie so anpickst?«

»Ach Quatsch. Ich hab das schon oft gemacht. Von meinen Freunden ist noch niemand gestorben.«

»Wie beruhigend.«

Moriss schubste Lucy langsam von ihrem Ast herunter auf meinen Arm. Die Krallen, die die Spinne brauchte, um sich festzuhalten, taten ein wenig weh, als sie in meine Haut gedrückt wurden. Auch die kleinen Härchen kitzelten ein bisschen.

Mir war ziemlich warm geworden, ich schwitzte. All das löste eine Art Panikreaktion aus. Im Insgeheimen feierte ich mich aber. Ich bin über meinen eigenen Schatten gesprungen und habe etwas ausprobiert, vor dem ich sehr viel Angst hatte.

»Das ist gar nicht so schlimm, wie ich es mir vorgestellt hatte.«

»Na, sag ich ja. Das ist ein unglaublich komisches Gefühl, stimmt schon, aber es hat doch auch irgendwie etwas Schönes.«

Lucy fing an von meinem Arm auf meine Hand zu krabbeln und stoppte bei meinen Fingern.

»Jetzt darf du auf keinen Fall zudrücken, sonst fühlt sie sich eingeengt.«

Mein Herzschlag erhöhte sich wieder. Eine falsche Bewegung, ein kurzes Zucken und Lucy würde mich vergiften. Nach einigen Sekunden, die mir wie Minuten vorkamen, wollte ich nicht mehr.

»Okay, schön. Du kannst sie wieder haben.«

»So schnell schon? Na gut.«

Moriss legte seinen Arm neben meinen und stupste die riesige Spinne an. Langsam schritt sie von meiner Hand auf die von Moriss. Auf meiner Hand blieben kleine, rötliche Punkte zurück, an der die Spinne sich mit ihren Greifhaken festgekrallt hatte.

Moriss bewegte sich langsam wieder zum Terrarium und wollte Lucy auf den Ast legen. Doch plötzlich durchzog ein Zucken seinen Körper und er ließ die Spinne auf den Boden fallen. Sie krabbelte sofort weg.

»Scheiße. Wo ist sie?«, fragte ich sofort.

Ich wurde panisch, sprang sofort auf das Sofa und blickte mich verstört um.

»Fuck!«, fluchte Moriss. »Siehst du sie?«

»N-Nein. Unter der Kommode, vielleicht?«

Moriss bückte sich.

»Ja, da hat sie sich versteckt. Sie sieht aber noch gesund aus – ein Glück. Das ist mir wirklich noch nie passiert.«

»Ist sie jetzt nicht aggressiv?«

»Ja, ich denke schon«, sagte Moriss, öffnete in der Kommode eine Schublade und holte Handschuhe hervor. »Dafür sind diese Dinger aber ganz gut. Da kommt kein Spinnenbiss der Welt durch.«

Er beugte sich tiefer nach unten und steckte einen Arm unter die Kommode. Nach einigen Sekunden zog er die Spinne unter ihr hervor, ließ sie in das Terrarium fallen und legte den Deckel drauf.

»Das wäre erledigt«, prahlte Moriss mit einem unsicheren Lächeln auf dem Gesicht.

»Meine Fresse. Das hätte verdammt schief gehen können.«

»Ach was. Das nächste Krankenhaus ist nicht so weit entfernt. Die wissen damit umzugehen – sollte es dazu kommen.«

Ich kam mir mächtig dämlich vor, wie ich mit beiden Beinen auf dem Sofa stand und stieg daher wieder auf den Boden. Mir reichte es mit der Spinne.

»Wenn sie im Terrarium ist, dann ist ja alles in Ordnung. Aber nicht, wenn sie frei über den Teppichboden rast«, konfrontierte ich Moriss mit einem sauren Unterton.

»Du hast ja Recht. Ich werde sie die nächsten Tage im Terrarium lassen. Sie hat bestimmt einen viel größeren Schock bekommen, als wir.«

Den Rest des Tages verbrachte ich damit die Kartons vom Umzug leer zu räumen und mein Zimmer einzurichten. Am späten Nachmittag kam John von der Arbeit, begrüßte mich knapp und schloss sich dann bis zum Abendessen in sein Zimmer ein. Er war eher ein schweigsamer Mensch und redete nicht viel.

Abends bestellte ich meinen Mitbewohnern und mir Pizza, als Dank, dass sie mir beim Umzug geholfen hatten. Wir plauderten ein wenig über alle möglichen Dingen und lernten uns ein wenig näher kennen.

Als ich allerdings abends wieder auf der Matratze lag, spürte ich wieder dieses Gefühl von Risiko und Gefahr. Mein Fenster stand offen und die Mücke, die in mein Zimmer geflogen kam, hielt mich ständig vom Einschlafen ab. Ich wollte gerade aufstehen und das Licht anmachen, um die Mücke zu suchen, da hörte ich aus dem Wohnzimmer ein Klirren.

Sofort sprang ich auf und drückte auf den Lichtschalter. War das das Terrarium gewesen? Wollte die Spinne in mein Zimmer kommen, um sich an mir zu rächen? Wieder erhöhte sich mein Herzschlag. Ich wollte die Tür aufmachen, doch hatte ich zu große Angst. Die Spinne hätte vor der Tür stehen können. Oder sie hätte sich an der Tür festhalten können, wäre blitzschnell um mich herum gelaufen, während ich in der Wohnung nach dem Rechten gesehen hätte und hätte sich in meinem Zimmer ein Versteck gesucht.

Ich hörte das Zuknallen einer Tür und Schritte. Moriss hatte das Klirren wohl auch gehört und war nachsehen gegangen. Ich nahm all meinen Mut zusammen, machte meine Tür auf und ging in das Wohnzimmer.

Anders als gedacht stand nicht Moriss, sondern John in Schlafkleidung vor dem Terrarium und suchte es ab.

»Hast du auch das Klirren gehört?«, fragte ich ihn.

»Ja, bin davon wach geworden. Dachte zuerst, dass es Moriss blöde Spinne wäre, aber hier scheint alles in Ordnung zu sein.«

»Hm. Merkwürdig.«

»Allerdings. Vielleicht waren es auch nur Betrunkene unten auf der Straße, die 'ne Flasche zerbrochen haben, oder so. Na ja, egal, ich hau mich wieder hin.«

»Jo, ich auch.«

Ich ging wieder schlafen und starrte noch einige Zeit an die Decke. Ich achtete darauf, ob sich in meinem Raum irgendetwas bewegte – irgendetwas auffällig war. Doch ich entdeckte nichts und schlief irgendwann ein.

Am frühen Morgen wurde meine Tür aufgerissen und John platzte herein. Draußen ging gerade die Sonne auf.

»Scheiße, David. Komm schnell! Irgendwas stimmt mit Moriss nicht.«

Sofort rappelte ich mich auf und rannte mit John in Moriss' Zimmer. Er lag verkrampft auf seinem Bett und wandte sich hin und her. Speichel floss aus seinem Mund.

»Was ist mit ihm?«, fragte ich panisch.

»Keine Ahnung! Ruf 'nen Arzt, schnell!«

Ich hechtete zu meinem Handy und tippte die Nummer des Notrufs in das Tastenfeld. Ich schilderte so gut es ging, was passiert war, während ich damit kämpfte nicht die Nerven zu verlieren.

»Vermutlich wurde er von einer giftigen Spinne gebissen«, sagte ich noch bevor ich auflegte. Dann ging ich wieder in Moriss' Zimmer. John kniete auf dem Boden und presste eine Schüssel auf den Boden.

»Ich hab die verfickte Spinne gefangen«, sagte er ruhig. »Das Mistvieh hatte sich unter seinem Kopfkissen versteckt.«

»A-Aber du meintest gestern doch, dass alles in Ordnung wäre.«

»War es ja auch. Die Spinne war gestern noch im Terrarium.«

Ich hatte keine Nerven mich damit weiter zu beschäftigen, schloss daher die Wohnungstür auf und hechtete die Stockwerke nach unten auf die Straße. Draußen war es noch sehr warm, sodass es mir nichts ausmachte in Schlafkleidung herum zu stehen. Nach einigen Minuten kam ein Krankenwagen vorgefahren und Sanitäter sprangen heraus.

»Nehmt direkt eine Bare mit, mein Mitbewohner ist völlig verkrampft!«, wies ich die Ärzte an.

»Alles klar, Junge.«

Die Sanitäter sprinteten nach oben in die Wohnung und in Moriss' Zimmer hinein. Ich kam hinterher gelaufen.

Als ich ankam, hatte John ihnen wohl bereits die Situation geschildert. Einer der Sanitäter hatte Moriss eine Spritze in den Arm gesteckt, während die beiden anderen ihn auf die Bare hievten und nach unten trugen.

»Durch die Spritze verteilt sich das Gift langsamer im Körper«, sagte einer der Ärzte, als Moriss in den Wagen geschoben wurde. »Will einer von euch mitfahren?«

Ich kannte Moriss zwar noch nicht so gut, aber wenn er wach werden würde, wäre es sicherlich besser, wenn er ein bekanntes Gesicht sehen würde. Also stieg ich hinten in den Krankenwagen ein und setzte mich neben Moriss. Ich konnte seinen Herzschlag auf einem Monitor beobachten.

Auf der Straße hatten sich bereits einige Menschen angesammelt und schossen Fotos. Sie wollten unbedingt wissen, was passiert war und machten erst Platz, als der Wagen seine Sirenen anmachte.

Im Krankenhaus bekam ich eine Hose und ein Shirt geliehen, damit ich nicht in meinem Schlafanzug dort herumsitzen musste. Die Doktoren schlossen Moriss an ein System an, dass sein Blut reinigen sollte. Ich saß die ganze Zeit neben ihm, las Magazine und aß eine Kleinigkeit. Ein Gerät dröhnte mit seinem Herzschlag im Takt.

Irgendwann schlug er langsam die Augen auf und guckte mich mit trüben Augen an.

»W-Was ist passiert?«, fragte er mit zittriger Stimme.

»Du wurdest von deiner Spinne gebissen. Sie ist irgendwie in dein Schlafzimmer gekommen und hat dich im Schlaf überrascht. John hatte sie unter deinem Kopfkissen gefunden.«

»John!« Moriss versuchte panisch aufzustehen und riss dabei einige Kabel aus seinen Armen. Das gleichmäßige Dröhnen verstummte. Sofort kam ein Arzt angelaufen.

»Weg da, Mann!«, grölte er mich an.

Ich wich erschrocken von dem Bett weg.

»John ist schuld! Der ist eine Spinne! Ich bring den Mistkerl um!«, schrie Moriss, während er von dem Arzt eine Beruhigungsspritze bekam.

»Das waren wohl die Halluzinationen durch das Spinnengift. So etwas ist nicht unüblich. Durch die Spritze wird er jetzt einige Stunden schlafen – es wäre Zeitverschwendung hier so lange zu warten«, erklärte der Arzt jetzt etwas ruhiger.

»Alles klar. Dann ... danke für Ihre Hilfe.«

»Dafür sind wir da, Junge.«

Ich verließ das Krankenhaus und blieb noch einige Stunden in der Stadt. Natürlich rief ich John an und informierte ihn über Moriss' Gesundheitszustand. Der Spinnenbiss hatte ihn zwar stark mitgenommen, jedoch würde er es überleben.

Am Abend kam ich in die Wohnung zurück. Ich hatte ein ungutes Gefühl bei der Sache, doch als John mir sagte, dass er die Spinne weggebracht hatte, fiel mir ein Stein vom Herzen. Endlich würde ich in Ruhe einschlafen können ohne die Angst haben zu müssen, gebissen zu werden. Denn die Furcht war durchaus berechtigt, wie man bei Moriss gesehen hatte.

Am späten Abend legte ich mich wieder auf meine Matratze. Mein Fenster war offen und draußen auf der Straße hörte ich einige Autos und Stimmen, die ganz normale Großstadtmusik. Ich schlief schnell ein, denn die Geräusche hatten eine beruhigende Wirkung. Außerdem war Lucy nicht mehr im Haus.

Doch tief in der Nacht hörte ich wieder das Klirren, dass ich am vorherigen Tag schon gehört hatte. Ich riss die Augen auf und war mit einem Mal hellwach. Allerdings hatte ich dieses Mal weder die Tür, noch die Schritte von John gehört, weshalb ich davon ausging, dass er noch schlief.

Merkwürdigerweise spürte ich ein komisches Jucken an meinem Körper. Überall zwickte und pikste es. Ich stand auf und machte das Licht an.

Noch im selben Moment realisierte ich es und blieb wie angewurzelt stehen. Auf der Matratze, an den Wänden, in dem gesamten Raum liefen kleine schwarze Punkte entlang. Es mussten Hunderte gewesen sein. In einer Ecke des Zimmer hing ein großes Nest, aus dem immer mehr Spinnenjungen herausliefen. Ich blickte an meinem Körper herab. Auch dort waren überall die kleinen, schwarzen Spinnen.

Ganz langsam ging ich zu der Zimmertür. Mit jedem Schritt zertrat ich einige der Spinnen, die mit einem widerlichen Knacken aufplatzten. Unter der Tür liefen die kleinen Spinnen auch schon hindurch. In der gesamten Wohnung musste es schon von diesen Drecksviechern wimmeln.

Ich drückte langsam die Tür auf und starrte in bleiche, farblose Augen. John stand bewegungslos vor mir. Auch er war von den Spinnen angefallen worden. Sie kamen aus seiner Nase, liefen über seine Augäpfel und sprangen aus dem weit aufgerissenen Mund heraus.

Nur langsam realisierte ich, dass er gar keine Kleidung trug. Um seinen Körper hatte sich etwas Schwarzes gelegt. Es war eine riesige Spinne. Lucy, schoss es mir durch den Kopf. Sie hatte sich fest an Johns Oberkörper geklammert und sich mit ihren Krallen in sein Fleisch gegraben.

Sie streckte einen Arm nach mir aus und rieb mit ihm über mein Gesicht. Die kleinen Härchen brannten wie Feuer. Doch dieser Schmerz half mir mich aus meiner Ekstase zu lösen. Ich stieß John zur Seite und rannte den Flur entlang bis an die Wohnungstür. Überall verfing ich mich an den dicken Spinnweben, die Lucy gespannt hatte, doch ich schaffte es sicher die Wohnung zu verlassen.

Ich schlug die Wohnungstür zu und schloss ab. John würde man sowieso nicht mehr helfen können. Die Giftdosis einer so gigantischen Spinne würde ihn in wenigen Sekunden hinrichten. Ich wollte mich gerade umdrehen, auf die Straße rennen und irgendeine Hilfe suchen, als mir etwas über meinen Körper streichelte. Ein feiner Faden wurde um mich herum gewickelt. Erst jetzt bemerkte ich, wie mich hunderte Augen anstarrten, die im Flur auf mich gewartet hatten.

Einbildung

Ich liege wie jede Woche gemütlich auf der Liege in dem kleinen Zimmer. Der Raum ist beheizt und ich liege bequem. Auf dem Tisch steht ein Rotweinglas, mein Psychologe trinkt nichts. Zu jeder Sitzung nehme ich immer eine Flasche Rotwein mit. Ich trinke sie nicht aus, sondern immer nur ein Glas, denn es macht mich lockerer und so kann ich wirklich frei über alles erzählen und lüge dabei nicht mal.

»Wie fühlen Sie sich?«

Es wird still im Raum. Eine relativ oberflächliche Frage, doch trotzdem muss ich lange überlegen. Wie fühlt man sich, wenn seine Freundin einen nach mehreren Jahren verlässt?

»Nicht so gut«, sage ich daher. Mein Psychologe zieht eine Augenbraue hoch und guckt mich an. Mehrere Sekunden lang. Er wird nicht nachhaken. Er wartet immer darauf, dass ich es von mir aus erzähle.

»Ich habe Ihnen letztes Mal ja anvertraut, dass es mit meiner Freundin nicht mehr so gut lief. Ich konnte nicht mehr über sie und die Beziehung erzählen, da die Sitzung vorbei war.« Mein Psychologe nickt.

»Nun, sie hat mich verlassen. Nach wirklich vielen, schönen Jahren.«

Mein Psychologe blickt mich interessiert an.

»Wie haben Sie sich kennengelernt? Und was ist passiert?«

»Es hat sich angefühlt, als wäre ich in einem dieser schlechten Romantikromane. Ich bin jeden Tag mit dem Zug zur Arbeit gefahren und habe sie sehr oft im gleichen Abteil gesehen. Manchmal hat sie mich angelächelt. Sie hat mir äußerlich sehr gefallen und da ich sie noch nicht kannte, habe ich irgendwann den Mut aufgebracht, um zu ihr hinzugehen und nach ihrer Nummer zu fragen. Sie hat sie mir tatsächlich gegeben und ich hab' sie zum Kaffeetrinken eingeladen. Wir waren bei unserem ersten Date in einem wirklich schönen Café am Bockholtner See. Es war perfekt. Sommer, aber trotzdem nicht zu heiß. Und es war leer. Wir konnten uns den besten Platz nehmen und wurden sofort bedient. Direkt am Ufer vom See. Man hat die seichten Wellen gehört. Wir haben viel geredet, uns ein wenig kennengelernt. Ich fand sie sympathisch und sie mich, also haben wir uns öfter getroffen und waren abends oft am Strand spazieren gewesen. Irgendwann habe ich sie dann zu mir nach Hause eingeladen und da hat es endgültig gefunkt. Sie ist kurz danach eingezogen, das ging alles recht schnell, vielleicht zu schnell, wenn ich es im Nachhinein betrachte. Wir sind immer gemeinsam Zug gefahren und waren im Urlaub. Es war schön.«

Mein Psychologe lehnt sich zurück und notiert sich etwas in seinem Buch. Er schreibt, aber blickt mich weiterhin an. Ich fühle mich beobachtet. Es ist kein schlechtes Gefühl. Sicher. In den richtigen Händen, wie als Kind bei Mama. Es gibt mir Mut weiterzureden.

»Sie wissen ja, dass ich reich bin, sonst könnte ich kaum hier bei Ihnen sitzen. Ich habe viele Freundschaften verloren, weil ich alle immer gleich behandelt habe. Niemand hat teure Geschenke bekommen. Einige nennen mich geizig, aber ich fand es nur fair. Das war aber wohl falsch, aber das ist ein anderes Thema.«

Mein Psychologe steht auf stellt sich vor das winzige Fenster, das das Zimmer nur minimal mit Tageslicht erhellt.

»Geld kann viele Freundschaften zerstören. Dazu gehören aber immer zwei. Verstehen Sie mich nicht falsch, ich gebe ihnen nicht die ganze Schuld an dem Verlust von ihren Freunden. Aber, so ungefähr 80 Prozent, haben Sie schon dazu beigetragen. Ihre eigene Unfähigkeit Freundschaften zu führen, wälzen Sie unterbewusst auf ihren Reichtum ab. Sie können es einfach nicht.«

Ich schlucke. Das waren harte Worte. Aber irgendwie hatte mein Doktor auch recht.

»Ist es denn falsch alle gleich behandeln zu wollen?«

»Sie sind reich. Es ist falsch geizig zu sein und niemanden etwas abzugeben. Egoistische Menschen mag man nun mal nicht. Die Schuld suchen Sie immer bei anderen und nie bei sich selbst.«

»Aber wenn ich jedem Freund von mir ein teures Geschenk gemacht hätte, wo sollte ich die Grenze ziehen zwischen gutem Freund, Freund, Bekanntem, Kumpel. Weshalb sollte ich einem flüchtigen Arbeitskollegen das gleiche schenken wie einem langjährigen Freund?«

Mein Psychologe seufzt. »Das ist ein zu weites Feld. Sie würden es nicht verstehen. Machen Sie weiter mit ihrem Freundin-Ding da.«

Mein Psychologe setzt sich wieder auf seinen Sessel und schiebt seine Brille zurecht.

»Vor einigen Wochen kam sie spontan auf mich zu und fragte mich: ›Wann fahren wir mal wieder in den Urlaub?‹. Ich war verwirrt. Wir waren noch keine zwei Wochen wieder zu Hause. Deshalb habe ich gesagt ›Wir waren doch gerade erst auf der Kreuzfahrt in der Ostsee. Meinst du nicht, dass wir uns erst einmal erholen sollten?‹ Sie meinte darauf allerdings: ›In Stockholm und Helsinki ist es kalt gewesen. Ich will in die Karibik.‹ Und darauf habe ich geantwortet: ›Da war ich doch erst im April.‹ Und dann ging der Streit erst richtig los. ›Immer geht es um dich, nie um mich‹, meinte sie.

Ich habe sie immer zum Urlaub eingeladen und sie ist freiwillig mitgekommen und hatte auch Spaß. Ich konnte nicht verstehen, weshalb sie plötzlich so gemein und abweisend war. Ich wusste damit nicht umzugehen. Deshalb habe ich irgendwann etwas Schlimmes zu ihr gesagt.

Ich habe ihr vorgeworfen, dass sie mich gar nicht liebt, sondern nur mit mir zusammen ist, um von meinem Geld zu profitieren. ›Nein, will ich nicht‹, sagte sie dann. Und dann meinte ich: ›Dann bezahl' deinen Urlaub selbst. Ich bin es Leid dich ständig überall hin mitzunehmen, wenn es dir doch gar nicht gefällt.‹ ›Arsch.‹ Dann ist sie erst einmal zu einer Freundin abgehauen. Sie hat nicht angerufen. Ich hab nicht angerufen.

Vor vier Tagen war sie dann da um ihre Sachen abzuholen. Wir haben kaum geredet, ich habe ihr beim Packen geholfen. Ich hätte etwas sagen sollen. Etwas Entschuldigendes, etwas Wichtiges für die Zukunft. Andererseits fühle ich mich ausgenutzt. Als wäre die ganze Welt gegen mich. Meine „Freunde" wollten nur mit mir befreundet sein, damit ich ihnen Geschenke mache. Und meine Freundin auch, glaube ich. Vielleicht bin ich auch im Unrecht. Ich bin zutiefst unglücklich. Ich habe Geld und ein großes Haus und muss mir darum keine Sorgen machen, aber ich bin einsam.«

»Nun, dass ihre Freundin hier war um ihre Sachen abzuholen erklärt, weshalb ich hier keine Frauensachen finde.«

»Aber Sie riechen sie doch, oder?«, unterbreche ich ihn.

»Was riechen Sie denn?«, fragt er mich, während er mich abschätzend anguckt.

»Sie. Ihre Haare. Ihre Kleidung. Einfach alles rieche ich noch, als wäre sie noch da.«

Wieder macht der Mann ein paar Notizen.

»Ich weiß nicht was ich machen soll. Ich vermisse sie.«
»Die Sitzung ist beendet«, sagt der Doktor. »Ich habe eine Analyse aufgestellt.«
»Wie lautet sie?«
»Sie sind ein Versager. Sie sind sozial inkompetent. Sie sind so verzweifelt, dass Sie sich sogar imaginäre Freundinnen einbilden.«

Ich richte mich auf und starre in die Leere. Der Psychologe reicht mir seine Hand, ich greife danach, doch greife ins Nichts. Erinnerungen spielen sich vor meinem Auge ab. Einbildungen mit ihr. Wir am Strand. Wir in der Bahn. Wir im Café. Wir im Bett. Das war wirklich passiert. Ich war doch nicht die ganze Zeit allein.

Ich habe es mir in der Badewanne gemütlich gemacht. Der Rotwein schmeckt scheiße. Durch das kleine Badezimmerfenster scheint ein wenig Mondlicht.

»Doch. Du bist allein.«

»Doch. Du bist allein.«

»Doch. Du bist allein«, sagt das Spiegelbild im Wasser. Auf dem Rand der Badewanne lächelt mir mein Psychologe zu und legt einen Finger auf seine Lippen, während er langsam verblasst. Ich schneide mir die Pulsadern auf. Neben der Wanne liegt meine tote Freundin, die Fußfessel hängt noch an ihrem Bein.

Überleben

Fast mein ganzes Leben sitze ich hier fest. Eingesperrt von irgendwelchen Wesen. Es ist ein weißer Raum ohne Fenster oder Türen. An einer Seite ist statt der Wand ein Spiegel, doch manchmal höre ich die Wesen dagegen klopfen. Sie beobachten mich von außen, aber ich kann sie nicht sehen. Oben in der Decke, etwa fünf Meter über mir, unerreichbar für mich, gibt es ein aufklappbares Loch durch das mein Essen geworfen und meine Schüssel entleert wird. Die Schüssel ist nur ein kleiner Behälter für meinen Unrat. Ein Toilette habe ich nicht.

Das Essen besteht meistens aus Gemüse, Körnern und manchmal auch eine glibbrige Masse, die mich an die Konsistent von rohen Eiern erinnert. Was würde ich nicht alles geben, mal wieder ein gekochtes Ei zu essen. Oder ein Huhn zu sehen.

In dem Raum riecht es oft sehr unangenehm, wenn für ein paar Tage die Schüssel nicht entleert wird. Doch das ist nicht das Schlimmste. Das Schlimmste ist die zehrende Einsamkeit und die Langeweile. Den ganzen Tag habe ich nichts anderes zu tun, als an die Wände zu starren und wenn ich irgendwann müde werde und das Licht verdunkelt wird, mich auf die Matte zu legen und einzuschlafen.

Ich bin bestimmt schon sechzig Jahre hier und meinen letzten menschlichen Kontakt hatte ich vor vielleicht zwanzig Jahren. Jede Dunkelphase sehe ich als Nacht an, allerdings habe ich das Gefühl für Zeit vollkommen verloren.

Die Frau, die vor diesen langen Jahren in mein Zimmer hinabgelassen wurde, war jung gewesen. Bestimmt gerade mal zwanzig Jahre alt. Zu dem Zeitpunkt war ich schon gute fünfund-fünfzig. Sie war nervös gewesen und wir redeten nicht viel. Ihr Raum sah genauso aus wie meiner. Sie wusste sich auch nicht zu helfen. Auch sie bekam nur das Nötigste. Irgendwann wurde sie wieder hochgezogen.

Ich weiß bis heute nicht, was diese Aktion sollte. Vielleicht sollte sie mich brechen, mir noch mehr von meinen Hoffnungen nehmen. Aber ich gebe nicht auf. Das habe ich mir vor langer Zeit geschworen.

Als die ersten Gerüchte über ein fliegendes Schiff am Himmel aufgekommen waren, hatte ich einiges vorbereitet. In dem Keller meines Hauses hatte ich vier Betten eingerichtet und hatte soviel Vorräte eingekauft, wie ich mit meinem Ersparten nur konnte und sogar dann ging ich in den Laden und klaute. Es war keine dumme Idee gewesen, denn das fliegende Schiff war keine Erfindung, sondern bittere Realität. Die Aliens waren in der zweihundert Kilometer weit entfernten Stadt Binford gelandet. Ich hatte gerade die Nachrichten geguckt, als ich das Gemetzel sah. Es waren keine freundlichen Außerirdischen. Andererseits waren sie von dem Militär beschossen worden. Als man sah, wie der Helikopter der Nachrichtenagentur in einem lodernden Feuerball explodierte, holte ich meine Kinder ab und rief meine Frau an, sie solle sofort nach Hause kommen.

Wir warteten im Bunker. Tagelang. Bis wir irgendwann die Schüsse und die Schreie hörten. Die Aliens töteten unsere Nachbarn, unsere Freunde, einfach jeden in unserer Umgebung. Meine Frau wollte raus und sich ergeben. Sie wollte die Kinder in Gefahr bringen, die Aliens würden keine Gnade zeigen. Irgendwann platzte ihr der Kragen und sie schlug mich nieder.

Als ich aufwachte, waren meine Kinder und meine Frau verschwunden. Draußen war es ruhig. Trotzdem blieb ich noch einige Tage länger im Keller, vielleicht sogar Wochen, bis ich mich nach draußen traute. Ich fand niemanden. Keine Aliens, keine Menschen, nicht einmal Tiere. Verwirrt und geschockt taumelte ich durch die Stadt, ohne irgendein Ziel.

Kurz nach meinem fünfundzwanzigsten Geburtstag traf ich dann auf die Aliens. Anstatt mich zu töten, packten sie mich und warfen mich in diesen Raum.

Meine Knochen werden von Tag zu Tag schwerer, meine Gelenke knacken, wenn ich mich bewege. Und auch das Klopfen von außen stört mich immer mehr. Ich werde schwach. Irgendwann lege ich mich auf meine Schlafmatte und warte. Ich weiß, dass es für mich nicht mehr viel gibt. Mein Leben lang bin ich ein Zootier gewesen. Zum Angucken, zum Auslachen. Ich schließe meine Augen. Eine angenehme Ruhe überkommt mich. Ich hoffe, dass ich meine Familie gleich wieder sehen werde.

Traurige Neuigkeiten. Das letzte männliche Wesen der Spezies Mensch ist verstorben. Es verbleiben nur noch zwei weibliche Wesen. Damit wird die Spezies Mensch aussterben. Die Regierung hat alles getan, um diese außerordentlich interessante Tierart nicht aussterben zu lassen, doch durch die Vielzahl von Jägern, die ohne Vorwarnung auf die Erde eingefallen sind, wurden bis auf wenige Exemplare alle getötet. Die Menschen sind eine schwach entwickelte Tierspezies. Ihre gesamte Rasse hat sich nur auf einem Planeten befunden. Das männliche Wesen hat sich nicht mit einem weiblichen Wesen fortgepflanzt. Das lässt auf tiefe soziale Kompetenzen schließen. Erfahren Sie alles über den Menschen in der heutigen Dokumentation.

Kleidung ist der Mensch

Ich drücke die Tür zu der Obdachlosenhilfe auf und gehe hinein. In der Eingangshalle, die eigentlich nur ein schmaler Flur ist, steht Tanja. Sie grüßt mich und lächelt mich freundlich an. Ich kenne sie bereits und sie kennt mich, aber trotzdem gehe ich ohne ein Wort zu sagen an ihr vorbei. Es ist mir unangenehm hier zu sein. Die Obdachlosenhilfe in Satersburg verschenkt Kleidung an Bedürftige. Ich bin bedürftig, leider geworden, aber versuchen Sie mal ohne jegliche Motivation und Hilfe aus diesem Sumpf heraus zu kommen. Am anderen Ende des Flurs befindet sich ein großer Raum. In den dutzenden Metallregalen finden sich Pullover, Shirts, Hosen, Unterwäsche, Schuhe und Decken. Alle frisch gewaschen und gebügelt. Wie bei Mama.

Ich sehe ein paar andere Obdachlose, Menschen die ich kenne, mit denen ich hin und wieder mal geredet habe, aber meistens bin ich alleine. Man sollte meinen, dass man nicht tiefer fallen kann, wenn man obdachlos wird. Die meisten wenden sich dann den Drogen zu und das ist das eigentlich Schlimme. Aber ich kann es verstehen. Ich bin oft am verzweifeln, weil ich zu viel nachgedacht habe und sehne mich einfach nur nach Ruhe und Vergessen.

Ich schiebe mich an einem stinkenden Kerl vorbei und bleibe vor dem Regal mit den T-Shirts stehen. Den Winter habe ich gut überstanden, hat eigentlich keinen Tag gegeben, an dem ich wirklich gefroren habe. Aber dafür habe ich auch Unmengen an Kleidung gebraucht, die jetzt total löchrig und abgenutzt ist.

Ich betrachte einige Shirts, klar, man sollte nehmen, was man angeboten bekommt, aber hier gibt es ziemlich viel Auswahl. Das Design ist mir sowieso im weitesten Sinne egal, solange es sich gut anfühlt. Also streiche ich über jedes Shirt ein Mal rüber. Alle fühlen sich gleich an, natürlich tun sie das.

Doch beim Letzten stocke ich. Irgendwie ist der Stoff weicher, viel angenehmer. Ich ziehe es heraus und entfalte es. Ein schlichtes, dunkelrotes T-Shirt und doch hat es irgendwas Faszinierendes an sich. Ich ziehe meine Jacke und mein altes Oberteil aus, lege es auf den Boden und ziehe das Neue über. Es fühlt sich gut an, so wunderbar weich, wie die edelste Seide. Eine angenehme Gänsehaut läuft mir über den Rücken.

Ich atme tief die Luft ein, denn der Stoff fühlt sich nicht nur gut an, sondern riecht auch wunderbar. Irgendwie einzigartig, nicht nach dem typischen, billigen Waschmittel. Ich ziehe mich wieder um, werfe mir das Kleidungsstück über die Schulter und suche mir noch eine neue Regenjacke und Halbschuhe.

Das alles bringe ich zu Tanja, die es in eine Liste eintragen muss. Die Regenjacke und Halbschuhe findet sie sofort, bei dem T-Shirt dauert es eine Weile.

»Es steht nicht auf der Liste«, meint sie. »Aber das ist nicht so schlimm, man kann schließlich nicht jede einzelne Socke kontrollieren.«

Ich nicke verständnisvoll, obwohl ich es nicht verstehe, bedanke mich und ziehe mir die neuen Sachen an. Dann verlasse ich die Obdachlosenhilfe.

Ich werde schnell müde. Es ist ein angenehmer, warmer Frühlingsabend und nachdem ich ein wenig Brot gegessen habe, lege ich mich in einem Park schlafen. Zuerst versuche ich es noch zugedeckt, doch das T-Shirt wärmt mich so gut, dass ich die Decke wenig später beiseite lege.

Als ich aufwache, spüre ich den seidenen Stoff. Es ist ein so angenehmes Gefühl und ich freue mich, dass es erhalten geblieben ist, nachdem ich es jetzt einige Stunden getragen habe. Immer noch wie neu und frisch gewaschen. Dann höre ich die Vögel und bemerke die hellen Sonnenstrahlen. Merkwürdig. Warum denke ich sofort nach dem Aufwachen an das Shirt? Das tut man nie.

Ich taste mich ab, fühle den Stoff, aber zucke im selben Moment zusammen. Irgendwie habe ich meine Haut berührt, obwohl da eigentlich die Seide zwischen sein müsste. Ich muss wirklich sehr stark geschwitzt haben, wenn das Shirt so dicht anliegt.

Ich rapple mich auf, greife nach meiner Tasche, die ich als Kopfkissen benutzt habe und gehe in die Einkaufsstraße, in der ich oft meine Tage verbringe, um nach Geld zu fragen.

Dort betrachte ich mich in der Spiegelung eines Schaufensters. Meine Brustwarzen sind zu sehen, allerdings ist mein gesamter Oberkörper dunkelrot verfärbt. Ich streiche über meinen Körper. Ich fühle Stoff. Was passiert hier? Anscheinend habe ich das Shirt im Schlaf ausgezogen, oder es wurde mir weggenommen. Und die Farbe hat halt einfach abgefärbt. Das ist die logischste Erklärung, die ich habe. Die Qualität des Shirts ist schlecht und jemand muss es mir geklaut haben, ich habe immer einen sehr tiefen Schlaf.

Ich setze mich irgendwo in der Fußgängerzone hin und stelle meinen Becher auf. Ich habe die Erfahrung gemacht, dass die Leute im Frühling am meisten spenden. Vermutlich weil sie glücklich sind, dass der Winter vorbei ist. Während ich warte, versuche ich mir die Farbe abzukratzen. Meine Haut fühlt sich so komisch an, so pelzig. Die Farbe muss sich echt stark abgesetzt haben, denn als ich meine Haut so stark strapaziert habe, fange ich an zu bluten, ohne das meine normale Hautfarbe zu sehen ist. Ich gehe zu einem Brunnen und versuche die Farbe abzuwaschen. Auch das bringt nichts. Ist das vielleicht ein Tattoo? Ein blöder Witz von einem Shirt-Hersteller? Man zieht es sich an und dann brennt es sich auf seine Haut. Hätte ich mir nur den Firmennamen gemerkt.

Ich gehe zu einem Arzt, der sich darauf spezialisiert hat Tattoos zu entfernen. Er begrüßt mich freundlich und will sofort mit der Behandlung beginnen, ohne überhaupt nur nach meinem Ausweis oder Versicherungskarte zu fragen. Ich muss anscheinend einen ganz normalen Eindruck machen. Das macht mich glücklich.

Ich lege mich auf eine Liege und der Doktor bereitet sich auf die Behandlung vor.

»Das ist ein sehr großes Tattoo, das ich nicht in einer einzigen Sitzung entfernen werden kann. Ich denke neun oder zehn Sitzungen werden wir schon brauchen.«

»Das ist in Ordnung. Ich mag es nicht mehr.«

»Es ist auch sehr merkwürdig. Einfach nur eine dunkelrote Farbe auf dem Oberkörper, auf den Armen und am Hals – würde ich mir niemals stechen lassen. Aber es gibt oft Fälle in denen die Leute mit ihren Tattoos unzufrieden werden. Und das hier ist bei weitem nicht das Merkwürdigste.«

»Arme und Hals? Eigentlich ist es nur T-Shirt-groß.«

»Nein, ist es nicht. Es reicht bis zu Ihren Handgelenken und geht fast bis zum Kinn.«

Ich reiße meine Arme nach und oben und starre sie an. Tatsächlich hat sich die rote Farbe bereits bis zu den Handgelenken ausgebreitet. Wie ist das möglich? Ich streiche mit meiner Hand über meinen Arm. Ich fühle die Berührung auf meiner Haut, aber die Haut fühlt sich immer noch merkwürdig pelzig an.

»Ich fang dann jetzt an«, sagt der Doktor und legt ein stiftgroßes Gerät an meinem Bauch an, das in regelmäßigen Abständen Laser auf meine Haut schießt. Ich habe das mal in einem Video gesehen. Eigentlich sollte das Tattoo verpuffen und leicht rötliche Haut hinterlassen. Hier aber tut sich nichts. Ich sehe, wie der Doktor seine Stirn runzelt. Er verlässt den Raum und kommt mit einem anderen Gerät wieder, doch das funktioniert auch nicht.

»Sehr sonderbar. Eigentlich funktioniert diese Methode immer. Ist das ein besonderes Tattoo?«

Ich will ihm nicht die *wahre* Geschichte erzählen. Sie klingt viel zu merkwürdig, um geglaubt zu werden.

»Ich habe es in Südafrika stechen lassen.«

Der Doktor nickt.

»Mhm, ja, kann sein, dass die da andere Methoden haben. Ich kann Ihnen heute nicht helfen, aber wenn Sie morgen vorbei kommen würden, damit ich ihre Haut weiter untersuchen kann, wäre das sehr freundlich.«

»Ja, natürlich.«

Der Arzt begleitet mich mit einer Hand auf meiner Schulter heraus und verabschiedet sich. Verstört verlasse ich das Gebäude. Ein Tattoo, das nicht entfernt werden kann. Ein Tattoo, dass sich wie Stoff anfühlt. Ein Tattoo, dass sich über den gesamten Körper ausbreitet.

An einer leeren Seitengasse ziehe ich meine Hose aus um meine Beine zu kontrollieren und meine schlimmsten Befürchtungen werden wahr. Nicht nur, dass sich die dunkelrote Farbe auf Arme und Hals ausgebreitet hat, nein. Auch meine Oberschenkel sind schon komplett von dem sonderbaren Tattoo eingenommen worden und auch sie fühlen sich nicht wie richtige Haut an. Ich weiß nicht, was ich tun soll. Ich denke, dass ich dem Doktor morgen die Wahrheit sage und hoffe, dass er mir helfen kann.

In der Nacht wache ich auf. Mir ist heiß. Unfassbar heiß.

Mir schießt ein Bild in den Kopf. Von früher, als ich mit meinem Vater zelten war. Es war Sommer, dreißig Grad draußen und ich lag im Schlafsack, schwitzte unfassbar stark und bekam kaum Luft. Genauso fühle ich mich gerade, nur dass ich hier keinen Reißverschluss habe, den ich einfach aufziehen kann. Ich taste mein Gesicht ab. Stoff. Überall Stoff, an den Lippen. Sogar über den Ohren.

Ich sehe nichts. Eigentlich müsste ich eine Laterne sehen, irgendein Licht, aber ich sehe nur Schwärze. Auch meine Augen sind von dem Stoff überzogen. Ich atme schwer. Mir ist heiß. Ich gehe hier ein. Ich spüre, wie irgendetwas in meinen Mund kriecht. Ein Ball aus Watte, so schmeckt es jedenfalls. Ich kann nichts dagegen tun. Mein Speichel wird aufgesaugt und ich schmecke die heiße Luft in meinem Mund, die durch den Watteball nicht mehr entweichen kann.

Irgendwie schaffe ich es nach meinem Rucksack zu tasten, hole mein Taschenmesser heraus und will meinen Mund freischneiden. Doch als die Klinge in den Stoff eindringt, durchfährt mich ein unglaublicher Schmerz. Ich spüre wie irgendetwas Flüssiges über mein Gesicht läuft.

Blut? Blutet der Stoff? Ein schmatzendes Geräusch ertönt, als ich die Klinge wieder raus ziehe. Das ist kein Stoff. Das ist kein Stoff … mehr. Die Watte verfestigt sich in meinem Mund. Ich schmecke Blut, Fleisch, irgendetwas bewegt sich. Und ich bekomme keine Luft mehr. Keine Luft mehr. Mir ist heiß. Ich versuche den fleischigen Stoff irgendwie aus meinem Mund zu reißen. Doch nichts hilft. Irgendwann explodieren Sterne vor meinen Augen und ich werde in eine tiefschwarze Dunkelheit gerissen.

Hände

Meine Hände sind weg. Ich weiß nicht warum oder wie das passiert ist. Ich weiß nur, dass meine Hände nicht mehr da sind. Meine Stümpfe bluten allerdings nicht und die offenen Wunden sind bereits mit Haut bedeckt. Meine Hände sind wohl schon länger weg, ohne, dass ich es gemerkt habe.

Die Tür öffne ich, in dem ich mit dem Kopf die Klinke nach unten drücke – anders geht es nicht. Ich betrete den Hausflur und klopfe gegen die Tür von meinem Nachbarn, vielleicht weiß er, was mit meinen Händen passiert ist.

Es dauert eine ganze Weile, bis die Tür von meinem Nachbarn aufschwingt. Er scheint gerade noch geschlafen zu haben, denn seine Haare sind verwuschelt und er hat nur ein T-Shirt und eine Boxershort an. Er blickt mich dennoch freundlich an.

»Guten Morgen, Herr Müller. Meine Hände sind weg, haben Sie vielleicht eine Ahnung wo ich sie finden könnte?«

Mein Nachbar fängt daraufhin an zu lachen.

»Oh, guter Nachbar. Ich kann Ihnen leider nicht helfen. Meine Hände sind nämlich auch verschwunden.«

»Hm, naja. Kann man nichts machen«, verabschiede ich mich.

Ich verlasse den Wohnblock und gehe in die Innenstadt, um dort das Fundbüro aufzusuchen. Auf dem Weg dorthin sehe ich andere Menschen, denen ebenfalls die Hände fehlen. Einer führt seinen Hund Gassi und hält die Leine mit seinem Mund, andere hingegen haben sich ihre Aktentasche unter die Achseln geklemmt. Das Leben geht weiter. Auch ohne Hände.

Die Tür zum Fundbüro ist schwer zu öffnen, da mir der Knauf immer wieder von meinem Stumpf abrutscht und in seine ursprüngliche Form zurückfällt. Nach einigen Minuten drückt glücklicherweise ein Mann die Tür von der anderen Seite auf, grüßt mich und spaziert davon. In dem Fundbüro ist es angenehm warm. Der Geruch von billigem Kaffee liegt in meiner Nase. Hinter einer Glasscheibe sitzt eine junge Frau, die mich anguckt.

»Kann ich Ihnen helfen, der Herr?«

Neben ihrer Tastatur steht eine Tasse Kaffee, in den sie einen Strohhalm gesteckt hat.

»Guten Tag. Ich suche meine Hände. Irgendwo muss ich sie verloren haben.«

Die Empfangsdame nickt, haut mit ihren Stümpfen auf die Tastatur und guckt mich danach mitfühlend an.

»Tut mir Leid. Aber hier wurden die letzten drei Wochen keine Hände abgegeben. Vielleicht haben Sie morgen mehr Glück.«

»Na ja, kann man nichts machen. Danke, jedenfalls«, verabschiede ich mich.

Die Tür geht zur anderen Seite viel einfacher auf, da ich einfach nur drücken muss. Zurück in der Innenstadt fängt mein Magen an zu knurren. Es ist bereits Nachmittag geworden. Auf dem großen Platz in der Stadtmitte bestelle ich mir ein halbes Hähnchen ohne Flügel. Es ist zwar schwer und man saut sich ordentlich ein, doch ich schaffe es trotzdem alles aufzuessen. Auch das Abputzen mit den Servietten funktioniert. Ich könnte mich daran gewöhnen keine Hände zu haben.

Auf einmal fängt es hinter mir an zu rumoren. Ein Mann läuft an mir vorbei und presst sich an die Wand.

»Bitte, Sie müssen mir helfen!« Das Rumoren wird lauter. Ich kann Stimmen hören und spüre schwere Schritte auf dem Boden.

»Haben Sie etwas verbrochen?«, frage ich gelassen. Tief im Inneren bin ich allerdings gespannt. Der Mann blickt sich panisch um.

»Nein, habe ich nicht! Bitte halten Sie die Mörder auf!«

Er zittert und auf seiner Stirn glänzen Schweißperlen. Ich habe Mitleid mit ihm. Die Menschenmasse, die den armen Mann ermorden will, kommt näher. Ich schiebe meinen Stuhl nach hinten, stehe auf und stelle mich ihnen entgegen.

»Lasst den Mann in Ruhe! Er hat euch nichts getan!«

Die Menschen bleiben stehen und starren mich an.

»Du bist einer von uns, wie kannst du ihn verteidigen?«, schreit eine Frau.

»Geh aus dem Weg! Er hat unsere Hände!«, schreit ein Mann.

Ich bin verwirrt, gucke abwechselnd in die wütenden Gesichter vor mir. In diesem Moment fliegt ein Stuhl an mir vorbei, trifft einen aus dem Mob am Kopf, der nach hinten fällt und sich mit seinen Stümpfen den aufgeplatzten Kopf reibt. Reflexartig drehe ich mich um.

Der Mann greift nach einem weiteren Stuhl und schmettert ihn der handlosen Menschenmasse entgegen. Er griff nach dem Stuhl und warf ihn. Mit seinen Händen. Woher hat er diese Hände? Sie sehen meinen Händen erstaunlich ähnlich. Hat er mir sie geklaut oder hat er sie nur gefunden und mir nicht zurück gegeben?

Wieder greift er nach einem Stuhl und wirft ihn einer Frau in den Bauch.

»Verschwindet! Ich habe euch nichts getan!«

»Du hast meine Hände! Gib mir meine Hände wieder!«, schreie ich ihn an.

Mein Mund fühlt sich trocken an. Ich bin geschockt. Ich kann nicht fassen zu was für Schandtaten einigen Menschen fähig sind.

»Ich habe deine Hände nicht. Keine Ahnung wo sie plötzlich sind. Ich scheine der einzige Normale noch zu sein.«

»Lügner!«

»Das hier … « Er hebt seine Hände in die Luft. »Das hier sind meine Hände – ich schwör's euch!«

Plötzlich rennt jemand an mir vorbei und versucht den Mann mit seinen Stümpfen zu schlagen. Immer mehr Leute schlagen auf ihn ein, beginnen zu treten als er zu Boden sackt. Ich mache mit. Er ist daran Schuld, dass ich keine Hände mehr habe. Er und alle anderen die es wagen würden ihre Hände zu zeigen. Alles Diebe, alles Verbrecher. Alle haben nichts anderes als den Tod verdient.

Reset

Merkwürdige Kreaturen fallen über die Erde her. Sie sind nicht friedlich und reißen jeden Soldaten, jedes Kriegsgerät, alles was sich ihnen in den Weg stellt in Stücke. Sie sind intelligenter als die Menschen und versklaven die Zivilisten, anstatt sie hinzurichten. Die Erde bleibt menschenleer zurück, als die Aliens abheben und mit ihren hochmodernen Raumschiffen ihren Weg durch den Kosmos fortsetzen.

Ich kann die Schwere meiner Gedanken kaum beschreiben, als ich die Augen aufschlage und realisiere, dass es alles nur ein Traum ist. Leider. Seit 35 Jahren geht es schon so. Seit 35 Jahren lebe ich auf dieser Welt und seit 15 Jahren arbeite ich in dem gleichen, langweiligen, monotonen, aussichtslosen Büro mit Kollegen die ich nicht mag, die mich sogar verspotten und provozieren und erledige Aufgaben die ich hasse. Von Anfang an haben sie damit angegeben, dass sie mehr haben als ich. Ich werde einfach von überall her mit den Erfolgen anderer voll geworfen, während ich hier verrotte und der Meinung bin, dass ich meine Zeit verschwende. Ich trete seit meiner Geburt an auf der Stelle.

Doch nicht nur beruflich belastet mich mein Leben, auch sozial. Die einzigen Menschen mit denen ich rede sind meine arroganten Arbeitskollegen. Meine Familie hat mich verstoßen, ich habe immer noch nicht begriffen, wieso. Freunde habe ich keine, offenbar bin ich einfach nicht sympathisch genug.

Doch sooft ich die Schuld für mein Leben auch bei mir suche, genauso oft fällt mir auf, dass ich eigentlich nichts dafür kann. Die anderen sind Schuld. Die anderen machen mein Leben zur Hölle. Und das seit verfickten 35 Jahren. Doch damit ist heute Schluss.

Ich stecke die Handfeuerwaffe in meine Tasche, steige ins Auto und fahre los. Nach wenigen Minuten stehe ich im Stau. Wie jeden verdammten Tag. Überall Stau und dazu kommt noch die ätzende Hitze, die, obwohl es erst früh am Morgen ist, bereits jetzt unerträglich scheint. Da hilft das ranzige Gebläse in meiner Karre auch recht wenig. Ein Wunder, dass es überhaupt noch fährt.

Ich komme total verschwitzt im Büro an. Mein Gesicht ist nass und meine Kleidung klebt an mir. Immerhin ist es im Büro angenehm kühl, es ist das wenige Glück, dass ich hier habe.

Ich lege meine Tasche neben meinen Schreibtisch, fahre den Computer hoch und gerade als ich mich setzen will, kommt mein Chef auf mich zu. Ich solle doch bitte sofort in sein Büro kommen. Ich seufze und gehe ihm hinterher, kann mich noch nicht ganz überwinden die Waffe aus dem Rucksack zu holen und alle Kollegen in diesem verdammten Scheiß-Büro niederzustrecken.

Was mein Chef mir zu sagen hat, ist lächerlich. Mein Auftreten lenkt die anderen Mitarbeiter angeblich von ihrer Arbeit ab. Mein vollgeschwitztes Auftreten, der Geruch, der zur Mittagszeit von mir ausgeht. Und so wirklich produktiv bin ich auch nicht.

Ich versuche mich trotzdem noch zu rechtfertigen, irgendwie ist mir doch noch nicht alles egal. Doch mein Chef ignoriert mich und droht mir mit einer Kündigung, wenn ich noch einmal so vollgeschwitzt ins Büro kommen sollte.

Mit einem dumpfen Brummen im Kopf gehe ich zu meinem Schreibtisch zurück, lasse mich auf den Stuhl fallen und blicke für einige Zeit gedankenverloren auf den leuchtenden Bildschirm.

Die Waffe rausholen, schießen, Vergeltung. Es kann so einfach sein. Ich muss mich nur noch ein kleines bisschen mehr überwinden, dann ...

»Hey, Mann. Na, wie war dein Wochenende?«

Schmidt steht neben meinem Schreibtisch. Er trägt einen teuren Anzug, ist perfekt gestylt. Auf seiner Haut kann ich keinen einzigen Schweißtropfen erkennen. Wie macht er das nur?

»Ja, war ganz okay«, gebe ich auf seine Frage zurück. Er grinst mich an und zeigt dabei seine perfekten, weißen Zähne.

»Na, komm schon. Erzähl mir ein bisschen davon. Was hast du so gemacht?« Er blickt mich durchgehend mit seinen hochgezogenen Augenbrauen an. Erwartungsvoll, ausdrucksstark, sympathisch. Es ist wieder nur irgendeine von seinen Macken.

»Ich hab ein paar Serien geguckt.«

»Cool«, sagt Schmidt und ist für ein paar Sekunden ruhig. Es ist eine sonderbare Stille, eine Stille, bei der man merkt, dass das hier kein vernünftiges Gespräch ist. »Ich war mit den Kids im Pool, haben jetzt ja ein eigenes. Es ist so klasse! Man kann die 25 Meter Bahn nutzen um zu schwimmen und dann gibt es auch noch ein Whirlpool zum Entspannen. Bei dem Wetter genau das Richtige.«

Er starrt mich erwartungsvoll an, will vermutlich, dass ich ihm Fragen stelle. Doch ich bleibe leise und stelle mir vor wie er mit einer blutigen Kopfwunde nach hinten kippt und reglos liegen bleibt.

»Und eines meiner Autos hat jetzt eine Kühlanlage für die Sitze, damit die nicht so warm sind. Ich schwitze dadurch einfach nie, es ist so angenehm. Würde dir bestimmt auch mal guttun, oder?«

Sein gestellt freundlicher Blick wandelt sich zu einem abfälligen Gesichtsausdruck, während er die Tropfen auf meiner Stirn und die Flecken unter meinen Achseln begutachtet.

»Und meine Frau hat sich jetzt die Dinger machen lassen. Solche Prachtstücke sind das jetzt, ich könnte mich durchgehend mit ihnen beschäftigen, wenn ich nach Hause komme. Oh, warte mal – mach ich ja sogar. Wie geht's eigentlich deiner Freundin?«

Ich starre ihn mit einem verbitterten Blick an. Er soll aufhören zu reden, er soll aufhören mich zu nerven, weiß er denn nicht, dass er sich gerade sein eigenes Grab schaufelt? Will er es wirklich darauf anlegen?

Toll, Schmidt, dass deine Frau großartige Titten hat, aber das wird dir auch nichts mehr bringen, wenn ich dich durchsiebt habe, du blöder Wichser. Dann sagt er etwas, dass mich sehr schwer treffen soll, aber irgendwie bleibe ich ruhig. Die Ruhe eines Verzweifelten, dem alles egal ist, nehme ich an.

»Ach, die hat sich ja vor einen Zug geworfen. Sorry, hab ich vergessen. Aber eigentlich hättest du es ja auch merken müssen, dass mit ihr etwas nicht stimmt, oder nicht? Aber na ja, ist jetzt auch kein großer Verlust, so schön war sie ja nun auch nicht.«

Ich blicke gedankenverloren an den leuchtenden Bildschirm, auf dem der Befehl, dass man sich einloggen soll, rhythmisch aufleuchtet.

»Na ja, ich mach dann mal Feierabend. Bis morgen.«

Die Arbeitszeit beginnt um acht Uhr. Nun ist es acht Uhr zwanzig. Warum kann mein Kollege nach zwanzig Minuten das Büro verlassen und hat viel mehr Geld, viel mehr Erfolg, als ich, während ich acht bis zwölf Stunden am Tag hier schufte.

Aber er hat gerade mein Leben eigentlich richtig zusammengefasst. Ich habe nichts. Ich habe keinen Pool und kein großes Haus, sondern nur eine ranzige, winzige Wohnung. Mein Auto ist alt und es ist ein Wunder, dass es noch fährt. Von Kindern fehlt auch jede Spur, ich bin absolut unattraktiv für jegliche Frauen und wäre vermutlich auch als Vater ein totaler Versager. Und die Person, die mich irgendwann mal gemocht hat, hat sich vor einen Zug geschmissen. Ich bin ein Nichts in dieser Welt und sie braucht mich einfach nicht mehr.

Es reicht. Es reicht einfach. Ich halte es nicht mehr aus. Ich greife in meine Tasche und hole die Pistole heraus. Einige Kollegen blicken mich an, als sie das Entsichern der Waffe hören. Ich stehe auf, richte die Pistole auf Schmidt, der gerade dabei ist in Richtung der Tür zu gehen und drücke ab. Er kippt einfach nur nach vorne und bleibt regungslos liegen.

Es ist für ein paar Sekunden still im Büro, dann fängt die Panik an. Einige Kollegen kreischen und versuchen zum Ausgang zu laufen, andere werfen sich hinter ihren Schreibtisch und versuchen sich zu verstecken. Einer kommt auf mich zu, will ruhig mit mir reden, es mit Wörtern klären, doch ich baller ihm seine gestellte Freundlichkeit einfach aus dem Gesicht.

Ich schieße und schieße, töte und töte. Meine Kollegen schreien, weinen, stehen unter Schock. Es ist ein gigantisches Chaos in dem Büro. Auf dem Boden liegen einige Leichen und beflecken den rauen Teppich mit ihrem Blut.

Ich fühle mich frei und erleichtert, aber auch wütend und einsam. Und dann passiert etwas, mit dem ich nicht gerechnet habe. Mit einem Mal stehen alle wieder auf. Die Kollegen, die wie wild an der Tür gezogen haben, lassen von ihr ab, lassen ihre Arme hängen und gucken mich an. Genauso wie die Leute, die sich versteckt haben. Sie stehen auf und starren.

Ich hebe die Waffe, fühle mich eingeengt. Greifen die mich alle gleichzeitig an? Wenn ja, dann würde ich verhaftet werden. Aber ich geh nicht in den Knast, auf gar keinen Fall. Dann bemerke ich, wie sogar die Toten wieder aufstehen. Sie haben Löcher in ihren Körpern und Köpfen und bluten, aber trotzdem stehen sie genauso gerade, wie alle anderen vor mir und starren mich an.

Was ist hier los? Was passiert hier?

Ich bin kurz davor meinen Verstand zu verlieren, als meine Kollegen gleichzeitig einen Schritt nach vorne machen. Einen Schritt näher zu mir. So viele Kugeln habe ich nicht. Ich kann sie nicht alle töten, irgendwer wird mich überrumpeln und dann würde ich den Rest meines Lebens eingesperrt sein.

Ich bin aber schon viel zu lange eingesperrt gewesen. In meinem Job, in meinem Körper. Es wird Zeit es zu ändern. Ich führe den

Lauf der Pistole an meinen Kopf und drücke ab.

Doch ich sterbe nicht. Das einzige, was sich ändert ist der Raum in dem ich mich befinde. Das Büro verschwindet, die Tische, Stühle, Computer, alles verblasst und lässt mich in einem etwa zehn mal zehn Meter großen Raum zurück. Die Wände sind aus Metall und ein gigantischer Scheinwerfer leuchtet auf mich hinab. Meine Kollegen stehen um mich herum. Nein, es sind nicht mehr meine Kollegen. Es sind Metallstangen, Drähte, Räder, Scheinwerfer in humanoider Form. Androiden.

Verwirrt blicke ich auf die Waffe in meiner Hand. Sie wiegt nur wenige Gramm und besteht anscheinend aus billigem Plastik. Was wird hier gespielt?

Plötzlich dröhnt eine Stimme durch den Raum und hallt an den Wänden wieder.

»Hier spricht Maak L´krkalrk, Anführer der Mrniner. Ich habe mir dein Sprache angelernt, damit ich sagen kann: gut gemacht. Du bist unser best Versuchsobjekt. Du hast 35 Jahre gebraucht, um durchzudrehen. Andere von dein Spezies haben viel kürzer ausgehalten. Das ist neuer Rekord. Glückwunsch!«

Ich bin total überfordert. Plötzlich aus dem Leben gerissen zu werden ist unbeschreiblich komisch. Mein Hirn will nicht mehr. Es kann auch gar nicht mehr. Ich kann nicht mehr.

Wie kann ich das Gefühl beschreiben, wenn man merkt, dass sein ganzes Leben eine Simulation gewesen ist. Von Geburt an war alles gestellt. Ich bin das einzige Lebewesen auf der Welt gewesen, ich hätte alles tun können, ich hätte alles werden können.

Wie kann ich beschreiben, dass man 35 Jahre in einem zehn mal zehn Meter großem Raum gehalten wurde, wie ein Tier, wie ein Versuchsobjekt. An mir ist getestet worden, wie viel ein Mensch aushalten kann. Wie viel psychischen Druck und Ungerechtigkeit eine einzige Person erträgt.

Wenn das ganze Universum in dem man sich befindet nur dafür existiert, um einen zu zermürben, ist es dann nicht fast schon gut endlich aufzuwachen? Alles was ich weiß, alles was ich gelernt habe, ist nichts mehr wert. Ich weiß nicht wer ich bin und wer ich früher war. Es ist alles so wertlos und falsch. Die Familie, die Menschen.

Der Traum, die Aliens. Alles Geträumte ist eigentlich wahr. Vielleicht ist es auch gut so. Vielleicht sind die Aliens nett zu mir, bringen mir bei, was ich brauche. Ich kann hier leben. Ich bin schließlich der Beste meiner Art. Ich bin viel wert, oder etwa nicht? Ein Neuanfang. Auf einem anderen Planeten, mit anderen Lebewesen, mit anderem Wissen, als anderer Mensch. Bin ich dann eigentlich noch ich selbst?

Wahrheit

Es war ein merkwürdig anzusehendes Schaubild. Drei Männer, alle um die Mitte dreißig, saßen in einem kleinen Raum ohne Fenster. In der Mitte ein Tisch. Alex und Toni saßen sich gegenüber. Sie konnten sich nicht bewegen. Ihre Hände waren auf den Tisch gebunden und die Beine an den Stuhl. Jannis hingegen konnte sich bewegen. Er hatte die beiden schließlich auch entführt und dort hin verschleppt. Er mochte es mit Menschen Spiele zu spielen. Es waren keine gemütlichen Runden Poker oder Monopoly, sondern Spiele über Vertrauen. Vertrauen und Gerechtigkeit.

Er hatte sich seine Opfer gut ausgesucht. Er hatte sie wochenlang gestalkt, ihre Familien beobachtet, jede Sekunde ihres Lebens mit angesehen. Und nun wollte er mit ihnen spielen.

Alex und Toni hatten sich längst mit der Situation abgefunden. Sie hatten keine Möglichkeit sich zu befreien und Jannis antwortete nie auf die Fragen, die sie stellten.

Jannis: »Also, hört zu Jungs. Ich möchte, dass das Ganze hier problemlos abläuft. Wir spielen nur ein kleines Spiel. Sonst nichts. Aber keine Sorge. Es ist ein einfaches Spiel. Ihr müsst nur die Wahrheit sagen.«

Die Neonröhre, die den grauen Raum als einzige Lichtquelle beleuchtete, flackerte hin und wieder, sodass die drei Männer manchmal für einige Augenblicke in Dunkelheit gehüllt wurden. Jannis zog seelenruhig ein Hackbeil hervor und legte es auf den Tisch. Alex und Toni stockte der Atem.

Alex: »W-Was ist das?«

Toni: »Was haben Sie damit vor?«

Jannis lehnte sich ein wenig zurück.

Jannis: »Ich erkläre euch nun die Spielregeln. Hört gut zu, denn ich sage es nur ein Mal.«

Alex rüttelte an seinen Fesseln.

Alex: »Sie Irrer! Was haben Sie mit uns vor?«

Jannis: »Wie ich sagte. Nur ein kleines Spiel. Also, die Regeln. Ich stelle jedem von euch insgesamt zehn Fragen. Zuerst Alex, danach Toni. Ihr müsst die Fragen richtig beantworten, sonst … «

Jannis machte eine Pause.

Toni: »Sonst was?«

Jannis: »Sonst wird dem Gegenüber ein Finger abgehackt. Ein Finger für jede falsch beantwortete Frage.«

Alex: »Das heißt, wenn ich eine Frage falsch beantworte, dann wird Toni ein Finger verlieren?«

Auf dem Gesicht von Jannis breitete sich ein Grinsen aus und er guckte Alex amüsiert an.

Jannis: »Korrekt. Ein lustiges Spiel, nicht wahr?«

Toni: »Pff. Was für eine Wahl haben wir?«

Jannis: »Gar keine.«

Jannis steckte eine Hand in seine Hosentasche und holte einen kleinen Zettel hervor. Auf dem Zettel hatte er sich zwanzig Fragen notiert.

Jannis: »Also, Alex. Fangen wir mit Frage 1 an. Bist du bereit?«

Alex: »Nein ... ich meine ... was ist, wenn ich nicht antworte?«

Jannis: »Oh, natürlich. Ich hatte vergessen euch eine kleine Einschränkung zu erläutern. Also, wenn ihr nicht antworten solltet, dann ist das Spiel abgebrochen und ich werde euch beide umbringen. Mit diesem Hackbeil. Das wird ganz schön blutig und schmerzhaft, also solltet ihr mir lieber antworten.«

Alex: »Okay. Verstanden.«

Jannis: »So ist gut. Also. Frage 1. Wie ist dein Name?«

Alex guckte Jannis verwirrt an. Er wusste nicht, ob die Frage ernst gemeint war, oder sie nur zum Spaß gestellt wurde.

Alex: »A-Alex.«

Jannis starrte Alex sekundenlang in die Augen. Er sagte nichts, er verzog keine Miene. Er starrte nur.

Jannis: »Das ist richtig! Toll gemacht! Nun kommen wir zur zweiten Frage.«

Alex: »Entschuldigung. Sind alle Fragen so einfach?«

Jannis: »Oh.«

Jannis zog eine Augenbraue hoch.

Jannis: »Das wirst du noch früh genug merken. Wo wohnst du, Alex?«

Alex: »In Lüdge. Das ist in der Nähe von Bielefeld.«

Jannis: »Ich weiß. Und das ist auch richtig. Denn wisst ihr, ich habe euch wochenlang beobachtet. Ich weiß, was ihr alles so getrieben habt. Ein gutes Leben habt ihr geführt. Frage 3. Was bist du von Beruf?«

Alex: »Maurer.«
Jannis: »Leider nur angestellt, nicht wahr? Für den Meister hast du dich zu wenig ins Zeug gelegt.«
Alex: »Ja, ich hatte einiges zu tun und … «
Jannis: »Ist ja gut, ist ja gut. Du brauchst dich nicht rechtfertigen. Wir alle können hier offen miteinander reden. Es wird etwas schwieriger. Frage 4. Was ist 124 Mal 67?«
Alex: »Nun, Mathe liegt mir nicht besonders.«
Jannis: »Willst du die Frage nicht beantworten?«
Alex: »Doch, doch. Ich muss nur ein wenig nachdenken.«

Jannis zuckte mit den Achseln, während Alex angestrengt nachdachte. Mathe war für ihn schon immer ein Problem gewesen. Das wusste Jannis. Er hatte ihn beim Einkaufen beobachtet, wie er am Kleingeld zählen verzweifelt war.

Toni: »Denk nach, Mann! Das ist nicht so schwer.«
Alex: »Ich versuchs ja!«

Alex versuchte die Zahlen irgendwie aneinander zu reihen. Er musste die Frage richtig beantworten, sonst würde Toni ein Finger verlieren. Er wollte nicht, dass er leiden musste. Er kannte ihn zwar nicht, doch er war in der gleichen Situation. Man musste sich unterstützen.

Alex: »8257.«

Alex war sich nicht sicher, ob das die richtige Antwort war. Er hatte es so gut es ging versucht.

Jannis: »Bist du dir sicher?«
Alex: »I-ich … also an sich … «

Jannis griff nach dem Beil und setzte es an einen von Tonis Fingern an.

Toni: »Oh Gott! Bitte nicht!«
Jannis: »Nun, Alex. Das war eine falsche Antwort.«

Jannis holte zum Schlag aus. Er war auf einen der kleinen Finger fixiert.

Alex: »Nein, Stop! 8308. 8308 ist die richtige Antwort.«

Wieder zog die Stille durch den Raum. Jannis schnalzte mit den Lippen.

Jannis: »Dann will ich mal nicht so sein. Das Ergebnis ist richtig und Toni darf seine Finger behalten. Vorerst.«
Toni: »Oh, Scheiße. Danke Alex. Mann, das war … Fuck.«

Die weiteren Fragen konnte Alex ohne Probleme beantworten. Er wusste Dinge wie 'Ist ein Apfel Obst oder Gemüse?', 'Auf welchem Kontinent liegt China?' oder 'Wer ist der Autor von dem Roman Blaue Tulpen?'. Doch bei der neunten Frage wurde es ernst.

Jannis: »Okay, Alex. Nächste Frage. Hast du mit der Frau von Toni geschlafen?«

Alex traf es wie ein Schlag.

Alex: »Ich bin verheiratet. I-ich ... «

Jannis: »Also hast du nicht mit der Frau von Toni geschlafen?«

Alex: »Ich bin eigentlich ... also bin meiner Frau nur ... nur ein einziges Mal fremd gegangen.«

Jannis: »Nein, das ist nicht richtig. Du hattest eine Affäre mit dieser Frau und daraufhin hat sie sich von Toni getrennt. Ist es nicht so, Toni?«

Tonis Blick war wutentbrannt auf Alex gerichtet.

Alex: »I-Ich wusste nicht, dass sie verheiratet war. Ich habe doch nur Trost gesucht. Es ... es tut mir Leid, Toni.«

Toni: »Du Wichser! Ich mach dich kalt, du verdammter Lügner!«

Jannis: »Und jetzt beruhigen wir uns alle wieder. Du hast die Frage noch nicht beantwortet, Alex. Hast du mit Tonis Frau geschlafen?«

Alex blickte auf seine gefesselten Hände.

Alex: »Ja.«

Jannis: »Die Antwort ist richtig! Jetzt bist du dran, Toni.«

Toni: »Bringen wir es hinter uns.«

Alex: »Moment mal. Fehlt bei mir nicht noch die zehnte Frage?«

Jannis: »Frage 1. Wie heißt du?«

Toni starrte Alex an. Er hatte seine Frau gefickt. Er hatte sie verführt und ihm gestohlen. Durch ihn hatte er alles verloren. Seine Frau, seine Ehe und sein Haus. Sein ganzes Leben, alles für das er gelebt hatte.

Jannis: »Du musst etwas sagen, sonst muss ich euch umbringen.«

Toni: »Sven.«

Jannis: »Die Antwort ist falsch.«

Jannis stand auf und griff nach dem Beil. Er fixierte den kleinen Finger von Alex.

Alex: »B-Bitte nicht!«

Man hörte das Beil auf den Tisch knallen. Blut spritzte aus Alex'
Wunde und färbte den Tisch in ein dunkles Rot.
Alex: »Ahhhh! Scheiße! Argh! Fuck! Du Bastard!«
Alex atmete laut und versuchte irgendwie seine Schmerzen zu
kontrollieren.
Jannis: »Frage 2. Wie alt bist du?«
Toni: »68.«
Jannis: »Das ist auch falsch. Was ist nur los?«
Noch ein Knall.
Alex: »Ahhhh! Oh Gott! Bitte!«
Jannis: »Frage 3. Was machst du beruflich?«
Toni: »Astronaut.«
Noch einer.
Alex: »Bitte! Ich flehe dich an! Beantworte die Fragen richtig!«
Toni: »Nein.«
So verlor Alex nach und nach seine Finger. Einmal fiel er fast in
Ohnmacht, doch Jannis holte einen Eimer Wasser und schüttete ihn
Alex ins Gesicht. Er hörte irgendwann auf zu schreien. Er starrte
nur noch auf seine Fingerstümpfe. Noch ein Schlag. Und noch einer.
Was machte es für einen Unterschied?
   Eine Blutlache tropfte von dem Tisch auf seine Beine. Er schwor
sich Rache. Er hatte Toni verschont, hatte alle Fragen richtig
beantwortet. Hätte er gewusst, dass Toni ihn so quälen würde, dann
hätte er sich weniger Mühe gegeben.
Jannis: »Also. Du hast alle Fragen bis jetzt falsch beantwortet,
Toni. Zeit für Frage 10.«
Jannis richtete sich auf und räusperte sich.
Jannis: »Hast du Alex' Tochter überfahren?«
Alex blickte auf. Er hatte seine Tochter vor einem halben Jahr
verloren. Sie wurde auf dem Weg nach Hause von einem
unbekannten Fahrzeug überrollt. Seine Frau hatte ihm dafür die
Schuld gegeben. Er sollte sie abholen, doch das Auto hatte einen
Schaden. Ihre Beziehung wurde kalt. Daraufhin hatte er sich nach
anderen Frauen umgesehen.
Toni: »Den einen Finger, Arschloch, darfst du gerne behalten. Ja,
ich habe sie überfahren. Es war ein Versehen, aber wenn ich
mir diesen Wichser angucke, dann tut es mir nicht Leid.«
Alex: »Du ... du hast sie getötet?«

Toni: »Und du hast mir meine Frau gefickt, du Arschloch. Kann ich jetzt gehen? Das Spiel ist vorbei.«

Alex fiel in sich zusammen. Der Mörder seiner Tochter saß vor ihm. Er hatte den Mörder seiner Tochter beschützt. Der Mörder seiner Tochter hatte ihm neun Finger genommen. Wo war die Gerechtigkeit?

Jannis: »Nun, das Spiel ich noch nicht ganz vorbei. Alex hat noch eine Frage offen.«

Toni: »Dann verlier' ich halt einen Finger. Das war's trotzdem wert.«

Jannis: »Alex, bist du bereit für Frage 10?«

Alex nickte.

Jannis: »Möchtest du dich an Toni rächen?«

Alex sagte nichts. Er starrte Toni tief in die Augen. Er wollte sich rächen. Er wollte Toni alles nehmen, was er noch hatte.

Jannis: »Hast du die Frage verstanden?«

Alex nickte erneut.

Toni: »Dann sag schon, Arschloch. Sag ›nein‹ und lass mir den Finger abhacken. Du widerlicher Scheißkerl.«

Jannis: »Alex, beantwortest du die Frage?«

Doch Alex schüttelte nur mit dem Kopf.

Toni: »Warum nicht, du Trottel?«

Jannis griff nach dem Beil und wandte sich Toni zu.

Jannis: »Da Alex keine Antwort gegeben hat ist das Spiel nun vorbei. Ihr kennt doch bestimmt noch die Regel, wenn das Spiel abgebrochen wird, oder?«

Jannis grinste. Alex grinste auch. Eine Träne rann ihm über das Gesicht.

Sinnlos

Das schrille Piepsen riss mich aus dem Schlaf. Ein Blick auf den Wecker verriet mir, dass es halb sieben war. Die roten Lichter brannten in meinen Augen. Aufstehen oder Liegenbleiben? Das war die Frage, die mir jeden Tag im Kopf hing.

Das Piepsen erklang nochmal. Ich war wohl eingenickt. Genervt warf ich die Uhr auf den Boden. Ich hörte ein Splittern und Knirschen. Das war bereits mein siebter Wecker in diesem Jahr. Ich knipste das Nachttischlicht an und zog mich um. Das letzte Mal geduscht hatte ich vor vier Tagen, musste reichen.

Außerdem hatte ich keine Lust. Es war wieder so eine nervtötende Nacht gewesen. Eine Nacht in der ich stundenlang wach lag und kurz vor Morgengrauen eingeschlafen war.

Ich schlurfte ins Badezimmer, schüttete mir kaltes Wasser ins Gesicht und fluchte. Eine widerliche Methode um wach zu werden. Ich griff nach dem Deodorant und sprühte mich sorgfältig ein. Es war kalt und juckte an einigen Stellen. Eigentlich hätte ich es auch lassen können.

Zum Frühstück gab es Haferflocken mit lauwarmer Milch, wie jeden Tag. Wie jeden Tag schmeckte es fad und hatte eine schleimige Konsistenz. Wie jeden Tag musste ich beim Herunterschlucken fast kotzen. Für mehr reichte nun mal die Zeit nicht. Gutes Frühstück würde sowieso keinen Unterschied machen.

Ich legte mich noch eine halbe Stunde auf das Sofa und guckte Frühstücksfernsehen. Gute Laune und Sonnenschein. Ein Blick auf meine Armbanduhr warf mich in die Realität zurück, die mich zwang, raus zu gehen. Das Wissen, dass heute ein besonderer Tag werden würde, gab mir immerhin einen Funken Motivation. Ich hatte es lange geplant und es würde für mich und andere eine Befreiung sein. Den Rucksack schulternd, verließ ich meine Wohnung.

Sowohl die Straße, als auch der Bürgersteig war mit grauem Schneematsch bedeckt. Eine unschöne Mischung, denn als ein Auto an mir vorbei fuhr, spritzte Dreck an meine Hose. Es war eigentlich egal, denn es machte sowieso keinen Unterschied. Eigentlich wäre man davon ausgegangen, dass Mitte Januar der Schnee etwas länger liegen bleiben würde, doch die Temperaturen schwankten ständig von plus zu minus und von minus zu plus. Ein weiteres Auto fuhr an mir vorbei und bog an einer Kreuzung ab, ohne das Stoppschild zu beachten.

Die Fahrerin sah gedankenverloren aus, war im Geist vermutlich schon auf ihrer Arbeit. Aber wozu? Wozu überhaupt arbeiten? Damit man sich eine gammelige Wohnung leisten konnte um nicht im Schneematsch übernachten zu müssen?

Es war alles so lächerlich.

Ich ging auf den Parkplatz und bemerkte, dass bereits alle Plätze belegt waren. Lehrer und Schüler prügelten sich hier jeden Tag um einen Platz, standen sogar früher auf. Sie verzichteten auf dreißig oder sogar sechzig Minuten Schlaf, damit sie in Ruhe einparken konnten. Was für Idioten. Wie konnte man seine freie Zeit so wegwerfen?

Ein Blick auf meine Armbanduhr. Tick, Tick, Tick. Die Zeit lief weiter und weiter und immer weiter fort. Mit jeder Sekunde alterte ich mehr, alterten alle mehr. Mit jeder Sekunde zerfiel alles, nach und nach.

Ich beeilte mich, um nicht zu spät zum Unterricht zu kommen, wusste auch nicht warum. Ich lief zwei Stockwerke hoch, meine Schritten hallten im Treppenhaus. Ich hastete durch die Gänge, die mit einer widerlich gelblichen Farbe bestrichen wurden. Viele der Neonröhren, die den Flur beleuchteten funktionierten nicht mehr. Ich stieß die Tür auf und trat in mein Klassenzimmer.

Jugendliche saßen hinter ihren Tischen. Stifte, Papier und Bücher sorgfältig angeordnet. Anders als in anderen Klassenräumen, war die Stimmung hier nicht sonderlich ausgelassen.

Niemand sprach ein Wort. Alle starrten nur nach vorne an die Tafel. Ich stellte mich hinter das Lehrerpult und tat es ihnen nach. Stifte, Papier, Bücher. Alles sorgfältig und Zentimeter genau platziert. Ich unterrichtete Philosophie und Mathematik, heute war Ersteres dran.

»Na, habt ihr Bock?«, fragte ich die Klasse. Sie starrten mich nur weiter an. Einige nickten schwach.

»Die letzten Wochen haben wir uns mit dem Sinn des Lebens beschäftigt. Wir haben darüber diskutiert, ihr habt eure verblendeten Meinungen mit eingebracht, aber letztendlich hatte ich trotzdem Recht. Kann mir jemand meine und nun auch eure Einstellung zum Leben wiederholen?«

Keiner meldete sich. Keiner wollte eine gute Note haben.

»Ich habe euch im Verlauf des Unterrichts etwas versprochen. Erinnert ihr euch noch?«

Ich kramte in meinem Rucksack und holte die Pistole hervor. Die Augen der Schüler weiteten sich, einige schluckten schwer. Sie wussten, dass es das Richtige war hier zu sein. Sie wussten, dass ich Recht hatte. Viele wirkten glücklich. Glücklich darüber, dass ich mein Versprechen endlich wahr machen würde.

»Ich habe leider nicht so viel Zeit für das Experiment, daher zähle ich ab.«

Ich schritt in die Mitte des Raumes und zielte auf den Kopf eines Schülers. Dieser starrte mich an. Sein Blick verriet mir, dass er gebrochen war.

»Eins.« Ein Lächeln auf seinem Gesicht.

Als die Kugel in den Kopf eindrang, fiel der Schüler hinterrücks von seinem Stuhl und blieb reglos liegen.

»Zwei.«

Die Blondine, die früher soviel wert auf Kleidung und gute Noten gelegt hatte, kippte vom Stuhl.

»Drei.«

Peer, oder war es Peter, war der Sportlichste aus der Klasse gewesen. Sein fetter Bauch hielt ihn davon ab, mit dem durchlöcherten Kopf auf die Tischplatte zu knallen.

Und so ging es weiter. Mit jedem Schüler. Alle waren glücklich, endlich erlöst zu werden und von dieser gesamten Sinnlosigkeit zu entfliehen. Ich musste einmal nachladen, ließ das leere Magazin auf dem Lehrerpult liegen. Dann ging ich ins Lehrerzimmer und kochte mir einen Kaffee. Er schmeckte wirklich ausgezeichnet. Aber was machte das für einen Unterschied?

Sinngebend

An die Scheiben prasselten Regentropfen. Der Wecker dröhnte laut. Draußen war es dunkel. Aufstehen oder Liegenbleiben? Das war die Frage, die mir, wie jeden Tag im Kopf herumirrte. Mit starker Überwindung schwang ich mich einige Minuten später aus dem Bett und schlurfte schlaftrunken in die Küche. Dort schmierte ich mir Marmelade auf ein labbriges Toastbrot.

Der Toaster war schon seit einigen Wochen kaputt und jeden Tag nahm ich mir vor, nach der Arbeit einen Neuen zu kaufen. Aber ich hatte es nie geschafft. Nicht, weil ich das nicht konnte, sondern weil ich es nicht wollte. Ein neuer Toaster machte sowieso keinen Unterschied.

Zum Toastbrot füllte ich mir ein Glas Milch ein. Vielleicht hätte ich es nicht getrunken, wenn ich etwas ausgeschlafener gewesen wäre. Stattdessen sprintete ich ins Badezimmer um mir die Klumpen aus dem Mund zu spülen. Dabei riss ich aus Versehen das Bild von meinen zwei Kindern um.

Tim saß auf einem Stein und alberte herum, während Nick daneben stand und in einen Apfel biss. Das war vor zwei Jahren gewesen, als wir auf Mallorca waren.

Ich betrachtete mich im Spiegel. Augenringe und ein leerer Blick. Mein braunes, schon leicht ausgeblichenes Haar hing mir ins Gesicht. Geduscht hatte ich zuletzt vor vier Tagen, hatte mit meinem Gestank schon einige Kunden vergrault. Kann aber auch mein Charisma gewesen sein. Doch das war mir egal, denn es machte sowieso keinen Unterschied.

Ich zog mir immerhin ein sauberes Hemd an, warf mir ein Sakko über und griff nach meiner Aktentasche. Eigentlich enthielt sie nur leere Blätter, da es für andere so aussehen sollte, als wäre ich ein wichtiger Geschäftsmann. Das gab mir irgendwie das Gefühl von Bedeutung.

Ich öffnete den Kofferraum von dem Familienwagen. Er hätte nützlich sein können. Ich hätte mit meinen Kindern und meiner Frau Urlaub machen können, weit entfernte Länder entdecken. Doch sie musste sich ja unbedingt trennen und mit unseren Kindern an die andere Seite des Landes ziehen. Von einem Versager wollte sie nichts wissen, sagte sie mir zum Abschied. Diese Gedanken hatte ich, während ich meine Aktentasche achtlos in den geräumigen Kofferraum warf. Wie jeden Morgen.

Ich setzte mich auf den Fahrersitz und fuhr los. Die einzige Motivation gab mir der Gedanke, dass für mich heute ein großer Tag sein würde. Es war relativ warm für Anfang Januar, sodass ich Glück hatte und die Scheiben nicht freikratzen musste. Dennoch lag immer noch eine Menge Schneematsch auf der Straße. Ich regte mich darüber auf, denn jetzt müsste ich schon wieder zur Autowaschanlage.

Doch dann beruhigte ich mich wieder schnell, denn ein schmutziges Auto machte eh keinen Unterschied. Ich fuhr an der Schule vorbei. Kinder und Jugendliche standen auf dem Pausenhof und warteten darauf, dass die Glocke läutet. Diese Menschen hatten noch keine richtigen Probleme. Die Glücklichen.

Ich fuhr weiter und bog in einen Hinterhof. Auf meinem Parkplatz stand ein teurer BMW. Jeden Tag stand er dort und jedes Mal stellte ich meinen Wagen quer vor dem Falschparker. Meistens brachte es nichts, denn der Fahrer arbeitete manchmal zehn, manchmal zwölf Stunden am Tag. Ich schlug ganz aus Versehen mit meiner Aktentasche an sein Rücklicht und betrat danach mein Büro.

Ich hatte den Traum gehabt ein erfolgreiches Unternehmen zu führen, doch stattdessen hatte ich mein Büro in einem zugeparkten Hinterhof. Klein, billig, unbekannt. Mehr als zwei Räume konnte ich mir nicht leisten. Die Hoffnung, dass ich irgendwann mehr Aufträge erhalten würde, hatte sich schon vor einigen Jahren zerschlagen. Ich hatte zu Beginn einen Fehler gemacht, der in der Presse breitgetreten wurde. Dadurch kamen nur noch vereinzelt Kunden in mein Büro.

Ich ging in das hintere Zimmer, dass ich als Aktenlager benutzte. Als ich das Licht anschaltete, flackerte die Neonröhre kurz. Auf einem Stuhl lag ein Stapel Papier, den ich schon längst einsortiert haben sollte. Ich nahm die Akten und warf sie achtlos auf den Boden. Die Akten verstreuten sich im gesamten Raum.

Ich kramte in meiner Aktentasche herum, bis ich gefunden hatte, was ich suchte. Heute war der Tag gekommen. Ich hatte mir schon oft Gedanken darüber gemacht, wie ich es machen würde. Es würde eine Befreiung sein. Niemand würde damit belastet werden, denn niemand war mehr auf meiner Seite.

Mit meiner Familie hatte ich, bis auf meinen Bruder, keinen Kontakt. Doch auch er rief nur einmal pro Jahr an, um mir zum Geburtstag zu gratulieren.

Dann redeten wir ein paar Minuten darüber, wie es einem denn gehe und legten, mit dem Wissen, die familiäre Pflicht erfüllt zu haben, wieder auf.

Ich zog das Seil aus meiner Aktentasche. Wie man einen Knoten macht, hatte ich im Internet herausgefunden. Das eine Ende warf ich über ein Rohr, dass an der Decke entlang lief. Der Stuhl wackelte ein wenig. Ich wollte gar nicht viel darüber nachdenken. So oft hatte ich mich schon gedrückt und mir gedacht, dass mein Leben besser werden würde.

Doch es wurde nicht besser.

Nie.

Ich spürte den rauen Strick um meinen Hals und mir rann eine Träne über die Wange. Ein Schritt, dann wäre es vorbei. Ich hob bereits einen Fuß, da klingelte das Telefon in dem anderen Zimmer. Es schien mir, als würde ich durch das Klingeln in eine andere Welt gerissen werden, oder aus meiner Welt heraus. Zitternd stand ich auf dem Stuhl und lauschte dem Klingeln. Irgendwann legte der Anrufer auf und das Telefon verstummte wieder.

Was wenn das ein Kunde gewesen wäre? Was, wenn dieser Kunde einen Haufen Geld gezahlt hätte? Mein Unternehmen wäre gerettet, ich könnte tun, was ich wollte. Ich könnte meine Frau zurück gewinnen, meine Kinder sehen – mit ihnen in den Urlaub fahren. Doch ich bin nicht ran gegangen.

Ich zog mir den Strick über meinen Kopf, stieg vom Stuhl und ging in das andere Zimmer. Auf einem Schreibtisch stand das Telefon. Ich starrte es mit zusammen gekniffenen Augen an, hoffte, dass es wieder klingeln würde. Das Schicksal meinte es gut mit mir, denn tatsächlich klingelte es nach einigen Minuten erneut.

Sofort hob ich ab. Auf der anderen Seite des Hörers war eine mir bekannte Stimme. Mein Bruder begrüßte mich und führte mit mir ein wenig Small-Talk. Ich sah meine Traumwelt wieder einstürzen. Es war kein Kunde. Es war niemand mit einem Auftrag. Es war nur mein Bruder.

Ich war schon kurz davor wieder aufzulegen, unter dem Vorwand viel zu tun zu haben, doch er hielt mich auf. Er meinte, dass ich ihm nichts vorzumachen brauche, er wüsste was los sei. Ich war verwundert, doch er versprach mir vierundzwanzig Aufträge zu besorgen, dass ich mir keine Sorgen machen müsste. Vierundzwanzig. Das war eine unglaublich hohe Zahl für mich. Dann verabschiedete er sich knapp und legte auf, ohne, dass ich noch Fragen stellen konnte. Ich lehnte mich auf meinem Schreibtischstuhl zurück und blickte zur Decke. Ich konnte mein Glück kaum fassen. Ich hatte nur noch eine einzige Frage. Wie sollte mir ein Lehrer vierundzwanzig Leichen besorgen? Ich verwarf die Frage und lächelte, denn er hatte schließlich an meinen Geburtstag gedacht.

Dicht an Dicht

Wie lange muss ich das noch aushalten? Es kommt mir so vor, als wäre eine Ewigkeit vergangen. Um mich herum stehen Menschen. Bewegungslos. Vor sich hin starrend. Für mich wirken sie wie ein großer Haufen Eisstatuen.

Meine Beine schmerzen. Es gibt keinen Platz sich auszuruhen. Es gibt nicht einmal genug Platz sich zu strecken. Ich stehe dicht an dicht neben anderen Menschen. Ihre Blicke laufen alle ins Leere und wenn man sich versehentlich anguckt, schaut man beschämt in eine andere Richtung.

Ich atme einmal schwer und remple dabei einen anderen an. Er brummt unverständliche Worte vor sich hin und tut so als würde er mich ignorieren. Weshalb waren die anderen hier? Warum sind sie nicht woanders? Ich fühle mich hier unwohl, doch ich bin gezwungen hier zu sein. Ich werde ungeduldig, versuche mir mehr Platz zu verschaffen. Wenn die anderen nicht hier wären, dann hätte ich jetzt genug Raum für mich. Doch es nützt nichts. Es wird nur gedrängelt und geschubst.

Doch was noch schlimmer ist, als der Platzmangel, ist die unangenehme Wärme. Ich schwitze. Vor allem an den Händen, die ich tief in meiner Jackentasche vergraben habe. Durch die verbrauchte Luft, die sich mit jedem Atemzug widerlicher anfühlt, habe ich das Gefühl langsam zu ersticken. Ich komme mir vor, als wäre ich ein Schwein in einem Viehtransporter.

Hinter mir will jemand mehr Platz haben. Ich werde geschubst und versuche meinen Fall vorzubeugen, indem ich mich an einer anderen Frau festhalte. Ein Streit entbrennt und in meinem Kopf dröhnen mehrere laute Stimmen.

Sie sind so laut! Ich muss hier weg! Ich brauche mehr Platz für mich! Ich brauche meine Ruhe!

Panisch stoße ich mich an anderen vorbei, höre nur ihre wütenden Vorwürfe. Plötzlich hält mich jemand fest. Ich kann nicht mehr weiter laufen!

Die Luft! Die Luft ist so schlecht! Ich brauche Platz! Meine Beine schmerzen! Der soll mich verdammt nochmal loslassen! Ich will hier weg!

Ich versuche mich zu befreien, entrinne dem Griff des Unbekannten, der mich wütend anstarrt. Ich schlage ihm ins Gesicht.

»Lass mich in Ruhe!«, schreie ich ihn an.

Noch ein Schlag. Diesmal etwas fester. Ich glaube, ich habe ihm die Nase gebrochen. Geschieht ihm Recht.

»Hör auf mich anzustarren, verdammt!« Er reißt die Arme hoch, um sein Gesicht zu schützen. Ich nutze die Chance um etwas Nützliches zu finden. Ich packe einen Hammer, der normalerweise dafür da ist, die Scheiben bei einem Unfall einzuschlagen und prügel wutentbrannt auf den Mann ein.

»FASS! MICH! NICHT! AN! DU! BASTARD!«

Mit jedem Wort lasse ich den Hammer erneut auf seinen bereits blutüberströmten Kopf rasen. Der Unbekannte sackt in sich zusammen. Endlich habe ich wieder meine Ruhe. Ich rolle ihn weg und setze mich auf den frei gewordenen Platz im Zugabteil, während mich die anderen Fahrgäste schockiert anstarren.

Energydrink

Sven nimmt sich einen Korb im Eingangsbereich des Supermarktes und geht mit schnellen Schritten durch die Gänge. Vorbei an den Gemüse- und Obstkisten, an den Backwaren, dem Kühlregal, bis er letztendlich an den Tiefkühltruhen ankommt. Er greift einmal hinein und nimmt sich drei Pakete heraus. Drei Packungen mit drei Pizzen, seine Nahrung für die nächsten drei Tage. Morgens Pizza, Mittags Pizza, Abends Pizza.

Sven weiß natürlich, dass es nicht die gesündeste Ernährung ist, aber er wird in den nächsten Tagen einfach keine Zeit zum Kochen haben – das weiß er jetzt schon.

In einer Stunde kann man das neue MMORPG *Azinoths Qualen* endlich anfangen zu spielen. Er ist schon seit der Ankündigung von vor zwei Jahren total gehyped auf das Spiel, hat sich zwei Wochen Urlaub genommen und will nun jegliche freie Zeit, die er hat, in das Spiel investieren, damit er als Erster soviel mitbekommt, wie nur möglich.

Das bedeutet: Alle paar Tage duschen, keine Zeit für Einkaufen, nur Fast-Food und wenig Schlaf. Sehr wenig Schlaf. Dafür braucht er allerdings noch etwas anderes.

Sven legt die Pizzen in den Korb, geht zielstrebig in den Gang mit den Getränken, stellt sich dort vor die Vielzahl an Energydrinks, die dort angeboten werden und will gerade nach seiner Lieblingssorte greifen, als ihm etwas auffällt. In einem der Regale scheint es einen neuen Energydrink zu geben. Die Dosen strahlen in einem angenehmen, hellen Grün. Mit einem modernen Schriftzug ist der Name mit einer grau-gelben Farbe aufgedruckt worden. Smoosh.

Eigentlich hätte Sven sich ein paar Dosen von dem Energy eingepackt, den er immer nimmt, doch als er den Preis mit dem vom neuen Drink vergleicht, überlegt er es sich anders. Ein halber Liter Energy für nicht einmal fünfzig Cent ist eine gute Sache. Besser als knapp zwei Euro pro Dose auszugeben.

Klar, dieses Smoosh wird nicht so gut schmecken, wie das teure, aber darum geht es heute auch gar nicht. Heute ist das Ziel: wach bleiben. Und das geht mit einem billigem Energy genauso gut wie mit einem teuren. Hauptsache Koffein oder Taurin oder was auch immer man braucht um wach zu bleiben.

Anstatt drei Dosen von dem teuren Energydrink zu kaufen, legt er ganze zehn von den Smoosh-Dosen in seinen Korb, bezahlt und geht nach Hause.

In seiner Wohnung angekommen hat er noch eine Viertelstunde Zeit, bis er mit dem Spiel anfangen kann und richtet sich daher seinen Schreibtisch vernünftig ein. So vernünftig, wie ein Schreibtisch eben aussehen kann, wenn man sich auf den exzessiven Konsum eines Videospiels vorbereitet.

Die Dosen stellt er links neben sich, er muss einfach nur hin greifen und rechts von ihm steht ein Eimer, in die er die leeren Dosen einfach rein werfen kann. Er entpackt die Pizzen, legt acht von ihnen in den Gefrierschrank und fängt an eine aufzubacken.

Kurz bevor er Azinoths Qualen starten kann, ist die Pizza fertig, die er innerhalb von drei Minuten verschlingt. Sie ist noch nicht ganz durch gewesen, aber das ist nicht so wichtig, wie das Spiel. Sven richtet sein Headset und loggt sich um Punkt 18 Uhr ein.

Nach wenigen Minuten hat er die Welt um sich herum vergessen und versinkt in die Welt von Azinoths Qualen. Gegen 24 Uhr bemerkt er die ersten Anzeichen von Müdigkeit. Es ist nur die langsam beginnende Trägheit seiner Augenlider, trotzdem nimmt er sich die erste Dose Smoosh und nimmt ein paar Schlücke.

Zu seinem Erstaunen schmeckt die Flüssigkeit sehr gut. Sogar noch besser, als der andere Energy-Drink, den er sonst immer konsumiert. Er trinkt die Dose ganz aus und bemerkt bereits nach wenigen Minuten, wie er aufgeputscht wird.

Die Müdigkeit aus seinen Augenlidern verschwindet und er fühlt sich so fit, wie nach einem erholsamen Schlaf. Genauso sollen Energy-Drinks sein.

Er spielt weiter und weiter, steigt Level für Level und besiegt hunderte von Gegnern. Als Martin, ein Arbeitskollege von ihm, der sich genauso wie Sven für das Spiel Urlaub genommen hat, ihm schreibt, dass er nun ins Bett geht, ist es schon vier Uhr morgens. Doch Sven hat noch nicht das Verlangen danach ins Bett zu gehen. Er nimmt sich eine weitere Dose Smoosh und spielt weiter.

Um zwölf Uhr Mittags schreibt Martin ihm erneut eine Nachricht. Er sagt, dass Sven mal ins Bett gehen sollte, sonst endet er wie einer von diesen asiatischen Suchtspielern, die während sie ein

Computerspiel spielen, einfach tot umfallen. Sven fühlt sich zwar immer noch wach, aber sieht ein, dass ein wenig Schlaf bestimmt gut tun würde, auch wenn es nur vier oder fünf Stunden wären. Also schaltet er seinen Computer aus und legt sich ins Bett.

Seine Gedanken kreisen nur noch um das Spiel. Es fühlt sich an, wie bei einer Serie, die man am Wochenende durchguckt. Man lernt die Charaktere kennen, versteht sie, findet sie sympathisch, überlegt in jeder freien Sekunde, wie es weiter gehen könnte und dann ist die Serie plötzlich vorbei und man fühlt sich, als hätte man ein riesiges Loch in sich drin, dass gestopft werden muss.

Als Sven die Augen schließt sieht er die Welt von Azinoths Qualen vor sich. Es ist nichts Ungewöhnliches für ihn, er hat schon oft die Nächte durchgemacht, um neue Spiele antesten zu können. Was ihn beunruhigt ist die Kälte, die er verspürt. Obwohl er ein T-Shirt und eine Jogginghose trägt und sich unter einer dicken Decke begraben hat, friert er.

Zuerst schiebt er es auf die nicht ganz gebackene Pizza, dass der matschige Teig in seinem Körper vielleicht schlecht verarbeitet werden kann, doch dann kommt der übermäßige Herzschlag dazu. In seiner Brust donnert es, wie bei einem Gewitter.

Kalter Schweiß dringt aus jeder Pore und schon bald fühlt sich die Kleidung so an, als wäre sie vollkommen durchnässt. Es ist noch nicht die Zeit um zu schlafen, beschließt Sven, steht auf und setzt sich wieder vor den Computer.

Ein Chatfenster blinkt auf. Martin. Du wolltest doch schlafen gehen, Sven.

Ja, geht zur Zeit schlecht. Habe einen neuen Energy ausprobiert und der hält mich echt gut wach. Aber keine Sorge, ich pass auf mich auf.

Jetzt wo er wieder vor dem PC sitzt und weiterspielt ist das Austreten des kalten Schweißes, sowie der erhöhte Herzschlag auch wieder verschwunden. Sogar das dumpfe Gefühl in der Bauchgegend ist weg und hat sich zu einem Hungergefühl gewandelt. Klar, wenn er seit vierzehn Stunden nichts mehr gegessen hat.

Er backt eine zweite Pizza auf, dieses Mal wie auf der Verpackung beschrieben, schneidet sie sich in sechs Teile und setzt sich an den Schreibtisch. Er nimmt sich ein Stück und beißt ab, kaut ein paar Sekunden darauf herum, während sich der Geschmack in seinem Mund ausbreitet. Es schmeckt nicht nach Pizza. Es ist eher ein bitterer Geschmack, ein wenig wie Erbrochenes und dann auch noch in einer widerlicher Konsistenz. Sven beugt sich nach rechts und spuckt sie zerkaute Pizza in den Eimer, in dem schon zwei Dosen Smoosh liegen. Er springt auf und rennt in das Badezimmer, um sich den Geschmack aus dem Mund zu spülen.

Doch auch das Wasser, dass er gierig durch seinen Mund fließen lässt, schmeckt widerlich. Als käme das Wasser aus irgendeinem Tümpel und wäre verrottet. Schwefel, Pflanzenreste, der Kot von Enten und Gänsen. Doch das Wasser ist so klar und durchsichtig wie immer, keine Spur von irgendwelchen Verschmutzungen.

Aber irgendwie muss Sven den verdammten Geschmack aus dem Mund spülen können. Er geht zurück zu den Energy Drinks, macht eine Dose auf und nimmt einen Schluck in den Mund. Eigentlich will er es ausspucken, damit die Essensreste weg sind.

Doch sein Mund fühlt sich so an, als würde er eine Tablette darin auflösen. Es knistert und prickelt, kitzelt so stark, dass es schon fast weh tut. Nach wenigen Sekunden ist es aber wieder vorbei und als Sven mit seiner Zunge kontrolliert, ob er noch Reste im Mund hat, findet er keine. Das Getränk hat den Fremdkörper wie in einer Säure einfach zersetzt.

Sven kommt das komisch vor, trinkt die Dose erst einmal aus und setzt sich trotzdem wieder gemütlich an den Computer, um weiter zu spielen. Das miese Gefühl im Mund ist verschwunden und nach dem Getränk hat er auch gar keinen Hunger mehr. Nach einigen Stunden gönnt er sich noch einmal eine Dose, dann noch eine. Schlaf braucht er nicht, genauso wenig, wie die Pizza. Der Energydrink sättigt ihn mehr als genug.

Doch irgendwann fängt das Herz wieder an, stärker zu schlagen. Langsam hämmert es gegen seinen Brustkorb, als wolle es sagen: Lass mich raus, ich brauche Platz. Auch der kalte Schweiß kommt wieder, benetzt Svens Körper, sodass er sich durchgehend unge-waschen und dreckig fühlt. Trotz des schnellen Herzschlages verspürt eine tiefe Müdigkeit, doch immer, wenn er die Augen zu macht, zieht ein grauenvoller Schmerz durch seinen Kopf und reißt ihn wieder in das echte Leben zurück.

Er hat keinen Bock auf Pizza und als er versucht noch einmal Wasser zu trinken, schmeckt es noch widerlicher als vorher. Es ist, als habe er sich an den Energydrink gewöhnt, als könne er nur noch dieses eine Getränk trinken und nichts anderes mehr. Doch das ist gefährlich, wie Sven gerade am eigenen Körper erfährt. Er fühlt sich unendlich mies, hat nicht einmal mehr Lust etwas zu spielen. Stundenlang sitzt er auf seinem Schreibtischstuhl und starrt ins Leere, hofft, dass dieses widerliche Gefühl in ihm drin endlich aufhört. Er hat schon oft von Menschen gehört, die zu viel Kaffee oder so getrunken haben, zu viel Koffein in ihrem Körper hatten, doch er kann sich nicht vorstellen, dass sie das gleiche durchmachen mussten, wie er es gerade muss.

Das Aufblinken des Chatfensters reißt ihn aus seinen Gedanken. Martin hat ihm geschrieben. Wo warst du heute, Kumpel? Der Urlaub ist vorbei, heute ist dein erster Arbeitstag gewesen. Der Chef war richtig wütend, dass du nicht da warst und dich nicht abgemeldet hast.

Verwundert rechnet Sven nach, wie lange er schon in seinem Zimmer saß. Es sind doch eigentlich nur zwei Tage gewesen. Sven hat zwei ganze Wochen Urlaub. Der Chef muss sich irren.

Bist du verrückt? Das Spiel ist bereits seit fünfzehn Tagen draußen, du hast es doch fast durchgehend gespielt.

Martin muss sich auch irren. Es sind nur zwei Tage gewesen. Oder etwa nicht?

Wie in Trance greift Sven nach einer weiteren Dose und lässt den angenehm-süßlich schmeckenden Inhalt die Kehle hinunterfließen. Dann blickt er auf die Uhr. Tatsächlich sind fünfzehn Tage vergangen. Merkwürdig, dass er es nicht bemerkt hat.

Sven steht auf und verlässt seine Wohnung. Wenn er zehn Tage vor sich hin vegetiert hat und nichts Vernünftiges gegessen hat, wird es langsam mal Zeit. Auf dem Weg in die Innenstadt wundert er sich. Alle anderen Menschen scheinen gestresst zu sein. Sie gehen mit schnellen, großen Schritten am ihm vorbei, er schafft es kaum mitzuhalten, ohne in einen Laufschritt zu verfallen. Angekommen in der Innenstadt setzt er sich in ein Lokal und blickt für wenige Sekunden in die Speisekarte, da kommt bereits die Bedienung und fragt ihn, was er essen will.

Sven sagt, dass er sich noch nicht entschieden hat und noch ein wenig mehr Zeit braucht. Die Kellnerin verschwindet, kommt nach einer Minute wieder und fragt erneut. Verwirrt meint Sven, dass er immer noch nicht weiß, was er essen will. Die Karte hat zehn Seiten, er könne sie unmöglich in dieser Zeit lesen.

Dann sagt die Kellnerin etwas, dass ihn verängstigt. Er könne nicht einfach in ein Lokal gehen, dort eine halbe Stunde lang herum sitzen und dann immer noch sagen, dass er nicht weiß was er essen soll, weil die Speisekarte angeblich zu lang ist. Er solle doch bitte das Restaurant verlassen.

Angesäuert und verwirrt verlässt Sven das Lokal, setzt sich auf eine Bank in der Innenstadt und beobachtet die Menschen. Sie rasen an ihm vorbei, sogar die älteren Mitmenschen, die sich auf ihren Stöcken abstützen müssen, bewegen sich schneller als die übliche Gehgeschwindigkeit.

Sven nimmt seinen Rucksack ab und holt eine weitere Dose Smoosh heraus, die er in weiser Voraussicht eingepackt hat. Er trinkt sie aus, zerdrückt die Dose und wirft sie achtlos auf den Gehweg. Ihm kommt es so vor, als könne er keinen klaren Gedanken mehr fassen. Als könne er das, was jetzt gerade um ihm herum passiert und auch die letzten Tage passiert ist, nicht verarbeiten.

Die Menschen werden immer schneller, zerfließen langsam schon zu undefinierbaren Schatten. Es schneit und taut wieder auf. Mal setzt sich ein Vogel auf die Bank. Es schneit wieder. Sven sitzt einfach nur auf der Bank und trinkt hin und wieder eine Dose Smoosh.

Irgendwann hält der Schnee nur noch wenige Sekunden an und die Menschen bewegen sich so schnell, dass man sie gar nicht mehr erkennen kann. Die Zeit rast an Sven vorbei, sein Herz arbeitet auf Hochtouren. Auch der Herzschlag hat sich verschnellert, sogar derart, dass es sich so anfühlt als würde es durchgehend schlagen, als würde es sich gegen die anderen Organe werfen, gegen den Brustkorb, gegen die Haut, um endlich frei sein zu können.

Sven wird nicht müde, er wird nie mehr müde sein. Irgendwann zieht der Winter innerhalb von einer Sekunde vorüber. Ein Jahr dauert fünf Sekunden, dann nur noch drei, dann nur noch eine und irgendwann zerfallen die Gebäude um Sven herum. Es sind wohl keine Menschen mehr da, die sich darum kümmern. Im Zeitraffer bemerkt er, wie sich die Natur die von Menschen geschaffenen Dinge zurückholt und bewuchert.

Nur Sven wird in Ruhe gelassen. Er, seine Bank und seine letzte Dose Smoosh. Als er sie aufmacht ertönt das angenehme Zischen, dass er schon längst in sein Herz geschlossen hat. Ein paar letzte Schlücke, dann ist sein Vorrat aufgebraucht.

Er zerdrückt die Dose und wirft sie achtlos auf die Wiese, die mittlerweile den Gehweg bewuchert, doch bevor die Dose überhaupt aufschlagen kann, verrottet sie vor seinen Augen mitten in der Luft.

Die Zeit vergeht und vergeht und irgendwann strahlt ein helles Licht am Horizont, das in Windeseile näher kommt und die gesamte Erde zerreißt. Gesteinsbrocken fliegen umher, Feuerbälle fliegen in das ewige Nichts, Sterne verschwinden und neue blinken auf, bis sich das Universum irgendwann zusammenzieht und mit einem hellen Blitz verpufft, als wäre es nie dagewesen.

Nur Sven bleibt zurück, existiert im Irgendwo und denkt vor sich hin. Er ist nur noch eine allwissende Essenz aus irgendeiner ewigen Materie, nicht erfassbar für den menschlichen Verstand. Und irgendwann, man kann die Zeit nicht mehr festlegen, weil es so hohe Zahlen gar nicht gibt und das System der Zeit in diesem Nichts nicht existent ist, implodiert Sven und blüht zu einem neuen, einzigartigen und lebhaften Universum auf.

Der alte Bauer Holtkamp

Friedrich und Johann schlichen in Richtung des Holtkamper Hofs. Er war einige Minuten Fußmarsch von dem kleinen Ort, in dem sie lebten, entfernt. Es wurde gemunkelt, dass der alte Bauer Holtkamp sich bei Nacht das Bett mit seinen Töchtern teilte, jetzt wo seine Frau verstorben war. Wer einmal eine Sünde begangen hatte, dem fällt es auch nicht mehr schwer, die nächste zu begehen.

Friedrich hielt eigentlich nicht sonderlich viel von dem ewigen Beschuldigen des Pfarrers, der die Kinder und Jugendlichen im Dorf unterrichtete und ihnen somit wichtige, grundlegende Fertigkeiten lehrte. Aber er predigte auch oft und las aus der Bibel vor, was Johann immer am Interessantesten fand. Friedrich hingegen musste sich zusammenreißen dabei nicht einzuschlafen.

Der Pfarrer war kein guter Christ und Friedrich hasste es, wenn er sein Gesicht nah an seines hielt und ihn etwas fragte oder erzählte. Dann stank die Luft immer nach verfaulten Eiern und billigem Wein.

Nein, Friedrich war auf den Pfarrer des Dorfes nicht gut zu sprechen und deshalb wollte er sich den Holtkamper Hof von Nahem ansehen. Ob er wirklich so verdreckt war und die Tiere gequält wurden, wie der Pfarrer behauptete.

Und das nur, weil Familie Holtkamp gesehen wurde, wie sie auch an Sonntagen, Feiertagen und des Nachts ihre Felder bestellten und ihre Tiere versorgten. Weil sie nie in die Kirche gingen, kaum mit den Bürgern des Dorfes sprachen und auch nie etwas von ihnen kauften. Oder lag es daran, dass sie einen mit Mistgabeln vom Hof trieben, sollte man einen Fuß auf ihr Grundstück setzen?

Friedrich wollte wissen, ob an den Worten wirklich etwas dran war.

Johann hingegen kam aus anderen Gründen mit. Ihm wurde von seinem großen Bruder erzählt, dass die Holtkamper jede Nacht bei Vollmond auf einer Lichtung in der Nähe des Hofs tanzen würden. Es war ein sehr großer Zufall gewesen, dass er es gesehen hatte, denn eigentlich sollte zu dieser Uhrzeit jeder in seinem Bett liegen und schlafen.

Doch Johanns Bruder hatte Lärm vernommen, hatte sich schnell seine Schuhe übergezogen und war im Nachthemd nach der Ursache suchen gegangen.

Er hatte die Familie Holtkamp auf der Lichtung gefunden, wie sie getanzt hatten. Und, Johanns Bruder hatte darauf geschworen, sie alle waren splitterfasernackt. Sowohl der alte Witwer Holtkamp, als auch die Söhne, genauso wie die Töchter. Und alle waren mit merkwürdigen Zeichen bemalt worden.

Sie waren so schön gewesen, die Töchter natürlich, auf die Johanns Bruder sein Auge geworfen hatte, doch als sie ihn irgendwann bemerkt hatten, war er panisch weggelaufen, da die Familie Holtkamp irgendetwas Irres in ihrem Blick hatte.

Friedrich konnte nicht sagen, ob Johann mitkam, weil er sich unbedingt auch die nackten Holtkamptöchter angucken wollte oder einfach seinem Bruder beweisen wollte, dass er genauso viel Mut hatte, wie er. Es machte auch keinen Unterschied. Er war einfach nur glücklich, dass er in der Vollmondnacht nicht alleine zum Holtkamper Hof schleichen musste.

Durch das helle Mondlicht fanden sie einen einfachen Weg durch das Dickicht, ohne sich dabei die Gesichter an den Ästen zu zerkratzen, oder über dicke Wurzeln zu stolpern. Trotzdem machte ihnen die Wärme in Verbindung mit der Angst entdeckt zu werden zu schaffen, sodass ihre Kleidung schweißnass an ihnen klebte.

Es waren etwa fünfzig Meter zwischen dem Waldrand und dem Hof. Vor dem Aufbruch hatten sie besprochen was sie zuerst machen würden. Das war bei Johann zwar auf Wiederworte gestoßen, weil er sich zuerst die tanzenden Töchter angucken wollte, aber Friedrich hatte ihn überzeugen können, erst einmal den Hof zu begutachten. Weil die Holtkamper ja eh dabei sind herumzutanzen, hatte Friedrich gemeint.

Sie lauschten angestrengt, aber es war nichts zu hören. Auch als sie hinüberschlichen und an dem Stall ankamen, hörten sie nur das Zirpen der Grillen. Sonst war es ruhig. Friedrich beunruhigte die Stille, denn auch wenn alle Tiere im Stall schlafen würden, wäre es trotzdem nicht so leise, wie jetzt.

Sie schlichen bis an das Tor des Gebäudes und waren verwundert, als sie es offen vorfanden. Friedrich blickte zu Johann herüber, der nur ein Schulterzucken als Antwort gab. Sich jetzt zu unterhalten wäre viel zu riskant.

Gefolgt von Johann ging Friedrich zögerlich, aber mutig in den Stall hinein. Doch der Stall war zur Gänze leer. Keine Tiere, kein

Futter, keine Wassertröge – nichts. Nur Wände und Boden und ein wenig staubtrockenes Stroh.

Aber eigentlich haben die Holtkamper doch Tiere. Man sah sie doch fast täglich, wie sie am Horizont ihr Vieh auf die Weiden trieben. Friedrich wandte sich zu Johann, der ebenso verblüfft guckte, wie Friedrich sich fühlte.

Sie setzten ihre Suche fort und gingen in die Scheune. Auch dort fanden sie nichts vor. Keine Werkzeuge, keinen Karren. Es schien, als würde die Scheune seit Wochen niemand mehr nutzen. Jetzt brachen sie ihr Schweigen und unterhielten sich leise.

Beide fanden es im hohen Maße merkwürdig und Johann wollte den Ort unbedingt verlassen. Doch Friedrich interessierte es brennend, wie das Wohnhaus aussah. Schliefen die Holtkamper auf dem Boden, weil es dort auch nichts mehr gab? Aßen sie Suppe aus ihren Händen? Friedrich musste bei der Vorstellung grinsen, obwohl ihm genauso unwohl war, wie Johann.

Zusammen schlichen sie aus der Scheune heraus und suchten den Eingang zum Wohnhaus. Merkwürdigerweise stand die Tür einen Spalt weit offen, bestimmt hatte eine der Holtkamper Töchter vergessen sie hinter sich zuzuziehen, oder es war ihnen einfach egal.

Sie wussten bereits, als sie das Haus betraten, dass hier niemand mehr wohnte. Spinnweben, fast so grau und dicht wie Bettlaken hingen überall herum. Keine Stühle oder Tische, keine Betten und keine Waschschüssel. Wenn Friedrich schätzen musste, würde er sagen, dass das Haus bereits seit einigen Monaten nicht mehr betreten wurde.

Doch diese Einschätzung verunsicherte ihn. Man sah die Holtkamper doch in der Dämmerung stehen, wie sie ihren Hof bewirtschafteten und ihr Vieh pflegten. Wirklich nah hatte sich aber niemand getraut. Es wollte auch niemand aus dem Dorf Kontakt zu den Holtkampern.

Friedrich dachte einen Augenblick daran, dass der alte Holtkamp mit seinen Töchtern weggezogen war, ohne, dass die Dörfler es gemerkt hatten. Doch wen sahen sie dann immer auf dem Hof?

Obwohl beide Angst hatten und verwirrt waren, verließen sie das Haus und suchten nach der Lichtung, an der die Holtkamper bei Mitternacht immer gesehen wurden, wie sie tanzten. Friedrich war zwar jegliche Abenteuerlust vergangen, aber Johann war mit ihm

mitgekommen und so war es nur fair auch bei Johanns Plan mitzu-
gehen.

Was sollte denn auch passieren? Wenn die Holtkamper weggezogen waren, war es höchst unwahrscheinlich, dass sie nackt um
ein Lagerfeuer herumtanzen würden.

Die beiden waren nicht mehr so vorsichtig, wie beim Auskund-
schaften des Hofes, sodass sie schnell vorankamen und schon bald
den Rand der Lichtung erreichten. Erst als sie ziemlich nahe heran-
gekommen waren, fingen sie wieder an zu schleichen.

Friedrich bemerkte, wie seine Nervosität anstieg, als er tatsächlich
ein flackerndes Licht zwischen den Bäumen hervor flimmern sah.
Es machte ihm irgendwie Angst und bedrückte ihn zutiefst. Doch
Johann schritt weiter voran, als hätte er jegliche Angst zur Seite
gelegt, als wollte er unbedingt die nackten Töchter Holtkamps
sehen. Friedrich schlich ihm hinterher.

Um das Lagerfeuer herum tanzten fast alle Holtkamper. Nur der
Alte saß auf einem moosigen Stein, ebenfalls nackt und blickte
gedankenverloren in die Flammen. Seine Töchter tanzten mit ihren
nackten, zierlichen Körpern um das Feuer herum und die Söhne
versuchten sie einzufangen, um sie zu küssen und anfassen zu
können.

Friedrich wunderte sich. Holtkamp hatte nie Söhne gehabt. Seine
Frau war zwar oft schwanger gewesen, aber sie hatte nur Töchter
geboren. Die vermeintlichen Söhne sahen bei genauerer Betrachtung
auch unterschiedlich aus. Ein Blonder war dabei und zwei
Braunhaarige, einer mit wilden Locken, der andere mit einer glatten
Kurzhaarfrisur.

Friedrich war von dem Anblick der Töchter wie in einer Art
Trance gefangen. Sie brachten sein Blut in Wallung und lockten ihn
mit ihrem süßlichen Gelächter und ihrer jugendlichen Verspieltheit.
Doch er wandte seinen Blick ab und riss sich damit von dem Bann
los.

Dann bemerkte er, wie Johann nicht stehen geblieben war. Er
schlich auch gar nicht mehr. Er ging schnurstracks auf die Lichtung
zu. Friedrich sprang auf und wollte ihn zurück ins Dickicht ziehen,
damit sie unbemerkt blieben, doch trat auf einen trockenen Ast der
mit einem lauten Knacken zerbrach.

Der Tanz und die Fröhlichkeit fanden ein Ende, als die Gesichter der Holtkamper aufblickten und die Ursache für die Unterbrechung vor sich sahen. Wütend funkelten sie Friedrich und Johann an. Die Töchter ballten ihre Fäuste, anstatt sich ihre intimen Körperteile mit den Händen abzudecken. Nur der alte Bauer Holtkamp blickte ziemlich freundlich drein und winkte sie heran. Von der Familie ging trotz der wütenden Gesichter eine angenehme Wärme aus.

Friedrich riss sich erneut von diesem Schauspiel los, drehte sich um und rannte. Johann ließ er zurück und es war ihm egal. Tief im Inneren wusste er, dass er gerade um sein Leben rannte, dass die Holtkamper ihn einfangen wollen würden. Oder sie beschäftigten sich mit Johann, der armen, verlorenen Seele.

Friedrich wurde am Morgengrauen vor der Kirche gefunden. Er schwor sich, der treuste Christ zu werden, den die Welt je erblickt hatte und redete nie über die Nacht und den Holtkamper Hof.

Johann sah man in der Stadt nie wieder, doch wenn man ganz genau aufpasste, konnte man seine Statur in der Dämmerung erkennen, und beobachten, wie er mit seinen Brüdern bis in alle Ewigkeit den Hof des alten Holtkamps beackerte.

Was Beziehungen rettet

Ich lasse die Tür hinter mir ins Schloss fallen und trete auf den Bürgersteig. Wieder mal Stress mit Rebecca, bestimmt schon das vierte Mal in der Woche. Ich greife in meine Manteltasche und hole eine Schachtel Chesterfield heraus, greife nach einer Zigarette und lasse die Schachtel wieder verschwinden. Dann zünde ich die Kippe an und nehme einen tiefen Zug. Es lindert meinen Stress ein wenig und tut gut.

Ich lasse den Glimmstengel zwischen meinen Lippen, vergrabe meine Hände in den Manteltaschen und schlendere den Bürgersteig entlang. Autos fahren an mir vorbei, um mich herum ragt ein Hochhaus nach dem anderen in die Wolken.

Ein kleiner Spaziergang wird gut tun, um abzukühlen und um meine Gedanken zu ordnen. Wenn das mit Rebecca so weiter geht, werde ich mich trennen müssen. Ich meine, wir haben ja drei schöne Jahre gehabt, aber man muss auch wissen, wann es vorbei ist. Trotzdem will ich um sie kämpfen und ich hoffe sie auch um mich. Wir müssen mal wieder in den Urlaub fahren oder irgendwas anderes unternehmen, als Abends irgendwelche Filme zu sehen und dann wortlos nebeneinander einzuschlafen.

Ich stoße den grauen Rauch aus und bemerke, dass meine Zigarette schon fast heruntergebrannt ist. Also werfe ich sie auf den Bürgersteig und trete sie aus. Als ich wieder aufblicke steht ein Mann vor mir, der mich angrinst.

»Guten Tag, Kumpel! Hast du Bock auf ein großartiges, einzigartiges Erlebnis? Und es kostet nicht einmal viel.«

Ich will eigentlich sofort an ihm vorbei gehen, ohne ihn anzugucken, aber heute bin ich in meiner *Fuck it*-Stimmung. Also bleibe ich stehen.

»Was denn für ein Erlebnis?« Ich ziehe meine Augenbrauen hoch und versuche möglichst genervt auszusehen.

»Es findet nicht weit von hier statt, ist schon ein kleines Volksfest, kann man sagen. Man geht dahin, stellt sich an und irgendwann wird man eingelassen.«

»Und was sieht man da dann?«

»Genau das macht diese Veranstaltung aus. Es ist ein Geheimnis und man wird erst wissen, um was es geht, wenn man drin ist. Heute

Abend wird es wieder abgebaut, also würde ich mich schnell entscheiden.«

Es hört sich in meinen Ohren zwar ziemlich bescheuert an, aber irgendwie reizt es mich auch. Ich greife nach einem der Flyer, die der Mann mir hinhält, bedanke mich und drehe wieder um. Ich will wissen, was Rebecca davon hält. Ein spontaner, günstiger Ausflug. Ein Ratespiel, Spannung, mal was anderes sehen. Und danach würde ich mit ihr gut Essen gehen.

Vor uns stehen etwa fünfzehn Menschen. Wir sind in acht Reihen aufgeteilt worden und warten hier nun. Rebecca hat sofort zugesagt, als ich die Idee mit dem Ausflug vorgeschlagen habe und sich sogar Für den Streit entschuldigt. Meine Laune ist viel besser als vorhin. Ich hoffe nur noch, dass es in dem Zelt etwas Interessantes zu sehen gibt.

Der Mann mit dem Flyer hat recht gehabt, das Fest ist nur ein paar Häuserblöcke weit entfernt gewesen. Das Zelt ist über eine der Straßen gespannt worden. Es ist etwa ein Stockwerk hoch, sieht schon ziemlich mächtig aus, dass es so gut hält. Die Straße ist wohl für heute gesperrt, aber das macht nichts. Der Verkehrsfluss in der Stadt läuft so oder so immer einwandfrei.

Ein paar Leute werden in das Zelt gelassen, offenbar hat man dort drin nur eine gewisse Zeit um sich das anzugucken, was auch immer sich dort befindet. Wir gehen ein paar Schritte vorwärts. Wenn ich schätzen würde, dann wären etwa drei Gruppen noch vor uns dran. Weder die Leute vor uns noch hinter uns, wissen was sie erwartet. Ich bin auf jeden Fall gespannt und Rebecca scheint auch sehr aufgeregt zu sein. Es ist gut sich nicht zu streiten und seine Gedanken auf das was vor uns steht zu konzentrieren.

Nach und nach kommen immer mehr Leute dran, bis letztendlich wir an der Reihe sind. Ein großer Wachmann steht vor uns, an seinem Gürtel kann ich eine Pistole und einen Schlagstock erkennen. Was auch immer dort im Zelt ist, es muss anscheinend gut geschützt werden.

Der Eintritt pro Person beträgt vier Euro, Paare dürfen für sieben Euro rein. Ich frage mich, ob es da drin etwas Romantisches zu sehen gibt, wenn extra für Paare ein besonderer Preis festgelegt wird.

Ich bezahle die paar Euro und greife nach Rebeccas Hand, die sie, glücklicherweise, nicht wegzieht. Es ist ein schönes Gefühl wieder mit ihr etwas zu unternehmen. Der Sicherheitsmann führt uns durch einen kleinen Tunnel, ebenfalls bestehend aus dem Zeltstoff, bis wir in der großen Halle ankommen. Dann dreht er wieder um und geht zu den anderen zurück.

Hier in der großen Halle befinden sich auch andere Gruppen. Sie stehen alle an einem Zaun und blicken auf etwas hinab. Ich ziehe Rebecca mit mir und stelle mich an eine freie Stelle, von der sowohl ich, als auch meine Freundin auf das Schaubild blicken können.

Ich merke, wie mir das Blut in meinen Adern gefriert, während ich das beobachte, was vor uns liegt. Das Zelt ist um einen Straßenabschnitt gebaut worden und neben einem Motorrad, das umgekippt und verbeult auf der Straße liegt, liegt ein paar Meter weiter ein Mensch auf dem Boden. Ich kann nicht richtig erkennen, was mit ihm los ist, aber ich weiß, dass er sich nicht bewegt. Glücklicherweise wird nach und nach jede Gruppe heraus gebeten, bis meine Freundin und ich uns dort an den Zaun stellen können, wo wir den Menschen am besten sehen können.

Jetzt kann ich sehen, was für grauenvolle Wunden er am Körper trägt. Sein Gesicht ist durch den Asphalt zur Hälfte weggerissen worden, er hat einige offene Brüche und aus seinem Brustkorb klafft eine etwa handtellergroße Eisenstange, die ihn offenbar gepfählt hat. Die ganze Szene wird von Scheinwerfern angeleuchtet. Das Blut, das überall auf dem Boden verteilt ist, glänzt sogar noch. Ich finde es wunderschön und auch meine Freundin neben mir staunt.

Dann hole ich mein Handy heraus und fange an Fotos zu machen. Von weitem, von nahem, als Panoramabild. Fotos mit meiner Freundin im Vordergrund, wie sie post und Grimassen schneidet. Und schließlich ein super süßes Selfie mit uns, eines wo wir in die Kamera lächeln und ein anderes, auf dem Rebecca mir einen Kuss auf die Wange gibt.

Irgendwann kommt einer Wachmänner auf uns zu und sagt, dass unsere bezahlte Zeit abgelaufen ist. Wie haben die Möglichkeit nochmal sieben Euro zu zahlen, falls wir länger bleiben wollen, oder wir sollen das Gebäude verlassen. Also verlassen wir das Zelt, wir haben genug gesehen und auch wunderschöne Fotos gemacht, die uns ewig in Erinnerung bleiben werden.

Wir gehen Hand in Hand zurück nach Hause. Zwischen uns hat sich eine angenehme Spannung aufgebaut, etwas nicht begreifliches, etwas, dass seit einigen Wochen nicht mehr so richtig da gewesen ist. Ich lade sie nicht zum Essen ein, irgendwie fühle ich mich wohl so wie es ist und sie offenbar auch. Wir reden und lachen, es ist ein schöner Tag und ich fühle mich so, als würde unsere Beziehung wieder bergauf gehen.

Es fühlt sich an, wie früher, als wir uns kennengelernt haben. Ich habe damals als Taxifahrer gearbeitet und sie ist bei mir eingestiegen, wollte zu irgendeiner Studentenparty gebracht werden. Während der Fahrt habe ich einen Fahrradfahrer erfasst. Ich habe ihn totgefahren, aber es ist nicht meine Schuld gewesen. Trotzdem habe ich die verdrehten Körperteile nicht vergessen. Wie der Fahrradfahrer so da lag, mit aufgerissenen Wunden, eingedrücktem Schädel.

Rebecca ist die Lust an der Party vergangen und wir sind zu einem Imbiss gefahren, haben dort etwas gegessen und haben später am Abend das erste Mal miteinander geschlafen.

Ich schließe die Tür zu meiner Wohnung auf und vermute, dass es heute auch nicht anders sein wird. Rebecca setzt sich wortlos an meinen Computer und überspielt die Bilder, lässt sie auf dem großen Fernseher vor unserem Bett in einer Diashow abspielen. Blut, gebrochene Knochen, Tod.

Ich blicke Rebecca tief in die Augen. Sie versprechen mir, dass heute eine großartige Nacht wird.

Starren

Für einen guten Soldaten gibt es im Krieg zwei Dinge die erreicht werden können. Entweder er gewinnt gegen seinen Feind und kommt unversehrt nach Hause oder er stirbt in einem ruhmreichen Kampf. Auf mich traf Ersteres zu.

Und so kam es, dass ich nach dem Sieg über die Deutschen in meine kleine Heimatstadt zurückkehrte. Ich hoffte darauf, dass meine Frau Amelie die Zeit ohne mich gut überstanden hatte. Sie schien etwas überfordert gewesen zu sein, da im Vorgarten jegliche Blumen verwelkt waren. Auch die Gehwegplatten, die durch den Garten zur Haustür unseres Reihenhauses führten, waren in letzter Zeit anscheinend kaum gepflegt worden.

Dennoch stand ich stolz vor meinem alten zu Hause und freute mich darauf, meine Frau wieder in die Arme schließen zu können. Ich klopfte an der Haustür und richtete noch einmal meine Uniform. Mein Herz begann schneller zu pochen. Seit drei Jahren hatte ich Amelie nicht mehr gesehen. Als sich nach einigen Sekunden die Tür nicht geöffnet hatte, klopfte ich noch einmal, vielleicht war sie gerade in der Küche und hörte das Klopfen nicht. Doch auch diesmal wurde die Tür nicht geöffnet.

Eigentlich hätte Amelie zu Hause sein müssen. Es war Sonntag und die Kirche hatte den Gottesdienst bereits beendet. Auf Zehenspitzen spähte ich durch das kleine, staubige Fenster. Im Gegensatz zum Garten war der Flur gesäubert und aufgeräumt. Auf dem kleinen Tisch lag die rote Handtasche, die ich ihr, bevor ich in den Krieg gezogen war, geschenkt hatte. Sie musste also da sein.

Ich trat einige Schritte zurück und blickte die Straße hinab. Merkwürdigerweise waren die meisten Gärten verkommen.

Vielleicht gab es zu wenig Wasser um sie bewässern zu können. Ich war einige Jahre im Einsatz gewesen, hatte durch eine Frechheit meinen Urlaub verloren und so war es kein Wunder, dass ich nicht wusste, was sich in dieser Nachbarschaft getan hatte.

Plötzlich bemerkte ich eine Bewegung in meinem Augenwinkel. In der oberen Etage eines Nachbarhaus wackelte eine der Gardinen. Es fiel mir schwer etwas Genaueres zu erkennen, da die Sonne von der Staubschicht auf den Fenstern reflektiert wurde. Ich meinte, dass es ein Gesicht gewesen war und starrte noch einige Augenblicke zum Fenster.

Wieder schwankte die Gardine und dieses Mal war ich mir sicher, dass ein Gesicht mich direkt anstarrte. Anscheinend hatten sich in meiner Abwesenheit neue Nachbarn zu uns gesellt. Vielleicht konnten sie mir sagen, wo Amelie war.

Ich ging auf das nebenan liegende Grundstück und klopfte bei dem Nachbarn, doch hörte hinter der Tür nur leises Getuschel. Darüber, dass man keinen Fremden aufmachen sollte, dass es zu gefährlich sei. Dann verstummte das Gespräch.

Obwohl ich mich recht unwohl dabei fühlte, stellte ich mich auch hier auf die Zehenspitzen, blickte in den Flur und konnte gerade noch erkennen, wie eine ältere Frau mit einem kleinen Kind in das obere Stockwerk stieg.

Wütend schnaufte ich. Warum waren die so unhöflich und machten mir nicht auf? Es ging lediglich um eine einzige, kleine Frage.

Ich verließ das Grundstück um einen klaren Kopf zu bekommen und blickte mich noch einmal um. Ein merkwürdiges Gefühl stieg in mir auf. Ich sah die alte Frau und das Kind, die mich durch das Fenster beobachteten. Doch nicht nur das. Alle anderen Nachbarn hingen ebenfalls mit ihren Gesichtern am Fenster und starrten mich unentwegt an. Mein Puls stieg. Ich konnte es gar nicht leiden im Mittelpunkt zu stehen und von fremden Menschen angegafft zu werden.

Da ich nicht tatenlos vor meinem Haus sitzen, mich von meinen Nachbarn anstarren lassen und darauf warten wollte, dass Amelie zurückkam, machte ich mich auf den Weg in die Innenstadt. Mein erstes Ziel war das Krankenhaus. Ich ging zwar nicht davon aus, dass ihr etwas passiert war, da schließlich die Wohnung gut in Schuss gehalten worden war, allerdings wollte ich auf Nummer sicher gehen.

Auf dem Weg dorthin verschwand das merkwürdige Gefühl, beobachtet zu werden, nicht. Allerdings konnte ich niemanden sehen, der mich anstarrte. Auf der gesamten Straße, auf der normalerweise recht viel Verkehr war, sah ich keinen einzigen Menschen.

Also blickte ich mich genauer um und blieb wieder an den Fenstern hängen. Ein Schauer lief mir über den Rücken. In jeder Wohnung, an jedem Fenster starrten mich Gesichter an. Einige schauten besorgt, andere wütend – doch die meisten hatten einfach nur einen leeren, blassen Blick.

Ich beschleunigte meinen Gang, sah mich links und rechts um. Überall Fenster, überall Menschen, überall Blicke. Ich konnte nichts tun ohne, dass sie es sahen. Wenn ich mich ausgeruht hätte, hätten sie es gesehen. Wenn ich mich umgedreht hätte, hätten sie es gesehen. Wenn ich davon gelaufen wäre, dann hätten sie es gesehen. Dennoch musste ich es versuchen. Ich musste meine Frau finden. Ich fing an zu rennen. Ich rannte durch die Innenstadt, als würde mein Leben davon abhängen. Die Blicke verfolgten mich. Immer auf mich gerichtet. Immer wissend, was ich machte. Ich rannte weiter. Weg von den Blicken. Sie brannten auf meiner Haut, stachen durch mich hindurch, drangen in meinen Kopf und machten mich wahnsinnig.

Schluss.

Die Tür fiel hinter mir ins Schloss. Vor mir lag eine große Eingangshalle. Ich war in eine Bank geflüchtet, weg von den Blicken. Hier konnte mich keiner sehen. Hier war ich in Sicherheit. Ich stützte mich auf meine Knie und atmete schwer. Kurz darauf übergab ich mich mitten auf den Boden. Zum Glück hatte das keiner gesehen.

Ich hörte ein Klopfen. Das Klopfen an einer Glasscheibe. Panisch schreckte ich hoch und sah mich um. Hinter einer Glasvitrine standen zahlreiche Männer in Anzügen. Sie klopften an die Scheiben, starrten mich an, riefen mir Dinge zu, die ich nicht verstand. Sie waren mager und hatten zerfurchte Gesichter.

Ich musste weiter. Ruckartig riss ich die Tür auf und rannte noch schneller als vorher durch die Straßen. Die Blicke waren wieder da, waren nie weg gewesen. Jetzt klopften alle an ihren Scheiben. Es trommelte, es prasselte, es lärmte. Die einzige Möglichkeit war das Krankenhaus. Diese Menschen hatten Amelie sicherlich etwas getan. Ich wusste, dass Amelie dort sein würde. Und wenn ich sie gefunden hatte, dann würden auch die Blicke verschwinden. Ich wusste das. Ich war mir sicher.

Doch je näher ich dem Krankenhaus kam, desto mehr Blicke verfolgten mich, desto mehr klopften die Menschen an ihre

Scheiben, desto mehr schrien sie mir unverständliche Dinge hinterher. Doch ich würde sie besiegen. Ich war stärker, als ein paar starrende Menschen. Die würden mich nicht daran hindern meine Frau zu finden. Die Türen des Krankenhauses waren verschlossen. Doch ich wusste mir zu helfen. Die anderen konnten mir alle zusehen, wie ich die Tür in Stücke reißen würde. Ich griff nach einem Mülleimer und schleuderte ihn mit aller Wucht gegen die Glastür des Krankenhauses. Ein Riss durchzog das Glas, jedoch zersplitterte es nicht. Ich griff erneut nach dem Mülleimer, schmetterte ihn wieder gegen die Tür. Es half nichts. Voller Verzweiflung fing ich an mit meinen bloßen Händen gegen das Glas zu schlagen. Ich spürte die Blicke immer noch, hörte immer noch ihre dumpfen Schreie. Bis schließlich ein lautes Klirren zu hören war. Triumphierend schritt ich in die Eingangshalle.

Alle hatten gesehen zu was ich fähig war.

Alle klopften mir Beifall.

Alle jubelten mir zu.

Alle –

Mir stockte der Atem. Ich schluckte schwer und in mir stieg wieder die Übelkeit auf. In der Eingangshalle stand ein Schild. Ungläubig starrte ich es an. *Achtung! Bitte bleiben Sie alle in Ihren Häusern. Radioaktive Verstrahlung in der gesamten Stadt.*

Stimmen des Windes

Winternacht.
Ich muss schnell weiter.
Der Schneefall hat deine Spuren schon fast verwischt.
Weiter zu dir.

Hinter mir höre ich die Stimmen des Windes.

Mein Pferd galoppiert schneller.
Es stößt warmen, weißen Atem aus.
Springt über zugefrorene Bäche und Wurzeln.

Hinter mir höre ich die Stimmen des Windes.

Kalter Schnee peitscht mir ins Gesicht.
Der Mond scheint grell durch die dünnen Wolken.
In meinen Händen habe ich längst kein Gefühl mehr.

Hinter mir höre ich die Stimmen des Windes.

Mein Pferd ist nach dem langen Ritt erschöpft.
Ein Waldrand.
Eine graue Wand aus Kälte und Nebel schlägt auf mich ein.

Hinter mir höre ich die Stimmen des Windes.

Bald bin ich bei dir.
Mein Pferd wird langsamer und beginnt zu wanken.
Es schlägt hart auf den gefrorenen Boden auf.
Ich laufe weiter und lasse es liegen.

Hinter mir höre ich die Stimmen des Windes.

Meine Lungen schmerzen.
Der Mond wurde von dunklen Wolken verschlungen.
Ich stoße kalten, grauen Atem aus.
Kraftlos.
Schleppe mich dennoch voran.

Ich werde dich wieder in meine Arme schließen können!

Hinter mir höre ich die Stimmen des Windes.

Vor Erschöpfung breche ich zusammen.
Winternacht.
Der Boden ist kalt und uneben.
Ich liebe dich mein Mondschein.

Neben mir höre ich die Stimmen des Windes, die langsam in ein Jaulen verwehen.

Bauchgefühl

Das fahle Licht weckt mich und strahlt mir direkt ins Gesicht. Ich liege unter weichen Decken in einem großen Raum. Weiß, kalt, aber immerhin edel. Ich kann mir so etwas leisten. Die Operation scheint geglückt zu sein. Ich klappe die Bettdecke zurück und hebe das weiße Hemd, um meinen Bauch zu betrachten. Eine große Narbe zieht sich über den gesamten Oberkörper. Dass es mich so stark erwischt hat, hätte ich nicht gedacht.

Bei der Eröffnungsfeier einer neuen Außenstelle meines Unternehmens waren neben Schaulustigen und Journalisten auch hunderte Aktivisten anwesend. Während ich meine Rede gehalten habe, schrien sie mich an und beleidigten mich – fuchtelten dabei mit ihren Schildern herum.

Mein Manager riet mir, des Images wegen, nach der Veranstaltung sich mit einigen Aktivisten auszusprechen. Daher versammelte sich eine kleine Gruppe der Demonstranten um mich herum. Und trotz des Sicherheitsdienstes, schaffte es einer von ihnen ein Messer zu ziehen und mir in den Bauch zu stechen.

Ich bin Besitzer eines Müllentsorgungsunternehmens und werde von vielen für das langsame Aussterben der Meeresbewohner verantwortlich gemacht. Jeden Tag werden tausende Fischleichen gefunden, mit Plastik im Bauch und elendig verhungert. Angeblich sind meine Methoden daran Schuld. Überfischung finde ich allerdings viel schlimmer. Oder, das sich in Thunfischdosen oft auch Delfinfleisch tummelt. Außerdem darf ich den Müll auch nicht ins All schießen, also wie soll ich es sonst machen?

Diese Aktivisten sind doch alles Janusköpfe. Auf der einen Seite umweltbewusst und auf der anderen fressen sie in Plastik abgepackten Fisch vom Discounter und wundern sich, warum die Fische wegsterben.

Ich werde nach einigen abschließenden Untersuchungen glücklicherweise entlassen. Der Fraß im Krankenhaus wäre auch für mich als Millionär nicht lecker gewesen. Ich rufe meinen Chauffeur, der mich abholt und zu meiner Villa fährt. In einigen Tagen muss ich zum Gericht und zur Nachuntersuchung. Vorher soll ich mich allerdings ausruhen.

Bei meinem Haus angekommen, öffne ich eine Flasche Scotch und schlucke ein ganzes Glas zusammen mit einem Medikament sofort hinunter. Was für ein Tag. Kopfschüttelnd fülle ich mir ein weiteres Glas ein und trinke es, während ich die Veranstaltung Revue passieren lasse. Mein Magen grummelt und ich fühle mich etwas schlapp. Kaum wunderlich nach den ganzen Strapazen. Daher gehe ich ins Schlafzimmer und lege mich auf das Bett.

Das Dienstmädchen klopft an die Tür, reißt sie auf und damit mich auch aus dem Schlaf. Es gibt Essen, sagt sie. Das ist für mich ein Grund auszustehen, denn ich hatte, seit ich im Krankenhaus aufgewacht bin, nichts zu mir genommen. Im Speisesaal setze ich mich an den langen Tisch und meine Köchin kommt, um das Mahl zu servieren. Es gibt Gulasch mit Kartoffeln und Rotkohl. Der Geruch steigt mir in die Nase und mir läuft das Wasser im Munde zusammen. Ich esse trotzdem nur mit wenig Appetit, lobe die Köchin umso mehr, da ich die Hälfte nicht aufgegessen habe.

Im Fernsehen laufen belanglose Comedyserien, also perfekt für mich, um in Ruhe abzuschalten. Die Hausangestellte ist so nett und bringt mir einen Scotch mit Eis. Wieder trinke ich ihn und es steigt erneut ein mulmiges Gefühl in mir auf.

Ich springe auf, setze zu einem Sprint an, doch da ist es schon zu spät. Ein Schwall aus rot-braunem Erbrochenem verteilt sich auf dem Teppichboden. Ich kann einige Gulaschstücke erkennen. Das Dienstmädchen kommt angelaufen, fragt mich, wie es mir denn gehe und als ich sie nur mit einem bitteren Blick anstarre, führt sie mich zurück in mein Schlafzimmer.

Ich habe vergessen den Wecker auszuschalten, sodass er mich, wie gewöhnlich, um sechs Uhr weckt. Eigentlich würde ich gerne länger schlafen. Außerdem geht es mir mies. Ich habe so ein ungewöhnliches Stechen im Bauch. Das Hausmädchen kommt herein, bringt mir einen Teller mit Zwieback und Milch, fragt wie es mir geht und fasst mir an die Stirn. Ihre Hand ist warm, doch sie zieht sie schnell wieder zurück und verlässt mit der Bemerkung, dass ich wohl Fieber hätte, das Zimmer.

Ich gucke den Zwiebackmatsch einige Zeit lang angewidert an, beschließe, dass ich keinen Hunger habe und stelle ihn auf den Nachttisch.

Die Schmerzen im Bauch nehmen, je weiter der Tag voran schreitet, immer mehr zu. Daher verbringe ich meine Zeit auch mit nichts anderem, als im Bett zu liegen und mich verkrampft und schweißgebadet hin und her zu wälzen. Den ganzen Tag. Nicht einmal schmerzlindernde Medikamente können etwas daran ändern. Ich will etwas essen, doch ich fühle mich satt.

Ich will etwas trinken, mein Mund ist trocken, doch ich habe keinen Durst. Ich versuche nach dem Dienstmädchen zu rufen, doch irgendetwas schnürt mir die Luftröhre zu, sodass nur ein erstickendes Krächzen zu hören ist. Und diese Schmerzen. Diese Schmerzen wollen einfach nicht aufhören.

Ich schließe für einen Moment die Augen und als ich sie wieder öffne, ist es draußen dunkel. Die Schmerzen sind immer noch da, genauso wie die Sättigung. Doch ich muss etwas trinken, ich fühle, wie ich dehydriere. Mein Kopf fühlt sich so an, als würde jemand mit einem Hammer wieder und wieder auf die gleiche Stelle schlagen. Das bilde ich mir doch nicht ein.

Daher stolpere ich aus meinem Bett und schlurfe durch das Haus. Die Köchin und das Dienstmädchen sind wohl schon nach Hause gefahren. Andere Angestellte habe ich nicht.

Obwohl ich mich in eine dicke Decke eingehüllt habe, friere ich und ich spüre, wie der klamme Stoff an meiner Haut klebt. Das Licht in der Küche ist grell und die Lampe surrt. Und das ist störend. Die ganze Zeit dieses Gesurre in meinen Ohren. Dafür habe ich zur Zeit keine Nerven.

In einem Schrank finde ich ein Glas, fülle es mit Leitungswasser und schlucke es hastig herunter. Sofort breche ich in einen Hustenanfall aus. Meine Lungen fühlen sich an, als würden sie bersten und die Narbe wird weiter gedehnt, sodass sie noch mehr weh tut. Ich habe Bedenken, dass sie abermals aufreißt.

Wieder habe ich dieses mulmige Gefühl. Und erneut übergebe ich mich. Diesmal ist es kein Rotkohl oder Gulasch, sondern nur Wasser. Mir wird schummrig und ich schließe die Augen, um meinen Halt nicht zu verlieren. Irgendetwas ist mit meinem Mund falsch, denn statt dem normalen Geschmack von Erbrochenem schmecke ich etwas Metallisches. Der Schwindel lässt nach, sodass ich wieder meine Augen öffnen kann und erstarre. Auf den Fliesen verteilt sich der gerade erbrochene Inhalt zu einer immer größer werdenden Lache. Doch das Wasser ist nicht durchsichtig, sondern blutrot. Ich führe eine Hand zu meiner Narbe und zucke zusammen.

Mein Bauch brennt wie Feuer. Es fühlt sich so an, als würde ich innerlich verbrennen. Panisch greife ich nach dem Telefon auf einem der Tresen und wähle die Nummer des Krankenhauses. Das Geräusch des Telefons beruhigt mich etwas. Nach ein paar Sekunden nimmt jemand ab, meldet sich jedoch nicht.

»Was habt ihr mit mir gemacht? Ich habe Schmerzen. Mein Bauch! Ich brauche Hilfe!«, schreie ich in den Telefonhörer. Doch anstatt eine Antwort zu geben, legt die Person am anderen Ende der Leitung nur auf. Verzweifelt wähle ich nochmal dieselbe Nummer. Doch alles was ich höre, ist das unendlich lange Dröhnen, das mir symbolisiert, dass ich keinen Empfang mehr aufbauen kann.

Ich setze mich auf die Fliesen und lehne mich an einen der Schränke. Was ist mit mir los? Ich habe immer noch keinen Hunger, keinen Durst und trotzdem fühle ich, wie ausgelaugt mein Körper ist. Außerdem will dieses Stechen im Bauch nicht verschwinden, als wäre das Messer von dem Aktivisten noch in mir. Und ich speie Blut. Bestimmt ist von der Klinge ein kleiner Splitter abgebrochen, der sich unentwegt durch meine Organe bohrt.

Ich brauche Hilfe. Und wenn mir das Krankenhaus nicht helfen will, dann muss ich mir selbst helfen.

Ich rapple mich hoch, öffne eine Schublade und ziehe ein dickes Fleischermesser hervor. Wenn mir niemand helfen will, dann muss ich mir helfen, wiederhole ich in meinen Gedanken und schleppe mich zum Spiegel in meinem Schlafzimmer.

Dort kann ich mich sehen. Blutunterlaufende Augen, bleiche Haut und so dürr. So dürr, als hätte ich in den wenigen Stunden mehrere Kilo abgenommen. Ich ziehe mein Oberteil aus und starre auf die Narbe. Dort werde ich es finden.

Ich atme tief ein und steche mir in meinen Bauch, an die Stelle, wo mich auch der Attentäter getroffen hatte. Schmerz. Blut. Doch ich bin noch nicht fertig. Ich schneide weiter an der Narbe entlang, bis ich auf etwas Hartes stoße.

An meinem ganzen Körper pocht es und jeder Herzschlag pumpt einen Schwall Blut aus mir heraus. Aber wenn ich den Fremdkörper entferne, dann wird es mir besser gehen. Dann bin ich gerettet. Dann werde ich wieder Gulasch essen und Scotch trinken können. Also überwinde ich mich, halte mit einer Hand die Wunde auf und greife mit der anderen in mich hinein. Ich packe den harten Gegenstand und ziehe ihn heraus. Dabei reiße ich noch mehr Organe auf. Doch das ist mir egal.

Unter dem Blut erkenne ich einen orange-weißen Farbton und ein Auge. Ich taste es ab, versuche das Blut zu entfernen. Es fühlt sich weich an, ziemlich glitschig. Es ist ein aufblasbarer Clownfisch aus Plastik mit einer angemalten roten Nase. Für Kinder zum Schwimmen. Ich lächle.

Internetblog

Marvin war ein Versager. Klar, er hatte seinen Realschulabschluss gemacht, sogar einen recht guten, doch sonst hatte er in seinem Leben nichts erreicht. Schon seit zwei Jahren wohnte er in einer winzigen Ein-Zimmer-Wohnung in einer Kleinstadt. Seine Eltern hatten ihn irgendwann rausgeworfen. Sie wollten ihn einfach nicht mehr durchfüttern.

Marvins Tagesablauf hatte sich seinem Status angepasst. Er stand um 16 Uhr auf, bestellte sich dann erst einmal was zum Essen und setzte sich vor den Computer. Dort hockte er dann bis morgens um sechs und ging dann wieder schlafen.

Manchmal bekam er Post vom Arbeitsamt oder seine Mutter rief an und alle sagten immer wieder das gleiche: Such dir einen Job. Doch Marvin hatte keine Lust sich einen Job zu suchen. Wozu auch? Er hatte alles was er brauchte. Und wegen der Rente, da machte er sich auch nichts vor. Wenn er so alt ist und Rente beziehen kann, dann ist sicher nichts mehr da. Die ganzen blöden Arbeitnehmer können schön brav ihre 50 Jahre Dienst absitzen und sich verausgaben.

Allgemein hält er vom Leben nicht sonderlich viel. Für ihn hat es nichts zu bieten, außer zu sterben. Er lebt als einer von sieben Milliarden in einem vermutlich unendlichen Universum und soll dann seine Zeit damit verschwenden, arbeiten zu gehen. Das ist unvorstellbar für ihn.

Kurz bevor Marvin ins Bett geht, hört er in der Wohnung unter sich lautes Gepolter. Dort wohnt ein junges Ehepaar. Er ist Bänker, sie ist Lehrerin. Beide stehen früh morgens auf und kommen am späten Nachmittag wieder. Dann gucken sie Fernsehen. Manchmal schlafen sie auch miteinander. Marvin lauscht dann immer.

Ganz schrecklich findet er es, wenn das Kind von drüben anfängt zu weinen. Es kreischt dann immer so laut und die alleinerziehende Mutter ist mit diesem Ding überfordert.

Marvin hat absolut kein Pflichtbewusstsein. Wenn die Zahlungen vom Amt gekürzt werden, dann ist das halt so. Seine Mutter wird schon für ihn sorgen.

Seine einzige Pflicht besteht für ihn in der Pflege seines Internetblogs. Dort tauscht er sich täglich mit anderen Nutzern über alltägliche Dinge aus. Einer hat mal ein Aquarium in einem Trinkglas erstellt, der andere postet nützliche Lifehacks, die das Leben einfacher machen und ein anderer lädt jeden Tag ein neues Rezept hoch.

Marvin hingegen postet seine Gedanken. Es ist für ihn wie eine Art Tagebuch. Er schreibt dort hinein, wie es ihm geht, was er den ganzen Tag gemacht hat und was seine Pläne für den nächsten Tag sind.

Für seine drei Follower erstellt er manchmal auch Umfragen, damit diese entscheiden können, was Marvin den nächsten Tag über machen soll. Welches Spiel soll er spielen? Was gibt es heute zu essen? Sowas eben.

Durch die Umfragen braucht Marvin sich nicht zu kümmern und sich darüber keine Gedanken zu machen. Denn er ist ein höher gestelltes Wesen. Er überblickt die ganzen Maden, die sich Menschheit nennen und ihr Leben mit Arbeit verschwenden. Marvin ist so viel klüger als sie und seine Aufgabe ist weit aus höher, als die der anderen Menschen.

Irgendwann wurde Marvin langweilig. Er wollte etwas ändern in seinem Leben, doch nicht ohne Zustimmung von seinen drei Followern. Daher erstellte er eine Umfrage.

Was soll ich morgen tun?
A: *Weitermachen wie immer*
B: *Bewerbungen schreiben*
C: *Jemanden ermorden*

Das mit dem Ermorden meinte er natürlich nicht ernst, schrieb daher einen lachenden Smiley dahinter. Dann wartete er ab, aktualisierte im Minutentakt seine Seite, bis drei Nutzer an der Umfrage teilgenommen haben. Nach einer Stunde hatten vier Leute abgestimmt. Eine Stimme für A, Zwei für B und eine für C. Das war bestimmt einer dieser jungen Internetnutzer, die keine Ahnung von Technik haben.

Marvin war zerknirscht. Er wollte eigentlich gar nicht arbeiten gehen. Aber die Leute im Internet hatten ihm das so gesagt und die mussten es ja wissen. Also öffnete er ein Textdokument und fing an seine Bewerbung zu schreiben. Er hatte davon keine Ahnung, musste oft irgendwelche Sachen nachschlagen, fragte auch in seinem Forum nach, doch nach einigen Stunden Arbeit, hatte er seine Bewerbungen fertig.

Das musste er seiner Community natürlich direkt mitteilen. Er aktualisierte die Seite und erschrak. Er hatte eine ganze Menge neuer Follower. Wo kamen die plötzlich her? Oder waren das irgendwelche Bots?

Er scrollte zu seiner Abstimmung und kontrollierte, ob das Ergebnis gleich geblieben war. Zu seinem Erstaunen hatte nun C, also *Jemanden ermorden* die meisten Stimmen. Marvin schluckte. Nun hatte er den ganzen Tag schon an seiner Bewerbung gesessen und jetzt will das Internet das doch nicht. Deshalb erstellte er eine weitere Umfrage.

Wirklich Mord?
A: *Ja*
B: *Nein*

Schon nach wenigen Minuten hatten zehn Leute abgestimmt. Die meisten waren für *Ja*. Er hatte sogar einen Kommentar erhalten.

»Mach mit Beweisfoto!«, schrieb einer.

Marvin schluckte. Es würde für ihn eine Überwindung werden, jemanden umzubringen. Eigentlich wollte er auch niemanden umbringen. Aber das Internet wollte es so. Seine Community wollte es so. Und das was die Community will, das muss auch ausgeführt werden, sonst würde er in den Schlund der Irrelevanz fallen.

Marvin stellte seinen Computer auf den Energiesparmodus. Ausgeschaltet wurde der Computer so gut wie nie. Dann ging er schlafen.

Auch am nächsten Tag hatte sich an der Abstimmung kaum etwas geändert. Die Leute im Internet wollten immer noch, dass Marvin jemanden ermorden sollte. Er hatte sich beim Einschlafen bereits damit abgefunden und darüber nachgedacht wen und wie er morden würde. Die Wahl fiel hierbei auf das Ehepaar, das unter ihm wohnte. Für ihn manifestierten die beiden alles, was er an der Welt hasste. Arbeit, Disziplin und stumpfes Vor-sich-hin-Leben.

Da er weder eine Pistole noch sonst irgendeine Waffe hatte, die darauf ausgelegt war, Menschen zu töten, nahm er sich ein Küchenmesser aus einer Schublade. Es war bereits später Nachmittag als er einen Artikel im Forum verfasste, in dem er ankündigte nun der Forderung nachzugehen. Prompt bekam er Zusprüche wie *weiter so* oder *endlich bringst du der Menschheit etwas*. Das motivierte ihn. Es motivierte ihn weiter zu machen, seine Wohnung zu verlassen und mit gezogener Klinge auf den Flur zu treten. Es motivierte ihn ein Stockwerk nach unten zu gehen und dort vor der Wohnungstür zu warten. Was wenn er überwältigt werden würde? Wenn er nicht stark genug wäre, beide unter Kontrolle zu bringen? Polizei, Verhandlung, Knast oder sogar Psychiatrie.

Als wäre es ein geplantes Theaterstück öffnete sich nach diesen Überlegungen unten die Wohnungstür. Das Kind aus der gegenüberliegenden Wohnung stapfte die Treppen nach oben. Auf seinem Rücken trug es einen Schulranzen. Marvin nutzte die Chance sofort.

Er packte das Kind am Arm, hielt den Mund mit der anderen Hand zu und zerrte es in den Keller. Dort stach er auf den kleinen Menschen ein.

Durch seinen Körper pulsierte Adrenalin. Für ihn gab es nur ein Ziel: Die Anerkennung von seinen Lesern. Der Junge hatte nicht verdient so früh zu sterben, doch wäre es in einigen Jahren sowieso. Die Mutter würde unendlich traurig und erschrocken sein. Doch sie würde es überwinden und ebenfalls in einigen Jahren sterben. Marvin hatte keine Gewissensbisse. Marvin war stolz auf sich.

Wenn man ihn fangen würde, dann würde er weggesperrt werden. Aber war das wichtig? Es wäre vielleicht langweilig, aber irgendwann würde auch er sterben. Wie alle Menschen auf der Welt.

Er putzte sich die blutverschmierten Hände an seiner Hose ab und kramte sein Handy hervor. Er machte einige Fotos von der Leiche, posierte für ein Selfie und ging seelenruhig in seine Wohnung zurück.

Als er seinen Computer wieder anschaltete, erwartete ihn eine Überraschung. Er hatte hunderte Follower dazu bekommen. Unzählige Kommentare.

»Was für ein geiler Typ, wenn der das echt machen würde. Dann wäre in dem Forum endlich mal wieder etwas los.«

Marvin fühlte sich eigenartig glücklich; in seinem Handeln bestätigt. Ein Glück, das er noch nie vorher empfunden hatte. Er zog die Bilder auf seinen Computer und schaute sie sich an. Es waren merkwürdige Bilder. Marvin hatte noch nie in seinem Leben eine Leiche gesehen. Klar, im Internet und in Filmen schon. Aber in echt, mit den verdrehten Augen und dem glänzenden Blut. Das beeindruckte ihn.

Er postete die Bilder in seinem Blog. Er hatte an den Bildern nichts geändert, nichts überarbeitet und schrieb nichts weiter dazu als #noFilter.

Dann ging alles sehr schnell. Jede Minute aktualisierte er die Seite. Jedes Mal waren neue Kommentare da.

»Geil!«

»Er hat's wirklich gemacht.«

»Ist das echt?«

Seine Followerzahlen stiegen in die Tausende, sogar in die Zehntausende.

Ein Internetradio wollte sogar ein Interview mit ihm führen. Er sagte zu, beantwortete dem Reporter in einem Telefonat einige Fragen und bekam dadurch noch mehr Aufmerksamkeit und Bestätigung.

Marvin hatte mit dem Mord nichts falsch gemacht. Es konnte nicht falsch sein, wenn so viele Menschen das für richtig abtaten. Sie sagten ihm sogar, dass er mehr Bilder posten sollte. Mehr Leute umbringen sollte. Er sollte seine ganze Stadt reinigen. Aber er sollte aufpassen, denn wenn er von den Polizisten erwischt werden würde, dann wäre das alles vorbei.

Einer der Leser fragte, wie es sich anfühlen würde, sich durch die Gedärme zu wühlen. Ein anderer wollte sehen, wie die Mutter von dem Kind aussehen würde, wenn sie von dem Tod erfahren würde. Die Nutzer wollten mehr. Die Nutzer brauchten mehr. Und Marvin wollte ihnen mehr geben.

Daher ging er wieder in den Keller. Er wollte erst einmal neue Fotos schießen – diesmal mit Zeitung vom gleichen Tag, damit die wenigen, die noch zweifelten, das Datum sahen und sich auch auf seiner Seite stehen würden. Doch im Keller stand ein Polizist, der gerade Verstärkung rufen wollte. Er drehte sich zu Marvin und sah ihn verwundert an.

»Hast du das gemacht, Junge?«

Marvin war erschrocken. Es war schneller vorbei, als er sich es vorgestellt hatte. Daher nickte er nur.

»Dann musst du Marvin sein. Ich verfolge deinen Blog schon seit Tagen. Das ist großartig, dass ich so eine Internetberühmtheit treffe! Mach so weiter, Kumpel!«

Mit diesen Worten stand der Polizist auf und verließ den Keller. Marvin konnte sein Werk fortsetzen. Sein Blog gab ihm vollständige Immunität gegenüber den menschlichen Gesetzen. Er selbst war dafür nicht verantwortlich. Die unbekannte, anonyme Masse aus dem Internet; das war die eigentliche Gefahr. Er hat nur das getan, was ihm gesagt wurde. Denn das Internet ist ein Gott. Ein Weltenzerstörer. Größer und mächtiger als jeder Mensch.

Die toxische Weinrebe

Die toskanische Weinrebe ist toxisch. Es ist die toskan-toxische Weinrebe. Die toxischen Weintrauben, die an der toskan-toxischen Weinrebe wachsen, werden benutzt um einen toskanischen Wein herzustellen.

Die toxischen Weintrauben der toskan-toxischen Weinrebe werden dafür in einen großen Pott gefüllt. In diesen Kanister steigen einige Toskaner hinein und fangen an die toxischen Weintrauben mit ihren Füßen zu zerstampfen. Da die Weintrauben toxisch sind, müssen den Toskaner nach dem Zerstampfen die Füße abgenommen werden.

Der toskan-toxische Saft, der entsteht, wenn die toxischen Weintrauben zerstampft werden, wird in Glasflaschen abgefüllt und mit einen Korken geschlossen. Die Glasflaschen in denen der toskan-toxische Wein abgefüllt wurde, werden den Familien der Toskaner geschickt, die beim Zerstampfen der toxischen Weintrauben ihre Füße verloren haben.

Der toskan-toxische Wein gilt als einer der besten Weine in der Welt. Die Weinkritiker hatten sich nach dem Genuss des Weines noch nie kritisch geäußert. Die gurgelnden Geräusche und das Blut und die Organe die sie spuckten wurden als positiv angenommen.

Außerdem hatte der Wein eine beruhigende Wirkung auf die Familien der Toskaner, die beim Zerstampfen der toxischen Trauben ihre Füße verloren hatten. Nicht ein Wort der Vergeltungsschreie kam über ihre Lippen. Nur die Milz, der Magen und ein Teil der Leber.

Der toskan-toxische Wein ist ein Verkaufsschlager.

Perfektes Fest

Sanft wurde sie von den Kirchturmglocken geweckt. Es war früh am Morgen, doch das machte ihr nichts. Energiegeladen schwang sich Fiona aus dem Bett und zog das Rollo nach oben. Die Sonne war noch nicht aufgegangen, jedoch war es trotzdem ziemlich hell draußen. Das lag an dem Schnee, der die Erde unter eine weiße Decke hüllte.

Sie stolzierte die Treppe hinunter und spähte durch den Türspalt ins Wohnzimmer. An dem prunkvoll geschmückten Weihnachtsbaum hingen Lichterketten. Doch irgendetwas fehlte.

»Der Weihnachtsmann ist noch nicht da gewesen, Fiona.«

Ihr Vater stand plötzlich hinter ihr und streichelte ihre Haare. Seine schwarze Stoffhose war glatt gebügelt und das Hemd bis zum obersten Knopf geschlossen.

»Zieh dir doch bitte dein Lieblingskleid an. Wir gehen in die Kirche und wollen schick aussehen. Mama hat dir doch gesagt, dass du immer hübsch aussehen sollst.«

Als Fiona sich umgezogen hatte, gingen die beiden in Richtung Kirche. Sie wollte unbedingt im Schnee spielen, doch ihr Vater ermahnte sie.

»Du kannst spielen, wenn wir wieder zu Hause sind.«

Die Kirche war, wie der Weihnachtsbaum im Wohnzimmer, ebenso festlich geschmückt. Überall standen kleine Engel und an den Scheiben klebten Sterne und Weihnachtsmänner. An der Orgel spielte der Pastor Weihnachtslieder. Es wurde gesungen und gelacht. Doch irgendetwas fehlte.

Zu Hause angekommen wechselte Fiona ihre Kleidung, warf sich eine Winterjacke über und stürmte nach draußen in den Garten. Dort schmiss sie sich in den Schnee und macht einen Schneeengel. Später kam auch ihr Vater dazu. Er war in eine dicke Winterjacke gehüllt und hatte Fäustlinge an. Zusammen bauten sie einen großen Schneemann mit Hut, Knöpfen und Ästen. Doch irgendetwas fehlte.

Erst als es am späten Nachmittag dämmerte, gingen die beiden hinein, um sich am Kamin aufzuwärmen. Dort wartete eine Überraschung auf Fiona.

»Schau mal, Fiona. Der Weihnachtsmann war da!«

Unter dem Weihnachtsbaum lagen viele Geschenke. Jedes war anders verpackt als das andere und auf den meisten stand Fionas Name drauf. Doch irgendetwas fehlte. Das größte Geschenk sah etwas merkwürdig aus. Es war wie ein Schweizer Käse ganz löchrig. »Mach das doch als Erstes auf, Liebes. Mama hat mich gerade angerufen, sie muss noch ein wenig länger arbeiten«, sagte Fionas Vater, der es sich auf dem Sofa gemütlich gemacht hatte. Fiona nickte und riss vorsichtig das Papier auf. Es war ein Karton, dessen Deckel sie ganz leicht abnehmen konnte. In dem Karton saß ein kleiner Hund, der Fiona mit großen Augen anblickte. Fiona begann zu weinen und Freudentränen liefen ihr die Wangen hinunter, als sie das kleine Wesen freudestrahlend aus dem Karton hob. Endlich war das Weihnachtsfest perfekt. Endlich hatte Fiona etwas zu essen.

Weihnachtsmarkt

Bunte Lichter. Geschmückte Bäume. Der Duft von gebrannten Mandeln und Schmalzgebäck liegt in der Luft. Glückliche Familien. Glückliche Paare. Überall glückliche Menschen. In Lottersbach gibt es jedes Jahr einen Weihnachtsmarkt.

Auch ich lasse mir dieses Fest nie entgehen. Obwohl es schon Ende November anfängt, möchte ich mich von der weihnachtlichen Stimmung mitreißen lassen. Es ist einfach ein großes, glückliches Zusammensein.

Ich folge der Menschenmenge. Man kann sich nicht einfach an ihnen vorbei drängeln, vor allem nicht als Weihnachtsmann. Außerdem habe ich es auch nicht eilig. Um mich herum bemerke ich Kinder, die mich mit großen ungläubigen Augen angucken. Ich schreite erhoben an ihnen vorbei. Bei jedem Schritt klingelt mein mit Glöckchen besteckter Mantel und die Geschenke in meinem alten Leinensack klappern. Rechts gibt es Glühwein und Kinderpunsch. Die Erwachsenen nicken mir freundlich zu. Sie sind dankbar, dass sie nicht in dieser Verkleidung herum laufen müssen. Allerdings mache ich es ja gerne. Diese gewisse Aufmerksamkeit, diese mystische Stimmung, die man erzeugt und das einfach nur durch die bloße Anwesenheit, das gefällt mir am aller meisten. Das ganze restliche Jahr über bin ich alleine und unbedeutend.

Irgendwann komme ich an einem Brunnen vorbei. Es sind nur drei Wasserspeier, angeleuchtet durch eine weihnachtliche Dekoration. Doch das Plätschern und die funkelnden Wassertropfen in der Luft, machen es zu meinem Lieblingsort in Lottersbach.

Ich setze mich auf eine Bank neben dem Brunnen und schultere den Sack ab. Jetzt heißt es warten. Warten auf die Kinder, die unbedingt mit dem Weihnachtsmann reden wollen. Die unbedingt sagen wollen, dass sie doch das ganze Jahr artig waren. Und natürlich wegen den Geschenken. Hauptsächlich wegen den Geschenken. Aber was wäre ein Weihnachtsmann ohne Geschenke? Ein alter, faltiger Mann, in einem hässlichen Anzug der wildfremde Kinder auf seinem Schoß sitzen lässt. Die Geschenke lenken die Aufmerksamkeit nur noch mehr auf mich.

Nach wenigen Minuten kommt schon das erste Kind. Es ist ein junges Mädchen. Sehr schüchtern, doch sie zieht zielstrebig ihren Vater hinter sich her. Ich frage sie, wie sie denn heiße.

Paula. Oh, das ist aber ein schöner Name. Warst du denn immer artig? Natürlich warst du das. Hohoho. Hier, das ist für dich. Ich krame in meinem Leinensack und hole eine Barbiepuppe heraus. Sie trägt ein pinkes Kleid und hat blonde Haare. Paula greift danach und bedankt sich ganz höflich. Der Vater nickt mir freundlich zu und grinst, doch als er mit seiner Tochter weiter geht, verschwindet das Lächeln sofort. Ich habe keine Zeit darüber nachzudenken, denn ein Junge zupft an meinem Mantel. Er fragt ob ich der Weihnachtsmann sei. *Hohoho, natürlich, mein Junge. Wie heißt du denn?* Er heißt Felix. *Das ist aber ein schöner Name.* Auch er ist immer artig gewesen. Natürlich war er das. Nur Kinder, die nichts zu Weihnachten bekommen, sind unartige Kinder gewesen. Also alle, die arm sind.

Ich hole aus dem Sack ein weiteres Geschenk. Es ist ein blaues Rennauto. Der Junge springt hoch und reißt es mir förmlich aus der Hand. Er freut sich darüber. Es ist die ungetrübte, kindliche Freude. Diese Unschuld. Das macht Weihnachten für mich auch aus. Das Leuchten in fröhlichen Augen lässt oft tief blicken.

Ohne sich noch einmal umzudrehen rennt der Junge zu seinen Eltern. Ich nicke langsam. Der Weihnachtsmann ist nur wichtig, wenn er Geschenke hat. Immerhin hat Felix nicht gefragt, ob er noch ein Geschenk haben kann. Da sind doch so viele in dem Sack.

Dann kommt wieder ein Mädchen vorbei. In ihrer Hand hält sie einen Schokoweihnachtsmann, den sie schon zur Hälfte aufgegessen hat. Ihr Mund ist mit den geschmolzenen Resten verschmiert. Sie stellt sich vor mich, verschränkt ihre Arme und guckt mich grimmig an.

»Hohoho, na. Wer bist denn du?«

»Du bist nicht der Weihnachtsmann.«

»Hoho. Oh, doch natürlich, kleines Fräulein. Siehst du nicht den Mantel und die Mütze und den Bart? Guck mal, ich hab sogar Geschenke vom Nordpol mitgebracht.«

Ich krame in meinem Sack und hole ein weißes Pony raus. Ich möchte es ihr in die Hand drücken, doch sie drückt meinen Arm leicht zur Seite.

»Das hat der andere, der *echte* Weihnachtsmann auch gesagt.«

Sie beißt von der Schokolade ab und schmatzt. Und immer noch guckt sie mich an. Ich bin wirklich verwundert über den Mut der

Kleinen. Dem Weihnachtsmann zu sagen, dass er kein Weihnachtsmann ist, kann einem schließlich die Geschenke kosten.

»Es gibt nur einen Weihnachtsmann, Fräulein. Und das bin ich.«

»Das hat der andere auch gesagt. Und der hatte auch einen Bart und einen Mantel und er verschenkt Schokoweihnachtsmänner.«

Ich blicke das Mädchen verwirrt an.

»Einen anderen Weihnachtsmann? Wo denn?«

»Der sitzt vor dem Einkaufszentrum und der ist viel netter als du«, sagt das Mädchen und läuft weg.

Es gibt nur einen Weihnachtsmann. Mich. Wer auch immer der andere Weihnachtsmann ist, es ist nicht der Richtige. Es ist jemand, der genauso wie ich die Aufmerksamkeit sucht, nur, dass er ein Lügner ist. Er klaut mir die Aufmerksamkeit. Und noch schlimmer: Er bringt die Kinder zum Nachdenken. Wenn es auf einem kleinen Weihnachtsmarkt bereits zwei Weihnachtsmänner gibt, wie viele Weihnachtsmänner soll es dann auf der gesamten Welt geben?

Ich stehe auf und verteile die restlichen Geschenke um den Brunnen herum. Wenn ein Kind vorbei kommt, dann kann es sich einfach eins nehmen. Nur weil ich wütend auf jemanden bin, darf ich nicht vergessen, weshalb ich eigentlich hier bin. Dann gehe ich den Weihnachtsmarkt wieder entlang. Hallo, Weihnachtsmann. Hallo, mein Kind. Ich habe leider keine Zeit, ich muss zurück zum Nordpol.

Ich gehe vorbei an den ganzen Ständen, die Essen und Trinken zu völlig überteuerten Preisen anbieten. Die Menschen schlachten das Geschäft so pervers aus. Zum Glück bin ich da anders.

Ich gehe an dem großen Weihnachtsbaum in der Mitte des Marktes vorbei. Die Tannenzweige und die goldenen Kugeln sind mit einer seichten Schicht Kunstschnee überzogen worden. Es sieht schön aus, sehr heimatlich. Doch ich habe keine Zeit. Ich stampfe jetzt an den Menschenmengen vorbei, mir wird sogar nachgerufen, was mir denn einfiele.

Dann irgendwann sehe ich ihn. Der Mann, der sich als Weihnachtsmann ausgibt. Er gibt einem Jungen gerade einen Schokoweihnachtsmann und lässt sich mit ihm von den Eltern fotografieren. Unter seinem angeklebten Bart kann ich sehen, dass er alt ist. Ein alter, einsamer Sack. Er verrottet den Rest des Jahres bestimmt in seiner vermüllten Wohnung und muss sein Geld zählen, damit er über die Runden kommt. Versager.

Der alte Mann bemerkt mich und fängt an zu lachen. Dann winkt er mich freundlich zu sich. Ich gehe auf ihn zu, reiche ihm lächelnd die Hand, während es in meinem Kopf brodelt.

»Einen wunderschönen Advent, Herr Weihnachtsmann«, begrüße ich ihn.

»Guten Abend, Santa.«

»Du bist also auch unterwegs, wie? Es freut mich immer zu sehen, dass es mehr Menschen gibt, die den Kleinen eine Freude machen wollen und den Zauber der Weihnachtszeit erhalten möchten.«

Wieder kommt ein Kind vorbei und holt sich einen Weihnachtsmann ab.

»Ja, ich dachte mir, dass ich mit Schokolade wirklich jedem einen Gefallen tue.«

Ich lache. Dieser alter Mann ist die Personifikation von gestellter Freundlichkeit. Widerlich. Abartig. Er nimmt mir alles für das ich überhaupt existiere. Ich wurde von dem Großen und dem Unbekannten erschaffen, um den Kindern eine Freude zu bereiten und zu beschenken. Ich arbeite das ganze Jahr am Nordpol und baue Spielzeug.

Wenn es solche Menschen gibt, weshalb existiere ich dann überhaupt? Ich bin unendlich. Ich existiere schon immer und beschenke und beschenke. Früher hat mich noch jeder ernst genommen. Doch jetzt nicht mehr. Jetzt stehe ich neben einem Fake-Weihnachtsmann, der mich durch seine trüben Augen betrachtet.

»Wir sollten uns zusammen tun«, schlage ich vor. »Dann kommen bestimmt noch mehr Kinder. Ich habe auf einem Hof nicht weit von hier mein Rentier angeseilt. Es bükst immer aus und fliegt durch die Gegend. Es kostet mich eine ganze Menge Zeit Rudolph wieder einzufangen, das können Sie mir glauben. Jedenfalls könnten wir ihn auf den Markt holen und Kinder auf ihn reiten lassen.«

»Oh, mein Bester. Sie sind wirklich in der Rolle drin. Aber ein Pferd ist tatsächlich keine so schlechte Idee.«

»Es ist kein Pferd. Es ist ein Rentier.«

»Gut, gut.«

Ich helfe dem alten Mann auf und nehme seinen Leinensack. Er ist immer noch zur Hälfte gefüllt. Zusammen verlassen wir den Weihnachtsmarkt und biegen auf einen Trampelpfad ein. Lottersbach ist wirklich kein großes Dorf, doch die Parkplätze sind immer voll, vor allem bei einem so harmonischen Weihnachtsmarkt. Der

Weg wäre matschig gewesen, wenn es nicht die Nacht vorher so gefroren hätte. Hinter mir höre den alten Mann schnauben. Für ihn und seiner fetten Plauze ist es bestimmt ein ganz schöner Kraftakt die paar Meter zu gehen. Ich bin erstaunt, über die grenzenlose Naivität von dem Alten. Nur weil ich einen Mantel trage, kann man mir nicht sofort vertrauen.

Nach einigen Minuten kommen wir an dem Stall an. Es ist nur eine kleine, fast eingefallene Holzhütte, doch Rudolph findet darin seinen Platz. An einer Seite des Schuppens habe ich Feuerholz gestapelt, damit mein Lieblingsrentier nicht frieren muss.

»Dann zeigen Sie mir mal Ihr Pferd.«

Ich mache die Tür zum Schuppen auf. Rudolph liegt im Stroh, doch erhebt sich, als er mich sieht. Er stapft auf mich zu und lässt sich von mir seine Schnauze streicheln.

»Das ist er. Das ist mein Rudolph.«

»Nun, es ist ein Pferd und kein Rentier. Außerdem sieht er wirklich nicht sehr gesund aus. Ist er krank, oder weshalb ist er so mager?«

»Rudolph ist das gesündeste Rentier, das es überhaupt gibt.«

Der alte Mann kann mir als Weihnachtsmann nicht das Wasser reichen. Seine Augen sind so kaputt, dass er nicht einmal ein Rentier erkennt, obwohl er direkt davor steht. Es ist kein großer Verlust. Ich hole aus meiner Hosentasche ein Messer heraus, gehe auf den alten Sack zu und steche auf ihn ein. Er kann nicht schreien, es kommen nur gurgelnde Geräusche aus seiner Lunge, die sich nach und nach mit Blut füllt. In seinen Augen spiegelt sich große Verwunderung wieder, aber auch Schmerz und Trauer. Nach wenigen Sekunden und einem dutzend weiterer Messerstiche ist er tot.

Es kann nur einen Weihnachtsmann geben. Es kann nur einen Weihnachtsmann geben, der die Aufmerksamkeit der Kinder verdient hat. Ich blicke auf die Uhr. Es würde sich nicht lohnen wieder zum Weihnachtsmarkt zu gehen. Die Kinder sind bestimmt schon wieder zu Hause. Ich hole Feuerholz und eine Säge, entzünde ein wärmendes Feuer und zerschneide die Leiche des alten Mannes. Ein Bein für mich, den restlichen Körper für Rudolph. Zuerst hat er sich noch geziemt das Menschenfleisch zu essen, doch Hunger ist der beste Koch und das gilt auch für die Rentiere von dem Weihnachtsmann.

Ich brate und esse das Fleisch und lege mich dann ins Stroh. Es ist nicht so gemütlich wie ein warmes Bett, nicht mal so gemütlich wie ein Schneehaufen, doch immerhin ist es warm. Ich hole ein Tütchen Koks aus meiner Tasche und schnupfe eine Nase.

Es ist schön der Weihnachtsmann zu sein. Die Kinder lieben mich. Ich bin der Beste.

Von Orgasmen und Nächstenliebe

Erwin bemerkt, wie der Taxifahrer langsamer fährt, als er eigentlich könnte. Auf Straße liegt ein aufgeweichter Schneematsch und durch den starken Schneefall kann man kaum zwanzig Meter weit sehen. Endlich mal wieder weiße Weihnachten.

Erwin hat Verständnis für die Vorsicht, er hat es auch nicht eilig. Einfach nur weg. Weg von der großen, geschmückten Tanne in seinem Wohnzimmer, weg von den mit Zuckerguss überzogenen Weihnachtsplätzchen, weg von seiner irren Ehefrau.

Die Lage zwischen den beiden war schon seit einiger Zeit angespannt, doch an diesem Abend, dem heiligen Abend, erreichte es seinen Zenit. Streit, Schreie, Beleidigungen, all der Hass, der sich die letzten Jahre angesammelt hatte, konnte sich vor wenigen Stunden entladen. Für Erwin steht die Entscheidung fest: Er wird sich scheiden lassen.

Irgendwann hält das Taxi in einer freien Parklücke. Erwin bezahlt den Fahrer mit einem großzügigen Trinkgeld und steigt aus. Die Weihnachtsbeleuchtung, die an jeder Straßenlaterne aufgehängt worden ist, scheint in sein Gesicht, dadurch erkennt er den rotleuchtenden Schriftzug der Bar vor ihm nur schwerlich. Hier ist er richtig.

Erwin schlägt seinen Kragen hoch und stapft durch den tiefen Schnee, der sich auf dem Bürgersteig abgelegt hat. Es ist Heiligabend, natürlich ist kaum eine Seele in der Stadt unterwegs. Jeder bei ihren Liebsten, im Warmen, Geschenke auspacken. Erwin spuckt einmal auf den Boden, bevor er die Tür der Bar aufdrückt.

Er war in das Taxi gestiegen ohne zu wissen, wo er überhaupt hingebracht werden wollte. Dem Fahrer hat er nur *irgendeine Bar, egal welche* als Ziel gegeben und hat sich dann zurückgelehnt.

Der Fahrer hat nicht gesprochen, hat nichts über die Bar gesagt. Er ist einfach nur gefahren und hat ihn hier abgesetzt.

Ein Windzug lässt einige Schneeflocken mit in den Innenraum fliegen, als Erwin die Bar betritt. Sie fallen auf den Boden und schmelzen innerhalb weniger Augenblicke. Es herrscht reger Betrieb, niemals hätte er gedacht, dass es soviele einsame Seelen zu dieser Jahreszeit geben würde. Männer und Frauen jeden Alters, einige gut gekleidet, andere sind wohl Obdachlose und nur hier, um sich vor dem Schnee zu schützen. Solange sie nicht betteln und sich ruhig verhalten, findet Erwin das in Ordnung.

Während er zu dem Tresen schreitet, an dem ein junger Mann ein Glas putzt, zieht er seinen Mantel aus. Der rote Plüschboden fühlt sich weich unter seinen Schuhen an. Aus einem Lautsprecher klingt leise die Melodie von *As Time Goes By*. Erwin bestellt sich einen Scotch und setzt sich auf einen der Hocker vor dem Tresen. Er fühlt sich hier wohl. Hier ist es ruhig. Ein paar Stimmen, ein paar Gläser und ein wenig Musik. Das warme Licht hüllt alle Anwesenden in einen angenehmen Schein. Es gibt also doch noch Wunder, denkt Erwin sich, als er das dritte Glas hinunterkippt.

»Ist der Platz noch frei?«, fragt plötzlich eine Stimme von hinten. Erwin dreht sich um und blickt in die blauen Augen einer blonden Schönheit. Weinrotes Kleid mit tiefem Ausschnitt, bleiche, makellose Haut und ein Gesicht, das Marilyn Monroe Konkurrenz gemacht hätte. Das Kleid liegt eng an der Haut und betont ihren faszinierenden Körperbau. Ihre Schultern sind frei.

»Sicher«, meint Erwin und macht mit seinem Arm eine ausschwenkende Geste. *Setz dich zu mir, mein Täubchen, wir betrinken uns zusammen.* Sie setzt sich neben ihn und ein ungemein angenehmer Geruch schlägt Erwin in die Nase. Lieblich, süß, nach Rosen und Lavendel, nach Begierde und Versprechen. Seine Frau hat Erwin vollständig verdrängt, obwohl ihn der Streit so arg getroffen hat.

»Was führt eine so hübsche Dame an diesem Abend in solch ein Lokal?«, fragt Erwin.

Die Frau blick ihn mit ihren großen Augen an. Er verliert sich in ihnen, denkt an Himmel und Meer, an Lapislazuli und Saphir. Sie passen so perfekt zu den sanften Gesichtszügen und den blutroten Lippen.

»Einsamkeit«, antwortet sie.

Die nächste Stunde zieht an Erwin wie im Fluge vorbei. Er flirtet mit der blonden Göttin und sie mit ihm, spielt mit ihren Haaren, klimpert mit ihren Augen und streckt, wenn sie bemerkt, dass Erwin auf ihren Ausschnitt schielt, ihre Brüste in seine Richtung. Und trotzdem liegt etwas anderes als das plumpe Aussehen in der Luft.

Etwas Unbeschreibliches, etwas, das Erwin elektrisiert und ein angenehmes Kribbeln in seinem Bauch verursacht.

Er denkt für einen kurzen Moment an seine Frau, wie sie in den letzten Jahren bestimmt zwanzig Kilo zugenommen hat und das letzte Mal Sex so öde und langweilig war, dass er eingeschlafen ist, während sie versucht hatte auf ihm zu reiten.

Das hier ist etwas Spannendes, etwas anderes, etwas Neues. Er muss sie einfach haben.

Nach und nach kommen die beiden sich näher, fangen an sich an den Armen zu streicheln und der Ton mit dem sie zu ihm spricht wird ruhiger und entspannter.

Sie ist Mitte dreißig, die Zeit ist nicht ganz ohne Spuren an ihr vorbeigezogen, aber Erwin würde sie trotzdem auf Mitte zwanzig schätzen. Sie hat ihren Mann Anfang Dezember verlassen, hat wenig Familie und so kommt es, dass sie an Heiligabend in einer Bar sitzt und mit anderen, einsamen Menschen flirtet.

Erwin versteht sie so gut und fühlt eine so starke Anziehungskraft zwischen ihnen. Die Luft um sie herum knistert förmlich und als die Frau den ersten Schritt macht und Erwin mit einem Kuss auf den Mund überrascht, fängt auch sein Schwanz an zu kribbeln.

Mit verstohlenem Blick betrachtet die Frau die seichte Beule in Erwins Hose, was Erwin ein wenig unangenehm ist. Doch anstatt sich angewidert von ihm wegzudrehen, greift sie mit ihren zarten, warmen Händen nach seinen Handgelenken und zieht ihn vom Stuhl.

»W-Wohin gehen wir?«, fragt Erwin aufgeregt. Die Berührung der Hände hat ihn noch weiter erregt. Viel mehr, als eine bloße Berührung eigentlich tun soll.

»Zu mir«, raunt die Schönheit, geht weiter in die Bar hinein und biegt in einen schmalen Flur ein. Dämmriges Licht beleuchtet die dunklen Holzwände und die Gerüche, die in der Bar größtenteils aus dem billigen Parfum anderer Frauen bestanden haben, wandeln sich einzig und allein zu dem Geruch der Frau.

Erwin betrachtet ihr Hinterteil durch den eng anliegenden Stoff, malt sich aus, sich mit seinen Fingern an ihm festzukrallen und wäre fast gegen die Schönheit gelaufen, die vor einer Tür stehen geblieben ist.

»Das ist mein Zimmer«, flüstert sie. Ihre Stimme bebt vor Erregung und auch Erwin kann kaum noch an sich halten. Die

Erotik zwischen den beiden ist unbeschreiblich, die Anziehungskraft, die Lust, das Verlangen.

Erwins Blick fällt auf die mittlerweile hart gewordenen Nippel. Sie stehen ein Stück weit hervor, bohren sich durch die rote Seide. Anscheinend trägt sie keinen BH.

Er weiß, dass sie es will. Sie hat es ihm oft genug signalisiert und der Fakt, dass sie nun alleine vor einem Zimmer stehen, in den hinteren Räumen einer einladenden Bar, gibt ihm den Mut den ersten Schritt zu machen.

Er geht auf sie zu, während sie versucht die Tür aufzumachen, greift von hinten an ihre Brüste und beginnt ihren Hals zu küssen. Sie quiekt überrascht auf und zuckt für einen Moment zusammen. Dann entspannt sie sich und legt ihren Kopf schief, damit Erwin ihren Hals besser küssen kann.

Die Brüste fühlen sich in Erwins Händen so unfassbar gut an. Auch wenn sie noch vom Kleid bedeckt sind, kann er spüren, wie fest sie eigentlich sind. Fest, aber auch weich und warm.

Er kitzelt für einen Moment die Nippel, während die Frau versucht die Tür aufzumachen. Sie stöhnt kurz auf und schafft es einfach nicht den Schlüssel ins Schlüsselloch zu stecken. Erwin wird immer geiler und geiler. Er muss sie haben. Er will sie haben. Und gleich würde er es können.

Mit einem Mal reißt er die Träger von ihrem Kleid an ihren Schultern hinab und zieht es bis zum Bauchnabel hinunter. Im gleichen Moment öffnet sie die Tür und gemeinsam stürzen sie hinein.

Sie zieht ihn an den Handgelenken mit sich und geht zu dem großen Doppelbett, das das einzige Möbelstück in dem Raum ist. Er hat genau das gleiche, warme Licht, wie auf dem Flur. Sie dreht sich zu ihm.

Erwin muss beim Anblick ihrer Brüste schlucken. Solch prächtige Titten hat er seit Ewigkeiten nicht mehr gesehen. Weder in irgendwelchen Pornos und schon gar nicht bei seiner Frau. Dann fallen sie übereinander her.

Sie lässt sich rücklings auf das Bett fallen. Erwin beobachtet sie kurz und ihre wabernden Brüste, bevor er sich auf sie legt und mit dem Knutschen anfängt. Ihre Lippen schmecken so unglaublich gut und als sich ihre Zungenspitzen berühren merkt Erwin wie hart er geworden ist.

Er reißt das Kleid weiter hinab, bis sie nackt vor ihm liegt. Sie hat weder einen BH getragen, noch einen Slip. Sie atmet schwer. Er betrachtet ihren wundervoll proportionierten Bauch, ihre vor Lust leuchtenden Augen, ihre roten Lippen und das engelsgleiche Haar. Dann zieht auch er sich aus, entblößt seinen harten Schwanz und bemerkt, wie nun auch sie kurz schlucken muss. Sie ist feucht, unfassbar feucht und beide sind sich einig, dass sie das Vorspiel überspringen, als er in sie eindringt.

Er kann das Gefühl nicht begreifen, dass ihn umgibt, während er rhythmisch mit seiner Hüfte nach vorne stößt. Es ist die heißeste Frau, die er jemals kennenlernen durfte. Und so eine Bombe krallt sich gerade lüstern ins Bettlaken. Mit einem Körper, von dem er nur hätte träumen können. Und sie lässt ihn alles mit sich machen, was er wollen würde. Die Schönheit vor ihm stöhnt nicht leise, sie schreit schon fast ihre Lust heraus. Sie fühlt sich so gut an.

Für einen kurzen Moment hört er auf ihren bebenden Körper zu betrachten, legt seinen Kopf in den Nacken und stöhnt animalisch. Für diesen kurzen Moment wirkt das Zimmer wie ausgewechselt. Dämmriges, ungesundes Licht, graue Wände, Spinnweben. Es ist nur für einen Augenblick so, dann ist es vorbei und er wendet sich wieder der Frau vor ihm zu.

Er kann es kaum glauben, er hätte sie gerne ewig weiter genommen, doch das gute Gefühl staut sich irgendwann an und entlädt sich wenig später. Er stößt langsamer und die Frau vor ihm fährt sich mit einer Hand durch die Haare. Sie keucht, ist neben der Spur und völlig fertig – denkt Erwin jedenfalls.

Doch nach wenigen Sekunden, die er vor dem Bett gestanden und die nackte Frau bewundert hat, packt sie ihm an die Schultern und zieht ihn zu sich auf das Bett. Dort rollt sie ihn auf den Rücken und setzt sich auf seinen Schritt. Er lässt es mit sich machen, ist gespannt, was jetzt passiert.

Merkwürdigerweise ist sein Schwanz immer noch hart. Normalerweise erschlafft er, wenn er gekommen ist. Normalerweise schläft er aber auch nur mit seiner Frau.

Die Frau rutscht einige Male an dem Schaft entlang, bevor sie ihn sich einführt. Dann beginnt sie ihre Hüften zu bewegen. Die knochige Hüfte fühlt sich so gut an, obwohl er das kalte, graue Fleisch penetriert. Er schlägt der Grauhaarigen auf den Hintern, krallt sich in ihm fest, obwohl er nur aus einigen Fleischresten besteht, die durch ein wenig Haut zusammengehalten werden.

Erwin schüttelt den Kopf um dieses Bild aus dem Gedächtnis zu bekommen und wendet sich den großen Brüsten seiner Partnerin zu. Sie sind so warm und weich. Er knetet sie, spielt mit ihren Nippeln und beginnt sie zu lutschen.

Sie krallt sich in seine Haare und stöhnt nun mitten in sein Ohr. Erwin wird weiterhin immer geiler, kann nicht begreifen, dass eine so heiße Frau auf ihm sitzt.

Er genießt die variierende Bewegungen der Frau, doch irgendwann packt er ihre Hüfte und beginnt sein Becken auf und ab zu bewegen. Sie stöhnt und legt den Kopf in den Nacken. Dann lutscht er wieder an den Brustwarzen.

Vergammelte, abgestorbene Hautfetzen verteilen sich in seinem Mund. Aus den Augenwinkeln nimmt er wahr, wie tatsächlich an den Wänden und der Decke überall Spinnweben hängen. Er will aufhören die Frau zu ficken, lässt von ihren Brüsten ab und wird prompt von ihr nach unten gedrückt. Sie stützt sich auf seinem Brustkorb ab und lässt ihre Hüfte immer schneller werden.

In dem von Maden zerfressenen Körper, der auf ihm sitzt, ist ein Loch im Bauch, sodass er seinen Schwanz sehen kann. Wie das graue Fleisch sich um sein Glied schmiegt. Es ist ein eiskaltes Gefühl, als würde er ein gekühltes Paket Hackfleisch ficken.

Er will dieses Wesen von ihm runter stoßen, er will nach Hilfe schreien, doch in seinem Kopf pocht nur ein einziger Satz, ein einziger Befehl.

Genieß es!

Die Leiche, die früher einmal ein Mensch gewesen ist, reitet weiter. Die grauen, dünnen Haare fliegen wild umher und in dem grauen, eingefallenen Gesicht erkennt Erwin ein böses Grinsen, dann wieder den Ausdruck von Lust.

Irgendwann wird Erwins Wille schwächer, genauso wie sein Körper. Er will sich nicht mehr wehren, er kann sich nicht mehr wehren.

Er liegt auf der durchgelegenen, fleckigen Matratze und lässt es über sich ergehen. Irgendwann merkt er, wie er kommt. Es ist allerdings kein Orgasmus, einzig und allein das Sperma wird aus seinem Körper gepumpt. Nachdem es aufgehört hat, steigt die Frau von Erwin hinunter und zieht sich ihr braunes Leinenröckchen an, das Erwin komischerweise an einen Kartoffelsack erinnert.

»Wie schaut es aus?«, hört er eine unbekannte Stimme fragen. Erwin will sich aufrichten, will sehen, was genau um ihn herum passiert. Sein Schritt schmerzt, er fühlt, wie etwas Warmes an ihm herunterfließt. Er ist sich sicher, dass es kein Sperma ist, sondern Blut.

»Der Typ war leider ziemlich karg. Wird mich aber immerhin eine weitere Woche am Leben halten«, antwortet die Frau.

»Gut. Silvester brauchst du wieder neues Fleisch. Kümmer dich drum.«

Erwin schafft es seinen Kopf zu heben und blickt in das Gesicht des Mannes. Irgendwo hat er ihn schon einmal gesehen, doch er kann beim besten Willen nicht sagen, wo. Die Frau verlässt das Zimmer, genauso wie der Mann, der noch einen kurzen, verachtenden Blick auf Erwin wirft.

Dann ist es still.

Erwin weiß nicht wie lange er auf dem Bett gelegen hat, um sich zu erholen. Sein ganzer Körper fühlt sich ausgelaugt an und die Gelenke tun ihm weh. Sein Hirn schafft es nicht an irgendetwas Konkretes zu denken, nur, dass sich der Raum irgendwie verändert hat, genauso wie die Frau.

Er wuchtet sich mit Mühe nach oben und steht auf. Das Bett knarzt und als er sich umdreht und es betrachtet, muss er sich fast übergeben. Braune Flecken sind überall auf dem Bettlaken verteilt. Er will gar nicht wissen, ob es getrocknetes Blut, oder irgendetwas anderes ist.

Schritt für Schritt schafft er es durch das Zimmer zu gehen und die Tür zu erreichen. Hilfe. Er muss sich Hilfe suchen. Einen Krankenwagen, der Barkeeper wird ihm helfen können.

Doch als er nach zehn Minuten den Salon erreicht, ist dieser genauso abgewrackt, wie das Zimmer, in dem er verführt und vergewaltigt worden ist. Die Tische und Stühle sind plumpe Holzmöbel, von Löchern durchzogen und umgeben von Spinnweben.

Durch die wenigen, vergilbten Fenster fällt gelbliches Licht. Er braucht eine weitere viertel Stunde, um von dem Tresen zum Ausgang zu kommen und die Tür aufzumachen.

Es schneit immer noch und das Taxi steht vor dem Bürgersteig. Hier scheint sich nichts verändert zu haben. Erwin humpelt mit letzter Kraft zu dem Taxi und klopft gegen die Scheibe. Als niemand aufmacht, will er durch das Fenster hinein blicken, doch sieht nur sein Spiegelbild. Er sieht aus, als wäre er vierzig Jahre gealtert. Sein jetziges Gesicht hat keine Ähnlichkeit mehr mit einem Mann in den Mittvierzigern. Er sieht aus wie ein Greis und die Haare sind so dünn und fahl, wie bei einem Neunzigjährigen. Hustend torkelt er zurück. Er fühlt sich schwach, kann sich kaum noch auf den Beinen halten.

Bevor er zusammenbricht und sich den Kopf auf dem harten Bordstein anschlägt, erinnert er sich an den Mann, der mit ihm im Zimmer gestanden hat. Es ist der Taxifahrer gewesen. Es muss der Taxifahrer gewesen sein.

Erwins lebloser Körper wurde erst am nächsten Morgen entdeckt. Die Leiche war zugeschneit. Man konnte dem Mann keine Identität zuordnen. Niemand vermisste ihn, niemand konnte ihn identifizieren. Nur eines war bekannt: Dieser Greis hatte sich vor seinem Ableben offensichtlich an einem toten, vermoderten Menschen vergangen.

Romantik

Schweigend saßen sie nebeneinander, am Rand einer Klippe, auf den Sonnenuntergang schauend. Das orange Licht der langsam verschwindenden Sonne wurde von den seichten Wellen des Ozeans reflektiert. Nachdem er lange genug in das Kupfermeer geblickt hatte, wandte er sich ihr zu.

»Also«, begann er schüchtern.

Sie, etwas erschrocken über den plötzlichen Beginn des Gesprächs, schaute ihn erwartungsvoll an. Er fuhr weiter fort.

»Also ich finde, dass die Natur die schönsten Kunstwerke der Welt erschaffen kann. Heute ist es ganz windstill und ich wünschte, dass der Augenblick ewig halten würde.«

Sie nickte ein wenig.

»Und dass ich hier mit dem schönsten Mädchen der Welt sitzen darf, macht den Augenblick noch schöner.« Er streckte seine Hand aus, in der Erwartung, dass sie diese ergreifen und streicheln würde. Doch sie richtete ihren Blick wieder auf das Meer und tat so, als würde sie ihn gar nicht gehört haben.

»Weißt du, du bist eine Person, die ich sehr schätze. Wir kennen uns schon seit dem Kindergarten und du warst immer eine wichtige Person in meinem Leben.«

Sie lächelte eher peinlich berührt als angetan und schaute weiterhin auf das Meer hinaus. Gleich hatte er sie. Es war eine gute Idee gewesen an diesen romantischen Ort zu gehen.

»Ich habe wirklich oft von dir geträumt, weißt du? Wir waren verheiratet, hatten zwei wunderschöne Kinder und ein schickes Einfamilienhaus. Und ich war so oft enttäuscht, dass es nur ein Traum gewesen war.«

Er hatte diese Masche schon oft abgezogen, aber dieses Mal war es wichtig, fast schon lebensnotwendig, dass es funktionierte. Er richtete sich auf und blickte sie ernst an.

»Und ich wollte dich hier etwas fragen.«

Sie blickte auf.

»Jetzt, da dein Freund abgeschrieben ist, wollte ich wissen, ob wir es mal miteinander versuchen sollten.«

Ihre Augen weiteten sich und sie erstarrte. Das Glitzern in den Augen verriet, dass sie kurz davor war zu weinen. Nach einigen Minuten Stille öffnete sie ihren Mund.

»Nein«, war ihre Antwort und sie sprang im selben Moment von der Klippe. Er sah wie sie auf einen Stein aufschlug und von den Wellen verschlungen wurde.

Jetzt war er der allerletzte Mensch auf der Welt.

Teddybär

Als ich aufwachte hörte ich nur den starken Schneesturm vor meinem Fenster. Die Läden klapperten im Wind und ich hoffte, dass sie nicht abfielen. Ich kuschelte mich fester in die weiche Decke und freute mich ein Dach über dem Kopf zu haben. Mechanisch griff ich in eine Ecke meines Bettes.

Normalerweise befand sich dort immer mein Teddybär. Er wurde mir zu meiner Geburt geschenkt und ich hatte es mir so angewöhnt, dass ich mit ihm in meinen Armen besser einschlafen konnte. Wenn er nicht da war, dann fehlte mir irgendetwas. Ein Gefühl von Sicherheit und Ruhe.

Ich drehte mich um und tastete mein Bett nach dem Stofftier ab. Doch er war nirgends zu finden. Daher versuchte ich meinen Bären auf dem Fußboden zu finden. Doch auch dort lag er nicht.

Ich knipste die Nachttischlampe an und kniff sofort meine Augen zu. Das grelle Licht strahlte mit direkt ins Gesicht. Ich seufzte. Das würde eine lange Nacht werden.

Ich richtete mich auf und guckte mich in meinem Zimmer um.

»Pssst!«

Ich konnte meinen Augen kaum trauen. Vor meiner Tür stand mein Teddybär und legte einen Finger an seinen Mund.

»Schalte das Licht aus, sonst sehen sie uns.«

Ich ballte meine Hände zu einer Faust und rieb mir die Augen. Mein Teddy war immer noch da und guckte abwechselnd zu mir und zur Tür.

»Du kannst sprechen?«

Mein Teddy legte den Kopf schief.

»Ich bin ein lebendes Wesen. Ich denke, atme und kann sprechen.«

»Früher hast du dich aber nie bewegt.«

»Ich erwache erst zum Leben, wenn du in Lebensgefahr bist. Meine Aufgabe ist es dich zu beschützen.«

»Vor wem?«

»Still jetzt, sonst hören sie uns.«

Ich sagte nichts mehr, schaltete das Licht wieder aus und bewegte mich kein Stück. Draußen klapperten immer noch die Fensterläden. Sie schlugen brutal an die Hauswand. Der Wind war stärker geworden. Der Mond musste aber zu sehen sein, denn die Augen von meinem Teddy reflektierten irgendein Licht.

Auf der einen Seite fand ich die Situation lächerlich. Ein zum Leben erwachter Teddy, der mir weiß machen wollte, dass irgendein Monster mich holen kommen wollte. Auf der anderen Seite verharrte ich still, blickte meinen Teddy angsterfüllt an und wartete auf irgendeine Reaktion von ihm.

Mein Teddy stand bewegungslos vor der Tür und starrte sie an. Sein Brustkorb hob und senkte sich rhythmisch. Er atmete wirklich.

Auf einmal war ein leises Knacken zu hören und ich erschrak. Die Treppe, die in mein Stockwerk führte, war schon etwas älter. Daher hörte man dieses Knacken jedes Mal, wenn jemand auf die dritte Stufe trat.

Wer auch immer dort auf meiner Treppe war, es konnten nicht meine Eltern gewesen sein. Diese waren über Neujahr in den Urlaub gefahren.

Langsam wurde ich ängstlich. Mein Herzschlag erhöhte sich und ich fing an zu schwitzen. Sollte ich mich verstecken? Sollte ich mir eine Waffe suchen?

Mein Teddy meldete sich wieder.

»Keine Angst. Ich werde dich beschützen.«

Ich schnaufte.

»Wie denn? Du bist doch nur ein kleines Stoffknäuel aus Watte.«

»Keine Angst. Ich weiß, was ich tue.«

Mein Teddy sprang plötzlich in die Luft und drückte die Klinke meiner Tür nach unten. Dann zog er sie einen kleinen Spalt weit auf und schritt auf den dunklen Flur.

»Teddy!«

Doch er antwortete nicht. Ich hörte nur den Schneesturm draußen vor dem Fenster und meinen eigenen Herzschlag, der bis in meinem Kopf pochte. Ich beobachtete den kleinen Spalt, hoffte, dass mein Teddy durch die Tür trat und mir gut zu reden würde. Doch alles was ich hörte, war ein unmenschliches Knurren.

Ich zog meine Nachttischlampe aus der Steckdose und nahm sie in die Hand. In meinem Haus, vor meiner Tür, musste ein gefährliches Monster sein. Ich stieg aus meinem Bett und stellte mich neben die kleine Öffnung, bereit den Eindringling zu erschlagen. Ich fühlte mich unsicher in meinem Schlafanzug.

Wenige Minuten später, sie kamen mir wie Stunden vor, wurde die Tür ein wenig aufgedrückt. Ich erwartete ein Monster. Ich hob meine Arme, wollte sofort zuschlagen, doch ich erkannte die Augen von meinem Teddy. Er war außer Atem und schlug die Tür panisch hinter sich zu.

»Wir müssen hier weg! Sofort!«

»A-Aber, was ist denn … ?«

Er zog an meinem Hosenbein und wollte mich Richtung Fenster zerren.

»Das Monster ist zu stark. Ich kann es nicht besiegen. Wir müssen weglaufen!«

»W-Wohin denn?«

»Durch das Fenster! Schnell!«

Ich warf die Lampe auf den Boden und hievte meinen Schreibtisch vor die Tür. Dann hechtete ich zum Fenster, nahm im Vorbeigehen meinen Teddy auf den Arm und schob das Rollo nach oben. Was auch immer das für ein Wesen auf dem Flur war – ich wollte ihm nicht begegnen. Daher riss ich mein Fenster auf und stieg auf das Fensterbrett.

»Bist du dir sicher, dass wir das machen sollen?«

Mein Teddy brauchte gar nicht zu antworten, denn ich hörte hinter mir wieder das Knurren und ein Wummern an meiner Tür. Ich sprang.

Unten angekommen hörte ich das Knacken meiner Knochen. Ich versuchte mich aufzurichten, versuchte wegzulaufen. Doch meine Beine waren gebrochen. Sie waren in merkwürdige Richtungen verdreht. Mein Teddy lag wenige Meter von mir entfernt. Er bewegte sich nicht, er atmete nicht, er lag einfach nur da.

Unter Schmerzen zog ich mich zu ihm herüber und schloss ihn in meine Arme. Immer wenn ich einschlief, gab er mir das Gefühl von Sicherheit und Ruhe. Langsam wurde ich von dem weißen Schnee zugedeckt.

Der Mann im Anzug

Der Mann im Anzug stellt die leere Tasse auf den Tisch und blickt abschätzend auf seine Armbanduhr. Er verdreht seine Augen, holt seine Geldbörse aus der Hosentasche und legt einen zehn Euro Schein unter die Tasse. Dann schiebt er den Stuhl nach hinten, steht auf, greift nach seinem Aktenkoffer und verlässt das Café.

Draußen setzt er sich seine Sonnenbrille auf und lässt ein Pfefferminzbonbon in seinen Mund fallen. Dann schlendert er die Einkaufstraße entlang. Vorbei an den Gästen einer Eisdiele, an Boutiquen und Imbissständen. Seinen Aktenkoffer hält er fest in der Hand. Wichtige Dokumente, wichtige Papiere. Sie dürfen nicht an die Öffentlichkeit geraten. Die Mittagspause von dem Mann im Anzug ist vorbei.

Er zieht mit zwei Fingern sein Mobiltelefon aus seiner Brusttasche und bestellt sich ein Taxi, während er seinen Bonbon zerkaut. Wenige Minuten später hält eine schwarze Limousine neben dem Mann im Anzug. Er steigt ein, stellt seinen Aktenkoffer neben sich, aber lässt trotzdem einen Arm drauf ruhen.

»Wohin soll denn hingehen?«, fragt der Taxifahrer.

Der Mann im Anzug zieht seine Augenbrauen hoch. Eine derart lockere Sprache findet er abstoßend. Weshalb können nicht alle Menschen vernünftig sprechen?

»Kräppelienweg 15, bitte.«

Der Fahrer nickt, legt einen Gang ein und fährt los. An dem Mann im Anzug zieht die Stadt vorbei. Industriegebäude mit gläserner Fassade, graue Wohnbetonklötze, eine Schule, bis sich die Häuserdichte etwas verringert.

Die Grundstücke werden größer, die Umgebung grüner. Jetzt ist er im Viertel der Reichen. Der Fahrer hält vor einem großen Grundstück, auf dem eine prachtvolle Villa steht. Der Mann im Anzug zahlt, lässt sich das Rückgeld bis auf jeden Cent zurückgeben und steigt mit seinem Aktenkoffer aus.

Nur noch dieses Gespräch, dann würde er ins Büro gehen, ein bisschen Papierkram erledigen und dann nach Hause gehen. Edel kochen, guter Wein, altes Buch. Schöner Feierabend eben.

Er drückt auf die goldene Klingel.

»Ja?«, fragt eine zitternde Stimme.

»Ich bin es«, sagt der Mann im Anzug und blickt in die Überwachungskamera. Früher war sie noch nicht da.

»Ja. Ja, in Ordnung. Komm rein.«

Das Tor öffnet sich automatisch. Der Mann im Anzug geht über den gepflasterten Weg den Hügel hinauf, auf dem die Villa steht. Vorbei an einzigartigen Pflanzen, Brunnen und gezähmten Singvögeln. An der Haustür angekommen öffnet ihm ein schwächlich wirkender Mann.

Der Mann im Anzug schätzt ihn auf Mitte dreißig. An seinen geröteten Augen erkennt er, dass er geweint haben musste. Der bleiche Mann führt den Mann im Anzug ins Wohnzimmer und deutet auf ein Sofa. Er setzt sich und stellt den Aktenkoffer neben sich. Er zieht seine Sonnenbrille ab. Der bleiche Mann bleibt stehen und geht nervös im Zimmer herum.

»Gibt es etwas Neues von meinem Sohn?«, fragt er irgendwann.

»Ja, tatsächlich. Wir haben herausgefunden, dass er nicht von selbst weggelaufen ist, sondern verschleppt wurde.«

»Ich wusste es! Ich habe dir und den anderen Polizisten gesagt, dass er entführt wurde. Und habt ihr was gemacht? Nein! Ihr musstet erst mal irgendeinen Mist prüfen.«

»Nun, das tut uns auch wirklich sehr leid. Aber dieser *Mist*, wie Sie ihn nennen ist wichtig.«

Der bleiche Mann blickt den Mann im Anzug entgeistert an.

»Und? Mehr hast du nicht zu sagen?«

»Ich bitte Sie. Wir sind wirklich bemüht Ihren Sohn wieder zu finden.«

Der Mann im Anzug muss sich zusammenreißen. Obwohl der Mensch von einer überaus unfreundlichen Natur ist, hat er die Pflicht menschlich und ruhig mit ihm umzugehen.

»Bemüht, ja? Dann sag mir, wer der Täter ist. Dann glaub ich dir, dass ihr wirklich arbeitet.«

»Nun, ein Teil der Polizeibehörde hat tatsächlich herausgefunden, wer der Täter oder die Täter sind.«

Der bleiche Mann blickt hoffnungsvoll auf.

»Was? Wirklich? Wer? Wo ist er?«

»Nun, es gibt ein weiteres Problem – leider. Der Täter stammt aus Ihrem persönlichen Umkreis, deshalb sind uns die Hände gebunden, da bis lang kein Verbrechen vorliegt. Das hat etwas mit den Gesetzen zu tun. Sehr kompliziert, viel Bürokratie.«

»Kein Verbrechen? Mein Sohn wurde entführt. Da ist es doch egal ob von Bekannten oder Fremden. Ich will nur wissen, ob es ihm gut geht und ihn wieder sehen!«

»Da verlangen Sie zu viel. Ich kann Ihnen allerdings die Dokumente überreichen, auf denen der oder die Täter drauf stehen. Sie müssen dann für sich entscheiden, ob Sie es zur Anzeige bringen wollen, oder nicht.«

»Ich kenne die Person so gut?« Der bleiche Mann lässt sich auf einen Sessel fallen. »Ist es meine Ex-Frau? Ist es Marry? I-ich würde ihr das nicht zutrauen, aber wer weiß ... «

»Das kann ich Ihnen nicht sagen. Ich lasse Ihnen den Aktenkoffer hier. Dort sind alle wichtigen Informationen drin, die Sie wissen müssen. Über den Täter, wie die Anzeige ablaufen würde, entstehende Kosten und so weiter.«

»Ich würde all mein Geld geben, um meinen Sohn wieder zu sehen.«

Der Mann im Anzug nickt.

»Nun, die Polizeibehörde benötigt einen Vorschuss. Wenn Sie Anzeige erstatten wollen, egal, wer der Täter ist, dann können Sie mir das Geld heute schon mitgeben.«

»Ich- J-ja. Einen Moment.«

Der bleiche Mann erhebt sich von seinem Sessel und verschwindet im Flur. Der Mann im Anzug hört, wie ein paar Schubladen auf und zu gemacht werden. Wenig später kommt der bleiche Mann wieder.

»Reicht das?«

Der Mann im Anzug greift nach dem dicken Geldbündel und zählt langsam jeden Schein durch. Es ist eine Menge Schotter.

»Für die ersten Tage wird es reichen.« Der Mann im Anzug räuspert sich. »Ich werde nun allerdings gehen. Wie gesagt: Im Aktenkoffer finden Sie alle nötigen Informationen. Öffnen Sie ihn bitte zuerst, wenn ich außer Haus bin. Sie könnten emotional instabil werden und damit möchte ich nichts zu tun haben. Ich erwarte die ausgefüllten Dokumente in spätestens zwei Tagen in meinem Büro, in Ordnung?«

»J-ja.«

»Bis dahin.«

Der Mann im Anzug nickt dem bleichen Mann zu, steht auf und geht in Richtung der Haustür. Der bleiche Mann begleitet ihn, schüttelt ihm dankbar die Hand und schließt die Tür. Der Mann im

Anzug beeilt sich an die Straße zu gehen und sich ein Taxi zum Flughafen zu bestellen. Gerade als das Taxi in die Straße einbiegt, dröhnt aus der Villa ein verzweifelter Schrei, der über die gesamte Straße hallt.

Der Mann im Anzug grinst. Sein Bruder hat den Koffer mit dem Babykadaver anscheinend geöffnet.

Ich hoffe du stirbst

Freitag. Feierabend. Der Flur wird nur von einigen Neonröhren beleuchtet. Jede Tür sieht gleich aus. Ein unscheinbares Grün, das eigentlich gar nicht zu den grauen Wänden und dem dunkelblauen Plastikboden passt. Alan Kirklands Schritte hallen in dem schmalen Gang und er weiß ganz genau, dass die anderen Bewohner ihn hören können. Kirkland geht nicht normal, er schlurft. Zu mehr ist er gar nicht in der Lage. Wie fast jeden Tag musste er in seinem langweiligen, anstrengenden Job wieder unzählige Überstunden abreißen. Klar, er wird dafür bezahlt, aber macht es Sinn Geld zu verdienen, wenn man nicht einen Funken Freizeit hat? Oft hat er nicht einmal das Wochenende frei.

Kirkland gibt seinem Chef Phillips die Schuld, obwohl er weiß, dass auch sein Chef einen Chef hat. Phillips hat heute gestresst ausgesehen und war noch schlechter gelaunt, als sonst. Trotzdem ist das kein Grund gewesen sich so unfassbar widerlich aufzuführen. Er hat Kirkland mit der Kündigung gedroht, wenn er nicht drei Stunden länger bleibt. Er hat ihn angeschrien, ihn als *faulen Sack* bezeichnet. Und Kirkland hat nicht dagegen tun können. Er ist auf den Job angewiesen. Und deshalb wird er auch nichts dagegen tun.

Eine Gewerkschaft ist zwar da, aber sie ist unfähig. Vor einer Woche hat sich ein Kollege von Kirkland über Phillips und die allgemeinen Arbeitsbedienungen beschwert. Er wurde entlassen. Ohne irgendeine Entschädigung. Ohne irgendeine Sicherheit.

Also bleibt Kirkland gar nichts anderes übrig, als zu arbeiten und die Beleidigungen seines Chef zu ertragen. Manchmal hofft er, dass Phillips bei einem Unfall stirbt und an seine Stelle ein angenehmer Mensch tritt, der fair zu seinen Angestellten ist.

Der Duft von einer billigen Jugendherberge zieht ihm in die Nase, obwohl der Gebäudekomplex ein ganz normales Mietshaus ist. Oft hat Kirkland schon überlegt einfach abzuhauen und sich von seinem Ersparten für ein paar Monate irgendwo auszuklinken.

Doch dann dachte er an seine Kinder, Josh und Alice. Sie wohnen bei seiner Ex-Frau. Er sieht sie jedes zweite Wochenende und sie wirken immer sehr glücklich.

Kirkland bleibt vor der grünen Wohnungstür stehen und tritt sich die Schuhe ab. Obwohl seine Fußmatte relativ neu ist, zerfällt sie bereits an einigen Stellen. Vielleicht kauft er nächstes Mal lieber die Matte für drei Euro und nicht die für neunundneunzig Cent.

Er kramt seinen Schlüssel aus der Jackentasche heraus, schließt auf und öffnet die Tür. Die Wohnung ist nicht groß. Keine zwanzig Quadratmeter, ein Raum mit Badezimmer, obwohl es eher eine Nasszelle war, als ein richtiges Bad.

Sein Bett steht neben seinem Schreibtisch, auf dem ein völlig veralteter Laptop liegt und daneben befindet sich die Küchenzeile. Über dem Bett hängt ein Regal. Mehr gibt es hier nicht. Doch es ist eben das, was Kirkland sich leisten kann und wenn es durch dieses Opfer seinen Kindern besser geht, dann geht er es gerne ein.

Sonst immer legt er seinen Rucksack neben den Schreibtisch, erhitzt eine Dose Fertigfutter – zum Kochen fehlt ihm die Kraft – setzt sich mit dem Essen auf den einzigen Stuhl und guckt den Rest des Abends irgendwelche Serien auf Netflix.

Doch dieser Tag ist nicht, wie die sonstigen Tage. An diesem Tag sind die Wände nicht grau, der Teppich nicht grau, die Vorhänge vor dem kleinen Fenster nicht grau – sie sind alle voll mit Blut. Auch an der Fensterscheibe klebt Blut und hüllt das Zimmer in ein rotes, schummriges Licht.

Kirkland steht wie angewurzelt vor der offenen Tür stehen und betrachtet mit vor Schock geweiteten Augen, wie ein Tropfen von der Decke immer dicker und dicker wird, sich letztendlich nicht mehr halten kann und einen Augenblick später in der Blutpfütze auf dem Teppich verschwindet.

Das Blut ist allerdings nicht das Schlimmste. Kirkland entdeckt feuchte Fleischstücke, einige Hautfarben, andere braun oder dunkelrot. Es sind bei genauerer Betrachtung nicht nur Fleisch-stücke, es sind Organe. Leber, Lunge, Hirn, Herz, alles liegt in dem Zimmer verteilt und in der Mitte des Raumes, Kirkland hat es am Anfang gar nicht bemerkt, sitzt ein Mann in einem schwarzen Anzug auf dem Boden. Mit einem freundlichen Gesichtsausdruck blickt er Kirkland erwartungsvoll an.

»Gefällt es dir?«

Kirkland kann nicht realisieren, was passiert ist und setzt deswegen einen Fuß in die Wohnung. Ein platschendes Geräusch ist zu hören, als er in die Blutlache tritt. Dann dreht er sich um und kotzt.

Er steht unter Schock, aber kann trotzdem klare Gedanken fassen. Und sprechen.

»Was hast du getan?«

Der Unbekannte grinst und steht auf. Seine Hose ist durch und durch mit Blut befleckt, klar, wenn er in einer Blutpfütze gesessen hat, doch sein Sakko ist sauber.

»Einen Gefallen.«

Immer noch ungläubig starrt Kirkland auf die Organe und das Blut. Das ist das einzige was ihn im Moment interessiert. Wie der Mann in die Wohnung gekommen ist, fragt er sich nicht.

»Von wem ist das alles hier?«

Der Unbekannte geht auf ihn zu und legt seine Hände auf Kirklands Schultern. Für einige Sekunden lang blickt der Mann ihm tief in die Augen, einzig und allein das schmatzende Geräusch von dem Blut unter Kirklands Fuß ist zu hören. Er zittert, ist einem Nervenzusammenbruch nah.

»Ich habe dich gelesen, Alan. Du hast dir den Tod von deinem Chef gewünscht. Ich habe dir deinen Wunsch erfüllt.«

»A-aber ... «

»Du bist mir nichts schuldig, keine Sorge. Ich möchte nur, dass es dir gut geht.«

Kirkland windet sich aus dem Griff von dem Unbekannten heraus und stolpert zurück. Er schüttelt ungläubig den Kopf. Das kann nicht wahr sein. Das geht alles nicht mit richtigen Dingen zu, hämmert es in seinem Kopf.

Er dreht sich wortlos um, verlässt die Wohnung und schließt die Tür. Dann holt er tief Luft. *Alles wird gut*, denkt er sich. *Das war nicht real. Wenn ich jetzt die Tür wieder öffne, ist das Blut weg.*

Langsam drückt er die Klinke hinunter. In seiner Brust schlägt das Herz immer schneller. Dann stürmt er in den Raum hinein. Und tatsächlich sind das Blut und die Organe verschwunden. Auch der Mann ist weg.

Verwirrt blickt Kirkland sich genauer in der Wohnung um, doch kann absolut gar nichts finden, was darauf schließen lässt, dass vor wenigen Minuten das gesamte Zimmer in Blut getränkt war. Den leichten Abdruck auf dem Teppich an der Stelle, wo der Unbekannte gesessen hat, findet er nicht.

Kirkland nimmt sich ein Bier aus dem Kühlschrank. Dass es nach diesem Schock, nach dieser Einbildung nicht das einzige bleiben würde, beschließt er, während der erste Schluck seine Kehle hinunterläuft.

Er trinkt soviel, dass er am nächsten Morgen gar nicht mehr weiß, ob der blutende Raum eine durch den Alkohol verursachte Erinnerung ist, oder ob er es sich vor seinem Besäufnis eingebildet hat. Sein Telefon klingelt. Seine Ex-Frau.

»Alan? Wann holst du die Kinder ab?«

»Warum muss ich die Kinder eigentlich immer abholen *und* hinbringen? Warum kannst du sie nicht mal zu mir fahren?«

»Alan, ich hab dir schon oft gesagt, dass ich wegen der Scheidung – wegen dir – echt schwere, psychische Probleme hab. Meine Therapeutin sagt, dass du dran Schuld bist, also musst du mich nicht noch mehr unter Druck setzen, sonst zahlst du bald noch mehr Unterhalt.«

Kirkland seufzte.

»Und jetzt mach' hin. Du weißt doch, dass ich Samstags immer einen Termin hab.«

Ja, einen Termin beim Seelenklempner. Und dieser Seelenklempner wird gut bezahlt. Von Kirkland. An dem Zeitpunkt beendet er das Gespräch, verabschiedet sich nicht einmal. Er hat das Gefühl, dass er sein Handy zerdrücken kann, so wütend ist er. Eine Ader ist an seiner Stirn angeschwollen.

Ihr ging es vor der Trennung gut, es gab nie irgendwelche Anzeichen für eine psychische Krankheit. Bei vielen muss so etwas ernst genommen werden, das weiß Kirkland, aber er hat gespürt, dass sie es einfach vorspielt, damit er mehr Geld an sie abdrücken muss.

Er hofft, dass sie irgendwann merkt, was eine richtige Krankheit ist. Krebs, Demenz, und wenn sie dann Hilfe braucht, dann wird er ihr einen Scheißdreck helfen.

Dumme Fotze.

Später am Tag fährt er zu seinen Kindern und will sie abholen. Er klingelt, doch niemand öffnet. Oft schickt seine Ex-Frau die Kinder absichtlich kurz bevor er sie abholen soll auf einen Spielplatz, damit Kirkland weniger Zeit mit ihnen verbringen kann.

Also ist nur seine Frau da. Doch als sie nach einigen Minuten immer noch nicht geöffnet hat, sucht Kirkland nach einem Zweitschlüssel. Und tatsächlich liegt einer unter der rauen Fußmatte mit dem *Willkommen*-Schriftzug. Sie ist immer schon so naiv gewesen. Als würden Einbrecher nicht unter einer Fußmatte nach dem Schlüssel suchen. Kirkland schließt auf und öffnet die Tür. Keine hysterisch schreiende Frau kommt angelaufen und fragt, was ihm denn einfiele einfach in das Haus einzubrechen. Ohne sich die Schuhe auszuziehen sucht Kirkland die Zimmer ab.

Das große Wohnzimmer, zwei Sofas, gigantischer Fernseher, PS4. Die Küche, nur wenige Wochen alt, mit allen möglichen, nicht notwendigen Küchengeräten und das Bad, mit dem Whirlpool und der kleinen Sauna. Dieser Luxus gehörte seinen Kindern, aber blöderweise auch seiner Frau. Es hinterlässt einen Zwiespalt bei Kirkland, Neid und Freude, Wut und Glück.

Als Letztes öffnet er das Schlafzimmer und fühlt sich direkt einen Tag in der Zeit zurück versetzt. Blut an den Wänden, an der Decke, auf dem Boden. Organe liegen überall herum. Dieses Mal muss Kirkland nicht kotzen. Dieses Mal geht er sofort auf den in der Mitte des Raumes sitzenden Mann zu und packt ihm am Kragen.

»Was hast du mit ihnen gemacht?!«

Wütend schmettert Kirkland den Unbekannten gegen die Wand. Das Blut gehört seinen Kindern. Sie waren alles, was er noch hatte.

»Mit wem?«, fragt der Mann ruhig mit seinem kalten Wolfslächeln auf dem Gesicht, während er sich aufrappelt.

»Mit meinen Kindern, du Wichser!« Kirkland wirft sicher wieder auf den Mörder, doch dieser weicht aus.

»Deinen Kindern geht es gut, ich habe sie ins Bett gelegt. Sie schlafen.« Kirkland zögert und blickt sich genauer um. Es sind nicht mehr Organe, als letztes Mal.

»D-Dann ist das hier … ?«

»Deine Frau. Du hast dir ihren Tod gewünscht.«

Kirkland beruhigt sich langsam. Er blickt dem Unbekannten prüfend in die Augen, dann dreht er sich um und rennt in das Kinderzimmer. Josh und Alice liegen friedlich in ihren Betten.

»Ihnen geht es gut, keine Sorge.«

Kirkland blickt den Unbekannten an.

»Du tötest also jeden, den ich tot sehen will? Sogar jeden, über den ich nur kurz nachdenke?«

»Ja.«

Kirkland denkt daran, wie schlimm es wäre seine Eltern zu verlieren, seine Kinder. Er muss auf jeden Fall damit aufhören anderen Leuten den Tod zu wünschen. Mit so einer Macht kann man nicht umgehen.

Er überlegt eine Zeit, der Unbekannte steht stumm vor ihm. *Was würde passieren, wenn dieser Mann, der offensichtlich für all das verantwortlich ist, sterben würde?*, denkt Kirkland sich.

»Willst du das wirklich?«

Kirklands Herz fängt an schneller zu schlagen. *Er kann meine Gedanken lesen*, pocht es in seinem Kopf.

»Das kann ich. Wenn du wirklich wünschst, dass ich sterbe, dann werde ich dir diesen Wunsch erfüllen.«

Kirkland denkt noch einige Sekunden lang nach, dann nickt er.

»Das wünsche ich.«

»Nun gut.«

Der Unbekannte breitet seine Arme aus und schließt die Augen. Kirkland hat die wage Vorstellung, wie der Körper des Mannes explodiert und den gesamten Flur ins Rot taucht. Doch der Unbekannte löst sich direkt vor Kirklands Augen, wie ein Geist, einfach auf.

Kirkland bleibt noch ein paar Minuten stehen, vergewissert sich, dass der Unbekannte wirklich weg ist, dann geht er ins Schlafzimmer. Kein Blut, keine Organe, und hoffentlich bleibt seine Frau tot. Und sein Chef auch.

Er würde das Pflegerecht für die Kinder bekommen, ein besserer Vorgesetzter würde ihn anstellen, sein Leben würde sich zum Guten wenden.

Kirkland weckt die Kinder, die ein wenig verwirrt sind, dass sie solange geschlafen haben, aber einen vollkommen gesunden Eindruck machen und will mit ihnen nach draußen gehen. Auf den Spielplatz, zur Eisdiele, ins Schwimmbad. Zeit mit ihnen verbringen.

Doch als er die Tür auf macht, geistesabwesend ein paar Schritte nach draußen geht und das platschende Geräusch unter seinen Füßen hört, fällt es ihm auf. Der Garten, die ganze Straße, die Häuser, Laternen, einfach Alles ist mit einem blutigen Film überzogen worden. Ein verirrter Hund läuft auf der Straße herum und schnuppert an müllsackgroßen Bergen von Gedärmen. Ein leichter Windzug lässt einige Hautfetzen über die Erde fliegen, die sich irgendwann wie Blätter wieder nach unten begeben. Auch das Licht hat sich verändert. Die Sonne ist nicht mehr so grell wie vorher, sie sieht aus wie ein halbierter Augapfel, man sieht die Adern und das Blut herausquellen. Der Himmel ist nicht mehr blau, sondern nur noch ein tief dunkles, fast schon schwarzes Rot.

Kirkland steht mit offenem Mund in der neuen Welt. Hinter sich hört er seine Kinder schreien. Doch das ist ihm egal, denn er ist so mächtig, dass sich sogar ein Gott seinen Befehlen gebeugt hat.

Verfolgt

Ich drücke auf das Gaspedal. Mittlere Spur, 120 Stundenkilometer. Rechts von mir überhole ich Lastkraftwagen und Wohnmobile, links von mir ziehen Fahrer mit ihren Autos an mir vorbei. Ich habe angefangen mich zu entspannen. Die ersten zwei Stunden bin ich in ständiger Angst vor einer Kontrolle gefahren, Angst vor der Grenze. Wenn man aus der Niederlande nach Deutschland fährt, kommt es nicht selten vor, dass man angehalten und kontrolliert wird. Gras undso, ihr wisst schon. Allerdings habe ich kein Gras in meinem Kofferraum, sondern zwanzig Kilogramm Heroin. Eine unvorstellbare Menge und ich frage mich, wie die Leute es geschafft haben es sowohl auf das Schiff, als auch wieder herunter zu bekommen, ohne entdeckt zu werden. Wie viele Menschen geschmiert werden mussten, damit das ohne Probleme funktioniert hat. Ich bin nur der Fahrer.

In Den Haag bin ich zu dem Parkplatz gegangen, wo das Auto gestanden hat, habe mich einfach nur rein setzen müssen, der Schlüssel hat schon gesteckt, und bin losgefahren.

Ich bin konzentriert bei der Sache. Ein Fehler würde die ganze Planung zunichte machen. Ob irgendwer anders als ich dann in der Klemme stecken würde, ist mir egal, mir geht es nur ums Geld. 5.000 Euro bei Abschluss des Auftrages. Leicht verdiente Kohle für ein paar Stunden Autofahrt.

Die Autobahn ist mäßig befahren, manchmal stockt der Verkehr bei einer der unzähligen Baustellen, aber dann läuft es für einige Kilometer auch wieder rund. Ich kontrolliere in einem eingefleischten Rhythmus meine Spiegel. Straße, Seitenspiegel links, Straße, Rückspiegel, Straße, Seitenspiegel rechts, und so weiter.

Über die Grenze habe ich es zwar geschafft, aber die Polizei ist ja schließlich allgegenwärtig und ich will mich erst in Sicherheit wiegen, wenn ich die Ware abgegeben und mein Geld erhalten habe.

Nachdem ich weitere zwei Stunden in Ruhe und ohne Probleme gefahren bin, fällt mir das Auto hinter mir auf. Es ist nicht unnormal, dass jemand für mehrere Minuten hinter einem fährt und sich der Geschwindigkeit anpasst, doch dieser schwarze Audi fährt seit einer ganzen Stunde hinter mir her.

Jedes Mal, wenn ich in den Rück- oder Seitenspiegel blicke, sehe ich ihn. Es ist dumm, dass mir so etwas auffällt und ich weiß, dass es unangebrachte Paranoia ist, trotzdem werde ich nach und nach immer nervöser. Undercover-Polizei? Irgendwelche Drogendealer, die von meiner Ladung Wind bekommen haben? Es kann alles sein. Am Wahrscheinlichsten ist es allerdings, dass es ein ganz normaler Autofahrer ist, der zufälligerweise in die gleiche Richtung wie ich fährt.

Nach einer weiteren Stunde fährt er mir immer noch hinterher. Langsam wird es mir unheimlich und ich wende mich von dem eigentlichen Plan konstant und gleichmäßig zu fahren ab, in dem ich auf 140 Kilometer pro Stunde beschleunige und auf die linke Spur ausweiche. Beim Ausschwenken sehe ich, wie der schwarze Audi zurück bleibt, ohne Anstalten zu machen mir zu folgen.

Ich fahre etwa zehn Minuten mit der Geschwindigkeit weiter, um wirklich sicher zu gehen, dass mich der Audi verloren hat, überhole unzählige Autos und schere dann wieder auf die mittlere Spur ein. In Sicherheit. Gut, Ruhe bewahren. Zwanzig Kilo Hero, 5.000 Euro. Das passt alles. Das wird alles.

Es ist bereits Abend geworden und ich bekomme langsam Hunger. Außerdem wäre eine Pause sowieso nicht schlecht. Meine Konzentration hat ein wenig nachgelassen und vor mir liegt vielleicht noch ein Drittel des Weges.

Ich fahre an einem Schild vorbei. Rastplatz Bronnholdt-Leye oder Leihe oder so etwas. Den Namenszusatz habe ich mir nicht durchlesen können. Ist sowieso genauso unnötig, wie Doppel-Nachnamen.

Ich blinke und fahre von der Autobahn ab. Ich kontrolliere noch einmal meinen Rückspiegel und erstarre. Hinter mir fährt der schwarze Audi. Es ist nicht nur das gleiche Modell, sondern hundertprozentig der gleiche Wagen. Ich habe mir das Nummernschild gemerkt.

Trotzdem parke in mein Auto auf dem Rastplatz, der erstaunlicherweise ziemlich leer ist. Nur ein Lkw ist gerade dabei wieder auf die Autobahn zu fahren. Der Parkplatz liegt leer und unheimlich vor mir. Der Audi parkt einige Meter hinter meinem Fahrzeug.

Ich würde meinen Verdacht fallen lassen, wenn der Fahrer aussteigt, sich etwas an der Tankstelle kauft und weiterfährt, doch der Fahrer bleibt sitzen. Hinter den getönten Scheiben kann ich nur einen schwarzen Schatten erkennen, der starr und unbeweglich hinter dem Steuer sitzt. Nervös hämmer ich mit meinen Fingern auf dem Lenkrad herum, überlege, was ich tun soll. Weiterfahren? Flüchten? Oder so tun als wäre nichts?

Ich entscheide mich irgendwann für letzteres, stoße meine Tür auf und gehe mit schnellen Schritten in Richtung der Tankstelle. Ich blicke mich um und bemerke, wie auch mein Verfolger ausgestiegen ist und mir hinterher geht. Jedenfalls geht er am Anfang noch, denn je näher ich zur Tankstelle komme, desto schneller wird der Mann. Ich vermute jedenfalls anhand seiner Statur, dass es ein Mann ist.

Sein Gesicht kann ich immer noch nicht erkennen, da er eine schwarze Kapuze vor sein Gesicht gezogen hat. Irgendwann fängt er an zu laufen. Auf mich zuzulaufen mit großen, angsteinflößenden Schritten, wie ein wild gewordener Stier.

Für mich wird das zu viel, ich stürze zurück zu meinem Auto, springe hinein und verriegle die Schlösser. Ich rechne damit, dass der Mann meine Tür aufbrechen will, um mir sonst was anzutun, doch der Verfolger lässt von mir ab, geht gemütlich zu seinem Wagen zurück und setzt sich rein.

Ich spüre, wie er mich beobachtet. Wenn er die Drogen haben will, warum raubt er mich nicht einfach aus? Vielleicht will er mich hier festhalten. Nein, das kann nicht sein, sonst würde er meinen Wagen demolieren, oder so, aber ich habe die Freiheit wieder auf die Autobahn zu fahren.

Ich ziehe mein Handy aus der Tasche und schlucke. Polizei rufen oder nicht? Die werden mich ja kaum durchsuchen, wenn ich das Opfer bin. Hoffe ich. Letztendlich wähle ich Nummer der Polizei und spüre wie mein Herzschlag mit jedem Piepen schneller wird.

»Polizei Kräppstedt, was kann ich für Sie tun?«, meldet sich eine Polizistin.

»J-ja, hallo. Ich bin gerade auf dem Rastplatz Bronnholdt und ich werde verfolgt.«

»Sie werden verfolgt? Von wem werden Sie verfolgt und sind Sie verletzt?«

»Verletzt bin ich nicht, aber mir fährt seit einiger Zeit ein Audi hinterher und als ich mir gerade etwas zu Trinken kaufen wollte, kam er aggressiv auf mich zugerannt und wollte mich verprügeln.«

»Wo sind Sie jetzt? Sind Sie in Sicherheit?«

»Rastplatz Bronnholdt, ich sitze in einem dunkelgrünen Peugeot, habe die Türen abgeschlossen und bin wohl erst einmal in Sicherheit.«

»In Ordnung, wir schicken eine Streife zu Ihnen. Bitte bleiben Sie ruhig und bringen sich nicht in Gefahr.«

Ich bedanke mich und lege auf. Es geht mir ein wenig besser in dem Wissen gleich Hilfe zu bekommen. Und ich werde warten und mich unverdächtig verhalten und dann werde ich ganz normal weiter fahren können. Alles kein Problem, alles wird gut.

Ich warte zehn Minuten, zwanzig, dreißig. Doch es kommt keine Streife auf den Rastplatz gefahren. Auch der Verfolger regt sich nicht. Er sitzt in seinem Wagen und blickt nach vorne, bereit mich weiter zu verfolgen.

Ich möchte etwas ausprobieren, entsichere das Schloss, stoße meine Tür ein wenig auf und stelle einen Fuß nach draußen. Mein Verfolger öffnet ebenfalls seine Tür. Ich schließe sie wieder und auch er schließt seine wieder. Was wird hier gespielt?

Ich greife erneut zu meinem Handy und rufe die Polizei noch einmal an.

»Es war eine Streife gerade erst bei dem Rastplatz Bronnholdt. Dort stand kein dunkelgrüner Peugeot.«

»Ich bin aber hier, immer noch. Und der Verfolger starrt mich immer noch an.«

»Bitte verschwenden Sie nicht unsere Zeit. Schönen Tag noch.«

Dieses Mal legt sie auf. Ich werfe mein Handy auf den Beifahrersitz und schlage gegen mein Lenkrad. Nichteinmal die Polizei kann mir helfen. Will sie auch nicht, sonst hätte ich die Streife doch gesehen.

Der Unbekannte möchte die Drogen haben. Würde er mich in Ruhe lassen, wenn sie ihm einfach gebe? Kann ich dann einfach losfahren ohne, dass er mich verfolgt? Aber was würde mein Auftragsgeber dann tun?

Ich bin in einer misslichen Lage, aber ich muss etwas ändern. Ich starte den Motor und fahre von dem Rastplatz wieder runter. Der schwarze Audi folgt mir, klebt förmlich an dem Heck meines Wagens. Ich ziehe zuerst auf die mittlere Spur, dann auf die linke und gebe Vollgas. 140, 160, 180, 200.

Der Audi fährt mir hinterher, hält mit meiner Geschwindigkeit gleich. Zusammen rasen wir an allen anderen Autofahrern vorbei, die mir so vorkommen, als würden sie Schrittgeschwindigkeit fahren. Das Gefühl für Geschwindigkeit habe ich schon längst verloren.

Ich fahre ein einem Raststättenschild vorbei, auf dem in großen, weißen Buchstaben *Bronnholdt* drauf steht. Scheiße. Es gibt um Bronnholdt offenbar zwei Raststätten. Einmal Bronnholdt und Bronnholdt mit irgendeinem Zusatz. Kein Wunder, dass die Polizei nicht vorbeigeschaut hat. Doch die wird mir jetzt auch nicht mehr helfen können, jetzt wo sie denken, dass ich sie nur verarsche.

Also rase ich am Rastplatz vorbei, kontrolliere ständig meine Spiegel und sehe immer nur den schwarzen Audi hinter mir, der von einem schwarzen Schatten gefahren wird.

Dann schießt mir die Lösung durch den Kopf. Ich rase an einem Schild vorbei auf dem *Ausfahrt* drauf steht. Die einzige Möglichkeit für mich vor dem Verfolger zu fliehen ist, wenn ich schneller als er um die scharfe Ausfahrtkurve fahre und er mich aus den Augen verliert. Es ist riskant, aber ich muss es versuchen.

Mit einem Ruck ziehe ich mein Auto in eine Lücke auf der mittleren Spur und danach direkt auf die Ausfahrt zu. Ich rase mit gut 160 Sachen an dem Schild, das eine Geschwindigkeitsbegrenzung von 50 Stundenkilometern anzeigt vorbei und biege in die Kurve ein. Ich bemerke noch, wie sich mein Auto leicht auf die Seite legt, dann geht es alles sehr schnell.

Ich höre ein Knacken, ein metallisches Donnern, ein Reißen. Dann ist es vorbei und mein Körper wird vor Schmerzen überschüttet. Alles brennt auf meiner Haut, meine Knochen fühlen sich an, als wären sie zersplittert. Ich hänge in meinem Gurt und ein Gemisch aus Blut und Speichel tropft aus meinen Mund.

Wenn ich einatme höre ich ein feuchtes Gurgeln aus meiner Lunge. Die Windschutzscheibe ist zerschmettert. Äste und Blätter hängen in mein Auto und ich höre das Rauschen des Windes, das durch das Wrack zieht.

Mich umgibt eine angenehme Ruhe. Ich bin irgendwie sehr entspannt und nach und nach lassen auch die Schmerzen nach. Ich lausche dem Blätterrauschen, weiß, dass es das Letzte ist, was ich je hören werde. Es ist in Ordnung so zu sterben.

Doch mein tranceartiges Dahinscheiden wird durch eine knallende Autotür und durch näher kommende Schritte unterbrochen. Ich lege meinen Kopf schief und blicke in das Gesicht meines Verfolgers. Er hat seine Kapuze abgestreift.

Er sieht unscheinbar aus. Nicht wie der typische Kriminelle, Auftragsmörder, Drogendealer oder was auch immer seine Aufgabe ist. In seinem Blick liegt auch keine Gier nach dem Heroin, sondern, ja, eine gewisse Erleichterung und Mitgefühl.

»Danke, Mann. Dein Opfer wird nicht umsonst sein«, sagt der Unbekannte.

Ich versuche zu sprechen, doch mein Brustkorb ist zu eingedrückt. Ein Wunder, dass ich überhaupt noch atmen kann. Der Mann steht außerhalb des Wracks, mit seinen Händen in den Hosentaschen und blickt mich traurig an.

»Ich soll dir das gleiche Angebot anbieten, das mir angeboten wurde. Sieh es als Nettigkeit oder Akt der Wiedergutmachung, wenn du willst. Du bekommst eine zweite Chance. Dein Körper wird regeneriert, du wirst dich wieder bewegen können. Doch nur für einen begrenzten Zeitraum. In diesem Zeitraum musst du in mein Auto steigen und jemanden töten oder tödlich verletzen, ohne selbst Hand anzulegen. Wenn du versagst kommst du in die Hölle, genauso wie wenn du ablehnst.«

Ich werde immer schwächer, nehme kaum noch wahr, was der Mann mir erzählt und kann keine Antwort geben. Mein Kopf kippt nach vorne. Diese Geste wird von dem Verfolger offenbar als Annahme des Paktes gesehen, denn ich spüre, wie sich meine Knochen wieder zusammensetzen und sich die Wunden verschließen. Ein Gefühl des Lebens strömt durch meinen Körper.

Ich befreie mich aus dem Wrack, bin verwirrt, verstehe nicht, was los ist. Der Unbekannte ist fort, als hätte er sich in Luft aufgelöst.

Ich gehe wie selbstverständlich, fast schon mechanisch, zu dem schwarzen Audi, der mit eingeschaltetem Warnblinker am Rand der Straße steht, steige ein und fahre los.

Ich höre in der Ferne die Sirenen der Polizei oder eines Krankenwagens. Sie würden allerdings nur noch das leere Wrack vorfinden, während ich jagen fahre.

Verfolger

Ich sitze in dem schwarzen Audi und beobachte die Menschen auf dem Rastplatz. Es ist früh am Morgen und der Parkplatz mit dem kleinen Kiosk ist überfüllt. Irgendwelche Berufstätigen kaufen sich hier kurz vor der Ausfahrt noch einen Kaffee, damit sie im Büro auch wirklich wach sind.

Ich muss keinen Kaffee kaufen, ich muss auch nicht ins Büro. Ich bin hier um zu jagen.

Es ist eine verdammt schwere Aufgabe, denn ich habe nicht dieses eine Ziel, wie es bei einem Auftragsmord der Fall ist, sondern ich muss mich für eine Person, die ich töten will entscheiden. Es ist egal wen. Es ist egal ob Mann oder Frau, ob alt oder jung, ob weiß oder schwarz. Hauptsache der Mensch ist am Ende des Tages tot.

Leider darf ich mit keinem der Menschen reden. Das wäre nützlich, damit ich mir einen ersten Eindruck machen kann und mich dadurch auf ein Opfer festlegen kann. Aber es ist keine Interaktion erlaubt. Nur ein Beobachten.

Ich sehe eine ältere Frau in einem knielangen, hellgrünen Kleid. Sie trägt eine Hornbrille und ich fühle mich direkt in meine Kindheit zurückversetzt, genauer gesagt in den Deutschunterricht, wo Frau Kühler mich angeschrien hat, weil ich ein Objekt nicht von einem Subjekt unterscheiden konnte.

Natürlich weiß ich, dass die Frau vor mir nicht meine alte Lehrerin ist. Frau Kühler ist schon seit einigen Jahren tot. Aber irgendwen muss es nun mal treffen und wenn ich mich nicht für einen Charakter entscheiden kann, dann muss es eben das Äußerliche sein.

Sie steigt in ein silbernes Cabrio, hat das Dach runter gefahren, da es ein warmer Sommermorgen ist. Zur Zeit sieht sie noch entspannt aus. Noch. Ich seufze, irgendwen muss es halt treffen. Nicht so viele Gedanken darüber machen, wer die Frau ist, ob sie Familie hat und sonst irgendwas.

Die Frau startet ihren Wagen und fährt auf die Autobahn. Ich tue es ihr gleich und versuche so gut es geht direkt hinter ihr zu fahren. Sie kann ruhig bemerken, dass sie verfolgt wird. Sie soll es sogar bemerken. Ich wende die gleichen Tricks an, die ich von dem Unbekannten gelernt habe.

Immer hinterher fahren. Wenn sie abhauen will, dann lass ich sie für ein paar Sekunden schneller fahren, damit sie das Gefühl hat, nicht mehr verfolgt zu werden. Dann hole ich auf und fahre wieder hinter ihr. Sie hat nur Augen für mich. Ich bemerke wie sie immer öfter und mittlerweile schon nervös in den Rückspiegel blickt, um zu erkennen, wer sie verfolgt.

Doch die Scheiben von dem schwarzen Audi sind getönt, außerdem habe ich mir die Kapuze meines Pullovers tief ins Gesicht gezogen. Es macht eigentlich keinen sonderlich großen Unterschied, wenn sie mein Gesicht erkennen würde. Allerdings ist die mysteriöse Aura, die mich durch das Unbekannte umgibt, für viele Menschen angsteinflößend – war es für mich auch.

Irgendwann fährt die Frau auf einen Rastplatz, ich fahre ihr hinterher und parke in der Nähe. Ich weiß was sie denkt, genau das gleiche habe ich damals auch gedacht. Sie macht die Tür auf, steigt aus, will zur Tankstelle gehen, vielleicht um Hilfe zu holen, vielleicht will sie auch einfach nur etwas einkaufen.

Ich steige ebenfalls aus und gehe langsam und schlurfend auf sie zu. Mein Gesicht ist weiterhin von der Kapuze verborgen. Je näher in Richtung der Tankstelle kommt, desto schneller werde ich. So habe ich es gelernt.

Die alte Frau bemerkt, wie ich mittlerweile auf sie zu sprinte und rennt mit zittrigen Schritten zurück zu ihrem Cabrio. Das Dach hat sie längst wieder ausfahren lassen. Vermutlich denkt sie, dass sie sicherer ist, wenn sie etwas um sich herum hat, auch wenn es nur die dünne Schicht Stahlblech ist.

Sie schlägt die Tür zu und bleibt einige Minuten steif sitzen, dann startet sie den Motor wieder und fährt los. Ich bin hinter ihr, wie immer.

Nun versucht sie mich abzuschütteln, immer schneller zu werden, bis sie irgendwann in eine Ausfahrt abbiegen will. Sie schafft es zwar mit 180 Stundenkilometern auf die mittlere Spur zu ziehen, doch unterschätzt die Trägheit des LKWs auf der rechten Seite. Sie knallt mit dem Cabrio in das Heck des Lastwagens, schafft es noch das Lenkrad umzureißen und damit ungebremst in den Wald, der die Autobahn umgibt, zu knallen.

Die Fahrzeuge hinter uns bremsen, die Fahrer sind schockiert, versuchen zu begreifen, was vor ihnen passiert ist. Ich hingegen stelle meinen Audi auf dem Standstreifen ab, steige seelenruhig aus und gehe zu dem Wrack des Cabrios. Die Frau ist tot, sie hat keine sichtbaren Wunden. Nur ihr Hals ist merkwürdig verdreht. Sie hat sich vermutlich das Genick gebrochen.

Nur um noch einmal sicher zu gehen, fühle ich nach einem Puls. Meine Aufgabe ich abgeschlossen, deshalb darf ich nun in Kontakt mit meinem Opfer treten. Es freut mich, dass ich ihr Blut nicht mehr pulsieren fühle. Sie wurde mit einem schnellen Tod gesegnet und muss nicht das gleiche Schicksal wie ich ertragen. Es ist das Richtige gewesen, rede ich mir ein. Sie ist alt, hätte sowieso die nächsten Jahre abkratzen müssen.

Auf einer Schulter trage ich die Schuld eines unschuldigen Opfers, auf der anderen die Erleichterung, weil ich meine Mission erfüllt habe. Es dauert nicht lange, bis ich mich Stück für Stück auflöse. Meine Zeit auf der Erde ist nun endgültig vorbei. Ich habe das getan, was Gott mir aufgetragen hat.

Ich wache auf und befinde mich in einem unendlichen Weiß. Es ist grell, aber trotzdem müssen sich meine Augen an das Licht nicht gewöhnen. Ich habe keine Ahnung von wo das Licht kommt, denn ich sehe weder meinen Schatten, noch mich selbst. Durch meinen Körper zieht eine angenehme Energie. Ich fühle mich warm und gesättigt, irgendwie friedlich. Wenn ich mir jetzt etwas wünschen kann, dann weiß ich nicht, was es wäre.

Ich versuche mich zu bewegen, allerdings spüre ich mich nicht mehr. Keine Arme, keine Beine, keinen Kopf. Nur noch ein großes, unbeschreibliches Ich.

So schwebe ich in der weißen Unendlichkeit eine Zeit lang herum. Ich weiß nicht wie viel Zeit es tatsächlich ist, vermutlich gibt es hier so etwas gar nicht. Hier gibt es nur Licht und Glück. Ob das schon der Himmel ist? Ist das hier schon die Ewigkeit? Ich bin jedenfalls zufrieden.

Irgendwann erscheint ein Licht. Es ist warm und angenehm und irgendwie strahlt es eine unfassbar kräftige Aura aus. Meine Gedanken wissen was das ist. Ich bin bei Gott. Und Gott spricht zu mir.

»Alteeeer, hast du die Tusse gesehen? Lol. Die hatte so 'ne Panik und meinte so ›Oh Gott, bitte hör auf mich zu verfolgen‹. Und du so ›Brömm brömm, ich hetz' dich jetzt tot‹. Und sie so ›Ahhh, ein Baum‹, und tot. Und die Familie, die ja ach so traurig ist und weint und bla. Köstlich, wirklich, wirklich köstlich. Man kann schon sagen ... göttlich. Oder? Heh, verstehste den Wortwitz? Weil ich doch so'n Gotttyp bin und wegen göttlich und ...«

Die Stimme von dem Schöpfer hallt in meinem Kopf wieder.

»Na ja. Jedenfalls hast du mir einen großen Dienst erwiesen. Nicht jeder schafft es den Gott zu unterhalten. Einer meiner Kinder hat dich ja auch schon zu Tode gejagt. War auch super geil, hast dich echt gut geschlagen. Dir wurde versprochen, dass du in den Himmel darfst und diesen Wunsch werde ich dir natürlich nicht verweigern. Denn ich bin mächtig und gut und so weiter. Ich wünsche dir ganz, ganz viel Spaß in der Ewigkeit. Es ist das einzige, was du in deiner Existenz noch wahrnehmen wirst und irgendwann wirst du sogar die Zeit auf der Erde verdrängt haben. – Amen, und so.«

Ich will darauf antworten. Ich will meinem Gott Fragen stellen. Dem Schöpfer des Universums, der Erde, der Menschen, des Lebens. Doch ich kann nicht. Eine unsichtbare Kraft reißt mich von dem unendlichen Weiß fort, ich fühle mich so, als würde mein Geist zerrissen werden. Schmerzen, stärker als jede Qual auf der Erde zieht durch meine Essenz. Ich will schreien, ich will mich wehren, ich will irgendwas gegen diesen Zustand machen. Doch ich muss es aushalten, bis ich irgendwann in einer Wüste ankomme.

Die Sonne strahlt von oben auf mich herab. Ich sehe mich um, bemerke, dass ich wieder einen Schatten werfe, dass mein Körper tatsächlich wieder da ist. Um mich herum stehen Menschen. Hunderte Menschen, die nichts anderes tun, als in der Sonne zu stehen und irgendwo hinzustarren. Einige wenige schlurfen durch den feinen Sand und hinterlassen eine Spur, die nach wenigen Sekunden wieder glatt geweht wird. Ich atme warme, stickige Luft und fange sofort zu schwitzen an. Ist das hier der Himmel? Ein Witz von Gott? Ein dauerhafter, unangenehmer Hochsommer?

Es sind fahle Kreaturen, die vielleicht früher einmal Menschen gewesen sind. Doch hier sind sie nur ein Abbild ihrer selbst. Dann fange ich an einzelne Gesichter zu erkennen. Meine Eltern, frühere Lehrer, auch Frau Kühler. Einer aus der Masse kommt auf mich zu geschlurft. Seine Haut ist bleich, obwohl die Sonne auf meiner Haut brennt und es sich bereits jetzt schon so anfühlt, als würde ich einen schrecklichen Sonnenbrand bekommen. Sein Körper ist abgemagert. Kein Fett, kaum Muskeln, die Haut ist spröde. Fast wie ein Skelett. Ich erkenne ihn nun. Es ist der Unbekannte, der Verfolger, der mich in den Tod getrieben hat. Er streckt seine Hände nach mir aus und fasst mir an die Schultern. Eine klirrende Kälte durchzieht meinen Körper bei der Berührung. Der Unbekannte öffnet den Mund, zeigt mir seine vertrocknete Zunge und seine abgestorbenen Zahnstummel.

»Wir hätten doch in die Hölle gehen sollen.«

Zeitungsartikel

Er denkt über den Zeitungsartikel nach. Über den Mann, der dort als so gefährlich, so krank dargestellt wird, dass niemand ihm nach dem Artikel mehr über den Weg traut. Es steht drin, dass W. Kühler, sein Vorname wird nicht genannt, einer der grausamsten Massenmörder war, die es jemals gab. Seine Taten würden niemals vergessen werden und auch sein Ende wird in dem Zeitungsartikel als einzigartig und tragisch beschrieben.

Angefangen hat es mit Kühler, als er sechzehn Jahre alt war und er am Gipfel seiner Pubertät stand. Er war ein Außenseiter und verbrachte seine Zeit damit im Park oder im Freibad Mädchen hinterher zu spionieren. Keine Menschen in seinem Alter, sondern junge Mädchen, die die Pubertät noch nicht erreicht hatten.

Als seine Eltern verreist waren und seine Tante an einem Abend in ein Theaterstück gehen wollte, bat sie ihn auf ihre Tochter, seine Cousine, aufzupassen. Nur für ein paar Stunden, dann würde sie wieder kommen und die Kleine abholen. An diesem Abend verlor Kühler seine Jungfräulichkeit und da er seiner siebenjährigen Cousine Gewalt androhte, erzählte sie nie irgendetwas über den Vorfall.

Sein zweites Opfer war eine Sechsjährige, die er, als sie auf dem Rückweg von der Schule war, in sein Auto lockte, sich an ihr verging und später am Tag in einem See ganz in der Nähe ertränkte.

Doch das war nicht nur sein einziger Mord. Er tötete in seinem Leben insgesamt vierzehn Kinder, alle waren unter zwölf Jahre alt und an allen verging er sich. Seine Frau, die er mit neunzehn Jahren heiratete, bekam von all dem nichts mit.

W. Kühler verhielt sich durchgehend normal, wie ein liebender, sympathischer Ehemann. Zusammen besuchten sie Konzerte, fuhren in den Urlaub, veranstalteten Feste mit den Nachbarn und zeugten sogar zwei Kinder.

Doch irgendwann hatte Kühler genug, ob durch ein schlechtes Gewissen oder schlicht und einfach durch Lustlosigkeit, das konnte niemand sagen. Die Psychologen vermuteten, dass Kühler es leid war ständig Kinder zu ficken und umzubringen. Wenn das ohne Probleme funktionierte, was hätte die Welt denn bitte angenehmeres zu bieten? Wer legte ihm die Regeln auf? War er nicht eigentlich fähig dazu alles zu tun? Wie ein Gott.

So und nicht anders würde der Zeitungsartikel aussehen. Walter dreht seinen Kopf. Auf der Hinterbank sitzen die beiden Kinder und schlafen und auch seine Frau döst neben ihm auf dem Beifahrersitz. So viele Menschen würden den Zeitungsartikel lesen.

Er reißt mit einem Ruck sein Lenkrad zur Seite, seine Frau wird wach und schreit. Der Wagen kommt von der Straße ab und knallt ungebremst gegen einen Baum.

Er spürt, dass sein Bauch aufgerissen ist. Ein angenehmer Schmerz, so final und abschließend. In seinem Augenwinkel sieht er, wie seine Frau mit eingedrücktem Kopf an den Baum gequetscht wurde. Er atmet noch einmal tief ein und haucht sein Leben aus. Es war W. Kühlers letzter Atemzug.

Vielleicht

Ich sitze in der Schule. Frau Meyer, meine Mathelehrerin steht vorne an der Tafel und schreibt irgendwelche Formeln auf, die ich nicht verstehe. Ich schreibe sie trotzdem ab, damit ich wenigstens das Gefühl habe anwesend gewesen zu sein. Früher war ich in Mathe gar nicht so schlecht wie jetzt, aber durch Frau Meyer ist es viel schwieriger geworden. Sie wirkt immer so unfähig. Sie hat ein gelangweiltes Auftreten, hängende Schultern, leise, monotone Stimme, keine Mimik. Wie ein Matheroboter. Dieses Vorbild gepaart mit der Sonne, die, obwohl es noch früh am Morgen ist, schon auf das Zimmer knallt und es zu einem stickigen Kasten verwandelt, lässt den letzten Rest Motivation, den ich für dieses Fach habe, in ein gähnendes, schwarzes Loch mutieren.

Um nicht einzuschlafen habe ich einen Kopfhörer im Ohr, einen kabellosen Stecker, den man unter meiner mittellangen Frisur nicht erkennen kann. Ich höre Musik, gerade läuft *Pumped up Kicks* von *Foster the People*.

Ich blicke auf die Uhr. Obwohl es mir so vorkommt, als würde ich schon Ewigkeiten hier sitzen, ist gerade mal eine halbe Stunde vergangen. Hoffentlich passiert irgendetwas. Vielleicht wird der Feueralarm ausgelöst oder es gibt ein Gasleck. Aber darauf hoffe ich jeden Tag, an dem ich Mathe habe.

Plötzlich höre ich einen dumpfen Knall und werde aus meiner Trance herausgerissen.

»Was war das?«, fragt Rebecca, eine schwarzhaarige, oft etwas dümmlich wirkende Mitschülerin. Ich blicke mich im Klassenraum um und blicke in fünfundzwanzig ebenfalls verwirrte Gesichter. Behutsam nehme ich meinen Kopfhörer raus und lasse ihn so unauffällig wie möglich in meiner Tasche verschwinden. Bestimmt ist irgendwo ein Stuhl oder Tisch umgekippt. So was kommt schon mal vor, wenn Jugendliche nicht im Zaum gehalten werden.

Frau Meyer hat aufgehört zu reden und bleibt für einen Moment lang still. Niemand sagt etwas, jeder hängt seinen Gedanken und Vermutungen hinterher. Gerade als Frau Meyer wieder anfangen will zu reden, ertönen noch mehr Knalle, dieses Mal schnell hintereinander.

Ich kenne dieses Geräusch aus Filmen. Es sind Schüsse. Eine gewisse Aura zieht durch die Klasse, ich merke wie einige schneller zu atmen anfangen, andere atmen kaum noch. Ein Amoklauf, zieht es mir durch den Kopf. Hier werden gerade Menschen getötet. Schüler, Lehrer, Personen die ich kenne. Das realisieren auch andere und Panik macht sich breit. Doch niemand redet, niemand schreit, es gibt nicht einmal jemanden, der einem sagt, was man nun tun muss. Frau Meyer steht wie angewurzelt vor dem Pult und starrt auf die Tür. Auch sie ist panisch, versucht zu realisieren was gerade passiert. Auch ich tue nichts. Ich sitze nur auf meinem Stuhl und blicke zur Tür. Bitte, Kopf. Tu etwas. Hol mich aus dieser Starre heraus. Renn' weg, nein, dann wird er dich holen, spring aus dem Fenster, nein, dann brichst du dir das Genick, versteck dich. Wo denn?

Einige meiner Mitschüler reagieren, vermutlich eher ein Überlebensinstinkt als ein wirklich geplantes Vorgehen. Sie werfen ihre Tische um und gehen hinter ihnen in Deckung. Die dünnen Holzplatten würden die Schüsse nicht abgefangen, aber sie fühlen sich wenigstens sicherer.

Mehr Schüsse, dieses Mal fängt Rebecca an zu schreien und weint, doch nicht vor Schmerz. Der Amokläufer ist noch nicht da. Viele haben angefangen zu weinen, sie wissen was gerade passiert. Sie haben es in der Zeitung gelesen, im Fernsehen gesehen. Verrückte Jugendliche, abgekapselt von der Gesellschaft mit Zugang zu Papas Waffen. Niemand hätte damit gerechnet, dass es irgendwann die eigene Schule treffen würde.

Ich sitze immer noch regungslos da und kann mich nicht bewegen, wie viele andere auch. Drei oder Vier Mitschüler haben ihr Mobiltelefon herausgesucht und tippen mit zitternden Fingern Texte an ihre Eltern, wie sehr sie sie lieben.

Wir sind noch nicht einmal erwachsen und werden jetzt schon mit dem Tod konfrontiert. Wir bringen den Kreislauf durcheinander. Zuerst sterben die Großeltern, dann die Eltern, und dann erst man selbst. So soll es sein. So ist es vorgesehen. Doch hier sitzen, überall in der Schule verteilt, hunderte Kinder und Jugendliche für die es vorbei sein könnte, die Angst um ihr Leben haben. Angst haben so viele Dinge nicht zu erleben. Angst, ihre Eltern alleine und geschockt zurück zu lassen.

Ich stelle mir vor, wie der Amokläufer die Tür aufreißt und mit einem entschlossenen Gesichtsausdruck sich einmal in der Klasse umguckt, dann seine Waffe hebt und meine Mitschüler, meine

Freunde, einfach alle tötet, ohne mit der Wimper zu zucken. Es könnte der große, dürre Junge sein, der im Sportunterricht immer als letztes gewählt und ausgelacht wurde. Oder der dicke Junge, dessen Mutter an Alkoholsucht gestorben, und er sich daraufhin mit Süßigkeiten abgelenkt hat und wegen seinem Gewicht gemobbt wurde. Oder ein ehemaliger Schüler mit Aggressionsproblemen, der von der Schule verwiesen wurde, aber keine Hilfe angeboten bekommen hat.

Wieder einige Schüsse. Er kommt immer näher. Es hört sich so an, als wäre er auf diesem Stockwerk, in diesem Flur, nur wenige Meter weit von dem Klassenzimmer entfernt. Wir sind Gefangene hier. Wir sind dem Schicksal ergeben, wie Kriminelle, die zum Schafott geführt werden. Nur einer entscheidet nun über Leben und Tod. Man könnte ihn überwältigen. Man könnte sich im Schrank verstecken. Man könnte aus dem Fenster springen und hoffen, dass man sich nur ein Bein bricht und nicht direkt das Genick. Doch dazu ist man zu schwach.

Ich blicke meine Freunde an. Auch sie wissen nichts mit sich anzufangen. Sitzen da, warten auf den Tod, aber wollen nicht sterben. Ich habe die längste Zeit meines Lebens mit ihnen verbracht. Ich habe mir oft vorgestellt, wie wir im Sommer im Schatten auf der Terrasse sitzen und Pokern, wie wir es seit einigen Wochen tun.

Vielleicht hätten wir Frauen und Kinder gehabt. Vielleicht ein eigenes Haus.

Vielleicht wären wir berühmt.

Vielleicht.

Mehr Schüsse, aber weniger als sonst. Geht ihm die Munition aus? Hat er sich selbst gerichtet?

Ich gehe in mich und suche nach einer Lösung. Niemand in diesem Raum tut etwas, niemand hält den Amokläufer auf, nicht einmal Frau Meyer, eine Lehrerin. Eine Autoritätsperson, der man soviel anvertraut, seine Bildung und seine eigene Zukunft. Doch die Leben von dutzenden, unschuldigen Jugendlichen kann sie nicht retten. Niemand kann das.

Ich höre schwere Schritte vor der Tür. Einige Schüler wimmern, hoffen, dass der Amokläufer vorbei geht. Mittlerweile habe ich mit meinem Leben abgeschlossen. Ich werde früh sterben. Die Klinke wird hinunter gedrückt. Ich rechne mit einigen lauten Schüssen, die mich fast taub machen, bevor die Salve an Patronen mich trifft. Ich hoffe, dass es schnell geht und ich nicht noch stundenlang im Krankenhaus kämpfe und meinen Eltern Hoffnung gebe.

»Hier sind noch Lebende, Chief.«

Für einen Moment steht die Zeit still. Keine Schüsse. Niemand sagt etwas. Dann bricht die Erlösung über uns zusammen. Ich höre meine Mitschüler weinen, sie jaulen vor Freude, einige sind still und können es kaum fassen. Auch ich weine. Wir haben es geschafft. Wir wurden gerettet.

Im Türrahmen steht ein schwer gerüsteter Mann. Er trägt ein Gewehr, lässt es sinken, als er uns sieht. Auf der schwarzen Schutzweste um seinem Brustkorb steht in weißen Lettern die Abkürzung Polizei. Die Truppen sind rechtzeitig gekommen.

Frau Meyer ist die Erste, die sich wieder bewegen kann. Sie geht auf den Polizisten zu und redet leise, fast schon mit einer kratzigen Stimme. Dann regen sich auch langsam meine Mitschüler, schreiben ihren Eltern, dass sie in Sicherheit sind, dass sie sich keine Sorgen machen müssen. Sie kommen nach Hause.

Auch mir fällt ein Stein vom Herzen. Ich fühle, wie die warmen Tränen mein Gesicht hinunterlaufen und mein T-Shirt benetzen. Mein bester Freund kommt, ebenfalls weinend und umarmt mich. Wir haben es geschafft. Wir leben noch. Jetzt müssen wir dieses Erlebnis verarbeiten, wir müssen uns neu ordnen. Ob wir irgendwann jemals wieder ohne Angst in einem Klassenraum sitzen können, weiß ich nicht. Es ist mir auch egal. Ich bin einfach nur glücklich, dass wir überlebt haben.

Ich nehme aus den Augenwinkeln wahr, wie hinter dem Polizisten ein großer Mann mit einer Mütze auftaucht. Offenbar der Polizeichef, oder der Leiter des Einsatzes.

»Wie sieht es aus?«, fragt er den Polizisten.

»Alle sind wohlauf. Nur der Schock sitzt tief. Haben wir schon Ergebnisse?«

»Ja. Der Amokläufer hat zwei Lehrer erschossen.«

Ich und einige andere, die ungewollt bei dem Gespräch mitgehört haben, keuchen kurz. Zwei Lehrer, die man kannte. Egal ob man mit ihnen gut klar gekommen ist, oder sie unfair und unfreundlich waren, so etwas wünscht man niemanden.

»Das ist wenig.«

»Leider ja. Es wird zwar in den Medien berichtet werden, aber nicht international. Dafür lief das alles zu glatt ab.« Der Chief legt dem Polizisten eine Hand auf seine Schulter. »Du weißt, was du zu tun hast.«

Der Polizist nickt und jeder einzelne Schüler blickt auf. Was wird jetzt passieren? Können wir jetzt gehen? Wir wollen zu unseren Eltern.

Dann hebt er das Gewehr und beginnt-

Fabrik

Ich greife in die Kiste neben mir und nehme eine Mutter in die Hand. Am Fließband kommt ein Klotz aus Plastik vorbei. An ihm wurden Drähte und Schrauben befestigt. Später wird es mit anderen Bauteilen zu einem fertigen Gerät zusammengebaut. Ich drehe an der freien Schraube die Mutter hinein und ziehe sie so fest es geht. Das ist wichtig. Alles muss fest sitzen und perfekt sein. Wenn die Geräte fertig sind, werden sie in eine Kiste gelegt und von einem Transporter abgeholt. Davon habe ich allerdings keine Ahnung. Ich stehe nur jeden Tag am Fließband und drehe Mütter auf die Schrauben. Das mache ich stundenlang. Die ganze Zeit über. Abends gehe ich nach Hause in meine Wellblechhütte, esse etwas und lege mich schlafen.

Es ist ein tristes Leben. Man hat keine Herausforderung. Wenn man überhaupt Wünsche und Träume hat, dann denkt man an Haushaltsgegenstände. Ein Radio wäre toll. Oder ein Kühlschrank. Von dem Geld, das man in der Fabrik verdient, kann man sich so etwas allerdings nicht leisten. Meistens reicht es gerade mal für das Essen und die Miete.

Ein neuer Klotz. Ich greife in die Kiste neben mir und nehme eine Mutter in die Hand. Dann drehe ich die Mutter fest und lege das Gerät zurück auf das Fließband. Es gleitet weiter und wird nach einigen Metern von einem meiner Kollegen in die Hand genommen, der etwas Öl in den Klotz kippt. Dann legt er es wieder auf das Fließband.

Ich habe nach Feierabend mal mit ihm geredet. Während der Arbeit darf man nicht reden. Er ist stolz darauf Öl in den Klotz zu kippen. Andere sind stolz darauf Drähte an den Klotz zu kleben. Ich bin stolz darauf die Mütter an die Schrauben zu drehen. Jeder hier in der Fabrik hat seine individuelle Aufgabe.

Ein neuer Klotz. Ich wiederhole das Prozedere und lege ihn zurück auf das Fließband. Ich bin pflichtbewusst und konzentriert. Bei den Geräten darf es keine Fehler geben. Die Geräte sind nämlich sehr wichtig. Sie werden für irgendetwas außerhalb der Fabrik benötigt. Mein Chef hat es mir irgendwann mal erklärt, aber ich habe es nicht verstanden. Jedoch hat er mich gelobt. Mich und meine Kollegen.

Ein neuer Klotz. Und noch einer. Jeder Klotz sieht gleich aus. Bei jedem Klotz mache ich das gleiche. Trotzdem habe ich das Gefühl das Richtige zu tun.

Ich bin dankbar für diesen Job. Ich habe ein Dach über meinem Kopf. Ich muss nicht frieren. Und ich habe etwas zu essen. Unser Chef hat uns oft Geschichten von außerhalb erzählt. Es ist eine brutale Welt. Es gibt viele Tote, viel Krieg und viel Leid. Wir tun mit unserer Arbeit etwas Gutes. Die Geräte, die wir produzieren sind gut. Sie helfen anderen.

Ein neuer Klotz. Ich greife in die Kiste neben mir und bemerke, dass sich nur noch eine Mutter in ihr befindet. Das ist immer der spannendste Teil des Tages. Mein Herzschlag erhöht sich. Jetzt bloß keinen Fehler machen. Ich drehe die Mutter auf die Schraube und lege sie behutsam auf das Fließband.

Dann greife ich schnell nach der leeren Kiste und renne zu einem Regal. Ich stelle die Kiste auf einen freien Platz und ziehe eine volle Kiste heraus. Sie ist schwer und beinahe wäre sie mir aus der Hand gerutscht. Ich laufe die drei Meter zurück zum Fließband und stelle die Kiste neben mich.

Ich habe es noch rechtzeitig geschafft. Ein neuer Klotz kommt vorbei. Ich greife in die Kiste neben mir. Es ist ein gutes Gefühl die stressige Situation geschafft zu haben. Die unzählbaren Mütter in dem Behälter beruhigen mich. Jetzt kann ich den Tag ruhig ausklingen lassen.

Ich bearbeite viele Klötze. Ich drehe Mütter auf die Schrauben. Das mache ich den ganzen Tag. Irgendwann habe ich Feierabend. Das Fließband hört auf sich zu bewegen. Ich stelle die leer gewordene Kiste in den freien Platz im Regal.

Dann gehe ich nach Hause. Neben mir gehen meine Kollegen. Wir reden nicht. Wir haben ja auch nichts erlebt über das wir reden könnten. Wir wollen nur nach Hause, etwas essen und dann schlafen.

Es führt nur ein einziger Weg zu meiner Wohngegend. Er ist umgeben von großen Mauern und Stacheldrahtzäunen. Es ist zu meinem Besten, denn ich weiß nicht, was für Gefahren draußen lauern. Ich fühle mich sicher hinter den Mauern. Ich fühle mich sicher in der Fabrik. Ich fühle mich sicher in der Wellblechhütte, die ich von meinem Arbeitgeber bekommen habe.

Erst jetzt bemerke ich, wie still es eigentlich ist. Den ganzen Tag lang habe ich das Rattern des Fließbands gehört, doch man hat sich schnell daran gewöhnt.

Jeder hat vor seiner Tür einen kleinen Briefkasten. Dort ist immer ein Umschlag mit dem Tageslohn drin. Je nachdem, was man im Ernährungsbüro angegeben hat steht dort auch ein Karton mit Suppe und Wasser. Dementsprechend ist der Lohn dann auch halbiert. Oder gar nicht vorhanden, wenn man dick ist.

Ich öffne den Briefkasten und greife hinein. Erschrocken ziehe ich meine Hand zurück. In dem Kasten ist etwas, dass da nicht hineingehört. Eine Spinne? Ein Monster von draußen? Für einen kurzen Moment überlege ich zu der Sicherheitsbehörde zu gehen, schlucke dann meine Angst hinunter und greife noch einmal hinein. Nein, keine Schmerzen. Ich greife nach dem Papier und ziehe es hinaus.

Ich bin erstaunt, denn statt dem Umschlag mit dem Lohn, halte ich einen weiteren Umschlag in der Hand. So etwas ist mir in den ganzen fünfundvierzig Jahren, die ich schon in der Fabrik arbeite, noch nie vorgekommen. Letztes Jahr kam nur eine Karte, die mir zum fünfzigsten Geburtstag gratuliert hatte.

Ich schließe die Tür von dem Haus auf, hebe den Karton mit der Suppe und dem Wasser hoch und gehe in das kleine Zimmer. Der Brief kann warten. Der Brief muss warten. Wenn es etwas Wichtiges ist, habe ich keine Zeit mehr etwas zu essen. Daher erhitze ich in meinem einzigen Topf eine Erbsensuppe. Ich esse sie im Stehen. Einen Stuhl habe ich nicht und das Bett ist zum Schlafen da.

Den leeren Topf wasche ich ab und stelle ihn weg. Ich setze mich auf den Lesesessel. Auf dem Lesesessel darf man sich nur setzen, wenn man etwas zum Lesen hat. Ich lese nicht. Es gibt auch gar keine Bücher oder Zeitungen.

Ich öffne den Umschlag und überfliege die Zeilen.

Sehr geehrter hart arbeitender Arbeitnehmer,
ich muss Sie loben. Seit einigen Wochen beobachte ich Sie und finde Ihre Arbeitsleistung höchst beeindruckend. Sie sind viel nützlicher als alle anderen Arbeiter in der Fabrik. Ich möchte daher, dass Sie sich morgen in der anderen Fabrikhalle einfinden.
Mit hochachtungsvollen Grüßen,
Ihr Chef

Ich finde den Brief sehr rührend. Eine Träne läuft meine Wange hinunter. Die andere Fabrikhalle ist etwas Gutes, etwas noch Besseres. Ich freue mich auf morgen und lege mich schlafen. Die vier Stunden gönne ich mir heute.

Am nächsten Tag stehe ich auf und gehe mit den anderen in Richtung der Fabrik. Sie gucken komisch, als ich nicht, wie sie, in den Eingang von Fabrikhalle 1 gehe, sondern weiter zur Fabrikhalle 2. Ich bin motiviert. Ich werde in Fabrikhalle 2 bestimmt noch mehr Gutes tun können. Noch bessere Geräte bauen. Vielleicht sogar zwei fertige Bauteile aneinanderkleben. Es gibt so viele Möglichkeiten.

Ich gehe in die andere Halle. Sie sieht nicht anders aus, als die andere. An dem Fließband stehen die Arbeiter und bereiten sich vor. Es gibt einen freien Platz. Dieser ist für mich bestimmt.

Ich bin gespannt, was es für mich zu tun gibt. Mein Arbeitsplatz ist leer. Ich werde also keine Mütter auf Schrauben drehen müssen. Es war kein schlechter Job, aber etwas Abwechslung wäre wirklich schön.

Ein Dröhnen zieht durch die Halle. Das Geräusch ertönt immer, wenn sich das Fließband in Bewegung setzt. Ich stelle mich auf die Zehenspitzen und suche nach dem Anfang des Bandes, doch kann es nicht finden. Es zieht sich wie wild durch die ganze Halle. Es gibt viele Kurven. Der Arbeiter neben mir rollt ein Fass zum Fließband und stellt es auf. Ich frage mich, was sich dort drin befindet.

Ich blicke die ganze Zeit in die Richtung aus der das Fließband kommt und kann es kaum erwarten das neue Gerät zu sehen. Dann biegt es plötzlich um die Ecke. Was ist meine Aufgabe? Ich darf keine Fehler machen.

Der Mann neben mir nimmt den Klotz und schüttet etwas aus dem Klotz in das Fass. Dann legt er es zurück auf das Fließband. Es kommt bei mir an. Ich nehme es in die Hand und betrachte es. Was muss ich tun? Was soll ich hier anbauen? Der Klotz ist doch schon fast fertig. Ich finde nichts, was ich machen soll. Prüfe ich vielleicht nur, ob alles in Ordnung ist? Auf was muss ich denn achten?

Ich lege den Klotz zurück auf das Fließband und nehme den nächsten auf. Auch hier keine Makel erkennbar. Er sieht genauso aus, wie der Klotz aus Fabrikhalle 1. Auch ihn lege ich zurück.

Aus dem Augenwinkel sehe ich, wie mich der andere Arbeiter neben mir böse anstarrt. Mache ich etwas falsch? Der nächste Klotz. Ich mache nichts. Noch einer.

Plötzlich zucke ich zusammen. Jemand hat mir etwas gegen den Kopf geworfen. Ich drehe mich um und sehe einen meinen Kollegen. Er hat eine Mutter in der Hand und wirft sie auf mich. Außerdem guckt er grimmig. Dann macht er mit seinen Händen Drehbewegungen nach. Langsam verstehe ich.

Ich nehme den nächsten Klotz in die Hand und suche nach der Schraube. Eine Mutter wurde fest an sie angedreht. Ich drehe die Mutter ab und lege sie auf den Boden. Dieses Mal guckt der Mann neben mir nicht grimmig.

Ich überlege kurz. Wenn ich mich anstrenge kann ich bald den Lastwagen zwischen den beiden Fabrikhallen hin und her fahren.

Die wenigen Glücklichen

Thomas saß auf dem Stuhl in der Mitte des Raumes und probierte sich an neuen Kartentricks, während Felix mit einer leeren Konservendose spielte. Laura hingegen schlief auf der ranzigen Matratze. An den rauen Betonwänden hingen Fotos und Poster von der früheren Zeit. Bilder einer heilen Welt. Bilder von einem Land in Frieden und Glück. Bilder von einer Nachbarschaft. Dort hatte Thomas früher mit seiner Frau gelebt. Er hatte ein Haus besessen, einen Hund und eine glückliche Ehe gehabt. Doch er fürchtete, dass er sein restliches Leben nun in diesem Bunker verbringen musste.

Thomas stand auf und ging in den Lagerraum. Gas- und Wasserflaschen sowie Konserven stapelten sich hier bis unter die Decke. Er nahm sich eine Dose Erbsensuppe und ging zurück in den karg eingerichteten Wohnraum. Neben zwei Betten und einer Matratze auf dem Boden gab es nur noch einen Stuhl und einen Gasherd, sowie ein Brett an der Wand, das als Regal genutzt wurde. Beleuchtet wurde das gesamte Zimmer durch eine grelle Lampe an der Decke. Es war nicht viel, aber es reichte zum Überleben.

Als er mit seinem Taschenmesser in die Dose stach und die Erbsensuppe in den Topf lief, wachte Laura auf.

»Gibt es gleich Essen, Papa?«, fragte sie, während sie sich mit verschlafenen Augen umguckte.

»Ja, ich muss es nur noch schnell aufwärmen.«

»Was gibt es denn?«

»Erbsensuppe.«

»Schon wieder? Och, Mann. Danach stinkt das ganze Zimmer immer so doll.«

Thomas rührte die Suppe um, bis sie anfing zu köcheln. Der Gestank von altem Gas stieg ihm in die Nase. Seine Tochter hatte Recht. Es roch nie gut, nachdem es Erbsensuppe gab. Oder irgendetwas anderes. Aber es gab keine andere Möglichkeit um an warme Nahrung zu kommen.

»Setzt euch. Es gibt Essen«, brummte er.

Laura nahm sich ihre kleine Schüssel und setzte sich brav auf eines der Betten. Felix hingegen spielte weiterhin mit der Dose. Er ließ die Dose an die Wand rollen, die dort für ein paar Sekunden stehen blieb und dann wieder zu ihm zurückkullerte. Es faszinierte ihn.

»Felix, es gibt Essen.«

Obwohl Felix schon etwas älter war, als seine fünfjährige Schwester, redete er nicht mehr. Die ersten Monate hatte er noch froh vor sich hin geplappert, doch als seine Mutter verstorben war, wurde er immer verschlossener, bis er irgendwann gar nichts mehr sagte. Thomas wusste, dass Felix zurückgeblieben wirkte. Er hatte schon alles versucht – doch was für Möglichkeiten hatte er schon in diesem Loch?

Felix setzte sich neben seine Schwester auf das Bett und legte seine Schüssel auf die Beine. Thomas nahm den Topf von dem Herd und füllte beiden etwas zu essen auf. Während Felix es wie ein Wahnsinniger verschlang, stocherte Laura gelangweilt in der Suppe herum und aß nur manchmal einen kleinen Löffel voll.

»Spielen wir nachher wieder Karten?«, fragte Laura und blickte ihren Vater mit großen Augen an.

»Ja, Laura. Wie jeden Tag. Aber vorher will ich euch noch eine Geschichte erzählen.«

»Oh – was für eine Geschichte denn?«

»Das sag ich euch erst, wenn ihr aufgegessen habt.«

Laura aß ganz schnell den Rest von der Suppe auf und grinste Thomas mit verschmierten Mund an. Thomas erlebte nicht viel Gutes in dem Bunker. Seine Frau war verstorben, es mangelte an Sonnenlicht und er hatte ausgerechnet für wie lange die Vorräte halten würden. Doch wenn seine Tochter ihn anlächelte, schmolz sein Herz dahin und der Wille weiter zu machen kehrte zurück.

Als sich die Kinder gewaschen und sich in ihre Betten gelegt hatten, fing Thomas an seine Geschichte zu erzählen.

»Ich habe euch schon ganz oft gesagt, dass ihr die Tür nach draußen niemals aufmachen dürft, stimmt's?«

Thomas zeigte auf die schwere Eisentür, die nur er mit einigen bestimmten Schlüsseln öffnen konnte.

»Ja, das hast du uns ganz oft gesagt.«

»Wisst ihr denn auch warum das so ist?«

»Du hast irgendwann gesagt, dass draußen ein böser Ort wäre.«

Thomas blickte seine Kinder ernst an. Er wusste, dass sie keine schöne Zukunft haben würden, aber er konnte noch so gut es ginge helfen, es so angenehm wie möglich zu machen.

»Ganz genau. Ich lebe nämlich nicht wie ihr schon mein ganzes Leben in diesem Bunker. Die Bilder, die ihr an den Wänden seht, sind keine Erfindungen. Das gab es wirklich mal. Früher habe ich mit eurer Mutter zusammen in einem Haus gelebt. Mit netten Nachbarn und einem Hund.«

»Was ist das?«

»Du weißt nicht was ein Hund ist?«

»Ich weiß nicht was ein Nachbar ist.«

Thomas lächelte traurig. Er hätte es sich so gewünscht mit seinen Kindern in einer normalen Welt leben zu können.

»Nachbarn sind andere Menschen, die neben uns gewohnt haben«, erklärte er seiner Tochter.

»Wo sind diese Menschen jetzt?«

Thomas blickte Felix an. Er wollte die Frage von seiner Tochter nicht beantworten. Er wollte nicht in der Gegenwart von seinem Sohn über Krieg und Tod reden – nicht nach dem Tod seiner Mutter. Und mit einer Fünfjährigen schon gar nicht.

»Die haben sich woanders einen Bunker gebaut.«

»Aber warum haben die das gemacht? Warum können wir nicht raus gehen und spielen?«

Das schlimmste Problem in dem Bunker war die Langeweile. Das einzige was Thomas an Unterhaltung mitgenommen hatte waren Kartenspiele und ein Boxsack gewesen. An mehr hatte er nicht gedacht. Thomas konnte die Zeit gut totschlagen, aber für Laura war es eine Qual.

»Nun, unser Leben war schön. Vater, Mutter, Sohn und Hund – und das nächste Kind war schon unterwegs, es hätte nicht besser sein können.«

Thomas erinnerte sich an den Tag. An die Angst, die ihm an dem Tag gepackt hatte. Es war keine unbedeutende Angst gewesen, sondern Todesangst. Er wusste, dass die Medien etwas zu verschweigen hatten. Von wegen Sicherheit im eigenen Land. Alles war eine große Lüge. Und Thomas hatte Recht behalten.

»Doch irgendwann, als ich im Fernsehen die Nachrichten angeguckt hatte, wurde von Krieg geredet. Es wurde gezeigt, wie ein Dorf verwüstet wurde. Unmengen an Menschen wurden geköpft und hingerichtet. Die Frauen und Kinder wurden totgeprügelt. Überall waren Blutpfützen und Gedärme. Es war schrecklich.«

Laura starrte ihren Vater mit offenem Mund an. An Felix' Wange lief eine Träne hinunter. Thomas geriet wieder in seine Rage. Bunkerfieber.

»Es wurde von Terroristen geredet. Von Bomben und Verletzten. Von Hilflosigkeit und Krankheiten. Ich fing an den Bunker hier zu bauen. Meine Nachbarn haben nur gelacht. Und wisst ihr wo sie jetzt sind?«

Thomas holte kurz Luft, als müsste er sich sammeln.

»Tot! Sie sind alle tot! Sie wurden von den Bomben zerrissen, die eingeschlagen sind! Sie wurden von den Soldaten erschossen, die das Land übernommen haben! Und als die Atombombe kam und das gesamte Land verseucht hat, sind sie alle zu Staub zerfallen!«

Laura begann an zu weinen. Felix drückte sich in sein Kissen und versuchte sich die Ohren zuzuhalten.

»Und das ist der Grund, weshalb wir hier in diesem Bunker leben. Mit nichts Weiterem als ekelhafte Konservenscheiße und einem verfickten Kartenspiel.«

Thomas war aufgestanden und fing an wild im Raum herumzulaufen. Er warf die Karten auf den Boden und trat den Gasherd um. Seine Kinder zuckten zusammen und verkrochen sich in die Ecken ihres Bettes. Er hatte es besser gewusst als seine Nachbarn. Und seine Kinder verstanden es nicht. Seine dummen, undankbaren Kinder.

Irgendwann hatte Thomas sich wieder beruhigt und setzte sich angespannt auf den Stuhl.

»Es tut mir Leid, Kinder. Manchmal verliere ich mich in den Gedanken. Es war eine echt schlimme Zeit. Wir können wirklich glücklich sein, dass wir überlebt haben.«

»A-aber woher willst du wissen, dass sie alle tot sind?«, fragte seiner Tochter verunsichert.

»Glaub mir einfach, Mädel. Ich hab Erfahrung mit so was. Draußen ist alles verseucht. Ein Schritt vor die Tür und dir platzen die Augen auf.«

»Können wir nicht mal rausgehen und gucken? Du weißt doch gar nicht, ob alles verseucht ist, wenn du es nicht ausprobierst.«

»Beweis mir erst, dass es draußen nicht verseucht ist. Wenn du die Tür aufmachst, dann gerät das ganze Zeug in den Bunker und wir verrecken alle! Willst du rausgehen und sterben? Willst du rausgehen und diese glücklich Familie zerstören?«

Thomas zog Felix aus dem Bett und umarmte ihn fest, um seiner Tochter die Liebe zu seinen Kindern zu symbolisieren. Er drückte ihn so fest an sich, dass er keine Luft mehr bekam. Felix strampelte und versuchte sich aus dem Griff zu befreien. Irgendwann ließ er ihn wieder los. Felix fiel zu Boden und schnappte nach Luft.

»Nein, nein. Wir sind die wenigen Glücklichen, die die Katastrophe überlebt haben. Wir können uns glücklich schätzen, dass—«

Thomas stoppte abrupt und lauschte. Er hörte etwas. Sein Herzschlag erhöhte sich. Er wusste genau was es war. Er wusste, dass es gefährlich war.

»Was ist das für ein Geräusch, Papa?«

Thomas blickte seine Tochter ernst an.

»Du musst jetzt ganz stark sein, Laura. Das was du hörst sind Kreaturen. Wilde Bestien.«

»Die hören sich aber gar nicht so an.«

»Ohh, doch! Sie sind gefährlicher, als alles andere was da draußen ist. Gigantische Kreaturen, die dich auffressen und dir die Gedärme aus dem Bauch reißen! Seit der Atombombe sind sie gewachsen und zu blutrünstigen Wesen mutiert.«

»Was sind das für Dinger?«

»Früher waren es Vögel.«

Das Vogelgezwitscher nimmt, je weiter der Morgen voranschreitet, immer mehr zu. Die Sonne strahlt die Vorstadthäuser an und die ersten Menschen verlassen ihre Häuser um einkaufen zu gehen, oder zur Arbeit zu fahren.

»Hallo Nachbar! Schönes Wetter heute, nicht wahr?«

»Guten Morgen! Ja, die Vögel sind genauso glücklich wie wir.«

Unerwarteter Urlaub

Er schritt langsam die verregnete, Pfützen bildende Landstraße hinab und fröstelte in der klirrenden Kälte des gigantischen Sturms, der sich fast zu einem wilden Tornado entwickelt hatte. Ein blauer Volkswagen mit hellleuchtenden Xenon-Scheinwerfern fuhr an ihm vorbei. Paul konnte das Gesicht des Fahrers nicht erkennen, aber er vermutete stark, aufgrund des ausgeblichenen Greenpeace-Aufklebers am verbeulten Heck des Autos, dass er ein älterer Hippie war.

Sein Ziel war das alte, aber trotzdem äußerlich gemütlich erscheinende Landhaus an der steilen, bröckeligen Felsklippe im Westen. Schon am Morgen hatte er sich Proviant für die Wanderung in seinen schwarzen Rucksack gepackt. Eine durchsichtige Glasflasche, gefüllt mit klarem Wasser, ein paar bröselige Haferflockenkekse mit Rosinen, zwei leicht eingedrückte Äpfel, die schon einige Beulen hatten, da die rote Tupper-Brotdose einige scharfe Kanten hatte, und ein selbst geschmiertes Mayonnaise-Thunfisch-Sandwich.

Seinen zerknitterten, hellgrünen Regenschirm hatte er ebenfalls mühevoll eingepackt, jedoch war er im hässlichen Antlitz des tosenden Donnersturms bereits derartig umgeknickt, dass Paul es nicht geschafft hatte, trotz seiner außerordentlich entwickelten handwerklichen Kenntnisse den Regenschirm wieder zu reparieren, und daher hatte er ihn achtlos, ärgerlich und mit voller Wucht in den wild zugewucherten Straßengraben geschmissen.

Der Tag, der so wunderschön angefangen hatte, wandte sich langsam der Nacht zu, sodass Paul in fast totaler und absoluter Dunkelheit die letzten paar Meter zu dem ältlichen Landhaus gehen musste. Dennoch kam er unversehrt nach einigen entspannt verstreichenden Minuten an und öffnete die schwere, aber leicht vermoderte und mit grünen Moosflechten bewachsene Eingangstür, die in den zugigen, aber dennoch warm beheizten Flur des großen Hauses führte.

In dem hochkantigen Urlaubsplaner aus deutschem Hause, den er von seiner Mutter per Eilpost zugeschickt bekommen hatte, war davon die Rede gewesen, dass sich furchtlose Abenteurer bei der Agentur melden konnten, falls sie einige Tage in dem berüchtigten Spukhaus verbringen wollten. Und das selbstverständlich voll und ganz allein auf sich gestellt. Abgeschottet von der fernen Außenwelt. Ohne ein eigenes Telefon. Ohne das griffbereite Handy. Ohne irgendeine verfügbare Hilfe von der nächstgelegenen Stadt namens Trauweyer, die bestimmt drei Kilometer weit entfernt lag.

In dem Urlaubsplaner stand, dass Paul alleine in dem Haus wohnen würde. Allein diese Tatsache machte ihm bereits große, regelrecht lähmende Angst, sodass er sich schnell in das geräumige, wenngleich verstaubte Wohnzimmer zurückzog, in dem ein warmer, kantiger Holzofen brannte und den ganzen Raum in ein merkwürdiges bis hin zu unheilvolles Flackern einhüllte, dass man es als wenig geschulter Geist mit der Angst bekommen konnte. Paul holte aus seiner schweren Reisetasche einige gemütliche Kleidungsstücke heraus, mit denen er es sich bequem machen konnte – darunter eine blaue, ausgeleierte Jeans und ein weites Nerd-Tshirt mit einem weiblichen Charakter aus seinem Lieblings-Anime - und wechselte diese Kleidung mit der vollkommen durchnässten und an seinem Oberkörper klebenden Wanderbekleidung, die er über einen plüschbezogenen Sessel zum Trocknen hing.

Dann ging er zielstrebig zu einer anderen Tür, öffnete sie und schritt die steinige Kellertreppe, an der ein modriger Geruch hing, hinunter in den unbeleuchteten Raum.

Er knipste galant das Licht an, das kurz einige Male aufflackerte, bevor es ganz zu brennen begann und Pauls blutverschmiertes Lächeln sichtbar wurde.

Vor ihm lagen ein Dutzend Leichen. Links lagen die Menschen, die schon länger tot waren, an denen kaum noch klumpige Fleischreste zu finden waren, sondern nur das grelle Hell der weißen Knochen. Rechts lagen die Menschen, die noch nicht so lange tot waren - dort konnte Paul die vollgefressenen Würmer und Maden beobachten, wie sie sich durch die saftigen, noch rötlich aussehenden Fleischreste wühlten, die bald schon jegliche Farbe verloren haben würden. Die vergilbten Augäpfel starrten panisch an die raue Betondecke.

Es kamen immer wieder leichtsinnige Urlauber, die sich trauten, die Spukhütte von Paul zu betreten. Keiner hatte ihre Schreie hören können.

Zerfallen

Ich schlage meine Augen auf, atme schwer ein und aus. Schummriges Licht fällt durch die Vorhänge in mein Zimmer. Ich runzle meine Stirn. Es ist ruhig. Normalerweise steht um diese Uhrzeit mein Vater in der Küche und bereitet das Frühstück vor. Ich nutze die Zeit um mich nochmal in die Bettdecke zu kuscheln. Irgendetwas fühlt sich allerdings falsch an.

Die Decke ist merkwürdig kratzig und während ich sie aufschlage wirbeln Massen an Staub auf, die das Licht noch dämmriger erscheinen lassen. Ich blicke mich um.

Alles sieht irgendwie verändert aus. An der Decke, vor allem in den Ecken, hängen gigantische Spinnennetze, in denen eingesponnene Insekten baumeln. Ich stehe auf und berühre eines. Jedoch krabbelt keine Spinne zu mir um zu gucken, was mit ihrem Netz passiert.

Ich setze mich wieder auf das Bett, wieder wirbelt eine Unmenge an Staub auf und vergrabe mein Gesicht in den Händen.

Was ist noch gleich passiert, bevor ich mich schlafen gelegt habe? Ich erinnere mich nur schemenhaft. Das Bett knarzt laut. Erst jetzt bemerke ich, dass sowohl die Bettdecke, als auch das Bett selbst moderig und verfallen aussehen. Tiefe Furchen durchziehen das Holz und ich erkenne Löcher, die vermutlich von Holzwürmern stammen.

Gedankenverloren taste ich nach dem Lichtschalter und lege ihn um. Doch nichts passiert. Verwirrt probiere ich es nochmal. Wieder nichts. Genervt verdrehe ich die Augen, da die Glühbirne mal wieder kaputt gegangen sein muss. Dann also Tageslicht.

Ich gehe an die andere Seite meines Zimmers und greife nach den Vorhängen, um sie zur Seite zu schieben. Auch die Vorhänge sehen nicht mehr neu aus. Löcher, vermutlich von gierigen Motten zerfressen, so groß wie Hände befanden sich überall verteilt. Ich kann mich nicht daran erinnern, dass mein Zimmer gestern schon in so einem maroden Zustand gewesen ist.

Vielleicht kann mir mein Vater mehr darüber erzählen. Vor der Tür, die mein Zimmer von dem Treppenhaus trennt, sind dicke Bretter genagelt. Habe ich das gemacht? Und wenn ja – warum?

Mit einer Kraft die ich mir nicht zugetraut habe, reiße ich Bretter von der Tür weg und schmeiße sie achtlos in mein Zimmer.

Vermutlich geht es so einfach, weil sie ebenfalls schon halb zerfallen sind. Ich öffne die Tür. Direkt strömt ein eigenartiger Geruch in meine Nase, den ich nicht zuordnen kann.

Die Treppe, sowie das Geländer, sind auch in diesem maroden Zustand, wie man ihn in meinem Zimmer vorfindet. Verwirrt gehe ich Treppenstufe um Treppenstufe nach unten. Auf einer der letzten Stufen hält eine Planke mein Gewicht nicht aus, bricht und ich stürze nach unten und bleibe mit meinem Oberkörper stecken.

Fluchend versuche ich mich aus der Lage zu befreien, drücke mich mit meinen Armen hoch und suche mit meinen Füßen irgendeinen Halt. Nach einigen Minuten schaffe ich es letztlich mich zu befreien und den Weg ins Erdgeschoss fortzusetzen. Allerdings vorsichtiger als vorher.

Je näher ich der Küche komme, desto stärker wird auch der eigenartige Geruch. Es riecht nicht nach Kaffee, nicht nach aufgebackenen Brötchen oder nach Rührei. Es ist dennoch kein unangenehmer Geruch.

Im Erdgeschoss liegt Zentimeter dicker Staub auf dem Linoleum. Bei jedem Schritt wirble ich eine Menge hoch, daher beeile ich mich, um nicht wieder husten zu müssen. Ich sollte meinem Vater unter die Arme greifen und ihm beim Putzen helfen.

Die Tür zur Küche steht nur einen kleinen Spalt offen und doch dringt dieser beißende Geruch in meine Nase. Ich schiebe sie weiter auf und erstarre. Eine halb verweste Leiche liegt mit ausgebreiteten Armen auf dem gefliesten Boden. Fleischstücke fehlen, die Augenhöhlen sind leer und zahlreiche Fliegen laben sich am toten Fleisch.

Bestürzt stolpre ich zurück. Meine Gedanken überschlagen sich. Ist das mein Vater der da liegt? Wenn nicht, wer ist es dann? Mein Herz rast in meiner Brust. Das Pochen schlägt bis in meine Ohren. Der Tote trägt die Halskette, die ich meinem Vater zu seinem 50. Geburtstag geschenkt habe. Panik steigt in mir hoch.

Beruhigen. Ich musste mich beruhigen. Tief ein und ausatmen. Das ist nicht mein Vater. Das ist nur eine Leiche mit seiner Halskette.

Ich habe mich eigentlich immer vor Toten gefürchtet. Einen Tag, als ich mit einigen Schulfreunden unterwegs war, stellten wir uns auf die Probe. Wir nahmen uns vor tief in die Kanalisation zu klettern und dort die Nacht zu verbringen. Es war keine gute Idee, denn dort unten fanden wir verrottete Tierkadaver, die bei einem starken Regenguss wohl ertrunken waren. Ich kotzte mir an dem Tag fast den ganzen Magen aus dem Leib. Der Gestank von Tod und Verwesung war so intensiv und abartig, dass ich es nicht ausgehalten hatte.

Der Geruch der von diesem toten Menschen ausgeht, stört mich tatsächlich weniger. Auch dass sich in seinem Fleisch hunderte Würmer bewegen, lässt mich nicht erschaudern. Einzig der Gedanke, dass dies mein Vater ist, besorgt mich zutiefst.

Auf dem Boden liegen Porzellanscherben und eine Schranktür wurde halb aus den Angeln gerissen. Die Fenster sind zersplittert, wurden anscheinend eingeworfen. Die Herdplatten sind, wie alle anderen Oberflächen, unberührt und staubbedeckt. Das gesamte Haus wirkt zerfallen, als wäre es bereits seit Wochen verlassen.

Den einzigen Kontrast zum grauen Staub bietet das getrocknete Blut an einer der Schranktüren. Um die Leiche hat sich allerdings keine Lache gebildet.

Die Einsicht, dass man der Person auf dem Boden nicht mehr helfen kann, hilft mir, wieder klar denken zu können. Ich wische mit meinem Ärmel den Staub von dem Griff des Telefonhörers und wähle die Nummer des Krankenhauses.

Meine Erwartungen werden enttäuscht, da weder ein Freizeichen noch irgendein anderes Geräusch durch das Telefon dringt. Ich versuche es erneut, erreiche wieder niemanden und lege das Telefon weg. Dann versuche ich das Licht anzumachen, doch auch das funktioniert nicht. Der Strom ist ausgefallen.

Ich verlasse die Küche, stehe im Flur und blicke die Haustür an. Auch hier sind stabile Holzbretter angenagelt worden. Diesmal sind sie etwas schwerer zu entfernen, halten dem Messer, das ich aus der Küche mitgenommen habe, allerdings nicht stand. Als ich es geschafft habe die Bretter herauszureißen, stoße ich die Haustür auf.

Grelles Licht schlägt auf mich ein, macht mich für einige Sekunden vollkommen blind, bis ich mich schließlich dran gewöhne und meine Umgebung wahrnehmen kann. Mein Herzschlag erhöht sich wieder. Ich schlucke schwer.

Auf der ganzen Straße und auch in den benachbarten Gärten – überall in meinem Blickfeld, liegen Leichen. Halb verwest. Offene Wunden. Würmer und Fliegen am und im Fleisch. Autos sind frontal gegeneinander gefahren. Eingedelltes Blech. Zermatschte Körper.

Eine Welle von dem sonderbaren Geruchs zieht in meine Nase. Tief ein und ausatmen – es genießen, Ruhe bewahren. Militärfahrzeuge stehen auf der Straße. Waffen und Patronen sind in der gesamten Nachbarschaft verteilt. Alle Häuser sind zerfallen – staubig, vermodert.

Ich rümpfe meine Nase und atme den süßlichen Verwesungsgeruch ein und aus. Doch diesmal schwingt ein anderer, besser riechender Geruch leicht mit. Im Hintergrund höre ich Motorengeräusche.

Das müssen andere Menschen sein! Die können mir helfen. Mir sagen was passiert ist – mich mitnehmen von diesem verfluchten Ort. Das Geräusch wird lauter und der gut riechende Geruch wird intensiver.

Ich renne auf die Straße, hebe meine Arme nach oben – rufe nach Hilfe. Zwar ist mein Hals trocken, dennoch hoffe ich, dass sie mich hören und sehen würden. Und tatsächlich kommt das Auto, das am Anfang der Straße auftaucht, direkt auf mich zu. Einige Sekunden später halten sie mit quietschenden Reifen vor mir an.

Die Menschen, die auf der Ladefläche des Pick-Ups sitzen, starren mich an. Abschätzend. Nervös. Aggressiv. Feindselig.

»Das ist noch eine von diesen Missgeburten. Verpasst diesem verfickten Zombie ein paar Kugeln!«

Schüsse.

Vorne steht ein Mann

Vorne steht ein Mann. Er trägt über seinem Hemd einen kratzigen Pullover. Seine Haare triefen fettiges Haarwachs auf seine Schultern. Ein Ring am Finger – verheiratet. Er führt sicherlich ein geregeltes Leben. Redet inhaltslosen Kram in die aufmerksame Masse, die ohne aufzusehen mitschreibt.

Draußen wird es hell. Autos rauschen und Wolken ziehen vorbei. Keine Blätter am Baum. Draußen ist es kalt.

Stifteklappern, Flaschenkopfdrehen, Heizungsstörungen und ein Mann der redet.

Rückenschmerzen, laufende Nase, Wasser mit Pulver ist kein Kaffee.

Pause.

Brote belegt mit Schuhsohlen, Wasser aus dem Klaus-August-Friedrich-Brunnen. Gibt viele Neuigkeiten, guck doch dieses Video – oh. Pause schon vorbei.

Vorne steht ein Mann. Er trägt Hemd mit Sakko. Seine Haare sind ausgefallen, einige liegen auf seinen Schultern. Ein neuer Ring am Finger – verheiratet, aber schon das dritte Mal – gut für seine Kinder. Redet inhaltslosen Kram in die aufmerksame Masse, die ohne aufzusehen mitschreibt.

Draußen ist frische Luft. Autos rauschen und Wolken malen Bilder. Keine Blätter am Baum. Draußen ist es kalt.

Aggressives Gemurmel, als jemand das Fenster aufmachen will und ein Mann der redet.

Knieschmerzen, schleimiger Husten, Wasser mit Pulver ist kein Kakao.

Pause.

Meine Schuhsohle ist leer, kann ich deine haben? Wasser aus dem Friedrich-August-Klaus-Brunnen. Schon wieder soviel Neues, guck mal ein Terroranschlag – oh. Pause schon vorbei.

Vorne steht ein Mann. Er trägt einen Rollkragenpullover. Seine Haare fallen locker auf seine Schultern. Ein Ringabdruck am Finger, Augenringe. Er hat sicherlich viel zu tun. Redet inhaltslosen Kram in die aufmerksame Masse, die ohne aufzusehen mitschreibt.

Drinnen hängt ein Vorhang. Autos rauschen und Wolken ziehen vorbei – vermutet man. Keine Sonne fällt herein, sonst wäre es zu warm.

Angestrengtes Atmen, jemand solle ein Fenster aufmachen. Nein, die Sonne wäre sonst zu warm, außerdem ist es draußen kalt und der Mann redet weiter.

Schluss.

Bücher und Papier wird zusammengesammelt und verstaut. Wasser aus dem August-Friedrich-Klaus-Brunnen ist leer. Gibt's bei dir was Neues? Ist auch egal, ich geh nach Hause.

Ich stehe am Bahnsteig. Warte dreißig Minuten. Es ist kalt und ich habe Hunger. Mein Rücken ist belastend voll mit inhaltslosen Kram. Mein Kopf auch. Ich fahre Zug. Er ist voll mit unaufmerksamer Masse. Wir stehen Dicht an Dicht.

Ich gehe noch ein Stück. Draußen ist es kalt. Aber die Luft ist frisch. Zuhause mache ich mir Tee. Draußen wird es dunkel. Ich bin müde – gehe schlafen.

Morgen geh ich wieder hin.

Kratzen im Hals

Ich liege perplex in meinem Bett, starre an die Decke. Es ist völlig ruhig um mich herum. Das Atmen von meinem Kater, der manchmal in meinem Zimmer schläft, höre ich nicht. Er liegt bestimmt im Wohnzimmer. Ich will mich eigentlich wieder umdrehen und weiterschlafen. Es ist noch nicht die Zeit um aufzustehen. Fünf oder sechs Uhr. Es ist draußen jedenfalls noch nicht hell, sonst würde ein kleiner Spalt Licht in mein Zimmer fallen. Ich schlucke. Ein kurzer Schmerz in meinem Hals, gefolgt von einem kratzigen Gefühl. Es ist unangenehm. Ich fühle mich irgendwie schlapp. Ich glaube ich bin krank.

Ein unbekannter Reiz bahnt sich langsam den Weg von meinem Hals zu meinem Mund. Ich habe das Bedürfnis stoßweise Luft aus meinem Hals zu pressen. Schnell drehe ich mich um und presse mein Gesicht ins Kissen, damit niemand von meinen Nachbarn mein Husten hört. Sie würden die Polizei rufen, wenn sie wüssten, dass ich krank wäre. Kranke Menschen wurden vom Staat nicht geduldet. Ich bin noch nie krank gewesen. Ich kenne auch niemanden, der mal krank war. Was soll ich tun?

Ich kann nicht einfach bei der Arbeit anrufen und sagen, dass ich krank bin. Die würden sofort die Polizei alarmieren. Und wenn ich hingehe? Die würden es bemerken. Jedenfalls muss ich es versuchen. Ich stehe auf und strecke mich. Irgendwie ist mir kälter als sonst.

Verdammte Krankheit, verdammtes Kratzen.

Ich gehe ins Badezimmer schalte das Licht an und trete vor den Spiegel. Meine bleiche Haut sieht noch bleicher aus, als sonst. Meine Lippen sind porös. Um meine Augen habe ich dicke violette Ringe. Oder bilde ich mir das ein? Sehe ich nicht immer so aus? Verändert das Halskratzen wirklich soviel im Gesicht? Ich drücke meinen Mund in meinen Arm und unterdrücke erneut das Husten. Jedoch sehen meine Augen, nachdem ich mich wieder aufgerichtet habe, irgendwie größer aus. Als würde sie durch das Husten nach und nach aus dem Kopf hinaus gepresst werden. So kann ich auf gar keinen Fall zur Arbeit gehen.

In meinem Wohnzimmer suche ich nach Buntstiften, finde einen mit hautfarbenen Ton und gehe zurück ins Bad. Vorsichtig male ich die Stellen, an denen die Krankheitssymptome auftreten mit dem

Stift an. Einige Male rutsche ich ab und steche mir tief ins Fleisch. Doch das ist kein Problem. So etwas passiert meinen Kollegen ständig. Ich blicke in den Spiegel zurück und blicke in meine hautfarbenen Augen.

Plötzlich greift der Spiegel nach meiner Kehle und drückt zu.

»Du machst mich krank«, hallt es durch das Badezimmer.

Die Blutbuchen

Ich markiere den letzten Baum und verstaue die Spraydose in meinen Rucksack. Morgen soll es los gehen. Morgen soll der ganze Wald abgeholzt werden. Eigentlich schade, denn die Bäume hier sind etwas besonderes. Es sind Buchen, doch ihre Blätter sind nicht grün, wie sie eigentlich sein sollten, sondern blutrot. Deshalb wird der Wald hier auch Blutbuchenwald genannt. Erstaunlich, dass die Bäume überleben können, denn durch die roten Blätter müssten sie eigentlich Schwierigkeiten mit der Photosynthese haben.

»Sie dürfen die Bäume nicht fällen.«

Ich höre eine Stimme hinter mir und drehe mich um. Ein alter Mann steht vor mir und blickt mich an. Nicht noch so einer.

»Was?«, frage ich genervt.

»Sie dürfen die Bäume nicht fällen.«

Ich hebe einen Ast auf und werfe den Mann damit ab.

»Verschwinden Sie!«

Ich treffe ihn am Bauch, nicht stark, ich will ihn nicht verletzen, aber es reicht, um ihn zum Gehen zu bewegen. Der Mann dreht um und verschwindet im dichten Wald.

Es ist wieder einer dieser nervigen Aktivisten gewesen. Seit ich meinen Auftrag bekommen habe versucht der Großteil von Ennersberg, eine kleine Stadt, die direkt am Blutbuchenwald liegt, die Rodung des Waldes zu verhindern. Sie demonstrieren und schreien herum, parken die Straßen zu, durch denen die Gerätschaften gefahren werden sollen. Bei den Verhandlungen haben sie unfassbar gestört, aber der Bürgermeister hat versprochen sich darum zu kümmern.

Es ist ein großer Auftrag, wenn nicht sogar der größte Auftrag, den ich jemals mit meinem Unternehmen bekommen habe. Ich kann die Aktivisten verstehen, niemand mag es, wenn die Natur um einen herum zerstört wird, aber Auftrag ist eben Auftrag und ich brauche Ruhe und Konzentration, damit alles glatt abläuft. Außerdem gibt es hier in der Umgebung noch genug andere Wälder.

Ich gehe gut gelaunt den Pfad entlang, der mich durch den Blutbuchenwald bis zu dem kleinen Parkplatz am Waldrand führt. Dort habe ich meinen Wagen geparkt. Es steht kein anderes Auto dort, vermutlich ist außer mir auch niemand im Wald gewesen, dafür ist es einfach schon zu spät. Aber das Markieren der Bäume wollte ich unbedingt noch fertig bekommen.

Ich gehe zu meinem Auto und schließe es auf.

»Sie sollten das wirklich nicht tun.«

Ich erschrecke und lasse meine Schlüssel fallen, als der alte Mann hinter meinem Wagen auftaucht. Erst jetzt bemerke ich wie klein diese Person eigentlich ist. Er reicht mir etwa bis zum Bauchnabel, vielleicht einen Meter zwanzig groß. Ein Zwerg, ein Liliputaner.

»So? Und wieso nicht? Es gibt doch noch genug andere Wälder und Bäume hier in der Gegend«, frage ich, bücke mich und hebe meine Schlüssel wieder auf. Eigentlich habe ich absolut keine Lust und auch keine Zeit für ein Gespräch dieser Art, aber irgendwie tut es mir Leid ihn mit einem Stock beworfen zu haben.

»Der Blutbuchenwald ist ein heiliger Ort. Er darf nicht berührt oder zerstört werden.«

Ich seufze innerlich und gucke mir den Alten genauer an. Er trägt eine viel zu große, braune Robe und sein Gesicht wirkt irgendwie eingefallen, fast schon zerfurcht. Eine angsteinflößende Person, wenn er nicht so klein wäre. Er ist nicht dieser typische Aktivist, die ironischer Weise Sticker gedruckt haben und überall hin kleben. Dieser Müll der dabei entsteht ist doch fast genauso schädlich für die Umwelt, wie die Rodung des Blutbuchenwaldes selbst.

Wäre es ein normaler Aktivist, dann würde ich mit ihm ganz normal reden können, aber offensichtlich steht vor mir irgendein religiöser Fanatiker.

»Hören Sie, guter Mann. Ich möchte Ihre Religion nicht verletzen, aber ich habe nun einmal den Auftrag bekommen und werde ihn auch ausführen. Sie können sich beim Bürgermeister beschweren, wenn sie wollen.«

»Nein, Sie verstehen nicht. Mir persönlich ist es egal, ob Sie den Wald zerstören oder nicht. Ich möchte Sie nur warnen vor den … anderen … , die etwas dagegen haben.«

Ich ziehe meine Augenbrauen nach oben. Die anderen Aktivisten haben von meinem Unternehmen abgelassen und demonstrieren friedlich. Davor muss ich nicht gewarnt werden, im schlimmsten Fall ketten sie sich an die Bäume oder machen irgendeinen anderen Unsinn. Mir ist der alte Mann viel suspekter, als jeder einzelne von den Ennersberger Bewohnern.

»Die anderen sollen auch ganz normal beim Bürgermeister eine Beschwerde einlegen. Oder kennen Sie jemanden, der mein Projekt manipulieren will? Sie würden sich strafbar machen, wenn herauskommt, dass Sie mir nichts davon gesagt haben. Mittäterschaft.«

Doch der alte Mann schüttelt nur ruhig mit dem Kopf. »Machen Sie mit den Informationen was Sie wollen, aber ich habe Sie gewarnt.«

»Schön und gut. Ich habe den Auftrag, Sie können beim Bürgermeister Einspruch einlegen. Mein Unternehmen zu hindern ist eine Straftat. Verstanden?«

»Sie sollten verstehen … «, haucht der Alte.

Ich verdrehe die Augen und setze mich in mein Auto. Es wurde alles gesagt und wäre Zeitverschwendung mit dieser Person weiter zu reden. Doch als ich meinen Motor starte und mich auf dem Parkplatz umgucke, kann ich den Mann nirgends entdecken. Merkwürdig, dass er so schnell verschwunden ist.

Vom Parkplatz bis in das Hotel in Ennersberg sind es etwa zwei Kilometer. Ennersberg ist eine schöne Stadt mit vielen älteren Gebäuden. Harmonisch, idyllisch, angenehm. Ich kann mir vorstellen hier zu wohnen, wenn da nicht die Bewohner wären, die mich nach diesem Projekt alle hassen würden. Ich grinse und freue mich auf den Start der Rodung.

Das Ennersberger Hotel ist eher eine kleine Herberge. Das Zimmer ist spärlich eingerichtet. Ein Bett, ein Nachttisch, ein Kleiderschrank. Mehr nicht. Stühle und Tische gibt es im Gemeinschaftsraum. Außerdem teilt man sich die Küche und die Badezimmer mit allen anderen Bewohnern. Neben mir sind noch vier meiner Mitarbeiter hier einquartiert, andere habe ich bislang nicht gesehen.

Auf dem Bett liegt ein Brief und ich kann schon anhand der Schrift erkennen von wem er kommt. Ich öffne den Umschlag mit meinem Taschenmesser und ziehe das Papier heraus. Eine Nachricht von meiner Frau und meinem Sohn, die ich für die nächsten paar Tage auch nicht sehen werde. Meine Frau hat einige liebevolle Worte aufgeschrieben, wünscht mir viel Glück und dass ich aufpassen soll nicht von einem Baum erschlagen zu werden. Ich lache kurz auf – sie hat einen so schönen, dunklen Humor. Mein

Sohn hat unten auf den Brief sogar noch einen Baum gemalt, der von einem Strichmännchen gefällt wird. Ich lege das Papier auf den Nachttisch.

Ich gehe früh schlafen und habe den Mann, den ich am Abend im Wald getroffen habe, schon wieder fast vergessen.

Am nächsten Morgen liegt der Umschlag nicht mehr da – ist bestimmt unter das Bett gefallen. Ich denke nicht weiter darüber nach und geselle mich zu meinen Kollegen, die bereits am Waldrand warten. Die Geräte sind schon hergefahren worden und alle sind gut in Form, um den Wald endlich umhacken zu können. In meinem Unternehmen habe ich es als Tradition eingeführt, dass der erste Baum nicht mit schwerem Gerät umgesägt, sondern total altmodisch gehackt wird. Einfach um zu merken, wie gut wir es haben, im Vergleich zu früheren Zeiten.

Ich nehme eine der Äxte in die Hand und beginne zu hacken, während meine Mitarbeiter die Geräte präparieren. Bei den ersten Schlägen ist alles wie immer, doch als ich beim siebten oder achten Mal – ich habe nicht mitgezählt – die Axt aus dem Baum ziehe tropft eine rote, zähe Flüssigkeit auf den Waldboden. Deswegen werden die Blutbuchen wohl Blutbuchen genannt. Nicht nur wegen den roten Blättern, sondern weil das Harz, dass sie absondern ebenfalls rot ist.

Würde ich hier wohnen, würde ich auch nicht wollen, dass solche großartigen Phänomene vernichtet werden, aber so steht das Geld einfach über allem. Ich werde das Projekt nicht absagen, nur wegen ein paar Tropfen roten Harzes.

Ich hacke weiter und weiter und ich merke, wie bei dem Baum der natürliche Heilungsprozess einsetzt. Meine Axt wird immer roter und klebriger und das Harz beginnt bereits aus dem Baum herauszuquellen. Langsam fließt es auf den Waldboden, vermischt sich mit abgestorbenen Blättern, Ästen und Erde, versickert letztendlich und hinterlässt nur noch einen feuchten Fleck.

Ich habe nicht gewusst, dass ein Baum wirklich soviel Harz absondern kann, denn irgendwann wird es nicht einmal mehr von dem Waldboden aufgenommen, sondern fließt über den Boden. Es hat sich sogar schon eine Pfütze um meine Schuhe gebildet.

Irgendwann bin ich aber soweit. Meine Mitarbeiter helfen mir den Baum zu kippen und wir jubeln laut, als er aufschlägt und unser Projekt damit offiziell begonnen hat.

Dann gucke ich mir den Baum genauer an, will wissen wie der Stamm von innen aussieht. Doch zu meinem Entsetzen ist der Baum hohl. Nicht nur das, irgendetwas, oder irgendjemand befindet sich in diesem Freiraum. Ich rufe meine Mitarbeiter zu mir und gemeinsam ziehen wir das Ding, dass in dem Baum drin ist, heraus.

Ich brauche einige Zeit um zu realisieren, dass wir einen halbierten Menschen aus dem Baum gezogen haben. Der Bauch, an dem der Mensch durchtrennt wurde, ist durch die Axtschläge total verkrüppelt worden. Die Organe hängen heraus, die Wunde ist blutig, fast schon matschig. Dann blicke ich auf den Kopf des Toten und erstarre. An dem verzerrten Gesichtsausdruck meines Sohnes kann ich ablesen, wie viele Schmerzen er in den letzten Minuten seines Lebens durchmachen musste.

Zu viele Filme

Ich gehe absolut geflasht aus dem Kino heraus. Hinter mir torkeln meine Freunde an die nächtliche Luft. Sie sind ebenso begeistert, wie ich. Es ist ein großartiger Film gewesen. Irgendein richtig kranker Scheiß. Man hat die Twists einfach nicht kommen sehen und die Schauspieler haben so echt gewirkt. Und das Monster erst. Ein gigantisches, haariges Wesen mit tiefroten Augen, dass sich trotzdem so klein machen konnte, um durch die winzigsten Lücken zu kriechen. Die Teenager wurden einfach alle nach und nach weg geschnetzelt, ohne auch nur einen Hauch einer Chance zu haben.

Meine Freunde und ich stehen noch einige Zeit vor dem Kino und reden über den Film, bevor sich die Gruppe langsam auflöst. Die meisten gehen in Richtung der Innenstadt, ich muss alleine nach Hause gehen.

Sonst immer halte ich meinen Wohnort für ein angenehmes Fleckchen. Es ist sehr idyllisch, mit großen Einfamilienhäusern, Vorgärten und einer kleinen Innenstadt mit einem Einkaufszentrum, das alles hat, was man braucht. Hier leben vielleicht 20.000 Menschen und man sieht oft bekannte Gesichter wieder.

Doch jetzt bei dieser Dunkelheit – es ist bereits nach 24 Uhr – und mit den frischen Bildern des Horrorfilms im Kopf, wirkt alles auf mich absolut gruselig und gefährlich. Ich weiß, dass es eine unnötige Angst ist, dennoch spüre ich, wie meine Hände immer kälter und nasser werden.

Die Häuser türmen sich jetzt wie dunkle Schatten am Horizont auf und die Bäume, die sich in dem seichten Wind hin und her wiegen, wirken wie Monster, die mit ihren Fangarmen nach mir greifen.

Der Außenbezirk der Stadt ist sehr naturbelassen. Ich muss durch einige Waldstücke gehen, mit nicht geteerten Straßen und so gut wie keiner Beleuchtung. Einmal trete ich in eine Wasserpfütze und fluche vor mich hin, als ich merke, wie kaltes Wasser in meinen Schuh tropft.

Ich schaffe es nicht mich zu entspannen. Hinter jeder Ecke, hinter jeder Kurve, hinter jedem einzelnen Baum, könnten sich Monster verstecken. Irgendwelche Wesen, die mich mit ihren Augen beobachten und nur darauf warten, dass ich für einen Moment unaufmerksam bin. Oder es ist der Wald selbst, der mich verschlingen will.

Manchmal sehe ich durch das Licht einer Laterne dunkle Schatten an dem Waldrand, der sich in dem flackernden Licht hektisch bewegt. Ja, es ist die ganz normale Paranoia, die man nach dem Konsum eines Horrorfilms hat.

Ich gehe gerade einen Waldweg entlang, sehe nur sehr schummrig die Konturen der Bäume und Büsche vor mir, bis ich unter meinem Fuß etwas platschen höre. Es ist dieses Mal keine Pfütze, das merke ich sofort, sondern irgendetwas anderes. Ich hocke mich hin und lasse meine Hand solange über den Boden streichen, bis ich etwas anderes berühre, als den erdigen Waldboden.

Ich streiche über etwas Feuchtes, fast schon Nasses. Ich reibe meine Finger aneinander. Es ist so dunkel, dass ich sie nicht einmal vor meinen Augen sehe, doch ich spüre die schmierig, schleimige Konsistenz an meinen Fingerspitzen.

Ich taste mich an der kalten Flüssigkeit weiter voran, bis ich etwas Raues fühle. Haare? Haarbüschel? Ein erkalteter Körper. Vor mir liegt eine Leiche.

Ich springe auf und renne so schnell wie ich nur kann. Hinter mir höre ich das Rascheln der Büsche, ich bin mir sicher, dass es nicht nur der Wind ist, sondern, dass mich irgendetwas verfolgt. Vielleicht höre ich sogar ein Knurren, aber ich bin mir einfach nicht sicher.

Ich habe Angst, Panik, renne und renne, spüre, wie das Adrenalin durch meinen Körper gepumpt wird, bis ich endlich wieder auf einer geteerten Straße unter dem Licht einer Laterne stehe. Den Fakt, dass ich jederzeit über eine Wurzel stolpern hätte können und mir mein Genick hätte brechen können, habe ich komplett ignoriert. Mir ist es nur wichtig gewesen von diesem toten Körper wegzukommen. Vielleicht ist der Mörder ja sogar noch hier in der Gegend. Oder das Monster, schießt es mir durch den Kopf.

Ich drehe mich zu dem Waldrand um, doch außer die Schatten der Bäume und Büsche kann ich nichts erkennen. Kein Wesen, dass mich verfolgt und meine Gedärme essen will. Vielleicht traut es sich nicht ins Licht, vielleicht habe ich es mir auch einfach nur eingebildet.

Nun sind auf meiner linken Seite einige Häuser, auf der rechten ein freies, unbeackertes Feld. Hier kann sich niemals irgendeine Kreatur verstecken. Für den Moment bin ich sicher.

Ich nehme mir die Zeit um meine Hände anzugucken. Es erwartet mich das, was ich sowieso schon vermutet habe. Sie sind vollgeschmiert mit Blut. Die schmierige Flüssigkeit glänzt nur an den wenigsten Stellen im Licht der Laterne, denn es hat bereit angefangen zu trocknen und besitzt dadurch eine dunkle, ungesündere Ausstrahlung. Ich hasse diesen dunkelroten Farbton, verbinde damit die schlimmsten Tage in meinem Leben.

Ich überlege, ob ich weiterhin schnell nach Hause gehen soll, um für die Leute die aus dem Fenster gucken, oder zu dieser späten Stunden noch unterwegs sind, normal zu wirken, doch dann wird es mir einfach zu viel und ich gehe über in einen Laufschritt. Meine Nerven sind so ziemlich am Ende. Auf der einen Seite weiß ich, dass es alles nur Einbildungen sind, auf der anderen habe ich Blut an meinen Händen und eine Leiche in dem Wald gefunden.

Ich werde immer schneller und schneller, drehe mich ständig um und suche mit zusammengekniffenen Augen die Gegend hinter mir ab, ob mich nicht doch irgendwer verfolgt.

Irgendwann komme ich zu Hause an. Ich bin total außer Atem, muss mich erst einmal an dem Gartenzaun abstützen um Luft zu schnappen. Meine Beine fühlen sich an, als wäre ich eine Rutsche aus scharfen Glasscherben hinuntergerutscht. Ich rapple mich auf und bemerke, dass die Gartenpforte offen steht.

Ich bin mir zu hundert Prozent sicher, dass ich sie zugemacht habe. Außerdem ist der Garten total verwüstet. Die Blumen, die ich in mühseliger Kleinstarbeit eingepflanzt habe, liegen herausgezupft herum. Die Ziersteine, mit denen ich ein Mosaikbild erstellt habe, liegen überall auf dem Rasen wild verteilt und mein Gartenzwerg, den mein verstorbener Großvater kurz vor seinem Tod für mich bemalt hat, liegt zerschmettert vor meiner Haustür. Hier ist ein Monster am Werk gewesen.

Ich nähere mich mit leisen Schritten der Haustür, versuche auf keine von den Scherben zu treten, um Geräusche zu vermeiden. Eine Lampe über der Tür strahlt den Türknauf an. Obwohl es nur ein leichtes, schummriges Licht ist, erkenne ich es. Es ist nicht viel, nur einige super schmale Streifen, aber trotzdem erkennbar. Die blutroten Spuren sind überall um und am Knauf verteilt, als hätte jemand versucht ihn einzudrücken oder abzureißen.

Ich schlucke und drücke die Tür zu meinem Haus auf, die überraschenderweise nur angelehnt ist. Ich erkenne allerdings keine

Gewalteinwirkungen an dem Holz, also muss irgendwer oder irgendwas anders in das Haus gelangt sein. Das Böse ist bereits in meinem Haus. Es wartet ganz bestimmt hinter der Tür auf mich und ist geil darauf mich anzufallen. Es ist hier um mich zu quälen, da bin ich mir ganz sicher. Eine unbändige Wut macht sich in mir breit, doch ich muss mich zusammenreißen. Ich darf jetzt nichts überstürzen. Ich trete in den Flur und schließe die Tür. Als ich mich umdrehe sehe ich einen Schatten vor mir stehen. Das Wesen atmet schwer, doch es bleibt wie angewurzelt an der Stelle stehen, an der es ist. Ich greife nach dem Lichtschalter und knipse das Licht an.

Meine Ex-Frau steht mit einem wütenden, fast schon irren Gesichtsausdruck vor mir und hat ihre Hände mit den blutroten Fingernägeln zu Fäusten geballt. Das tote Reh im Wald habe ich längst schon wieder vergessen.

Wie man schnell reich wird

Donnerstag Morgen. Ein Tag wie jeder andere. Ich werde wach und drehe mich mühsam zu dem Wecker. 5:44 Uhr. Scheiße. Ich bleibe ein paar Minuten länger liegen, bis die Rückenschmerzen einsetzen. Dieses verdammte Stechen. Egal wie müde ich morgens bin, egal wie spät ich ins Bett gehe, ich werde immer vor sechs Uhr wach und kann wegen den verdammten Schmerzen nicht wieder einschlafen. Ich lege die Decke weg und stehe auf. Meine Knie knacken laut. Gicht, Gelenkschmerzen. Auf all das würde ich gerne verzichten, aber das hat man nun mal von einem Leben voller Arbeit. Ich schlurfe vorsichtig ins Badezimmer.

Morgens sind meine Beine noch nicht so stark und wenn ich stolpern würde, würde es schmerzhaft enden. Letztes Jahr bin ich einmal gestürzt. Da habe ich mir direkt einige Prellungen und eine gebrochene Rippe zugezogen. So etwas möchte ich nicht noch einmal erleben.

Ich drücke die Tür zum Badezimmer auf. Es ist nicht groß. Klo, Waschbecken, winzige Dusche. Über dem Waschbecken ein Schrank mit Spiegel. Ich schalte das Licht an. Es flackert einige Male auf, bevor es grell leuchtet. Sofort kneife ich meine Augen zusammen. Jeden Tag das gleiche. Jeden Tag.

Als ich die Augen wieder öffne sehe ich mich. Ein alter Mann. Faltig, verbraucht, unrasiert. Mit dicken Augenringen und erröteten Augäpfeln. Ich fülle mir ein Glas Wasser ein und öffne dann den Badezimmerschrank. Eine Pille für die Gelenke, eine nur für den Rücken, die anderen beiden sollen auch gegen etwas helfen, aber ich habe vergessen für was genau. Der Arzt hat es mir zwar erklärt, aber es war mir egal.

Alle Pillen schlucke ich gleichzeitig mit einem Schwall Wasser hinunter. Ein unschönes Gefühl im Magen. Als wäre ich beschwert mit irgendwas. Doch die Pillen helfen mir.

Ich wasche mein Gesicht noch mit kaltem Wasser ab. Eigentlich würde ich es mit warmen Wasser machen, doch es dauert immer so lange, bis ich es richtig reguliert habe.

Danach gehe ich in die Küche, nehme mir eine Scheibe Brot und lege eine Scheibe Käse drauf. Die Ränder sind schon etwas verkrustet und hart, aber wegschmeißen will ich ihn nicht. Ich kann es mir gar nicht erlauben irgendetwas wegzuschmeißen.

Früher konnte ich mir guten Käse und gutes Brot kaufen. Ich habe in einer großen Wohnung gelebt. Mit vier Zimmern, Badewanne und Hobbyraum. Es ist eine schöne Zeit gewesen. Ich habe immer einen gefüllten Kühlschrank gehabt und einen sicheren Job. Sicher aber anstrengend. Sie hat mich kaputt gemacht. Meine Gelenke und meine Knochen. Meinen ganzen Körper. Die Frührente die ich bekomme ist ein Witz. Sie reicht gerade Mal für eine Ein-Zimmer-Wohnung. Und sie reicht nicht Mal für eine warme Mahlzeit jeden Tag.

Ich setze mich auf das Sofa, wie jeden Morgen, stelle die leeren Bierdosen neben den Tisch. Ach, einfach irgendwo hin. Solange ich Platz auf dem Sofa habe, ist es mir egal, dass der Müll und das Geschirr überall herumstehen. Ich habe keine Lust abzuwaschen und aufzuräumen. Wozu auch? Besuch bekomme ich nie. Auf mich warten nur noch schlimmere Krankheiten und der Tod.

Ich schalte den Fernseher an. Es läuft Frühstücksfernsehen. Wie jeden Tag. Jaqueline und Martin reden über unwichtige Themen. So unwichtig, wie das Geld, dass ich in die Rentenkasse eingezahlt habe.

Alles weg. Alles nutzlos. Mein ganzes Leben habe ich geschuftet und bekomme jetzt nicht einmal einen guten Lebensabend finanziert.

Jaqueline grinst dämlich in die Kamera. Mit ihren gebleichten Zähnen und ihrer zweihundert Euro Frisur. Widerlich. Die beiden Moderatoren kündigen die nächsten unwichtigen Themen an. Die besten Pantoffeln im Test, helfen Pillen wirklich oder sind es nur Tricks der Pharmaindustrie? Bleiben Sie dran. Widerlich. Mich interessiert es nicht. Ich schalte trotzdem nicht um. Auf den anderen Sendern läuft auch nur der gleiche Müll.

Die Werbung fängt an. Fußcreme, Schokolade, Schmuck, Potenzmittel, Gelenkcreme, Schmuck, Reisen, nochmal Fußcreme. Doch dann taucht eine neue Werbung auf, die ich noch nicht kenne.

»Wir tun Ihnen Gutes, Sie tun anderen Gutes. Spielen Sie jetzt um Blut und gewinnen Sie Geld.«

Eine junge, blonde Frau steht in einem Casino. Viele Lichter, viele Tische und dann wird ein Krankenhaus gezeigt.

»Kommen Sie in unser Casino. Wir bieten Poker, Black Jack, Roulette, alles was das Herz begehrt und noch viel mehr. Wenn Sie gewinnen, dann werden Sie mit Geld überschüttet. Und wenn Sie verlieren, dann müssen Sie nur einen halben Liter Blut spenden. Damit tun Sie etwas Gutes und haben die Möglichkeit reich zu werden.«

Dann wieder Schmuck.

Ich lasse das Programm noch einige Stunden vor sich hin laufen, bis ich die Werbung wieder sehe. Ich habe Blut. Es ist zwar vermutlich sehr ungesund, aber das kann denen doch egal sein. Außerdem kann es sein, dass ich tatsächlich Glück habe, wenn ich dort mitmache. Geld bekommen, oder Blut spenden. Wirklich kein schlechter Deal.

Ich stehe auf und gehe duschen. Zuerst kommt mir abgestandenes Wasser entgegen, nach einer Woche riecht es nun mal nicht mehr so gut, aber dann kann ich mich waschen. Man muss in einem Casino einen guten Eindruck hinterlassen. Ich habe zwar noch nie Glücksspiele gespielt, aber das ist schließlich das kleine Ein mal Eins.

Nachdem ich mich mühsam abgetrocknet habe, gehe ich zum Kleiderschrank. Tatsächlich habe ich dort noch einen alten Smoking hängen. Den habe ich bestimmt zwanzig Jahre nicht mehr getragen. Als meine Mitarbeiter eine Abschiedsparty für mich organisiert haben, bin ich nicht hingegangen. Sind sowieso nur verlogene Bastarde gewesen, die sich kostenlos den Bauch vollschlagen wollten.

Ich ziehe mir den Smoking an. Zu meiner Überraschung passt er mir tatsächlich noch. An einem Ärmeln ist er zwar etwas eingerissen, aber das soll mich nicht stören. Kurzer Blick auf die Uhr – 16:24.

Ich verlasse meine Wohnung das erste Mal in diesem Monat. Die wenigen Lebensmittel, die ich brauche, lasse ich mir liefern. Das Casino liegt nicht sehr weit von meinem Häuserblock entfernt. Auch wenn mir nach zwei Minuten meine Beine bereits weh tun, gehe ich trotzdem zu Fuß. Das Geld für ein Busticket habe ich gar nicht und ohne Fahrkarte erwischt zu werden, möchte ich auch nicht riskieren.

Nach zwanzig Minuten komme ich am Casino an. Die Strecke hat doch länger gedauert, als ich gedacht habe. Ich drücke die Tür zur Spielhalle auf und sofort begrüßt mich eine blonde Mitarbeiterin, die fast wie die Frau aus der Werbung aussieht. Wie alle anderen Angestellten trägt sie einen kurzen Rock und eine Bluse mit taktischen Lücken.

»Herzlich Willkommen im Casino goldene Zeiten. Mein Name ist Miss Fortuna. Wie kann ich Ihnen weiterhelfen?«

»Hallo. Ich möchte spielen.«

»Aber selbstverständlich. Ich hätte gleich erkennen müssen, dass Sie nicht nur ein einfacher Zuschauer sind. Sie können Ihr Geld bei mir in Chips umwandeln und sie auch wieder zu Geld umtauschen, wenn Sie gewonnen haben.«

Ich höre auf der netten Dame in die Augen zu gucken. Vermutlich spielen nur die Ärmsten der Armen um ihr Blut. Aber ich will diese Chance nutzen.

»Ich bin hier wegen der Werbung.«

»Ahh, natürlich, natürlich. Die besondere Aktion. Haben Sie einen gültigen Blutspendeausweis?«

Seh' ich so aus? Natürlich nicht, will ich sagen. Ich habe schon genug Gutes getan. Habe mein Leben lang Steuern gezahlt und meinen ganzen Körper damit ruiniert. Doch ich will sie nicht mit meiner Lebensgeschichte langweilen. Das machen bestimmt schon genug andere alte Männer.

»Nein, habe ich nicht.«

»Hm. Na gut. Wie alt sind Sie? Es gibt ein Gesetz, dass man ab einem bestimmten Alter nicht mehr Blut spenden darf und damit würde auch die Teilnahme an dem Glücksspiel wegfallen.«

»59«, lüge ich.

»Dann folgen Sie mir bitte.«

Miss Fortuna dreht sich um und geht die Eingangshalle entlang. Ich folge ihr. Vorbei an den unzählbaren Automaten, die blinken und dröhnen und fast alle voll besetzt sind. Alle fünf Minuten einen Jackpot. Dass da tatsächlich irgendwelche Trottel drauf reinfallen, finde ich erstaunlich.

Wir gehen weiter an den Poker Tischen und den Roulettekreiseln vorbei. Überall stehen irgendwelche aufgeputzte Halbstarke herum, die meinen, hier ihr großes Geld zu machen. Irgendwann öffnet Fortuna eine Tür. Wir gehen hinein. Mit einem Schlag verschwindet der gesamte Glanz des Casinos. Es ist ein schlichter, weißer Raum. In der Mitte steht ein Tisch mit zwei Stühlen und ganz hinten in der Ecke eine Liege. Ein kleiner, grauhaariger Mann im weißen Kittel kommt auf mich zu. Miss Fortuna hilft mir dabei meine Jacke auszuziehen. Sie riecht gut.

»Ihnen wird jetzt eine kleine Blutprobe entnommen, um Ihr Blut auf Krankheiten zu überprüfen. Danach wird gespielt.«
Der Doktor schiebt den Stoff an meinem Arm nach oben und nimmt mir ein wenig Blut ab. Dann verlässt er den Raum. Ich lächle Miss Fortuna an und freue mich auf die Möglichkeit aus meinem tristen Leben auszubrechen und reich zu werden. Nach einigen Minuten, die ich schweigend in dem Raum verbracht habe, kommt der Doktor wieder rein und nickt Fortuna zu.
»Gut, Ihr Blut ist rein. Wir können spielen.«
»Was spielen wir?«
»Sie spielen gegen mich. Alles was Sie machen müssen ist eine Karte zu ziehen und sie umzudrehen. Ich ziehe ebenfalls eine. Je nachdem wer den höchsten Wert hat, gewinnt.«
»Das habe ich mir irgendwie anders vorgestellt. Ich dachte eher an eine Runde Poker oder Black Jack, wie in der Werbung gesagt wurde.«
»Das wird leider nicht möglich sein. Die Menschen, die Blut brauchen, brauchen es jetzt und können nicht eine Runde Poker abwarten.«
»Sie sagen das so, als hätte ich gar keine Gewinnchancen.«
»Das haben Sie falsch verstanden. Es steht fünfzig-fünfzig. Absolut fair und ohne irgendwelche Tricks. Bereit?«
»Wie viel kann ich denn gewinnen?«
Ich merke, wie Fortuna seufzt. Sie soll mir eigentlich alles erklären, damit ich mir sicher bin. Doch sie frühstückt mich ab, wie einen normalen Gast. Ich bin schließlich dort hin gegangen um eventuell Gutes zu tun. Entweder für mich oder für andere.
»Sie gewinnen zehntausend Euro. Bar auf die Hand.«
Ich merke, wie sich mein Hals zuschnürt. Zehntausend Tacken. Und das sogar sofort zum Mitnehmen. Besser kann es gar nicht laufen.
»Gut, fangen wir an.«
Fortuna führt mich zu dem Tisch, lässt mich auf einem der Stühle Platz nehmen und setzt sich mir gegenüber. Dann holt sie einen Stapel Karten hervor und mischt ihn durch.
»Ziehen Sie eine.«
Ich nehme mir die oberste Karte von dem Stapel. Natürlich habe ich gründlich beobachtet, dass sie keine Tricks anstellt. Doch es scheint alles sauber zu sein. Ich drehe die Karte um.

»Herz Fünf. Jetzt bin ich dran.«

Auch Fortuna nimmt eine Karte von dem Stapel und legt sie vor sich auf den Tisch.

»Herz Acht. Schade für Sie, tut mir Leid. Aber es ist für einen guten Zweck.«

Ich starre die Karten auf dem Tisch an. Eine fünf. Weshalb habe ich nur eine fünf gezogen? Ich ziehe noch eine Karte von dem Stapel. Ein Ass. Ich hätte ein Ass ziehen können. Dann wäre ich jetzt reich.

»Bitte legen Sie sich auf die Liege, dort wird Ihnen das Blut abgenommen.«

Wie paralysiert stehe ich auf. Die beste Chance in meinem Leben ist einfach so an mir vorbei gezogen. Fortuna greift einen Arm von mir und hilft mir zu der Bank in der Ecke des Raumes. Ich lege mich drauf. Der Doktor klemmt mir einen Arm ab und setzt die Spritze an.

»Ich will noch einmal spielen!«

Fortuna blickt mich schief an.

»Wenn Sie nochmal verlieren, dann müssten Sie ein ganzen Liter Blut spenden. Das wäre zu gefährlich.«

»D-Dann spende ich meine Organe. Eine Lunge und eine Niere. Die werden doch auch gebraucht. Die sind nützlich. Und ich brauche nur eine. Na, ist das ein Deal?«

Fortuna räuspert sich und grinst mich an.

»In Ordnung«, sagt sie. Der Doktor tritt an mich heran und steckt mir eine Spritze ins Gesicht. Ich zucke zusammen.

»Nur die Ruhe. Einige neigen dazu beim Spielen emotional zu werden. Wir wollen doch die anderen Gäste nicht stören.« Dann hält sie mir den Stapel Karten noch einmal hin. Ich ziehe eine und drehe sie um.

»Kreuz Bube.«

Dieses Mal läuft es besser für mich. Dieses Mal gewinne ich, ich spüre es. Es gibt keine anderen Möglichkeit als zu gewinnen. Fortuna zieht auch.

»Pik König. Sie haben verloren.«

Sie wendet sich zu dem Doktor.

»Bring ihn zur Schlachtbank.«

Ich will mich dagegen wehren. Ich will ihnen sagen, dass ich alt und verbraucht bin. Es bringt doch nichts meine Gedärme zu entnehmen. Ein Liter Blut. Die sollen einen Liter Blut entnehmen. Doch ich kann nicht sprechen. Und ich kann mich nicht mehr bewegen. Mein gesamter Körper ist gelähmt. Mein Mund klappt auf, aber es kommt nur ein leises Krächzen heraus. Ich nehme all meine Kraft zusammen, um zu protestieren.

»Meine Gedärme ... nutzlos.«

Fortuna dreht sich um und grinst mich an.

»Es geht nicht um deine Gedärme, alter Mann. Wir wollen nur dein Leben.«

Rettung

Finn lag auf weichem Boden und hörte das Rauschen den Meeres. Das warme Wasser umspielte seine Füße. Die Sonne brannte auf seine Haut hinab. Einige Minuten, nach seinem Erwachen schreckte er hoch. Wo war er? Was war passiert? Er erinnerte sich daran, dass er in einem Flugzeug saß. Die Menschen wollten vor etwas flüchten. Vor einer Seuche oder so etwas in der Art. Etwas, das viele Menschenleben auf dem Gewissen hatte. Und dann, er kratzte sich am Kopf, dann ging das Flugzeug in den Sturzflug über. Es musste den Piloten erwischt haben.

Er versuchte aufzustehen, doch ihm wurde beim Versuch sehr schwindelig, sodass er lieber sitzen blieb. Wie viel Zeit war vergangen? Finn blickte sich um.

Er saß auf einem weißen Sandstrand. Vor ihm erstreckte sich der hellblaue Ozean bis zum Horizont und in dem Wasser schwammen vereinzelte Wrackteile und Koffer. Menschen konnte er nicht sehen. Vielleicht waren sie alle an Land gekommen und vor ihm aufgewacht. Vielleicht waren sie auch alle tot.

Er versuchte sich noch einmal aufzurichten. Wieder überkam ihn der Schwindel, doch er verging nach einigen Sekunden. Sein Kopf tat ihm weh und an seinem Körper hatte er einige Schürfwunden.

Hinter dem Strand erstreckte sich ein dichter Wald aus Palmen und Gebüschen. Bewohner schien es hier nicht zu geben.

Finn musste grinsen. Es kam ihm wie in einem Klischeefilm vor. Tom Hanks und sein Ball Wilson. Ein einzelner Mann überlebt einen Flugzeugabsturz und muss nun sein Leben auf einer tropischen Insel darben, in der Hoffnung, dass ein Schiff ihn findet. Vielleicht hatten noch mehr Menschen überlebt. Er wollte sie suchen.

Daher torkelte er den weißen Sandstrand entlang. Um ihn herum waren ein paar Trümmer, Koffer und Kleidungsfetzen ans Land gespült worden.

Das Wasser war lauwarm, natürlich salzig. Auch die Sonne machte ihm zu schaffen. Sie stach auf ihn hinab. Ein Sonnenbrand war das Mindeste, was er davon tragen würde. Nach einigen Metern oder Kilometern, er konnte es nicht richtig einschätzen, entdeckte er eine Person.

Auch sie lag mit den Füßen im Wasser und bewegte sich nicht.

Er ging näher an den Menschen heran. Es war ein Mann, etwas dicklich mit einer Halbglatze. Sein grünes Hawaihemd war zerrissen.

Finn hockte sich hin, um zu überprüfen, ob er noch atmete. Und tatsächlich hob sich der Brustkorb. Er konnte kaum glauben, dass es außer ihm noch andere Überlebende gab. Das änderte seine ganze Situation. Er könnte sich mit ihm zusammen tun, die Aufgaben aufteilen, sich gegenseitig Abends am Lagerfeuer Gesellschaft leisten. Vielleicht war dieser Mann ein Koch und konnte die leckersten Gerichte zaubern. Oder er war Biologe und kannte sich mit essbaren Pflanzen aus. Das alles könnte Finn helfen.

Doch Finn war das egal. Er packte dem Mann mit beiden Händen an die Kehle und drückte so fest er konnte zu. Der Mann fing an zu röcheln, öffnete die Augen und hob seine Hände um Finn von ihm wegzustoßen. Doch Finn blieb hart.

Die Augen von dem Mann quollen hervor, er zappelte mit dem ganzen Körper, seine Füße platschten in dem seichten Wasser. Wenige Sekunden später war er tot. Finn ließ von ihm ab.

Er wollte alleine sein. Er mochte keine Gäste auf seiner Insel.

Langsam bekam er Hunger und Durst. Daher fischte er jeden Koffer den er finden konnte aus dem Wasser und durchsuchte ihn. Neben neuer, trockener Kleidung fand er auch ein neues Taschenmesser. Er zog sich mitten auf dem Strand um. Es würde ihn eh niemand sehen.

Dann stapfte er in den Palmenwald und suchte nach Essen. An den Büschen schrammte er sich immer mal wieder seine Füße auf. Feste Schuhe hatte er nirgends gefunden und so musste er mit Sandalen herumlaufen.

Nach einigen hundert Metern, die er in den Wald vorgedrungen war, entdeckte Finn einen Kokusnussbaum. Er kletterte hinauf, warf ein paar Früchte nach unten und sprang wieder auf den Boden. Dafür, dass er einen Flugzeugabsturz überlebt hatte, war er ziemlich fit.

An dem Fuß eines kleinen Berges fand er spitze Steine, mit denen er die Kokosnuss aufschlagen konnte. Gierig trank er die Milch aus den Früchten.

Zu Hause wäre er nie auf die Idee gekommen Kokosnüsse zu essen, doch in dieser Situation, alleine auf einer Insel, da gab es nun mal keine andere Möglichkeit.

Als es anfing zu dämmern, kümmerte er sich um einen Schlafplatz. Er suchte sich eine kleine Lichtung in der Nähe vom Strand und breitete dort Kleidung und Stofffetzen aus. Regenwolken konnte er nicht entdecken.

Das provisorische Lager war ungemütlicher als sein Bett zu Hause, doch es war besser als nichts. Außerdem war es hier still. Er hörte nur das Rauschen des Meeres. Keine Autos, keine Schreie, keine Bomben.

Die nächsten Tage verbrachte er damit, das Lager auszubauen. Er baute sich mit abgeschnittenen Palmenblättern ein Dach und sammelte Steine für eine Feuerstelle. Auf seinen Reisen entdeckte er sogar eine Süßwasserquelle.

Doch was ihn etwas traurig machte, war die Größe der Insel. Innerhalb von einer Woche hatte er die gesamte Fläche erkundet. Es würde langweilig werden.

Nachdem das Lager fertig gebaut war, hatte er nichts mehr zu tun, außer sich Speere für die Fischjagd zu schnitzen. Er verbrachte den ganzen Tag damit am Strand zu sitzen und auf das Meer hinaus zu blicken. Er wusste nicht, was er sich dort zu sehen erhoffte. Ihm gefiel das Leben auf der Insel.

Finn hatte hier alles, was er brauchte. Essen, Trinken und vor allem Ruhe. Keine nervigen Menschen, die ihm sagten, was er zu tun hatte. Keine Befehle, keine Pflichten.

Sein altes Leben vermisste er absolut nicht. Er hatte als Chemiker bei einem großen Unternehmen gearbeitet, hatte recht gut verdient und hatte sich eine große Wohnung leisten können. Doch dieser ständige Druck – Mach mal dies, mach mal das – fiel auf der Insel einfach von ihm ab.

Auf seiner Insel entdeckte er fast jeden Tag etwas Neues. Die Pflanzen untersuchte er nach Geschmack und Geruch und ob sie irgendeine Funktion für ihn hätten. Manchmal wurde er ein wenig krank und bekam Durchfall, manchmal entdeckte er eine neue Beere, oder ein neues Gewürz. Auch die Jagd nach Fischen hatte er nach einigen Wochen perfektioniert. Jeden Tag gab es frischen Fisch, jeden Tag eine andere Sorte. Es war ein gutes Leben.

Als er eines Tages wieder am Strand saß und auf das Meer hinaus blickte, bewegte sich etwas am Horizont. Zuerst konnte Finn es nicht erkennen. Doch das Ding kam immer näher und näher und stellte sich als Schiff heraus. Finn lief es eiskalt den Rücken herunter.

Er blieb einfach sitzen und starrte das Schiff an. Er machte sich nicht aufmerksam, fuchtelte nicht herum, damit die Passagiere ihn sahen. Doch das Schiff kam trotzdem immer näher.

Finn fluchte. Er wollte von der Insel nicht weg. Er wollte hier bleiben. Alleine. Sein Leben in Ruhe ausklingen lassen. Er wollte nichts mehr mit anderen Menschen zu tun haben.

Ein Ruderboot wurde in das Wasser gelassen und eine Hand voll Menschen kamen auf die Insel um Finn zu retten. Sie zerrten ihn in das Boot und nahmen ihn mit.

Er konnte sich nicht wehren. Er hatte sich selbst enttäuscht. Die Seuche, die er entwickelt hatte, hatte anscheinend nicht alle Menschen ausgelöscht.

Schwarzer Turm

Als Bauer Gert aufwachte spürte er bereits die verheerenden Folgen der letzten Nacht. Er war bei seinem Nachbarn Friedhelm gewesen, der ebenfalls Bauer war und ebenfalls einen Hof besaß. Vermutlich hatte er ein oder zwei Metkrüge über den Durst getrunken. Mühsam quälte er sich aus dem Bett und zog sich etwas an. Ohne etwas zu trinken oder zu essen, griff er nach seinen Werkzeugen und schleppte sich nach draußen.

Es war ein warmer Frühlingsmorgen. Gert genoss, trotz des brummenden Kopfes, die Temperatur und blickte sich auf seinem Hof um. Er besaß keine Tiere, die er füttern musste, sondern nur ein großes Feld, dass er beackerte. Bis zum Horizont, an dem die Sonne gerade aufging, erstreckten sich die Felder und Höfe seiner Bauernkollegen.

Es war ein angenehmes Leben. Das Königreich in dem Gert lebte war wohlhabend und so hatte er immer genug zu Essen. Er hatte zwar den König noch nie gesehen, aber immer wieder Gerüchte gehört, dass er ein freundlicher und gerechter Mann sei.

Gert stapfte an die Stelle, an der er am vorherigen Tag aufgehört hatte zu arbeiten. Seine Aufgabe bestand daraus die Erde aufzulockern, sodass er später die Samen viel einfacher pflanzen konnte. Es war anstrengend und durch seine Kopfschmerzen keine schöne Arbeit. Schweißperlen bildeten sich auf seiner Stirn.

Doch das alles vergaß er, als er den Regenwurm entdeckte, der sich in der umgedrehten Erde um seine eigenes Achse wandte. Seine feuchte Haut spiegelte die einfallenden Sonnenstrahlen in einem wunderschönen Glanz, von dem Gert einige Minuten fasziniert war. Dann hob er den Wurm mit ein paar Erdresten hoch und trug ihn bis zu dem Rand seines Feldes. Dort könnte er sich in Ruhe wieder einbuddeln.

Er beobachtete den Regenwurm noch ein wenig, bis es hinter ihm plötzlich dunkel wurde. Ein Schatten hatte sich über ihn und den Wurm gelegt und als Gert sich umdrehte erschrak er kurz, als er in das grimmige Gesicht eines Soldaten blickte.

»Seid Ihr der Bauer Gert?«, fragte der Soldat, der eine matte Eisenrüstung trug.

Gert nickte mit dem Kopf.

»Hier, zieht das an«, befahl der Soldat, während er Gert einen weißen Wappenrock reichte. Gert griff zögernd danach und betrachtete es. Bei der weißen Farbe handelte es sich um das Wappen des Königreichs. Es war eine Ehre eine solche Kleidung tragen zu dürfen.

»Aber wofür?«, fragte Gert ehrfürchtig.

Die Miene von dem Soldaten verfinsterte sich noch weiter.

»Ein Krieg ist ausgebrochen. Das benachbarte Königreich hat uns zutiefst beleidigt und unsere Ehre verletzt. Wir müssen jeden einzelnen Mann zu der Verteidigung unseres Landes mobilisieren.«

»A-Aber ich hab doch gar keine Waffe.«

»Ach?«, fragte der Soldat und blickte auf Gerts Werkzeuge. »Was ist mit der Heugabel da? Die wird erst einmal reichen.«

»Wenn Sie das meinen … «

»Ich werde nun zum König zurückkehren und ihm sagen, dass die Bauern gerüstet sind. Für Ruhm und Ehre!«

»Ja, Ruhm und Ehre … «, wiederholte Gert gedankenverloren.

Der Soldat zog wieder ab und Gert blieb alleine auf seinem Feld stehen. In den Händen den weißen Wappenrock und neben ihm, im Dreck, seine Waffe, eine einfache Heugabel.

Als Gert sich den Rock über seinen Körper stülpte, durchfuhr ein eigenartiges Gefühl seinen Körper. Eine tiefe Motivation, ein plötzlich aufflammender Mut und feste Entschlossenheit.

Er hob die Heugabel auf und betrachtete sie. Der Holzstab, an dem die drei Spitzen angebracht waren, sah etwas morsch aus. Doch für einen Feind würde es reichen. Und wenn er diesen einen Feind durchbohrt hätte, dann könnte er sich einfach seine Waffe nehmen.

Gert schritt mit festem Gang in die Mitte seines Feldes und blickte hinter sich. Er wusste, auf was er warten musste. Schon als kleiner Junge wurde ihm erklärt, dass der König von seiner Burg aus die Befehle gab. Dafür wurde ein gigantisches Horn in Richtung der Felder angebracht. Dieses Horn konnte der König nach Belieben ausrichten und war, wenn er hinein blies, über das gesamte Land zu hören.

Gerts Herzschlag erhöhte sich. Er war vorher noch nie im Krieg gewesen, hatte noch nie einen Menschen angegriffen. Sein ganzes Leben hatte er auf seinem Bauernhof verbracht.

Plötzlich hallte das tiefe Horn in seine Richtung. Er war gemeint. Jetzt musste er handeln.

Gert umklammerte seine Waffe fester und sprintete los. Er musste nach vorne laufen, nach vorne, an die Grenze des Königreichs. Dort würde er kämpfen müssen.

Seine schweren Schritte wirbelten einigen Staub auf und er knickte durch den gelockerten Ackerboden einige Male fast um. Am Rand seines Hofes lag eine Wiese. Gert lief auch über sie hinweg. Die wilde Vegetation riss kleine Schürf- und Schnittwunden in sein Bein und eine Wespe stach in seinen Fuß. Doch Gert rannte weiter, weiter geradeaus. Für die Ehre. Für sein Königreich. Für seinen König.

Er durchquerte die Wiese und kam letztendlich in einem dichten Nadelwald an.

Mit einem Schlag wurden seine Beine schwerer, er hatte Probleme genug Atem zu finden. Er konnte einfach nicht mehr weiter laufen. Seine Kraft verließ ihn. Gert stolperte, fing sich glücklicherweise an einem Baumstumpf ab und fiel daher sanft zu Boden.

Mühsam rappelte er sich auf und setzte sich auf den Stumpf. Er keuchte schwer und streckte seine geschundenen Beine aus. Er brauchte eine Pause. Ob das dem König gefallen würde?

Nachdem sich Gert ein wenig erholt hatte, blickte er sich im Wald um. Bis auf eine Stelle war der Wald kräftig zugewuchert. Er konnte kaum zwanzig Meter weit gucken.

Auf einer Seite schien allerdings die Sonne hinein. Dort musste ein Waldrand sein. Gert schlurfte näher heran und setzte sich an einen Baum.

Neben dem Wald befand sich eine steppen-ähnliche Fläche. Dort wuchsen ein paar Grasbüschel aus dem harten, lehmigen Boden und ein Maulwurf hatte einige Haufen gegraben.

Dann hörte Gert Schritte und schweres Atmen. Er sah sich um und entdeckte Friedhelm, seinen Nachbarn, der ebenfalls in einem weißen Wappenrock und mit einer Heugabel bewaffnet die Steppe entlang lief.

Gert wollte seinen Namen rufen, doch seine Kehle war wie zugeschnürt. Er konnte weder rufen, noch reden, noch flüstern. Als würde er das Reden verlernt haben.

Einige Meter weiter brach auch Friedhelm zusammen und stand keuchend auf allen Vieren. Irgendwann rappelte er sich auf und sah nach hinten. Vermutlich wartete er, genauso wie Gert auf weitere Befehle durch das Horn.

Und tatsächlich drang ein Dröhnen an Gerts Ohr. Dieses Horn hörte sich allerdings anders an. Kurz darauf bemerkte Gert das Klappern von Hufen auf dem Boden.

Ein Reiter, schoss es ihm durch den Kopf. Er wollte zu Friedhelm laufen, damit sie gemeinsam gegen den Reiter kämpfen konnten. Doch als er den Waldrand erreichte und auf die Lehmfläche treten wollte, stieß ihn etwas nach hinten, sodass er stolperte und rücklings auf den Boden krachte. Es hatte sich angefühlt wie eine unsichtbare Mauer.

Gerts Kopf brummte und es dauerte seine Zeit, bis er sich wieder aufgerichtet hatte. Das Erste was er sah war, wie ein Reiter mit erhobenem Schwert auf Friedhelm zu gestürmt kam. Die Mähne und der Schweif des Pferdes flogen im Wind umher.

Friedhelm bemerkte den feindlichen Reiter viel zu spät. Er hatte keine Möglichkeit sich in die richtige Kampfposition zu stellen.

Gert musste mit ansehen, wie der Reiter Friedhelm in den Brustkorb stach, sein Nachbar daraufhin die Waffe fallen ließ und in sich zusammensackte. Der Reiter zog seine Klinge aus dem leblosen Körper heraus und hielt sie in die Sonnenstrahlen. Ihn faszinierte anscheinend das rötliche Licht, dass von der Klinge ausging.

Gert hingegen ging an der unsichtbaren Mauer hin und her, wie ein eingesperrtes Tier. Er schleifte seine Heugabel hinter sich her. Er atmete stoßweise, aufgebracht. Er würde den Tod seines Nachbarn rächen.

Das Horn seines Königs ertönte wieder in der Ferne. Aufgrund eines plötzlichen Instinkts wusste Gert, dass die unsichtbare Wand gefallen war. Also umschloss er seine Heugabel und stürmte geduckt auf den Reiter zu. Dieser hatte Gert gerade den Rücken zugedreht.

Doch das Pferd bemerkte Gert und drehte sich frontal zu ihm. Gert hob seine Heugabel hoch und wollte in den Kopf des Pferds stechen. Doch das Pferd bäumte sich vor Panik auf, warf den Reiter herunter und galoppierte in die Richtung, aus dem es gekommen war.

Gert nutzte den Augenblick, rannte zu dem am Boden liegenden Feind und rammte ihm mit voller Wucht die drei rostigen Zacken in den Bauch.

In dem Gesicht des Reiters lag ein schmerzerfüllter Ausdruck, doch er schrie nicht. Gert beobachtete, wie aus den aufgerissenen

Augen langsam das Leben entwich. Die Muskeln des Reiters entspannten sich. Er war tot. Gert hatte den Kampf gewonnen.

In seinen Augenwinkeln sah er die Leiche von Friedhelm. Gert sprang sofort auf und rannte zu dem leblosen Körper seines Nachbarn. Aus seinem Mund war Blut gequollen und es hatte sich eine rote Pfütze um den Bauern gebildet. Ihm konnte Gert nicht mehr helfen.

Gert ging zu der Leiche des Reiters zurück und nahm sein Schwert an sich. Er versuchte es mit einem sauberen Stück Stoff zu reinigen, doch Friedhelms Blut war an der Klinge bereits getrocknet. Er fühlte sich mit dem Schwert viel sicherer, als mit der Heugabel.

Da es keine weiteren Befehle von dem König gab, ging Gert weiter in Richtung des feindlichen Landes. Doch auch dort stieß er nach einigen Metern an eine unsichtbare Wand.

Er konnte sie berühren, aber nicht sehen und fragte sich, wie groß diese Wand sei. Daher ließ er eine Hand immer an der Mauer, während er an ihr entlang schritt.

War das Hexenwerk? Eine Falle von den Feinden? Oder eine Botschaft von Gott?

Irgendwann tastete sich Gert an einer Ecke entlang. Und dann noch eine. Er war gefangen in einem großen Quadrat. Eingeschlossen von unsichtbaren Wänden. Mit einigen Heugabeln und zwei Leichen.

Gert nahm sich einen Stock und zeichnete auf dem Boden die Wände entlang, damit er sich vorstellen konnte, wie groß diese Zelle war. Die Mitte ermittelte er ungefähr und markierte sie mit einem Kreuz.

Dann lehnte er sich an eine der Wände und dachte darüber nach, wie er die nächsten Stunden hier verbringen sollte.

Plötzlich ertönte wieder das feindliche Horn und riss ihn aus seinen Gedanken. Mit einem Mal verschwanden die unsichtbaren Wände und Gert knallte auf den trockenen Lehmboden. Er konnte sich bewegen. Er war frei dort hin zu gehen, wo er wollte. Doch er stand auf und ging wie mechanisch zu dem Kreuz auf dem Boden.

Dann hörte er es. Zuerst war es nur ein leises Rumpeln. Die Bäume in dem Wald neben ihm fingen immer stärker an zu zittern. Nadeln fielen auf den Boden, Äste brachen ab. Das Rumpeln verwandelte sich in ein Donnern, ein Grollen. Der Boden fing an zu beben. Die kleinen Steine sprangen durch die Erschütterungen in die Luft.

Und dann sah Gert es. Ein gigantischer, aus schwarzem Stein gebauter Turm raste mit unmenschlicher Geschwindigkeit auf Gert zu. Er hatte keine Chance. Die Steine des Turms zermalmten seinen Körper, seine Kleidung, seine Knochen und stoppte direkt auf der Mitte des Feldes.

»Turm schlägt Bauer«, sagte der Spieler ruhig und nahm den weißen Bauern von dem Schachbrett.

Erntezeit

»Geht daher hin und macht Jünger aus Menschen aller Nationen, tauft sie im Namen des Vaters und des Sohnes und des heiligen Geistes und lehrt sie alles zu halten, was ich euch geboten habe, auch mit Gewalt.«

Diego ließ seinen Kopf hängen. Blut tropfte auf den Boden und bildete eine Pfütze. Seine ausgeschlagenen Zähne wurden von dem Blut umspült. Er spürte Schmerzen auf dem Rücken und im Mund und an den Beinen. Überall. Nur dumpf vernahm er die Schreie von den anderen. Die anderen, die das gleiche Schicksal wie Diego teilten. Sie hallten in dem Kellergewölbe wieder und wieder und waren fast gar nicht mehr als menschlicher Schrei zu erkennen.

»Gestehst du jetzt, Ketzer?« Der Inquisitor stand vor ihm. In seiner Hand hielt er immer noch den Hammer mit dem er ihm den Mund zerschlagen hatte. Doch Diego schwieg. Er wusste nicht, was er sagen sollte. Das einzige, was ihn noch erwartete, waren noch mehr Qualen, bis ihm irgendwann der erlösende Tod gewährt werden würde. Der Inquisitor drehte sich um und hängte den Hammer neben die anderen Folterwerkzeuge. Peitschen, Daumenschrauben, Brandmale.

Diego keuchte. Auf seinem Rücken spürte er die aufgerissenen Wunden von den Lederriemen. Die Luft roch modrig und irgendwie süßlich, wie auf einem umgegrabenen Friedhof, an dem die Leichen an der Luft lagen und langsam von den Maden zerfressen wurden. Plötzlich packte der Mann in der weißen Kutte Diego an den Schultern und riss ihn nach hinten. Unsanft wurde er auf eine hölzerne Bank gepresst. Er schrie auf, als sich die Holzpflöcke in seine Wunden gruben, doch sie waren nicht so spitz, dass sie bis zu den Gedärmen vordrangen.

»Gestehe!«

»Ich kann nicht! Ich weiß es nicht!«

»Muss ich mich ständig wiederholen? Wo hast du die Steuergelder für die Kirche versteckt?«

Diego schwieg wieder. Seit Stunden wurde er gefoltert. Seit Stunden gab er immer wieder die gleiche Antwort. Er konnte keine Steuern zahlen. Er hatte nicht mal genug Geld um sich jeden Tag etwas zu Essen zu kaufen, doch das interessierte den Inquisitor nicht. Das interessierte die Kirche nicht. Zahle die Steuern, oder werde gefoltert.

Der Inquisitor schritt an dem liegenden Opfer vorbei und packte ihn an seinen Handgelenken. Diese band er über seinem Kopf zusammen. Auch die Beine fesselte er. Diego wehrte sich nicht. Er hatte nicht die Kraft dazu, geschweige denn die Chance. Ein weiterer Schrei hallte durch den Keller, der nur durch wenige Fackeln erhellt wurde.

Diego fragte sich, ob die anderen Gläubigen die Schreie hörten. Wenige Meter über ihm stand eine der Kapellen, in der die Gläubigen ihre Steuern zahlten und zu ihrem Gott beteten.

Diego zuckte zusammen, als der Inquisitor einen Schalter umlegte. Das Rad, auf das er gespannt war, fing an sich zu drehen. Zuerst spürte er nur einen leichten Druck auf seinem Rücken, doch als die Holzpflöcke sich tiefer in sein Fleisch bohrten, spannte er seine Muskeln an, damit sein Rücken nicht noch weiter durchstochen wurde.

Die Maschine schlug zu, der Inquisitor drehte das Rad weiter und weiter. Durch die angespannten Muskeln fingen sie an sich zu verzerren. Sie wurden bis zum Zerreißen gestreckt. Das Gleiche galt für Diegos Gelenke. Zuerst spürte er nur einen leichten Druck, doch nach und nach verloren sie ihren Halt.

Dann ging alles viel zu schnell. Ein Geräusch ertönte, als hätte jemand an die Tür geklopft, doch es waren die Knochen von Diego, die aus seinen Gelenken sprangen. Auch die Muskeln rissen.

Diego schrie und versuchte sich zu lösen, doch je mehr er sich bewegte, desto tiefer stach das Holz in seinen Rücken. Irgendwann ließ der Inquisitor ab.

Er löste die Fesseln von Diego und zog ihm zu einem Tisch, an dem er seine Hände festband.

»Gestehst du jetzt, Ungläubiger? Wo hast du dein Geld versteckt, dass du dem Allmächtigen unterschlägst?«

»Ich habe kein Geld!«

»Du Narr! Der Allmächtige gibt jeden Reichtum, egal ob Christ oder nicht. In seiner allumfassenden Güte werden alle Menschen eingeschlossen. Also gestehe!«

»Ich habe kein Geld!«

Der Inquisitor hob seinen Kopf und blickte auf Diego herab.

»Lügen ist eine Sünde. Das wird teuer bestraft. Der Allmächtige gibt mir die Kraft über Diebe gerecht zu urteilen.«

Der Inquisitor drehte sich zur Wand und holte ein geschwungenes Hackbeil hervor. Diego stockte der Atem, doch er hatte keine Zeit darüber nachzudenken, was als Nächstes passierte. Das Beil raste auf seiner Hand zu. Reflexartig schloss Diego seine Augen. Er verfiel in Panik. Adrenalin raste durch seinen Körper, sodass er die Schmerzen erst nicht spürte, doch als er die Augen öffnete und seine blutigen Handstümpfe sah, fing er an zu realisieren.

Diego wollte schreien, er wollte seine Hände in Stoff wickeln, damit sie aufhören würden zu bluten. Doch er konnte nur zusehen, wie sich auf dem Tisch eine immer größere Blutlache ausbreitete.

Plötzlich platzte die Tür zum Kellerraum auf. Diego hörte die Schritte von bestimmt einem halben Dutzend Männern. Der Inquisitor blickte erschrocken auf, umklammerte das Hackbeil fester, doch wurde in dem Moment von einem Schwert durchbohrt. Gurgelnd brach er zusammen.

Diego nahm nur noch wahr, wie einige der Männer sich um ihn herum versammelten und ihn von seinen Fesseln lösten.

Diego wachte mit bebendem Herzschlag auf. Das Blut pochte durch seinen Körper und erfüllte ihn mit Adrenalin, doch als er merkte, dass er in einem weichen Bett unter einer weichen Bettdecke lag, fing er an sich zu beruhigen. Er wusste nicht wo er war, doch er befand sich nicht mehr im Keller der Inquisition. In dem Zimmer gab es ein großes Fenster, durch das helles Tageslicht fiel.

Diego war verwundert. Er spürte keine Schmerzen mehr, doch als er versuchte sich zu bewegen spürte er weder seine Beine, noch seine Arme. Seine Gelenke waren immer noch ausgerenkt und die Muskeln zerrissen. Er drehte seinen Kopf zur Seite und blickte aus dem Fenster. Er sah Bäume, Blumen und Berge. Ein wunderschöner Ausblick über die spanischen Gebirge.

Er wollte aufstehen und rausgehen, sich in das Gras setzen und die Sonne genießen, doch er war zu einem Krüppel geworden. Gerade als er sich fragte, wer ihn hierhin gebracht hatte, ging die Tür auf und eine alte Frau in einem farbenfrohen Kleid kam herein.

»Oh, du bist erwacht. Es sah einige Tage nicht gut für dich aus, aber ich habe es geschafft dich gesund zu pflegen. Hast du Schmerzen?«

Diego blickte die Frau an und schüttelte mit dem Kopf.

»Gut. Dann wirkt mein Elixier.«

»Wer bis-«

»Mein Name ist Teremina, Mutter der Irdenen. Ich bin eine Schamanin oder wie die Kirche mich nennt, eine Hexe. Außerdem leite ich dieses Kloster.«

»Kloster!«, keuchte Diego und wollte aufspringen. Mit irgendwelchen Christen wollte er nie wieder etwas zu tun haben. Er hatte genug von Klöstern und Kirchen, von Kellern und Folter.

»Nur die Ruhe, Freund. Wir sind keine Christen. wir sind das Gute. Wir sind der Widerstand.«

Teremina ging zum Fenster und verschränkte die Arme hinter ihrem Rücken.

»Meine Krieger haben dich aus den Fängen der Inquisition befreit. Du bist hier in Sicherheit.«

»Danke, ich werde bestimmt irgendwann wieder arbeiten können, dann kann ich meine Schuld abbezahlen. Was für ein Orden ist das hier?«

Diego stutzte für einen Moment, nachdem er das Angebot ausgesprochen hatte. Seine Gelenke waren ausgerenkt, seine Muskeln zerrissen und vor allem fehlten ihm die Finger. Er war nutzlos, ein Krüppel, der jedem nur eine Last war.

»Wir sind der Orden der Irdenen. Wir lassen die gütige Erde in Ruhe, nehmen keinen Stein und keine Mineralien. Wir nehmen nur Dinge, die wieder nachwachsen. Übrigens würden wir uns freuen, dich als neues Mitglied willkommen zu heißen.«

Diego schluckte. Er erinnerte sich an die Inquisition und daran, wie er aufgewacht war. Wie viel Zeit mochte währenddessen vergangen sein? Es war so merkwürdig. Eben noch in der Folterkammer und nun mit einem Bein in einem Orden, der genau diese Menschen bekämpfte.

»Ich weiß nicht, ob ich von großem Wert für euch bin. Ich bin gelähmt, meine Muskeln sind zerrissen und meine Finger wurden abgehakt.«

Teremina ging zum Bett und setzte sich neben Diegos Füße.

»Wenn das das einzige ist, was dich davon abhält. Ich bin Schamanin, wie ich schon sagte. Wenn du dem Orden beitrittst und Treue schwörst, dann werde ich deinen Körper wiederherstellen. Im

Gegenzug wirst du allerdings den Rest deines Lebens unserer Sache dienen: Die Zerschlagung des brutalen Christentums.«

Diego überlegte. Zuhause hatte er niemanden, der auf ihn wartete, niemand vermisste ihn, außer vermutlich die Kirche. Zurück konnte er also nicht. Außerdem war es eine unmögliche Aufgabe sich ein neues Leben mit einer derartigen Verkrüppelung aufzubauen.

»Ich möchte beitreten«, sagte er daher. Teremina lächelte und nickte. Dann flüsterte sie einen Eid vor, den Diego wiederholen sollte. Er sprach ihr nach.

Die Anführerin des Ordens trat auf ihn zu und umarmte ihn.

»Willkommen im Orden der Irdenen, Freund.« Sie löste sich von ihm. »Halt still, ich regeneriere deinen Körper.«

Teremina trat zurück und stellte sich in die Mitte des Raumes. Sie schloss ihre Augen und hob die Hände in die Luft. Mit einem Mal flammte grünes Licht auf, das um ihre Finger zu tanzen schien. Von dem Licht ging eine starke Kraft aus, denn es entfesselte einen Windzug, der Tereminas Kleid zum Zucken brachte.

Diego kniff die Augen zusammen, als sie ihre Hände auf seinen Körper richtete und das Licht in seine Richtung schoss. Er spürte einen gigantischen Druck auf sich lasten. Sein Körper zuckte und bebte, dann erlosch das Licht.

Diego blieb einige Sekunden entkräftet liegen, während Teremina sich wieder neben das Bett stellte. Dann hob er seinen Arm und legte die Bettdecke zur Seite. Er blickte auf seine Hände. Seine Hände mit den Fingern. Alles war wie früher.

Er krümmte zuerst den Zeigefinger und dann die anderen. Es tat nicht weh. Es funktionierte ohne Probleme.

Diego stiegen Tränen in die Augen. Er hatte schon mit dem Leben eines normalen Menschen abgeschlossen gehabt.

»Danke, danke, Teremina! Du bist keine Hexe! Du bist eine Göttin! Ich werde mich so schnell es geht den anderen anschließen und bei der Zerschlagung der Inquisition helfen.« Mit einem begeisterten Gesichtsausdruck blickte Diego Teremina an.

Doch sie drehte sich um und verließ wortlos das Zimmer. Diego vermutete, dass sie ihm Waffen und Rüstungen holen würde, doch als nach einigen Minuten nur zwei Männer in grauen Kutten in das Zimmer kamen und Diego unsanft an den Schultern packten, merkte er, dass etwas nichts stimmte.

Sie zerrten ihn aus dem Bett. Diego wollte sich wehren, doch durch seine neuen Gelenke und Muskeln war er noch nicht stark genug. Seine Schreie hallten durch das Kloster, doch niemand half ihm oder kam auch nur in seine Nähe, um zu sehen was los war. Auch die Männer in den Kutten sprachen nicht.

Sie trugen ihn einige Treppenstufen hinunter, durch Gänge und Tunnel. In einem modrigen Keller wurde er auf einen Tisch gebunden. Er verstand nicht, was los war. Gerade war er noch friedlich aufgenommen worden und einen Moment später wurde er wie ein Feind behandelt. Der Kellerraum erinnerte an die Inquisition.

Diego starrte an die Decke. Woanders konnte er auch gar nicht hingucken, denn sein Hals wurde mit einem Lederriemen befestigt. Wenn er sich erheben wollte, schnürte es ihm die Luft zu.

»Was tut ihr da? Ich bin einer von euch! Fragt Mutter Teremina!«

Plötzlich knallte es und ein fürchterlicher Schmerz zog durch Diegos Körper. Was war passiert? Woher kamen diese Schmerzen? Er konnte es nicht sehen. Er konnte es nicht zuordnen.

»Das wird ein leckeres Abendessen. Die Knochen können wir zu seinem wunderschönen Dolch schnitzen.«

Diego hörte eine Stimme neben sich. Er drehte den Kopf und sah Teremina neben sich stehen. Sie trug ein blutiges Bein in den Händen und wandte sich ihm zu.

»Keine Sorge, mein Freund. Das Bein ist morgen früh wieder nachgewachsen.«

Der Spiegel von Marco Tarantino

Till bemerkte, wie das Blatt Papier, dass er in seinen Händen hielt, feucht wurde. Dort stand die genaue Bezeichnung des Objekts drauf, sowie die Summe, die der Auftraggeber maximal ausgeben wollen würde. Obwohl er schon oft für Baron von Flittweg an einer Auktion teilgenommen und wertvolle Kunstgegenstände erworben hatte, konnte er sich nie an die Anspannung gewöhnen. Das Unwissen ob, wann und für wie viel er das Objekt der Begierde kaufen würde.

Das Donnern, das immer durch den Saal hallte, wenn der Auktionator ein Angebot absegnete, riss Till aus seinen Gedanken. Es wurde ein Gemälde von der Bühne getragen und, er hielt vor Aufregung den Atem an, wich einem etwa zwei Meter hohem, vergoldeten Spiegel. Der Rahmen war mit Schnörkeln verziert, doch das besondere an dem Objekt war, dass auf der Rückseite des Spiegels eine aus Gold erbaute Frau stand, die den Spiegel quasi festhalten sollte. Von vorne konnte man nur ihre Hände entdecken, die sich in den Rahmen krallten, sowie die schmerzvoll verzogene Fratze.

Als die Auktion anfing lag das Startgebot bei 20.000 Euro. Es gab einige die ebenfalls an dem Spiegel interessiert waren, doch Till hätte gedacht, dass es mehr werden würden. Routiniert und mit einem Pokerface hob er alle paar Angebote seine Hand und trieb so den Preis immer weiter in Höhe. Nach und nach stiegen immer mehr Leute aus, bis nur noch ein älterer Herr übrig blieb. Till durfte eigentlich nur 100.000 Euro bieten, doch als er in das Gesicht von dem Mann blickte, wusste er, dass er nicht höher als 105.000 Euro gehen würde. Also bot Till 106.000 Euro. Baron von Flittweg würde es schon verstehen, dass man in dieser Branche an manchen Tagen etwas Spielraum brauchte. Der Auktionator schlug mit seinem Hammer auf das Pult und schloss damit die Versteigerung des Spiegels.

Nachdem alle Objekte verkauft worden waren, einige für wenige hundert Euro, andere wiederum für einige Hunderttausende, ging Till zu dem Verkäufer des Spiegels. Er wollte ihn eigentlich nur schnell abholen und verschwinden, doch der ehemalige Inhaber verwickelte ihn in ein Gespräch.

»Herzlichen Glückwunsch zum Erwerb des Spiegels.«

»Vielen Dank«, sagte Till und begutachtete das Schmuckstück aus der Nähe. »Ist das wirklich das Original? Komisch, dass es nur so wenig kostet.«

Das vergoldete Gesicht war wirklich unglaublich detailliert. Man konnte jeden Zahn in dem weit aufgerissenen Mund betrachten und sogar die kleinen Härchen der Augenbrauen und Wimpern waren in mühseliger Kleinstarbeit angebracht worden. Auf dem Boden stand ein Schild. Der goldene Spiegel von Marco Tarantino, 1586.

»Aber selbstverständlich. Wenn Sie uns nicht trauen, können Sie sich gerne einen unabhängigen Schätzer dazu holen«, meinte der Verkäufer.

Till erinnerte sich an diese Statue. Früher im Kunstunterricht wurde darüber gesprochen, wie es in der damaligen Zeit möglich war, die menschliche Mimik so gut eingravieren zu können. Auch bis heute standen viele Kunstforscher noch vor einem Rätsel.

»Nein, ist schon in Ordnung. Weiß man eigentlich mittlerweile, wie Marco Tarantino es geschafft hat, das alles so gut hinzubekommen?«

»Ja, weiß man tatsächlich. In einem Labor, ganz zufällig unter meiner Aufsicht, wurden einige Experimente durchführt und seit einigen Monaten sind wir in der Lage genau solche Kunstgegenstände herstellen zu können.«

»Es ist beeindruckend, dass das Geheimnis so lange gehalten hat.«

»Auf jeden Fall. Marco Tarantino konnte uns fast 600 Jahre lang hinters Licht führen.«

Später wurde der Spiegel in Tills Truck gestellt und angebunden. Till fuhr zu dem Anwesen von Baron von Flittweg, einem reichen Unternehmer, der es sich zur Lebensaufgabe gemacht hat, möglichst viele, skurrile Kunstobjekte zu sammeln. Er war nicht wütend auf Till, als er erfuhr, dass er mehr als die festgelegte Summe ausgegeben hatte. Es war zum einem nur ein wenig mehr, meinte von Flittweg, und zudem auch noch ein außergewöhnlich besonderer Spiegel. Till wurde von dem Baron noch zu einem Mittagessen eingeladen. Dort erfuhr er eine Menge über Marco Tarantino. Der Baron studierte diesen Künstler schon seit einigen Jahren und hat es sogar geschafft ein altes Tagebuch von ihm wieder zu finden, in dem er das Geheimnis des Spiegels aufgeschrieben hatte. Als Dank für die guten Dienste, nicht nur am heutigen Tag, bekam Till zum Abschied eine Druckausgabe der Übersetzung geschenkt, die von Flittweg in wenigen Tagen veröffentlichen wollte. Zusätzlich gab es in dem Buch noch einige Anmerkungen von dem Baron selbst.

Zuhause angekommen setzte Till sich auf sein Sofa und begann damit die Lektüre zu studieren.

Marco Tarantinos Kunst entstand in genau dem gleichen Zeitrahmen, wie die Werke von DaVinci. Die Leute kannten DaVinci, aber Tarantino wurde nie als großer Künstler entdeckt. Zwar konnte er sich gerade so mit kleineren Aufträgen über Wasser halten, doch führte ein eher karges Leben. Allerdings änderte es sich, als ein italienischer Graf ihm einen Auftrag gab. Den Auftrag für einen goldenen Spiegel, der von einer Statur gehalten werden sollte. Der Graf sicherte ihm unbegrenzt viel Geld für die Erschaffung des Spiegels zu. Er ging nämlich davon aus, dass ein Kunstobjekt berühmter werden würde, je teurer es war, was, wie man es mittlerweile weiß, ein Irrtum gewesen ist.

Marco Tarantino nahm den Auftrag an und überlegte einige Wochen, wie man aus Gold ein detailliertes Gesicht erschaffen könnte. Sein Ehrgeiz war es, schlicht und einfach besser als DaVinci zu sein. Er fertigte irgendwann den Rahmen aus stabilem Holz und verließ nach Sonnenuntergang seine Werkstatt. In einer dunklen Seitengasse lauerte er einer jungen Frau auf, hielt ihr den Mund zu und zog sie zu sich in den Keller.

Anders als die heutigen Fotografen zum Beispiel, die das Leid mit einem einzigen Klick auffangen können, musste Marco Tarantino zu anderen Methoden greifen. Er nahm vier Holzpfähle und nagelte die Frau an dem Rahmen fest. Sie schrie und weinte, doch, so schrieb es Marco Tarantino jedenfalls in sein Tagebuch, war dieser Schmerz nichts im Gegensatz zu dem *heiligen Überguss*, wie er ihn nannte.

Der heilige Überguss bestand daraus ein Gemisch aus Gold und einem anderen Metall in einem Bottich zu erhitzen und zum Schmelzen zu bringen und es dann über die Frau zu gießen.

Nun hatte Marco Tarantino keinen Bottich in den so viel reinpasste und musste daher diese Prozedur sieben oder acht mal wiederholen, damit wirklich der gesamte Körper der Frau bedeckt werden konnte.

Die Frau, die ihr Gesicht natürlich vor Schmerz verzog, kann man nun als Rückseite und Verzierung des Spiegels betrachten. Es ist in Wirklichkeit also gar keine Skulptur, sondern ein von jeglicher Luft abgetrennter und daher vermutlich noch intakter Leichnam der jungen Dame. Das macht den goldenen Spiegel von Marco Tarantino zu einem der interessantesten, aber auch sonderbarsten Kunstgegenstände des 15. Jahrhunderts.

Till konnte sich dieses Grauen, das die Frau durchgemacht haben musste, nicht vorstellen und erinnerte sich im selben Moment an die Wörter von dem Verkäufer. *In einem Labor, ganz zufällig unter meiner Aufsicht, wurden einige Experimente durchführt und seit einigen Monaten sind wir in der Lage genau solche Kunstgegenstände herstellen zu können.*

Chartmusik

Die Menschen gingen durch die Gegend. Zum Einkaufen, zur Arbeit, nach Hause. Alles wie immer. Nur die Gitarrenmusik hallte durch die gesamte Einkaufsstraße, doch sie wurde kaum wahrgenommen. Bill stand in der prallen Sonne, schwitzte und gab sein Bestes. Er war auf das Geld, dass er als Straßenmusiker verdiente, angewiesen, auch wenn es kein festes Einkommen war. Er konnte nicht planen, wie viel er an einem Tag bekam, er konnte nicht planen, wie lange er arbeiten musste, um sich etwas Bestimmtes zu kaufen. Alles was er tun konnte, war sein Bestes geben, die Leute mit seiner Musik zu unterhalten. Doch die meisten waren viel zu abgestumpft. Bill spielte wirklich nicht schlecht, doch die Menschen nahmen es als total üblich hin, dass man ihnen kostenlos Musik vorspielte. Eigentlich war er auf seine Musik stolz, doch von den Einnahmen konnte er nicht einmal richtig leben. Daher musste er sich mit gelegentlichen Schwarzarbeit Aufträgen über Wasser halten. Das Leben wäre in Ordnung. Nicht gut, nicht luxuriös, nicht spannend, aber in Ordnung, wenn da nicht die ganzen Blamagen wären.

»Du wolltest doch eigentlich PC-Kram machen«, hatte David, ein ehemaliger Mitschüler von Bill letztens gemeint, als Bill, wie immer, in der Einkaufsstraße gespielt hatte.

»In der Schule warst du so ein Nerd. Bist du bestimmt immer noch, sonst hättest du mittlerweile mal was geschafft. Guck mich an.« David hatte an dem Tag einen teuren Anzug getragen. Seine Haare waren nach hinten gebürstet und eine Rolex hatte sein Handgelenk geschmückt.

»Hab drei Jahre BWL studiert und jetzt die Firma von meinem Dad übernommen. Ich hab drei Autos. Und du stehst hier mit deiner Gitarre und bettelst nach Geld?«

Dass es eine ganz normale Dienstleistung war, das Musik spielen, die Kunst, hatte David nicht interessiert.

»So ein Müll kann jeder. Wenn ich geile Musik hören will, hol ich mir Fotispy.«

Bill hatte bei dem Gerede von David ganz genau zu gehört, doch war mit seinen Gedanken trotzdem abgeschweift. Zurück in die Schulzeit, wo er während einem Computerkurs alle PCs gehackt hatte. Jegliche Referate an denen gearbeitet wurden, waren verschwunden. Bestimmt hätte er eine Ausbildung als Informatiker finden können. Doch dazu hatte er Musik viel zu sehr geliebt. Das war der einzige Tag an dem Bill sich wirklich glücklich gefühlt hatte. Das Leid von anderen zu sehen, die es wirklich verdient hatten.

Als es dämmerte bückte Bill sich zu seinem Gitarrenkasten hinunter und sammelte das Kleingeld ein. Wenige Eurostücke, meistens zehn oder zwanzig Cent. Manchmal auch ein Cent. Vielleicht insgesamt zwanzig bis dreißig Euro. Und das für sieben Stunden Gitarrenspielen.

Er packte seine Gitarre ein und ging nach Hause, aß auf dem Weg etwas. In seiner Wohnung stand ein PC, er schaltete ihn an und öffnete einen Ordner. Dort waren jegliche Dateien für den *einen* Song abgespeichert.

Er arbeitete schon seit mehreren Wochen daran und hoffte, dass es ein großer Erfolg werden würde. Bill hatte sich wirklich viel mit Musik und den Charts beschäftigt und wusste wie man einen generischen, erfolgreichen Song kreieren konnte. Doch genau das tat er nicht. Er wollte etwas einzigartiges erschaffen, etwas Neues, etwas, dass so innovativ war, dass es nur Erfolg haben musste.

Er arbeitete die ganze Nacht daran, ging irgendwann am Morgen schlafen und stand am frühen Mittag wieder auf, mit tiefen Ringen unter den Augen. Vier oder fünf Stunden Schlaf reichten Bill meistens. Er brauchte wenig Erholung, er brauchte nur ein Ziel vor den Augen.

Dieses Mal packte er nicht seine Gitarre ein, sondern seine Lautsprecheranlage, die er sich vor einigen Monaten gekauft hatte. Als Sparmaßnahme hatte er sich aber auch zig Monate nur von Kartoffeln ernähren müssen. Er ging zu dem Platz an dem er immer stand und richtete alles ein. Heute wollte er den Song zum ersten Mal spielen.

Es war nur der Prototyp von dem richtigen, fertigen Projekt, aber er musste wissen, ob die Menschen die Musik überhaupt verstanden. Vielleicht würde es in den Ohren der anderen so schrecklich klingen, dass sie geschockt weglaufen würden. Es war wirklich ein sehr experimentelles Genre.

Bill schaltete die Musik an und konzentrierte sich voll und ganz auf den Gesichtsausdruck von den vorbeiziehenden Passanten. Sie schlurften an ihm vorbei. Ließen die Schultern hängen. Eine Frau mit Hund kam vorbei und zog das kleine Tier, als es an dem Lautsprecher schnuppern wollte, ruppig mit sich. Alle sahen so müde aus. Überarbeitet, fertig, während Bill trotz des wenigen Schlafs energiegeladen hinter dem Lautsprecher stand und sich um dich korrekte Lautstärke kümmerte. Ein Obdachloser legte sich in der Nähe der Musik auf eine Parkbank und schlief. *Wenigstens ihm scheint es zu gefallen*, dachte Bill sich. Allerdings schien der Song nicht perfekt zu sein. Die Leute reagierten nicht so, wie sie eigentlich sollten. Dieses Mal blieb Bill nur etwa eine Stunde in der Einkaufsstraße, packte dann alles zusammen und ging wieder nach Hause. Er musste weiter arbeiten, den Song perfektionieren, alles perfektionieren.

Den ganzen restlichen Tag feilte er daran, spielte es ein, arbeitete und arbeitete, in der Hoffnung, dass es fertig wird und ihm zum Erfolg verhilft. Er hatte zwar keinen Vertrag, keine Zeit, die er einhalten musste, aber seine Ungeduld endlich einen Hit zu landen, stieg mit jeder verlorenen Minute, mit jeder Sekunde, die die Melodie noch nicht fertig war.

Irgendwann, er wusste nicht mehr wie lange er daran gearbeitet hatte, welcher Tag war, noch sonst irgendetwas, legte er sich auf sein Sofa und nahm sich vor die finale Version anzuhören. Er schaltete seinen Lautsprecher an und drückte auf Play, dann lehnte er sich zurück. Er musste auf jeden Ton achten, auf jedes Geräusch, damit es wirklich perfekt wird. Zuerst schaffte er es noch hinzuhören, nahm die Gitarre war, den Bass, seine Stimme die hinter dem Takt irgendetwas flüsterte, doch dann schlief er ein.

Was ist mit dem Marketing?, würde jemand fragen, der sich ein wenig mit dem Verkauf von Musik auskennt. *Wie soll man ohne Plattenfirma seine Musik verkaufen? Und wer soll die Musik kaufen, wenn man nur irgendein No-Name in einer Einkaufsstraße ist?*

Am nächsten Morgen startet Bill seinen PC. Der Song war großartig, nicht nur das, er war sogar perfekt, das hatte er am letzten Abend gemerkt. Er startete ein Programm mit dem Namen

Chartmusik. Neben der Musik hatte er ebenfalls viele Codes geschrieben, nicht nur legale Sachen, auch irgendwelche Viren und Hacks mit denen er auf die Datenbanken von quasi jeglichen Medien zugreifen konnte. Heute war es soweit. Sein Lied sollte im ganzen Land gespielt werden und wenn es ein Erfolg werden würde, demnächst auch auf der ganzen Welt. Mit ein paar Zeilen Code richtete er es so ein, dass sein Lied überall gespielt wurde. Im Radio, im Fernsehen, auf jeglichen Internetseiten. Er aktivierte das Programm. In einer Minute sollte es los gehen.

Bill ging in sein Wohnzimmer, schaltete seinen Fernseher an und legte sich auf das Sofa. Er spürte das Pochen von dem schneller werdenden Herzschlag in seiner Brust. Sein Hals und Mund wurden trocken. *Das ist wohl immer so bei großartigen Künstlern,* dachte er sich. Lampenfieber war immer da.

Im Fernsehen lief irgendeine Tierdokumentation, gerade war eine Giraffe dabei eine angreifende Löwin zu verjagen, als das Bild zu einem schwarzen Bildschirm umschaltete. Dann hörte Bill die ersten Töne seiner Melodie. Es funktionierte. Euphorie stieg in dem Musiker auf, endlich würde er berühmt werden. Er schaltete durch seine Programme, auf jedem Sender lief seine Musik. Und das Internet?

Nur mit Mühe konnte er sein Handy herausholen, er fühlte sich plötzlich sehr träge, öffnete trotzdem noch die Seite von YouTube. Sofort dröhnte ihm seine Musik entgegen, ohne auch nur ein Video angeklickt zu haben. Dann ließ er sein Handy fallen, er war schwach geworden in den letzten Sekunden, kippte mit seinem Körper auf das Sofa und döste langsam ein.

Doch er hatte keine Angst vor dem plötzlichen Schwächeanfall, er hatte keine Angst vor der plötzlichen Müdigkeit, denn er wusste woher sie kommt.

Als Bill aufwachte war es noch nicht in den Nachrichten, erst einige Stunden später, als sich die Menschen wieder orientiert hatten. Eine sonderbare Müdigkeitsepedemie war über das Land gerollt, sagte die Nachrichtensprecherin.

Dafür verantwortlich sei vermutlich eine sonderbare Melodie, die in sämtliche Medien eingeschleust wurde. Ein Täter hatte sich bislang nicht bekannt. Es gab tausende Tote durch Autounfälle, unzählige Verletzte, die Krankenhäuser wurden überlaufen. Die

Polizei, sowie die Sicherheitsfirmen, die eigentlich eine solche Medienblamage verhindern sollten, waren ratlos.

Über Bills Gesicht huschte ein Lächeln. Er fühlte sich gut, er fühlte sich berühmt. Die Musik hatte in seinem Land gut funktioniert, nun war es Zeit sie auch international zu spielen.

Essen gehen

Titus wischte sich seine feuchte Hand an der Hose ab und klingelte. In einer Hand hielt er einen großen Blumenstrauß, die andere vergrub er wieder in der Hosentasche. Es dauerte ein wenig bis die Tür sich öffnete. Titus Herzschlag erhöhte sich, als er in die strahlenden Augen von Nika blickte. Ihre braunen Augen funkelten vor Freude und ihr Lächeln wurde immer größer, als sie Titus sah. Ohne ein Wort zu sagen, fiel sie ihm um den Hals, sodass Titus fast ein wenig nach hinten getorkelt wäre.

Sie trug einen unauffälligen, modernen Look: Eine hellgraue Bluse und eine etwas weitere Hose, die schon fast eine Jogginghose war. Doch für Titus sah sie perfekt aus.

»Sind die für mich?«, fragte Nika fröhlich, als Titus ihr den Blumenstrauß hinhielt.

»Na, aber sicher doch«, gab Titus zurück. »Echte Blumen, ganz frisch vom Händler.«

»Waaoow!«, staunte die Schwarzhaarige, griff nach den Blumen und verschwand. Einige Sekunden später tauchte sie mit einer Vase auf, die sich in den Flur stellte. »Willst du noch eben mit rein kommen?«

Titus warf einen Blick auf seine Armbanduhr und schüttelte den Kopf. »Nein, der Tisch ist bestellt und ich würde mich ungern verspäten.«

»Na gut«, meinte Nika, ging nach draußen und zog die Tür hinter sich zu. »Willst du mir denn sagen, was für ein Restaurant wir besuchen? Am Telefon warst du ja sehr mysteriös.«

Titus lächelte verschmitzt. Er hatte seinem Date tatsächlich noch gar nichts von dem Abend verraten und er hatte es auch nicht vor. Sie würde es schon früh genug merken.

»Mein Lieblingsrestaurant, mehr sag ich nicht«, antwortete er.

Nika gab sich mit der Antwort zufrieden, hakte sich bei Titus ein und zusammen gingen sie den Garten entlang auf die Straße. Titus hoffte inständig, dass alles so ablaufen würde wie er geplant hatte. Es war gut, dass Nika sich so unscheinbar angezogen hatte, dadurch lenkte sie weniger Aufmerksamkeit auf sich. Als hochrangiger Offizier durfte man sich keine Fehler im Zivilleben erlauben, sonst konnte das für die Karriere schlimme Folgen haben. Doch Zeit mit

Nika zu verbringen war für ihn das Wichtigste auf der ganzen Welt, egal ob er eine nervige Frau zu Hause hatte. Er durfte sich nur nicht von irgendeinem Paparazzi erwischen lassen. Sie stiegen in die Limousine und öffneten während der Fahrt eine Flasche Champagner. Nika lachte viel und erzählte von ihrem Tag. Sie wirkte sehr aufgedreht, sehr lebensfroh, genauso wie Titus sie mochte. Es war bereits mehr als nur eine Affäre. Er liebte sie und sie hatte das Beste verdient, was er bieten konnte. Aber Knutschen oder überhaupt irgendwelche Zuneigungen in der Öffentlichkeit würden nicht gehen. Die Medien durften davon nichts mitbekommen und seine Frau schon gar nicht. Titus vermutete, dass sie es ohnehin schon wusste, aber es nur noch nicht zeigte. Doch das beunruhigte ihn an diesem Abend weniger. Er hatte für alle Fälle Vorkehrungen getroffen.

Nach einigen Minuten, die sie durch Demopolis gefahren waren, kam die Limousine vor dem Restaurant zum Halten. Titus stieg aus und bot Nika seine Hand an. Es war nur eine freundschaftliche Geste, die Medien würden bei so etwas noch nicht ausflippen.

Titus ging auf die Eingangstür zu und merkte, dass Nika stehen geblieben war, um das Schild auf dem Dach zu lesen.

»Die Kuppel. Was für ein merkwürdiger Name für ein Restaurant. Hört sich nicht sonderlich edel an.«

Titus hielt seiner Begleitung die Tür auf. »Ist es aber, keine Sorge. Hauptsächlich geht man hier hin, um etwas zu erleben, aber das Essen ist auch sehr gut.«

Nika zog skeptisch ihre Augenbrauen hoch, blieb aber leise und betrat das Lokal.

Ein Ober kam strahlend auf die beiden zu.

»Willkommen im Erlebnisrestaurant Die Kuppel. Haben Sie einen Tisch reserviert?«

Titus blickte den perfekt gekleideten Mann entrüstet an. Er war hier schon so oft essen gewesen und die Angestellten erinnerten sich immer noch nicht an sein Gesicht? Nun, es war vermutlich besser so. Je weniger Trubel, desto besser.

Nachdem Titus dem Ober seinen Namen genannt hatte, wurden die beiden zu ihrem Tisch geführt. Sie mussten durch einen beleuchteten Gang gehen, der ein wenig an einen Flur in einem

Raumschiff erinnerte, bis sie in einer Kuppel ankamen. In der Mitte stand ein säuberlich gedeckter Tisch mit zwei Stühlen, ansonsten war der Raum leer.

Titus freute sich darauf, wie Nika reagieren würde. Er war hier ganz alleine mit ihr und würde die Show ohne Unterbrechungen genießen können. Sie bestellten sich etwas zu Essen, Gerichte mit echtem, guten Fleisch – nichts Synthetisches. So etwas gab es in Demopolis selten.

Als das Essen serviert wurde, standen nicht nur Teller auf dem Tisch, sondern auch eine kleine Fernbedienung mit zwei Knöpfen drauf.

»Was ist das?«, fragte Nika, die zunehmend ruhiger geworden war, als würde ihr es in dem Lokal nicht gefallen.

»Möchtest du es ausprobieren? Es ist ganz einfach.«

»Klar, warum nicht?«, meinte die schwarzhaarige Schönheit und griff nach dem Gerät. Dann drückte sie einen Knopf.

Der Raum fing an zu Rumpeln und das Geschirr klirrte leicht. Nika erschrak und stieß einen kurzen Schrei aus. Dann lachte sie auf.

Die Wände der Kuppel zogen sich langsam hinunter. Nun konnte Titus nach draußen in den Sternenhimmel blicken und die Ebene um das Zimmer herum betrachten. Es war eine triste Fläche aus Lehm, aus der hier und da ein paar Büsche wuchsen.

»Wow, das ist wirklich schön«, staunte Nika. Titus freute sich, dass sie bereits jetzt so begeistert war. Das Beste hatte sie noch gar nicht gesehen.

»Um uns herum ist immer noch eine Kuppel. Sie ist durchsichtig, aber trotzdem kannst du hier nicht einfach rausgehen. Deshalb spürst du auch keinen Windzug. Sehr komplizierte Technik«, erklärte er.

Titus beobachtete seine große Liebe, wie sie sich umguckte und gedankenverloren im Essen herumstocherte. Nach ein paar Minuten blickte sie ihn mit einem Ausdruck an, den er nicht richtig zuordnen konnte.

»Es ist ja alles ganz schön hier, Titus. Aber meinst du nicht, dass es Restaurants gibt, wo man besseres Essen bekommt und sogar eine schönere Aussicht hat?«

Titus schob sich gerade ein fettes Stück Fleisch in den Mund. »Da magst du Recht haben. Aber kann man woanders auch das hier machen?«

Mit diesen Worten griff er auf seinen Teller und warf einen kleinen Knochen in Richtung der Lehmfläche, von dem er schon den Großteil des Fleisches abgeschnitten hatte. Doch anstatt von der unsichtbaren Wand abzuprallen, flog der Knochen weiter und landete auf dem Lehm.

Nika schnaufte kurz amüsiert auf. »Toll, Titus. Man kann seine Essensreste hier nach draußen werfen.«

Titus hingegen blickte sie an und legte seinen Finger an die Lippen. Nika zog die Augenbrauen hoch und hörte auf zu reden. Gemeinsam horchten sie in die stille Nacht hinein. Zuerst nahmen sie gar nichts wahr, dann hörte sie es.

Irgendetwas trampelte in die Richtung der Kuppel. Titus hörte Schritte und Schreie. Eine Horde Menschen trat in das Licht, das von der Kuppel nach draußen fiel und stürzte sich auf den Knochen. Sie waren abgemagert, die Haut hing faltig von ihren Knochen hinunter. Wütend schlugen sie auf die Personen ein, die den Knochen zu fassen bekamen. Sie schrien und geiferten, prügelten sich zu Tode, rissen Hautlappen aus anderen heraus.

Irgendwann rannte einer davon, der anscheinend den Knochen erobern konnte und wurde von einer handvoll Menschen verfolgt. Der Großteil blieb allerdings zurück und starrte die Kuppel an.

»Keine Sorge, die können uns nicht sehen. Von außen sieht die Kuppel wie eine Stahlkugel aus«, beschwichtigte Titus seine Freundin, da er davon ausging, dass sie das Geschehene ein wenig verstören würde. Stattdessen klatschte sie aufgeregt in die Hände und grinste Titus an.

»Fuck, war das geil! Wie die sich um diesen Müll geprügelt haben – wie großartig.«

Titus fiel ein Stein vom Herzen. Er hatte sich den ganzen Tag schon Sorgen gemacht, ob Nika diese Art von Unterhaltung überhaupt mögen würde. Doch sie schien sich prima zu amüsieren und betrachtete die abgemagerten Menschen.

»Schmeiß doch auch mal was raus«, ermunterte Titus sie.

Nika griff nach einem gekochten Brokkoli und warf ihn nach draußen. Sofort ging das Geifern und die Schmerzensschreie wieder los. Die Hungernden hatten nicht einmal was davon. In ihrer Rage zerdrückten sie das Gemüse und konnten maximal ein paar Fasern davon essen.

Der Abend war großartig. Titus und Nika hatten sehr viel Spaß daran, den Hungernden dabei zuzusehen, wie sie sich um die Essensreste zu Tode prügelten. Einigen fehlten die Zähne, einem wurden die Augen ausgedrückt und ein anderer versuchte mit zwei gebrochenen Beinen irgendwie das Essen zu erobern. Der Kellner kam ein paar Mal vorbei und Titus bestellte sich einen Tee, den er Nika reichte, als er serviert wurde.

»Nein, danke. Ich will keinen Tee.«

»Du sollst ihn auch nicht trinken«, meinte Titus verschmitzt. Nikas Gesicht erhellte sich. Sie hatte verstanden.

Sie warf ein Stück Fleisch ganz nah an die Kuppel heran und als die Hungrigen sich darauf stürzten, schüttete sie mit einem Schwung den kochend heißen Tee aus der Kuppel heraus. Die Menschen schrien noch viel lauter, versuchten, den Tee von ihrer Haut zu wischen, verbrannten sich dabei auch noch die Hände.

Von anderen, die hinter ihnen waren und auch ans Fleisch wollten, wurden sie an Kuppel gedrückt. Als sich die Menschenmasse auflöste, blieben nasse, verkochte Fleischstücke an der Wand kleben. Titus beobachtete, wie Nika zunehmend faszinierter guckte, fast wie ein kleines Kind, das zum ersten Mal im Kino ist.

Irgendwann kam der Kellner noch einmal rein und beugte sich zu Titus ans Ohr.

»Ihre Frau ist tatsächlich hier, wie Sie es gesagt haben. Sollen wir so fortfahren, wie geplant?«

Titus nickte kurz und der Ober verschwand wieder. Nika blickte ihn argwöhnisch an, schien wohl abzuschätzen, was der Kellner damit gemeint haben könnte.

»Ist alles okay, Titus?«, fragte sie besorgt.

»Aber selbstverständlich«, gab er zurück. Es war tatsächlich alles in Ordnung. Titus hatte damit gerechnet, dass seine Frau ihn verfolgen würde. Diese verdammte Schlange. »Gleich wirst du das Finale miterleben können.«

Bevor sich Nika über die Bedeutung der Worte Gedanken machen konnte, fing eine Frau an zu schreien. Es hörte sich nicht wie das wilde Gebrüll der Hungernden an, sondern war schrill und spitz. Man solle sie hier herausholen, man solle die Polizei rufen.

Titus wusste schon bevor seine Frau in das Licht der Kuppel trat, wer dort rief. Sie torkelte benommen über den Lehmboden und stützte sich an der Kuppel ab. Sie keuchte. Das verwunderte Titus nicht. Seine Frau war übergewichtig und das bisschen Stress würde sie nicht gut wegstecken können.

Dann bemerkten die Hungrigen die füllige Frau. Sie motzte sie an, dass diese Kreaturen nicht so glotzen sollten, bevor sie realisierte, dass sie verdammt war.

Titus' Frau kam nicht weit. In wenigen Sekunden wurde sie von den abgemagerten Menschen eingeholt und zu Boden gerissen. Es versammelten sich so viele um den Körper der Frau, dass Titus nicht einmal mehr sehen konnte, was dort passierte. Er war sich allerdings sicher, dass, auch wenn die Polizei nachforschen würde, sie keine Spuren von seiner Frau finden würden.

Er blickte wieder Nika an, die seinen Blick liebevoll erwiderte. Titus schob seinen Stuhl nach hinten, trat an sie heran, stützte sich auf ein Knie und zog eine kleine Box hervor.

»Willst du mich heiraten, Nika?«

An ihren vor Freude strahlenden Augen wusste er, dass sie wollte.

Es war ein guter Abend, ein perfekter Abend. Zwei Fliegen mit einer Klatsche.

Die Reise zum Korken der Erde

Doktor Phineas Ferbli entdeckte nur wenige Menschen, die am Hafen standen und ihm zum Abschied winkten, doch es waren die wichtigsten Menschen in seinem Leben. Nicht seine Familie, auch nicht seine Freunde. Es waren seine Unterstützer, die das Projekt, die sein Projekt, ermöglicht hatten. Er hörte ihre Rufe und ihr Jubeln, vernahm ihre Euphorie. Noch einmal winkte er ihnen zu, stieg dann die Leiter hinab und schloss die Luke. Ein hydraulisches Zischen war zu hören. Nun war er auf sich alleine gestellt.

Es hatte ihn viel Mühe und Arbeit gekostet sein Projekt umzusetzen. Und viel Geld, aber das hatte er durch zahlreiche Spenden eingenommen. Er war in unendlich vielen Städten gewesen, hatte dort Vorträge über seine Ideen gehalten und einige Anhänger gefunden. Die meisten hatten ihn allerdings ausgelacht. Trotzdem hatte er irgendwann genug Geld zusammen bekommen, um sich einen eigenen U-Bagger zu bauen. Der U-Bagger war ein schlichtes Ein-Mann-U-Boot, nur, dass an der Spitze eine Baggerkralle angebracht worden war.

Die Tests, die Doktor Phineas Ferbli ausführte, verliefen gut. Der U-Bagger hielt großem Druck stand und auch die Baggerkralle konnte unter Wasser ohne Probleme genutzt werden. Ferbli schaltete alle Geräte ein und setzte sich auf einen Stuhl, von dem er sowohl die Bildschirme zur Überwachung der Daten, als auch das kleine Fenster im Blick hatte. Dann schaltete er sich seine Lieblingsmusik an. Der Soundtrack aus dem Film *20.000 Meilen unter dem Meer* und zog an einem Hebel. Ein leichter Ruck zog durch den U-Bagger, dann spürte Ferbli, wie sein Boot zu sinken begann. Über sich hörte er das Rauschen des Wassers, das über dem Dach des U-Baggers zusammenlief.

Er zog an einem weiteren Hebel, ein weiterer Ruck und das Boot setzte sich in Bewegung, dieses Mal nicht nach unten, sondern nach vorne. Von seinem Guckloch aus konnte Ferbli sehen, wie die Hafenmauern nach und nach trüber wurden und sich der Sandboden irgendwann in einem dunklen Blau verlor. Er schwebte förmlich durch das Wasser, fühlte sich frei, aber irgendwie auch bedrückt. Er durfte dieses Abenteuer nicht als Freizeit ansehen, er musste bei der Sache bleiben. Eine Chance, wie die jetzige, würde es nie wieder geben.

Als er bestimmte Koordinaten erreicht hatte, ließ er seinen U-Bagger stoppen. Um ihn herum schwammen Fische und er konnte sogar den Schemen eines Hais erkennen, Bilder, die er niemals vergessen würde. Nach seinen Berechnungen sollte hier die Stelle sein. Er drückte ein paar Knöpfe und ließ den U-Bagger dann schneller als vorher nach unten sinken. Die türkise Wasseroberfläche färbte sich, je tiefer er nach unten sank, immer dunkler, bis es irgendwann zu einem undurchdringlichen Schwarz wurde. Ferbli wurde etwas nervös, als das Blech des U-Baggers zu Knacken anfing. Das hatte es bei dem Test auch gemacht, allerdings hätte er dort im Falle eines Fehlschlags überlebt. Hier allerdings, mehrere hundert Meter unter der Wasseroberfläche, wäre ein Überleben ausgeschlossen.

Als er sich einige Minuten lang nicht bewegt hatte und nur dem Knacken des Metalls gelauscht hatte, schaltete er das Licht an. Felsenkonstruktionen tauchten vor ihm auf. Er drehte sein Boot und guckte sich einmal um. Er war offenbar in einem Krater. In *dem* Krater. Seine Berechnungen hatten ihn nicht sitzen lassen.

Es dauerte eine ganze Stunde bis er den Grund erreichte. Als der U-Bagger auf den Boden aufschlug, durchzog Ferbli ein Ruck. Der Zeitpunkt der Wahrheit war gekommen. Er setzte sich ans Steuer und tauchte etwa einen Meter nach oben, leuchtete den Boden ab. Überall war schroffer Stein, nur an einer kleinen Stelle, etwa zwei mal zwei Meter groß, lag etwas Sand herum. Ferbli ließ die Baggerkralle sich in den Boden graben.

Endlich würde er es wissen. Und er würde Recht bekommen. *Tatsächlich*, würden die Leute sagen, *die Erde ist ja doch eine Scheibe.* Er würde reich werden, nicht nur Geld, auch Anerkennung, einer der größten Wissenschaftler des Jahrhunderts, ach was, des Jahrtausends. Die Gemeinde der Flacherdler bestand aus gut fünfzehn nennenswerten, weil reichen, Mitgliedern. Ihr Glaube an die Wahrheit hatte Phineas Ferbli bestärkt und ihr Geld hatte es ihm möglich gemacht diese Wahrheit ans Licht zu bringen.

Er wollte die andere Seite der Erde fotografieren und für alle Menschen zugänglich machen, doch diese Seite war nun mal unter viel Stein vergraben. Er hatte viel gerechnet, viele Studien zu der Physik unternommen, bis er irgendwann die Stelle gefunden hatte, an der der Übergang zu der anderen Seite möglich war.

Ferbli ließ die Baggerkralle in den Boden rasen, Sand wirbelte auf. Er zog eine volle Schaufel hoch und ließ sie neben der Sandstelle zu Boden gleiten. Diesen Vorgang wiederholte er einige Male. Es brauchte seine Zeit und forderte hohe Konzentration. Auch wenn der U-Bagger bis lang jedem Druck widerstanden hatte, konnte jede Bewegung dazu führen, dass die Nähte platzten oder Schrauben raus gedrückt werden würden.

Doch als Ferbli noch eine Fuhre Sand aus dem Boden raus zog, fing sein U-Bagger an sich zu bewegen. In Richtung des zwei Mal zwei Meter großen Lochs. Der Doktor sah noch, wie die Erde erzitterte, dann drückte sich die Baggerkralle zusammen und wenige Millisekunden später der Rest des U-Baggers und verschwand in dem freigelegten Loch.

Oben an der Oberfläche wartete man gespannt auf die Rückkehr des Doktors und als ein gigantischer Strudel auf dem Meer zu sehen war, der das gesamte Meerwasser einsog und verschwinden ließ, wussten die Menschen, dass der Korken gefunden wurde. Sie jubelten und freuten sich, denn sie hatten Recht.

Monument

»Ah, da sind Sie ja.«
»Ja, es gab ein wenig Stau. Ich hoffe ich habe Sie nicht verärg-«
»Kommen Sie mit.«
Fritz Reinersmann hatte ich mir anders vorgestellt. Die Begrüßung war unfreundlich und ruppig gewesen, falls man das überhaupt Begrüßung nennen konnte. Ich war heute morgen um vier Uhr mit meinem Auto losgefahren und war kurz nach zwölf auf dem Grundstück eingetroffen. Ich wusste nicht, ob es an den paar Minuten Unpünktlichkeit lag, ich hätte eigentlich um zwölf da sein sollen, oder ob Reinersmann von Natur aus eine unfreundliche Person war.

Während er sein Projekt über E-Mail vorgestellt und wir daraufhin ein Treffen abgesprochen hatten, hatte er eigentlich immer sehr zuvorkommend und freundlich gewirkt. Er hatte mir angeboten, dass ich eine außergewöhnliche Statuensammlung beschreiben und in dem Kunstmagazin, für das ich arbeitete, veröffentlichen durfte. Doch der Mann, der vor mir her lief um mir den Weg zu zeigen, hatte nichts von dieser Freundlichkeit, die ich eigentlich erwartete.

Seine schwarzen Haare standen an einigen Stellen vom Kopf, als wäre er gerade erst aufgestanden, an anderen Stellen wurden sie mit viel Haargel und einem dünnen Kamm am Schädel entlang gekämmt, sodass das Fett in der Sonne schimmerte. Passend zu den schwarzen Haaren trug er einen schwarzen Kittel, der an einigen Stellen von Rissen durchzogen war. Es war aber nicht die Kleidung eines Künstlers, der diese Risse absichtlich platziert hatte, sondern eher der abgewrackte Mantel eines Mannes, der an alten Dingen viel zu sehr fest hielt.

Der Mantel oder sogar der ganze Mann machten auf mich einen eher weniger künstlerischen Eindruck, ganz im Gegensatz zu dem riesigen Garten, den wir durchschritten. Um uns herum konnte ich eine Vielzahl an Blumen, Bäumen und Sträuchern erkennen, sowie intelligent platzierten Dekorationen. Reinersmann hatte sogar eine Gartenzwergsammlung, doch deswegen war ich nicht hier. Im Hintergrund erstreckte sich das Anwesen von meinem Gastgeber, dass er, bis auf eine handvoll Angestellte, allein bewohnte. Eine prachtvolle Villa aus Brickstein mit einem Dach aus schwarzen Ziegeln.

»Befinden sich die Statuen im Garten oder bei Ihnen im Haus?«, fragte ich, als wir bereits wenige Minuten schweigend durch die Gegend gelaufen waren.

»Im Garten. Dort wo jeder Sie sehen kann. Und auch keiner.« Von dieser vagen Aussage etwas verwirrt, verkniff ich es mir weitere Fragen zu stellen. Früher oder später würde er mir die Statuen zeigen, ich würde Fotos machen und dann mit hoffentlich besser beantworteten Fragen hier wieder verschwinden.

Irgendwann bogen wir von dem Hauptweg ab und schritten über einen Kiesweg auf eine helle Holztür zu. Reinersmann öffnete sie und nickte mir zu, symbolisierte mir damit, dass ich eintreten durfte. Mit großen Augen betrachtete ich die Statuen, die in einer Reihe aufgestellt waren. Ich erkannte sofort, mit was für einem unglaublichen Detailreichtum gearbeitet wurde. Als Reinersmann mich angeschrieben hatte, meinte er, dass es besondere Statuen seien.

Der Detailreichtum würde eigentlich schon reichen, um diese Kunstwerke als *besonders* betiteln zu können, doch was es so faszinierend für mich machte, war das Material aus dem die Statuen geschaffen wurden. Anstatt, wie üblich für solche Figuren, Kupfer oder Marmor zu nehmen, bestanden diese Werke aus purem Stein. So etwas war unglaublich schwer herzustellen und erforderte lebenslange Übung.

»Großartige Werke. Darüber werde ich auf jeden Fall eine Story schreiben können.«

»Wie wollen Sie eine Story schreiben, wenn Sie die Geschichte nicht kennen?«

»Ich werde die großartige Arbeit, die Sie hier geleistet haben erwähnen, natürlich.«

»Nein, nein. Das reicht mir nicht. Dieses Monument erzählt eine Geschichte. Darüber sollen Sie schreiben.«

»Nun, welche Geschichte erzählen diese ganzen Steine denn?«

»Meine.«

»Ich verstehe nicht.«

»Sie erzählen meine Geschichte. Sehen Sie, hier zum Beispiel – «

Er zeigte mir die erste Statue. Sie zeigte ein schreiendes Neugeborenes. Die Mimik war weit einprägsamer als bei allen anderen Figuren, die ich bis lang gesehen hatte. Allgemein war es für einen Stein unfassbar detailreich dargestellt.

»Meine Geburt. Natürlich. Der Anfang des Lebens, beginnt meistens weinend, schmerzhaft, grell, herausgerissen aus der üblichen Umgebung. Deswegen ist es auch kein niedliches Baby, sondern ein weinendes Nervenbündel.«

Wir gingen weiter zu der zweiten Figur. Ein kleiner Junge auf dem Boden, ebenfalls weinend, aber offensichtlich mit einem schmerzerfüllten Gesichtsausdruck. Er hielt sich das Knie und, das war das besondere an dieser Statue, sogar die Bluttropfen, die das Bein hinunterflossen, waren in den Stein gemeißelt. Im Hintergrund lag ein Fahrrad, der Sattel, Lenker, die Kette, alles aus Stein. Sogar jede einzelne Speiche, wenige Millimeter dick, wurde dargestellt und es sah nicht einmal instabil aus.

Direkt daneben war der gleiche Junge auf einem Fahrrad und schien sich ohne Probleme darauf halten zu können.

»Aus Versagen lernt man. So war das auch in meinem Leben. Nicht nur beim Fahrradfahren fällt man oft in den Dreck und tut sich weh, sondern auch bei vielen anderen Dingen. Fehlschläge sind normal.«

Die nächste Figur. Ein etwa 17-jähriger Junge lag in einem Bett und ah krank aus. Auf dem Bett lagen Pillen und Spritzen.

»Drogenprobleme kann man beheben. Man muss nur wissen, welche Leute einem helfen.«

Er zeigte mir noch die anderen Statuen, gab zu jeder einen Kommentar ab. Ich notierte sie mir für später, für meinen Zeitungsbericht. Für eine große Story würde es noch nicht reichen, aber eine Spalte würde man in dem Magazin füllen können. Wir kamen an einem fröhlichen, gerade erwachsen gewordenen Mann vorbei. Er sah gesund aus, von Drogen keine Spur. Dann trug ein ähnlich aussehender Mann einen Anzug und hatte Geld in seinen Händen. Natürlich sollten die Figuren den gleichen Menschen darstellen, aber die Aufgabe eine eins-zu-eins Kopie zu erschaffen, war auch für den überragensten Steinmetz zu viel. Dann eine weitere Figur, dieses Mal in einem Arm ein kleines Baby und an der anderen eine schöne Frau.

»Das war vor etwa zehn Jahren. Mittlerweile hat mich meine Frau verlassen und meinen Sohn hat sie mitgenommen. Aber so ist das Leben. Menschen sind nicht dafür gemacht 60 Jahre zusammenzuleben.«

Die nächste Skulptur zeigte keinen Menschen, sondern einen Krebs. Zuerst dachte ich daran, dass es um ein Sternzeichen ginge, oder er einen großen Schritt gewagt hat, um sein Glück auf dem Meer zu finden. Doch die einzige, viel realistischere Wahrheit, war etwas anderes.

»Krebs. Überall verstreut in meinem Körper. Man kann viel Glück und Erfolg haben im Leben, aber das Schicksal kann zu manchen hart sein. Auch zu Menschen, die es eigentlich nicht verdient hätten. Ich glaube nicht an Gott, wissen Sie? Sonst würde ich mich damit besser abfinden können.«

Das nächste Standbild wirkte auf mich verstörend und ließ den Artikel, den ich vorhatte zu schreiben, sich über zwei Spalten statt nur einer erstrecken. Es war ein menschlicher Oberkörper. Arme und Kopf waren noch dran, doch dort wo die Beine hätten sein sollen, waren überall Fleischstücke herausgerissen worden. Man konnte es, trotz der recht monotonen Farbe des Steins, sehr gut erkennen. Im Gesicht der Figur spiegelte sich grenzenloser Schmerz wieder.

»Ich kann mich damit nicht abfinden. Es ist einfach nur unfair. Dieses Monument stellt die Krankheit dar. Sie verzehrt mich Stück für Stück, ich habe Schmerzen und fühle mich, als würde mir das Leben, wie Fleischstücke, nach und nach aus meinem Körper gerissen werden.«

Ich notierte mir alles. Es war einfach zu interessant es nicht zu tun. Er war nicht nur ein großartiger Steinmetz, sondern offenbar auch Hobbyphilosoph und hatte sich über viele Dinge bereits Gedanken gemacht.

Der zerfressene Körper war allerdings die letzte Statue. Dahinter stand nur noch ein leerer Sockel ohne irgendeine Skulptur drauf. Reinersmann schritt auf den Sockel zu und stieg an ihm hoch.

»Sie haben doch bestimmt an der Prozedur von so einem Ding Interesse, stimmt's?«

»Oh ja. Die Steinmetzkunst ist überragend.«

»Nun, ich habe damit wenig zu tun.«

Mit einem Mal zog Reinersmann ein Messer und stach sich damit in den Bauch. Er schrie auf. Schnitt sich mit dem Messer den ganzen Bauch auf. Geschockt torkelte ich zurück und starrte gebannt auf die Szene. Doch der Schrei war nicht das einzige, was ich hörte. Ich vernahm immer wieder die Geräusche, die man hört, wenn Steine aufeinander geschlagen werden oder abrutschen. Und dann sah ich es. Der Fuß von Reinersmann verfärbte sich genau in die Farbe, wie die Statuen hinter uns. Irgendwo im Unterbewusstsein, fragte ich mich, ob es auch wirklich die Konsistenz von Stein hatte. »Schreiben Sie darüber Ihre Story«, presste Reinersmann zwischen vor Schmerz zusammengepressten Zähnen hervor. Dann wurde sein gesamter Körper von der Steinschicht überzogen. Ich stand nur da und starrte. Vor mir stand eine Statue aus Stein. Der Mann hatte sich ein Messer in den Bauch gerammt und man konnte die Bluttropfen sehen, sowie die Mimik. Dann traf mich der Gedanke wie ein Schlag. Reinersmann meinte, dass er mit der Erschaffung der Figuren nichts zu tun hatte. Was, wenn alle von den Statuen auf dem gleichen Wege entstanden sind? Waren es echte Menschen?

Kleiner Tropfen

Eine kleine Träne fließt die Wange von dem Jungen hinunter und fällt auf den Boden. Langsam wird sie von der Sonne hochgehoben und fliegt zu einer Wolke. Dort schläft die kleine Träne und verwandelt sich in einen kleinen Tropfen.

Irgendwann wird er schwerer und schwerer und löst sich von der Wolke. Er ist jetzt alt genug. Er fliegt durch die Luft, wird schneller und schneller und spürt den Wind um sich herum sausen. Irgendwann landet er auf dem Boden.

Einige seiner Brüder und Schwestern sind bereits gelandet, viele kommen noch nach. Der kleine Tropfen findet einen kleinen Zusammenschluss von seinen Freunden und schließt sich ihnen an. Die Reise beginnt.

Gemeinsam fließen sie den Hügel hinunter. Sie fließen an Gras und Tannenzapfen vorbei, an Steinchen und Insekten. Dann kommen sie an einen Bach.

»Sollen wir da rein?«, fragt einer der Tropfen. Die anderen zögern, doch der kleine Tropfen ist mutig und springt.

Er wird mitgerissen, es ist plötzlich viel schneller geworden. Viele fremde Tropfen aus anderen Wolken fließen um ihn herum. Sie jubeln und jauchzen und freuen sich im Bach zu sein. Der kleine Tropfen macht es ihnen nach.

Er genießt das gemeinsame Fließen. Es ist beruhigend und fühlt sich gut an.

Der kleine Tropfen fließt durch einen Nadelwald. Die Bäume winken ihm zu und die Vögel singen ein Lied für ihn. Der Bach führt den gesamten Berg hinunter und schließt sich irgendwann mit einem noch größeren Bach zusammen.

Alle haben die gleiche Richtung. Alle wollen in Richtung Meer.

Die Berge werden flacher und irgendwann kommt der kleine Tropfen an Feldern und Wiesen vorbei. Die Kühe muhen ihm zu, die Schafe fressen Gras. An einer großen Windmühle dreht sich das große Rad.

Der kleine Tropfen freut sich. Irgendwas sagt ihm, dass er sein Ziel bald erreicht hat. Bald ist er im großen Ozean. Im Meer wird er wie wild umher schwimmen können, die Freiheit genießen, vielleicht lernt er eine Tropfenfrau kennen.

Er fließt weiter den Fluss entlang, überschlägt sich mit den anderen Tropfen. Jeder kann es kaum erwarten ins Meer zu fließen. Sie fließen und fließen. Doch plötzlich stoppt der kleine Tropfen abrupt. Etwas ist im Weg. Der kleine Tropfen kann nicht weiter.

Er drückt und zieht an dem Ding, das ihm den Weg versperrt, kommt nicht vor und nicht zurück, während die anderen Tropfen einfach über ihn und über das Ding rüberfließen.

Der kleine Tropfen hofft, dass die Kinderleiche bald gefunden wird, damit er weiterziehen kann.

An der Leine

Ich fühle mich so schwach. Natürlich könnte ich mich wehren, doch sie sind stärker als ich und würden mir weh tun. Außerdem wüsste ich nicht, wohin ich danach laufen sollte. Bestimmt würde mich irgendjemand fangen und wieder zurückbringen, oder ich komme in irgendein Heim, aber das will ich wirklich nicht erleben. Also behalte ich die gute Miene zum bösen Spiel bei.

Ich wurde damals einfach von meinen Brüdern weggerissen. Wir spielten gerade zusammen, als mich jemand packte, begutachtete und mich in einen großen Eisenkäfig warf. Ich konnte mich nicht einmal verabschieden und sah nur, wie alle mir fragend und besorgt hinterher blickten.

Die Familie, bei der ich zur Zeit wohne, könnte vermutlich bei Weitem schlimmer sein. Mir wurde ein eigener Schlafplatz eingerichtet, es ist immer genug Wasser für mich da und zwei Mal am Tag bekomme ich sogar eine Mahlzeit.

Die etwas kleineren Besitzer spielen oft mit mir und streicheln sanft über meinen Kopf. Der Große allerdings, der ist manchmal sehr böse. Er kommt nach Hause und anstatt mich zu begrüßen, schubst er mich weg, als wäre ich gar nicht da. Ich bin die ganze Zeit nett zu ihm, aber auch nur, weil ich etwas zu Essen haben will.

Zum Glück werde ich auch oft raus gelassen. Das Haus liegt auf einem großen Grundstück und es gibt für mich genug Platz um zu Laufen und mich Auszutoben. Im Haus liege ich die ganze Zeit nur herum. Es ist manchmal sehr langweilig. Spazieren gehen wir auch oft. Am Liebsten mit den Kleinen. Immer wenn ich etwas Neues entdecke, warten sie geduldig auf mich und machen mir manchmal sogar das Halsband ab.

Nur der Große, der ist manchmal sehr brutal. Ich darf bei ihm nicht immer alles Erkunden. Manchmal zieht er mit seinen Tentakeln an der großen Leine, sodass ich auf meine Knie falle und mir die Haut aufreiße.

Tiefseemonster

Sie holte einmal tief Luft, steckte sich den Schnorchel in den Mund, rückte ihre Brille zurecht und tauchte ab. Das Wasser war etwas kälter als sonst, doch das störte sie in ihrem Neoprenanzug nicht. Mit kräftigen Beinschlägen wärmte sie sich in der Nähe der Oberfläche auf. Ein paar Minuten später, als sie sich an die Temperatur gewöhnt und ihre Muskeln gespannt hatte, fing sie an tiefer zu tauchen.

Schon seit einigen Jahren besuchte sie einen Taucherkurs in ihrer schwedischen Heimatstadt und war diesen Sommer ganz allein in den Urlaub gefahren. Durch einen kleinen Nebenjob hatte sie sich genug Geld für eine eigene Taucherausrüstung zusammen gesammelt. Nachdem sie eine kleine Ferienwohnung gefunden hatte, buchte sie einen Flug und war wenige Wochen später dort.

Dieses Gefühl, schwerelos durch das Wasser zu gleiten, war für sie unbeschreiblich schön. Ohne einen Muskel anzuspannen trieb sie vor sich hin und betrachtete den näher kommenden Meeresboden. Hier war sie alleine und konnte machen was sie wollte. Sie dachte dort immer über alles mögliche nach. Über Tiere, über ihre Zukunft und natürlich auch über Jungs.

Sie hatte es nicht schwer anderen die Köpfe zu verdrehen. Durch die langen, blonden Haare und die Sommersprossen um die Nase, war sie wie ein Vorzeigemodell für schwedische Mädchen.

Was aber noch besser war, als das Gefühl nicht an Physik gebunden zu sein, war diese andauernde Stille. Das einzige was sie hören konnte, war das Wasser, das um ihre Ohren strömte. Am Liebsten würde sie für ewig dort unten bleiben. Schon oft hatte sie geträumt eine Meerjungfrau zu sein und den ganzen Tag mit anderen Meeresbewohnern zu schwimmen und zu reden. Natürlich wusste sie, dass es nicht gehen konnte, doch ...

Sie zuckte zusammen. Irgendetwas hatte ihren Fuß gestreift. Sie blutete nicht und ihr tat auch nichts weh, doch sie war sich sicher, dass dort etwas gewesen war. Sie bemerkte wie sich ihr Herzschlag erhöhte. Etwas ängstlich blickte sie sich um, doch um sich sah sie nur das blaue Wasser und den groben Sandboden, sowie einige kleine Fische, die seelenruhig ihre Bahnen schwammen.

Sie nahm sich an ihnen ein Beispiel und beruhigte sich. Was sollte hier unten denn schon sein? Ein großes, menschenfressendes

Monster? Eine urzeitliche Riesenqualle? Das war alles nur Humbug und sie musste schon fast über sich selbst lachen.

Plötzlich setzte ihr Herzschlag für einen Moment aus. War sie eben nicht noch näher am Ufer gewesen? Um sie herum sah sie nur Sand. Meter, sogar Kilometerweit immer das Gleiche. Sie fing an etwas schneller in eine Richtung zu schwimmen, von der sie dachte, dass sie von dort gekommen war.

Nach einigen Zügen war immer noch kein Ufer in Sicht. Am Klügsten wäre es nun aufzutauchen und sich von oben ein Bild über die Lage zu machen. Doch als sie sich nach oben begab, streifte wieder etwas ihren Fuß. Panisch drehte sie sich um und sah nur noch irgendetwas Dunkles auf den Meeresboden sinken. Sie wollte gar nicht wissen was es war und tauchte weiter.

Mit einigen schwere Beinschlägen verdrängte sie Unmengen von den roten Wassermassen und kam der Oberfläche immer näher. In ihrem Mund schmeckte sie irgendetwas eisenhaltiges.

Das Wasser um sie herum war auch gar nicht mehr blau. In völliger Panik und ohne zu wissen, was um sie herum passierte, stieß sie sich nach oben, als ihr bewusst wurde, dass der Sauerstoff langsam ausging.

Wieder streifte sie etwas. Nochmals ein großer, schwarzer Klumpen, der Richtung Meeresboden sank. Sie brauchte unbedingt Luft! Warum war das Wasser so rot? Was waren das für Wesen, die sie ständig berührten?

Stark nach Luft schnappend tauchte sie auf. Das blaue, ruhige Meer war einem blutroten Alptraum gewichen. Und wieder berührte sie etwas. Diesmal umklammerte sie es und schaute es sich genauer an.

Dann musste sie lachen. Sie hatte die Leiche eines jungen Babywals in den Händen, aus dem in regelmäßigen Abständen ein Schwall Blut aus einer klaffenden Wunde am Bauch gepumpt wurde. Erst jetzt fiel ihr wieder ein, dass sie zum falschen Zeitpunkt auf den Färöer Inseln Urlaub machte.

Umbra Pharmaka

Johann steht in seinem Badezimmer und starrt seinem Spiegelbild in die Augen. Er wird von einer Neonröhre, die über dem Spiegel angebracht worden ist, angeleuchtet. In seiner Hand hält er eine Pillendose.

Seine Augenringe lassen darauf schließen, dass Johann in den letzten Wochen und Monaten viel Stress, aber wenig Schlaf hatte. Seine Haut ist bleich und wirkt irgendwie eingefallen, als würde er bei lebendigen Leibe verfaulen. Und so fühlt Johann sich auch. Er hebt die Pillendose ins Licht und ließt den Aufdruck. *Umbra Pharmaka. Nehmen Sie jeden Abend eine Pille, um die Wirkung der Medizin vernünftig entfalten zu können.* Einen Hinweis auf Nebenwirkungen gibt es nicht. Dafür ist Johann zuständig.

Als er die Anzeige in der Zeitung gelesen hatte, entschied er sich sehr spontan das Unternehmen anzuschreiben. Es ging um eine Testphase für ein Medikament. Johann würde viel Geld dafür bekommen, wenn er bei der Entdeckung der Nebenwirkungen mithelfen würde.

Der Doktor hatte ihm erklärt, dass es sich bei der Pille um eine Art Supermedizin handelte. Das Militär brauchte neue Möglichkeiten sich zu verstärken und schneller genesen zu können.

Johann schraubt den Deckel von der Dose ab und legt ihn in das Waschbecken. Dann hält er die weiße Pille gegen das Licht. Sie ist zu etwa über einem Drittel mit Pulver befüllt. Der Rest ist Luft.

Er erinnert sich daran, wie der Doktor ihm das Prinzip erklärt hatte. Fünfzig Prozent der Tester bekamen die Medizin. Die anderen fünfzig Prozent bekamen lediglich Zuckerpillen. Ein Placebo.

Eigentlich will Johann die Pille gar nicht schlucken. Doch er braucht das Geld. Seitdem seine Arbeitgeber mit ihrem gesamten Kapital in ein anderes Land geflüchtet sind, fällt es ihm unglaublich schwer sich über Wasser zu halten und seine Wohnung zu finanzieren.

Dazu kommt noch der Unterhalt für seinen Sohn.

Letztendlich überwiegt die Not. Johann lässt die Pille in seinen Mund fallen, nimmt einen großen Schluck Wasser und würgt beides hinunter.

Er blickt wieder in seine eingefallenen Augen. *Es ist notwendig*, denkt er sich. *Es ist für einen guten Zweck.*

Er geht zu seinem Bett, ohne etwas von Nebenwirkungen mitzubekommen. Vielleicht hat er ja Glück. Vielleicht hat er nur die Zuckerpillen bekommen. Einschlafen kann er ebenfalls ohne Probleme. Er hat keine Schmerzen, keine Schweißausbrüche und fühlt sich recht normal.

Am nächsten Tag wird er von einem lauten Knall geweckt. Sein Zimmer ist von dem Sonnenlicht bereits hell erleuchtet. Er schaut auf seine Uhr. Es ist bereits Mittag. Johann bleibt noch einige Minuten liegen, steht dann auf und frühstückt. Auf einem Dokument, das ihm der Doktor mitgegeben hatte, notiert er die erste Nebenwirkung: Müdigkeit, wirkt wie ein Schlafmittel.

Dann öffnet er seinen Kühlschrank und bemerkt, dass er kaum etwas zu Essen da hat. Daher zieht er sich seine Jacke und Schuhe an und geht nach draußen.

Er sieht sich um und wundert sich, dass es keine Autos auf der Straße gibt. Um diese Uhrzeit war die Straße sonst immer sehr stark befahren. Doch heute nicht.

Johann geht die Straße entlang, bis er an einem Blumenladen ankommt. Dort kauft er eigentlich immer, wenn er in die Stadt geht, eine Tulpe, um sie sich in die Küche zu legen, damit seine Wohnung nicht ganz so trostlos aussieht. Mit der Floristin verstand er sich immer sehr gut.

Er betritt den Laden und sieht die blonde Verkäuferin hinter ihrem Tresen stehen. Sie scheint in ein Magazin vertieft zu sein und bemerkt ihn gar nicht. Johann spaziert erst einmal durch die Gänge, in denen allerhand Blumen zur Schau gestellt werden. Der Duft von Lavendel steigt ihm in die Nase. Den Geruchssinn scheint das Medikament wohl nicht einzuschränken.

Letztendlich entscheidet Johann sich für eine hellblaue Tulpe und geht mit ihr an den Tresen, um sie zu bezahlen.

Er begrüßt die Floristin. Doch diese schaut an ihm vorbei, als wäre er gar nicht da.

»Ich möchte diese Tulpe kaufen«, sagt Johann und hält der Verkäuferin die Blume vor die Nase. Doch auch darauf zeigt sie keine Reaktion.

»Ist alles in Ordnung? Kann ich Ihnen helfen?«, fragt Johann verwirrt.

Er blickt in die regungslosen, milchigen Augen der Frau und zuckt mit den Schultern.

»Dann halt nicht«, meint Johann, nimmt die Tulpe und verlässt den Laden ohne zu bezahlen.

Auf den Straßen sieht Johann immer noch keine Autos. Als wären heute alle zu Hause geblieben und hätten keine Lust, das zu erledigen, was es zu erledigen gab. In seine Gedanken vertieft schlendert er die Straße weiter entlang.

Plötzlich stößt er mit einem älteren Herren zusammen. Wenn Johann sich nicht an der Laterne festgehalten hätte, dann hätte er das Gleichgewicht verloren.

»Oh, entschuldigen Sie. Das war nicht meine Absicht«, entschuldigt sich Johann.

Doch der Mann geht einfach weiter, als hätte man ihn gar nicht angerempelt.

Johann kommt das alles sehr suspekt vor. Heute hat ihn niemand wirklich wahrgenommen. Hängt das mit den Medikamenten zusammen?

Er beschließt etwas gewagter vorzugehen. Wenn ihn niemand wahrnimmt, dann kann er ja alles tun, was er will. Deshalb geht er zur nächsten Polizeistation. Alle Einsatzwägen stehen auf dem Parkplatz.

Er zieht sich die Hose aus und rennt schreiend in das Präsidium hinein. Die schwer bewaffneten Polizisten stehen wie angewurzelt in ihrem Büro. Sie bewegen sich. Langsam, sehr träge. Ebenfalls mit dem milchigen Schein in den Augen. Doch sie halten Johann nicht auf. Er tanzt nackt auf den Tischen, schreit und singt und genießt die neu gewonnene Freiheit.

Ich muss unsichtbar sein, denkt er sich. *Die Medizin hat mich unsichtbar werden lassen. Das ist die geheime Superwaffe für das Militär. Unsichtbare Soldaten – eine tolle Idee!*

Er geht aus dem Präsidium hinaus in die Innenstadt. Einige Bürger sind auf den Straßen und schleppen sich ziellos durch das Gewirr an Verkaufsständen.

Johann nutzt die Situation schamlos aus. Er beklaut die Verkäufer, ohne das sie es bemerken, isst den langsam bewegenden Menschen das Essen weg und begrabscht die Frauen, die ihm gefallen. Plötzlich klingelt sein Handy.

»Ja?«

Aus dem Lautsprecher dröhnt die Stimme des Doktors.
»Oh, wie erstaunlich, dass ich Sie hören kann. Kommen Sie bitte in mein Labor.«
Johann macht sich auf den Weg in das Gebäude. Er hätte nicht gedacht, dass der Test so schnell beendet werden würde. Das Sicherheitspersonal bewegt sich schneller als die anderen Menschen und halten Johann auf, als er das Labor betreten will. Doch sie lassen ihn passieren, als sie seinen Ausweis kontrolliert haben.

Johann geht durch weiße, röhrenähnliche Gänge, bis er in das Büro von dem Doktor kommt. Dieser sitzt mit überschlagenden Beinen auf einem Stuhl und bietet Johann ebenfalls einen Sitzplatz an.

»Guten Tag, Herr Johann. Ich möchte bitte direkt Ihre Testergebnisse bekommen. Was haben Sie für Nebenwirkungen bemerkt?«

»Zum einen Müdigkeit und ein sehr tiefer Schlaf. Ich wurde erst durch einen lauten Knall geweckt. Des Weiteren bin ich mir sicher, dass ich unsichtbar bin.«

»So, meinen Sie? Weshalb kann mein Sicherheitspersonal Sie dann sehen?«

»I-Ich weiß nicht.«

»Nun, ich erkläre es Ihnen. Die Medizin, die Sie eingenommen haben, stärkt Ihr Immunsystem. Sie sind dadurch vor einigen *fremden Einwirkungen* besser geschützt als andere. Den Knall, den Sie heute Morgen bestimmt gehört haben war die Explosion einer neuen Waffe. Ihre Stadt wurde von dem Militärrat dafür bestimmt, Testobjekt für diese Waffe zu sein.«

»Was ist das für eine neuartige Waffe?«

»Sie funktioniert wie ein EMP. Nur, dass nicht die elektronischen Geräte ihre Funktionen verlieren, sondern die Menschen. Sie können nichts hören, nichts sehen und ihre Körperfunktionen sind auf ein Minimum beschränkt. Durch Ihren Einsatz können wir diese Waffe im Kriegsgebiet einsetzen. Unsere Soldaten müssen nur die Medizin nehmen, damit wir unseren Feind problemlos zertrümmern können. Das Geld haben Sie sich auf jeden Fall verdient, Herr Johann.«

Verschlungen

Die Bewohner des kleinen Küstendorfes Borkholm an der Westküste Norwegens schlugen sich seit hunderten von Jahren durch die härtesten Zeiten. Sei es ein Sturm, der die Ländereien verwüstete und in dem die Zuchttiere umgekommen waren, oder die Unwetter auf hoher See, die jedes noch so starkes Boot bislang verschlungen hatten. Doch nichts konnte die stolzen Einwohner davon abhalten an dem Dorf festzuhalten und sich von jeder Katastrophe zu erholen. Das Wetter war über die Jahre misslaunig. Mal lag die See ruhig, doch kam dann noch viel stürmischer und kälter wieder, sodass irgendwann sogar die Felder aufgegeben werden mussten. Für das Überleben der Borkholmner kam nur noch das Fischen in Frage. Also holzten sie den Wald um das Dorf ab, um immer genug Boote zu haben, doch das führte wiederum dazu, dass den Winden gar kein Widerstand mehr geboten wurde.

Ein Bote wurde losgeschickt, um einige Wissenschaftler zu befragen und ob das wechselnde Wetter irgendwie aufgehalten werden könnte. Doch auch die klügsten Männer Norwegens konnten sich die Gezeiten nicht erklären und riefen alle Norweger zur Vorsicht auf. Betretet Borkholm und ihr werdet von der Wut der Götter verschlungen, so hieß es. Die Unwetter nahmen mehr und mehr zu, es gab kaum noch Tage, an denen der Sturm keinen Schaden an der Stadt oder den Booten anrichtete. Nicht selten starben Fischer in dem tosenden Meer, die sich selbst über-, beziehungsweise den Sturm unterschätzten, oder einfach so hungrig waren, dass es keine andere Möglichkeit gab, als hinauszufahren und zu fischen.

Irgendwann zogen einige Familien weg, bis nur noch etwa fünfzig Männer und Frauen übrig waren, die familiär aneinander wuchsen. Sie schliefen zwar noch in getrennten Häusern, doch gegessen wurde immer in der großen Halle im Hause des Bürgermeisters.

Doch eines Tages hörte der Sturm mit einem Mal für einen Tag auf. Zwei der verbliebenen Frauen waren schwanger und gebaren am selben Tage, in der selben Stunde, fast in der selben Minute jeweils einen gesunden Jungen. Björn und Olaf.

Die beiden Kinder verstanden sich seit dem ersten Moment ihrer Wahrnehmung nicht. Schon als Kleinkinder nahmen sie sich ihr Spielzeug weg, oder bewarfen sich mit Essen. Als Jugendliche prügelten sie sich, doch es war stets ausgeglichen. Mal gewann Olaf, dann wieder Björn. Als sie älter wurden und selbst dazu fähig waren, selbst mit dem Boot hinauszufahren und zu fischen, war es mit den Schlägereien vorbei. Die Tage waren zu anstrengend um sich nach der Fischerei noch körperlich anzugreifen. Stattdessen verspottete man sich gegenseitig. Olaf, der sowieso die reicheren Eltern hatte, konnte natürlich auch mit einem großen Kahn hinausfahren und fing mehr Fisch, als Björn, der nur eine kleine Barke zur Verfügung hatte.

Er wusste, dass er für seine Armut nichts konnte, doch trotzdem stieg die Wut und der Neid in ihm auf, wenn Olaf, wie fast jeden Abend, mit seinem Fang in der Taverne prahlte und Björn auslachte. Die Bewohner des Dorfes verehrten Olaf, denn er fing soviel Fisch, auch in den größten Stürmen, dass kaum ein anderer Fischer mehr raus fahren und sein Leben riskieren musste. Es war nicht verwunderlich, dass er sich eins der schönsten Weiber zur Frau nahm und zum Bürgermeister auserkoren wurde. Der Vorherige starb bei einer merkwürdigen Begebenheit.

Es war gutes Wetter und das kam sehr selten vor. Die See lag glatt über der Erde und nur klitzekleine Wellen brachen am Land. Olaf verstand sich, genauso wie Björn mit jedem der anderen Bewohner sehr gut, so auch mit dem Bürgermeister und lud ihn zu einer kleinen Bootsfahrt auf dem Kahn ein. Eigentlich war es die perfekte Gelegenheit, um viel zu fangen, doch er war die Tage vorher mit seiner Mannschaft schon draußen gewesen und hatte Unmengen erbeuten können, sodass es in Ordnung war, sich einen Tag frei zu nehmen.

Doch gerade als der Kahn an einer kleinen Felsenformation wendete, schlug das Wetter um. Die Wellen wuchsen um das zwanzigfache, der Regen prasselte auf die Unglücklichen hinab und schlugen so hart auf, dass es sich wie Hagel anfühlte. Olaf schaffte es zu wenden und zurückzufahren, doch hatte mit seiner Todesangst und der immer größeren Panik zu kämpfen, sowie dem Gefühl der Hilflosigkeit. Denn eine der Wellen hatte den Bürgermeister von Deck gerissen und hinab in die Tiefe gezogen. Die Bürger gaben Olaf keine Schuld. Er hätte es nicht wissen können. Seit diesem Tag hielten sich die Gezeiten zurück. Ruhe kehrte in Borkholm ein und es fing wieder an zu wachsen.

414

Viele Jahre später musste Olaf nicht mehr heraus fahren. Er hatte eine Mannschaft, die für ihn fischte und nicht mehr einen Kahn, sondern gleich drei. Am Hafen verkauften zahlengewandte Händler den Fang, bezahlten die Fischer und brachten den Rest der Gewinne zu Olaf. Björn hingegen fuhr immer noch allein mit seiner alten Barke raus. Er hatte schon oft das Angebot von Olaf bekommen, für ihn zu arbeiten, die Vergangenheit ruhen zu lassen. Er wäre reicher und hätte einen sicheren Beruf. Doch in seinem Stolz lehnte er es ständig ab, auch um seine Unabhängigkeit zu bewahren.

Das Leben von Björn war hart. Er lebte in den Tag hinein, hatte keine Sicherheiten. Oft musste er zu seiner Schande die Fische von Olaf essen, weil er sonst Hunger gelitten hätte, weil er mit der Barke nur in die Gewässer kam, die schon leergefischt wurden. Olaf hingegen lebte in Saus und Braus und erzog sein einziges Kind zu einer ebenso liebenswürdigen, jungen Frau, wie sein Weib einst gewesen war.

Doch eines Tages kam Björn mit einem Vorschlag auf Olaf zu. Er forderte ihm zu einem Wettbewerb heraus. Wer als Erstes die Felsenformation umschiffen würde und in Borkholm angelegen würde, der hätte gewonnen. Olaf erinnerte sich an das Unglück in der Nähe der Felsen und fragte nach den Einsätzen. Björn sagte, dass er bei einer Niederlage, bis zum letzten Atemzug für Olaf arbeiten würde, doch bei einem Sieg, dürfte er seine Tochter zur Frau nehmen.

Olaf schlug ein. Er war sich siegessicher, denn er hatte den schnellsten Kahn, den es überhaupt zu kaufen gab und Björn nur eine veraltete Barke. Und sollte er trotz allem irgendwie verlieren, würde er diesem Nichtsnutz niemals seine Tochter überlassen.

Björn stand bereits am Bootssteg und blickte in das trübe Wasser, als Olaf im Morgengrauen ihn an die Schulter packte und ihn wortlos angrinste. Björn nickte ihm zu. Fast zeitgleich betraten die beiden ihr Boot. Björn seine schon mehrfach geflickte Barke und Olaf sein neustes Schiff, so teuer wie hundert Ruderboote. Über dem Meer zogen dicke Nebelschwaden und hüllten den Horizont in ein verschwommenes Trugbild. Es legte sich über den Dächern der Stadt ab und vermischte sich mit den ersten Rauchschwaden aus den Kaminschloten. Die Wälder waren nur noch als verzerrte, grüne

Masse zu erkennen. Doch als gäbe es eine Wand, die den Nebel wie von Zauberhand abgehalten hatte, war der Blick auf die Felsenformation frei. Björn blickte zu Olaf und starrte ihm lange in die Augen. Olaf meinte es ernst. Er hatte keine Angst, er war sich siegessicher. *Los jetzt*, krächzte er. *Zum Felsen und wieder zurück.*

Los geht's, flüsterte Björn und stieß sich mit einem Ruder von dem Bootsteg ab. Unter dem Bug hörte er, wie sich das Wasser teilte und an ihm vorbeizog. Wie ein Pfeil schoss er durch das Wasser, wurde dann langsamer und kam fast zum stoppen. Doch kurz davor schlug er die Ruder wieder in die See und drückte die flüssigen Massen zur Seite. Neben ihn zischte der große Kahn von Olaf an ihm vorbei. Die Wellen bäumten sich auf und schlugen gegen das Holz, wie eine Faust von einer unbekannten Entität. Björn hatte bereits mit schlimmeren Wellen zu kämpfen gehabt. Er war zwar nicht reicher als Olaf, aber auf jeden Fall der bessere Bootsmann.

Nachdem er eine Stunde lang rhythmisch gerudert hatte, blickte er sich um. Er war fast an der Felsenformation angekommen, doch Olaf befand sich ein gutes Stück vor ihm und hatte sich bereits in die Seite gelegt. Weiter rudern. Immer weiter rudern, dachte er sich und riss die Ruder gegen das Meer. Auf einmal hörte er einen Schrei. Er klappte die Ruder hoch und lauschte.

Von dem Land konnte er nichts mehr sehen. Der Nebel hatte sich so stark verdichtet, dass er um sich herum quasi nichts mehr sah, außer die Felsenformation, die, je näher er kam, sich aufbaute, wie ein gezackter, scharfer Schatten, bereit auf sein kleines Boot hinunterzurasen und zwei zuteilen. Er erkannte ein Teil von Olafs Boot hinter den Felsen. Er war schneller, Björn musste sich mehr ins Zeug legen. Er wandte sich wieder den Rudern zu und fuhr mit dem rhythmischen Schlägen fort. An ihm schwebten die Felsen förmlich vorbei, die Olaf schon längst umfahren hätte müssen.

Doch als er noch einmal einen Schrei hörte, wandte er sich nach rechts, zu der Seite, an dem der offene Ozean wartete. Zu der Seite, an der sich Olaf angsterfüllt an die Reling klammerte. Zu der Seite, an dem sich ein gigantischer Strudel gebildet hatte.

Der Kahn von Olaf war dieser Kraft nicht gewachsen. Wie ein Papierboot wirbelte es um seine eigene Achse, warf Olaf fast dabei ab, und drehte sich dabei im verschlingenden Wasser. Björn verstand nicht was vor sich ging, doch er nahm die Chance war. Er griff fester nach den Rudern und schlug das Wasser so schnell zur Seite, wie er konnte. Die Felsenformation entfernte sich, Björn war in Führung. Doch dann kam er wieder an den Felsen vorbei. Und wieder.

Erschrocken stand Björn auf und blickte über sein Boot. Auch er wurde von dem Strudel gepackt, dass ihn und sein Boot erbarmungslos immer tiefer in die Mitte zog. In die Mitte, in der nur ein schwarzes, unbekanntes Nichts wartete. Björn setzte sich ruhig wieder hin und klappte die Ruder ein. Es hätte keinen Sinn gemacht dagegen anzuschwimmen. Gegen die Gezeiten hatte niemand eine Chance. Weder er, noch Olaf mit seinem doch-so-tollen Kahn. Wieder brach ein Schrei von Olaf durch das aufwühlende Tosen des Wasser. Er war bereits viel weiter unten im Strudel. Wasser rann über sein Deck und sein Gesicht.

Er klammerte sich verzweifelt an den großen Mast, doch drehte sich immer schneller um das schwarze Loch herum, bis er irgendwann in der Mitte ankam und verschluckt wurde. Das Letzte, das Björn von ihm hörte war ein erstickender Schrei nach Hilfe und das Brechen des Mastes.

Björn hatte keine Angst, denn nichts war süßer als ein Tod auf der See. Auch sein Boot wurde langsam in die Mitte des Wirbels gezogen. Er betrachtete erstaunt das gleichmäßige Drehen und Rasen der Wassermassen, bis sein Boot von der Kraft zerdrückt wurde und Björn in das kalte Salzwasser eintauchte um von der Dunkelheit verschlungen und nach unten gerissen zu werden.

Er lag im Sand. Zuerst dachte er, dass er in Walhalla wäre, doch als er sich aufrappelte und sich genauer umblickte, entdeckte er Olafs leblosen Körper, umgeben von vielen hölzernen Trümmern. Er schritt auf seinen alten Feind zu und untersuchte ihn. Er war tot. Sein Gesicht war merkwürdig eingedrückt und die Arme und Beine in alle Himmelsrichtungen verdreht.

Björn schreckte zurück und wirbelte bei jedem Schritt Sand auf. Er war auf dem Meeresboden, doch das Wasser um ihn herum bildete eine luftige Säule, bis ganz oben, bis zum Auge des Wirbels. Das Wasser umspülte die Luftsäule, doch bis auf ein paar Tropfen drang nichts zu ihm durch. Etwas knackte unter ihm. Sofort drehte sich Björn erschrocken um. Es war der Brustkorb eines Skeletts. Verfaulte Fleischstücke hingen noch an einigen Knochen.

Dann entdeckte er die wunderschöne Frau, die vor ihm stand. In ihren nassen Haaren hingen einige Algen und Seetang. Sie war vollständig nackt, doch in ihren Augen konnte Björn Sturm, Wellen und Tod erkennen.

»Bring mir mehr Opfer. Jeden Monat einen.«

»Wer bist du?«

Die Frau glitt auf Björn zu, legte ihren Kopf schief und blickte ihm tief in die Augen.

»Ich bin die Tochter der Gezeiten. Tu was ich dir sage.«

»Aber-«

Mehr konnte Björn nicht sagen. Mehr konnte er nicht verstehen. Die Säule sackte über ihm zusammen und die See brach über ihn ein. Er wurde herum gewirbelt, so stark, dass ihm fast die Kleider vom Leib gerissen wurden. Doch er brauchte Luft. Unbedingt, sonst würde er hier ertrinken. Gierig sog er die Luft ein und hustete stark.

Er lag am Strand von Borkholm, Trümmer lagen neben ihm. Einige Bewohner kamen mit Fackeln aus ihren Häusern, der Nebel hatte sich gelichtet. Kein einziger Windzug zog über die Stadt.

Legende

Freddy Miller war ein 63-jähriger Amerikaner, der seit Jahren von den vereinigten Staaten nach Argentinien und wieder zurück flog, und dabei für wenig Geld einige Passagiere mitnahm. Sein Ziel war jedes Mal die Stadt Comodoro an der Ostküste, in dem er sich von dem Erbe seines Vaters ein kleines Haus gekauft hatte. Er hatte das Klima in Argentinien immer geliebt und als er soviel Geld gesammelt hatte, dass er sich ein Leben ohne Arbeit leisten konnte, war er dorthin gezogen.

Alle paar Wochen flog er mit seiner Flugmaschine, eine Cessna Citation XLS, seine Tochter Barbara in den Staaten besuchen und bot, eigentlich nur um die Spritpreise decken zu können, eine Reisemöglichkeit für Urlauber an.

Er überflog gerade die östlichen Anden Richtung Norden und telefonierte mit seiner Tochter, die ihm ankündigte, dass es etwas Neues zu erzählen gab. Barbara hatte seit drei Jahren einen Freund. Freddy erhoffte sich natürlich, dass sie heiraten würden oder, und das wäre sogar noch besser, dass sie schwanger war. Er würde seinem Enkel oder seiner Enkelin so viele Geschenke machen, wie er nur konnte.

Er blickte konzentriert nach vorne. Vor ihm erstreckte sich eine Wolkenwand, fast senkrecht abgeschnitten, als gäbe es eine unsichtbare Mauer, durch die die Wolken nicht durchdringen konnten. Freddy hatte so etwas schon öfter gesehen, es war nicht unüblich. Hinter sich hörte er die staunenden Ohhs und Ahhs von den acht Passagieren.

Miller liebte das Fliegen. In ihm stieg immer das wohlige Gefühl der Freiheit auf. Er war glücklich, in dieser Zeit leben und den technischen Fortschritt zu so großen Teilen genießen zu können. Er durchflog eine Wolke mit seiner eigenen Maschine und das in 12000 Metern Höhe.

Freddy Miller wusste nicht, dass er nur noch drei Minuten zu Leben hatte.

Das Erste, was Jane Hudson spürte, als sie aufwachte, oder aus ihrer Schockstarre hochschreckte, genau konnte sie es nicht sagen, war der pochende Schmerz in ihrem rechten Bein. Sie saß auf einem Sitz in einem Flugzeug, das wusste sie. Doch irgendetwas stimmte nicht.

Wie in Trance stand sie auf und holte aus ihrem Koffer, der immer noch unter ihrem Sitz lag, eine dünne Jacke heraus. An einer spitzen Eisenröhre, die nur wenige Zentimeter ihren Kopf verfehlt hatte, zerriss sie das Kleidungsstück in zwei Teile und verband ihr blutendes Bein notdürftig. Sie würde nicht ausbluten, pochte ihr durch den Schädel. Sie war außerhalb der Gefahr.

Sie ließ sich wieder auf den Sitz fallen und blickte aus dem Fenster. In dem Schnee lag ein abgebrochener Flügel der Maschine, das Triebwerk brannte immer noch und schwarze Rauchschwaden zogen in den Himmel. Langsam ließen ihre Überlebensinstinkte nach, die ihr ein so klares Denken ermöglicht hatten.

Sie schaute sich im Flugzeug um. Der Mann, der auf der linken Seite von ihr gesessen hatte, war nach vorne gebeugt, sodass sein Kopf die Wand zum Cockpit berührte.

Jane stand auf und griff ihm vorsichtig an die Schulter und als er sich nicht bewegte, zog sie seinen Oberkörper nach hinten. Sie schrie, als der Kopf in ihre Richtung kippte, als hätte der Mann in seinem Hals gar keine Muskeln mehr. Das Gesicht war merkwürdig eingedrückt. Man konnte immer noch erkennen, wie er früher mal ausgesehen hatte, doch seine Nase war tief in seinen Kopf gedrückt. Es erinnerte Jane an die senkrecht abgeschnittene Wolkenwand, durch die sie geflogen waren.

Sie drehte sich nach links, wo eigentlich der hintere Teil des Flugzeuges hätte sein müssen, doch alles was davon übrig geblieben war, hatte sich arg verbogen. Überall hingen Stangen und Glassplitter und die Wände waren dermaßen eingedrückt und teilweise auch aufgeplatzt, sodass messerscharfe Kanten zum Vorschein kamen.

Der eigentliche Horror war jedoch nicht der Sachschaden, sondern die sechs Passagiere, die leblos in den Metallstacheln hingen. Ein Arm lag auf dem Boden, direkt neben einem glatt aufgeschnittenem Auge. An der Decke hatte sich ein Torso merkwürdig verdreht und aus dem Hals, der Kopf hing einige Meter weiter hinten, tropfte in regelmäßigen Abständen Blut.

Jane unterdrückte einen Schrei, warum, wusste sie auch nicht, hielt sich die Hände vor den Mund und stieß mit der Schulter gegen die Tür, die mit einem lauten Krachen aufbrach. Jane fiel in den Schnee. Am Liebsten wäre sie dort ewig liegen geblieben, doch als sie die Kälte realisierte, rappelte sie sich schnell wieder auf und kotzte. Als sie fertig war, richtete sie sich auf und blickte sich um. Das Flugzeug lag am Fuße eines Berges, sie konnte die Stelle erkennen, an der das Flugzeug aufgeschlagen war, denn die Maschine hatte wie ein übergroßes Snowboard eine Kuhle hinter sich her gezogen.

Egal wohin sie auch blickte, überall konnte sie nur den Schnee und einige, steinige Klippen erkennen. Sie war alleine. Alle waren tot. Alle? Vielleicht nicht alle.

Ein kleiner Hoffnungsfunken stieg in ihr auf, als sie mit langsamen Schritten, ihr Bein pochte unangenehm stark, um das Flugzeug herum ging und das Cockpit nicht völlig zerstört schien. In ihren Schuhen sammelte sich der Schnee. Sie hatte einfach nicht die Kleidung dafür in einer kalten Schneelandschaft herumzulaufen. Für den Kurzurlaub in Argentinien hatte sie nur sommerliche Kleidung mitnehmen müssen.

Sie ging auf das Cockpit zu, um nach dem Piloten zu sehen, doch wusste schon beim ersten Blick, dass er nicht überlebt haben konnte. In seiner Hand hielt er ein Satellitentelefon, vermutlich um letzte Worte mit den Liebsten zu wechseln. Der Arm hing allerdings nur an einem Fleischfetzen, der früher einmal die Schulter von Freddy Miller gewesen sein musste. Sein kariertes Hawaihemd war blutüberströmt. Jane hätte seinen Puls gemessen und gemerkt, dass er zwar schwach, aber immer hin da war, doch die Fenster im Cockpit waren nicht ganz zersplittert, sodass sie sich auf jeden Fall irgendwo den Arm an einer Scherbe aufgeschnitten hätte und sie wusste nicht, wie viel Blut sie an der Wunde am Bein schon verloren hatte.

Also fand Jane Hudson sich damit ab, alleine irgendwo abgestürzt zu sein. Alleine, neben einem Wrack in dem acht Leichen lagen, die so brutal verstümmelt waren, dass sie sich kaum traute, das Flugzeug wieder zu betreten. Irgendwann setzten ihre Instinkte wieder ein und sie bekam wieder dieses klare Denken, dass all den Ekel und die Angst verdrängte.

Sie packte die Leiche von dem Passagier, der neben ihr gesessen hatte an den Schultern und warf ihn draußen in den Schnee. Dann öffnete sie einige Koffer, nahm Kleidung heraus und hängte sie vor das eingedrückte hintere Flugzeugabteil, damit sie wenigstens im warmen Flugzeug keine Leichen mehr sehen musste.

Dann setzte sie sich auf den einzigen heilen Sitzplatz, vergrub ihr Gesicht in den Händen und weinte. Bilder schossen ihr durch den

Kopf. Glückliche Tage in Argentinien, die Freude wieder nach Hause zu fliegen, das gleichmäßige Surren der Triebwerke. Dann war die Wolkenwand gekommen. Wenige Sekunden nachdem sie das Naturschauspiel bewundert hatte, fing eines der Triebwerke an zu rattern und fing Feuer. Durch die dichten Wolken hatte man nur ein zitterndes Licht erkennen können. Und dann erinnerte sie sich an nichts mehr. Irgendwann bemerkte sie, dass sie Hunger hatte. Daher klappte Jane jeden Koffer, den sie finden konnte auf und durchsuchte ihn nach Nahrung. Die Koffer waren glücklicherweise beim Aufprall nach vorne geflogen, sodass Jane keinen weiteren Blick auf die verstümmelten Leichen verlieren musste. Sie fand Süßigkeiten, eine Flasche Wasser und eine Dose mit Bohnen, die sich erst öffnen konnte, als Jane mit einer Eisenstange, die sie aus dem Wrack herausgerissen hatte, mehrmals auf sie eingeschlagen hatte. Als sie aufgegessen hatte, weinte sie wieder und als sie fertig war mit weinen versuchte sie zu schlafen. Ihr verletztes Bein fing zum ersten Mal an zu schmerzen, jetzt wo sie sich ausruhte. Ein Notstromaggregat schien noch zu funktionieren, denn an der Decke leuchtete ein einzelnes, schwaches Licht. Außerdem zog ein kalter Wind durch das Flugzeug, dessen Luftzug ein Stück Metall oder Plastik zum Klappern brachte, sodass Jane Schwierigkeiten hatte Schlaf zu finden.

Irgendwann schreckte sie hoch. Hatte sie etwas im Cockpit gehört? Hatte sich der Pilot bewegt? Sie öffnete die Tür nach draußen und atmete scharf ein, als die Kälte sich in ihr Gesicht schnitt. Das schwache Licht leuchtete auf den Schnee. Jane erschrak, als sie in einigen Metern Entfernung jemanden sah, der sich immer weiter vom Flugzeug weg bewegte. Sie schrie nach Freddy, der vor dem Flug freundlich das *Du* angeboten hatte, dass er umdrehen solle, doch er schlurfte immer weiter und reagierte nicht auf Jane.

Sie sprang wieder in das Flugzeug, biss sich dabei vor Schmerzen auf die Lippe und suchte nach einer Taschenlampe oder ähnlichem, doch als sie nichts finden konnte, schloss sie die Tür wieder. Es wäre wahnsinnig gewesen dem Piloten im Dunkeln hinterher zu laufen, ohne Orientierung, ohne Licht und vor allem bei dieser Kälte. Es wäre ihr sicherer Tod. Bestimmt hatte Freddy eine Verletzung am Hirn, sodass er jetzt völlig orientierungslos durch die

Schneewüste lief, dachte Jane. Der Gedanke daran, dass es noch einen Überlebenden gab, ließ sie nicht schlafen und sie dankte Gott, als es endlich wieder hell wurde.

Sie aß noch etwas von den Bohnen, die sie sich wohl wissend eingeteilt hatte, stieg dann wieder aus und humpelte zum Cockpit. Der Zustand ihres Beines hatte sich verschlimmert, doch sie versuchte es zu ignorieren. Sie verlor bereits ihre Hoffnung an Freddy, als sie die Glasscheiben betrachtete.

Er musste sich geschnitten haben, denn das trübe Rot von Blut hing überall verteilt, sowie ein paar graue Haare. Er musste sich an den Scheiben den Kopf skalpiert haben, schoss es Jane in den Kopf. Wenn er nicht tot war, dann konnte er mit diesen Verletzungen nicht weit gekommen sein. Sie drehte sich um und folgte den Fußspuren im Schnee, die zwar etwas verschneit, aber noch gut erkennbar waren. Sie stockte jedoch nach einigen Metern und schaute sich den Abdruck genauer an.

Freddy musste barfuß gelaufen sein. Außerdem war der Fußabdruck bestimmt siebzig Zentimeter lang. Nur vorsichtshalber ging sie zurück und holte die Eisenstange, mit der sie den Abend zuvor die Dose geöffnet hatte. Dann folgte sie den Spuren.

Irgendwann kam sie an einer Höhle an, die sich wie das Gebiss eines Wals um Jane schloss. Sie nahm sich vor nicht weiter zu gehen, wenn sie durch die Dunkelheit nicht mehr weiter als einen Meter gucken konnte. Der Schnee wurde langsam weniger, doch sie konnte trotzdem die Blutspuren erkennen, die sich auf dem Steinboden entlangzogen, genauso wie den abgetrennten Arm von Freddy, dessen Hand sich immer noch um das Satellitentelefon klammerte. Irgendetwas war hier, dachte sich Jane. Irgendetwas Großes.

Sie bückte sich und war gerade dabei das Satellitentelefon aufzuheben, als sie die schnellen, stapfenden Schritte hörte. Sie wirbelte umher und hielt die Eisenstange schützend vor sich. Es ging alles sehr schnell. Blut spritzte in ihr Gesicht und auf die Kleidung. Das Wesen ließ ein gurgelndes Geräusch ertönen und brach auf der Stelle vor Jane zusammen. Jane rappelte sich auf, keuchte und starrte den leblosen Körper gebannt an.

Ein Yeti, sprang ihr ins Gedächtnis. Die Existenz wurde noch nie bewiesen, vermutlich weil man auch noch nie wirklich danach gesucht hatte. Das weiße, verzottelte Fell, das humanoiden ähnliche

Gesicht, das Verspeisen von Menschenfleisch. Alles deutete auf die Legende des Yetis hin. Vielleicht war sie gerade der erste Mensch, der so ein Wesen getötet hatte. Im Brustkorb der Kreatur steckte die Eisenstange, genau in dem Herzen der Bestie. Sie hatte Glück gehabt. Mit ihrem Bein hätte sie nicht weglaufen können. Außerdem sah der Yeti stark aus, wie ein Eisbär.

Ihr fiel das Satellitentelefon ein. Damit würde sie Hilfe rufen können. Daher ging sie zum Flugzeug zurück. Nach Freddy suchte sie nicht mehr. Vielleicht waren in der Höhle noch mehr Yetis, außerdem hatte der Pilot einen Arm verloren und bei den Temperaturen kühlen die Wunden viel zu schnell aus.

Beim Flugzeug angekommen versuchte sie mit irgendwem Kontakt aufzunehmen und tatsächlich meldete sich auf einer Frequenz ein Hobbyfunker, der gebrochen englisch sprach, aber trotzdem genug, um zu verstehen, wo Janes Standort war.

Er sagte, dass er die Behörden verständigen würde, es sei Hilfe unterwegs. Von einem Yeti erzählte sie nichts. Das wollte sie für sich behalten und erst damit rausrücken, wenn sie wieder sicher in ihrer Heimat war. Sie würde damit ein Vermögen verdienen.

Jane machte draußen auf dem Flugzeug mit den Kleidungsstücken aus den Koffern ein Feuer und setzte sich daneben, um die Helfer ja nicht zu verpassen. Und tatsächlich entdeckte sie eine Gruppe Rettungskräfte, gerade als die Sonne anfing hinter einem der Berge zu brechen. Sie trugen weiße Schneeanzüge.

Jane erhob sich und winkte mit beiden Armen, damit man sie sah. Die Helfer entdeckten sie tatsächlich und kamen direkt auf sie zu. In Jane stieg eine unbändige Freude auf, die Gedanken an ihr warmes Zuhause. Sie würde das alles hinter sich lassen können. Eine Therapeutin würde ihr helfen, ja, sie würde mit den schlimmen Bildern umgehen können. Sie würde das Leben nur noch mehr zu schätzen wissen, denn ein Gott, oder einfach nur ein unverschämtes Glück, hatte sie überleben lassen.

Als sie von dem Flugzeug herunterstieg schoss ihr ein anderer Gedanke durch den Kopf. Müssten die Rettungskräfte nicht mit einem Helikopter ankommen? Wie sonst würde sie von dieser Gebirgslandschaft herunterkommen?

Jane Hudsons Freude verschwand, als sie merkte, dass es keine Menschen waren, die in einem großen Rudel immer näher kamen.

Zahnprothese

Es ist ein gutes Gefühl mit seinem Aussehen Geld zu verdienen. Mode und das Modeln an sich ist zwar eine ziemlich oberflächliche Branche und oft auch ziemlich hart, allerdings verdient man wirklich eine ganze Menge Kohle damit.

Ich gehe aus dem Gebäude heraus. Eine Marketingfirma, die ihr eigenes Foto- und Videostudio im Keller eingebaut hat. Es ist einfach gewesen. Vor die Kamera stellen und grinsen. Klick. Foto wurde gemacht, mein Geld wurde überwiesen. Fertig. Noch ein paar Hände schütteln. Danke, danke. Ich weiß, dass ich geil bin. Noch eine Karte in die Hand gedrückt bekommen, auf der drauf steht, wann der Werbespot das erste Mal ausgestrahlt wird. So viel Aufwand für eine dämliche Zahnpastawerbung.

Natürlich hat man mich für den Job angeschrieben. Normale Menschen würden mich nicht als außergewöhnlich hübsch bezeichnen, doch mein Lächeln ist bis lang jedem aufgefallen, auch der Marketingagentur. Ich wurde in der Datenbank mit einem Spitznamen eingetragen: *Der mit den himmlischen Zähnen.*

Ich gehe auf den Parkplatz und steige in meinen Mercedes. Natürlich ist er nur für drei Jahre geleast. Ich bin doch nicht so bescheuert und kaufe mir einen brandneuen Mercedes, nur um nach einigen Jahren wieder das neuste Modell zu beschaffen. Anmachen, nach Hause fahren. Die Straßen sind leer, obwohl ich in der Innenstadt wohne. Arbeiten halt noch alle. Ich bin früh aufgestanden, dann in die Maske, dann die Fotos und das war es für die Arbeit der nächsten Woche.

Meinen Mercedes parke ich in der Tiefgarage, schlendere dann zum Aufzug und fahre ein dutzend Stockwerke nach oben. Von meinem Apartment habe ich einen schönen Blick über die gesamte Stadt. Über mir befindet sich nur noch das Penthouse.

Ich gehe an den Kühlschrank, es ist Zeit für einen Mittagssnack. Ich habe mir frische Kirschen auf dem Markt kaufen lassen, außerdem noch Naturjogurt. Das ist gut für die Haut und gut für die Zähne und außerdem schmeckt es auch noch gut. Die Kirschen entkerne ich.

Dann rühre ich alles in einer Schüssel zusammen, zuckere es noch ein wenig und setze mich dann auf meinen Balkon. Draußen riecht es nach Frühling. Die Vögel zwitschern, weit unter mir höre ich leise Motorengeräusche. Ich setze mich auf meinen gemütlichen Ledersessel. Er ist wetterfest. Hab ich mir von meinem ersten Modelgehalt gekauft.

Ich nehme mir einen Löffel voll Jogurt in den Mund und zerkaue die Kirschen. Manchmal knirscht der Zucker, der sich noch nicht aufgelöst hat, zwischen meinen Zähnen. Es schmeckt gut. Schmeckt nach Freiheit. Nach Urlaub und Nostalgie.

Plötzlich beiße ich auf etwas Hartes. Durch meinen Backenzahn fährt ein kurzer Schmerz. Ich fluche innerlich. Offensichtlich habe ich vergessen aus jeder Kirsche den Kern zu entfernen. Ich schlucke alles, bis auf den Kern, herunter und will ihn ausspucken. Aber irgendwie fühlt es sich nicht wie ein hölzerner Kirschkern an. Viel glatter und an einer Stelle mit scharfen Spitzen. Ich hole dieses Ding aus meinem Mund heraus und erstarre. Es ist ein Zahn, an der Wurzel hängen noch vereinzelnd Fleischstücke dran. Ein unangenehmes Gefühl breitet sich in meiner Magengegend aus.

Wie habe ich das übersehen? Wie kommt so etwas in meinen Jogurt? Ich stehe auf und gehe zu meinem Mülleimer, hole den leeren Joghurtbecher heraus. Grieselspringer GmbH. Mit Servicenummer. Die können was erleben.

Ich wähle auf meinem Handy die Nummer und rufe an. Es klingelt einige Male, bis ein Kundenbetreuer abhebt.

»Willkommen bei der Grieselspringer GmbH, wie kann ich Ihnen weiter helfen?«

»Hallo, ichpfz … «

»Wie bitte?«

»Ichpfz.«

Warum mache ich solche Geräusche? Ich habe einen menschlichen Zahn in Ihrem Jogurt gefunden. Wie widerlich kann ein Unternehmen eigentlich sein? Das will ich sagen. Doch ich kann nicht mehr richtig sprechen.

»Wie kann ich Ihnen helfen?«

Ich fahre mit meiner Zunge über meine Zähne. Einer fehlt. Weshalb fehlt einer?

»Anscheinend ist die Verbindung nicht sehr gut, deshalb-«

Ich lege auf und eile ins Badezimmer. Licht an, vor den Spiegel, Mund auf. Tatsächlich fehlt mir ein Zahn. Ich hole den Zahn, den ich draußen liegen gelassen habe und halte ihn mir in den Mund. Er passt. Es ist mein Zahn. Ich kann mich nicht erinnern auf etwas

Hartes gebissen zu haben. Der muss mir beim Jogurt essen heraus-gefallen sein. Einfach so.

Ein weiterer Gedanke schießt durch meinen Kopf. Ich kann nicht mehr Modeln. Ich habe jetzt nicht mehr die schönsten Zähne. Ich wähle die Nummer von meinem Zahnarzt. Das kann so nicht sein. Er hebt ab und, obwohl ich undeutlich spreche, kann ich einen Termin ausmachen.

In dem Wartezimmer blicke ich in gelangweilte Gesichter. Alle nur zur Routineuntersuchung hier. Die haben nichts zu befürchten. Ich allerdings ...

»Herr Karrberg – Sie sind dran.«

Ich erhebe mich von dem Sessel und gehe an den anderen Patienten vorbei. Die sind alle schon dagewesen, als ich ange-kommen bin. Zum Glück bin ich Privatpatient. Der Doktor lässt mich auf der Liege Platz nehmen und untersucht mich sofort.

»Sie sagen also, dass Ihr Zahn einfach so herausgefallen ist? Das kann ich kaum glauben, Ihre Zähne sehen wirklich gut aus und mit dem Zahnfleisch ist auch alles in Ordnung.«

Ich spüre die Gummihandschuhe in meinem Mund. Wie der Doktor mit den Fingern und mit irgendwelchen Werkzeugen in meinem Mund herumarbeitet. Es ist wichtig, dass er die Ursache findet. Ohne perfekte Zähne würde ich meine Existenz verlieren.

»Ich würde gerne eine Sache ausprobieren. Habe ich Ihr Einverständnis dafür?«

Der Doktor hat seine Hände immer noch in meinem Mund, also nicke ich nur. Egal was es ist, es wird mir bestimmt helfen. Mit zwei Fingern presst der Arzt einen meiner Zähne zusammen und fängt an, leicht an ihm zu ziehen.

»Nun, wie es scheint, ist wirklich alles in Ordn-«

Ein Ruck geht durch meinen Körper. Es ist kein Schmerz, anscheinend hat der Doktor von meinem Zahn abgelassen.

»Sonderbar«, höre ich ihn sagen. Dann nimmt er seine Hand aus meinem Mund und hält etwas gegen das Licht. Es ist ein Zahn. Es ist einer meiner Zähne. Ängstlich, aber auch wütend starre ich den Doktor an. Was hat er getan? Meine Zähne. Meine wunderschönen Zähne.

Der Arzt greift noch einmal in meinen Mund. Ich lasse es zu. Ich vertraue ihm. Dann reißt er mir noch einen Zahn heraus. Und noch einen. Und alle anderen auch. »Aus irgendeinem Grund sind Ihre Zähne sehr locker, Herr Karrberg. Damit Sie sich nicht mehr verletzen können, habe ich alle entfernt. Ich hoffe, dass es in Ihrem Sinne liegt.« Was hat er getan? Weshalb alle Zähne? Meine Zähne! Ich spüre keine Schmerzen in meinem Mund, nur einen metallischen Geschmack, der sich mehr und mehr ausbreitet. Ich beuge mich über das Waschbecken und spucke das Blut aus. Das Zahnfleisch ist offen. Die Zähne sind weg. Ich werde nie mehr modeln können. »Nun, ich kann Ihnen einen gute Zahnprothese anbieten. Wirklich gute Qualität, aber nicht ganz billig.« Wenige Minuten später werde ich in Narkose versetzt. Von mir aus. Eine Prothese ist besser als keine Zähne. Vielleicht fällt es ja nicht auf. Irgendwann später am Tag gehe ich wieder nach Hause. Ich kann beißen und reden. Aber ich bin nicht mehr der Schönste. Nur noch Massenware.

Ich warte in meinem Mercedes vor dem Gebäude der Marketingagentur. *Du kannst wieder bei uns anfangen, wenn du schöne Zähne hast*, haben sie gesagt. *Tut mir Leid, aber ich kann dir keine Aufträge mehr geben.* Ich trage eine Sonnenbrille und habe im Schatten geparkt. Die Nummernschilder habe ich abgenommen. Ein Mann tritt von der Eingangshalle ins Freie. Seine blonden Locken hat er nach hinten gekämmt. Sein makelloses Gesicht hat er eingecremt. Die weißen Zähne glänzen in der Sonne. Ich steige aus dem Wagen und gehe auf ihn zu. Ich frage ihn, ob er mir helfen kann. Er sagt ja. Wir gehen in eine Seitengasse. Ich nehme einen Schlagring und prügle auf ihn ein. Er schreit und versucht sich zu wehren. Ich schlage weiter und weiter, bis sein ganzes Gesicht zermatscht ist. Ich sammle die Zähne auf, lege sie in eine kleine, hölzerne Box und fahre zum Zahnarzt. Es ist ein gutes Gefühl mit seinem Aussehen sein Geld zu verdienen. Die Branche ist ziemlich, ziemlich hart, aber es lohnt sich.

Wohnungssuche

Ruben hatte seine Hände tief in den Taschen vergraben. Seine dicke Jacke und sein Schal hielten ihn warm, trotzdem fühlte er sich kühl und ausgelaugt. Vor zwei Tagen war ihm seine Wohnung gekündigt worden und durch einen dummen Fehler im Vertrag, konnte er sofort auf die Straße gesetzt werden. Die Vermieterin hatte mit ihm kein Mitleid gehabt.

Zur Zeit durfte er zwar bei einem Kumpel wohnen, aber auch nur für ein paar Tage. Danach wäre er obdachlos und auf sich allein gestellt. Zu seinen Eltern konnte er auch nicht. Er hatte sich schon viele Jahre vorher mit ihnen zerstritten.

Es wäre ja alles nicht so schlimm, wenn es Sommer wäre. Aber im tiefsten Winter kein Dach über dem Kopf zu haben, war das Schlimmste, was ihm passieren konnte. Vor allem, weil der Winter der Kälteste in den letzten zehn Jahren war.

Er stiefelte ziellos durch die Innenstadt, der Schnee knirschte unter seinen Schuhen. Als er gerade in eine andere Straße abbog, fiel ihm das Plakat auf. Wie durch das Schicksal geplant, war es genau das, was er suchte.

Auf dem Bild konnte Ruben einen Mann im Anzug erkennen, der vor einem Wohnkomplex stand. Zwar hatte das Model das unechteste Fakelächeln auf dem Gesicht, dass er sich vorstellen konnte, doch der Schriftzug daneben überzeugte ihn. *Wohnungen für Singles zu günstigen Preisen.* Sogar die Telefonnummer war dort abgedruckt.

Ruben zögerte nicht lange, holte sein Handy heraus und tippte die Telefonnummer ein. Seine Hände fingen bereits nach wenigen Sekunden an zu frieren, doch das war ihm egal.

Das Telefon dröhnte ein paar Male, bis jemand abnahm.

»Hm?«, meldete sich der Mann. Es machte keinen guten Eindruck sich nicht einmal mit dem Namen vorzustellen, doch auch das war Ruben egal. Er brauchte nur einen Platz zum Wohnen und wenn es das mieseste Ghetto in der Stadt war. Hauptsache nicht erfrieren.

»Guten Tag, mein Name ist Ruben De-«

»Was wollen Sie?«, unterbrach ihn der Mann.

Ruben wurde ein wenig mulmig zumute. Jemand, der Wohnungen vermieten wollte, würde doch niemals so unfreundlich sein.

Trotzdem verkniff Ruben sich einen provozierenden, unnötigen Kommentar.

»Ich habe Ihr Plakat gesehen. Sie bieten günstige Wohnungen für Singles an, sind da noch welche frei?«

»Jo.«

Stille. Ruben erwartete ein paar mehr Informationen zu bekommen, aber anscheinend ließ sich der Vermieter alles aus der Nase ziehen.

»Kann ich sie besichtigen?«

Ein genervter Seufzer war am anderen Ende der Leitung zu hören.

»Ja, geht.«

Rubens Miene erhellte sich. Es waren Wohnungen frei, jetzt musste er nur noch einen guten Eindruck machen.

»Wann und wohin soll ich kommen?«

»Kräppelienweg 35, am besten jetzt sofort. Beeilen Sie sich, sonst ist die Wohnung gleich weg.«

»Soll ich klingeln, oder wie erken-«

Aufgelegt. Ruben seufzte. Es würde sehr wahrscheinlich keine gute Wohnung werden. Aber irgendwo musste er ja schlafen und wenn er erst einmal einen Ort gefunden hätte, dann hatte er genug Zeit sich einen besseren zu suchen.

Vor der Haustür des besagten Gebäudes stand ein großer, dürrer Mann mit Halbglatze. Er nahm noch einen Zug von seiner Zigarette und schnippte den Stummel achtlos auf die Straße. Als er Ruben auf sich zukommen sah, drehte er sich ohne ein Wort zu sagen um und verschwand in dem Gebäude.

Das Haus war ein grauer Betonklotz, bestimmt aus den 50er Jahren. Nicht schön, nicht gemütlich, aber praktisch und günstig.

Ruben trottete dem Mann hinterher und stieg die Stufen hoch ins fünfte Stockwerk. Einen Aufzug gab es nicht. Möbel hier hoch zu bekommen, wird schwierig werden, dachte Ruben sich. Der Mann schloss eine der Türen auf, öffnete sie und trat ein.

Baulärm von draußen hallte durch die leere Wohnung. Doch das störte Ruben nicht. Die Bauarbeiter wären bestimmt fertig, wenn er eingezogen war.

Die Wohnung hatte drei Zimmer, plus Bad. Für eine einzelne Person auf jeden Fall ein guter Fang. Schlafzimmer, Wohnzimmer,

Hobbyraum, Esszimmer, was auch immer Ruben sich vorstellte, es könnte wahr werden.

»Küche müssen Sie selbst mitbringen«, meinte der Vermieter. Es waren die ersten Worte, die Ruben von ihm hörte, seit er ihn auch im echten Leben getroffen hatte. »Im Bad muss bisschen renoviert werden, ansonsten ist alles soweit gut in Schuss.«

Auch wenn er immer noch ziemlich lustlos klang, hörte sich die Wohnung einfach zu gut an, um wahr zu sein. Ruben hatte mit einem ranzigen Ein-Zimmer-Apartment gerechnet, aber diese Unterkunft überstieg seine Hoffnungen um Längen.

»Wie weit ist der Supermarkt und die S-Bahn weg?«, fragte Ruben. Er würde die Wohnung auch nehmen, wenn er eine Stunde zum Supermarkt brauchen würde, aber wissen wollte er es trotzdem.

»Beides vielleicht zehn Minuten. Unten im Keller können Sie Fahrräder anbinden.«

»Wie viel wird es kosten?«

»370 kalt.«

Ruben musste schlucken. Für eine Wohnung in der Größe war der Preis unrealistisch niedrig.

»Das ist verdammt günstig.«

»Jo.«

»Gibt es dafür einen Grund?«

Der Vermieter zuckte mit den Schultern. »Altbau, Leute sind zu faul zum Renovieren, keine Ahnung.«

Ruben gab sich mit der Erklärung zufrieden. Wenn andere die Wohnung nicht wollten, dann sollte ihn das nicht stören. Für ihn war das gut.

Er stellte sich vor, wie er die Zimmer einrichten würde. Es würde hier schön aussehen. Sofa, Flachbildfernseher, PS4, Doppelbett, Kleiderschrank, moderne Küche mit Spülmaschine. Das alles sah er vor seinen Augen.

»Unterzeichnen Sie jetzt?«

Ruben schreckte hoch. Er hatte sich ganz in Gedanken verloren und gar nicht mitbekommen, dass der Vermieter einen Vertrag vor seine Nase gehalten hatte. Ruben griff danach und las ihn sich durch. Es war alles gut soweit, ein ganz normaler Vertrag. Der Preis stimmte auch. Keine Abzocke, keine Haken.

»Unterschreiben Sie, Mann! Ich hab noch andere Dinge zu tun.«

Der Vermieter klang auf einmal sehr aufgeregt, als wäre ihm plötzlich eingefallen, dass er noch andere Termine hatte.

Ruben unterzeichnete den Vertrag und trug seine Kontodaten ein. Sofort griff der Vermieter nach dem Stück Papier, ließ die Schlüssel vor Ruben auf den Boden fallen und wollte die Wohnung verlassen. »Falls Sie Fragen haben, rufen Sie mich an. Ansonsten wünsche ich Ihnen viel Spaß mit der Wohnung«, rief er Ruben zu, kurz bevor er die Wohnungstür zuschlug.

Ruben hörte noch, wie er mit schnellen Schritten durch das Treppenhaus lief und regte sich erst, als er die Haustür knallen hörte. Ein merkwürdiger Typ. Aber das war egal. Ruben würde ihn vermutlich niemals wieder sehen und das war auch gut so. Er hatte jetzt eine Wohnung, ein Dach über dem Kopf. Er müsste in dem Winter nicht erfrieren.

Tief sog er die Luft in seine Lungen. Es roch nach Altbau und nach Baustelle. Der Lärm donnerte immer noch durch die Zimmer. Ruben interessierte sich dafür, was gebaut wurde. Vielleicht wurden neue Kabel verlegt für bessere Internetleitungen. Wie geil das einfach wäre.

Er ging zu einem der Fenster und machte es auf.

Ironischerweise zog ihm eine Frage durch den Kopf, die er dem Vermieter gerne stellen wollen würde. Er müsste ihn anrufen müssen, denn so dürfte das nicht von Statten gehen. Ruben fragte sich, wie er hier denn in Ruhe wohnen könnte, während eine gigantische Abrisskugel auf ihn zugerast kam.

Kindergeld

Er hält einen Briefumschlag in den Händen. Mit unsauberer Schrift ist nur das Wort Kindergeld raufgekritzelt worden. Was soll das bedeuten? Er kann sich nicht erinnern jemals ein Kind gehabt zu haben. Geschweige denn eine Frau. Dafür hat er sowieso kein Geld und keine Zeit. Früh morgens geht er in die Fabrik und kommt spät abends zurück. Schon sein Leben lang. Für mehr als Essen und Schlafen reicht die Zeit nicht. Es ist also völlig absurd einen Briefumschlag mit Kindergeld in den Händen zu halten. Oder etwa nicht?

Er erinnert sich an einen Reisenden, der vor einigen Monaten durch die Stadt zog. Dieser klopfte an jede Tür, auch an seine. Hatte der Reisende etwas mit dem Briefumschlag zu tun?

Er wird ungeduldig, möchte unbedingt wissen, was der Brief enthält, nimmt ein scharfes Messer und schneidet damit den Umschlag auf. Angespannt greift er hinein und zieht ein großes Bündel Geldscheine hervor. Schnell zählt er nach. Für seine Verhältnisse ist es eine ganze Menge Geld. Es wird zwar nicht dafür reichen, seinen Job zu kündigen und wegzuziehen, doch er kann sich immerhin einige Dinge leisten, auf die er sonst Jahre hätte sparen müssen. In Gedanken sieht er schon ein Radio und eine neue Lampe vor sich.

Kurz bevor er den Umschlag zusammenknüllt, fällt ein kleiner Zettel heraus. Er hebt ihn auf und betrachtet ihn. Die Schrift ist genauso unsauber, wie die auf dem Umschlag. Trotzdem kann er es lesen.

Danke. Ihrem Jungen geht es gut.

Mehr steht da nicht. Doch als er diesen Satz liest, fällt es ihm wieder ein. Ihm fällt ein, wofür er das Geld bekommen hat. Ihm fällt ein, dass jemand noch eine Rechnung mit ihm offen hatte. Ihm fällt ein, dass er den Sohn des Nachbars entführt und an den reisenden Kinderhändler verkauft hatte. Er nimmt das Geld, lacht und zieht sich in seine Wellblechhütte zurück. Die Nachbarn hätten den Jungen sowieso nicht mehr lange durchfüttern können.

Menschenjagd

Williams Pferd galoppierte im Gleichschritt über den trockenen Wüstenboden. Die Mittagshitze brannte auf William hinab. Sein großer Lederhut und die Tücher, die er um sein Gesicht gewickelt hatte, hielten zwar die Sonne ab, doch ihm war trotzdem heiß. William gab seinem Pferd immer wieder die Sporen, damit es schneller lief. Er war auf der Flucht. Weg von der Stadt. Weg von den Bewohnern. Sie wollten ihn töten. Sie meinten, dass er nicht würdig wäre zu leben. Sie meinten, dass er anders sei.

Vor einigen Stunden war er noch dabei gewesen mit Jeff und Joe an seinem Stammtisch zu pokern, als der Sheriff mit seinen Gefolgsleuten in die Bar platzten und direkt das Feuer auf William eröffneten. William hatte Glück gehabt. Ihn hatten die Kugeln verfehlt. Joe war allerdings mit einem Loch im Kopf neben ihm zusammen gebrochen. Als William und Jeff daraufhin wie aufgescheuchte Kaninchen über die Tische gesprungen waren, um den Mördern das Zielen so schwer wie möglich zu machen, wurde Jeff am Bein und am Bauch getroffen. Sie hatten es zwar noch auf die Hauptstraße, die auch die einzige Straße in Black Hills war, geschafft, doch dort war Jeff zusammen gesunken, sodass William alleine weiter laufen musste.

Er war zu seinem Pferd gerannt, dass er vor der Bar angebunden hatte und war, ohne zurück zu blicken, aus der Stadt geflohen. Hinter ihm hatte er das Geschrei des Sheriffs gehört.

»Dich krieg ich noch!«, hatte er geschrien.

»Du bist zu anders. Du gehörst nicht hier her. Wir werden dich finden, du unwürdiger Scheißkerl!«

Das war nun ein paar Stunden her. Seit dem ritt William durch die immer gleiche Prärie des Westens. Überall trockene Erde, graue Sträucher, abgestorbene Bäume, an denen nicht mehr ganz vollständige Leichen hingen.

Erst jetzt drehte er sich um. Er hatte es vorher nicht gewagt, aus Angst Tempo zu verlieren und von der lynchenden Gruppe gefasst zu werden. Doch niemand verfolgte ihn.

William dachte die ganze Zeit schon darüber nach, weshalb diese Leute ihn töten wollten, doch er konnte beim besten Willen keinen Grund finden. Er sei anders, hatte der Sheriff gesagt. Was war an ihm anders? Er war sich sicher, dass er ein ganz normaler Mensch war, wie jeder andere auch. Kein übernatürliches Wesen, kein blutrünstiger Dämon. Nur ein ganz normaler, Poker spielender Mensch.

Seine Heimat wurde ihm in wenigen Augenblicken genommen und keiner seiner Bekannten hatte etwas dagegen unternommen. Er kannte die Menschen dort seit seiner Kindheit. Niemand hatte ihm geholfen. Niemand hatte den Sheriff aufgehalten.

Nancy, die Bardame, hatte sich, als die Schießerei losging unter einen Tisch geduckt und gekreischt. Sie war immer sehr nett zu William gewesen.

Irgendwann fiel William eine Stadt ein, die er mal als Kind besucht hatte. Seine Mutter war bei seiner Geburt gestorben. Daher sind er und sein Vater damals alleine mit der Postkutsche dort hin gefahren. Sie musste ganz in der Nähe liegen.

William orientierte sich an der Sonne, die die Mittagszeit bereits überflogen hatte und dabei war den Weg in den Abend anzutreten. Er versuchte angestrengt zu schätzen wie weit er nun schon in die eine Richtung gelaufen war und schlug auf gut Glück irgendwann in Richtung Westen ein.

Am frühen Abend kam er in Brackettville an. Die Straßen waren nicht sonderlich belebt, allgemein wirkte die Stadt eher verlassen und trist. Das Ortsschild hing schief von dem Tor hinunter. Er trabte mit seinem Pferd in die Stadt und entdeckte den örtlichen Deputy der Stadt. Dieser saß auf einem Schaukelstuhl auf der Veranda des Gefängnisses und hatte seinen Hut tief ins Gesicht gezogen. Er hoffte inständig, dass der Deputy ihn nicht auch töten wollen würde. William wickelte die Tücher von seinem Kopf ab, verstaute sie in einer Jackentasche und nahm seinen Hut ab.

»Guten Tag, Sir«, begrüßte William den Deputy.

Dieser schob sich seinen Stetson aus dem Gesicht und blickte William erst müde, dann misstrauisch an.

»Können Sie mir helfen?«, fragte William.

Er wollte wissen, ob auf ihn ein Kopfgeld ausgesetzt war, oder der Sheriff aus der anderen Stadt hier schon einmal negativ aufgefallen war.

Doch anstatt zu antworten, stand der Deputy auf und ging in das Gefängnis. Die Tür donnerte laut, als er sie zuschlug.

William wartete noch einige Augenblicke ab. Doch der Deputy tauchte nicht wieder auf. Wenn der Deputy ihm nicht helfen wollte, dann musste er sich eben woanders Hilfe suchen.

Verwirrt stieg er von seinem Pferd ab, hielt es an dem Zaum und ging die Hauptstraße entlang. Er beobachtete einige der spazierenden Bürger, doch diese wechselten, als sie William sahen, die Straßenseite oder gingen mit einem angeekeltem Gesichtsausdruck an ihm vorbei. Eine Mutter hielt ihrem Kind sogar die Augen zu. William schüttelte mit dem Kopf. Er verstand nicht, was die Welt plötzlich gegen ihn hatte. Er war nur in der Bar gewesen und hatte mit seinen Freunden Poker gespielt. Wie jeden Tag. Neben einem Gemischtwarenladen gab es in dieser Stadt eine Bank, eine Bar und einen Arzt.

Er schob die Tür zum Doktor auf.

Hinter einem weiß angemalten Tresen stand der Arzt in seiner weißen Robe. Er hatte William den Rücken zugewandt und füllte Medizin in kleinere Gefäße ab. Auf dem Tresen lag ein Gewehr. Die schweren Schuhe von William verursachten ein lautes Klacken auf dem Holzboden.

»Guten Tag«, sagte William.

Doch der Arzt beschäftigte sich weiter damit die Medizin umzufüllen. Erst als William das dritte Mal auf den Tresen klopfte, drehte sich der Doktor mit einem Ruck um. Doch er erstarrte in seiner Bewegung, als er William sah. Der Mund des Arztes stand offen, als hätte er etwas sagen wollen. Doch anscheinend überlegte er es sich anders und schloss ihn wieder. Stattdessen starrte er William misstrauisch und fragend an.

William versuchte die Unhöflichkeiten zu ignorieren. Er hatte langsam die Schnauze voll von jedem ignoriert zu werden.

»Ich möchte herausfinden, ob etwas mit mir nicht stimmt. Können Sie mich untersuchen?«

Der Doktor zog seine Oberlippe nach oben und bleckte die Zähne. Das Misstrauen in seinen Augen schlug in einen hasserfüllten Blick um. Er schüttelte langsam mit dem Kopf und drehte sich wieder seinem Medizinschrank zu.

William blieb wie angewurzelt stehen. Er wusste nicht was er tun sollte. Er wusste nicht woher dieses Misstrauen und dieser Hass plötzlich kam. Früher war alles in bester Ordnung gewesen. Er war in Black Hills aufgewachsen, hatte Freunde kennengelernt, einen

Beruf erlernt und war arbeiten gegangen. Doch dann hatte der Sheriff angefangen ihn zu jagen. Einfach so. Ohne Grund.

William richtete sich auf. So schnell würde er nicht aufgeben. Der Arzt hatte die Pflicht ihm zu helfen. Daher klopfte er erneut auf den Tresen.

»Sie können mich nicht ignorieren! Sie als Arzt haben die Pflicht jedem Menschen zu helfen!«

Doch der Arzt blieb stur und räumte nun die Medizinflässchen in den Schrank ein.

»Hörst du mir zu, Mann?«, fragte William aggressiv.

Er packte dem Arzt an den Kittel und zog ihn nach hinten. Er sollte gefälligst mit William reden und ihn untersuchen. Der Doktor stolperte nach hinten und prallte mit dem Rücken gegen den Tresen. Dabei ließ er eins der Medizinflässchen fallen.

Mit wutentbrannten Gesichtsausdruck drehte er sich um.

»Guten Tag. Ich möchte ... ich verlange, dass Sie mich untersuchen und mir sagen, ob etwas mit mir nicht stimmt.«

Doch anstatt William jetzt als Patienten zu akzeptieren, griff er nach dem Gewehr und zielte auf William Kopf. Dieser warf sich mit einer schnellen Bewegung zur Seite, sodass der Schuss ihn nur knapp verfehlte. Er rappelte sich auf, sah wie der Arzt die Waffe nachlud und sprintete in Richtung der Tür.

Er rannte auch als er schon draußen war, weiter die Straße entlang. Die Menschen auf seinem Weg wichen erschrocken zurück. Einige stießen spitze, ängstliche Schreie aus. Als William sich sicher war, dass der Arzt ihm nicht hinterher lief, setzte er sich an eine der Hauswände und schnappte nach Luft.

Er nahm seinen Hut ab und raufte sich die schwarzen Haare. Niemand sprach mit ihm auch nur ein Wort. Er wurde ignoriert, die Leute hatten Angst vor ihm. Er wurde rausgeworfen wie ein dreckiger Straßenköter.

William sah sich auf der Straße um. Die Bürger würdigten ihm keines Blickes, wenn er sich nicht bewegte. Doch er fühlte, wie sie ihn krampfhaft ignorierten. Sein Blick blieb an dem vermoderten Bar-Schild hängen. Seine Kehle fühlte sich trocken an.

Er erhob sich und trat vor den Eingang der Bar. Klaviermusik und lautes Gelächter drang an seine Ohren. Er schob die beiden Klapptüren auf und blieb hinter ihnen stehen.

Alle Gäste drehten sich nach ihm um. Das Gelächter verstummte und auch der Klavierspieler brach sein Spiel ab, nur um William misstrauisch anzustarren. William schritt unsicher zu dem Bartresen und setzte sich. Er wusste nicht, was als nächstes passieren würde.

»Eine Limonade, bitte.«

Der dicke Wirt, der gerade dabei war mit einem dreckigen Lappen ein Glas zu säubern, schnaufte verächtlich. Er stellte William ein Glas vor die Nase und füllte Bier ein. Danach zog er seine Spucke hoch und rotzte sie kräftig in das Getränk.

William starrte den Wirt verwirrt an. Dieser erwiderte seinen Blick und nickte dem Glas zu. William hatte fürchterlichen Durst und wenn das das Beste war, das er in dieser Stadt bekommen würde, dann würde ihm das reichen.

Er griff nach dem Glas und nahm einen kräftigen Schluck. Der Wirt fing an zu lachen, wandte sich dann aber schnell von William ab und bediente andere Gäste.

Die Bar fing langsam wieder an zu leben. Der Klavierspieler gab ein Lied zum Besten und die anderen Gäste unterhielten sich wieder grölend.

So verbrachte William seinen Abend. Er trank noch einige, weitere Biere; jedes Mal mit der Spucke des Wirtes. Immer wenn sich ein neuer Gast neben ihn setzte, versuchte er ein Gespräch anzufangen. Doch ihm wurde immer nur der Rücken zugedreht.

Irgendwann wurde William müde. Er mietete ein Zimmer und nahm sich vor, am nächsten Tag in eine andere Stadt zu ziehen.

Das Zimmer war klein und die Bettwäsche von den vorherigen Gästen noch verdreckt. Dennoch schlief er schnell ein.

Mitten in der Nacht schreckte er schweißgebadet hoch. Sein Zimmer hatte ein Fenster in Richtung der Straßenseite. In seinem Raum war es fast taghell. Es war allerdings nicht das fahle Licht vom Mond, sondern ein rötliches Flackern. Er erhob sich aus seinem Bett und lehnte sich aus dem Fenster.

Ein Schauer lief ihm über den Rücken.

Vor der Bar standen bestimmt ein Dutzend Menschen. Die meisten hatten Fackeln und Gewehre in der Hand. Sie unterhielten sich gerade mit dem Barmann. William konnte nicht verstehen, was sie sagten.

Er kniff die Augen zusammen, um besser sehen zu können. William hatte das Gefühl, dass sein Herz plötzlich einen Schlag aussetzte, als er den Sheriff an der Spitze der Menschenmenge sah. Der Barmann drehte sich plötzlich um und zeigte nach oben, genau an die Stelle, an der Williams Fenster war. Seine Blicke und die des Sheriffs kreuzten sich nur kurz, da William sich zurück in sein Zimmer warf. Doch sie kreuzten sich. Der brennende Hass war kaum zu übersehen.

Er hörte wie die Menschenmenge in die Bar stürmte. Er hörte Schritte auf der Treppe.

William zögerte nicht lange. Er schob die Tür von seinem Wandschrank auf und kauerte sich in ihn hinein.

Die Schritte kamen näher. Er hörte Stimmen, Schreie. Er hörte, wie die Männer des Sheriffs nach und nach jede Tür aufbrachen. Irgendwann waren sie vor seiner Zimmertür. Ein Wummern. Die Tür hielt stand. Noch eins. Die Tür gab immer noch nicht nach. Jemand warf sich ein drittes Mal gegen. Doch die Tür brach nicht auf. William hörte Schritte auf dem Flur. Anscheinend ließen sie von ihm ab. Die Zahl drei scheint eine beruhigende Wirkung auf Menschen zu haben. Doch jemand hatte noch nicht aufgegeben, warf sich ein viertes Mal gegen die schwere Holztür. Dieses Mal gab sie nach. William hörte das Splittern des Holzes und die schweren Schritte auf dem Boden.

Er hörte eine dumpfe Stimme.

»Und der Gesuchte hat dieses Zimmer gemietet?«

Es war die Stimme des Sheriffs.

»Dann weiß ich wo er ist. Abschaum wie er ziehen kleine, dreckige Orte vor.«

William hörte die Schritte näher kommen. Er wusste, dass er entdeckt worden war. Seine Flucht hatte ein Ende gefunden.

Der Sheriff brach die Schranktür auf und hielt William eine Waffe an den Kopf. Auf seinem Gesicht lag ein böses Grinsen. William sah ihn wehleidig an und hob die Hände nach oben. Eine einzige Frage stand in seinen Augen. Warum?

»Endlich hab ich dich, verdammter Drecksneger.«

Vorbei

Niemand von uns hat ernsthaft damit gerechnet, dass unser Planet so zugrunde geht. Ein einziges zufälliges Ereignis – eine Aneinanderreihung unglücklicher Umstände, kann dafür verantwortlich sein, eine ganze Spezies auszurotten. Als der Meteorit auf der anderen Seite des Planeten einschlug, wurden wenige von uns in Kapseln gepresst und in den Himmel geschossen. Man hatte Vorkehrungen getroffen, sollte unsere Rasse bedroht sein. Sei es durch eine Seuche, durch einen Virus oder durch die zufällige Zerstörungswut des Alls.

Die wenigen von uns die abgefeuert wurden, der Zerstörung unseres Planeten entgehend, hatten nur ein Ziel: die Entdeckung von neuem Lebensraum.

Als ich in die Kapsel gedrückt wurde, spürte ich die Wärme meiner Freunde, meiner Familie, mit denen ich jahrelang dicht an dicht gelebt hatte. Ich wusste, dass ich sie nie mehr wiedersehen würde. Die große Masse, die auf dem Planet zurückbleiben musste, schoss mich ab und ich spürte wie ich mich immer weiter von ihnen entfernte.

Irgendwann konnte ich meine alte Heimat von außen betrachten. Eine gigantische Feuerwand fegte unaufhaltsam über die gesamte Oberfläche und ließ eine schwarze, verbrannte Kruste zurück. Splitter bröckelten von dem dunklen Gestein ab, die in alle Himmelsrichtungen davon geschmettert wurden. Die Flammenwand ebbte ab, als sie einmal um den Planeten gekreist war. Ich konnte tiefe Furchen erkennen. Der Planet zerbröckelte weiter. Irgendwann war ich so weit weggeflogen, dass ich ihn nicht mehr erkennen konnte.

Es war still um mich geworden. Ich glitt schwerelos durch das All. Um mich herum die Monde und Planeten, die man Nachts oben am Himmel sehen konnte. Dort konnte man nicht leben. Es waren leere, trostlose Bälle aus Gestein, von Gas und Sand umschlossen.

Ich konnte nicht steuern, wohin ich flog. Die einzige Richtung, die ich kannte war geradeaus. Würde ich einen Planeten sehen, auf dem man leben könnte, dann müsste ich noch das Glück haben, genau dort aufzuschlagen.

Ich hatte keine Angst. Ich spürte auch keine Trauer. Alles was ich spürte, war die Kälte des Weltraums. Die Leere. Das Nichts. Sie umschloss mich, drang in meine Gedanken ein. Einsamkeit machte sich breit. Eine tiefe Gedankenleere, die in den Tagen und Monaten, die ich durch das All schwebte nur noch mehr anwuchs. Ob die anderen, die losgeschickt wurden, schon einen passenden Planeten gefunden hatten? Wie viele hatte ich bereits gefunden? Es war egal. Es änderte nichts an meinem Zustand.

Ich flog weiter durch die Dunkelheit, durch die Universen, durch die Zeit. Jahrelang sah ich keinen Planeten, nicht einmal einen Stern. Dann auf einmal gab es eine Ansammlung von Gesteinsbrocken. Hunderte Sonnen. Gase und Licht in verschiedenen Farben. Doch ich flog stumm an ihnen vorbei. Vorbei. Vorbei ...

Und ich war wach. Ich erlebte alles mit. Die Eindrücke, die Gedanken, die Schmerzen. Mal war ich beeindruckt von der Schönheit des Universums. Ich ergötzte mich an den vielen, verschiedenen Planeten, die ich sah. Die Lichter der Sonne wärmten mich. Doch irgendwann hatte ich alles gesehen. Ich war müde von den Eindrücken. Die Gedanken schlugen um. Es wäre gut in eine Sonne zu fliegen und zu verbrennen, dann wäre es endlich vorbei. Vorbei. Vorbei ...

Doch ich hatte das Pech nie eine Sonne zu berühren. Ich wurde traurig. Ich habe aufgehört die Zeit zu zählen. Die Millionen Jahre, in denen ich durch das Universum glitt, änderten nichts an mir. Ich blieb am Leben. Ich hatte eine Aufgabe zu erfüllen. Für meine Spezies. Für meine Rasse. Und auch für mich. Ich vermisste meine Freunde, meine Familie. Die natürliche Wärme anderer oder gleicher Lebewesen.

Die Gedanken verschwanden in einem einzigen Schmerz. Der Schmerz der Existenz. Es tat weh die Planeten zu sehen. Das Licht der Sonnen blendete, doch in der Leere fror ich. Und wieder flog ein ganzes Universum vorbei. Vorbei.

Wieder verstrichen tausende Jahre.

In der Nähe einer weiteren Sonne kreiste ein Planet ruhelos umher. Ich schwebte geradeaus weiter, direkt auf die Sonne zu. Ich konnte mich nicht davon abhalten. Mein Leid hätte ein Ende. Meine Aufgabe nicht erfüllt, doch wer würde sich daran überhaupt noch erinnern?

Plötzlich ein Ruck. Etwas brachte mich von meiner normalen, geradlinigen Flugbahn ab. Ich spürte wie mein Körper sich dehnte.

Ich wurde in eine Richtung gedrückt. An der Sonne flog ich vorbei. Der kreisende Planet hatte mich in seinen Bann gezogen. Er saugte mich an sich heran. Konnte es möglich sein? War dies das Ende meiner Reise? Nach Millionen von Jahren änderte sich endlich etwas.

Ich wurde näher an den Planeten heran gezogen. Ich schwebte nicht mehr, ich fiel. Ich wurde immer schneller, ich hörte etwas an mir vorbeiziehen. Einen Widerstand.

Ich schlug auf. Ich hatte einen neuen Planeten entdeckt. Lebewesen tummelten sich hier in großen Massen. Meine Reise war vorbei. Vorbei. Endlich vorbei.

Ich lag auf dem Boden. Über mir liefen zweibeinigen Kreaturen herum. Sie redeten in einer fremden Sprache, konnten mich anscheinend nicht wahrnehmen. Sie würden gut als Wirt dienen und mir beim Erneuern meiner Rasse helfen.

Das Wesen aus dem Müll

Ich kenne diese Geschichten, wissen Sie? Diese Gruselstorys, die man sich am Lagerfeuer erzählt über blutrünstige Monster. Sie warten unter der Bettdecke, verstecken sich im Kleiderschrank, verschmelzen mit dem eigenen Schatten. Es sind Geschichten. Und das weiß ich auch. Es gibt zwar noch einige unentdeckte Lebewesen, aber doch nicht in Mitteleuropa.

Doch die Ereignisse in den letzten Tagen haben mich meine Einstellung dazu grundlegend verändern lassen.

Es fing alles damit an, als ein Jugendlicher oder so, der Täter wurde nie gefunden, den Müll in meiner Mülltonne angezündet hatte. Ich war zu dem Zeitpunkt auf der Arbeit und als ich wiederkam, war von dem Behälter nur noch ein verschmorter Klumpen Plastik übrig geblieben. Ich war zur Polizei gegangen und hatte Anzeige gegen Unbekannt erstattet, brachte natürlich alles nichts.

Jedenfalls musste ich mir eine neue Mülltonne kaufen und da ich Angst hatte, dass so etwas noch einmal passierte, besorgte ich mir dieses Mal keine aus Plastik, sondern aus Metall. Wenn mein Müll nochmal angezündet werden würde, dann würde die Tonne maximal sehr heiß werden, aber nicht mehr zerfließen, wie die Alte.

Das funktionierte auch alles erst mal ganz gut, bis irgendwann meine Nachbarin mich früh am Morgen aus dem Schlaf klingelte. Sie war eine alte Frau, vielleicht achtzig Jahre alt, die sich wirklich über sehr viel aufregen konnte. Sie beschwerte sich darüber, dass meine Mülltonne umgekippt sei und sich der Müll auf der gesamten Straße verteilt hätte. Die Plastikmülltonne hatte ich an meinem Haus stehen und habe sie am Tag der Müllabfuhr immer an die Straße gefahren. Die Metalltonne hatte keine Räder und war viel schwerer, deshalb hatte ich mir gedacht, dass sie durchgehend an der Straße stehen sollte.

Zuerst belächelte ich sie, wer sollte eine so schwere Mülltonne umkippen, man würde den Lärm doch hören. Doch als ich durch meinen Vorgarten ging und das Zauntor passierte, sah ich es. Die Mülltonne lag am Boden und überall um sie herum, war der Müll verteilt.

Sie können verstehen, dass ich den Tag ziemlich schlecht drauf war. Mein Problem war, dass ich nicht richtig sehen konnte, wer an meinem Grundstück vorbei geht, da ich zur Straße hin eine etwa zwei Meter große Hecke angepflanzt hatte.

Doch als wenige Tage später die Tonne noch einmal umgekippt war, oder worden war, sägte ich die Hecke ab, um freie Sicht auf die Straße haben zu können und blieb in der Nacht länger auf, um zu sehen, wer die Mülltonne immer umkippt. Es konnte meiner Meinung nach nur einer meiner Nachbarn sein. So häufig wäre doch niemand zu mir hingegangen, um sie umwerfen, das wäre komisch. Ich hatte eine Schrotflinte im Wandschrank, aber nur um mein Grundstück zu verteidigen. Ich hoffte, dass sie niemals zum Einsatz kommen musste.

Die ersten drei Abende, die ich wartete, passierte nichts. Nur die leere Straße, beleuchtet durch einige Laternen, doch am vierten Abend war es wieder so weit. Ich war gerade dabei ins Bett zu gehen, war am Zähne putzen, als ich das Knallen hörte. Ich warf meine Zahnbürste ins Waschbecken, zog mir meine Hausschuhe an und rannte nach draußen. Dieses Mal, sollte mir der Typ nicht entwischen. Ich kam an der Mülltonne an und hielt Ausschau, doch der Abschaum hatte sich schon wieder verzogen.

Da ich schon draußen war und nicht bis morgen warten wollte, stellte ich die Tonne wieder auf und wollte den Müll einräumen, als ich aus der Tonne ein merkwürdiges Schaben hörte. Ich beugte mich über den Rand der Tonne und blickte hinein. Irgendetwas im Müll bewegte sich. Ich konnte das Kauen des Tieres hören, das Wühlen und das Atmen. Natürlich hatte ich Angst. Wenn es irgendein wildes Tier war, würde es mich als Bedrohung ansehen und mich sofort angreifen und Krankheiten übertragen.

Gerade als ich den Gedanken zu Ende gedacht hatte, sprang mich das Vieh an. Ich schreckte zurück und rannte zum Haus, verlor dabei einen meiner Schuhe und knallte meine Tür hinter mir zu. Das war verdammt knapp und es hätte mich fast erwischt.

Ich wagte es kaum mich an mein Fenster zu stellen. Das einzige, was ich noch sehen konnte, war, wie der Schatten des Wesens über den Zaun kletterte und verschwand.

Doch damit war es noch nicht genug. Mein Haus stand auf Stelzen, damit es bei Hochwasser nicht soviel abbekommt. Der Deckel der Mülltonne war verschwunden und als ich am nächsten Tag danach suchte, führte mich eine Spur aus plattgedrücktem Gras zu meinem Haus. Ich weiß nicht ob es Glück war, oder doch eher Pech, jedenfalls bemerkte ich durch die Sonnenstrahlen ein Funkeln neben einer der Stelzen. Ich ging hin, sah meinen Mülltonnendeckel und wollte nach ihm greifen. Doch als ich ihn anfasste, zog jemand oder etwas von der anderen Seite ebenfalls daran. Vor Schreck hätte ich es fast losgelassen, doch ich versuchte mutiger zu sein und zog weiter.

Es muss sehr merkwürdig ausgesehen haben. Der Nachbar auf den Knien unter seinem Haus, zieht an einem Mülltonnendeckel. Irgendwann zog das Wesen noch stärker und riss mir den Deckel mit einem Ruck aus der Hand. Die scharfen Kanten schnitten mir an einigen Fingern tief ins Fleisch. Ich hätte vor Schmerz aufschreien müssen, doch tat es nicht. Ich stand zu sehr unter Schock, als ich sah, was mir den Deckel entrissen hatte.

Zwar konnte ich nur die tiefroten, funkelnden Augen sehen, doch das hasserfüllte Knurren, ließ mich zurücktaumeln und so schnell unter dem Haus hervorkriechen, wie ich konnte. Mir war es egal, dass Staub und Dreck in meine Wunden gerieten, Hauptsache weg von diesem Vieh.

Die nächsten Tage hatte ich mich in mein Haus eingeschlossen. Ich wusste, dass maximal einen Meter unter mir dieses Wesen lauerte und nur darauf wartete herauszuschnellen um mich zu töten. Einen Arzt besuchte ich nicht, ich rief auch niemanden an. Meine Vorräte gingen zu neige und ich ernährte mich nur noch von einen zehn Kilo Sack Kartoffeln. Es reichte aus, irgendwann würde das Vieh schon verschwinden.

Meine Wunden entzündeten sich und fingen an zu eitern. Ich konnte durch die Angst schon nicht schlafen, aber geriet jetzt immer in einen fiebrigen Schlaf, in dem ich schwitzte und heftige Albträume hatte. Meine Finger wechselten ihre Farbe zu einem unnatürlichem Schwarz. Doch ich hielt es aus. Es war besser als raus zu gehen und mit diesem Wesen konfrontiert zu werden. Ich hatte Todesangst, brauchte nur aus dem Fenster zu blicken, um direkt in eine Panikattacke zu verfallen. Meine Nachbarin kam einige Male vorbei und klopfte, wohl um nachzusehen ob mit mir alles in Ordnung war. Dann versteckte ich mich immer unter dem Tisch oder in der Speisekammer, bis ich hörte, wie sie wegging.

Sie wurde von dem Monster nicht angegriffen. Von dem Monster im Müll. Je öfter ich darüber nachdachte, wurde mir klarer, was ich gesehen hatte. Irgendein Wesen mit pelzigem, verklebtem Fell, ein Maul mit drei Reihen rasiermesserscharfen Zähnen. Und vor allem diese Augen. Diese roten, funkelnden Augen die mich hasserfüllt angestarrt hatten.

Warum ich? Warum hat dieses Wesen mich auserwählt? Wieso fällt es nicht über alle anderen Mülltonnen in der Umgebung her? Dann erinnerte ich mich an meine Schrotflinte. Ich hatte sie irgendwann von meinem Großonkel, ein ehemaliger Bundeswehrsoldat, geschenkt bekommen. Mein Kleiderschrank hatte eine Trennwand, die ich ganz einfach zur Seite schieben konnte.

Ich entstaubte die Schrotflinte und setzte mich ans Fenster, weiterhin mit Blick auf die Mülltonne. Meine Händen pochten vor Schmerz, wie immer. Die Wunde machte mich fertig.

Ich verließ die Position am Fenster nur sehr selten, um aufs Klo zu gehen und die Kartoffeln zu kochen. Schälen konnte ich sie mit meinen Händen nicht mehr. Dafür waren sie zu kaputt, zu eitrig, zu widerlich.

Ich wartete bestimmt vier Tage, bis ich es wieder sah. Es kam seelenruhig über den Gehweg gelaufen. Diese Kreatur werde ich nie wieder vergessen können, das schwöre ich. Ich sah, wie es über die Straße stolzierte. Es wollte mich verspotten. *Guck dich an, Kumpel. Du hast Angst vor mir, richtig so. Deine Hand ist kaputt, du verdammter Loser. Du dreckiger Penner. Du Wurm hast Angst.*

Ich betrachtete das strubbelige Fell, die vier Beine. An einigen Stellen waren Knochen zu sehen. Die Zunge hing dem Monster aus dem Maul und es tropfte schwarzer Speichel auf den Boden. Dann kam es an meiner Mülltonne an. Auf den Augenblick hatte ich gewartet.

Ich riss meine Haustür auf und rannte, ja raste schon fast auf diese Kreatur zu. Es blickte hoch, hatte nicht damit gerechnet, dass ich mich jemals wieder aus dem Haus trauen würde und blickte mich für einen kurzen Moment an.

Dann drückte ich ab. Ein klaffendes, fleischiges Loch blieb zurück, als der Knall abgeklungen war und die Kugeln durch den Kopf des Monsters geflogen waren. Es war nicht so unbesiegbar, wie es immer getan hatte. Ich fühlte mich stark. Ich war mächtig. Ich hatte das verdammte Drecksvieh weggeballert.

Ich hörte einen Schrei. Sofort drehte ich mich um und blickte in das geschockte Gesicht meiner Nachbarin. Sie hatte eine Leine in der Hand und starrte geschockt auf das Monster aus dem Müll. Ich wollte ihr erklären, dass die Gegend jetzt sicher ist; wollte ihr sagen, was ich geleistet hatte. Doch sie fing an zu weinen und kniete sich zu dem Vieh hin. Sie tätschelte seinen Bauch und weinte und schluchzte. Sie war dafür verantwortlich. Sie hatte die Bestie freigelassen. Es war ihr Werk.

Also hob ich meine Schrotflinte ein weiteres Mal und pustete ihr mit einem Schuss den Kopf weg. Jemand, der mich so terrorisierte, durfte nicht frei herumlaufen.

Den Rest der Geschichte kennen Sie. Ihre Kollegen kamen, setzten mich außer Gefecht und warfen mich ins Auto. Und jetzt sitze ich hier. Mit amputierten Händen. Und Sie meinen die Entzündung meiner Hände hätte sich auf mein Hirn ausgewirkt? Ich habe halluziniert und Dinge gesehen, die es nicht gibt? Das Drecksvieh, dass ich umgelegt habe war kein Schäferhund, und das wissen Sie.

Ich kann allerdings verstehen, dass Sie nicht wollen, dass es an die Öffentlichkeit gerät. Trotzdem sollten Sie mir einen Orden verleihen, für das was ich getan habe.

Braune Bauern

Irgendwo am anderen Ende der Straße, in einem Gebäude mit Blumen vor dem Fensterladen sitzt er an seinem Fliesentisch im Wohnzimmer, trinkt aus einer großen Tasse einen starken Kaffee und blättert durch die Bild. Auf seinem frisch rasierten Schädel spiegelt sich die späte Mittagssonne, die trotz der Blümchenvorhänge durch das saubere Fenster fällt. Er hat einen großen Garten und einen nicht so großen Vorgarten und einen Dackel, der auf dem Teppich im Flur liegt und sich die Pfoten leckt.

Ein Aluminiumbaseballschläger lehnt im Eingangsbereich an der Wand, denn die Nachbarschaft ist seit einigen Jahren ein Krisengebiet. Er duscht, putzt sich die Zähne und zieht sich die Arbeitskleidung an. Dann nimmt er den Schläger und verlässt das Haus.

Die Blumen in seinem Vorgarten strotzen mit ihren Farben, die Nachbarin mäht gerade Rasen und grüßt ihn freundlich. Durch ihre Alte-Leute-Kleidung und ihre graue Alte-Leute-Frisur wirkt sie wie eine alte Frau, die gerne Kekse backt und an ihre Enkel verschenkt.

Er geht durch seine Nachbarschaft. Sie ist ordentlich und aufgeräumt. Kein Lärm, kein Müll, alles ist in bester Ordnung. Er genießt die frische Luft. Es ist idyllisch.

Bald kommt er in einem Kasino an, geht vorbei an den Einarmigen Banditen und den Black Jack Tischen, vorbei am Roulette und biegt in einen dunklen Gang ein. Er geht an den versifften Toiletten vorbei und stößt eine Tür auf.

Überraschenderweise ist es ein sehr angenehmer Raum in den er tritt. Er ist sehr geräumig und warmes Licht strahlt an jeden Fleck des Raumes, sodass es kaum einen Schatten gibt. Außerdem riecht es nach Lavendel.

Der weinrote Teppichboden wird unterbrochen durch ein acht mal acht Meter großes, schwarz-weiß kariertes Feld. Ein Schachbrett. Die 32 Menschen haben sich bereits eingefunden und starren leblos vor sich hin, warten nur darauf, dass es beginnt und sie die Chance nutzen können. Alle sind bis auf eine Unterhose – je nach Fraktion schwarz oder weiß – unbekleidet.

Er stellt sich zur Seite, lehnt seinen Baseballschläger gegen die Wand und verschränkt seine Arme. Sein Blick kreist über die Anwesenden. Die meisten sind irgendwelche Schaulustigen, auf der

Suche nach ein wenig Unterhaltung. Am Rand des menschengroßen Spielfeldes steht ein Tisch mit zwei Stühlen. Zwei Politiker aus der größten Fraktion Deutschlands sollen hier nun gegeneinander spielen. Eine Frau, die Bundespräsidentin und ein Mann, der Familien- und Heimatminister. Beide sind gut gekleidet.

Von einer feindlichen Anspannung ist nichts zu sehen, sie machen Witze zusammen, lachen zusammen und schütteln sich die Hände, als das Spiel losgehen soll.

Der Mann fängt an. Sein erster Zug besteht daraus den Bauern von G2 auf G3 zu setzen. Einer der Nackten zögert für einen Moment, fängt sich dann aber und geht ein Feld nach vorne. In seinen Augen spiegelt sich Angst wieder, aber auch eine gewisse Entschlossenheit.

Die Frau macht dem Mann diesen Zug nach und stellt einen Bauern von B7 auf B6. Einer der Nackten bewegt sich mit ihm. Die beiden Politiker spielen relativ defensiv, niemand will den ersten Schritt machen.

Eine unbeschreibliche Spannung breitet sich in dem Raum aus. Jeder weiß, dass gleich etwas Tolles passiert, etwas Unterhaltendes. Die Luft ist wie elektrisiert, hat schon fast etwas Erotisches. Der Glatzenmann steht weiterhin regungslos neben dem Spielfeld und kontrolliert mit seinem Blick den gesamten Raum.

Irgendwann stellt die Frau einen ihrer Bauern auf H3, ein Feld auf dem bereits ein weißer Bauer steht. Endlich ist es soweit. Der Mann blickt lächelnd in das Gesicht der Frau. Dann bricht das Inferno los.

Die beiden Nackten, die nun gemeinsam auf einem Feld stehen, fangen an sich zu prügeln. Mit den bloßen Fäusten dreschen sie auf sich ein und brüllen dabei, wie wild gewordene Tiere. Zuerst bleibt es nur bei Schlägen, dann wird angefangen die Haut des Gegners aufzukratzen. Blut tropft auf dem Boden, einer von den beiden spuckt einen Zahn aus, der mit einem platschenden Geräusch auf dem Boden aufschlägt.

Der eine verbeißt sich an einem der Ohren seines Feindes und reißt und zieht, bis er es letztendlich abtrennt. Der andere schreit, ist unkonzentriert und bekommt einen harten Schlag auf die Nase. Ein lautes Knacken ist zu hören, als der Knochen in unzählige Splitter zerbricht, doch das macht den Verletzten nur noch wütender, anstatt ihn zu betäuben.

Er prügelt mit einer schier unmenschlichen Kraft auf seinen Gegner ein, prügelt ihn solange weich, bis er auf die Knie sinkt. Der

Verletzte greift nach dem Kopf seines Feindes und drückt mit seinen Daumen in die Augen hinein. Der nun Blinde zappelt und kreischt, doch nachdem ein unangenehmes Ploppen zu hören ist, fällt er zu Boden und bleib leblos liegen. Schwer atmend rappelt sich der Gewinner auf, tastet nach seiner Nase und nach seinem fehlenden Ohr und starrt die Frau, die ihm das befohlen hat, verzweifelt und flehend an.

Zufrieden streckt sie ihm den Daumen nach oben. Das Spiel hat sein erstes Opfer gefordert, aber bei weitem nicht das einzige.

Es geht weiter, Zug um Zug und nach und nach lichtet sich das Feld. Die Bauern müssen mit den bloßen Händen sich verteidigen, doch die Menschen, die als Turm, Läufer oder Springer eingeteilt worden sind, dürfen Schlagringe benutzen. Die Dame trägt sogar ein Messer bei sich.

Der Glatzkopf steht immer noch am Rand und lässt seinen Blick kreisen. Er ist für die Sicherheit zuständig, alles muss flüssig ablaufen, alles nach Plan, das ist sein Job.

Das Spielfeld ist blutüberströmt und die Leichen und Körperteile, die darauf herumliegen nehmen unnötig Platz weg. Es ist ein unfaires Spiel, denn manchmal fällt die Spielfigur, die angegriffen hat, weil sie unterliegt, oder einfach schon zu verwundet von einem vorherigen Kampf ist. Die beiden Politiker müssen also aufpassen welche Figur sie wohin setzen.

Man kann kaum noch die schwarze und weiße Farbe auf dem Boden erkennen, jeder der Menschen auf dem Spielfeld steht in einer Lache aus Blut. Ein Dröhnen zieht durch den Raum und eine Tür öffnet sich, durch die eine handvoll Reinigungskräfte stürmen. In Null Komma nichts reinigen sie das Spielfeld und entfernen die toten Körper von der Fläche.

Der Glatzkopf beobachtet die anderen Men...die braunhäutigen Arbeiter in ihren blauen Putzanzügen mit einem abfälligen, hasserfüllten Blick.

Das Spiel wird weitergeführt und nach zwei weiteren Putzpausen stehen nur noch die wenigsten Figuren auf dem Spielfeld. Die meisten haben irgendwelche Wunden, seien es nur Kratzer oder blaue Flecken oder offene Brüche und verdrehte Körperteile.

Ein Turm, der den Kampf gegen die Dame der weißen Fraktion gewonnen hat, versucht mit allen Mitteln sich die klaffende

Bauchwunde zuzuhalten. Doch durch das Blut, dass in Strömen aus ihm herausfließt, verlieren seine Hände an Haftung und rutschen nur noch über die Haut. Irgendwann ist er so schwach, dass er aufhört sich die Wunde zuzuhalten und lässt zu, dass seine Organe heraus quillen. Nach zwei weiteren Minuten verdreht er die Augen und schlägt bäuchlings auf den Boden auf.

Der Glatzkopf kann es kaum fassen, wie sehr sich die Figuren anstrengen. Sie müssen Schmerzen haben und Angst und trotzdem kämpfen sie weiter, während sie von allen Anwesenden begafft werden. Er muss kurz grinsen, als er daran denkt, dass die Damen ohne Probleme einen der Politiker abstechen könnten. Aber dafür sind diese minderwertigen Kreaturen anscheinend zu dumm.

Den Gewinnern, oder eher den Überlebenden dieses Spiels, winkt die Chance als Putzkraft in dem Casino angestellt zu werden. Vorausgesetzt natürlich, dass sie noch alle notwendigen Körperteile besitzen. Irgendwann werden sie auch in den Genuss kommen, das Spielfeld von diesem abartigen Blut zu reinigen.

Und die Figuren, die nicht in der Lage sind zu putzen oder gar lebensbedrohlich verletzt sind, aber trotzdem dem Gewinnerteam angehören, haben die Erlaubnis sich auf den Straßen dieses Landes aufzuhalten. Das ist Dank genug für einen derartigen Einsatz.

Irgendwann sagt die Frau *Schachmatt* und die Menschen, die zugeschaut haben fangen an zu applaudieren. Zufrieden schütteln sich die beiden Politiker die Hände, stehen auf und verlassen den Raum, gefolgt von den ganzen Zuschauern, die für dieses Erlebnis eine ganze Menge Geld gezahlt haben.

Zurück bleiben einige Leichen, einige Überlebende, sowohl aus dem schwarzen Gewinnerteam, als auch von dem weißen Verliererteam und der Glatzkopf mit seinem Aluminiumbaseball-schläger. Dieser muss nun aufräumen und drischt mit aller Kraft auf die verwundeten, erschöpften und wehrlosen Verlierer ein. Die Köpfe werden durch die Wucht zerdrückt, wie bei einem Autounfall. Sie wehren sich nicht, dafür sind sie zu schwach und lassen es einfach über sich ergehen.

Der Glatzkopf genießt es. Er drischt auf sie ein und hat ein ungewohnt, befreiendes Gefühl in sich drin. Er muss aufräumen, oder auch *einen sauberen Tisch machen*. Die Ausländer mit der schwarzen Unterhose lässt er am Leben, ihm ist egal, was mit ihnen passiert.

Der Manager des Casinos kommt nach dem Spiel zu dem Glatzkopf und will ihn bezahlen, dafür, dass er so einen guten Job gemacht hat. Dabei fällt ihm nicht auf, was für eine harte Latte der Sicherheitsmann in seiner Hose hat. Der Glatzkopf lächelt nur verschmitzt und sagt zufrieden: »Die Bilder sind für mich Lohn genug.«

Galle und Jessen

Jessen trägt die große Reisetasche und drückt mit der Schulter die Tür zu ihrem kleinen Ferienhaus auf. Hinter ihm taucht Galle auf. In seinen Armen hat er eine Kiste voll mit Lebensmitteln, die sie gerade noch in Nordby im Super Bruggsen eingekauft haben. Zwei Wochen Dänemarkurlaub auf der kleinen Insel Fanö liegen vor ihnen. Es ist Oktober, kein deutsches Bundesland hat gerade Urlaub, daher sind viele Häuser leerstehend. Jessen ist es schon aufgefallen, als sie von der Fähre, die zwischen Fanö und Esberg alle fünfzehn Minuten hin und her schwimmt, mit Galles Auto herunterfuhren. Sie waren alleine auf der Fähre. Außerdem kam es ihnen so vor, als wären sie die einzigen Autofahrer auf Fanö. Es kam ihnen weder ein anderes entgegen, noch haben sie eins auf einem Parkplatz gesehen. Die Insel wirkt wie ausgestorben.

Es ist der erste gemeinsame Urlaub für Galle und Jessen. Sie sind seit dem Frühling des gleichen Jahres zusammen und die Verliebtheit, die eine Beziehung so frisch hält, ist noch nicht abgeklungen.

Nachdem sie ausgepackt und das Doppelbett bezogen haben, schauen sie sich das Haus genauer an. Die Küche ist zum Ess- und Wohnzimmer hin offen, im Badezimmer gibt es einen Whirlpool und eine kleine Sauna. Neben dem Ferienhaus steht auch noch ein kleiner Schuppen.

Im Wohnzimmer steht ein Bücherregal, das entweder von den Vermietern oder von gütigen Urlaubern gefüllt worden ist. Jessen greift nach einem der Bücher und schlägt es auf.

»Fanö scheint eine Vogelinsel zu sein«, murmelt er, während er die erste Seite liest. »Hier steht, dass die Vögel nirgends sonst in Dänemark so ungestört sein können wir hier.«

Galle umarmt Jessen von hinten und guckt über die Schulter seines Freundes mit ins Buch.

»Dabei sind hier doch immer diesen nervigen Urlauber«, meint Galle scherzhaft. Jessen spürt den warmen Atem an seinem Ohr. Er vertraut Galle wie keinem anderen, obwohl sie noch gar nicht so lange zusammen sind. Aber er ist sich sicher, dass sie auch nachdem das Verknalltsein abgeklungen ist, etliche Jahre zusammen sein werden.

»Die paar Straßen mit den Ferienhäusern stören nicht. Es gibt super viele Naturschutzgebiete zum Spazieren gehen. Da brüten die Vögel dann wohl immer«, schließt Jessen aus dem gelesenen Text.

»Und was ist das?«

Galle löst sich von Jessen und zeigt auf eine Dose, die ebenfalls im Bücherregal steht. Jessen nimmt sie in die Hand und liest den kleinen, aufgeklebten Zettel vor.

»Hier steht: Vogelfuttergeld. Futter steht im Schuppen.«

»Wie cool wäre das, wenn man die Vögel hier füttern könnte«, meint Galle. Jessen erkennt in seinen Augen ein kindliches Funkeln, eine weiche Seite von seinem Seelenverwandten, die er sehr mag.

Die beiden gehen zu dem aus Holzlatten zusammengezimmerten Schuppen und schließen ihn auf. Neben unzähligen Gartengeräten und einem Flugdrachen, steht eine schwarze Tonne in der Ecke.

Als Jessen den Deckel aufklappt, steigt ihm ein widerlich, saurer Geruch in die Nase und er muss den Schuppen verlassen, um sich nicht zu übergeben.

Galle hingegen hält den Geruch aus und beugt sich über die geöffnete Tonne.

»Das ist ja widerlich«, sagt er mit verzogenem Gesicht.

»Was ist das? Vogelfutter stinkt nicht so heftig.«

»Das ist auch nicht das Vogelfutter, dass so scheiße riecht«, murmelt Galle. Er zieht sich einen an der Wand hängenden Gartenhandschuh an und greift in die Tonne hinein.

»Was tust du denn da?«, fragt Jessen aufgebracht. Er hat keine Lust, dass sein Freund auch so stinkt. Er würde sich dann niemals mit ihm das Bett teilen können.

»Keine Sorge«, beruhigt ihn sein Freund und stolziert mit einem Kadaver in der Hand aus dem Schuppen. Er entfernt sich ein gutes Stück vom Haus und wirft ihn in einen der vielen Büsche.

»Die Raben und Elstern werden das arme Vieh schon auffressen«, spekuliert er, als er zu Jessen zurückgeht.

»Was war das?«, fragt Jessen angeekelt.

Galle zuckt mit den Schultern. »Kein Plan. Vielleicht 'ne Ente oder so. Muss wohl in die Tonne gehüpft sein, als der Schuppen offen stand. Und durch den Wind ist vielleicht der Deckel zugefallen.«

»Das arme Ding.«

Galle bemerkt, wie in Jessens Augen ein gewisses Mitleid zu erkennen ist. An sich nichts Schlimmes, doch Jessen wird oft traurig, wenn er mit etwas Mitleid hat und das will Galle nun gar nicht. Vor allem nicht am ersten Abend des gemeinsamen Urlaubs. Er nimmt sich den Krug, der neben der Tonne steht und schöpft das Vogelfutter heraus.

»Damit können wir morgen dann die Vögel füttern. Bestimmt wissen die meisten, dass es bei diesem Haus was zum Fressen gibt.«

Da die beiden von der Fahrt sehr erschöpft sind, legen sie sich relativ früh schlafen. Von dem Doppelbett aus können die beiden auf einen kleinen Teich blicken, der neben dem Haus liegt. Der nordische Wind, der in Galle und Jessens Heimat bestimmt als Sturm durchgegangen wäre, donnert gegen das Ferienhaus und lässt die Fenster wackeln. Dadurch steigt in den beiden ein gewisses, wohliges Gefühl auf. Zusammen unter einer kuscheligen Decke, fest umschlungen und mit einem Dach über dem Kopf. Zufrieden schlafen sie ein.

Am nächsten Morgen sitzen beide am Frühstückstisch. Von ihrem Fenster aus können sie den Rasen vor dem Haus, sowie die sich aufbauende Dünenlandschaft dahinter betrachten. Ein Fasan stolziert am Fenster vorbei. Jessen kommt es so vor, als würde der Vogel genau wissen, wer hinter dem Glas sitzt und fühlt sich beobachtet.

Galle schiebt seinen Stuhl zurück und steht auf, nachdem der Fasan ein zweites Mal am Fenster vorbeigelaufen ist. Er greift nach dem Krug mit dem Vogelfutter und geht raus.

Jessen sieht, wie er einige Hände voll Körner auf den Rasen schmeißt. Der Fasan rennt mit schnellen Schritten zu dem Futter hin und beginnt damit es aufzupicken. Galle geht wieder hinein und setzt sich an den Tisch.

»Sieh nur«, meint Jessen und zeigt auf einen weiblichen Fasan. Geduckt schleicht das Tier an das Männchen heran und testet, ob es sie angreift oder nicht. Doch der Vogel ist friedlich.

Nach und nach kommen immer mehr Fasane, als hätte der Erste seine Familie zum Essen gerufen. Auch Elstern, Raben und Meisen gesellen sich zu den huhngroßen Vögeln und stibitzen vorsichtig ein paar Körner. Sogar die Enten von dem Teich auf der anderen Seite kommen vorbei.

Jessen ist so begeistert von der Tiershow, dass er sich den Krug noch einmal nimmt und die Tiere erneut füttern will. Als er seinen Fuß auf die Veranda setzt, heben die versammelten Vögel die Köpfe und hören auf zu picken. Bei Jessens nächstem Schritt kommen sie langsam auf ihn zu.

»Ja, feine Vögel. Ihr bekommt ja alle was«, quietscht er, als würde er mit einem Baby sprechen.

Beim dritten Schritt stürmen die Tiere auf ihn zu und fangen an in seinen Fuß zu picken. Jessen trägt nur ein Paar Flip Flops, daher finden die meisten Vögel bei jedem Picken ein wenig freie Haut. Der junge Mann schreit auf und stürzt zurück in das Ferienhaus.

»Was ist los?«, fragt Galle aufgebracht. Er ist in dem Moment aufgesprungen, als Jessen die Tür zugeschlagen hat.

»Die Viecher haben mich angegriffen.« Empörung und Unglauben schwingt in seiner Stimme mit. Ein kreischender Schrei entgleitet ihm, als er hinter sich jemanden an die Scheibe klopfen hört.

»Sieh nur, Jessen«, raunt Galle erstaunt.

Jessen dreht sich ruckartig um und sieht, wie ein gutes Dutzend Vögel gegen die Eingangstür picken. Es hört sich so an, als würde ein Hagelsturm auf die Glasscheibe aufprallen. Nach und nach lassen sie von der Scheibe ab, fressen die restlichen Körner auf und verschwinden.

»Komisch«, meint Galle. »Die scheinen ungewöhnlich aggressiv zu sein.«

»Ja, wem sagst du das?«, fragt Jessen, der seinen Fuß betrachtet. Er ist an den Stellen, an dem die Vögel ihn angegriffen haben, rötlich verfärbt.

»Vielleicht haben sie schlechte Erfahrungen mit Menschen gemacht. Kinder, die sie mit Steinen beworfen haben, oder so was.«

»Ja, kann sein. Auf jeden Fall müssen wir vorsichtig sein und dürfen sie nur aus der Ferne betrachten.«

Der Fuß von Jessen ist glücklicherweise nicht beeinträchtigt, sodass die beiden beschließen am Strand spazieren zu gehen. Es ist ein sehr breiter Sandstrand und mit Mütze und Kapuze ist auch der kalte, nordische Wind zu ertragen.

Hand in Hand gehen sie an den brechenden Wellen entlang, lassen ihren Gedanken freien Lauf und machen hin und wieder Pause, um auf das Meer zu blicken. Das Kreischen einer Möwe unterbricht den romantischen Ausflug.

»Ehm, Jessen?«, fragt Galle

Jessen sitzt mit den Händen abgestützt im Sand und blickt verträumt auf das Meer.

»Hm?«

»Guck mal nach oben.«

In Galles Stimme liegt etwas Düsteres. Jessen blickt nach oben und erblickt einige Möwen, die wie Aasgeier um das Paar Kreise ziehen. Ihm läuft bei diesem Anblick ein Schauer über den Rücken.

»Ob die uns auch angreifen wollen?«, fragt er ängstlich.

Galle, der neben Jessen sitzt, steht auf und klopft sich den Sand von seinem Hinterteil.

»Keine Ahnung. Ich will es auch ungern drauf ankommen lassen.« Er hält Jessen eine Hand hin. »Wollen wir wieder zurück?«

»Eine flauschige Decke und ein heißer Earl Grey wären jetzt genau das Richtige«, gibt Jessen zurück und lässt sich von Galle hochziehen.

Lächelnd und auf das warme Haus freuend, gehen sie langsam den Strand wieder zurück. Die Ausgänge vom Strand zu den Ferienhäusern sind kleine Pfade eingeteilt, damit die Dünenlandschaft nicht beschädigt wird und die beiden entscheiden sich eine andere Route, als auf den Hinweg zu nehmen.

Dieses Mal kommen sie an einer Düne vorbei, auf der sich einige Strandläufer angesammelt haben. Es sind kleine Vögel, die mit schnellen Schritten über den Sand rasen.

Jessen bemerkt sie zuerst.

»Wir sollten uns wirklich beeilen. Hier ist schon wieder eine Vogelfamilie.«

»Die sitzen da doch nur herum. Meinst du, die Kleinen tun uns was?«, fragt Galle lachend.

Als hätten die Vögel ihn verstanden rappeln sie sich auf und starren das Paar an. Dann setzen sie sich in Bewegung und kommen auf sie zugelaufen.

Galle reagiert sofort, greift nach einer von Jessens Händen und rennt los. Jessen durchfährt ein kurzer Ruck, dann begreift auch er und rennt die Dünen entlang in Richtung Ferienhaus. Auch die Möwen stürzen sich nun kreischend auf die beiden hinab, zerren an ihren Mützen und reißen Stücke aus den Kapuzen.

Nach einigen Minuten kommen sie außer Atem an ihrem Haus an und schlagen die Tür zu.

»Bei dir alles okay?«, fragt Galle keuchend.

»Ja, denke schon«, antwortet Jessen mit heiserer Stimme, die nach dem Satz bricht und sich in ein lautes Husten verwandelt.

»Ich mach uns mal einen Tee«, brummt Galle und geht in die Küche. »Muss wohl gerade Brutsaison sein. Anders kann ich mir das nicht erklären, dass die Viecher so ausflippen.«

Jessen hat es sich auf dem Sofa bequem gemacht und kommt wieder zu Atmen. »Im tiefsten Herbst? Welche Tierart bringt Kinder auf die Welt, während es draußen kalt und stürmisch ist?«

»Da hast du auch wieder Recht.« Galle drückt seinem Freund eine Tasse Earl Grey in die Hand. »Wir müssen einfach aufpassen und einen Bogen um die Viecher machen.«

Am nächsten Morgen sitzen Galle und Jessen wieder am Frühstückstisch und blicken auf die Dünenlandschaft vor ihnen. Der Wind trägt ein paar Sandkörner ab, der erst am Fuße der nächsten Düne nieder rieselt. Nach und nach kommen die Vögel vom ersten Tag wieder.

Bestimmt vierzig Tiere stehen vor der Glasscheibe und starren die beiden an. Allerdings nicht nur das, sie betteln, picken gegen das Glas und quietschen schrill, schreien schon fast.

Jessen verdreht die Augen, steht auf und greift sich den Behälter mit dem Vogelfutter.

»Damit das endlich mal aufhört«, murmelt er, als er den verwirrten Blick von Galle bemerkt.

Er stellt sich auf die Terrasse und wirft den Vögeln ein paar Hände voll zu, als Friedensangebot sozusagen. Doch diese ignorieren das Futter völlig und stürmen auf Jessen zu.

Sie springen an ihm hoch, krallen sich in seiner Kleidung fest und picken auf seine Hände ein. Der völlig überrumpelte Mann lässt vor Schreck den Krug fallen. Er zerspringt mit einem lauten Klirren auf den Gehwegplatten.

Panisch dreht Jessen sich um und stürmt wieder ins Haus, wo Galle schon aufgeregt steht und ihn in die Arme nimmt.

»Die sind nicht freundlicher als gestern«, stellt Jessen wimmernd fest. »Die müssen echt was gegen mich haben.«

»Gegen uns. Und gegen alle Menschen. Guck sie dir doch an, jetzt essen sie die Körner und haben sogar mehr, als sonst.«

Jessen blickt nach draußen. Die vierzig Vögel spazieren über die Terrasse und picken genüsslich die Körner auf. Niemand von ihnen muss sich den Druck machen nicht genug zu bekommen.

»Jessen, du blutest!«, ruft Galle, als sie sich aus der Umarmung wieder gelöst haben. Er rennt sofort los und holt aus dem Badezimmer einen Erste-Hilfe-Koffer.

Jessen starrt in der Zeit auf seine verletzte Hand. Blut läuft an seinen Fingern hinunter und verteilt sich auf dem Handteller. Es ist nicht wenig, aber es wirkt auch nicht so, als wäre irgendeine Ader getroffen worden.

Galle kommt wieder und verarztet seinen Freund. Jessen blickt ihn liebevoll an, während Galle die Hand feinfühlig säubert und behutsam mit einem Verband einwickelt. Kein Wunder, dass er ihn so liebt. Er ist stark und kann manchmal ruppig sein, aber wenn es drauf ankommt, ist er einfach nur zum Dahinschmelzen.

»Keine Vögel mehr füttern, okay?«, ermahnt er Jessen und blickt ihn ernst an.

»Die werden sowieso erst einmal 'ne Menge zu fressen haben.«

Gemeinsam stellen sie sich vor das Fenster und beobachten die Vögel beim Fressen. Es sind noch mehr geworden und alle stehen im Kreis um den Körnerberg herum und picken gierig. Ein merkwürdiges Schaubild.

Den Rest des Tages fahren die beiden zur südlichsten Stadt der Insel, Sönderho, und verbringen dort einige Stunden. Sie essen Hot Dogs, Soft Eis und Fischbrötchen und fahren erst wieder zurück, als er zu dämmern anfängt. Erschöpft kommen sie abends in ihrem Ferienhaus an und bemerken, dass der ganze Futterberg aufgefressen worden ist.

Jessen geht in Küche und wärmt eine Dose Linsensuppe auf. Er schmeißt die Dose weg und bindet den viel zu vollen Müllsack zusammen.

»Galle?«, ruft er nach seinem Freund.

Aus dem Wohnzimmer kommt nur ein fragendes Brummen.

»Der Mülleimer ist voll. Magst du ihn eben raus bringen?«

Jessen hört, wie Galle aufsteht und zu ihm in die Küche geht.

»Klar, Schatz, mach ich«, sagt er und küsst Jessen auf den Hals.

Jessen sieht, wie sein Freund an dem Küchenfenster vorbeigeht und in der Dunkelheit verschwindet. Er rührt die Suppe noch einmal um, füllt auf und stellt die Teller auf den Esstisch. Dann setzt er sich und wartet.

Doch Galle ist nach drei Minuten immer noch nicht zurück. Zwar steht die Mülltonne etwa dreißig Meter vom Haus entfernt, trotzdem sollte es nicht so lange dauern. Verwirrt zieht Jessen sich seine Schuhe über und verlässt das Haus. Draußen hört er ein regelmäßiges Klopfen, als würde jemand mit der bloßen Faust auf ein Stück Holz schlagen. Er rechnet damit, dass hinter jeder Ecke Galle hervorspringt und ihn erschreckt. Aber nichts passiert.

»Galle?«, ruft er. »Galle, ist alles gut?«

Keine Antwort.

Nur der Wind rauscht um Jessens Ohren und das Klopfen hallt auf der Terrasse wieder. Mit vorsichtigen Schritten tastet er sich vorwärts. Es ist so dunkel, dass er kaum seine eigenen Füße sehen kann.

Dann kommt er am Mülleimer an und erstarrt. Da liegt er. Galle. Regungslos und rücklings auf der harten Kiesstraße. Die Wolke, die den Mond verdeckt hat, zieht weiter, sodass Jessen mehr erkennen kann. Mehr, als er eigentlich aushält.

Galle sind seine Augen ausgestochen worden. Es sind nur noch schwarze, matschige Löcher aus denen das dickflüssige Blut quillt. Ein Rabe hat sich an seinen Haaren festgekrallt und pickt immer wieder auf die Stirn des Toten.

Plock.

Plock.

Plock.

Er will den Schädel aufbrechen, um an das weiche Hirn zu kommen.

Jessen steht wie angewurzelt da und starrt auf die grauenvolle Szene. Als der Rabe ihn bemerkt, gibt dieser einen schrillen Schrei von sich, der nichts mit dem Zwitschern eines Vogels mehr gemeinsam hat.

Jessen reagiert sofort. Er dreht um und rennt panisch zurück in das Haus, knallt die Tür zu und erstarrt aufs Neue. Auf dem Tisch und in der Küche sitzen sie, machen sich über die Suppe und Vorräte her. Als sie Jessen bemerken wird es ganz still. Er verflucht sich innerlich, weil er die Tür beim Verlassen nicht geschlossen hat.

Mit langsamen Schritten geht er zurück zur Tür, gibt sich die größte Mühe keine hektischen Bewegungen zu machen. Ohne sich umzudrehen tastet er nach dem Türknauf und öffnet sie. Doch anstatt in die Freiheit laufen zu können, bohren sich hunderte Krallen in seinen Rücken. Er schreit auf, verliert das Gleichgewicht und fällt bäuchlings hin. Auch die Vögel aus der Küche bewegen sich zu ihm. Es sind unzählige der Wesen. Sie stehen im Kreis um ihn herum und picken auf ihn ein, wie vorhin auf den Körnerberg. Sie picken auf ihn ein, reißen Haut und Fleisch aus ihm heraus. Jessen versucht noch mit den Armen sich das Gesicht zu verdecken, doch es hilft alles nichts.

Die Vögel lassen nicht locker.

Die Vögel bekommen, was sie wollen.

Fischmenschen

Hadvar Bornson lebt fast sein gesamtes Leben in dem Leuchtturm. Als junger Knirps ist er mit seinem Vater nach dem Tod der Mutter hier her gezogen. Er hat alles gehabt, was ein Junge zum Aufwachsen braucht, denn sein Vater hat viel, wenn nicht sogar alles für ihn getan.

Er ist nicht nur Vater gewesen, sondern auch Lehrer für Dinge wie Schreiben, Lesen und Rechnen, damit Hadvar in die Welt ziehen kann und es zu etwas macht.

Doch bereits in den Jugendtagen hat Hadvar bemerkt, dass ihm viel an diesem Turm liegt. Er steht hoch oben auf den Klippen, während unten sich die Wellen an dem uralten Stein brechen. Felsen ragen aus dem tosenden Meer heraus und wenn der Turm die Seefahrer nicht warnen würde, wären schon etliche Boote an den Gezeiten zerschellt.

Das hat Hadvar beeindruckt. Er möchte den Menschen helfen. Doch nicht indem er ein Arzt oder Politiker wird, sondern eben durch das rechtzeitige Beleuchten des Turmes. Er ist nicht nur eine bloße Hilfe, er ist da um den anderen den Weg zu leiten.

Und das ist er immer noch, jetzt, wo sein Vater gestorben ist. Er liegt direkt neben dem Leuchtturm begraben, mit dem Kopf zum offenen Meer, damit sein Geist vielleicht ein wenig von dem Rauschen des Meeres mitbekommt.

Hadvar hat sich seit dem Verlust sehr zurückgezogen. Während er früher in dem etwa acht Meilen entfernten Dorf ein paar Kumpels gehabt hat, mit denen er Karten gespielt und sich betrunken hat, so ignorierte er ihr Klopfen, seit dem sein Vater nicht mehr lebt.

Er hat keine Lust auf Kontakt zu anderen Menschen. Auf der anderen Seite, ist er sich sicher gewesen, dass die Einsamkeit, bis auf ein Lieferant, der ihm alle zwei Wochen einige eingelegte Speisen gebracht hat, hat ihn nie jemand besucht, ihn nicht zu schaffen machen würde. Und er hat richtig gelegen.

Sein gesundes Misstrauen, dass er Gegenüber jedem Fremden aufgebracht hat, hat ihm das Leben gerettet, als die Fischmenschen gekommen sind. Sie sind aus dem Meer gekrochen, haben sich über die Dörfer und Städte hergemacht und alle anderen Menschen in ihresgleichen verwandelt.

Und als sie mit ihren feuchten Schritten den Hügel hinauf gestapft gekommen sind, hat Hadvar das Schlimmste erwartet. Doch sie haben ihn in Ruhe gelassen. Haben ihm gesagt, dass er einen guten Dienst hier oben macht und dass er genau so weiter machen solle. Dann sind sie wieder umgedreht und seit diesem Tag kommt jede Woche eine Patrouille und überprüft den Leuchtturm.

Hadvar weiß nicht was er davon halten soll. Er hat sich bis auf einen kleinen Funken mit der Situation abgefunden. Der Überfall ist plötzlich gekommen und er hofft, dass diese Kreaturen genauso plötzlich wieder verschwinden.

Hadvar hat seit Ewigkeiten keinen Menschen mehr gesehen, nur jede Woche diese schleimigen Humanoiden. Sie haben teilweise die Statur eines Menschen. Doch von ihren großen, schwarzen Augen, die ihn mit vollem Ekel anblicken, träumt er jede verdammte Nacht. Von der glitschigen Haut, die so aussieht, als wären diese Wesen mit einem Eimer Schneckenschleim übergossen worden. Von den Kiemen am Hals, die sich gleichmäßig auf und zu klappen. Und von den Schwimmhäuten zwischen den Fingern. Abartige Kreaturen. Hadvar lebt in einem Alptraum.

Doch solange er das macht, was sie sagen, wird ihm nichts passieren. Das haben sie ihm versprochen und er ist gewillt diesem Befehl Folge zu leisten. Lieber als menschlicher Sklave für diese Missgeburten arbeiten, als selbst zu einer Missgeburt zu werden. Obwohl Hadvar selbst zu einem widerstandslosen Arbeiter geworden ist, verwandelt sich der kleine Funken Widerstand in ihm drin, nach und nach zu einer Flamme und irgendwann zu einem Feuer. Das Feuer wird zu einem Plan. Wenn er diesen Plan in die Tat umsetzt, dann werden diese Fischmenschen bemerken, wie sehr sie ihn unterschätzt haben. Es wird sie so schwer treffen, dass sie aus Angst vor ihm auf die Knie fallen. Er wird der neue König der Fischmenschen. Nur braucht er für den Plan nur noch den richtigen Zeitpunkt.

Irgendwann klopft es unten an der schweren Eingangstür. Hadvar steht auf, er hat gerade an seinem Tisch gesessen und eine schwedische Sagengeschichte gelesen. Als er die Tür öffnet glotzen ihn drei Paare tiefschwarze Augen an und der fischige Geruch schlägt ihm in die Nase.

»Moin, Herr Bornson. Wir sind hier um Ihren Leuchtturm auf die Funktionsfähigkeit zu kontrollieren. Bitte verändern Sie in den nächsten Minuten nichts und setzen sich irgendwo hin, wo Sie nicht im Weg stehen.«

Mit diesen Worten schieben sich die Fischmenschen an ihm vorbei. Hadvar verpasst es einen Schritt zur Seite zu treten, sodass der Schleim auf der Haut der Kreaturen an seine Kleidung geschmiert wird. Hadvar trottet zu seinem Tisch zurück und setzt sich. Er kennt die Prozedur.

Die ekelhaften Wesen werden nach oben gehen, die Glühbirne kontrollieren, den Ersatzteilvorrat überprüfen und letztendlich ein oder zwei Testläufe durchgehen.

Alles was sie anfassen wird noch einige Tage nach Fisch stinken und Hadvar braucht immer eine ganze Weile, den Schleim aus dem hölzernen Boden herauszuschrubben.

Nach etwa einer halben Stunde kommen die drei Fischmenschen wieder nach unten und verabschieden sich.

»Danke, passt alles. Weitermachen.«

Kurz bevor die Tür wieder ins Schloss fällt, bleibt einer der Kreaturen abrupt stehen und dreht sich noch kurz um.

»In einigen Stunden wird ein wirklich wichtiges Handelsschiff hier vorbeikommen. Es steht nicht auf deinem Plan drauf. Also halte dich bereit.«

Dann fällt die Tür mit einem lauten Donnern zu. Hadvar bleibt noch einige Minuten sitzen, lauscht den platschenden Schritten, die sich nach und nach weiter entfernen. Er muss sicher gehen, dass ihn keiner stört. Bei seinem Plan. Bei der Eroberung der Fischmenschenwelt.

Er kann sein Glück kaum fassen, dass diese Idioten ihm so sehr vertrauen. Ein verdammt wichtiges Handelsschiff wird hier entlang fahren. Es wird einen Aufschrei geben, sollte diesem Schiff etwas passieren. Und niemand wird ihn davon abhalten können, denn der nächste Besuch wird schließlich erst in einer Woche stattfinden.

Hadvar geht die ewig lange Wendeltreppe nach oben und setzt sich an die Spitze des Leuchtturms. Von hier aus hat er einen großen Teil des flachen, von Hügeln und Wald durchzogenen Landes, sowie das dunkelblaue, wabernde Meer, im Blick. Die Sonne verschwindet gerade hinter dem Horizont und die letzten orange-roten Strahlen spiegeln sich in dem Wasser wieder.

Weit unter ihm schmettern die Wellen gegen den Klippen. Würde er von dem Leuchtturm hinunter ins Meer springen, würde er bestimmt einige Sekunden lang fallen. Doch das ist nicht sein Plan, auch wenn er einige Zeit mit dem Gedanken an Suizid gespielt hat. Aber sterben tut er so oder so irgendwann mal und vorher will er wenigstens noch etwas Gutes tun, etwas Zukunftsträchtiges für die Menschheit.

Nach und nach verschwindet das Land um ihn herum in Dunkelheit. Nur in dem kleinen, in der Nähe liegenden Dorf, brennt noch ein wenig Licht, vermutlich in der Taverne. Durch das Mondlicht kann er trotzdem noch große Teile des Meeres erkennen. Ansonsten hört er nur das ungleichmäßige Brechen der Wellen.

Normalerweise müsste er zu dieser Uhrzeit das Licht in seinem Leuchtturm anschalten. Es ist ein besonders helles Licht, dass die Seefahrer warnt, dass eine Gefahr voraus liegt und sie dieses Licht um jeden Preis umschippern müssen. Doch heute bleibt es aus.

Und tatsächlich hat das Schiff, dass irgendwann am Horizont auftaucht, keine Ahnung von der lauernden Gefahr. Es fährt ohne Furcht direkt auf die Felsen zu. Genauso wie es Hadvar geplant hat.

Er sieht wie das Boot näher und näher kommt, kann irgendwann die Fischmenschen erkennen. Sie wirken beunruhigt, laufen auf dem Deck hin und her und schreien irgendwelche Befehle durch die Gegend, die durch die Klippen zu einem undefinierbaren Schallen werden.

Dann hört Hadvar ein Rumpeln und lächelt. Das Schiff ist gegen einen der unzähligen, spitzen Felsen gerast. Das Holz ist zersplittert und einige der Fischmenschen sind bereits über Bord gefallen und versuchen sich kläglich über Wasser zu halten.

Die widerlichen Kreaturen schreien vor Furcht und vermutlich auch vor Schmerz. Hadvar sieht, wie der Mast des Schiffes bricht und einige der Wesen unter sich begräbt. Schade, denkt er sich. Sie hätten verdient länger zu leiden. Aber glücklicherweise, für Hadvar jedenfalls, überleben die meisten. Doch als das Schiff sinkt und durch den Strudel einige der Fischmenschen mit in die Tiefe gerissen werden, weiß Hadvar, dass die Zeit der Fischmenschen abgelaufen ist.

Nach und nach verstummen die Schreie. Entweder die Wesen gehen unter und ertrinken, oder sie werden durch die Macht der Gezeiten gegen die Steine geschmettert. Hadvar malt sich aus, wie sie sich einige Knochen brechen, bevor sie mit dem Kopf auf einen der Felsen aufschlagen und der Schädel aufplatzt wie eine zerdrückte Tomate.

Wenn Hadvar jemanden hasst, dann wird er auch sadistisch. Vor allem wenn dieser jemand seine gesamte Spezies ausgerottet hat. Er bleibt noch eine weitere Stunde auf dem Turm sitzen, bevor er nach unten geht und sich in sein Bett legt. Doch während er einschläft, schießt ihm ein Geistesblitz durch den Kopf.

Weshalb nennt er die Fischmenschen, Fischmenschen? Weil sie aus dem Meer kommen. Er merkt, wie ihm das Blut in den Kopf schießt. Er hat einen riesigen Fehler gemacht. Die Fischmenschen können nicht im Meer sterben. Sie tauchen einfach unter und schwimmen an die Küste. Bestimmt sind sie schon auf dem Weg zu ihm. Hadvar will gerade aufstehen, sein Hab und Gut einpacken und flüchten, als es an der Tür klopft.

Auszug aus der Malmöer Zeitung aus dem Jahre 1846
Gestern Nacht hat sich eines der größten Schiffsunglücke der schwedischen Geschichte ereignet. Ein Handelsschiff, vollbeladen mit wertvollen Artefakten aus fremden, weit entfernten Ländern, ist vor der Südküste zerschellt. Es wird davon ausgegangen, dass jeder der 86 Besatzungsmitglieder bei dem Unglück ums Leben gekommen ist.

Grund dafür ist ein Leuchtturmwärter namens Hadvar Bornson. Er sitzt derzeit in dem Gefängnis von Christianstedt und wird in wenigen Tagen gehängt werden. Als die Polizisten ihn gefragt haben, warum er das getan hat, antwortete Bornson nur, dass alle Fischmenschen ausradiert werden müssen. Bei Bornson wurde eine hochgradige psychische Erkrankung festgestellt, die ihn allerdings nicht vor dem Strick bewahrt.

Der Präsident der Schifffahrtsgemeinschaft hat erlassen, dass das neue Gesetz, wöchentlich die Leuchttürme zu kontrollieren, auf alle zwei Tage hoch gesetzt wird. Damit soll so etwas wie in der gestrigen Nacht, nicht noch einmal passieren. Im Herzen sind wir bei den Opfern des Unglücks.

H'Bagu der Gerechte

H'Bagu ließ seinen Blick auf der Welt kreisen und blieb an einem ganz bestimmten Dorf hängen. Er wusste, dass dort gute Menschen wohnten. Jedes Jahr feierten sie ihn als Gottheit. Sie bereiteten ein Festmahl zu, kramten ihre Instrumente heraus und bauten ihn aus Stroh nach, um ihn am Abend zu verbrennen.

Auch dieses Jahr wollte er ihnen dabei wieder zugucken. Die Menschen wuselten durch das kleine Dorf. Jeder hatte eine Aufgabe, jeder wusste, wo sein Platz war.

Afrika war H'Bagus Kontinent. Er hatte es sich ausgesucht hier zu wachen. Es gab nicht nur freundliche Menschen, sondern auch einen Haufen interessanter Tiere, die er auch gerne mal betrachtete. Doch Menschen waren da um einiges interessanter.

Es wurde Abend und merkwürdigerweise wurde weder der große Tisch in den Mitte des Dorfes, noch der Strohmann aufgebaut. Keine Flamme erhellten den wolkenlosen Himmel Afrikas. Es wurde nicht einmal Musik gespielt und getanzt.

Hatten sie ihn wirklich vergessen? Ihn, den großen H'Bagu? Er hatte alles für sie geopfert und getan und jetzt schafften sie es nicht einmal an einem Tag im Jahr *ihm* zu huldigen?

Enttäuscht wandte H'Bagu sich ab. In ihm kochte es, aber irgendwie war er auch einfach nur enttäuscht. Er beschloss das Dorf auf die Probe zu stellen. Sie sollten zeigen, dass es auch weiterhin gute, gottgläubige Menschen waren.

Mbogo wachte auf. Er lag auf einer Strohmatte in seiner Lehmhütte, in der er mit seiner Frau und seinen vier Kindern wohnte. Als ganz normaler Bewohner dieses Dorfes hatte er, wie jeder andere, seine eigene Aufgabe. Mbogo war immer der Erste, der aufsteht und im Morgengrauen das Wasser holt. Er erhob sich, zog sich ein hosenartiges Kleidungsstück an und verließ das Dorf.

An den rauen Lehmboden unter seinen Füßen hatte er sich schnell gewöhnt. Noch war der Boden angenehm kühl, etwas, dass sich je weiter die Sonne in den Himmel stieg, änderte. Manchmal kam es ihm so vor, als könnte er nur wenige Augenblicke auf dem Boden stehen, ohne seine Sohlen zu verbrennen. Schuhe hatte er keine.

Das Leben in dem Dorf war hart, aber sie kamen alle klar und es gab immer etwas zu tun. Dieses Jahr war die Ernte karg gewesen und ein Sturm hatte einige Dächer zerstört gehabt. Sie mussten neu gebaut werden, doch dadurch hatten die Bewohner keine Rohstoffe mehr für das gestrige Fest. Die Menschen hatten Angst gehabt, dass sie den großen H'Bagu erzürnen würden, wenn sie feierten, ohne sein Ebenbild abzubrennen. Daher hatten sie das Fest ins Wasser fallen lassen.

Nach etwa einer Stunde kam Mbogo an dem Brunnen an. Er konnte nicht verstehen, warum das Dorf nicht einfach um den Brunnen gebaut wurde, aber es würde schon seine Gründe haben. Mbogo ließ einen Eimer die Steinwand hinab und schöpfte das kalte Wasser hinauf. Doch als er sich umdrehte, um sich auf den Rückweg zu machen, stand ein Mann neben dem Brunnen. Mbogo erschreckte sich beim Anblick der wutverzerrten Fratze so sehr, dass er den Eimer zu Boden fallen ließ und sich das Wasser auf seine und auf die Füße des Fremden ergoss.

»E-es tut mir Leid. I-ich wollte nicht-«, wollte Mbogo sich entschuldigen. Doch er wurde von der donnernden Stimme des Unbekannten unterbrochen.

»Du gottloser Bastard!«

Die kalten Augen des Fremden musterten Mbogo. Ein Schauer lief ihm über den Rücken, als er den Mann betrachtete. Auf seinem Gesicht hatte er sich mit weißer Farbe einige Zeichen aufgemalt. Er trug einen menschlichen Schädel als Helm und an dem Stab, den er mit sich führte, hingen einige weitere Knochen hinab. Sie klapperten leisen, als ein leichter Windzug aufkam.

»W-Was?« Mbogo wich aus Angst ein paar Schritte zurück. Von diesem Mann ging eine unfassbar starke Aura aus, die er nicht zuordnen konnte.

»Wie könnt ihr es wagen, mir nicht zu huldigen? Habt ihr vergessen?«, donnerte der Fremde. Es war eine Stimme, die lauter und durchdringender war, als alles, was Mbogo in seinem Leben jemals gehört hatte. Die Erde bebte, als er sprach. Mbogo brauchte keinen weiteren Beweis. Er wusste, dass gerade ein Gott vor ihm stand.

»T-tut uns Leid, großer H'Bagu. Ein Sturm hatte einige Hütten zerstört und das Stroh-«

»Ihr findet Häuser wichtiger, als euren Schöpfer?«

H'Bagu stand seine Wut ins Gesicht geschrieben. Mbogo hatte fürchterliche Angst, seine Knie zitterten und er hatte Mühe, sich auf den Beinen zu halten.

»N-Nein, natürlich nicht«, gab er mit brüchiger Stimme zurück.

»Warum habt ihr dann kein Stroh für mich aufbewahrt? Das ist unverzeihlich! Mein Zorn wird euch treffen und vernichten!«

Mbogo sank auf die Knie in den Staub und legte seinen Kopf vor den Füßen des Gottes ab.

»B-Bitte. Gibt es etwas, wie es wieder gut machen kann?«

H'Bagu blieb für einige Zeit lang still. Mbogo wagte es nicht, sich zu bewegen, aus Angst, dass es als Respektlosigkeit gewertet werden könnte.

»Es gibt etwas, was du tun kannst«, meinte der Gott. Mbogo blickte erleichtert auf. »Werde die Hand meiner Wut und töte zehn Bewohner deines Dorfes. Dann werde ich den Rest verschonen.«

»A-aber ich-«

»Wenn du versagst oder mich hintergehen solltest, bist du auf ewig verdammt. Nimm diesen Knochen, zeige ihn den Bewohnern, sollten sie dir beim Töten im Wege stehen.«

H'Bagu riss einen der Knochen von seinem Stab ab und warf ihn neben Mbogo in den Dreck. Mbogo griff danach und bedankte sich. Es war vermutlich der Knochen eines Fingers. Merkwürdige Zeichen waren eingraviert.

Als Mbogo sich wieder aufgerichtet hatte, war H'Bagu verschwunden.

Mit zitternden Beinen ging Mbogo zurück zum Dorf. Er hatte Angst, vor dem, was auf ihn zukam. Doch seine Entscheidung stand fest: Er würde die zehn Bewohner töten. Für das Wohl von H'Bagu und für das Wohl seines Dorfes.

Er hatte glücklicherweise den Eimer erneut gefüllt und mitgenommen, sonst hätte er viel Aufsehen erregt. Das Wasser stellte er ab und ging dann in seine Hütte zurück, in der seine Frau auf die vier schlafenden Kinder aufpasste.

Er nahm sich ein Messer, mit dem sonst immer das zähe Rindfleisch geschnitten wurde, und rammte es, ohne nur ein Wort zu sagen, seiner Frau in den Hals. Aus ihrem Hals drangen unverständliche Laute, die in einem feuchten Gurgeln untergingen. Das Blut sprudelte aus der Wunde heraus und befleckte die Kinder, die vor ihr lagen. Der älteste Sohn wachte zuerst auf und blickte sich verwirrt um. Seine Augen weiteten sich, als er die Leiche seiner Mutter sah. Blitzschnell zog Mbogo die Klinge aus seiner Frau heraus, hielt seinem Sohn den Mund zu und stach auf ihn ein. Es war ein Blutbad, aber er musste tun. Auch seine drei anderen Kinder erledigte er.

Fünf hatte er bereits, also brauchte er noch fünf weitere. Die Familie zu opfern war etwas Gutes. Man würde ihn als großen Helden ansehen, als Mann, der alles für sein Dorf geopfert hatte.

Er wischte das Blut auf seiner Haut mit einem Lappen ab und machte sich auf den Weg zum Viehtreiber, der seine Hütte etwas außerhalb des Dorfes erbaut hatte. Er tötete ihn und seine Frau ohne Probleme, doch als er wieder nach draußen trat, starrte er in die geschockten Augen des Dorfältesten.

Mbogo hätte ihn verschont, schließlich war der Älteste ein wichtiger Mann im Dorf, doch dann erinnerte er sich daran, wer das Fest abgesagt hatte. Mbogo tötete auch ihn, immer daran bedacht, so schnell und schmerzlos wie möglich zu morden. Er wollte nicht mehr Leid verursachen, als er ohnehin schon tat.

Als er zurück beim Dorf war, wurde er unvorsichtiger. Er schlitzte die letzten beiden recht offensichtlich in der Mitte des Dorfes auf. Einer von ihnen schrie um Hilfe und die Dorfbewohner kamen angelaufen, um zu sehen, was passiert war.

Mbogo hatte fast überall auf seiner Haut rote Flecken und das Messer versteckte er nicht. Er hatte seinen Auftrag erfüllt. Er hatte das Dorf gerettet.

Seine Freunde und Bekannten entwaffneten und fesselten ihn. Sie wollten auf gar keinen Fall, dass er noch einmal die Gelegenheit bekam, jemanden zu töten. Erst als Mbogo den verzierten Knochen vorwies und davon erzählte, wie er am Morgen H'Bagu getroffen hatte, ließen sie von ihm ab. Der Lynchmob verschonte ihn. Mbogo stiegen Tränen in die Augen, als er erzählte, dass er zuerst seine eigene Familie umgebracht hatte, damit so wenig Außenstehende wie möglich Schaden nahmen. Er hatte alles für sein Dorf gemacht.

Trotz der vielen Toten, fingen die Menschen an, ihn zu feiern. Sie fanden es logisch, dass ein erzürnter Gott auf die Erde gekommen war, weil sie das Fest nicht gefeiert hatten. Es war ihnen eine Lehre, denn die meisten vom Dorf waren mit dem Leben davon gekommen und konnten die Geschichte weiter erzählen.

Die Menschen schlachteten ihr bestes Rind und holten ihre Instrumente heraus, um das Fest nachzuholen und die Toten zu ehren. Mbogo bekam eine Kette um den Hals gelegt, die symbolisierte, dass er nun der Älteste des Dorfes war, auch wenn er gar nicht so alt war. Doch durch seine Weisheit und Opferbereitschaft hatte er es sich verdient.

Mit einem Mal, die Festlichkeiten liefen gerade zu Hochtouren auf, brach der Himmel auf. Feuerbälle stürzten auf die Erde hinab und zerstörten die Häuser. Die Bewohner stoben auseinander, einige wurden von Felsen erschlagen, andere fingen Feuer und verbrannten bei lebendigem Leibe. Mbogo rannte mit vielen anderen um sein Leben. Es wirkte, als würde der Himmel in Flammen stehen.

Dann hallte H'Bagus donnernde Stimme durch das Untergangsszenario.

»Was sind Menschen nur für widerwärtige Kreaturen? Nicht, dass ihr eurem Gott nicht huldigt, nein. Ihr verschont auch noch einen zehnfachen Mörder, einen Unmenschen, der seine eigenen Kinder auf dem Gewissen hat. Wie wenig Wille kann ein Mensch haben, um meine Worte auszuführen, ohne sie zu hinterfragen? Wie wenige Wille kann ein Volk haben, dass diese grausamen Taten als gerecht ansieht, nur weil der Mörder einen verzierten Knochen mit sich trägt? Als würde ich wirklich wollen, dass Menschen sterben. Ich bin ein Gott. Ich will erschaffen und erhalten, ich will Frieden und Freude, ich will ein kleines bisschen Anerkennung für meine Taten. Doch ihr findet euch mit dem Tod und der Wut einfach ab. Ich seid erbärmliche Schöpfungen, ich gebe mir die Schuld. Die Welt ist allerdings ohne euch besser dran.«

Happy End

Drei Uhr. Es war tatsächlich schon drei Uhr. Tristan wälzte sich in seinem knarzenden Bett herum und starrte an die Decke. Die Geräusche aus dem Nebenzimmer wollten immer noch nicht leiser werden. Ein Bettpfosten donnerte in rhythmischen Bewegungen an die Wand und dazu stöhnte eine Frau immer wieder laut auf. Manchmal glaubte man, der Lärm hätte aufgehört, doch dann fing er, zumeist gerade als Tristan zwischen Schlaf- und Wachzustand schwebte, wieder an.

Genervt schlug er mit der geballten Faust gegen die Wand. Zum einen aus Frustration über den entgangenen Schlaf – zum anderen, um dem Pärchen zu signalisieren, dass es gehört wurde. Doch es änderte nichts. Die Frau stöhnte immer lauter und lauter, bis sie irgendwann regelrecht schmerzhaft kreischte und sich danach – vermutlich sehr zufrieden – schlafen legte. Es kehrte Ruhe ein und Tristan atmete tief durch, um danach in einen unruhigen Schlaf zu fallen.

Das Hostel, in dem er übernachtete, lag direkt an den Gleisen in der Innenstadt von Dublin. Das schrille, metallische Schaben einer Eisenbahnbremse riss Tristan frühzeitig aus dem Schlaf. Erinnerungen an den letzten Abend kamen ihm hoch. In einem siffigen Pub hatte er versucht, sich sein gescheitertes Leben schön zu trinken. Er empfand alles nur noch als graue Einöde ohne Sinn und Verstand – fühlte sich alleingelassen von jedem.

Gähnend ging er, nur mit Boxershorts bekleidet, in das Badezimmer, in dem dicht an dicht Duschen und Toiletten aneinandergereiht standen, und wusch sich mit kaltem Wasser. In der Lobby gab es ein einfaches, fades Frühstück. Weißbrot mit einer merkwürdig bitter schmeckenden Limettenmarmelade. Oder vielleicht auch Zitronen. Für ihn schmeckte ohnehin alles gleich. Kalter Tee und Kaffee mit einer silbrig schimmernden Haut darauf standen auf einem Plastiktisch bereit.

Er füllte sich eine Tasse Kaffee ein, setzte sich auf eine Bank vor dem Hostel und schaltete sein Smartphone an. Tristan war ein altmodischer Mensch. Programme zur Vereinfachung der Kommunikation nutze er aus Prinzip nicht. Er verließ sich maximal auf den Austausch von SMS. Neben einer viel zu späten Geburtstagsbeglückwünschung hatte er eine Nachricht von seiner Frau bekommen. Ein Text, bestehend aus einem einzelnen, passiv-aggressiv-fragenden Satz, wo er denn nun schon wieder stecke. Er seufzte und nahm einen Schluck von seinem Kaffee. Seine Ehefrau würde noch früh genug erfahren, wo er war und was er dort suchte. Zwei Tage war es her, dass sie ihm wenig schonend beigebracht hatte, dass sie die Scheidung wolle. Ein harter Schlag für Tristan. Er glaubte nicht, dass er es ertragen würde, noch mehr zu verlieren. Im vorherigen Jahr war unerwartet seine Mutter an einem Herzinfarkt gestorben und hatte ihm nichts als einen pflegebedürftigen Vater hinterlassen.

Tristans größte Aufgabe von diesem Tag an bestand darin, seinen Vater zu pflegen und für ihn da sein – doch das konnte er nicht bewerkstelligen, ohne seine Arbeit zu vernachlässigen. Sein Chef hielt von Tristan ohnehin nicht sonderlich viel, und da er des Öfteren Aufträge nicht erfüllt hatte, zu spät kam oder auf der Arbeit unkonzentriert war, wurde er bald fristlos entlassen. Damit saß er nun ohne finanzielle Mittel da.

Seine Frau machte irgendwas mit Bildern, oder irgendwas im Garten, so genau wusste er es nicht. Was er aber wusste, war, dass sie damit nicht viel Geld verdiente. Also musste er seine Wohnung aufgeben und war stetig auf der Suche nach einer neuen Arbeitsstelle. Dies alles war schon belastend genug, und als dann seine Frau die Scheidung ankündigte, wurde es ihm einfach zu viel. Er brachte seinen Vater in ein Pflegeheim, fuhr direkt nach Hannover und buchte ein Last Minute Ticket nach Dublin.

Und da war er nun. Fertig mit den Nerven, völlig übermüdet und mit dem festen Plan, sein jämmerliches Leben auf irgendeine Art und Weise zu beenden. Seine Knie schmerzten.

Der gestrige Abend, an dem er durch einige verrauchte Pubs gezogen war, um sich zu zerstreuen und das Hirn zu betäuben, war nicht ganz nach Plan verlaufen. Die Schlägerei mit dem Kleiderschrank von Mann bereitete dem Abend dann ein vorzeitiges Ende. Er wurde schließlich von einem Türsteher hinaus auf die Straße geworfen. Von wegen Iren seien kontaktfreudige und soziale Menschen. Wie er da so am Straßenrand lag, wurde das Gefühl, dass ihn niemand wollte und niemand mochte, nur immer stärker. Er war auf sich allein gestellt.

Er verwarf die Gedanken, rappelte sich auf, brachte die Tasse zurück zum Frühstücksbuffet, schnappte sich seinen Rucksack und machte sich auf den Weg, Dublin zu erkunden. Es führte nur eine schmale Gasse zum Hostel, der er den nicht ganz liebevollen Namen *Pissgasse* verliehen hatte, da es dort zu jeder Zeit nach Urin und manchmal nach Schlimmeren stank. An der Hauptstraße angekommen stieg er in einen Bus. Ihm war es egal, wohin dieser fuhr oder wie viel die Fahrt kostete. Was machte es schon für einen Unterschied?

Die Fahrt endete in der Vorstadt von Dublin. Er stieg aus und starrte die ersten Minuten mit zusammengekniffenen Augen auf den Boden. Die Sonne war während der Fahrt durch die Wolken gebrochen und schien grell silbern auf die dunkelgraue Erde. Als sich seine Augen an die Helligkeit gewöhnt hatten, schaute er sich um. Die Allee, auf der Tristan sich befand, war umgeben von Einfamilienhäusern mit ungepflegten Vorgärten. Drei Kinder spielten auf der Straße mit einem Ball und sahen nicht mal kurz hoch, als Tristan an ihnen vorbei trottete.

An einer großen Hauswand war ein Werbeplakat angebracht. »O'Maras Reisebus. Zu den Cliffs of Moher und wieder zurück«, übersetzte er. Er stellte sich vor, wie er alleine am Rand der Klippe stand und tief die Luft einatmete, um im nächsten Moment frei wie ein Vogel Richtung Klippen zu fliegen.

Das eiskalte, graue Gefühl der Leere nähme ein Ende und zurück bliebe ein würdiges Lebensende an einem der schönsten und einsamsten Orte Irlands.

Am Ende der Allee angekommen erblickte er eine große Burgruine, die umgeben war von einer halb vertrockneten, schlecht gepflegten Wiese mit einem Obdachlosen auf der Seitenmauer, der gerade damit beschäftigt war, Besucher anzupöbeln, die kein Kleingeld für ihn übrig hatten. Der raue Stein war an einigen Stellen herunter gebröckelt und fahles Gestrüpp wuchs aus allen Ecken und Furchen der Burg heraus.

Tristan fühlte sich schon immer zu alten Gebäuden hingezogen. In seinem Kopf spielte er gerne Geschichten durch, wie stolze Ritter die Burg angriffen, verzweifelte Verteidiger ihr Leben ließen, große Fürsten von ihrem Balkon aus zusehen müssen, wie ihre Gefolgsleute eiskalt abgeschlachtet werden, um schließlich in der Mitte des Dorfplatzes als Krähenfutter zu enden. Solch ein Fürst verlor innerhalb von wenigen Minuten alles, wofür er stand. Ein anregender und doch beunruhigender Gedanke. Tristan schüttelte den Kopf, als wenn er ihn von solchen Gedanken reinwaschen wollte. Direkt neben der Burgruine führte ein Pfad zu einem kleinen, trüben See. Gänse, Enten, Frösche und Insekten lärmten dort um die Wette. Wenn es Tristan möglich gewesen wäre, so hätte er sich einfach für den Rest seines Lebens nur ans Ufer in die silbrige Sonne gesetzt und hätte die Tiere beim Existieren beobachtet. Doch bedauerlicherweise war es ihm eben nicht möglich. Also beschloss er, schnell weiterzugehen. Die vielen kleinen, nervigen Insekten, die um ihn herum kreisten, waren ihm lästig.

An einem anderen Teil des Sees, etwa auf der gegenüberliegenden Seite der Burg, stand eine Kapelle. Klein und heruntergekommen, mit einem absurd winzigen Friedhof daneben. Vor einem geöffneten Grab stand eine Menschengruppe versammelt, in schwarzer Kleidung und die Köpfe gesenkt. Einige schluchzten, andere hielten ihre weinenden Freunde in den Armen.

Wer auch immer da beerdigt wird, muss wohl sehr beliebt gewesen sein, bemerkte Tristan trocken zu sich selbst. Er dachte über seine Beerdigung nach. Wie viele Menschen würden dort wohl weinen? Wer würde überhaupt kommen?

Vielleicht könnte seine Frau diesen Teil ihrer so kostbaren Zeit erübrigen und vielleicht wäre auch sein Vater da, geschoben von schlecht gelaunten Pflegern.

Und sonst? Wer würde ihn vermissen, wenn er nicht mehr da wäre?

Es kam ihm vor, als müsste er traurig sein. Als wäre er es sich selbst schuldig, beim Gedanken an den eigenen Tod etwas zu empfinden. Doch er spürte nichts. Keine Trauer. Keine Freude. Keine Angst, keine Wut – nichts. Er fühlte nichts, und das widerte ihn an. Mit festem Schritt ging er auf eine Bank zu, setzte sich darauf nieder und vergrub sein Gesicht tief in seinen Händen. Wenn er es doch nur schaffte, irgendetwas zu fühlen. Könnte er weinen, ginge es ihm vielleicht besser. Doch keine Chance. Seine Augen waren nur trocken und rötlich angelaufen.

Ein Schatten legte sich über ihn und er schaute ermattet auf. Vor ihm stand eine Frau, die das Sonnenlicht verdeckte. Sie war jünger als Tristan, etwa Anfang Zwanzig. Die roten Haare fielen ihr offen auf die Schultern. Den Kopf hatte sie leicht schief gelegt, und sie beobachtete Tristan mit einem einfühlsamen Ausdruck auf ihrem Gesicht.

»Ist das deiner?«, fragte sie mit einem offensichtlich, irischen Akzent. Tief Luft holend griff Tristan nach dem Schnipsel, den die Frau ihm reichte. Es war sein Ausweis.

Er musste ihm aus der Tasche gefallen sein. Er nahm ihn an sich und bemühte sich um ein Lächeln, das ihm nicht recht gelingen wollte.

»Guten Tag. Ich … « Er stoppte kurz und suchte Augenkontakt. Er wusste ja nicht mal, ob sie ihn verstehen würde.

»Hallo. Ich bin Shanon«, eröffnete sie. Sie lächelte Tristan ermutigend an. »Und wer bist du?« Dieser räusperte sich. Es war ihm unangenehm, dass Shanon sich zuerst vorstellen musste, wo sie ihm doch bereits den Gefallen getan hatte.

»Ich bin Tristan. Danke für den Ausweis«, sagte er mit belegter Stimme.

Shanon nickte heftig und zeigte auf die Stelle, wo sie den Ausweis wohl gefunden hatte.

In dem fortlaufenden Gespräch lernten sich die beiden näher kennen. Shanon studierte in Dublin Deutsch und Kunst, daher sprach sie einigermaßen gut Tristans Sprache. Sie hatte ein sehr offenes und lebensfrohes Wesen. Oft lachte sie kurz, nachdem sie etwas über sich erzählte, und warf danach die roten Haare, die wie ein Kupfermeer in der Sonne glänzten, nach hinten, als würde sie den Witz abschütteln wollen. Tristan erzählte ihr nicht den wahren Grund, weshalb er dort saß.

Er behauptete, er sei berührt von der Beerdigung gewesen, dass es schlicht und einfach ein entfernter Verwandter von ihm sei und er es nicht weiter ausgehalten habe. Shanon zeigte viel Mitgefühl, und ihre Augen sprachen offensichtliches Interesse aus. Ob sie seine Lüge durchschaute oder nicht, war nicht abzusehen. Die beiden verstanden sich gut. Tristan hatte augenblicklich ein Gefühl von Geborgenheit, während er mit ihr sprach.

Später an dem Tag – es war schon Abend geworden – besuchten Tristan und Shanon eine Bar, um danach leicht alkoholisiert auf Tristans Zimmer zu gehen. An diesem Abend waren sie es, die die anderen Hostelbewohner die ganze Nacht lang wachhielten. Tristans Gedanken waren abgelenkt von all den Sorgen, Problemen und Gedanken, die ihn zuhause erwarteten. Shanon schaffte es, ihn zu zerstreuen und Licht in seine dunklen Gedanken zu bringen. Ihre positive Einstellung schien sich in gewisser Weise auf ihn zu übertragen. Die morgendliche Routine wurde etwas hinausgezögert. Es wurde zusammen gefrühstückt, zusammen vor dem Hostel auf der Bank gesessen und zusammen geduscht. Das Smartphone zeigte eine SMS von seiner Frau an, die er aber gekonnt ignorierte. Seine Welt wirkte nicht mehr ganz so grau und trist wie noch am Tag zuvor. In einem widerlichen Schnellimbiss sah er eine tolle Möglichkeit, an ein günstiges Mittagessen zu kommen. Bei dem Obdachlosen vor der Burgruine spürte er Mitleid. Wenn im Nachbarzimmer wieder lautes Gestöhne und Quietschen ihm den Schlaf raubte, dachte er an Shanon, denn mit ihr war er glücklich, und malte sich das nächste Treffen mit ihr aus.

Tristans gesamte Sichtweise auf die Welt und die Dinge änderten sich innerhalb weniger Tage. Er konnte wieder lachen, vor allem, wenn Shanon dabei war. Er genoss die Sonne, anstatt sie zu hassen, und sah nicht mehr überall ein Meer aus sich vermischenden Grautönen, sondern konnte endlich wieder Farben sehen und schätzen.

Die Wochen zogen ins Land und Tristan hatte weder seiner Frau zurückgeschrieben, noch nach seinem Vater gefragt. Er war glücklich über das Leben, das er nun führte, und solange das Geld noch reichte, stellte es für ihn kein Problem da, in einem billigen Hostel zu übernachten. Oft schlief er nicht mal dort, sondern in der kleinen, mit allerhand Büchern und Bildern zugestellten Wohnung von Shanon. Auf das Geld, das er sich über die Jahre seines langweiligen Bürolebens angesammelt hatte, hatte seine Frau keinen Zugriff, daher konnte er tun und lassen, was ihm gefiel.

Es war sein Leben. Er fühlte sich frei.

Zwei Monate nach dem ersten Treffen verabredeten sich Shanon und Tristan an dem Friedhof. Es war trotz der anbrechenden Herbstmonate noch angenehm warm. Sie spazierten um den See, an dem sie sich kennengelernt hatten, und fütterten Enten mit den Brotresten vom Frühstück. Später am Nachmittag fuhren sie mit dem Bus in die Altstadt und bestellten sich ein Eis.

Nachdem sie einige Minuten schweigend nebeneinander her gegangen waren, stoppten sie und schauten sich lange und tief in die Augen. In einem anderen Teil der Stadt schlug ein Glockenturm drei Mal, und leise hallten die Klänge in der Altstadt nach. Tristan dachte daran, dass dieser Moment nicht besser werden könnte. Es war perfekt. Seine Frau war in Vergessenheit geraten, sein Vater in guten Händen in einem Heim, und wohnen konnte er bei Shanon. Es gab nichts, worüber er sich Sorgen machen musste. Alles hatte sich zum Besseren gewendet und die Welt hatte wieder ihre Farbe zurück bekommen.

Doch als er und Shanon da standen, hörte er plötzlich über sich jemanden schreien. Er verstand die Worte nicht, doch es hörte sich nach einem Warnruf an. Als er irritiert nach oben sah, wurde plötzlich und mit einem Mal alles schwarz. Für einen kurzen Augenblick ein stechender Schmerz, dann absolute Stille. Wie ein nasser Sack stürzte Tristan leblos zu Boden und kippte mit dem Oberkörper nach vorne.

Auf der Straße wurde es für einen Moment totenstill. Shanon stand wie angewurzelt da und konnte sich nicht rühren. Ihr Freund lag leblos vor ihr auf dem Asphalt und eine dicke Blutlache bildete sich um ihn herum. Dann sammelten sich die Passanten um den Ort des Geschehens herum.

Ein Notarzt wurde gerufen – doch für Tristan kam jede Hilfe zu spät. Eine dünne, spitze Eisenstange war vom Dach eines sanierungsbedürftigen Hauses gerollt, hatte sich in der Luft wie ein Speer nach unten gedreht und hatte Tristan präzise das Auge durchstochen.

Seine Überreste wurden zurück in sein Heimatland gebracht. Seine Frau kümmerte sich nur halbherzig um die Beerdigung. Tristans Vater hatte das Glück, schon zwei Wochen nach der Abreise seines Sohnes verstorben zu sein. Er musste den Schock nicht ertragen.

Die Beerdigung war schlicht, doch entgegen Tristans Erwartungen kamen doch recht viele Trauernde, um ihm die letzte Ehre zu erweisen. Nicht Shanon, die nach dem Unfall dringende psychologische Hilfe benötigte und alles versuchte zu verdrängen, aber eine kleine Gruppe von treuen Freunden.

Seine Frau stotterte sich einige Sätze ab, um Minuten später mit ihrem neuen Freund zu verschwinden. Zurück blieben eine ältere

Großtante, die Tristan alle paar Jahre besucht hatte, zwei bis drei
alte Schulfreunde, mit denen er hin und wieder per SMS zu
schreiben pflegte, sowie ein kantiger, grauer Grabstein mit seinem
Namen darauf.

Hotel Rosenfeld

»Brutal wurde die Tür aufgestoßen. Die Uniformierten stürmten das kleine Arbeitszimmer in dem sich Kreindel Rosenfeld versteckte. Mit einer Büste bewaffnet, rannte sie auf die Gruppe zu, doch wurde schnell übermannt, die Treppe runter gezerrt und unsanft in das Auto geworfen. Salomon, ihr Mann, versteckte sich derweil in einem großen Wandschrank, der von den Nazis unbeachtet blieb. Als sich die Suchtruppen wieder zum Auto begaben und weg fuhren, brach er in Tränen aus und sackte in der Eingangshalle auf die Knie. Jahre später, als der Krieg vorbei war, kehrte Kreindel zu ihrem Hotel zurück. Salomon war überglücklich, jedoch hatte sich etwas an ihr verändert. Sie war abgemagert. Man sah ihr an, dass sie einiges durchgemacht haben musste. Außerdem redete sie nicht mehr. Neben ihrer Unfähigkeit zu sprechen, fielen ihr auch nach und nach die Haare aus und eines Tages, als Salomon sie wecken wollte, war sie einfach verschwunden.

Salomon konnte sich das nicht erklären und suchte jeden Zentimeter des Hotels ab. Doch alles was er fand, waren Büschel von Kreindels schwarzem Haar. Seit diesem Tag spukt es in Hotel Rosenfeld.«

Martin räusperte sich. »Steht jedenfalls so in der Broschüre.«

Seine Freundin Annika, die gerade noch dabei gewesen war, den Taxifahrer zu bezahlen, umarmte ihn von hinten und gab ihm einen Kuss auf die Wange.

»Ich bin mir ziemlich sicher, dass es spuken wird.«

Martin hob die Koffer hoch und gemeinsam schritten sie auf die moderne Eingangstür zu.

»Das ist das einzige was hier erneuert wurde«, krächzte eine Stimme. Ein alter, dürrer Mann stand hinter einem Tresen und notierte sich etwas in seinem Geschäftsbuch.

»Herzlich Willkommen in Hotel Rosenfeld! Hier ist der Geist der Zeit nie verflogen und viele Gäste meinen, dass mysteriöse Dinge hier vorgehen.«

Martin blickte sich in der großen Eingangshalle um, die mit vielen Gemälden verziert worden war. Eine breite Marmortreppe führte ein Stockwerk nach oben und ein goldener Kronleuchter baumelte prunkvoll an der Decke.

»Lassen Sie mich Ihre Zimmer zeigen«, sagte der ältere Mann und wollte Martin die Koffer abnehmen. Martin zog die Koffer schnell zurück. Er wollte dem alten Mann so wenig Umstände wie möglich machen.

»Sehr nett von Ihnen, aber ich trage die Koffer lieber selbst«, gab Martin zu bekennen.

»Es ist unhöflich mein Angebot auszuschlagen.«

Der Portier wirkte etwas verärgert und zog etwas stärker an den Koffern. Um Streit zu vermeiden, ließ Martin sie los. Dennoch fühlte er sich etwas mies, da der Portier sehr laut schnaufte, als er die Koffer die Treppe hinauf trug.

Annika war von der ganzen Vorstellung amüsiert und hüpfte begeistert dem Portier hinterher.

Oben angekommen, schloss der Hausherr eine Tür auf, stellte dort die Koffer ab und winkte Martin und Annika zu sich hinein.

»Das hier ist Ihr Zimmer. Falls Sie irgendwelche Makel finden sollten, dann kommen Sie sofort zu mir. Ich werde mein Bestes tun um Ihnen einen angenehmen Aufenthalt zu gestalten. Abendessen gibt es um sechs Uhr Abends und Frühstück um Acht. Die Kaffeestube steht Ihnen jederzeit offen.«

Er überreichte Martin die Zimmerschlüssel, verließ den Raum und schloss die Tür hinter sich.

Martin sah sich im Zimmer um. Es war tatsächlich so, wie der Katalog es beschrieben hatte. Alle Möbel wirkten, als kämen sie aus den Vierzigern. Die Decke war sehr hoch und die Sessel, die im Wohnzimmer standen, waren mit weinrotem Plüsch überzogen. Das große Doppelbett war sehr leicht gefedert, doch die seidene Bettdecke glich dies wieder aus.

Im Badezimmer war ein großer Spiegel aufgestellt, sowie eine Toilette mit Spülung. Martin musste grinsen.

»Ich wäre viel lieber jede Nacht aus dem Hotel raus, zu einem Plumpsklo gelaufen. Mit so einer Toilette kommt das Feeling gar nicht richtig auf«, scherzte er.

Allgemein war das Zimmer für ein einfaches Hotel sehr groß. Es war die Idee von Annika gewesen einen Urlaub in Ostdeutschland zu verbringen, aber nicht um sich zu erholen, sondern um etwas Aufregendes zu erleben.

Nachdem sie einige Internetseiten durchstöbert hatte, traf sie auf Hotel Rosenfeld. Es war preiswert, lag wunderschön in einem

Tannenwald und vor allem hatte es den Ruf, dass es dort spuken sollte. Martin hatte sich ziemlich schnell überreden lassen. Im letzten Urlaub waren die beiden in die Karibik geflogen, mussten keinen Finger rühren und wurden von Kopf bis Fuß verwöhnt. Das war ihnen zu langweilig.

Martin verstaute seine Kleidung in einem großen Wandschrank und hörte dann ein Klingeln aus der Eingangshalle. Er warf einen Blick auf seine Armbanduhr und bemerkte, dass es bereits sechs Uhr war. Er weckte Annika, die eigentlich nur das Bett ausprobieren wollte, aber dabei eingeschlafen war und ging mit ihr zusammen in den Speisesaal.

Draußen dämmerte es bereits, sodass die großen Kronleuchter angemacht wurden und der gesamte Saal in einem atemberaubenden Licht erschien. Zu Martins Verwunderung befanden sich in dem Raum keine weiteren Gäste und es war auch nur für zwei Personen gedeckt.

Martin schritt zu dem Portier, der gerade dabei war einen Tisch abzuwischen.

»Hören Sie guter Mann, gibt es hier noch andere Gäste?« Der Portier blickte auf und entblößte grinsend seine gelben Zähne.

»Oh nein, die gibt es nicht. Sie sind ganz alleine in diesem Hotel, damit Sie das Ambiente ungestört auf sich wirken lassen können. Außerdem kann der Spuk ja nicht bei jedem Gast vorbeischauen.« Bei diesem Satz fing der Portier leise an zu kichern und wandte sich wieder seinem Tisch zu. Kopfschüttelnd ging Martin zurück zu seiner Freundin, die sich am Buffet bereits den Teller gefüllt hatte. Als er davon erzählte, dass es ihm merkwürdig vorkam, dass sie nur die einzigen Gäste waren, zuckte sie bloß mit den Schultern.

»Bleibt mehr Entertainment für uns. Und mehr Essen!« Herzhaft biss sie in das Schweinefilet und schloss die Augen um den Geschmack besser genießen zu können.

»Was für eine Verschwendung.« Martin schüttelte mit dem Kopf.

»Was denn?«, gab Annika schmatzend zurück.

»Das gesamte Buffet wurde nur für uns aufgebaut, aber es würde locker für zwanzig Personen reichen.«

»Die Geister wollen schließlich auch was zu Essen haben«, lachte sie. Martin verwarf seinen kritischen Gedanken und scherzte zurück.

»Zuerst werden die uns essen.«

Da Annika wieder den Mund voll hatte, bestätigte sie ihn durch ein heftiges Kopfnicken.

»In dem Kinosaal wird jetzt ein Film abgespielt«, krächzte der Portier, als die beiden wieder an der Eingangshalle vorbeikamen.

»Fernsehen?«

»Nein, nein«, lachte der Alte. »Stummfilm. Mit Kurbel. Wir sind hier so altmodisch, wie es Ihnen versprochen wurde.«

Begeistert packte Annika Martin am Arm und zog ihn mit in den Kinosaal. Sie liebte alte Stummfilme und wollte sich die Gelegenheit deshalb auf keinen Fall entgehen lassen.

Die riesige, schon leicht vergilbte Leinwand war noch nicht angeleuchtet. In aller Ruhe suchte sich Annika den besten Platz aus und lehnte sich zurück. Martin folgte ihr und war ebenfalls gespannt was jetzt passieren würde. Die Lampen im Saal gingen aus und hinter ihnen war ein Knacken zu hören, das verriet, dass angefangen wurde zu kurbeln.

Es war eine leere Bühne zu sehen. Zwei Scheinwerfer waren auf den Boden gerichtet. Dann betrat eine schwarz gekleidete Frau mit einem Schleier über dem Gesicht die Bühne und erhob das Kinn. Wenig später tanzte sie über die gesamte Fläche, wirbelte umher und sprang galant in die Luft.

Die Kameraperspektive wechselte und zeigte nun das Publikum, das begeistert aufsprang und heftigen Beifall gab. Die Ballerina verbeugte sich einige Male und winkte dem Publikum zu. Gerade als sie fast von der Bühne gegangen war, drehte sie um und stellte sich wieder in die Mitte. Ihr Blick schwang nervös immer wieder zur Seite herüber. Annika spannte sich etwas an, da sie erwartete, dass irgendetwas Schockierendes passierte.

Doch die Ballerina fing erneut zu tanzen an. Diesmal sogar inbrünstiger als vorher. Sie schwang sich umher und sprang in die Luft. Doch diesmal kam sie nicht elegant auf, sondern knickte mit dem Fuß um. Auf ihrem Gesicht war der Schmerz zu sehen und panisch drehte sie sich zu der anderen Seite der Bühne.

Von dort stapfte ein groß gebauter Mann herauf, der von einem der Scheinwerfer beleuchtet wurde und zog der Ballerina an den Haaren. Sie schien zu schreien.

Annika kuschelte sich eng an Martin. Er wusste, dass sie Angst hatte, aber gerade solche Filme liebte sie. Gespannt wandte er sich wieder dem Film zu.

Dort holte der muskulöse Mann eine Schere hervor und schnitt die langen schwarzen Haare der Ballerina ab und warf sie achtlos auf die Bühne. Dann stellte er sich gerade zur Kamera gewandt hin und blickte finster in die Linse.

Plötzlich schnellte er nach unten und schnitt mit der Schere die Kehle der Ballerina durch. Ein Schrei war zu hören und Martin zuckte zusammen. Annika hatte ihren Blick abgewandt und zitterte ein wenig. Er schloss sie fest in seine Arme und richtete seinen Blick auf die Leinwand.

Dort lag nur noch die blutende Ballerina auf dem Boden, umringt von einer immer größer werdenden Blutlache. Das Bild verzerrte sich und brach letztendlich ab.

Einige Sekunden danach leuchteten die Lampen im Kinosaal wieder auf und verdeutlichten, dass die Vorstellung vorbei war. Von dem hellen Licht, als auch von dem Horror benommen, torkelten beide Hand in Hand aus dem Kinosaal.

»Das war ein krasser Film!«, fing Annika an. »Also. Natürlich mit nicht soviel Story, aber es war fürchterlich gruselig aufgebaut. Das man einfach nichts hört, macht einen irgendwie so hilflos. Und dann war da trotzdem dieser merkwürdige Schrei.«

Sie küsste Martin auf die Wange. »Es hat sich jetzt schon gelohnt, dass wir hierher gefahren sind.«

In ihrem Zimmer duschte Annika in der modernen Badewanne. Martin kochte sich derweil einen Tee und nahm sich einen alten Roman aus dem Bücherregal und blätterte ein wenig darin herum. Wenig später zogen sie sich um und gingen ins Bett.

Als Martin sich hinlegte, quietsche das Bett ungeheuerlich und auch bei jeder noch so kleinen Bewegung war das Quietschen zu hören. Das Bett war anscheinend wirklich fast achtzig Jahre alt. Außerdem war es fürchterlich kurz. Martin konnte sich nicht mal ganz strecken. Annika ging es genauso.

Das Einschlafen fiel schwer, doch Martin sank trotzdem irgendwann in einen unruhigen Schlaf.

Doch mitten in der Nacht wurde er abrupt durch ein lautes Klopfen geweckt. Er schreckte auf und sah wie Annika bereits in der

Mitte des Raumes stand und zur Tür starrte. Als sie bemerkte, dass Martin wach war, legte sie einen Finger auf die Lippen.

Langsam sah Martin, wie Annika auf die Tür zuschritt, an der offensichtlich geklopft wurde. Mit einem Ruck riss sie die Tür auf und, da sie niemanden fand, blickte auf den Flur. Sie stieß einen kurzen, schrillen Schrei aus.

»Was ist los?« Martin kam zu ihr geeilt.

»Hier war jemand!«

»Natürlich war hier jemand. Es wurde an die Tür geklopft.«

»Nein. Es war niemand an der Tür, als ich sie auf gemacht habe. Aber ich habe eine Gestalt am Ende des Flures gesehen.« Sie schluckte heftig und zitterte am ganzen Körper. »Es war die Ballerina aus dem Film.«

Martin lachte kurz auf. »Ach, Schatz. Das ist doch alles nur Show.«

»Nur Show?« Wütend funkelte sie ihn an. »Die ist einfach in der Wand verschwunden! Das ist doch keine Show!«

Martin seufzte und trat auf den Flur.

»Dann zeig mir mal, wohin der böse Ballerinageist verschwunden ist.«

Annika zeigte mit dem Finger an eine Wand, die kurz vor einer weiteren Treppe endete. Martin schritt dort hin und sah sie sich an.

»Hier ist weder ein Geist noch irgendeine Technik, die ein Bild oder so etwas verschwinden lassen würde. Bist du dir sicher, dass du dir das nicht nur eingebildet hast?«

»Natürlich bin ich mir sicher«, fuhr sie ihn an, stapfte wieder ins Zimmer und legte sich ins Bett. »Und hör auf dich ständig zu bewegen! Das Bett quietscht so laut.«

»Ich kümmere mich morgen darum«, seufzte Marin. Er konnte die schlechte Laune von Annika nicht verstehen.

Am nächsten Morgen hatte sich die Stimmung von Annika deutlich verbessert. Martin bemerkte, dass sie sich für die Anfeindungen entschuldigen wollte, in dem sie ihm Kaffee und Brötchen an den Tisch brachte.

Heute wollten die beiden sich die Umgebung angucken. Eine Wanderroute sollte auf einen kleinen Hügel führen, auf dem eine verfallene Kirche stehen sollte. Martin wollte daher die Wanderschuhe aus dem Schrank holen.

Doch als er den Schrank aufmachte, stutzte er etwas. Auf den Schuhen lag ein schwarzer Stofffetzen. Er konnte sich nicht erinnern, dass er ihn dorthin gelegt hatte, hob ihn auf und verstaute ihn in seiner Hosentasche.

Draußen schienen wenige Sonnenstrahlen auf die Erde und ein kalter Wind wehte. Die warmen Sommertage waren bereits einige Wochen vorbei.

Martin schlug eine Karte auf, auf der die Wanderroute aufgezeichnet war. Annika hatte in ihrem Rucksack zwei Flaschen Wasser und einige Brötchen vom Frühstück eingepackt. Es waren schließlich mehr als genug da gewesen. Ihr Plan war es am frühen Nachmittag wieder am Hotel zu sein.

Motiviert schritt Martin los und fand den auf der Karte eingezeichneten Weg schnell. Um sie herum sprossen Pilze aus dem Boden. Die matschige Erde, die durch die Regengüsse der letzten Tage entstanden ist, machte ein schnelles Wandern ziemlich unmöglich.

Annika war das viele Gehen nicht gewohnt und brauchte oft eine Pause, in der Martin die Umgebung studierte und die Natur auf sich wirken ließ. Irgendwann kamen sie an einer Ruine vorbei, die auf der Karte nicht eingezeichnet war.

»Ist das schon die Kirche?«, fragte Annika enttäuscht.

»Nein, eigentlich nicht. Siehst du hier irgendwo einen Friedhof? Laut den Berichten soll der mit dabei sein.«

Beide blickte sich um, doch konnten nichts derartiges Erkennen.

»Sind wir falsch gelaufen?«, fragte Annika besorgt.

Martin schaute mit einer hochgezogenen Augenbraue auf die Karte und versuchte den Weg, den sie gegangen waren nachzuvollziehen.

Doch er wurde durch ein schrilles Kreischen unterbrochen. Es war das gleiche Kreischen wie in der Nacht zuvor. Sofort blickte er zu Annika. Diese schaute ihn jedoch auch nur erschrocken an.

»Was war das?«, fragte sie.

»Ich … ich weiß es nicht.«

»Es hat sich wie das Schreien von der Ballerina gestern Abend angehört.«

Martin blickte sich sorgfältig um, konnte jedoch nicht Bedrohliches entdecken.

»Lass uns weiter – die Kirche wird hier bestimmt in der Nähe sein.«

»Können wir nicht wieder zum Hotel zurück?«

»Annika, wir sind fast da. Glaub mir.«

Vorsichtig und etwas erschöpft trotteten sie weiter und erreichten tatsächlich nach wenigen Minuten die Kirche. Sie war aus Pflastersteinen gebaut worden, die bereits zu großen Teilen von Moos überdeckt wurden. Ein rostiger Zaun war um den zugewachsenen Friedhof gezogen. Martin zuckte zusammen. Wieder war dieses merkwürdige Kreischen zu hören, diesmal etwas lauter. Martin versuchte es zu überspielen.

»Komm, sehen wir uns den Friedhof an.«

Martin stieß mit der Schulter das Friedhofstor auf, das sich quietschend öffnete. Er erinnerte sich daran, dass er sich noch um ein neues Bett kümmern musste. Interessiert wer dort alles begraben lag, studierte er die Grabsteine, während Annika Blumen pflückte und sie auf die verkommenen Gräber legte. Es waren Namen, die er vorher noch nie gelesen hatte. Anonyme Personen, nicht mehr und nicht weniger bekannt, als jeder andere Mensch auch.

»Sie freut sich immer über Besucher.«

Martin und Annika drehten sich erschrocken um, als sie eine krächzende Stimme hinter sich hörten. Der Portier stand hinter ihnen, die Hände hatte er tief in die Taschen vergraben.

»Mann, haben sie uns erschrocken!«

»Seh' ich so schlimm aus?«, fragte er ironisch und grinste Martin wieder an.

»Haben sie die ganzen Schreie nicht gehört?«, wollte Annika wissen.

Doch der Portier schüttelte nur den Kopf. Dann wandte er sich Annika zu.

»Sie freut sich ganz bestimmt über die Blumen«, versprach er und nickte einer Blume zu, die auf einem der Grabsteine lag. Martin entzifferte die Daten, die sorgfältig eingraviert waren. *Kreindel Rosenfeld, 1911-1948*, stand drauf.

»Kannten Sie sie?«, fragte Martin den Portier.

Dieser schüttelte den Kopf. »Nein, ich habe sie leider nie kennengelernt. Aber mein Onkel hat mir viel über sie erzählt.« Er blickte auf seine Uhr.

»Es ist bereits spät. Sie sollten umdrehen, damit Sie noch pünktlich zum Abendessen wieder da sind.«

Am Hotel angekommen hatte es leicht angefangen zu nieseln und ein Donnern in der Ferne war zu hören. Martin war erleichtert ein Dach über dem Kopf zu haben. Der Portier stand in seiner üblichen Kleidung wieder in der Eingangshalle. Martin wunderte sich, wie er es geschafft hatte schneller als sie wieder zum Hotel zurückzukehren. Er hatte sich eigentlich ziemlich beeilt.

»Könnten wir ein anderes Zimmer bekommen?«, fragte Martin höflich. »Das Bett ist wirklich sehr ungemütlich und quietscht.«

»Oh, das wird nicht möglich sein«, war das einzige das der Portier dazu zu sagen hatte.

»Und warum nicht? Es sind doch keine anderen Gäste hier. Die Zimmer sind doch alle leer«, beschwerte sich Martin.

»Das stimmt schon. Aber zum einen sind in jedem Zimmer die Betten gleich lang und gleich alt. Sie sind doch hierher gekommen um die alte Zeit neu zu erleben. Dazu gehören auch kurze Betten.«

»Ja, schon. Aber man kann sich so gar nicht entspannen.«

Der Portier grinste wieder. »Sie sollen sich auch nicht entspannen. Sie will es nicht.«

»Wer?«, fragte Martin etwas lauter, da er schon an die nächste Nacht in den viel zu kleinen Betten dachte.

Der Portier winkte ab und zog sich in eines der Angestelltenzimmer zurück. Enttäuscht gingen Martin und Annika in ihr Zimmer, zogen sich die Schuhe aus und wollten sie in den Schrank stellen. Doch dort fand Martin wieder ein schwarzes Stoffteil.

»Jemand war bei uns im Zimmer«, erklärte er Annika.

»Was?« Sie blickte ihn etwas ängstlich an.

»Ja, schau.« Er zeigte ihr den schwarzen Lumpen. »Das war bei uns im Schrank.«

»Vielleicht war es einfach nur unter den Schuhen und du hast es beim Herausholen nicht bemerkt.«

»Nein, ganz sicher nicht. Als ich heute morgen die Schuhe geholt habe, da war auch schon so ein Stofftuch da.«

Er kramte in der Tasche, in der er das Stück verstaut hatte, jedoch war es nicht mehr da. Annika blickte ihn verwundert an.

»Es ist nicht mehr da.«

Martin räusperte sich. Er wusste wie dämlich es sich anhörte. Da war wieder die Klingel in der Eingangshalle zu hören. Die beiden begaben sich, ohne nochmal über die Stofffetzen zu reden, in den Speisesaal.

Diesmal war kein Buffet aufgestellt, sondern es standen nur zwei gefüllte Teller auf einem der Tische. Auch die Kronleuchter waren diesmal nicht angeschaltet und die Brotkrümel vom Frühstück lagen noch auf dem Tisch verteilt. Das Essen schmeckte fad und schlecht gewürzt und die Kartoffeln waren zerkocht.

Später am Abend bemerkte Martin wie sehr ihn der Tag erschöpft hatte. Seine Beine schmerzten ein wenig durch die lange Wanderung und in seinem Magen rumorte es ständig. Auch Annika hatte mit ähnlichen Problemen zu kämpfen. Ihr Gesicht war bleich und als Martin eine Hand auf ihre Stirn legte, um zu überprüfen, ob sie Fieber hätte, guckte er sie besorgt an. Sie war schweißgebadet und warm. Aus diesem Grund gingen die beiden früh schlafen. Obwohl das Quietschen und die ungemütliche Lage beim Einschlafen störte, fiel er schnell in einen unruhigen Schlaf.

Mitten in der Nacht wachte er auf. Annika war wieder aus dem Bett verschwunden, stand aber dieses Mal nicht im Zimmer. Die Tür stand sperrangelweit offen.

Erneut ertönte ein Klingeln. Es hörte sich wie die Klingel an, die immer betätigt wurde, wenn es Essen gab. Martin zog sich schnell eine Hose und Schuhe an, legte einen Mantel über und schlich in die Eingangshalle. Auf dem Podest, hinter dem sonst immer der Portier steht, lag die Klingel. Er hatte sie direkt im Blick und trotzdem war wieder das Klingeln zu hören.

Ein Blitz erhellte die Eingangshalle. Erst jetzt bemerkte er, dass draußen ein Unwetter tobte. Er wusste sich nicht zu helfen und klopfte daher an die Türen der Angestelltenräume. Es regte sich nichts.

Ein Schrei hallte durch das Hotel. Panisch drehte Martin sich um und sprintete in die Richtung, aus der er den Schrei vernommen hatte. Er ließ den Flur hinter sich und rannte ein weiteres Stockwerk nach oben. Eine große Halle erstreckte sich vor ihm. Ein weiterer Blitz erhellte den Saal.

Martins Herzschlag setzte einmal aus, als er eine schwarz-gekleidete Frau hinter einer Statue verschwinden sah. Seine Angst überwindend, rannte er zu der Stelle, doch alles was er hinter der Statue fand, war eine schwarze Haarlocke.

Er machte sich daran, jeden einzelnen Raum in dem Stockwerk zu überprüfen. Doch jeder einzelne Raum war gleich eingerichtet und zu seiner Enttäuschung menschenleer. Ein weiterer Schrei ertönte und als er sich umdrehte, blickte er in ein breites Grinsen. Der Portier stand vor ihm. Er wirkte in der Dunkelheit ungewohnt bedrohlich. Seine Augen funkelten.

»Sollten Sie nicht schlafen?«

Martin packte den alten Mann am Kragen und drückte ihn brutal an eine Wand.

»Wo ist Annika?«, schrie er ihn an.

»Ihr kann niemand mehr helfen!«, erwiderte er und brach in ein manisches Gelächter aus. »Zu spät! Du bist zu spät!«

Das Gelächter war noch zu hören, als Martin erschöpft die Tür seines Zimmers hinter sich zuschlug. Verzweifelt vergrub er das Gesicht in die Hände und betete, dass dies alles zur Showeinlage gehörte. Als er sich beruhigt hatte und aufschaute, stand die schwarz gekleidete Frau vor ihm. Ihre Haare waren zerzaust und fettig, ihre bleiche, fast komplett weiße Haut bildete einen sonderbaren Kontrast zum schwarzen Kleid.

Sie öffnete verzerrt ihren Mund und das schrille Kreischen drang in seine Ohren. Verzweifelt hielt er sie sich zu und fühlte sich dem Wahnsinn nah. Mit einem Ruck verstummte sie und stürmte auf ihn zu. Er riss die Arme hoch und schloss die Augen, doch es passierte nichts.

Als er die Augen wieder öffnete, war die Frau verschwunden und durch die vergilbten Fensterscheiben schien die Morgensonne. Vor ihm lag ein zerknülltes schwarzes Kleid.

Das Zimmer hatte sich vollkommen verändert. Überall lag eine zentimeterdicke Staubschicht und in den Ecken hingen riesige Spinnenweben. Von dem Bett war nur noch das Gestell übrig, dessen Lattenrost zu einem großen Teil durchgebrochen war. Völlig verwirrt und verzweifelt stürzte er wieder aus dem Zimmer.

Die Frau war nirgends zu sehen und der Portier stand auch nicht in der Eingangshalle. Irgendetwas mit der Zeit stimmte in diesem Hotel nicht. Mal verging sie viel zu schnell, dann wieder viel zu langsam. Draußen donnerte es laut. Martin sprintete zur Eingangtür und versuchte sie aufzureißen.

Doch sie war fest verschlossen. Außer Atem und völlig bestürzt kniete er sich hin. Er war mit seiner Kraft am Ende.

Als Annika aufwachte, mussten sich ihre Augen erst mal an die Dunkelheit gewöhnen. Was war passiert? Wie war sie hierher gekommen? Sie konnte sich an das Geschehene nur schwer erinnern. Eine Frau war da gewesen. Ihr stieg ein eigenartiger Geruch in die Nase. Einen Geruch den sie vorher noch nie gerochen hatte. Sie richtete sich auf und sah sich um. Durch ein kleines Fenster schien etwas Licht hindurch und ließ den Raum in einem dunkelgrauen Schein dastehen. Ein wenig Wasser floss vom Fenster hinab. Das bedeutete, dass sie sich in einem Kellergewölbe befinden musste. Sie ging auf wackligen Beinen zu dem Fenster. Zu ihrem Pech waren rostige Eisenstäbe davor befestigt, sodass sie keine Chance hatte zu entkommen. Sie drehte sich um und erkundete den Raum weiter. Um sie herum befand sich nur eine dicke Wand aus Steinen. Etwas knackte unter ihrem Fuß. Als sie nach unten schaute, stieß sie einen schrillen Schrei aus.

Martin riss sich wieder hoch. Er hatte einen Schrei gehört, der ganz offensichtlich aus den Gemächern der Angestellten kam. Hoffnungsvoll rannte er in die Küche um etwas zu suchen, womit er die Tür aufbrechen konnte. Ob Show oder nicht, langsam ging das alles zu weit. Er griff nach einem großen, stabil aussehenden Messer und ging wieder zurück zur Tür. Mit aller Kraft versuchte er die Holztür aufzustemmen. Und tatsächlich sprang sie nach einigen Versuchen auf, doch dabei brach auch das Messer ab, sodass er es zu Boden fallen lies. Angespannt riss er die Tür auf.

Ein Knochen! Sie war auf einen Knochen getreten. Und nicht nur das. Einige, verweste Fleischstücke hielten sich noch dran. Als sie den Fuß hob, war ein schmatzendes Geräusch zu hören. Sie stolperte zurück. Es knackte wieder. Und wieder. Überall in dem Raum waren Knochen und Fleischreste verteilt worden. Sie wollte nicht so enden, wie die Vorgänger. Es musste doch einen Ausgang geben!

Sie versuchte sich zu beruhigen und atmete flach. Durch den Gestank musste sie sich fast übergeben. Es war kein Geruch an den man sich gewöhnen konnte. Langsam ließ sie ihre Hand an der Steinwand streifen, in der Hoffnung einen Hebel oder einen Türknauf zu finden. Doch alles was sie zu fassen bekam, war die raue, teils feuchte Wand.

Auf einmal schreckte sie zurück. War da nicht gerade noch ein Gesicht gewesen? Ein Raunen war zu hören. Etwas nicht menschliches. Je näher sie einem bestimmten Punkt an der Wand kam, desto lauter wurde das Raunen.

Über sich hörte sie ein lautes Donnern. Von überall wurden ihre Sinne beansprucht. An einer bestimmten Stelle war das Raunen fast unerträglich laut und hallte in Annikas Kopf umher. Wütend hämmerte sie gegen die Steinwand, den Schmerz den sie in den Händen hatte, ignorierte sie.

»Aufmachen! Lasst mich raus! Lasst mich raus verdammt!«

Ihre Schreie hallten in der Zelle wieder und sie war den Tränen nahe, als plötzlich eine Frau aus der Wand trat, sie hart am Handgelenk packte und mit ihr in der Wand verschwand.

Neben einem alten Bett und einem verkommenen Schreibtisch war der Raum leer. Das verwunderte Martin. Er hätte gedacht, dass ein Hotel nicht nur von einem einzigen, alten Mann geführt werden konnte. Auf dem Tisch lagen nur irgendwelche Papiere für Buchhaltung und ein Füllfederhalter. Das Bett war bereits morsch und das Laken zerrissen.

Dann fiel ihm etwas auf. Ein großes Bücherregal stand eingestaubt in der Ecke. Da er sich sicher war, dass der Schrei von dort gekommen sein musste, sah er keine andere Möglichkeit. Er lehnte sich gegen den Schrank und drückte mit all seiner Kraft dagegen. Mit einem lauten Krachen fiel er um. Martin seufzte erleichtert und wischte sich mit einem Ärmel den Schweiß von der Stirn.

Hinter dem Bücherregal war tatsächlich ein Durchgang. Durch alte Fackeln erhellt, führte eine Wendeltreppe in ein Kellergewölbe hinunter.

Wie zur Hölle war das möglich? Das konnte nicht sein! War sie jetzt völlig wahnsinnig geworden?

Die schwarzgekleidete Frau, war tatsächlich mit ihr durch eine dicke Steinwand gegangen. War die Wand eine Projektion? Ist sie eigentlich schon tot und zu einem Geist geworden? Die Gedanken schwirrten in Annikas Kopf umher.

Vor ihr stand direkt in der Mitte des runden Raumes ein Stuhl, angeleuchtet durch zwei Scheinwerfer. Über dem Stuhl, hoch oben an der Decke, baumelte ein schwarzer Stofffetzen. Aus dem Rohr tropfte in ungleichmäßigen Abständen Wasser auf den sandigen Boden.

Sie erblickte etwas Schwarzes auf dem Stuhl, näherte sich und erkannte, dass es ein Haarbündel war. Sie hielt es ins Licht. Es war zerzaust und staubtrocken.

»Es war die Krankheit und die Zeit«, hörte sie hinter sich eine Stimme sagen und drehte sich erschrocken um. »Zuerst hat die Krankheit mir meine Haare genommen. Dann meinen Verstand. Und die Zeit meinen Mann.« Annika blickte in tiefe, weiße Augen, wusste aber, dass die Frau sie direkt im Blick hatte. Die Angst, die sie empfand verschwand langsam. Annika nahm all ihren Mut zusammen.

»Was für eine Krankheit? Woher hattest du sie?«

Die Miene der Frau verfinsterte sich.

»Von den Experimenten. Mit mir wurden fürchterliche Experimente gemacht, als ich von hier fortgeschleppt wurde.«

Annika dämmerte es. Vor ihr stand die frühere Hotelbesitzerin Kreindel Rosenfeld.

»Wieso bist du noch hier? Müsstest du nicht tot sein?«

Kreindel lachte.

»Ich bin doch tot, Kleines. Siehst du?« Sie bewegte sich auf Annika zu, die ängstlich die Augen aufriss und für einen Moment wegschaute, als Kreindel direkt vor ihr stand. Als wieder aufsah, war sie nicht mehr da.

»Hier bin ich, Schätzchen.«

Annika drehte sich um und sah Kreindel grinsend am Stuhl stehen.

»Und hier bin ich gestorben.« Sie blickte nach oben an das schwarze Stofftuch, strich dann sanft über ihren Hals, auf dem Annika erst jetzt dicke Blutergüsse sah. Danach richtete Kreindel ihren Blick auf das Haarbüschel, das auf dem Stuhl lag und, obwohl ihre Augen weiß waren, konnte man eine gewisse Traurigkeit bemerken.

»Meine letzten Haare. Die anderen sind schon vorher ausgefallen.«

Annika schluckte heftig. Sie wusste nicht was sie tun sollte.

»Das tut mir–« Schlagartig wurde sie unterbrochen.

»Einfach weg! Alle Haare weg!«, kreischte Kreindel plötzlich und riss sich ihre schwarzen Haare brutal aus und warf sie auf den Boden. Blut floss aus ihrer Schädeldecke. Sie nahm das schwarze Haarbüschel auf dem Stuhl, legte es behutsam auf den Kopf und strich es sanft nieder. Schnell war es in Blut getränkt.

Annika hörte eine wütende Stimme. »Kreindel? Was geht hier vor?«

Sofort war auf Kreindels Gesicht wieder eine ernstzunehmende, klare Mine zu sehen und mit flüsternde Stimme winkte sie Annika zu.

»Schnell, versteck dich! Sonst kommt mein Mann dich holen!«

Annika, die sowieso schon völlig verwirrt war, verlor keine Zeit und verbarg sich in einer dunklen Ecke.

Martin rannte die Treppenstufen herunter, überschlug sich dabei fast und kam unten erschöpft an. Vor ihm breitete sich ein langer Gang aus, ebenfalls mit fast abgebrannten Fackeln besetzt. Diesen rannte er weiter entlang, bis er an eine Tür kam, die einen Spalt weit geöffnet war.

Er trat ein und fand ein schick möbliertes Zimmer vor. Auf einem Schwarzeichenschreibtisch brannte langsam eine Kerze ab und der große Schreibtischstuhl war mit weinrotem Plüsch überzogen, wie alle Stühle im Hotel. In der Ecke des Raumes stand ein großer Wandschrank. Aufgeregt wühlte er sich durch die vielen Papiere, fand Aufzeichnung von früheren Besuchern, die mit Alter, Name und Geschlecht vermerkt waren.

Außerdem bemerkte er, dass nie andere Zimmer vermietet wurden. Immer nur das Zimmer, in dem auch er genächtigt hatte. In einer anderen Schublade fand er einen Schlüssel, den er sich in eine seiner Hosentaschen steckte. Die letzte Schublade ließ ihn etwas schaudern. Er hielt die Fotografie einer jungen Frau in den Händen, die auf einem Sessel posierte.

Der Frau fielen die schwarzen Locken sanft auf die Schultern und mit einem zarten Lächeln und neugierigen Augen blickte die junge Frau in die Kamera. Sie saß mit überschlagenden Beinen aufrecht auf einem Sessel – der Hintergrund erinnerte sehr an die mit Marmor verzierte Eingangshalle. Sie trug ein schwarzes Kleid, etwa knielang und mit fluffigen Rüschen am Ausschnitt und den Armen. Beschriftet war das Bild mit *der letzte schöne Tag*. Er schloss die Schublade wieder und wandte sich dem Wandschrank zu. Dieser ließ sich tatsächlich erst mit Hilfe des Schlüssels öffnen. Verwirrt und angeekelt fand er den Inhalt vor. Der Wandschrank war ungefähr kniehoch vollgestopft mit Haaren. Einige waren noch feucht und voll mit Dreck, als wären sie aus einem Abflussrohr entnommen wurde. Und, Martin musste ein Spucken unterdrücken, an einigen Haarbüscheln hing ein blutiger Rest Kopfhaut. Angewidert schlug er die Schranktür zu. Er musste Annika so schnell wie möglich finden. Ganz offensichtlich war hier jemand, der die Haare anderer Menschen suchte. Aber warum? Und wo war der Schuldige jetzt? Und was war mit Annika passiert?

Eine Tür platzte auf, schlug hart gegen die Wand und der Portier stapfte in das Kellerzimmer.

»Kreindel, meine Liebste! Was ist passiert?«

Kreindel schüttelte nur mit dem Kopf und wimmerte leise, als sie ihm die aufgerissene Kopfhaut zeigte.

»Nein! Kreindel! Nicht schon wieder. Du weißt doch, dass du dir die Haare nicht immer runter reißen sollst. Komm mit. Ich hole dir Neue aus dem Schrank.« Er drehte sich um und war gerade im Begriff das Zimmer zu verlassen, als Annika einen Juckreiz in der Nase spürte und einen Augenblick danach laut nieste.

Erschrocken drehte der Portier sich um, kniff die Augen zu einem Schlitz zusammen und suchte die dunklen Wände ab.

»Kreindel! Irgendjemand ist hier. Du hast nicht etwa jemanden gesehen?«

Kreindel schüttelte nur wieder mit dem Kopf und keuchte laut. Es war das gleiche Keuchen, dass Annika bereits in dem anderen Raum vernommen hatte. Der Portier kam immer näher.

Martin hörte plötzlich ein Keuchen. Es war ganz nah und hörte sich irgendwie unmenschlich an. Er trat aus dem Raum wieder heraus und folgte den Gang, tiefer in die Dunkelheit, da die Fackeln erloschen waren. Dem Keuchen kam er immer näher.

Hinter einer Biegung lag eine dicke Eisentür. Das Keuchen verstummte ruckartig als Martin seine Hand auf den Türgriff legte. Er war ganz allein. Das einzige was er hörte, war sein ungleichmäßiges Atmen. Er drückte die Klinke nach unten und stieß die Tür auf.

Hinter der Tür eröffnete sich ihm ein Anblick des Grauens. Der Portier und eine schwarz gekleidete Frau beugten sich über einen leblosen Körper. Als sie Martin regungslos in der Tür sahen, bauten sie sich auf und starrten ihn wortlos an. Martin bemerkte, dass der Portier ein Messer in der Hand hielt. Seine Hände waren blutbefleckt.

Dann richtete er seinen Blick auf die bleiche Frau. Ihre Haare waren anormal an ihren Kopf gewachsen. Stücke der Kopfhaut überlappten sich. War der leblose Körper der von Annika? Weshalb bewegte sie sich nicht? Hatte der Portier sie umgebracht?

Der Portier öffnete seinen Mund.

»Deine Freundin hat schöne Haare«, sprach er mit seiner krächzenden Stimme und blickte Martin grinsend tief in die Augen. Für einen Moment schaute er den leblosen Körper von Annika an und eine Art Stolz funkelte in seinen Augen.

»Hatte ... «, fügte er hinzu und lachte laut.

Martin hechtete zu Annika, die von den beiden nicht weiter umringt wurde und suchte nach einem Lebenszeichen. Er erschrak. Ihre Haare waren, teilweise sogar noch mit der Kopfhaut, entfernt worden. Blut floss immer noch aus der riesigen Wunde, jedoch blickten ihre Augen starr geradeaus. Sie war tot. Man erkannte an ihrem Gesicht, wie viel Schmerzen sie gehabt haben musste.

Martin schloss die Augen. Er wollte trauern – wollte weinen. Doch alles was er spürte war tiefste Wut.

»Wieso?«, geiferte er den Portier an. »Wieso haben Sie sie getötet?« Er war unfähig den Portier zu attackieren. Bewegungslos stand Martin im Raum blickte ihn wütend an.

»Sie wollte ihre Haare nicht hergeben.« Der Portier lächelte immer noch.

»Meine Frau hat allerdings die schönsten Haare verdient, die ihr so unsanft entrissen wurden.« In den Worten schwang ein wenig Trauer mit. Hauptsächlich waren sie allerdings ruhig und sachlich.

»Als sie wieder kam – damals – da sind ihr nach und nach alle Haare ausgefallen.«

»Das ist kein Grund von zig Unschuldigen gegen ihren Willen die Haare abzuschneiden und sogar noch-«, Martin war fast einer Ohnmacht nahe. »Und sogar noch dabei jemanden umzubringen!« Er musste etwas tun. Er war es Annika schuldig sie zu rächen.

»Für meine Frau würde ich alles tun! Als sie merkte, dass ihre Haare ausfielen, ist sie verrückt geworden und hat sich hier umgebracht!« Der Portier zeigte an die Decke und auf das schwarze Stofftuch, dass da befestigt war. »Und durch irgendwelche kranken Experimente konnte sich ihr Geist nicht ganz von dem Körper lösen und folgt mir nun auf Schritt und Tritt.«

Martin schaute zu der Frau rüber, die mit gesenkten Kopf neben dem Leichnam von Annika kniete. Sie sagte nichts, sondern saß einfach nur da.

Plötzlich ertönte ein lautes Donnern. Der Portier sah erschrocken zur Tür.

»Sie sind gleich wieder hier!«

Martin nutzte diesen kleinen Augenblick, den sein Gegenüber abgelenkt war, und stürmte auf ihn zu. Er packte seinen Arm, schlug diesen gegen die Wand, sodass das Messer fallen gelassen wurde und boxte ihm ins Gesicht. Danach warf er ihn auf den Boden und Staub wirbelte auf. Wutentbrannt nahm Martin das Messer und stach es dem Portier in die Lunge.

Ein Gurgeln war zu hören und der Portier spuckte Blut, das im Sand verlief. Sofort drehte er sich um, bereit noch einmal zu zu stechen, falls die Frau auf ihn zurennen sollte. Doch diese stand nur reglos im Raum und starrte auf ihren verblutenden Ehemann. Sie schien erleichtert.

»Ich konnte nie reden, wenn er in meiner Nähe war.« Martin war erstaunt, dass die Frau sprechen konnte. »Zu Lebzeiten hatte er mir die Zunge herausgeschnitten, da er meine schwache Stimme nicht ertragen konnte. Außerdem verlor ich nach und nach meine Haare.«

Sie zeigte auf das Haarbündel auf dem Stuhl.

»Salomon, mein Mann, wollte mich so nicht sehen. Eine hässliche Frau war schlecht für das Hotel. Daher sperrte er mich hier ein. Irgendwann verirrte sich eine junge Dame in den Keller und fand mich, doch als sie mich befreien wollte, schnappte Salomon sie, tötete sie und schnitt ihre Kopfhaut mit Haaren ab. Er war der

Wahnsinnige, nicht ich. Er fesselte mich und nähte mir die Kopfhaut mit den Haaren an, in der Hoffnung, dass ich mich wieder zeigen könnte – das alles so wird wie vorher.

Doch als ich durch mein Erscheinungsbild einige Gäste wegjagte, sperrte er mich wieder in den Keller. Mir war bewusst, dass ich die Haut und die Haare einer toten Frau trug und hielt es einfach nicht aus. Den Horror den ich mitmachen musste, war zu viel. Ich band mir mit meinem Kleid einen Strick und erhängte mich mitten im Raum.«

Martin konnte nicht glauben was er da hörte. Es war mit seinem bloßen Verstand nicht zu erfassen.

»Wenn du tot bist, weshalb bist du dann hier?«

Kreindel schaute traurig auf. Sie schüttelte mit dem Kopf.

»Ich weiß es nicht. Ich weiß nur, dass Salomon immer noch die Macht über mich hatte und ich mich nur in diesem Hotel bewegen konnte. Ständig setzte er mir neue Haare auf, in der Hoffnung, dass ich so werde wie früher. Es hatte irgendwas mit der Zeit zu tun. Wie du bestimmt bemerkt hast, läuft sie hier anders.«

Martin lief eine Träne über die Wange. Er lief zu Annika hinüber und schloss sie in den Arm. Weinend drückte er sie fest an sich. Sie musste einen so unnötigen Tod sterben.

»Weshalb konntest du Annika nicht retten?«, rief er in seiner völligen Verzweiflung.

»Ich kann versuchen die Zeit rückgängig zu machen. Ich brauch einen Moment.«

»Wie lange?« Doch er bekam keine Antwort. Er drehte sich um, um es nochmal zu fragen, doch die Frau war nicht mehr da.

Martin hob den leblosen Körper seiner Freundin hoch und legte sie in das Bett im Angestelltenraum. Wenn Kreindel sie wirklich wiederbeleben könnte, dann würde alles gut werden. Er blickte noch einmal zu Annika und ging dann in das Erdgeschoss. Kreindel musste dafür bestimmt alleine sein.

Doch als Martin oben in der Eingangshalle ankam, sah er, wie ein altmodisches Auto vor dem Hotel hielt und die bewaffneten Männer ausstiegen.

Danksagung

Ich danke meiner Mama und meinem Papa für die Möglichkeit mich derartig ausleben zu können, sowie meiner Familie und meinen Freunden.

Danke an Devon für die interessanten Gespräche, für die Hilfe beim Einrichten des Buches, für die direkte Kritik bei Korrekturen.

Danke an Louis für das jahrelange Zusammenarbeiten und den einzigartigen Ideenaustausch für alle möglichen Projekte.

Danke an Daniel für die motivierenden Reden und die Vorbildfunktion für einen großen Teil meiner Arbeitsmoral.

Außerdem danke ich Kjartan für das großartige Cover.
artstation.com/theelkjaro

502

Der Autor

Oliver Erhorn schreibt seit einer gewissen Zeit hin und wieder ein bisschen, aber seit zwei Jahren so richtig. Außerdem liest er seine Geschichten vor und lädt Hörbücher und Hörspiele auf YouTube hoch.

Hörbücher und Hörspiele:
youtube.com/HalversonCreepypastas

Informationen und Projekte:
twitter.com/OliverErhorn

Kontakt:
o.erhorn@gmail.com